御製

佛光恩照　三千大千　隨緣徧滿
恒沙法界　普度衆生　悉證菩提
身心安泰　年時豐稔　風雨調順
日月升恒　乾坤清寧　百昌蕃熾
上下樂利　中外協和　庶物咸亨
萬善圓成　情與無情　同登正覺

大清雍正十三年四月初八日

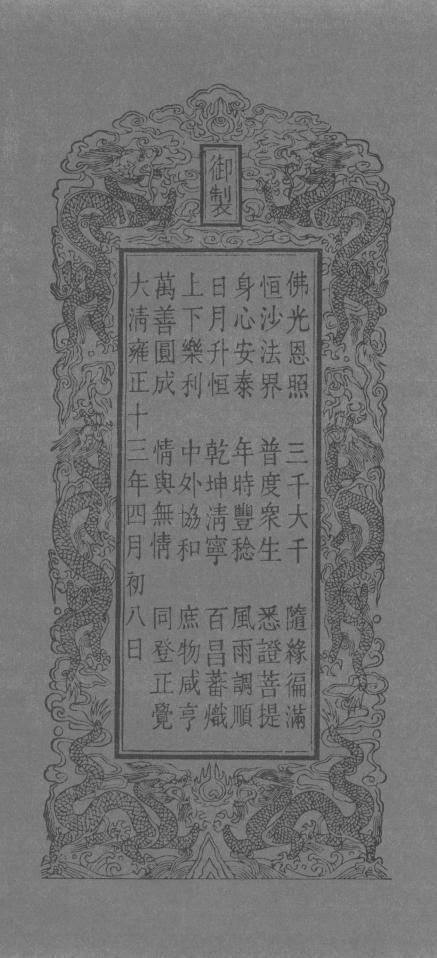

第一三〇册　此土著述（二〇）

清刻龍藏佛說法變相圖

永嘉集序

唐慶州刺史魏靜述

聞夫慧門廣闢理絕色相之端覺路遙登跡晦名言之表悲夫能仁示現應化無方開妙典於三乘暢眞詮於八部所以發揮至賾懸梵景於昏衢光闡大猷汎禪波於欲浪是以金棺掩耀玉毫收彩孤標靈鷲之英獨負成麟之業者其唯大師歟大師俗姓戴氏永嘉人也少挺生知學不加思幼則遊心三藏長則通至大乘三業精勤偏弘禪觀境智俱寂定慧雙融遂使塵靜昏衢波澄玄海心珠道種瑩七淨以交輝戒月悲華耿三空而列耀加復霜松潔操水月虛襟布衣蔬食忘身爲法愍傷含識物物斯安觀念相續心心靡間始終抗節金石方堅淺深心要貫華懸潔神

徹言表理契褢中曲已推人順凡同聖則不起滅定而秉護四儀名重當時道扇方外三吳碩學輻湊禪堦八表高人風趨理窟靜往因薄宦親承接足恨未盡於方寸俄赴京畿自爾已來幽明遽隔永慨玄眸積瞖忽喪金錍欲海洪濤遄沉智檝遺文尚在龕室寂寥嗚呼哀哉痛纏心腑所嗟一方眼滅七衆何依音德無聞遠增悽感大師在生凡所宣紀總有十篇集爲一卷庶同歸郢悟者得意忘言耳今略紀斯文多有謬誤用俟明哲非者正之

永嘉集

唐慎水沙門玄覺述

大章分爲十門

慕道志儀第一夫欲修道先須立志及事師儀則彰乎軌訓故標第一慕道儀式

戒憍奢意第二初雖立志修道善識軌儀若三業憍奢妄心擾動何能得定故次第二明戒憍奢意也

淨修三業第三前戒憍奢畧標綱要今子細檢責令麤過不生故次第三明淨修三業戒乎身口意也

奢摩他頌第四前已檢責身口令麤麤過不生次須入門修道漸次不出定慧五種起心六種料簡故次第四明奢摩他頌也

毗婆舍那頌第五非戒不禪非禪不慧上既修定定久慧明故次第五明毗婆舍那頌也

優畢叉頌第六偏修於定定久則沈偏學於慧慧多心動故次第六明優畢叉頌等於定慧令不沈動使定慧均等捨於二邊

三乘漸次第七定慧既均則寂而常照三觀一心何疑不遣何照不圓自解雖明悲他未悟悟有淺深故次第七明三乘漸次也

事理不二第八三乘悟理理無不窮窮理在事了事即理故次第八明事理不二即事而真用祛倒見也

勸友人書第九事理既融内心自瑩復悲遠學虚擲寸陰故此第九明勸友人書也

發願文第十勸友雖是悲他專心在一情猶未普故次第十明發願文誓度一切也

慕道志儀第一

先觀三界生厭離故次親善友求出路故次朝晡問訊存禮數故次審乖適如何明侍養故次問何所作爲明親承事故次瞻仰無怠生慇重故次數決心要爲正修故次隨解呈簡爲識邪正故次驗氣力知生熟故次見病生疑堪進妙藥故委的審思求諦當故日夜精勤恐緣差故專心一行爲成業故亡身爲法爲知恩故如其信力輕微意無專至麤行淺解汎濫隨機觸事則因事生心緣無則依無息念既非動靜之等觀則順有無之得失然道不浪階隨功涉位耳

戒憍奢意第二

衣食由來長養栽種墾土掘地鹽煮蠶蛾成熟施爲損傷物命令他受死資給自身但畏飢寒不觀死苦殺他活已痛哉可傷兼用農功積力深厚何獨含靈致命亦乃信施難消雖復出家何德之有噫夫欲出超三界未有絕塵之行徒爲男子之身而無丈夫之志但以終朝擾擾竟夜昏昏道德未修衣食斯費上乖弘道下闕利生中負四恩誠以爲恥故智人思之寧有法死不無法生徒自迷癡貴身賤法耳

淨修三業第三

貪瞋邪見意業妄言綺語兩舌惡口口業殺盜婬身業夫欲志求大道者必先淨修三業然後於四威儀中漸次入道乃至六根所對隨緣了達境智雙寂冥乎妙旨云何淨修身業深自思惟行住坐卧四威儀中檢攝三愆無令漏失慈悲撫育不傷物命水陸空行一切含識命無大小等心愛護蠢動蜎飛無令

毁損危難之流愍懃拔濟方便救度皆令解脫於他財物不與不取乃至鬼神隨有主物一針一草終無故犯貧窮乞丐隨已所有敬心施與令彼安穩不求恩報作是思惟過去諸佛經無量刧行檀布施象馬七珍頭目髓腦乃至身命捨而無悋我今亦爾隨有施與歡喜供養心無悋惜於諸女色心無染著凡夫顛倒爲慾所醉躭荒迷亂不知其過如捉華莖不悟毒蛇智人觀之毒蛇之口熊豹之手猛火熱鐵不以爲喻銅柱鐵牀焦背爛腸血肉糜潰痛徹心髓作如是觀唯苦無樂革囊盛糞膿血之聚外假香塗内唯臭穢不淨流溢蟲蛆住處鮑肆厠孔亦所不及智者觀之但見毛髮爪齒薄皮厚皮肉血汗淚涕唾膿脂筋脉腦膜黄痰白痰肝膽骨髓肺脾腎胃心膏膀胱大腸小腸生藏熟藏尿屎臭處如是等物一一非人識風鼓擊妄生言語詐爲親友其實怨妬敗德障道爲過至重應當遠離如避怨賊是故智者觀之如毒蛇想寧近毒蛇不親女色何以故毒蛇殺人一死一生女色繫縛百千萬刧種種楚毒苦痛無窮諦察深思難可附近是以智者切檢三慾跋往修來背惡從善不殺不盜放生布施不行婬穢常修梵行日夜精勤行道禮拜歸憑三寶志求解脫於身命財修三堅法知身虚幻無有自性色即是空誰是我者一切諸法但有假名無一定實是我身者四大五陰一一非我和合亦無内外推求如水聚沫浮泡陽焰芭蕉幻化鏡像水月畢竟無人無明不了妄執爲我於非實中横生貪著殺生偷盜婬

纖芥迷竟夜終朝矻矻造業雖非真實善惡報應如影隨形作是觀時不以惡求而養身命應自觀身如毒蛇想爲治病故受於四事身著衣服如裹癰瘡口飡滋味如病服藥節身儉口不生奢泰聞說少欲深樂修行故經云少欲頭陀善知止足是人能入賢聖之道何以故惡道衆生經無量劫闕衣乏食呌喚號毒飢寒切楚皮骨相連我今暫闕未足爲苦是故智者貴法賤身勤求至道不顧形命是名淨修身業云何淨修口業深自思惟口之四過生死根本增長衆惡傾覆萬行遞相是非是故智者欲拔其源斷除虛妄修四實語正直柔軟和合如實此之四語智者所行何以故正直語者能除綺語柔軟語者能除惡口和合語者能除兩舌如實語者能除妄語正直語者有二一稱法說令諸聞者信解明了二稱理說令諸聞者除疑遣惑柔軟語者亦二一者安慰語令諸聞者歡喜親近二者宮商清雅令諸聞者愛樂受習和合語者亦二一事和合者見鬬諍人諫勸令捨不自稱譽卑遜敬物二理和合者見退菩提心人慇懃勸進善能分別菩提煩惱平等一相如實語者亦二一事實者有則言有無則言無是則言是非則言非二理實者一切衆生皆有佛性如來涅槃常住不變是以智者行四實語觀彼衆生曠劫已來爲彼四過之所顛倒沈淪生死難可出離我今欲拔其源觀彼口業脣舌牙齒咽喉臍響識風鼓擊音出其中由心因緣虛實兩別實則利益虛則損減實是起善之根虛是生惡之本善惡根本由

口言詮詮善之言名爲四正詮惡之語名爲四邪邪則就苦正則歸樂善是助道之緣惡是敗道之本是故智者要心扶正實語自立誦經念佛觀語實相言無所存語默平等是名淨修口業云何淨修意業深自思惟善惡之源皆從心起邪念因緣能生萬惡正觀因緣能生萬善故經云三界無別法唯是一心作當知心是萬法之根本也云何邪念無明不了妄執爲我我見堅固貪瞋邪見橫計所有生諸染著故經云因有我故便有我所因我所故起於斷常六十二見見思相續九十八使三界生死輪迴不息當知邪念衆惡之本是故智者制而不隨云何正觀彼我無差色心不二菩提煩惱本性非殊生死涅槃平等一照故經云離我我所觀於平等我及涅槃此二皆空當知諸法但有名字故經云乃至涅槃亦但有名字又云文字性離名字亦空何以故法不自名假名詮法法既非法名亦非名名不當法法不當名名法無當一切空寂故經云法無名字言語斷故是以妙相絕名真名非字何以故無爲寂滅至極微妙絕相離名心言路絕當知正觀還源之要也是故智者正觀因緣萬惑斯遣境智雙忘心源淨矣是名淨修意業此應四儀六根所對隨緣了達入道次第云爾

奢摩他頌第四

恰恰用心時恰恰無心用無心恰恰用常用恰恰無夫念非忘塵而不息塵非息念而不忘塵忘則息念而忘念息則忘塵而息忘塵而息息無能息息念而忘忘無所忘忘無所

忘塵遺非對息無能息念滅非知知滅對遺一向冥寂闃爾無寄妙性天然如火得空火則自滅空喻妙性之非相火比妄念之不生其詞曰忘緣之後寂寂靈知之性歷歷無記昏昧昭昭契本真空的的惺惺寂寂是無記寂寂非寂寂惺惺是亂想惺惺非若以知知寂此非無緣知如手執如意非無如意手若以自知知亦非無緣知如手自作拳非是不拳手亦不知知寂亦不自知知不可為無知自性了然故不同於木石手不執如意亦不自作拳不可為無手以手安然故不同於兎角復次修心漸次者夫以知知物物在知亦在若以知知知知則離物物離猶知在起知知於知後知若生時前知早已滅二知既不並但得前知滅滅處為知境能所俱非眞

前則滅滅引知後則知知續滅生滅相續自是輪迴之道今言知者不須知知但知而已則前不接滅後不引起前後斷續中間自孤當體不顧應時消滅知體既已滅豁然如托空寂爾少時間唯覺無所得即覺無覺無覺之覺異乎木石此是初心處冥然絕慮乍同死人能所頓忘纖緣盡淨闃爾虛寂似覺無知無知之性異乎木石此是初心處領會難為入初心時三不應有一惡謂思惟世間五欲等因緣二善謂思惟世間雜善等事三無記謂善惡不思闃爾昏住戒中三應須具一攝律儀戒謂斷一切惡二攝善法戒謂修一切善三饒益有情戒謂誓度一切衆生定中三應須別一安住定謂妙性天然本自非動二引起定謂澄心寂怕發瑩增明三辦事定

謂定水凝清萬像斯鑑慧中三應須别一人空慧謂了陰非我即陰中無我如龜毛兎角二法空慧謂了陰等諸法緣假非實如鏡像水月三空空慧謂了境智俱空是空亦空見中三應須識一空見謂見空而見非空二不空見謂見不空而見非不空三性空見謂見自性而見非性偏中三應須簡一有法身無般若解脱二有般若無解脱法身三有解脱無法身般若有一無二故不圓不圓故非性又偏中三應須簡一有法身般若無解脱二有般若解脱無法身三有解脱法身無般若有二無一故不圓不圓故非性圓中三應須具一法身不癡即般若般若無著即解脱解脱寂滅即法身二般若無著即解脱解脱寂滅即法身法身不癡即般若三解脱寂滅即法身法身不癡即般若般若無著即解脱舉一即具三言三體即一此因中三德非果上三德欲知果上三德法身有斷德遍因斷惑而顯德故名斷德自受用身有智德具四智真實功德故他化二身有大恩德他受用身於十地菩薩有恩德故三種化身於菩薩二乘異生有恩故三諦四智除成所作智爲緣俗諦故然法無淺深而照之有明昧心非垢淨而解之有悟迷栩入初心迷復何非淺終契圓理達始何非深迷之失理而自差悟之失差而即理迷悟則同其致故有漸次名焉

復次初修心人入門之後須識五念一故起二串習三接續四别生五即靜故起念者謂起心思惟世間五欲及雜善等事串習念者謂無心故憶忽爾思惟善惡等事接續念者

謂串習忽起知心馳散又不制止更復續前思惟不住別生念者謂覺知前念是散亂即生慚愧改悔之心即靜念者謂初坐時更不思惟世間善惡及無記等事即此作功故言即靜串習一念初心者多接續故起二念懈怠者有別生一念慚愧者多即靜一念精進者有串習接續故起別生四念爲病即靜一念爲藥雖復藥病有殊總束俱名爲念得此五念停息之時名爲一念相應一念者靈知之自性也然五念是一念枝條一念是五念根本復次若一念相應之時須識六種料簡一識病二識藥三識對治四識過生五識是非六識正助第一病者有二種一緣慮二無記緣慮者善惡二念也雖復差殊俱非解脫是故總束名爲緣慮無記者雖不緣善惡等事然俱非真心但是昏住此二種名爲病第二藥者亦有二種一寂寂二惺惺寂寂謂不念外境善惡等事惺惺謂不生昏住無記等相此二種名爲藥第三對治者以寂寂治緣慮以惺惺治昏住用此二藥對破二病故名對治第四過生者謂寂寂久生昏住惺惺久生緣慮因藥發病故云過生第五識是非者寂寂不惺惺此乃昏住惺惺不寂寂此乃緣慮不寂寂不惺惺此乃非但緣慮亦乃入昏而住亦寂寂亦惺惺非唯歷歷兼復寂寂此乃還源之妙性也此四句者前三句非後一句是故云識是非也第六正助者以惺惺爲正以寂寂爲助此之二事體不相離猶如病者因杖而行以行爲正以杖爲助夫病者欲行必先取杖然後方行修心之人亦復如是

必先息緣慮令心寂寂次當惺惺不致昏沉令心歷歷歷歷寂寂二名一體更不異時譬夫病者欲行闕杖不可正行之時假杖故能行作功之者亦復如是歷歷寂寂不得異時雖有二名其體不別又曰亂想是病無記亦病寂寂是藥惺惺亦藥寂寂破亂想惺惺治無記寂寂生無記惺惺生亂想寂寂雖能治亂想而復還生無記惺惺雖能治無記而復還生亂想故曰惺惺寂寂是無記寂寂非寂惺惺是亂想惺惺非寂寂爲助惺惺爲正思之復次料簡之後須明識一念之中五陰謂歷歷分別明識相應即是識陰領納在心即是受陰心緣此理即是想陰行用此理即是行陰汙穢真性即是色陰此五陰者舉體即是一念此一念者舉體全是五陰歷歷見此一念之中無有主宰即人空慧見如幻化即法空慧是故須識此五念及六種料簡願勿嫌之如取真金明識冺礫及以僞實但盡除之縱不識金金體自現何憂不得之

毗婆舍那頌第五

夫境非智而不了智非境而不生智生則了境而生境了則智生而了智生而了了無所了了境而生生無能生生無能生雖智而非有了無所了雖境而非無無即不無有即非有有無雙照妙悟蕭然如火得薪彌加熾盛薪喻發智之多境火比了境之妙智其詞曰達性空而非縛雖緣假而無著有無之境雙照中觀之心歷落若智了於境即是境空智如眼了華空是了華空眼若智了於智即是智空智如眼了眼空是了眼空眼智雖了境

空及以了智空非無了境智境空智猶有了境智空智無境智不了如眼了華空及以了眼空非無了華眼華空眼猶有了華眼空眼無華眼不了復次一切諸法悉假因緣因緣所生皆無自性一法既爾萬法皆然境智相從于何不寂何以故因緣之法性無差別故今之三界輪迴六道昇降淨穢苦樂凡聖差殊皆由三業四儀六根所對隨情造業果報不同善則受樂惡則受苦故經云善惡爲因苦樂爲果當知法無定相隨緣構集緣非我有故曰性空空故非異萬法皆如故經云色即是空四陰亦爾如是則何獨凡類緣生亦乃三乘聖果皆從緣有是故經云佛種從緣起是以萬機藂湊達之者則無非道場色像無邊悟之者則無非般若故經云色無邊故當知般若亦無邊何以故境非智而不了智非境而不生智生則了境而生境了則智生而了智生而了了無所了了境而生生無能生生無能生則內智寂寂了無所了則外境如如如寂無差境智冥一萬累都泯妙旨存焉故經云般若無知無所不知如是則妙旨非知不知而知矣

優畢叉頌第六

夫定亂分歧動靜之源莫二愚慧乖路明闇之本非殊羣迷從闇而背明捨靜而求動衆悟背動而從靜捨暗以求明明生則轉愚成慧靜立則息亂成定定立由乎背動慧生因乎捨暗暗動連繫於煩籠靜明相趣於物表物不能愚功由於慧煩不能亂功由於定定慧更資於靜明愚亂相纏於暗動動而能靜

者即亂而定也暗而能明者即愚而慧也如是則暗動之本無差靜明由兹合道愚亂之源非異定慧於是同宗宗同則無緣之慈定慧則寂而常照寂而常照則雙與無緣之慈則雙奪雙奪故優畢叉雙與故毗婆奢摩以奢摩他故雖寂而常照以毗婆舍那故雖照而常寂以優畢叉故非照而非寂照而常寂故說俗而即真寂而常照故說真而即俗非寂非照故杜口於毗耶復次觀心十門初則言其法爾次則出其觀體三則語其相應四則警其上慢五則誡其疎怠六則重出觀體七則明其是非八則簡其詮旨九則觸途成觀十則妙契玄源第一言其法爾者夫心性虚通動靜之源莫二真如絕慮緣計之念非殊惑見紛馳窮之則惟一寂靈源不狀鑑之則以千差千差不同法眼之名自立一寂非異慧眼之號斯存理量雙消佛眼之功圓著是以三諦一境法身之理恒清三智一心般若之明常照境智冥合解脫之應隨機非縱非横圓伊之道玄會故知三德妙性宛爾無乖一心深廣難思何出要而非路是以即心爲道者可謂尋流而得源矣第二出其觀體者秖知一念即空不空非空非不空第三語其相應者心與空相應則譏毀讚譽何憂何喜身與空相應則刀割香塗何苦何樂依報與空相應則施與劫奪何得何失心與空不空相應則愛見都忘慈悲溥救身與空不空相應則内同枯木外現威儀依報與空不空相應則永絕貪求資財給濟心與空不空非空非不空相應則實相初明開佛知見身與

空不空非空非不空相應則一塵入正受諸塵三昧起依報與空不空非空非不空相應則香臺寶閣嚴土化生第四警其上慢者若不爾者則未相應也第五誡其踈怠者然渡海應須上船非船何以能渡修心必須入觀非觀無以明心心尚未明相應何日思之勿自恃也第六重出觀體者只知一念即空不空非有非無不知即念即空不空非非有非非無第七明其是非者心不是有心不是無心不非有心不非無是有是無即墮是非有非無即墮非如是秖是是非之非未是非是非非之是今以雙非破兩是是破非是猶是非又以雙非破兩非非破非非即是是如是秖是非是非非之是未是不非不不非不是不不是是非之惑綿微難見神清慮靜細而研之第八簡其詮旨者然而至理無言假文言以明其旨旨宗非觀藉修觀以會其宗若旨之未明則言之未的若宗之未會則觀之未深深觀乃會其宗的言必明其旨旨宗既其明會言觀何得復存耶第九觸途成觀者夫再演言詞重標觀體欲明宗旨無異言觀有逐方移移言則言理無差改觀則觀旨不異不異之旨即理無差之理即宗宗旨一而二名言觀明其弄引耳第十妙契玄源者夫悟心之士寧執觀而迷旨達教之人豈滯言而惑理理明則言語道斷何言之能議旨會則心行處滅何觀之能思心言不能思議者可謂妙契寰中矣

三乘漸次第七

夫妙道冲微理絕名相之表至真虛寂量超

羣數之外而能無緣之慈隨有機而感應不二之旨逐根性以區分順物忘懷施而不作終日說示不異無言設教多途無乖一揆是以大聖慈悲隨機利物統其幽致羣籍非殊中下之流觀諦緣而自小高上之士御六度而成大由是品類愚迷無能自曉或因說而悟解故號聲聞原其所修四諦而爲本行觀無常而生恐念空寂以求安患六道之輪迴惡三界之生死見苦常懷厭離斷集恒畏其生證滅獨契無爲修道惟論自度大誓之心未普攝化之道無施六和之敬空然三界之慈靡運因乖萬行果闕圓常六度未修非小何類如是則聲聞之道也或有不因他說自悟非常偶緣散而體真故名緣覺原其所習十二因緣而爲本行觀無明而即空達諸行而無作二因既非其業五果之報何酬愛取有以無疵老死亦何所累故能脩然獨脫靜處幽居觀物變而悟非常覩秋零而入真道四儀庠序攝心慮以恬愉性好單棲慿閑林而自適不欣說法現神力以化他無佛之世出興作佛燈之後焰身唯善寂意翫清虛獨宿孤峯觀緣散滅利他不普自益未圓於下有勝於上不足兩非其類位處中乘如此辟支佛道也如其根性本明玄功宿著學非博涉解自生知心無所緣而能利物慈悲至大愛見之所不拘終日度生不見生之可度一異齊旨解惑同源人法俱空故名菩薩原其所修六度而爲正因行施則盡命傾財持戒則吉羅無犯忍辱則深明非我割截何傷安耐毀譽八風不動精進則勤求至道如救頭

然自行化他剎那之頃無間禪那則身心寂怕安般希微住寂定以自資運四儀而利物智慧則了知緣起自性無生萬法皆如真源至寂雖知煩惱無可捨菩提無可取而能不證無爲度生長劫廣修萬行等觀羣方下及諦緣上該不共大誓之心普被四攝之道通收總三界以爲家括四生而爲子悲智雙運福慧兩嚴超越二乘獨居其上如是則大乘之道也是以一真之理逐根性以階差取益隨機三乘之唱備矣然而至理虛玄窮微絕妙尚非其一何是於三不三之三而言三不一之一而言一一三非三尚不三三一非一亦何一一不一自非三三不三自非一非一一非三不留非三三非一不立不立之一本無三不留之三本無一一三本無無亦無無無無本故妙絕如是則一何所分三何所合分自於人耳何理異於言哉譬夫三獸渡河河一寧從獸合復何獨河非獸合亦乃獸不河分河尚不成三河豈得以河而合獸獸尚不成一獸豈得以獸而成河河非獸而何三獸非河而何一一河獨包三獸而河未曾三三獸共履一河而獸未嘗一獸之非一明其足有短長河之不三知其水無深淺水無深淺譬法之無差足有短長類智之有明昧如是則法本無三而人自三耳今之三乘之初四諦最標其首法之既以無差四諦亦何非大而言聲聞觀之位居其小者哉是知諦似於河人之若獸聲聞量劣與兔爲儔雖復奔波寧窮浪底未能知其深極位自居卑何必觀諦之流一槩同其成小如其智照高明

量齊香象者則可以窮源盡際煥然成大矣故知下智觀者得聲聞果中智觀者得緣覺果上智觀者得菩薩果明宗皎然豈容圖度者矣是以聲聞見苦而斷集緣覺悟集散而觀離菩薩了達真源知集本無和合三人同觀四諦證果之所差殊良由觀有淺深對照明其高下耳是以下乘行下中上之所未修上乘行上而修中下中行中下不修於上上中下之在人非諦令其大小耳然三乘雖殊同歸出苦之要聲聞雖小見愛之惑已袪故於三界無憂分段之形滅矣三明照耀開朗八萬之劫現前六通縱任無為山壁遊之直度時復空中行住或坐卧之安然氿沼則輕若鴻毛涉地則猶如履水九定之功滿足十八之變隨心然三藏之佛望六根清淨位有齊有劣同除四住此處為齊若伏無明三藏則劣佛尚為劣二乘可知望上斷伏雖殊於下悟迷有隔如是則二乘何咎而欲不修者哉如來為對大根引歸實所令修種智同契圓伊或毀或譽抑揚當時耳凡夫不了預畏被呵寧知見愛尚存去二乘而甚遠雖復言其修道惑使諸所不袪非唯身口未端亦乃心由諂曲見生自意解背真詮聖教之所不依明師未曾承受根緣非唯宿習見解未預生知而能世智辯聰談論以之終日時復牽於經語曲會私情縱邪說以誑愚人撥因果而排罪福順情則嬉怡生愛違意則忴[忄者]懷瞋三受之狀固然稱位乃儔菩薩初篇之非未免過人之釁又縈大乘之所不修而復譏於小學恣一時之強口謗說之患鏗然三塗

苦輪報之長劫哀哉吁哉言及愴然悲酸矣然而達性之人對境彌加其照忘心之士相善不涉其懷況乎三業之邪非寧有歷心於塵滴是以鑑玄之侶淨三受於心源滌穢之流掃七支於身口無情罔侵塵葉有識無惱蛸蟆幽澗未足比其清飛雪無以方其素眷德若羽羣揚翅望星月以窮高棄惡若鱗衆驚鉤投江瀛而盡底玄曦熟其照遠上界悉以緣消境智合以圓慮定慧均而等妙桑田改而心無易海嶽遷而志不移而能處憒非喧凝神挺照心源朗淨慧解無方覩法性而達真如鑑金文而依了義如是則一念之中何法門而不具如其妙慧未彰心無準的解非契理行闕超塵乖法性而順常情背圓詮而執權說如是則次第隨機對根緣而設教矣是以欽其綱紀委悉餘所未明深淺宗途畧言其趣三乘之學影響知其分位耳

事理不二第八

夫妙悟通衢則山河非壅迷名滯相則絲毫成隔然萬法本源由來實相塵沙惑趣原是真宗故物像無邊般若無際者以其法性本真了達成智故也譬夫行由通徑則萬里可期如其觸物衝渠則終朝域內以其不知物有無形之畔渠有窮虛之域故也是以學遊中道則實相可期如其執有滯無則終歸邊見以其不知有有非有之相無有非無之實故也今之色像紛紜窮之則非相音聲吼喚究之則無言迷之則謂有形聲悟之則知其閴寂如是則真諦不乖於事理即事理之體元真妙智不異於了知即了知之性元智然

而妙旨絶言假文言以詮旨眞宗非相假名相以標宗譬夫象非雪山假雪山而類象者此但取其能類耳豈以雪山而爲象耶今之法非常而執有假非有以破常性非斷而執無假非無而破斷類夫淨非水灰假水灰而洗淨者此但取其能洗耳豈以水灰而爲淨耶故知中道不偏假二邊而辨正斷常非是寄無有以明非若有若無言旣非非有非無亦何是信知妙達玄源者非常情之所測也何者夫妄非愚出眞不智生達妄名眞迷眞曰妄豈有妄隨愚變眞逐智迴眞妄不差愚智自異耳夫欲妙識玄宗必先審其愚智若欲審其愚智善須明其眞妄若欲明其眞妄復當究其名體名體若分眞妄自辨眞妄旣辨愚智迢然是以愚無了智之能智有達愚之實故知非智無以明其眞妄非智莫能辨其名體何者或有名而無體或因體而施名名體混緒實難窮究矣是以體非名而不辨名非體而不施言體必假其名語名必藉其體今之體外施名者此但名其無體耳豈有體當其名耶譬夫兔無角而施名此則名其無角耳豈有角當其名耶無體而施名者則名無實名也名無實名則所名無也所名旣無能名不有也何者設名本以名其體無體何以當其名言體本以當其名無名何以當其體體無當而非體名無名而非名此則何獨體而元虛亦乃名而本寂也然而無體當名由來若此名之有當何所云爲夫體不自名假他名而名我體名非自設假他體以施我名若體之未形則名何所名若名之未設

則體何所明然而明體雖假其名不爲不名而無體耳設名要因其體無體則名之本無如是則體不名生名生於體耳今之體在名前名從體後辨者如此則設名以名其體故知體是名源耳則名之所由緣起於體體之元緒何所因依夫體不我形假緣會而成體緣非我會因會體而成緣若體之末形則緣何所會若緣之末會則體何所形體形則緣會而形緣會則體形而會體形而會則明形無別會形無別會則會本無也緣會而形則明會無別形會無別形則形本無也是以萬法從緣無自體耳體而無自故名性空性之旣空雖緣會而非有緣之旣會雖性空而不無是以緣會之有有而非有性空之無無而不無何者會即性空故言非有空即緣會故曰非無今言不有不無者非是離有別有一無也亦非離無別有一有也如是則明法非有無故以非有非無名耳不是非有非無旣非有無又非非有非非無也如是何獨言語道斷亦乃心行處滅也

勸友人書第九

婺州浦陽縣佐溪山朗禪師召大師山居書

自到靈溪泰然心意高低峯頂振錫常遊石室巖龕拂乎宴坐青松碧沼明月自生風掃白雲縱目千里名華香果蜂鳥啣將猿嘯長吟遠近皆聽鋤頭當枕細草爲氊世上崢嶸競爭人我心地未達方乃如斯儻有寸陰願垂相訪

大師答書

自別已來經今數載遥心眷想時復成勞忽

奉來書適然無慮不委信後道體如何法味資神故應清樂也玄覺粗得延時欽詠德音非言可述承懷節操獨處幽棲泯跡人間潛形山谷親朋絕往鳥獸時遊竟夜綿綿終朝寂寂視聽都息心累閴然獨宿孤峯端居樹下息繁飡道誠合如之然而正道寂寥雖有修而難會邪徒喧擾乃無習而易親若非解契玄宗行符真趣者則未可幽居抱拙自謂一生歟應當博問先知服膺誠懇執掌屈膝整意端容曉夜忘疲始終虔仰折挫身口蠲矜怠慢不顧形骸專精至道者可謂澄神方寸歟夫欲採妙探玄實非容易決擇之次如履輕冰必須側耳目而奉玄音肅情塵而賞幽致忘言宴旨濯累飡微夕惕朝詢不濫絲髮如是則乃可潛形山谷寂慮絕羣哉其或心徑未通矚物成壅而欲避喧求靜者盡世未有其方況乎鬱鬱長林峩峩聳峭鳥獸鳴咽松竹森梢水石崢嶸風枝蕭索藤蘿縈絆雲霧氤氳節物衰榮晨昏眩晃斯之種類豈非喧雜耶故知見惑尚紆觸途成滯耳是以先須識道後乃居山若未識道而先居山者但見其山必忘其道若未居山而先識道者但見其道必忘其山忘山則道性怡神忘道則山形眩目是以見道忘山者人間亦寂也見山忘道者山中乃喧也必能了陰無我無我誰住人間若知陰入如空空聚何殊山谷如其三毒未祛六塵尚擾身心自相矛盾何關人山之喧寂耶且夫道性沖虛萬物本非其累真慈平等聲色何非道乎特因見倒惑生遂成輪轉耳若能了境非有觸目無非道

場知了本無所以不縁而照圓融法界解感何殊以含靈而辨悲即想念而明智智生則法應圓照離境何以觀悲悲智理合通收乖生何以能度度盡生而悲大照窮境以智圓智圓則喧寂同觀悲大則怨親普救如是則何假長居山谷隨處任縁哉況乎法法虛融心心寂滅本自非有誰强言無可喧擾之可喧何寂靜之可寂若知物我冥一彼此無非道場復何徇喧雜於人間散寂寞於山谷是以釋動求靜者憎枷愛杻也離怨求親者厭檻欣籠也若能慕寂於喧市鄽無非宴坐徵違納順怨債由來善友矣如是則劫奪毀辱何曾非我本師叫喚喧煩無非寂滅故知妙道無形萬像不乖其致真如寂滅衆響靡異其源迷之則見倒惑生悟之則違順無地閴寂非有縁會而能生峩嶷非無縁散而能滅滅既非滅以何滅滅生既非生以何生生生滅既虛實相常住矣是以定水滔滔何念塵而不洗智燈了了何惑霧而不祛乖之則六趣循環會之則三途逈出如是則何不乘慧舟而遊法海而欲駕折軸於山谷者哉故知物類紜紜其性自一靈源寂寂不照而知實相天真靈智非造人迷謂之失人悟謂之得得失在於人何關動靜者乎譬夫未解乘舟而欲怨其水曲者哉若能妙識玄宗虛心冥契動靜常矩語默恒規寂爾有歸恬然無閒如是則乃可逍遥山谷放曠郊鄽遊逸形儀寂怕心腑恬淡息於內蕭散揚於外其身兮若拘其心兮若泰現形容於寰宇潛幽靈於法界如是則應機有感適然無準矣因信畧

此餘更何申若非志朋安敢輕觸宴寂之暇時暫思量予必誑言無當看竟迴充紙燼耳不宣同友玄覺和南

發願文第十

稽首圓滿徧知覺寂靜平等本真源相好嚴特非有無慧明普照微塵刹稽首湛然真妙覺甚深十二修多羅非文非字非言詮一音隨類皆明了稽首清淨諸賢聖十方和合應真僧執持禁戒無有違振錫擕瓶利含識卵生胎生及溼化有色無色想非想非有非無想雜類六道輪迴不暫停我今稽首歸三寶普爲衆生發道心羣生沈淪苦海中願因諸佛法僧力慈悲方便拔諸苦不捨弘願濟含靈化力自在度無窮恒沙衆生成正覺說此偈已我復稽首歸依十方三世一切諸佛法僧前承三寶力志心發願修無上菩提契從今生至成正覺中間決定勤求不退未得道前身無橫病壽不中夭正命盡時不見惡相無諸恐怖不生顛倒身無苦痛心不散亂正慧明了不經中陰不入地獄畜生餓鬼水陸空行天魔外道幽冥鬼神一切雜形皆悉不受長得人身聰明正直不生惡國不值惡王不生邊地不受貧苦奴婢女形黄門二根黄髪黒齒頑愚暗鈍醜陋殘缺盲聾瘖瘂凡是可惡畢竟不生出處中國正信家生常得男身六根完具端正香潔無諸垢穢志意和雅身安心靜不貪瞋癡三毒永斷不造衆惡恒思諸善不作王臣不爲使命不願榮飾安貧度世少欲知足不長畜積衣食供身不行偷盜不殺衆生不噉魚肉敬愛含識如我無異

性行柔軟不求人過不稱已善不與物諍怨親平等不起分別不生憎愛他物不希自財不悋不樂侵犯恒懷質直心不卒暴常樂謙下口無惡說身無惡行心不諂曲三業清淨在處安隱無諸障難竊盜劫賊王法牢獄枷杖鉤鎖刀鎗箭槊猛獸毒蟲墮峯溺水火燒風飄雷驚霹靂樹折巖頹堂崩棟朽撾打怖畏趂逐圍遶執捉繫縛加誣毀謗橫註鉤牽凡諸難事一切不受惡鬼飛災天行毒癘邪魔魍魎若河若海崇山穹嶽居止樹神凡是靈祇聞我名者見我形者發善提心悉相覆護不相侵惱晝夜安隱無諸驚懼四大康强六根清淨不染六塵心無亂想不有昏滯不生斷見不著空有遠離諸相信奉能仁不執已見悟解明了生生修習正慧堅固不被魔攝大命終時安然快樂捨身受身無有怨對一切衆生同爲善友所生之處值佛聞法童真出家爲僧和合身身之服不離袈裟食食之器不乖盂鉢道心堅固不生憍慢敬重三寶常修梵行親近明師隨善知識深信正法勤行六度讀誦大乘行道禮拜妙味香華音聲讚唄燈燭臺觀山海林泉空中平地世間所有微塵已上悉持供養合集功德迴助善提思惟了義志樂閑靜清素寂默不愛喧擾不樂羣居常好獨處一切無求專心定慧六通具足化度衆生隨心所願自在無礙萬行成就精妙無窮正直圓明志成佛道願以此善根普及十方界上窮有頂下極風輪天上人間六道諸身一切含識我所有功德悉與衆生共盡於微塵劫不惟一衆生隨我有善

根普皆充熏飾地獄中苦惱南無佛法僧稱佛法僧名願皆蒙解脱餓鬼中苦惱南無佛法僧稱佛法僧名願皆蒙解脱畜生中苦惱南無佛法僧稱佛法僧名願皆蒙解脱天人阿修羅恒沙諸含識八苦相煎迫南無佛法僧因我此善根普免諸纏縛南無三世佛南無修多羅菩薩聲聞僧微塵諸聖衆不捨本慈悲攝受羣生類盡空諸含識歸依佛法僧離苦出三塗疾得超三界各發菩提心晝夜行般若生生勤精進常如救頭然先得菩提時誓願相救脱我行道禮拜我誦經念佛我修戒定慧南無佛法僧普願諸衆生悉皆成佛道我等諸含識堅固求菩提頂禮佛法僧願早成正覺

永嘉集

永嘉證道歌

唐慎水沙門玄覺撰

君不見絶學無爲閒道人不除妄想不求眞
無明實性卽佛性幻化空身卽法身法身覺
了無一物本源自性天眞佛五陰浮雲空去
來三毒水泡虛出沒證實相無人法剎那滅
却阿鼻業若將妄語誑衆生自招拔舌塵沙
劫頓覺了如來禪六度萬行體中圓夢裏明
明有六趣覺後空空無大千無罪福無損益
寂滅性中莫問覓比來塵鏡未曾磨今日分
明須剖析誰無念誰無生若實無生無不生
喚取機關木人問求佛施功早晚成放四大
莫把捉寂滅性中隨飲啄諸行無常一切空
卽是如來大圓覺決定說表眞僧有人不肯
任情徵直截根源佛所印摘葉尋枝我不能
摩尼珠人不識如來藏裏親收得六般神用
空不空一顆圓光色非色淨五眼得五力唯
證乃知難可測鏡裏看形見不難水中捉月
爭拈得常獨行常獨步達者同遊涅槃路調
古神清風自高貌顇骨剛人不顧窮釋子口
稱貧實是身貧道不貧貧則身常披縷褐道
則心藏無價珍無價珍用無盡利物應機終
不悋三身四智體中圓八解六通心地印上
士一決一切了中下多聞多不信但自懷中
解垢衣誰能向外誇精進從他謗任他非把
火燒天徒自疲我聞恰似飲甘露銷融頓入
不思議觀惡言是功德此卽成吾善知識不
因訕謗起寃親何表無生慈忍力宗亦通說
亦通定慧圓明不滯空非但我今獨達了恒
沙諸佛體皆同師子吼無畏說百獸聞之皆

腦裂香象奔波失却威天龍寂聽生欣悅遊江海涉山川尋師訪道爲叅禪自從認得曹谿路了知生死不相關行亦禪坐亦禪語默動靜體安然縱遇鋒刀常坦坦假饒毒藥也閒閒我師得見然燈佛多劫曾爲忍辱仙幾迴生幾迴死生死悠悠無定止自從頓悟了無生於諸榮辱何憂喜入深山住蘭若岑崟幽邃長松下優游靜坐埜僧家閴寂安居實蕭灑覺卽了不施功一切有爲法不同住相布施生天福猶如仰箭射虛空勢力盡箭還墜招得來生不如意爭似無爲實相門一超直入如來地但得本莫愁末如淨瑠璃含寶月既能解此如意珠自利利他終不竭江月照松風吹永夜清宵何所爲佛性戒珠心地印霧露雲霞體上衣降龍鉢解虎錫兩鈷金

環鳴歷歷不是標形虛事持如來寶杖親蹤跡不求眞不斷妄了知二法空無相無相無空無不空卽是如來眞實相心鏡明鑒無礙廓然瑩徹周沙界萬象森羅影現中一顆圓光非內外豁達空撥因果莽莽蕩蕩招殃禍棄有著空病亦然還如避溺而投火捨妄心取眞理取捨之心成巧偽學人不了用修行深成認賊將爲子損法財滅功德莫不由斯心意識是以禪門了却心頓入無生知見力大丈夫秉慧劒般若鋒兮金剛燄非但空摧外道心早曾落却天魔膽震法靁擊法鼓布慈雲兮灑甘露龍象蹴踏潤無邊三乘五性皆醒悟雪山肥膩更無雜純出醍醐我常納一性圓通一切性一法徧含一切法一月普現一切水一切水月一月攝諸佛法身入我

性我性同共如來合一地具足一切地非色非心非行業彈指圓成八萬門剎那滅却三祇劫一切數句非數句與吾靈覺何交涉不可毀不可讚體若虛空勿涯岸不離當處常湛然覓卽知君不可見取不得捨不得不可得中只麽得默時說說時默大施門開無壅塞有人問我解何宗報道摩訶般若力或是或非人不識逆行順行天莫測吾早曾經多劫修不是等閑相誑惑建法幢立宗旨明明佛敕曹溪是第一迦葉首傳燈二十八代西天記法東流入此土菩提達摩爲初祖六代傳衣天下聞後人得道何窮數眞不立妄本空有無俱遣不空空二十空門元不著一性如來體自同心是根法是塵兩種猶如鏡上痕痕垢盡除光始現心法雙忘性卽眞嗟末法惡時世衆生福薄難調制去聖遠兮邪見深魔强法弱多怨害聞說如來頓教門恨不滅除令瓦碎作在心殃在身不須寃訴更尤人欲得不招無間業莫謗如來正法輪旃檀林無雜樹鬱密森沈師子住境靜林間獨自遊走獸飛禽皆遠去師子兒衆隨後三歲便能大哮吼若是野干逐法王百年妖怪虛開口圓頓教勿人情有疑不決直須爭不是山僧逞人我修行恐落斷常坑非不非是不是差之毫釐失千里是則龍女頓成佛非則善星生陷墜吾早年來積學問亦曾討疏尋經論分別名相不知休入海算沙徒自困却被如來苦訶責數他珍寶有何益從來蹭蹬覺虛行多年枉作風塵客種性邪錯知解不達如來圓頓制二乘精進勿道心外道聰明無

智慧亦愚癡亦小騃空拳指上生實解執指爲月枉施功根境法中虛捏怪不見一法卽如來方得名爲觀自在了卽業障本來空未了應須還夙債饑逢王饍不能飡病遇醫王爭得瘥在欲行禪知見力火中生蓮終不壞勇施犯重悟無生早時成佛於今在師子吼無畏說深嗟懵懂頑皮靼秖知犯重障菩提不見如來開祕訣有二比丘犯婬殺波離螢光增罪結維摩大士頓除疑猶如赫日銷霜雪不思議解脫力妙用恒沙也無極四事供養敢辭勞萬兩黃金亦銷得粉骨碎身未足酬一句了然超百億法中王最高勝恒沙如來同共證我今解此如意珠信受之者皆相應了了見無一物亦無人亦無佛大千沙界海中漚一切聖賢如電拂假使鐵輪頂上旋定慧圓明終不失日可冷月可熱衆魔不能壞眞說象駕崢嶸謾進途誰見螗螂能拒轍大象不遊於兔徑大悟不拘於小節莫將管見謗蒼蒼未了吾今爲君決

永嘉證道歌

音釋

賾士革切深也　揜衣檢切蔽也　遄市緣切疾也　檝卽葉切短棹也　蠢尺尹切蟲動也　蜎吁緣切小飛也　潰胡對切決也　矻苦骨切矻矻勞極也　⿰氵⿰享頁頗五切與普同適也　⿰忄於⿰忄諸⿰忄於依據切⿰忄諸朱成切　豐許覲切隙也　闃苦臭切寂靜也　絆博慢切羈絆也　訕音釤毀語也　崟音銀高險貌　鈷音古　蹴音促　駭諧上聲　靼音達柔革也　顇疾醉切憔悴也

大方廣佛華嚴經論

唐方山長者李通玄造

清刻龍藏佛說法變相圖

釋大方廣佛新華嚴經論主李長者事迹

李長者諱通玄莫詳所自或有詢其本者但言滄州人開元二十七年三月望日曳策荷笈至于太原盂縣西四十里同穎鄉村名大賢有高山奴者尚德慕士延納無倦長者徑詣其門山奴諦瞻神儀知非常器遂罄折禮接請歸安居每旦唯食棗十顆栢葉餅子如匕大者一枚自爾不交外人掩室獨處含毫臨紙曾無虛時如是者三稔一旦捨山奴南去五六里至馬氏古佛堂自搆土室寓于其側端居宴默于茲十年後復囊挈經書遵道而去二十里餘次韓氏別業卽今冠蓋村焉忽逢一虎當塗馴伏如有所待長者語之曰吾將著論釋華嚴經可與吾擇一棲止處言畢虎起長者徐而撫之遂將所挈之囊挂於

虎背任其所止於是虎望神福山原直下三十餘里當一土龕前便自蹲駐長者旋收囊裝置於龕內虎乃屢顧弭尾而去其龕瑩潔圓迴廣袤尋丈自然而有非人力成龕之四旁舊無泉澗長者始來之夕風雷暴作拔去一古松高三百餘尺及旦松根之下化爲一潭深極數尋迴還五十餘步甘逾瑞露色奪琉璃時人號爲長者泉至今澄明未曾增減僣陽之歲祈之必應長者製論之夕心窮玄奧口出白光照耀龕中以代燈燭居山之後忽有二女子容華絕世皆可笄年俱衣大布之衣悉以白巾幪首姓氏居處一無所言常爲長者汲水焚香供給紙筆卯辰之際輒具淨饌甘珍畢備置長者前齋罷撤器莫知所止歷於五祀曾不闕時及其著論將終遂爾絕迹謹按華嚴舊傳東晉三藏佛駝跋陀羅於江都謝司空寺譯經有二青衣童子忽自庭沼而出承事梵僧爇香添缾不離座右每欲將夕還潛沼中日日皆然率爲常事及譯畢寫淨沉默無迹長者感通事符曩昔長者身長七尺二寸廣眉朗目丹脣紫肥長髯美茂修臂圓直髮彩紺色毛端右旋質狀無倫風姿特異殊妙之相靡不具足首冠樺皮之冠身披麻衣長裙博袖散腰而行亦無韋帶居常跣足不務將迎放曠人天無所拘制忽一日出山訪舊止之里適值野人聚族合樂長者徧語之曰汝等好住吾將欲歸衆乃罷樂驚惶相顧咸皆惻愴必謂長者卻還滄州揮涕同詞懇請留止長者曰縱在百年會當歸去於是舉衆卻送長者入山至其龕所復

語之曰去住常然耳汝等可各還家及衆旋踵之頃嵐霧四起景物不分行路之人咸共駭異翌日長叟結徒登山禮候但見姿容端儼已坐化於龕中矣時當三月二十八日報齡九十六有一巨蛇蟠當龕外張目呀口不可向近衆乃歸誠致祝其等今欲收長者全身將營殯藏乞潛威靈願得就事蛇因攝形不現耆舊潛泣舉荷擇地於大山之陰累石爲墳蓋取堅淨即神福山逝多蘭若今方山是也初長者隱化之日及成墳之時煙雲凝布巖谷震蕩有二白鶴哀唳當空二鹿相叫連夕其餘飛走悲鳴滿山鄉原之人相率變服追攀孺慕若喪所天每當建齋即墳上雲起七七如是良足異夫長者平昔之時每年常於三月末間設十方賢聖淨會不以女人造食貴使觸事精誠至於棗核米泔不許輒棄齋畢任用犬彘徧霑如斯之會遵承到今未曾廢絶至大曆九年二月六日有僧廣超於逝多蘭若獲長者所著論二部一是大方廣佛新華嚴經論四十卷一是十二緣生解迷顯智成悲十明論一卷傳寫揚顯徧於并汾廣超門人道光能繼師志肩負二論同遊燕趙昭示淮泗使後代南北學人悉得參閱論文宗承長者皆超光二僧流布之功耳其爲論也統貫經意標表法身廓性海於無邊歷刹塵而不動分泮衆教極彼源流融鎔上乘會此華藏俾迷徑者獲道滯教者忘機可謂毘盧之指歸華嚴之日月矣若非聖人愍世降生開導昏瞑孰能條釋大典指授大心歟長者行止玄微固難遐究虛空不可等度

況擬求邊際耶比歲僧元覘特抵方山求長者遺迹初禮石墳次尋龕址龕前有松三株一已查立俱是長者手植長者將化之月一株遂枯至今二株常有靈鶴結巢於頂又於壽陽南界解愁村遇李士源者乃傳論僧廣超之猶子也示長者真容圖瞻禮而迴斯爲滿願矣向之云云蓋在摭實枝葉華藻無所務焉雲居散人馬支纂録

大方廣佛華嚴經論卷第一

唐方山長者李通玄造

○夫以有情之本依智海以爲源含識之流總法身而爲體只爲情生智隔想變體殊達本情亡知心體合今此大方廣佛華嚴經者明衆生之本際示諸佛之果源其爲本也不可以功成其爲源也不可以行得功亡本就行盡源成源本無功能隨縁自在者即此毘盧遮那也以本性爲先智隨根應大悲濟物以此爲名依本如是設其教澤滂流法界以潤含生於是寄位四天示形八相菩提場内現蘭若以始成普光法堂處報身之大宅普賢長子舉果德於藏身文殊小男創啓蒙於金色以海印三昧周法界而降靈用普眼之法門覩塵中之刹海依正二報身土交叅因果兩門體用相徹以釋天之寶網彰十刹以重重取離垢之摩尼明十身而隱隱無邊刹境自他不隔於毫端十世古今始終不移於當念其爲廣也以虚空而爲量其爲小也處極微而無跡十方無卷匪虧於小相之中纖塵不舒含十方而匪礙於智海果德殊分於五位之門常住法堂示進修於九天之上此方如是十刹同然聖衆如雲海會相入智凡不礙狀多鏡以納衆形彼此無妨若千燈而共一室此經總有四十品之勝典玄開果德之門百萬億之妙言咸舉佛華之行海十身十會闡十十之法門十處十方啓十通而疏十辯出現品内示因果以結始終給孤獨園利人天之明法界目連鶖子隔視聽於對顔六千比丘啓十明於路上覺城東際五衆咸

臻古佛廟前同登十智善財發明導首用彰來衆齊然又成五位法門具德行其軌範令使啓蒙易達解行無疑還信首文殊之前正證妙峰之頂經過五衆成一百一十之法門至慈氏之園結會一生之佛果返示文殊之初友明以果同因後入普賢之妙身彰體用圓極此經明大方廣佛華嚴經者大以無方爲義方以理智爲功廣則毫刹相含佛乃體用無作華喻行門可樂能數理事之功嚴卽依正莊嚴經卽貫穿縫綴世主妙嚴品者菩薩示生皆爲世主同臻海會故號妙嚴品者類會同流法門均隔爲品此經總有四十品之勝典此品建初故稱第一是故言大方廣

佛華嚴經世主妙嚴品第一

釋此一部之經總作十門分別第一明依教分宗第二明依宗教別第三明教義差別第四明成佛同別第五明見佛差別第六明說教時分第七明淨土權實第八明攝化境界第九明因果延促第十明會教始終

第一明依教分宗

夫如來成道體應眞源理事二門一多相徹智境圓寂何法不周只爲器有差殊軌儀各異始終漸頓隨根不同設法應宜大小全別時分因果延促不同化佛本身施詮各異國土淨穢增減不同地位果因自有投分創學之流未諳教跡執權成實迷不進修若不咸舉衆宗類其損益無以了其迷滯者矣今略分十法以辯闡猷使得學者知宗還權就實不滯其行速證菩提第一小乘戒經爲情有爲宗第二菩薩戒爲情有及眞俱示爲宗第

三般若教說空彰實爲宗第四解深密經爲不空不有爲宗第五楞伽經五法三自性八識二無我爲宗第六維摩經以會融染淨二見現不思議爲宗第七法華經會權就實爲宗第八大集經以守護正法爲宗第九涅槃經明佛性爲宗第十名大方廣佛華嚴經以此經名一切諸佛根本智慈因圓果滿一多相徹法界理事自在緣起無礙佛乘爲宗已上分宗皆是承前先德所立宗旨設有少分增減不同爲見解各別大意名目亦多相似如西域及此方諸德各立宗教後當更明第一小乘戒經爲情有爲宗者爲如來創爲凡夫造業處說是應作是不應作捨者善不捨者不善如此立教未爲實有如此有教且約凡情虛妄之處橫計諸惡以教制之令生人天是故戒序云若欲生天上及生人中者常當護戒足勿令有毀損衆生有爲作業虛妄非實得故生人天無常虛妄非實未得法身智身非爲實有宗且爲情有宗於小乘中爲軌持教也如華嚴經持戒卽不然經云身是梵行耶身業四威儀乃至佛法僧十衆七遮和尚羯磨壇場等是梵行耶如是諦觀求梵行者了不可得是故名爲清淨梵行如梵行品說如是清淨行者名持佛性戒得佛法身故乃至初發心時便成正覺以持佛性戒故與佛體齊理事平等混眞法界如是持戒不見自身能持戒者不見他身有破戒者非凡夫行非賢聖行不見自身發菩提心不見諸佛成等正覺若好若惡若有少法可得不名菩提不名淨行當如是觀如是性戒卽法

身也法身者即如來智慧也如來智慧者即正覺也是故不同小乘有取捨故

第二如梵網經菩薩戒爲情有及眞俱示爲宗者如來爲凡夫之中有大心衆生樂行慈悲有忻求佛果者說盧舍那佛爲本身千百億爲化身頓令識末還本故經言如是千百億各接微塵衆俱來至我所又言若人受佛戒即入諸佛位位同大覺已眞是諸佛子即爲性戒故即爲眞宗此乃爲大心衆生頓示法身性戒下劣者得漸一教應二根如是千百億各接微塵衆俱來至我所明捨權而就實此爲實有教當教之內頓示權實故不同小乘前亦無常後亦無常爲但生人天故雖然立實有宗不同華嚴經毘盧遮那所說也此經仍隨化身所化方來至本身也圓教之宗一下頓示本身本法界大智報身因果理事齊彰又如華嚴經中世界量與梵網經中蓮華形量亦不同廣狹全別廣如下文所說

第三般若教爲說空彰實爲宗者爲如來初爲人天凡夫說二乘教繫著理事俱實不能離障爲說空教破所繫著故般若經中說十八種空法世間三寶四諦三世等一切皆空空亦空廣如經說此乃空卻無明諸障等業無明總盡障業皆無自性涅槃自然顯著此爲眞有不名空宗雖然爲眞有所說教門多有成壞故未可爲圓如華嚴經具報相好莊嚴能虛能實當部之內當品之中十十菩薩等上下自相輪貫空有之法不獨孤行又以普賢文殊上下交參理事相徹互相交映一部之典品品相徹句句相參一品之中四十

品經同入一言之内十萬頌之齊麾一成卽一切成一壞卽一切壞總以性齊時齊行齊故如上等齊説法亦齊如是齊故如今成佛與三世佛齊成佛故爲無三世故爲無時故不同彼教成壞别時故因果前後故

第四解深密經爲不空不有宗者如來説於有教空教之後説此一部之教和會有無二見爲不空不有卽説九識爲純淨無染識如瀑水流生多波浪諸波浪等以水爲依五六七八等識皆以阿陁那識爲依故如彼波浪以水爲依如深密經云如善鏡面若有一影生緣現前唯一影起若二若多影生緣現前有多影起非此鏡面轉變爲影亦無受用滅盡可得此明五六七八識所依第九淨識處也又云如是菩薩雖由法住智爲依止爲建立故此經意欲令於識處便明識體本唯眞智故如彼瀑流不離水體而生波浪又如明鏡依彼淨體無所分别含多影像不礙有而常無故如是自心所現識相不離本體無作淨智所現影相都無自他内外等執任用隨智無所分别以破空有二繫爲不空不有故深密經頌曰阿陁那識甚深細一切種子如瀑流我於凡愚不開演恐彼分别執爲我阿陁那識甚深細者引彼凡流就識成智不同二乘及漸始學菩薩破相成空不同凡夫繫而實有不同彼故不空不有何法不空爲智能隨緣照機利物故何法不有爲智正隨緣時無性相故無生住滅故以是義故名不空不有此經雖復如是於心識之處令知空有無二華嚴經則不然但彰本身本法界一眞

之根本智佛體用故混眞性相法報之海直爲上上根人頓示佛果德一眞法界本智以爲開示悟入之門不論隨妄而生識等法華經以佛智慧示悟衆生使得清淨故出現於世故不爲餘乘若二若三又三乘之人於佛性相之法如來不許彼知解故法華經云種種性相義我及十方佛乃能知是事舍利弗辟支佛及不退諸菩薩皆悉不能知以法華經會三乘權學來歸佛乘實法界故門前三駕且受權乘露地白牛方明實德以此義故於中有少分義意與華嚴經相符龍女卽是所乘白牛之乘又與善財同其所得是故華嚴教門直彰本體用法界佛果門直授上根凡夫令其悟入不同深密經中安立五六七八九識施設權門如深密經權施第九阿陁那識意有異途爲二乘之人久厭患生死修空滅識直趣空寂又第二時說般若等教爲迴二乘及漸學菩薩多說空破有以六波羅蜜爲行所乘於中二乘雖少分迴心及漸學菩薩樂空增勝爲彼權學菩薩初對治門還與小乘初對治門少分相似但有一分慈悲增勝未證法身佛性根本智等道理但以空門而爲所乘六波羅蜜而爲行相初對治門還同二乘無常不淨白骨微塵等觀方入空觀二乘趣滅菩薩留生以空無我等觀折伏我法不令增長元來未是法身佛性根本智爲見未眞故樂空增勝以是義故解深密經

方便安立七八識外別說九識爲純淨識云七八識以淨識爲依止故未卽直爲說第八種子識爲如來藏者爲彼學徒畏苦習故若

說業種恒眞生怖難信故是故權且安立第九阿陁那識爲淨識故欲令不滅識性長大菩薩是故維摩經云未具佛法亦不滅受而取證也受旣不滅想識亦然如楞伽經直爲根熟者說第八識業種爲如來藏下文更明維摩經云塵勞之疇爲如來種等夫修道之士品類異途解行差殊千端萬别除二乘之外菩薩之乘有四品不同一修空無我菩薩二漸見佛性菩薩三頓見佛性菩薩四以如來自性清淨智以五位加行起差别智滿普賢行成大慈悲菩薩究竟不出刹那際充滿十方佛果門此略示名目下文廣明如華嚴經說有一類菩薩經百千億那由他劫行六波羅蜜不生佛家猶名假名菩薩廣會在下文以雖見佛性未彰智業猶名假名菩薩

第五楞伽經以五法三自性八識二無我爲宗者彼經於南海中楞伽山說如來於此山下過羅婆那夜叉王與摩訶菩薩乘華宮殿來請如來於此山上說法其山高峻下瞻大海傍無門户得神通者堪能昇往乃表心地法門無修無證者方能昇也下瞻大海表其心海本自清淨因境風所轉識浪波動欲明達境自空心海自寂心境俱寂事無不照猶如大海無風日月森羅煥然明現彼經意直爲根熟菩薩頓說種子業識爲如來藏異彼二乘滅識趣寂者故亦爲異彼般若修空菩薩樂空增勝者故直明識體本性全眞便成智用故如彼大海無風卽境像更明心海法門亦復如是了眞卽識成智此經異彼深密經意别立九識接引初根漸令留惑長大菩

提故不令其心植種於空亦不令其心如彼敗種解深密經乃是入惑之初門楞伽維摩直示惑之本實楞伽卽明八識爲如來藏淨名卽觀身實相觀佛亦然淨名與楞伽略同深密經文與此二部少别也如華嚴經不爾佛身及境界法門行相懸自不同說彼楞伽經卽是化身所說境界卽是穢土山峰所居法門說識境界爲眞問答卽以大慧菩薩爲首化身明教是權大慧且論簡擇如華嚴經教佛身卽是本眞法報境界卽是華藏所居法門卽是佛果法界爲門問答卽是文殊普賢理事智之妙用五位行相因果互融十剎十身體徹相入若論同别未可具言更待下文依位廣辯

第六維摩經不思議爲宗者維摩經與華嚴十種别一種同别者一淨土莊嚴别二佛身諸相報化别三不思議德神通别四所設法門對根别五諸有聞法來衆别六設教安立法門别七淨名菩薩建行别八所闡法門處所别九常隨佛衆部從别十所付法藏流通别一同者入道方便法門略同一淨土莊嚴别者如維摩經中所說淨土如來以足指按地卽三千大千世界若干百千珍寶嚴飾譬如寶莊嚴佛無量功德寶莊嚴土一切大衆歎未曾有而皆自見坐寶蓮華而未說無盡佛剎莊嚴等事在一毫塵中如華嚴經中具說十佛毘盧遮那境界十蓮華藏世界海一一世界海有無盡世界海重重相入一塵之内有無盡世界海圓滿十方佛境界衆生境界互相涉入不相障礙衆寶莊嚴如光如影

廣如經說不但獨言三千大千世界之所嚴淨二佛身諸相報化別者說此維摩經是三十二大人之相化佛所說說華嚴經佛是九十七大人之相及十華藏世界海微塵數大人之相實報如來之所說也三不思議德神通別者如維摩經說菩薩神通以須彌之高廣内芥子中能以四大海水入一毛孔又小室之内能容三萬二千師子之座各各高八萬四千由旬八千菩薩五百聲聞百千天人維摩詰置其右手掌擎其大衆往詣菴園又以手斷取東方妙喜佛國來至此土示於大衆送還本處如是神變且爲權學三乘聲聞菩薩等衆現如斯事何以故爲權教聲聞菩薩等見道未實自他未亡所現神變依根所見皆有往來分劑限量又是一時之間聖意以神力變化起諸小根令漸增進故非是法爾力故如華嚴經中以本法力法如是故能以一塵之内含容十方一切佛刹衆生刹總在塵中世界不小微塵不大十方世界所有微塵一一塵中總皆如是如經所說菩薩於一小衆生身中成等正覺廣度衆生其小衆生不知不覺當知佛以權教引小根故身外見佛現神通力而有來去實教之中以自本覺自覺本心身心性相與佛無異無有内外往來諸見是故毘盧遮那佛不移本處而身徧坐一切道場十方來衆不移本處而隨化往都無來去亦無神力所致是故經言法如是故經中每言以佛神力及法如是力者以佛神力推佛爲尊法如是故推其本德都無變化一一國刹身心性相以依本故不隨妄

故大小諸境皆如光如影互相映徹周徧十方都無往來都無分限即一一衆生身諸毛孔之内周徧十方不同權教以其神力分劑往來擎來送去致斯妄見違本法身障眞菩提本覺性智是故淨名菩薩現斯神變已方陳實教維摩經云觀身實相觀佛亦然我觀如來前際不來後際不去今則不住如阿閦佛品廣明是故權教小見樂欲希奇菩薩稱根麤施接引令生樂學方授實門不可以執化成眞恒逃智眼識權就實還入法界之門有作之法難成隨緣無作易辦作者勞而無功不作隨緣自就無功之功功不虛棄有功之功功皆無常多劫積修終歸敗壞不如一念緣起無生超彼三乘權學等見四所設法門對根別者彼維摩經對二乘根令迴向善提入大乘故又對大乘中滯淨菩薩悲智未滿者令進修故即如衆香世界諸來菩薩衆欲還本土請佛世尊願賜少法如來依根見彼菩薩滯於淨土悲智心劣便爲說法令學有盡無盡解脱門下文云不離大慈不捨大悲深發一切智心而不忽忘教化衆生終不厭倦於四攝法常念順行在諸禪定如地獄想於生死中如園觀想見來求者如善師想廣如維摩經說彼經對二乘三乘悲智未滿令且漸修增長悲智未即一下頓示佛門未即說言十住初心便成正覺未即示其廣大妙事皆有分劑故五諸有來衆聞法別者如維摩經中所有來衆除文殊慈氏等大菩薩衆舍利弗等影響聲聞餘外來衆總是三乘之中權學之衆設有於中菩薩生於諸趣同

類俱來皆欲成就三乘權學漸令增進未說圓滿諸佛本乘如華嚴經中所有來衆皆是乘如來乘佛智果德自體法身具普賢行而隨影現十方刹海一切道場還成如來所乘本法無有一箇三乘根機設有三乘根機如盲如聾不知不覺猶如盲人對於日月猶如聾人聽天樂音如業貧人對天寶藏如大福德處於地獄亦如餓鬼臨大海邊三乘之器道力未窮未迴心者常居法界海中諸佛境界與佛同德同身終不能信不覺不知別求佛見如華嚴經云佛子設有菩薩於無量百千億那由他劫行六波羅蜜修習種種菩提分法若未聞此如來不思議功德法門或時聞已不信不解不順不入不得名爲眞實菩薩以不能生如來家故當知聞法衆全別維摩經中娑婆之衆彼此未忘香積諸徒垢淨全在當知此類並是見解未眞守一方之淨刹雖名菩薩諦道未圓如是之徒未詳佛意雖有忻菩提之志願滯淨刹以居心彼與法身智身懸隔是故法華經云不退諸菩薩其數如恒沙亦復不能知即如華嚴之衆自身與佛身無別自智與佛智無差性相含容一多同別居法界海之智水示作魚龍住涅槃之大宅現陰陽而化物主伴自在交映相參師弟互融因果通徹並是如斯之衆也六設教安立法門別者彼維摩經以淨名居士現少許不思議之通變令二乘迴心又處於生死現身有疾令知染淨無二又表菩薩大悲有疾菩薩具陳不二之門建定慧觀智用彰不求之法最要故云夫求法者於一切法應

無所求然未似華嚴經具陳十住十行十迴向十地等覺五位六位行相因果同别法門七淨名菩薩示行别者淨名爲表大悲示入生死現其病行華嚴經毘盧遮那以大悲示入生死成正覺行彰大智能出世故八所闡法門處所别者説維摩經在毘耶離城菴羅園及在淨名之室説華嚴經在摩竭國菩提場中及一切世界及一切塵中説九常隨佛衆别者説維摩經時聲聞爲常隨佛衆但具五百説華嚴經時總是一乘大菩薩衆爲常隨佛衆具十佛刹微塵大衆總是具普賢文殊體用等衆十所付法藏流通别者彼維摩經囑累品中説佛告彌勒菩薩言彌勒我今以是無量億阿僧祇劫所集阿耨多羅三藐三菩提法付囑於汝故即以其經付囑已成

菩薩已生佛家者華嚴經如來出現品中付囑流通即以其經法付囑凡夫初心始能見道生在佛家者何以然此經難入許人能證以自證故方堪能説表三乘是權但以聖勸修證所有得法未成實故所有説法者亦未實故華嚴經云此經珍寶不入一切餘衆生手唯除如來法王眞子生如來家種如來種諸善根者佛子若無此等佛之眞子如是法門不久散滅問曰若計佛之眞子即十方世界無盡無邊以世界微塵莫知其數何須慮此經若無眞子即便散滅答曰此經意者付囑凡夫令覺悟入此法門故令生佛家使其轉教佛種不斷即凡夫令得入眞之境若囑累諸大菩薩凡夫無緣諸聖自明無凡夫修學者凡夫道中佛種即斷此經散滅以此義

故付囑凡夫令修不付已前大菩薩舊見道者一入道方便同者維摩經云夫求法者於一切法應無所求乃至觀身實相觀佛亦然我觀如來前際不來後際不去今則無住等是初觀智門略同於入道行相門戸次第軌則全別廣如下明第七法華經會權入實爲宗者此經引彼三根之人歸一乘實教故引衆流而歸大海攝三乘而還源藏法師等前諸大德會爲共教一乘爲三乘同聞故華嚴經爲別教一乘爲不與三乘同聞故叅詳此理會此二門法華經引權器以歸眞華嚴者頓示大根而直受雖一乘名合法事略同論其軌範有多差別今欲備舉事廣難周略舉十門用知綱目十門者一者教主別二放光別三國土別四請法主別五大會莊嚴眞化別六序分之中列衆別七龍女轉身成佛別八龍女成佛所居國土別九六千之衆發心別十授諸聲聞遠記別一教主別者說此法華經即是化身佛說還過去滅度多寳如來證成此經三世諸佛同共宣說如華嚴經即不然教主即是毘盧遮那爲教主故即是法報理智眞身具無量相海功德之身之所莊嚴三世諸佛同爲一際一時一法界報相重重無有障礙古今一際非三世故舊佛非過去今佛非新出爲根本智性相齊理事不異故如是本佛說本法頓受大根故不是化佛故不似法華經有舊佛滅度多寳如來今佛出世說法華經以是義故言教主別二放光明別者說法華經雖放眉間毫相果光所照境界但言萬八千土皆如金色仍有限量不

稱無邊無量無盡故但彰果法不彰因位華嚴一部經典教行因果表法光明始終具十後當更明三國土别者說法華經時三變世界令成淨土移諸天人置於他土然後安置他方來衆變此穢境令成淨刹說華嚴經時即此娑婆世界即是蓮華藏世界一一世界互相含入經云一一世界滿十方十方入一亦無餘世界不增亦不減無比功德故如是又云諸佛成道在一小衆生身中化無量衆其彼小衆生不知不覺只爲凡聖同體無移轉相纖塵之内自他同體不同法華之會移轉人天方明淨刹此是對權根乃分自他滯見者之所建立是故令明國土别也四請法主别者說法華經時請法主者即是舍利弗以爲勸請之首說華嚴經時佛令文殊普賢隨位菩薩各自說自位法門爲說法首佛表果法舉果爲因起大悲行成根本智果體自成故無言不說也以大悲行從無作根本智起故文殊普賢表因位可說佛果法示悟衆生阿僧祇品世間數法廣大難量唯佛究竟不屬五位中因果門故是佛自位内法門還佛自說隨好光明功德品即是如來自成因果後自說佛法法爾之力恒常福智光明之法門亦不屬五位之内行相因果故佛亦自說此明佛果無二愚也除此二品經外諸餘三十八品皆是五位之内行相法門是故佛不自說總令十信十住十行等當位之内菩薩自說佛但放光表之其所放光表法之相後當廣明當說華嚴經時一無聲聞及小菩薩爲請法主皆佛果位内諸大菩薩自相問

答安立佛果法門行相爲悟大根者故頓將佛果直受爲因因卽以果爲因果卽以因爲果如種種子等以定慧力思之可見是故今言請法主别五大會莊嚴眞化别者如法華會令三千大千世界清淨莊嚴其諸化衆亦皆充滿所來諸佛皆云是化華嚴經卽不爾卽有十處十會衆皆滿十方不移本處而充法界一一身相及身毛孔國刹重重菩薩佛身互相徹入雜類衆生亦皆無礙身土相徹如影含容所來之衆不壞法身而隨相好法身相好一際無差卽相全眞無有化也不同餘敎說化說眞有相參會是故今言大會别也六序分之中列衆别者法華會中先列聲聞衆萬二千人俱次列摩訶波闍波提與眷屬六千人俱此爲姨母六千人俱次列耶輸陁羅比丘尼此是佛爲太子時夫人佛爲太子時有三夫人一名瞿夷二名耶輸三名摩奴舍瞿夷是善財童子十地法雲地善知識表十地法悅能慈故爲法利生法悅身心是其妻義次列菩薩八萬人俱次列諸天龍鬼等華嚴經卽不然先列菩薩上首有十佛世界微塵數不論其從者次列執金剛神衆已後諸神龍天等衆部類總有五十五衆一一部從各别各各部從各有佛世界微塵數衆或有部從直言無量且於初會通菩提場衆有五十五部衆其於十會之衆後當更明大意論之佛身衆海無邊法界以重重一一諸身普含容而無際一身卽以法界爲量自他之境都亡法界卽自身遍周能所之情見絶約略論之如是十會列衆後當更明從初至

八會都不聞聲聞之名九會之中始有比丘三衆至位方明行相七龍女轉身成佛別者如法華經龍女於刹那之際即轉女身具菩薩行南方成佛如華嚴經即不然但使自無情見大智逾明即萬法體眞無轉變相如維摩經中舍利弗謂天女曰何故不轉女身天女謂舍利弗我十二年來求女人相了不可得當何所轉如菴提遮女謂舍利弗自男生我女當知萬法本自體如有何可轉如華嚴經入法界品中善財童子善知識文殊普賢比丘比丘尼長者童子優婆夷童女仙人外道五十三人各各自具菩薩行自具佛法隨諸衆生見身不同不云有轉若以法眼觀無俗不眞若以世間肉眼觀無眞不俗以法華經對權教三根見未盡者令成信種且將女相速轉成佛令生奇特方始發心趣眞知見不堪本法而起善根此明且引三權令歸一實又破彼時劫定執三僧祇令於刹那證三世性本來一際無始無終稱法平等裂三乘之見網撤菩薩之草菴令歸法界之門入佛眞實之宅故令龍女成佛明非過去久修年始八歲又表今非舊學轉女時分不逾刹那具行佛果無虧毫念法本如是自體無時權學三根自將見隔自迷實法返稱爲化不知躬已本事如斯全處宅中猶懷滯見云何界外懸指僧祇此見不離定乖永劫迴心見謝方始舊居何如今時滅諸見業徒煩多劫苦困方迴如華嚴經法界緣起門明凡聖一眞猶存見隔見在即凡情亡即佛稱性緣起俯仰進退屈伸謙敬皆菩薩行無有一法可轉

變相有生住滅是故不同龍女轉身成佛八龍女成佛所居國土別者即言南方無垢世界非此娑婆解云心得應眞故稱無垢正順本覺故號南方爲南北爲正故又南爲明爲虛南爲离离中虛八卦中离法心心虛無故則明還依世俗八卦表之餘方雖無八卦之名其方法是一法也故雖然理如是有理即有事故還須有國衆所歸依若有別住南方自他彼此猶隔此乃猶順三乘分引權根而生信解還就佛乘故爲三乘餘執勢分難摧且有一分迴心自他之情未絕頓印法界之體不同華嚴自他相徹一一微塵之內住因陁羅網之門是故今言所居國土別九六千之衆發心別者如法華經云龍女成佛時娑婆世界菩薩聲聞舉衆皆遙見龍女成佛普爲時會人天說法心大歡喜悉遙敬禮又下文娑婆世界三千衆生住不退地三千衆生發菩提心而得受記智積菩薩及舍利弗一切衆會默然信受雖智積菩薩及舍利弗而爲智士寄在遮流爲利啓蒙故遺教行益濟凡學令成軌躅既娑婆之衆皆遙敬禮六千發意彼此未亡但順三乘權學有爲菩提未得普門法界本覺菩提自他同體以此義故故有遙敬禮華嚴經即不然即以普門法界普見法門如來藏身三昧之境因陁羅網莊嚴法門世界海漩重重妙智一時同得爲一證一切證一斷一切斷故即自身之內有十身諸佛剎海莊嚴佛身之內即自身之境重重隱現十方世界法爾如斯猶如衆流歸於大海雖未入海潤性無差若入大海皆同鹹

味一切衆生亦復如是迷之與悟雖然有殊本來佛海元本不異云何法華經中娑婆之衆有遥敬禮以此事儀法則與華嚴全别只如法界品内六千之衆刹那十眼逾明五百小童一生十身咸證餘衆皆爾善財南詢諸友佛果文殊慈氏已圓復入普賢之身海漩澓門總備理事齊亘無法不彰法界既處塵中何得有遥敬禮是故今言六千之衆發心别十授聲聞遠記别者爲法華之中龍女雖復頓印法界無時之門全彰佛果三乘權學雖有信順之心餘風未殄未能頓證遠劫方登故受遠記不同華嚴迷卽處凡悟卽是佛設有餘習以佛知見而用治之無佛知見但成折伏不得入佛駛水之流還經遠劫方能入也爲三乘之初心信根下劣故不能離縛籠繫煩多樂著生死雖求出世根器下劣滯住退還如來於是以生老病死無常不淨刹那滅壞念念不住如是等觀使令觀之令生厭離捨厭心成心居淨穢如來於化教之中爲此根故雖復勸修悲智以求佛果仍推淨土在於餘方爲彼三乘見分未亡見此娑婆恒常是穢説因説果破彼疑心暫化令淨却攝神力還當見穢三乘教印自有明文則因斯無常觀智習性難迴龍女雖頓示佛乘雖信未能卽證以是義故法華會内所受記别皆蒙遠劫法華漸引來歸華嚴當時直授發心卽佛故以此義故行相不同其此一部之經同門有二一乘如來乘直至道場如來乘者卽一乘也如華嚴經賢首品云一切世間羣生類尠有欲求聲聞乘求緣覺者轉復少

求大乘者甚希有求大乘者猶爲易能信此法甚爲難又經云若有諸衆生其心饜没者爲說聲聞道令離於衆苦若復有衆生其心少名利爲說因緣法令得辟支佛若復有衆生樂學慈悲心廣饒益衆生爲說菩薩道若復有衆生決定樂大事轉無盡佛法爲說一乘道此乃華嚴經中分四乘義也如法華經中門前三駕且示權門露地白牛方明正教佛乘唯有一無二亦無三二三門外之權宗方明露地之實教四乘契會二教共同施設化儀各有差別又法華云唯此一事實餘二則非真准此一文似立三乘論其契會還成四法唯此一事實者卽佛乘事實餘二者卽菩薩大乘通緣覺聲聞是餘二爲緣覺聲聞厭苦相似故足爲軀鏡可以明鑑二龍女一刹那之際印三世性又從凡夫卽聖不移毫分此乃與善財童子解行入道法門略同善財一生成佛者不離刹那際證三世性古今總齊還與龍女一刹那際轉身具行成佛一時總畢皆稱本法法如是故立時劫者衆生情塵也善財證此名爲一生爲三世時劫既盡更有何生故名爲一生諸餘施設十種不同前已論訖龍女轉身善財不變爲轉無所轉有異故

大方廣佛華嚴經論卷第一

音釋

綴陟衛切　麾許爲切　躅直録切　駛音使　尠息淺切

大方廣佛華嚴經論卷第二

唐方山長者李通玄造

○第八大集經以守護正法爲宗者爲此經在於欲界上色界向下安立寶坊集諸人天上下二界天人魔梵及八部鬼神龍等及他方菩薩皆就寶坊諸鬼神等有不往者四天王放熱鐵輪逐之令往至佛所如來悉敕令守護正法衆魔王中唯有一箇魔王不順佛敕待令衆生成佛盡始當發菩提心

第九涅槃經佛性爲宗者與華嚴經有十種別一種同其十種別者一說法處所別二境界莊嚴化報別三大會來衆別四所建法輪別五所來之衆聞法別六報土淨穢別七佛身權實別八出生滅度軌則別九示教行相別十從初爲友軌範別一同者如雪山有草名曰肥膩牛若食者純得醍醐無有青黃赤白黑色一說法處所別者涅槃經在拘尸那國阿利羅跋提河邊娑羅雙樹間說華嚴經在摩竭提國菩提場中寶菩提樹下說故言說法處別二境界莊嚴化報別者如說此大涅槃經時娑羅雙樹吉祥福地縱廣三十二由旬大衆充滿其間無空缺處爾時四方無邊衆菩薩以其眷屬所坐之處或如錐鋒或如錐頭微塵十方如微塵等諸佛世界諸大菩薩悉來集會又文云爾時三千大千世界以佛神力故地皆柔軟無有邱墟沙土礫石荊棘毒草衆寶莊嚴猶如西方無量壽佛極樂世界是大衆悉見十方如微塵等諸佛世界如於明鏡自觀已身見諸佛土亦復如是又下文娑羅雙樹忽然變白廣如經說如說

華嚴經時有十蓮華藏世界海又上下二十重最下重中略言一佛世界微塵數廣大國周圍一一國有十佛刹微塵數諸小國以爲眷屬以上倍倍增如是十蓮華藏世界中金剛爲地樹臺樓閣殿堂池海皆衆寶莊嚴如經所説如是我聞一時佛在摩竭提國阿蘭若法菩提場中始成正覺其地堅固金剛所成上妙寶輪及衆寶華清淨摩尼以爲嚴飾諸色相海無邊顯現如是已下直至一切佛土不思議劫所有莊嚴悉皆含容顯現中間兩紙已來經是歎佛境界所有莊嚴又下文華藏世界品廣説如此莊嚴卽是如來自身實報之所莊嚴非如此涅槃經中以佛神力爲衆生故暫化令淨所以然者爲此涅槃經來衆三乘根衆雜故若不以佛神力持無由自見如華嚴中一乘根純無有雜衆如聲聞爲根别故在其會内元來不見經中雖然還有以佛神力下文還有法如是力所言神者應眞曰神非同實是凡夫加令暫見名之曰神當知華藏莊嚴本明實報涅槃神力暫爾權施又涅槃經推佛淨土在於西方過三十二恒河沙佛土之外不在此處故卽明知是化非爲實故三大會來衆别者説此大涅槃經所有來衆總是人天種性三乘之衆同來除諸大菩薩衆餘者皆是憶念如來涕淚盈目荷奉香薪嗟苦悲哀戀承佛日皆是如來等衆卽是宜堪聞佛滅度之衆除諸一乘菩薩入佛智等衆餘皆倏然華嚴經所來之衆皆性智海中佛果位内諸菩薩衆純是一乘更無别種人天神衆皆悉同根入佛智流具

佛知見初會之中十佛世界微塵等諸菩薩衆皆從如來善根海生善根海者即是如來法身智海大智所生一切諸佛以法身根本智以爲根本所生若不如是所有行門總屬有爲如此之衆從初發心入佛智海寄治十信十住十行十迴向十地等覺六位淺深行相差別不同涅槃三乘同攝人天善種同來至會華嚴經三乘之衆不霑其會設在會内如聾不聞當知涅槃會三乘菩薩聲聞人天等衆不同華嚴此是一乘位中菩薩衆也初發心位階同佛位入佛智流同佛知見爲眞佛子也四所建法輪主伴別者涅槃經勸請之首即是迦葉菩薩文殊師利菩薩師子吼菩薩舍利弗等爲法軌度勸請之首魔王波旬勸請如來入般涅槃如華嚴經建法之首即是普賢文殊覺首法慧功德林金剛幢金剛藏等如是十首十慧十林十幢十藏佛果位内大菩薩等建立五位佛果之行相法門故以諸位即佛佛即諸位明位位中有佛果故如華嚴經所有建立法度問答諸菩薩皆是十方此土諸菩薩衆盡是神洞眞源智齊法界十方應現不來而到不去而至稱法性之施設非往來之所致纖塵之内乃有無盡身雲微毫之中顯現難思相海十方法界一切皆然一切處忽然而有無所從來忽爾而無無所從去於一切處一切時於有情身相境界山河大海十方虛空示現色像有無自在無盡重重如是皆是大菩薩衆是故不同涅槃經中迦葉菩薩聲聞舍利弗生在人家示同凡位引彼三乘之種見佛涅槃而生悲

感涕流盈目而來集會五所來之衆聞法別者此涅槃經爲諸聲聞二乘權教菩薩行諸觀行未離執障樂著諸行執持行相於此行相迯無作法身無證無修本來自體也以行修生修顯建立菩提涅槃能所等證如來爲此根故於此涅槃經說諸行無常是生滅法生滅滅已寂滅爲樂所行善行及能證菩提是生法故所證涅槃是滅法故既心存能所生滅不休以生滅不休便滯眞理令此涅槃經中故說諸行及能證菩提所證涅槃二俱滅故方應眞理故說諸行無常是生滅法生滅滅已寂滅爲樂是故如來隱身不現及諸能所心盡名大涅槃二乘涅槃可有能所有修有證是故名爲有爲無漏是故如來涅槃無有能所是故涅槃經中純陁向文殊師利菩薩言莫謂如來同於諸行復次文殊師利爲知而說不知而說而言如來同於諸行若言如來同於諸行則不得言於三界中爲人天中自在法王是故大般涅槃令彼三乘令知諸行菩提能證所證涅槃悉是無常生者本無不證諸滅無行無修名大涅槃是名圓寂是故涅槃經令諸三乘樂著行者離行離修有所證者令行無證無修如華嚴經所有他方來衆此土人天霑其會位從始發心即達理事自在理行無礙文殊理普賢行一時頓印如印印泥一時頓印無有先後中間等皆依本法法爾如然若存始終因果先後皆是凡情皆是生滅有成有壞皆是隨根破繫不關成佛正宗諸教引生之門皆入華嚴理智果海方爲契當教門明著龜鏡宛然宜可

徧覽經文觀智隨照豁然開悟智日雲披頓陟妙峰俄登智海凡聖二見因定水而滌除悲智二門以法身而方現此華嚴經直爲最上大心者說如將寶位直授凡庸如夜夢千秋覺已隨滅如涅槃經所說雪山有草名曰肥膩牛若食者純得醍醐無有青黄赤白黑色最上大心衆生亦復如是頓見佛性便成正覺不從小位漸漸而來是故今言來衆聞法别以涅槃經攝末從體未論智悲眞俗並用無礙六報土淨穢所居别者涅槃經佛報土指在西方過三十二恒河沙佛土有釋迦報土爲三乘權學垢淨未亡見此娑婆穢惡不淨如來於是權指報土在於西方華嚴實教法門卽此娑婆世界清淨無垢十方世界清淨無瑕爲實教菩薩垢淨盡故境界純淨

權教菩薩無垢淨處自見穢故故指報土在於西方七佛身權實别者如涅槃經中三十二相如來是權涅槃圓寂眞理是實爲一切報相無量莊嚴皆依眞而有故如華嚴經毘盧遮那佛三十二相入涅槃佛俱實理事無二不壞法身而隨相海無量無盡卽相卽性卽報卽理如光如影自在無礙且畧明權實廣待下文八出生滅度現相别者此涅槃經爲諸人天聲聞緣覺二乘之人施設從兜率天降神受生及入涅槃八相成道亦爲諸大乘菩薩說不從兜率天降神母胎說常樂我淨無始無終不生不滅然且隱身不現仍推報土在於西方去此三十二恒沙佛土之外有釋迦報土以此娑婆卽爲化土穢境有此事别引彼權根華嚴經卽不然直示本身本

法出超情見無始無終三世相絕一圓眞報不生不滅不常不斷性相無礙自在果海法門直受上上根人教門行相勢分如是不同權學依次第漸漸而成只如登峰九仞不可以絕其蹤履十疊之級者不可以亡其跡常見官階一品但以爲臣聞古士夫忽有身登九五明珠頓照普見無方澤霖大海滴滴皆滿一塵空性法界無差品類有情强生留繫根器不等權實不同以此教門千差萬别須知權實識假修眞不可久滯權宗迷其實教者也九示教行相别者如涅槃經十住菩薩於如來性品中說菩薩位階十地尚不了了知見佛性即從凡夫十信心後十住之位少分而見如來之性安立十住十行十迴向十地階降漸漸而修等覺位中方明果行圓滿

妙覺之位方是如來亦說雪山有草名曰肥膩牛若食者純得醍醐無有青黃赤白黑色亦復說此頓成之教當知此經還有五乘六乘七八九十乘等法門種性又此經中除聲聞乘緣覺乘外有三種菩薩乘通彼二乘爲五乘也并取人天五戒十善即爲六乘七乘故又三乘之人同聞各得自法互參有九乘其三種乘行相云何一修無我法門乘二從十住至十地漸見佛性乘三如雪山肥膩草牛若食者純得醍醐乘不從乳酪生熟酥等漸漸方成如如來性品中說菩薩摩訶薩既見性已咸作是言甚奇世尊我等流轉無量生死常爲無我之所惑亂即是法華華嚴經中說有諸菩薩經無量劫修六波羅蜜得六神通讀誦通利八萬四千法藏猶故不信此

深經典是其倒也所得神通不依性起爲修衆善及無我等觀報勝諸天又如北鬱單越人先世亦修無我所觀報生彼國壽千年衣食自然粳米七寸火珠熟之香所及處皆來共食無有佛法不得解脱皆是過去行解訛謬故致斯咎令其所得永不得亡如此涅槃經都會人天外道三乘差別畢竟皆歸佛性涅槃圓寂無性眞理未示報相無有自他圓該理事智用無礙重重仍立自他淨穢等別故說釋迦報土過西方三十二恒河沙之刹由根未全堪敎從根設引彼三乘有繫眞障佛性圓寂眞如理門未得示相重重礙諸有見便生惑著便障法身如是涅槃經中十地後佛果法門乃是華嚴經中十住初心之所見處卽雪山之草名爲肥膩牛若食者純得醍醐無有青黃赤白黑色如華嚴經中十住菩薩初心見道頓見自他無始無終無古無今本來是佛身心性相本是佛故以此佛門以爲解脱乘如來乘直至道場龍女善財一萬諸龍八千之衆總是六千比丘五百優婆塞五百優婆夷五百童子五百童女都爲八千頓彰五位總齊佛果理智之門初住卽十地初住卽佛位若初住不卽佛位者如世卿臣從初九品至階一品但得爲臣不得名王若不名王者當知權敎安立五位諸地次第一一而登至三祇之滿劫但爲菩薩不名佛乘不名爲乘如來乘直至道場但爲修無我觀悲勝二乘不見佛性名爲菩薩若少見性者亦得佛乘如大海中一毫之滴乃至多滴一一滴中皆得大海如是菩薩五位之中十

住十地一一位内皆有佛果如彼海水一毫之滴不離佛性行諸行故以彼佛性而有進修如華嚴經直以佛全果不動智等十智如來示凡信修如有凡夫頓昇寶位身持王位遍知臣正一切羣品無不該含華嚴經中法門菩薩行相亦復如是從初發心十住之始頓見如是如來法身佛性無作智果遍行普賢一切萬行隨緣不滯悉皆無作涅槃經云佛性非是作法但爲客塵煩惱所覆故是故今從十住初位以無作三昧自體應眞煩惱客塵全無體性唯眞體用無貪嗔癡任運卽佛故一念相應一念成佛一日相應一日成佛何須劫數漸漸而修多劫積修三祇至果心緣劫量見障何休諸佛法門本非時攝計時立劫非是佛乘十從初爲友軌範别者如

涅槃中說雪山童子遇羅刹而發心重半偈而輕命聞諸行無常是生滅法生滅滅已寂滅爲樂言佛性涅槃不可以行修不可以心證爲不可以行修行是有爲是無常故不可以心證有能所故是故行不可以修其性心不可以證其理爲心卽性更無能所故是故純隨言莫謂如來同於諸行如華嚴經善財童子所立軌範從文殊師利發菩提心至末後普賢菩薩五十三善知識一一皆云我先發阿耨多羅三藐三菩提心云何敎我學菩薩道行菩薩行不云諸行無常等事何以故爲此華嚴經明緣起法界門理事無二無緣不寂無事不眞十方世界一眞性海大智圓周爲國土境界總爲性海爲一眞法界非有情無情隨業説故爲華嚴中純眞境界總爲

智故十住菩薩以慧爲國十行菩薩以智爲國十迴向十地以妙爲國不說情與無情二見差別以華嚴經爲彰本法異三乘權學教故是無情是有情有生有滅故是故涅槃經中以雪山童子說諸行無常者爲三乘根種性行下劣故佛令以行調柔折伏粗惡方堪入道便於所說計行成實障無作性麼契真理以是義故說諸行無常能證所證亦是生滅法不同善財一念發心頓無能所了三世性性絶古今自覺自心本來是佛不成正覺不證菩提身心性相無證修者不成不壞本來如是隨緣動寂不壞有無所行諸行皆唯智起是故不說諸行無常一同者如涅槃經中雪山有肥膩草喻又如光明遍照高貴德王菩薩品說一切衆生皆有佛性佛法衆僧無有差別三寶性相常樂我淨一切諸佛無有畢竟入於涅槃華嚴經云如來不出世亦無有涅槃如涅槃中訶二乘曲見佛從兜率天宫降神處胎如是八相成道皆爲曲見即如華嚴經智入三世而無來往十方諸佛以無古今性成大菩提一念見道古今見盡新故總無還同已前億千劫佛不可說劫佛一時成佛亦與未來不可說劫佛一時成佛以自證見三世無時故以無時即無去來設使衆生不自見知自已身心本來正覺自已身心正覺全德本無有滅設有衆生若自見知自已身心本來正覺於自正覺本來無生本如是故本無能覺所覺者故若有覺者還如是覺本無能覺及以所覺者故如是本覺佛之境界無凡無聖無定無亂不修不證不智

不愚不生不滅三乘權教為下劣者說上根引來至此華嚴實教頓授佛門涅槃經雖說佛性法身理與華嚴共同所說報土佛身及相智用全别如前十門准知只如法華涅槃兩部之教雖化佛所為皆欲令彼二乘及人天種類成就一乘之法是故法華經中破三乘遠繫故令龍女以其本法剎那之際便得菩提涅槃經破闡提之人無佛性故令屠見廣額賢劫之中而成正覺又雪山肥膩草牛若食者純得醍醐不作乳酥方成妙藥一下直頓體不變移如彼龍女所得之果此法華涅槃二部之教勢分大意皆令三乘捨權入實成就法界一實眞門自餘諸教並皆方便設有但論理事少分而談於中事宜不能全具唯是華嚴法界毘盧遮那根本佛門理事

性相輪圓具足諸餘漸學究竟總歸時諸學者隨路流滯墮於權教中繫著多劫方迴種性下愚自生艱難非是聖旨故致如斯問曰如涅槃經中屠見廣額賢劫之中而成正覺者如佛所說賢劫之中千佛出世於中定數教有明文更著廣額一人千數有剩云何數內重成佛耶答曰三乘權學繫未亡者重成不得至其體達三世盡劫佛皆總一時同成正覺本無先後無妨無礙為法本體性無時故凡情橫繫妄作時生妄見網中見佛出世而實諸佛應眞會本無出無沒是故華嚴經云諸佛不出世亦無有涅槃諸佛但自體合應眞任性圓寂稱性緣起對現色身無來無去無造作故

第十大方廣佛華嚴經者即以此經名根本

佛乘爲宗又以因圓果滿法界理事自在緣起無礙爲宗謂此經名大方廣佛華嚴經還以佛乘爲宗此經說毘盧遮那自體智悲果德普示衆生還令大心衆生信佛果德用成因位旣生信已還修理智萬行大悲果德用成初證初發心時便成正覺理行雙修使體用自在不一理不孤行除其偏見此經有十種甚深廣大無比法與諸經別一是一切諸佛自體根本理智大悲法界圓滿無限之乘非是三乘權施設故甚深廣大無比二佛身即是法報本身無量相海之所莊嚴一一毛孔含容法界一切境界重重無盡甚深廣大無比三此經說一切諸佛本報國土十蓮華藏世界海一一蓮華藏最下世界皆有十佛世界微塵數廣大刹清淨莊嚴一一廣大刹

復有十佛世界微塵數諸小刹眷屬圍繞已上倍倍增廣一一華藏世界皆滿虛空互相徹入重重無盡甚深廣大無比四此經說有菩提樹金剛爲身琉璃爲幹枝條雜寶所成寶華雜色摩尼爲果與華間列高逾十萬金剛藏菩薩身中所現菩提樹其莖周圍如十萬三千大千世界高百萬三千大千世界枝條廣狹與樹相稱廣大無比五此經說普光明殿包含法界衆妙寶飾光影重重衆寶樓閣臺榭階砌莊嚴皆光映徹遍周法界廣大無比六此經有一切處文殊師利一切處普賢菩薩體用相徹充滿法界理事無礙纖塵之内行海無盡甚深廣大無比七此經有如來於刹那際從兜率天降神母胎成佛說法化終涅槃然不廢報身常居菩薩衆海充遍

十方無盡身雲皆眞金色目髮紺青身色光明互相照徹如是衆海皆齊法界十方無間無有纖塵空鈌之處體相徹入色像重重無妨無礙隨所宜堪對現色身令諸衆生發菩提心而無失時如是衆海廣大無比八此經若有大心衆生於此法門深生信心不讀餘經深明體用以少方便疾得菩提初發心時十住之首位齊佛果如來出現品中所說云設有菩薩於無量百千那由他刼行六波羅蜜修習種種菩提分法若未聞此如來不思議大威德法門或時聞已不信不解不順不入名爲假名菩薩以不能生如來家故若得聞此如來無量不可思議無障無礙智慧法門聞已信解隨順悟入當知此人生如來家隨順一切如來境界又下文佛子菩薩摩訶薩成就如是功德少作功力得無師智自然智又普賢菩薩言見佛聞法不生信者亦成解脱智種如食少金剛等喻廣如經説此經有如是大威德不思議法門超諸三乘廣大無比九此經有表法之首善財童子不離一念而經一生不離一處遍至十方經歷五十三善知識得一百一十城之法門一一菩薩法門諸藝行相身色形貌攝生之軌皆齊法界具足無盡廣大行門不離一生便成正覺更無始終前後之際卽廣大如法界究竟如虛空如是廣大無比十此經有十佛境界十無盡法門十智十地十身十眼十耳十鼻十辯十寶山王十龍王十剎塵十海一一各具十不可說境界譬喻無盡法門廣大無比又此經有十種德一如大海衆流所歸諸流入

已隨卽廣大皆同海德此經亦爾若有衆生能生信入者卽同如來性海智海果德二如世間一切井泉以海爲體若人飲者皆得海味一體無異但隨業力而得鹹味此經亦爾若有大心衆生聞持信入便得如來法身佛性大悲智味闡提之人無所堪任然如來智性尚作生因三猶如大海有四寶珠一名積集二名無盡寶藏三名遠離熾然四名具足莊嚴此四寶珠一切凡夫諸龍神等所不能見此經亦爾一切二乘及權教菩薩行六波羅蜜未迴心者所不能見唯除最上佛乘大心衆生能見此經而生信入自見自心同佛知見大智之寶此如來出現品中說云此諸衆生云何具有如來智慧愚癡迷惑不知不見我教以聖道令其永離妄想執著於自身

中得見如來廣大智慧與佛無異四者猶如大海一切諸龍魚等同在海中而有出生此經亦爾能說一切衆生心海一念之中有無量諸佛於諸衆生心海而興出世成等正覺如此經如來出現品云佛子菩薩摩訶薩應知自心念念常有佛成等正覺何以故諸佛如來不離此心成正覺故如自心然一切衆生心亦復如是五猶如大海能受大雨無量大雨一時滞入若水及海皆同海味無有前後此經亦爾爲此經說十住初發心時便成正覺同得如來一切智味經云以少方便疾得菩提如善財龍女等是其人也六猶如大海大身衆生之所都止此經亦爾最上大心衆生之所都止澤沼之龍不樂其居七此經猶如大海不宿死屍此經亦爾若有見聞信

樂而能悟入永離凡夫權學闡提死屍直同如來法身智海八此經猶如大海潮無失時此經亦爾若有衆生根堪聞者卽得聞之隨其樂欲卽得聞之五乘法化而無失時如來出現品云佛子如來音聲亦復如是無生無作無有分別非入非出但從如來功德法力出於五種廣大音聲其五者何一曰汝等當知一切衆生諸行皆悉是苦地獄苦畜生苦餓鬼苦無福德著我所苦作諸惡行苦欲生人天當修善根生人天中離諸難處衆生聞已捨離顛倒修諸善行離諸難處生人天中二曰汝等當知一切諸行衆苦熾然如熱鐵丸諸行無常是磨滅法涅槃是寂靜無爲安樂遠離熾然消諸熱惱衆生聞已勤修善法於聲聞乘得隨順音聲忍此是聲聞乘三曰汝等當知聲聞乘者隨他語解智慧狹劣更有上乘名獨覺乘悟不由他汝等應學樂勝道者聞此音已捨聲聞道修獨覺乘四曰汝等當知過二乘位更有勝道名爲大乘菩薩所行順六波羅蜜不斷菩薩行不捨菩提心處無量生死而不疲厭過於二乘名爲大乘此是菩薩大乘五曰第一乘勝乘最勝乘上乘無上乘利益一切衆生乘若有衆生信解廣大諸根猛利宿種善根爲諸如來神力所加有勝樂欲求佛果者聞此音已發菩提心此是佛乘佛子如來音聲不從身出不從心出而能利益無量衆生佛子是爲如來音聲第一相當知如來音聲常隨五乘衆生應所聞故猶如大海潮無失時故九此經猶如大海體無作用以因緣故而生四大寶珠於此

四寶能生一切諸珍寶等若無此四寶一切諸寶無所生得四寶名前已説訖此經亦爾而悉能演説如來一性清淨海一切衆生而共有之而如來隨衆緣起四大智四無量心而能出生一切法門利安衆生無所乏求無量道寶於此性海若無四智四無量心設有聖果皆隨聲聞緣覺二乘之行於性海雖能成就四智四無量心無量法寶如彼性海都無作者以無得無證法如是故十猶如大海以清淨德而能影現七金山須彌寶山四天王等所有莊嚴莫不於中分明顯現此經亦爾具説如來法身性海具德莊嚴十佛身十蓮華藏五位十智十波羅蜜十定十通十忍因果報得諸道品法莫不分明顯現其事此經大體以性起大智法界爲體用於性起大智法界體用門安立諸地差別化生之法是故於此法中起信發大菩提心十住初首便卽見性起法身佛智慧便成正覺然始卽從性起智慧之位行諸行相教化衆生卽覺行圓滿佛不同權教先行菩薩行學假眞如等觀地前伏忍十地已來猶有十眞如障故爲觀當情眞如成障所行之行並是有爲所發菩提心並未離生滅所有能斷分別無明由觀折伏十地之位方能見性經三祇劫方始成佛仍須百劫別修相好若將此大方廣佛華嚴經佛所本乘同彼化身引彼權學上中下流全非信解去佛懸遠未解經意久大曠劫終無成佛之期若上上根人信解此經明知不謬卽當乘如來乘直至道場當所乘時卽是道場更無可至如法華經亦是佛乘卽

是化佛引彼三乘令知實法卽三界火宅門前三乘羊車鹿車大牛之車卽是上中下根三乘爲上根之人有一分慈悲故勝餘二乘故爲觀假故未有實見名爲不眞菩薩此三種上中下根之人俱有惡三界苦中下根人聲聞緣覺惡而求出上根菩薩厭而不離爲慈悲勝彼二乘故有饒益之心此三種人俱不知三界體相一眞佛境如出現品中廣明佛對此故說佛所有功德報相皆是修生令諸權學修治作意經多祇劫終無成佛之期是故門前之駕是佛權施露地白牛方明法界法界性相本唯眞智所有分別皆是智爲是故法華經云種種性相義我及十方佛乃能知是事聲聞及緣覺不退諸菩薩皆悉不能知此等卽是門前三乘也爲未明世間相常住是法住法位爲三乘同有厭苦集樂修滅道之心未明苦集本唯智起不了滅道本自無修無造無作化諸羣品如幻住世性絕無明卽是佛故一念相應一念佛一日相應一日佛何須苦死要三僧祇但自了三界業能空業處任運接生卽是佛也何須變易方言成佛龍天變易豈爲佛耶三乘之人亦變易何故待三僧祇佛方成故十地之上方能見性是故經云若以色性大神力而欲望見調御士彼卽瞖目顛倒見彼爲不識最勝法佛者覺也覺業性眞業無生滅無得無證不出不沒性無變化本來如是卽是佛故隨緣六道行菩薩行變化神通接引迷流佛非變化淨名經云雖成正覺轉於法輪不捨菩薩之道是菩薩行故以此善財十住初心於妙

峰山上德雲比丘所得憶念一切諸佛境界智慧光明普見法門卽便成正覺然後始詣諸友求菩薩道行菩薩行當知正覺體用之時卽心無作處卽是佛故不須修行設當行滿亦不移今故如化佛亦成化相之時苦行麻麥剃髮持衣捨諸飾好籍草等事爲化外道樂苦行者及三乘之根有放逸者經中佛已和會非佛自須如是等行無增上慢者豈須如是一念任無作性佛智慧現前無得無證卽是佛也還如善財證覺之後方求菩薩道行菩薩行何以然者爲覺道之後方堪入纏處纏無縛始能爲衆生說法解縛若自有縛能解彼縛無有是處說時前後法是一時是故當知若欲行菩薩行先成正覺是故善財十住初首於妙峰山頂此像須彌山頂上說十住法門德雲比丘所得憶念一切諸佛境界智慧光明普見法門解云以處表法者爲至法之際無相可得如上高山至相盡處故以無相性能現色身無心性中知見自在觀機攝益名之爲妙善害煩惱名之曰峰具足知見出過情境智逈高遠不動爲山釋法門者憶念者常無念也一切諸佛境界者無念卽無內外中間無內外中間故卽佛憶念境界也智慧光明者應物觀根名之曰智簡機權實名之曰慧應機破惑名之曰光心垢解脫名之曰明法眼遐明等衆生界名之曰普恒無所得名之曰見創證斯理名之曰法門此一位之中悲智齊足具差別智入俗接凡一如善財所行軌範從初住位與佛齊光等覺位中行唯畢下始同人庶童女童男不

開教跡虛相誹毀達心明體龜鏡宛然問曰法華經爲佛乘門前三乘大牛車與露地白牛之車一種是牛有何異也答曰門前三乘對三界苦且令離火宅所燒權免火難非云成佛爲權教菩薩樂行悲心有饒益志自離火難不離三界有一分度衆生心勝二乘自求解脫故且得一分運載之心名爲大牛望二乘處大故十地見性方成佛故猶經多劫始能眞故望彼二乘但名菩薩大乘非名佛乘法華經云佛乘唯有一無二亦無三卽引彼三乘總歸一乘猶說小乘遠成佛記爲雖有信許成佛迴習稍難故標遠劫龍女剎那之頃便至佛乘卽明眞證達苦卽眞無所厭故是故門前之乘對三乘設露地白牛方明至無依之處露地者卽佛地也爲佛智無依止故故云露地白牛者卽法身也悲智也以法身無相名之爲白智能觀機悲心濟物名之爲牛爲取牛能運載故爲以無作法身悲智濟物故喻同牛也以濟益名之曰牛門前之牛何異此牛爲門前之牛觀空增勝破三界苦處且有一分慈悲離一分麤三業苦三祇未滿未見佛性不證法身根本智不言白色不言露地爲假眞如及空觀當情猶有所依故不言白色也有所依故不言露地也今諸子馳走雖至露地同索三車羊車鹿車大牛之車者明三乘人出三界苦且免火難雖復迴心信此一乘至於佛地猶將未及爲三乘習氣未忘故但隨佛語而隨信之猶心未成堅信故還索三乘未敢欣大故佛便誘引令成信力等與大車故言非已所望今皆與

之此明卽三乘迴心如門前牛車不云白色不云裝飾爲有漏故且得一分勝人天樂未得無作智身功德勝妙樂故不同露地白牛之乘具言裝飾高廣等事此乃門前與露地之乘全別不同諸有餘意下文更明是故法華經是會權入實此華嚴經卽諸佛根本所乘又彼經龍女所表此經善財所彰和會善財龍女行相下文廣明佛之意者化彼三權咸歸此實故此經名爲一切智根本佛乘

大方廣佛華嚴經論卷第二

音釋

輭而兗切 礫郎擊切 滯音的 翳於計切

大方廣佛華嚴經論卷第三

唐方山長者李通玄造

○第二明依宗教別夫大覺出興稱眞智而自在法身無際等羣品以同軀任器現形應根施教如空谷響應擊成音谷響無心亦無處所但以隨緣而能普應如來設教亦復如是稱自根緣得自心之法隨根增廣而成熟之示無常宗而成立教對病施藥病痊藥除一念之間兩無量法稱周法界對現色身法既無窮宗教無盡無前後際普備諸根但為衆生自分前後且如毗盧遮那之教無始無終稱性無方無斷無絕隨其根類自見入胎出家說法始終教行入寂涅槃其實如來本不如是即法華經亦說吾從成佛已來經無量阿僧祇劫以性海圓智一念即無量劫也如是圓智何有前後者為此經云入剎那際三昧示現初生涅槃又如此經中兜率天子三生十地第二生上猶從惡道中來蒙光照身生於兜率天上得離垢三昧便是如來住金剛寶地化大菩薩在閻浮提始入母胎又法華經云衆生見劫盡大火所燒時我此土安穩有何前後教之差別也但隨一期同而且異約立先德十家之教行也約為軌範餘可准知

△第一後魏菩提留支立一音教△第二陳朝眞諦三藏立二教同時△第三後魏光統律師立三種教△第四齊朝大衍法師立四種教△第五護身法師立五種教△第六陳朝南嶽思禪師智者等立四教同時△第七唐朝海東新羅國元曉法師造此經疏亦立

四教△第八唐朝吉藏法師立三種教△第九梁朝光宅寺雲法師立四教△第十唐朝江南印法師立二教

△第一後魏菩提留支立一音教者謂一切聖教唯是如來一圓音教但隨根異故種種差殊如經一雨所潤等經云佛以一音演說法衆生隨類各得解

△第二陳朝眞諦三藏立二教者謂一漸二頓約漸悟菩薩大由小起所設具有三乘之教名爲漸即涅槃等經若約直往頓機大不由小起所設教唯菩薩乘是故名爲頓即華嚴經是大遠法師亦同此說

△第三後魏光統律師承習佛陁三藏立三教者一漸二頓三圓光師釋意一爲根熟之輩於一法中具足演說一切法謂常與無常空不空等教一切具說更無漸次故名爲頓二爲上達之人分契佛境者說於如來解脫無礙究竟果德圓極秘密自在法門故名圓教於二教之上分爲三教

△第四齊朝大衍法師立四教者一因緣教謂小乘薩婆多等部二假名教謂成實論及經部等三不實教謂般若說即空理明一切不實等四眞宗教謂華嚴涅槃法界眞理性等

△第五護身法師立五教者謂於前等四教內眞如佛性以爲眞教即涅槃經是第五法界教即華嚴明法界自在無礙門是

△第六陳朝南嶽思禪師智者禪師等立四教一三藏教亦名小乘教如法華經云不得親近小乘三藏學者智論中小乘爲三藏大

乘爲摩訶衍藏二名通教亦名漸教謂大乘經中通說三乘通備三根又如大品經中乾慧地等通三乘者是三名別教亦名頓教謂頓說大乘經中所說法門道理不通小乘者是也四謂圓教亦名秘密教說法界自在具足圓滿一即一切一切即一無礙法門華嚴法華經等是也

△第七唐朝海東新羅國元曉法師造此經疏亦立四教一三乘別教謂如四諦教緣起經等二三乘通教謂如般若教深密經等三三乘分教如瓔珞經及梵網等經四一乘滿教謂如華嚴經普賢教釋四別如彼疏中

△第八唐朝吉藏法師立三種教謂三輪一根本法輪即華嚴經最初說二支末法輪即三乘等於後所說三攝末歸本法輪法華經四十年後說迴三入一之教

△第九梁朝光宅寺雲法師立四教者謂如法華經中臨門三車即爲三乘四衢道中所授大白牛車爲第四乘以臨門牛車亦同羊鹿俱不得故若不爾長者宅内引諸子時云此三車指在門外諸子出宅即合得車如何出已索本所指之車而不得故後更索耶故知是權同於羊鹿也以是大乘權教方便說故具釋如彼法華疏中

△第十唐朝江南印法師立二教一釋迦經名屈曲教以逐機性隨計說故二華嚴經盧舍那十身等教彼法師立二教畧有四別一主別謂彼釋迦化身所說此是舍那十身所說二處別謂彼說娑婆世界木樹草座上所說此經於蓮華藏世界寶樹金座上說三衆

別謂彼與聲聞及菩薩說此唯菩薩極位同說四說別謂彼但是當方所說此要論十方同說一如華嚴經中說已上十家所釋並依今唐朝吉藏法師所集同異各是一家並是當世英才智超羣品皆爲統賢靈之法將開佛日之明燈不可是非加其名也但知仰敬其高旨只如思智二德位已昇堂雲公演法雨華庭下悟靈山於即夕法眼逾明登果位於今辰道齊遐古即如佛說內外中間之言遂即入定後有五百阿羅漢各解此言佛出定後同問世尊誰當佛意佛言並非我意諸人問佛既不當佛意將無得罪佛言雖非我意各順正理堪爲聖教有福無罪況此諸德所說各有典據然今唐朝藏法師承習儼法師爲門人立教深有道理亦可敘其指趣一小乘教二大乘始教三終教四頓教五圓教初小乘可知二始教者深密經中立第三時教同許定性二乘俱不成佛故今會總爲一教此說未盡大乘法理是故立爲大乘始教三終教者定性二乘無佛性者及闡提悉當成佛猶未盡大乘至極之說立爲終教然上始終二教並依地位漸次修成俱爲漸教四頓教者但一念不生即名爲佛不從地位漸次而說故立爲頓教如思益經得諸法正性者不從一地至一地楞伽經云初地即八地乃至無所有有何等次又下十地品中十地猶如空中鳥跡豈有差別可得具如諸法無行經等說五圓教者一位即一切位一切位即一位故十信滿心即攝六位成正覺等依普賢法界帝網重重主伴具足故名圓教如

此經等說藏法師作如是和會又西域戒賢法師遠承彌勒無著近踵護法難陁依深密經瑜伽等論立三種教謂佛初鹿園說小乘法雖說生空猶未說法空眞理以非了義即四阿含等經是第二時中雖依遍計所執自性說諸法空然猶未說依他圓成唯識道理故亦非了義即諸部般若等教是第三時中方就大乘正理具說三性三無性等唯識二諦方爲了義即解深密經等又此三位各三義釋一機二說教三顯理且初唯攝聲聞唯說小乘唯顯生空二唯攝菩薩唯說大乘唯顯二空三普攝諸機通說諸乘具顯空有是故前二攝機理各有闕故非了義後一教無不攝故教無不具理無不圓故爲了義又智光論師遠承文殊龍樹近禀提婆清辯依般

若等經中觀等論亦立三教謂佛初鹿園爲諸小根說小乘法明心境俱有第二時中爲彼中根說法相大乘明境空心有唯識道理以根猶劣故未能全入平等眞空故作是說第三時中爲上根說無相大乘辯心境俱空平等一味爲眞了義又此三位亦三義釋先攝初機者初時唯攝二乘人機二通攝大小三機以此宗許一分二乘不向佛果三唯攝菩薩通於漸頓以諸二乘悉向佛果更無餘路故二約教者初說小乘二說通三後唯一乘三約顯理者初破外道自然性故說緣生法定是實有二漸次破二乘故緣生實有執說此緣生以爲假有以彼怖畏此眞空故猶存假有而接引之方於後時就究竟大乘說此緣生即是性空平等一味不礙二諦是故

法相大乘有所得等屬第二敎非眞了義此三敎次第如智光論師説此乃西國法將立敎各有一途皆詮聖敎在彼一方軌式仰惟高旨未可僉量但通玄自叅聖敎隨巳管窺以述意懷用呈後哲准其敎旨畧立十種敎總該佛日出與始終敎意何者爲十△第一時説小乘純有敎△第二時説般若破有明空敎△第三時説解深密經和會空有明不空不有敎△第四時説楞伽經明契假即眞敎△第五時説維摩經明即俗恒眞敎△第六時説法華經明引權歸實敎△第七時説涅槃經令諸三乘捨權向實敎△第八時説華嚴經於刹那之際通攝十世圓融無始終前後通該敎△第九共不共敎△第十不共共敎

△第一時説小乘純有敎者爲諸凡夫繫著世法以爲實有隨於色塵作諸不善以不善故墮於苦趣還將有法轡勒彼心以戒防護制諸不善故名純有敎於小乘中還説無表性戒等通其大體但隨根性用事不同如菩薩戒亦爾經云若人受佛戒即入諸佛位亦以性戒論之又云如是千百億各接微塵衆俱來至我所者所謂初以化身化報引接後以令歸法身實報若上根者法身事理一時爲依本故

△第二時説般若破有明空敎者既説小乘實有令成軌範制其身語意得住善法即説生空等觀方説法空敎破彼繫著漸向法身

△第三時説解深密經爲和會空有敎者爲於前空有二敎和會令邊見者不滯空有二

門爲不空不有敎爲二乘人滅識證寂住寂無知爲迴彼故寄說第九阿陁那識爲純淨識五六七八等識常依彼九識以爲依止凡愚不了妄執爲我如水瀑流不離水體諸波浪等以水爲依五六七八識常以淨識爲依故漸迴二乘之心達識成智何故安立九識爲淨識者爲二乘人久於生死業種六七八識有怖畏故恐彼難信方便於生死種外別立淨識漸漸引之意欲使令留惑不滅使令悲智漸漸得生深密經云如是菩薩雖由法住以智爲依止漸令空見達識成智

△第四時說楞伽經云說假即真敎者如楞伽經直爲大乘根堪之者頓說第八業種之識名爲如來藏識又云得相者曰識不得相曰智又經云藏識海常住境界風所動此經直於無明業種以明智門明與無明其性不二起信論亦同此說此敎雖說無明業種成智猶希出俗未現同纏也

△第五說維摩經時明即俗恒真敎者爲維摩經中不以聲聞二乘及三乘菩薩爲知法者故是以十大弟子杜口於毗耶彌勒光嚴息芳言於法席此經破前四種敎中菩薩聲聞染淨未融常忻出俗即以淨名身居俗士明即俗常真壞彼淨相常懷染淨故說有身爲如來種無明有愛爲種等使令三乘之衆淨相心亡出俗入纏平等無礙方明實德也爲有實宗還現實報淨土如佛以足指按地所現之土是也爲三乘根劣藉佛神通信劣土亡非自證故自餘之意前判敎分宗門中已說是故此維摩經明即俗恒真敎故以文

殊爲法身即以維摩詰明入纒之行即以法身爲體以行爲用此經乃令體用自相問答爲三乘樂學如如空理厭假修真積行多生方成佛者令歸法界性相理事因果同時此經同别前已判教分宗中已説訖

△第六時説法華經引權歸實教者爲羅漢隨空會寂緣覺會十二緣生法皆無體性以明六根識及名色心境三事自性無生如是二人皆心識滅三界業滅智慈不生又爲析法明空以空破惑樂生淨土及留惑潤生菩薩並不了一切衆生無明諸惑皆從一切如來根本性清淨普光明無中邊智之所生皆有淨土穢土自佛他佛忻厭等諸邪見不稱真理引此三根令歸本智故即以妙法蓮華令知無明生死性本唯智體性自無染但迷悟不同無有二性以蓮華像之引彼三根令歸本故是故法華經云明世間相常住一如判教分宗中已説

△第七説涅槃經時令諸三乘捨權向實教者爲餘三乘教中爲責慢故爲不信故説有無性有情畢究不得成佛令起信進修行於此經中明一切有情皆有佛性如佛無異但爲無明覆故不見前爲三權末後是實是三乘中修假真如及空教三祇之滿極是見性之初門於中佛與迦葉菩薩問答亦和會初成正覺時爲大菩薩説法界法門時道理故更有餘同别意前已判教分宗門中已説涅槃經是三乘中捨權就實相盡見性之門法華即是捨權就實智法界緣起理事性相之門二部之經俱是三乘中第六時教但爲化

相門中說時前後故分涅槃經爲第七時教然其智境無有次第古今時也

△第八說華嚴經時於刹那際通攝三世及十世圓融教者如經說云入刹那際三昧降神受生八相成道入涅槃總不移時爲依本性理智本無時故非權依本也故名爲入非是本法性中而有出入三昧以化儀軌則施方便言不可無言滯其化跡令諸羣品都無所歸是故諸明人莫隨其言言佛世尊一人入刹那際三昧諸佛世尊常於法身智海與衆生數等諸三昧門應衆生見本無出入應如是知如來三昧出入之相此經教門無始無終是佛實報果德性相圓周若求其頭尾長短始終路絕該括諸教諸行世間境界一切行解依本總作一時一際法門本如是故該彼三世諸時爲一際一刹那時教猶如衆流皆歸海故出此法外別生情量總是權門非究竟說如此法門佛不出世亦無涅槃爲依本法非情教故依本法者即無出入依權學者即說出世入般涅槃從初發心十住之首以三昧力頓印三界三世一際諸法一味解脫涅槃常寂滅味更無始終因果一際諸性一性諸智一智諸相一相諸行一行三世一念一念三世乃至十世如是等法自在無礙此經法門無始無終名爲常轉法輪是故此經教門依本安立以備大根依本一際不立始終爲非虛妄見故入一總得餘爲法界一際故不同權學見未盡故入餘總得一爲法界體無礙故如圓珠無方如明鏡頓照如虛空無隔如響無依如影不礙如化人所生

此法門者是該括始終一際圓滿無礙無成無壞無出無没常轉法輪若人了得此法門者佛智自然智無師智之所現前爲此法無出没故還以自然無出没智而自能得之非情計思量之所能得也一切權敎法門總在其中一時而説爲諸權敎不出法界無三世故各依自見無量差殊此一乘敎是始成正覺時説若依情是最初成佛時説若依智無始終説

△第九共不共敎者爲説諸大乘經人天三乘同聞得益各别又華嚴經於一毛量處及以一塵中諸佛轉法輪衆生解差别又經云菩薩在一小衆生身中成等正覺轉法輪度無量衆生其此小衆生不知不覺此乃常與衆生共及以大小乘共在佛海中身之與心本無差别然見佛不見佛聞法不聞法解脱知見大小及苦樂各各不同是故名爲共不共敎又經云入刹那際三昧示現從兜率天降神母胎出現轉法輪入涅槃此乃於無時之中諸衆生等自得時分見初中後於一音法内自得天人小乘大乘佛乘自得道果各各不同見佛住劫壽命長短各自差别而實如來性無造作無生無滅然以無作法性無垢白淨之智自體清淨與一切衆生本來體同故稱衆生應見應聞不違彼念爲法性智本無造作者以法性智自在故能稱彼念令無失時如是與佛共法共智共時共身共心共乘以知見解脱各各不共故言共不共敎亦如五百聲聞共在華嚴會而如聾如盲是其事也

△第十不共共教者如華嚴經中十方雲集諸來菩薩及佛國土所從來方不同各別所共同聲説法總同聞法獲益能同能別又於會中天龍八部人非人等各各差殊同得聞毗盧遮那果德法門具同具別自在諸餘三乘亦有如是不共共教准例可知如是十教總是如來於本法界一刹那際一時一聲頓印如響隨諸衆生自分根力漸頓不同是故於今以圓數故畧分十種教門用彰進修解行差別如上十時教門總是如來無三世智海一時説故由根聞故大小及時分差別自根而生

○第三明教義差別夫三界大雄應眞寂寞身心性相都無所爲然以性起大悲稱法同體從無作智隨緣教生一雨普滋任生各異或名同而義別即漸教十地圓教十地等或言別而義同十方世界法門皆是四諦法門或理事兩乖或體用相徹或初或漸或頓或圓法不自施依根教立根麤則法劣器廣則道圓稱物所宜大小隨見或同言而解別或異語而齊知當類所堪應時施設或樂門前之駕廢遊露地之乘且約最上之徒及以漸漸之衆麤陳十法義理差殊使得始學之流不以滯權而妨實者也其十門者△一佛日出興教主別△二光明表法現相別△三問答所詮主伴別△四所示因圓果滿別△五地位所行行相別△六重令善財證法別△七明六位菩薩來衆別△八明所施法門理事別△九與諸三乘得果別△十所付法藏流通別

△第一佛日出興教主別者此教即以毗盧

遮那爲教主也梵云毗者種種盧遮那云光明遍照又毗之云遍以大智種種光明照諸衆生根機此即以法身悲智爲名不同權教以姓爲號牟尼者此云寂默但且讃法體無說不言智悲但有三十二相八十種好不具無邊相海故又是剃除鬚髮非是頂著華冠佛故是同三乘出俗者故不同此教即俗即眞無出入故如毗盧遮那如來大約且以九十七種大人之相頂上華冠具足嚴好三十二種寶王化無量種種莊嚴手著鐶釧頸串瓔珞廣如經說一一相中及以隨好皆無盡相

△第二光明表法現相別者除如來十身相海品中九十七種相中所放光明亦除夜摩天等所放光明但且直論表法光明始終有十一一皆表因果次第十信十住十行十迴向十地等位其中行相無有雜亂不同餘教化佛放光或放多光或放一光而無十或全身悉放而無次或放果光而無因或放因光而無果如法華經直放眉間毫相果光而無足輪下信位因光如大品經中佛放足輪下光及全身一時盡放光明一時普攝三乘因果直從下向上以放光明以成漸次從凡向聖多劫積修行滿之後方成果德不同此經放光從果成因以因成果因果一體不壞進修第一先放齒間十種光明莊嚴法界一切道場爲初登正覺十方告衆使令咸集如經廣明此爲莊嚴告衆雲集光故第二放眉間果光入足輪中以果成因起信之首第三然後還從足輪下放出所入果光用照金色世

界不動智佛還是果佛亦是根本金剛智體文殊師利即是初心及究竟成果已來所覺根本法身成智之母以彼眉間果光入足輪中即是以果成因還以足輪下所入之果光復出照金色世界不動智佛即是用因成果用果成因因果頓示用成初信之門即以智首等十首菩薩用成信位其位行相後當廣明第四又說十住品時昇須彌頂上如來於足指端放光以明發足之始見道之初以三昧力住法之頂從前信位入眞實證須彌山者明因止而慧明以入十住聖位之中要定方能眞證慧明也故十住位菩薩下名共同皆名爲慧第五如來昇夜摩天上放足趺上光以明用成行位此天離地際故說十行位也表依空起行用也表法以明先證法身根本智慧始行萬行第六昇兜率天宮品中如來膝上放光說十迴向表此天處欲界之中理事無礙故名迴向初發心住時理事無礙非獨此處方有迴向但以次第名言法須安立然實體中一一位中皆具足也膝者明屈伸迴旋自在故說迴向義也表眞俗自在故生死涅槃自在成智悲故也第七他化自在天中放眉間毫相果德光明說十地位也爲十地菩薩因果位終故還像此天依他起化無自心化故表十地菩薩但爲衆生所須教化自無業化又於欲界之際即無欲故還同四禪及出三界之法門故異彼小乘修生涅槃出三界惑故又異權教菩薩於第四禪中成十地故又從兜率天超過化樂天至他化自在天者表十地位法徧法界故不須次第

上界四禪亦在其會不來而到不往而至不動而見故上下諸天皆處其中十方世界悉在毛孔但以表法階降如是實無上下彼此往來十一地普賢佛華三昧會在第三禪天說來文未足第八如來普光明殿說如來出現品放眉間毫光灌文殊頂明前他化天上十地果終第三禪中等覺位畢設法已成陳施本敎行相規模規模既終因果圓備設敎既畢後方出現未說法門何名出現又世主妙嚴品中始成正覺出現起自信心修行五位五位既成佛果自現後出現品中即明自已證修果終自已稱法所見出現又明從初始終於佛法界體上安諸地位次第之門於始於終長明出現本來一際無前無後放光灌文殊之頂以果光灌果法以文殊是佛法身根本智欲令文殊普賢菩薩共相問答結會五位始終因果體用徹故文殊菩薩知而故問經云誰爲佛長子我今當問誰於是如來放口中光灌普賢口第九如來口中放光灌普賢口口中光者是佛敎光欲令普賢以差別智說佛出現果德法門文殊因佛放光始知問法之處夫聖智本自相知今以佛法印成用成後則此乃九度放光以成一部經之始終法則結會已前五位因果體用之門此之三人始終不相離故以明如來是文殊普賢二人之果第十復更於給園之內更放眉間毫相果光明以上五位因果已成還將果法用利衆生故入法界品中令人天凡夫六千比丘五百優婆塞五百優婆夷五百童男女等皆令於此法門得道成佛更餘廣意

後當更明從此已上十度放光於中表意各有分劑此經放光具足表德圓滿故具足其十皆周法界不同化佛所放光明說一部經時或一度放光或即全身未曾有如此經中圓周始終一一成備德具其十也但言說十備德無盡十爲圓數故也

△第三問答所詮主伴別者說此一部經之問答體用所乘宗之大意總相具德有三一佛二文殊三普賢佛表果德無言當不可說不可修不可得不可證但因成果自得文殊因位可說以此說法身果德勸修普賢自行可行行其行海充滿法界故用此三德將爲利樂衆生文殊成讃法身本智普賢成其差別智之行德一切諸佛皆依此二尊者以爲師範而能成就大菩提之極果或說普賢爲長子爲建行成滿衆生故或說文殊爲小男爲創始發心證法身本智佛性之首爲最初證法身本智佛性爲初生諸佛聖性智慧家故爲啟蒙發明之首故爲小男主東北方爲艮卦艮爲小男又爲山爲石在丑寅兩間表平旦創明暗相已無日光未著像啟蒙之首十住初心創見道也故指文殊師利在東北方清凉山也且取此閻浮之洲境位也託法在於世間使令易解又經云一切處文殊師利即明法身徧也又過東方十佛刹微塵世界有金色世界有文殊師利又十方文殊師利所從來國金色世界金爲白色其相黃體白而黃相者即明法身佛性智也體白淨清潔非屬色形身心無染非如世間色白之白也法身佛性無心無身任性無作緣緣自淨

物物無心唯無依智名爲白淨若諸菩薩證如是性如是智身皆黄色爲黄爲福慶之色無貪嗔恚即有和氣智慈益物之德也經云應眞菩薩皆眞金色也故言文殊師利從金色世界來者明一切處法皆眞也表一眞法界也普賢長子者位在東方卯位爲震卦震爲長男爲頭爲首爲青龍爲吉慶爲春生爲建法則之初也世間佛法皆取東方爲初首表像日出咸照萬物悉皆明了堪施作務隨緣運用故普賢爲行首故爲長男也觀音爲悲首位在西方住金剛山之西阿説慈悲經西爲酉位酉爲兑卦兑爲金爲白虎爲凶危爲秋煞故以慈悲觀音主之於不善處行慈是觀音也文殊普賢觀音三法是十方諸佛共行爲善財童子十迴向中第七慈悲位中善知識餘廣義後當更明佛法無言以用世間法託事表之有言説者皆是世間法也若也無言啓蒙何達以此義故用佛文殊普賢觀音三德互爲主伴以成法則化利衆生之首佛收一切果文殊收一切所行因果法身本智普賢收一切因果行身差别智以此義故或説文殊普賢爲一切諸佛之師或説文殊普賢爲小男長子三人互體成一法界之體用也即文殊爲始見道初法身本智之門普賢即爲始見道之後行行之門佛即二事之中無作體也故以文殊法身該此一部之教所説法身本智備一切衆生初見道門普賢該此一部之教所説行門差别智備一切衆生行行之門法行具足名之爲佛化佛教中無此所表涅槃經中佛隱身不現昔雪山

童子所得了諸行無常是生滅法獨表法身涅槃無有行故大品經中薩陁波倫菩薩求般若波羅蜜門具六波羅蜜未有方便波羅蜜願力智等十波羅蜜但爲引聲聞人天小器未堪聞方便願力智等波羅蜜也六波羅蜜中無方便波羅蜜者爲方便波羅蜜行於非道彼小器未堪聞也何以然者有畏愛故及於彼經中多有聲聞人共佛爲問答非大菩薩故設有菩薩非文殊普賢故設有文殊無普賢者表未具行故設有普賢無文殊者明不見法身本智慧故設有文殊普賢不自相問答明理事未徹故又不言一切處文殊一切處及微塵中普賢行衆行故又化佛自爲問答主但有因果行待三僧祇劫之後爲引小器之徒未説即因即果理事圓融十住初心即是佛故無前後際故頓全法界故眞俗俱眞以此不同用例化佛所説之教無如此經也一切諸教皆權施設引彼諸根咸來至此華嚴大海入毗盧遮那一眞境界以三乘空觀折伏現行無明不生不滅根本智未具差別智故忻生他土厭此娑婆設有住者猶言留惑也又此經中善財童子依十住中徧行五位法門行相徧行滿故以此十住位内具有十地行門以表此法德用滿故不同餘教行也如雪山童子見一善知識得一法門薩陁波倫亦然法華經中畧示龍女成佛猶指南方非爲法界自他圓滿故分示少多仍問答主別敎主即是化佛穢國設化令淨非實淨土仍移人天置於他土仍彼此未終也若説此經與餘經別者事廣而難終略而

言之且復如是

△第四所示因圓果滿別者顯佛果有三種不同一亡言絶行獨明法身無作果二從行積修行滿功成多劫始成果三創發心時十住初位體用隨緣所成果初亡言絶行所明法身無作果者即涅槃無行等經是隱身不現萬事休息又云羅刹爲雪山童子說諸行無常是生滅法生滅滅已寂滅爲樂是無作果不具行故二從行積修行滿多刧方明果者即權教之中說從行修成三僧祇刧行滿所成佛果是也此以不了無明十二有支本是法身智慧厭而以空觀折伏現行煩惱忻別淨門三從凡十住初心創證隨緣運用所成果者即華嚴經是也十信終心即以方便三昧達無明十二有支成理智大悲即具文殊普賢體用法界法門又如化佛所施因果教行定經三僧祇中所有佛功德總是修生百刧修相好業然燈得光明不殺得長壽布施得資財忍辱得端正一一因果屬對相似具足仍對治種種法門始得見性成佛如華嚴經即不然一念頓證法界法門身心性相本唯法體施爲運用動寂任無作智即是佛也爲一切佛法應如是無長無短始終畢竟法皆如是於一真法界任法施爲悉皆具足恒沙德用即因即果以此普門法界理智諸障自無無別對治別修別斷不見變化變與不變無異性相故普觀一切無非法門無非解脱但爲自心强生繫著爲多事故沈潛苦流故勞聖說種種差別於所說處復生繫著以此義故聖說不同或漸或圓應諸根器如

此經教頓示圓乘上上乘人所應堪受設不堪受者當須樂修究竟歸流畢居此海是故餘教先因後果不同此教因果同時爲法性智海中因果不可得故爲不可得中因果同時無有障礙也可得因果即有前後有所得者皆是無常非究竟說也若先因後果者因亦不成故果亦壞也緣生之法不相續故即斷滅故自他不成故如數一錢不數後錢無後二者一亦不成爲刹那不相續刹那不成果亦壞多劫不相續多劫因果壞要待數後錢時前一始成因果亦爾要待一時中無間者因果始成若爾者如數兩錢同數無前無後誰爲一二如豎二指誰爲因果如二指等隨心數處爲因後數爲果若如是有前有後即有中間者還有刹那間斷有間斷者不成因果若同時者如豎二指無前無後誰爲因果亦皆不成如此華嚴經因果同時者俱無如是前後因果及同時情量繫著妄想有無俱不俱常無常等繫著因果但了法體非所施設非因果繫名爲因果非情所立同時前後之妄想也如是者何異楞伽漸教之說此則不然前說教主別問答主別等即明文殊普賢佛等三德體用主伴無礙故楞伽經中化佛及大慧菩薩問答破相但教顯理無繫著故不論緣起如緣起法界者法界不成不破但知了法如是故是故楞伽經云先示相似物後當與眞實又云得相者是識不得相者是智即是明成壞也如此經中意者即眞無有假法諸法總眞純眞更無假無相似存眞存假經云衆生界即佛界也如此經中文

殊以理會行普賢以行會理二人體用相徹以成一真法界前後相收四十品經互相該括前後相徹文義相收一法門中具多法也是故經云於多法中爲一法於一法中爲多法於漸教中設有少分義同多分不相似故如覺首等十首菩薩各說一法以成十信於十信中共成一信爲十箇信位互體相成不獨施設以十信成一信以一信成十信有解者不可偏取一門十慧菩薩十林菩薩十幢菩薩十藏菩薩又說十定十通十忍如是一一位次法門皆悉如是互相成就如帝釋網互相徹入一一中無量無量中一諸佛菩薩體用相成因果相入同時無二如經中說法慧菩薩入定即十方世界同名法慧佛來功德林菩薩入定十方世界同名功德林佛來金剛幢菩薩入定即十方世界同名金剛幢佛來金剛藏菩薩入定即十方世界同名金剛藏佛來摩頂如是位位之内地地之中佛與菩薩因果相成體用相徹所來諸佛即明是果入定菩薩即明是因明因果無二故於佛法身智體上安立十住十行十廻向十地十一地等行相引凡接俗化生之門諸位即佛佛即諸位若上上根人於此教中起信行者還依此法創首十住初心正證如來佛果智法方行一切菩薩萬行爲初證之首爲知法體智性故設同凡事經過多劫行而於自見本不移時於初發心時與三世佛同成正覺無前無後際故法如是故應如是知不同權教經三僧祇方成佛果是故今言與諸三乘得果別故又於此經乗如來一切智乘得佛

果故無二乘人得四沙門果亦無權教菩薩諸地行相因前果後也

大方廣佛華嚴經論卷第三

音釋

枅先擊切　羸力爲切　鐶户關切

大方廣佛華嚴經論卷第四

唐方山長者李通玄造

△第五明地位所行行相別者凡發大乘心者依其根品有六種所乘三種五位十地差別行相不同其名數如何一念佛願生淨土門二作淨土觀行所生淨土門三修空無我所乘門四和會有無觀智門五漸見佛性進修門六頓證佛性圓融門修大乘者不離此六種所乘行相何者三種五位十地一修假詮假智假眞如等安立五位十地二修分眞分證一分眞如安立五位十地三頓修頓證頓眞頓説佛境界圓滿眞如安立十地五位行相此佛乘中無假法言説名相總眞如是三種十地五位行相向菩提者行菩薩行者滿佛果者莫不總在其中今以總舉各以已所乘宗辯其權實使令離障進修有功不相誹毀顯了差別令無疑悔令進修者分明了知權實故令成佛者不迂滯其功故一念佛力修戒發願力生於淨土是化佛淨土非眞淨土爲非見性及不了無明是一切如來根本智故是有爲故如阿彌陁經是也二作淨土觀行所生淨土是化淨土從心想生故是有爲故不見佛性本智慧故即無量壽觀經是也三修空無我觀所乘門者爲初説般若破凡夫實有二乘生空我執故多修空法空有俱空爲空增勝故雖行六波羅蜜修種種菩提分法得六神通行菩薩行福勝人天不生佛家不見佛性爲析法明空不了無明是如來智慧故華嚴經亦同此訶責如前已述如法華經云假使有人讀誦八萬四千法藏爲人解説行六

波羅蜜得六神通亦未爲難暫讀此經是則爲難法華經成就佛乘故非菩薩乘故是故如來於涅槃經中說一切衆生皆有佛性常樂我淨有諸菩薩自悔過言我於無量劫流轉生死只爲無我之所惑亂有如此過故迴心方可得見性達我是智諸般若中有文殊師利菩薩爲問答者皆論一分法身佛性道理如文殊般若是也若與聲聞爲問答者多爲破二乘生空我執說法空故與普賢問答者多約行門凡說法依根但見問答主伴可知表裏准之可見四和會有無觀智門者即解深密經第三時教說九識爲淨識與業種爲依并說三性三無性所謂徧計所執性依他起性圓成實性互相成壞離諸執障不成不壞性自涅槃如深密經頌曰一切諸法皆無性無生無滅本來寂諸法自性恒涅槃誰有智者無密意此經爲破般若修空增勝者壞緣生法故空見現前違道理故但於此經成就緣生諸法自體涅槃不須誹撥言空言有互相破斥不令計有不令計無又此經雖安立十地名同華嚴於中義意軌則各別又無地前三賢十信等位但立十地斷惑行相及說佛地爲十一地於其十地位之內復說有十一種麤重二十二種愚癡所以此經不安立地前三賢十信具足行門爲此經地前非見道故又爲第三時教中間但和會有無未是文殊普賢理事相攝行滿故是故華嚴經中說十信十住十行十迴向十地法門時十方諸佛同來印可故一切諸佛國土總說此門故十三種相加表眞實故三乘經中但

說十地攝諸衆生，不盡故此即是三種十地中假詮假智假真如十地行故何以然者爲此十一地是佛位佛位之内猶有障故明十一地已前未有真理本智故若全真理智云何十一地有十一麤重既有麤重即非地地中有佛智爲因果故此經且漸和會有無令無滯住未似普賢文殊理事智盡大用而說故如仁王經說五位十地行門安立從凡漸習積行多生修假真如又有教說地前伏惑地上見道或說留惑不斷要經三僧祇尅方可成佛如是等教並對權根假施設有未爲實說但化佛所說皆是引中下根人未盡實說餘准可知又二乘人迴心向權教中所忻佛果及權教菩薩所忻佛果僧祇滿後但只樂求三千大千世界佛之報果不忻十佛境界毗盧遮那無盡十方境界之報果也不如華嚴經中十信菩薩所忻佛果勝解心上具足凡夫即樂忻修十身毗盧遮那之境界深心廣大盡無極重玄之妙境界也不同權教佛之境界皆立分劑限量此乃爲根狹未廣故且權安立如解深密經中十地斷惑分劑第一初地中對治惡趣煩惱業生雜染障第二地中對治微細悞犯現行障第三地中對治欲貪障第四地中對治定愛及法愛障第五地中對治生死涅槃一向背趣障第六地中對治麤相現行障第七地中對治細相現行障第八地中對治於無相無作功用及於有相不得自在障第九地中對治於一切種善巧言辭不得自在障第十地中對治不得圓滿法身證得障善男子此奢摩他毗鉢舍

那於如來地對治極微細最極微細煩惱障及所知障如華嚴經但於地前三賢初發心住中即能頓證佛果法門普印諸位十住十行十迴向十地等覺諸位如印印時文相具足無前後際即以初發心時頓印三界無明便爲佛智之海以如來法身智身大悲之印一下頓印世間以爲法界大用無前後故法如是故不同權教法外施設且引三根來歸一實故五漸見佛性進修門者如涅槃經云十住菩薩少分見性乃至十地未能了了起信論云十住菩薩少分得見法身化八相成道故如彼論釋言是願力所爲既是願力非爲實報總爲漸見佛性皆是權教分分中漸引之宗非爲圓故如是之類從初發心住已後所證佛果不定僧祇何以故如涅槃經云記屠兒廣額於賢劫中成佛闡提創發心尚有越劫之功何況具足信根復能少分見性者何有僧祇之隔哉世有諸德解屠兒廣額是化作爾者此乃曲逐人情未詳佛意者也漸漸引權向實豈令見劫存情令違本耶漸漸引至龍女善財一念之中得成佛者始成實說三乘小見但念長時時體本無空嗟忻仰無繩自縛何有休期前畧說三種十地又以經義校量有六種十地者如三乘權教中有三種十地實教中有三種十地如仁王經解深密大品經此三部經中所說十地多立假眞如門以成十地行相如此是權教中三種十地第四如涅槃經中十住菩薩少分見性十地菩薩見性未能了了即明以佛性爲所乘門分修分證十地第五又涅槃經如牛

食雪山肥膩草純得醍醐等即明證佛位故即爲五種十地此教通華嚴經初發心上同佛正覺故第六一乘十地如華嚴經所說法界門重玄無盡法以成十地是爲六種十地涅槃法華龍女刹那成佛皆是引權向實教故且三乘十地菩薩所忻佛果境界但忻三千大千世界爲報佛之果故此即實教中第三化身非爲實報身故三種化身者一者佛化身作種種衆生身二化身者化作一四天下及二十八天所化之佛三化身者化作三千大千世界佛也實報身者十身毗盧遮那互體相徹重玄境界量齊法界及徹纖塵塵塵之內皆齊法界具如華嚴經說三乘之教旣權所說法門及佛報境界總未實說是故大品經中名共教三乘共行十地第二解深密經所說十地直爲解深密廣意菩薩廣慧菩薩清淨慧菩薩等共爲問答主伴說十地門不共聲聞爲問答主伴爲深密經迴彼般若樂空增勝者故此大品深密等經但說十地之名無地前十信三賢四資糧位第三如仁王經中具足五位行相法門如是權教中所說三賢十聖多分總是說假眞如次第漸細方明佛性方可說乘如來乘直至道場將知權教非眞所說地位次第未實第四如來乘中如涅槃經中說十住少分見性十地菩薩未全了了者如起信論中十住菩薩少分見性以誓願力能八相成佛者是其流也雖未圓滿爲見少分性力故勢力如是猶如儲君爲有因緣父王令其統紹君政爲是王眞子故力堪如是故爲少見性故爲如來眞子

生佛家故不同餘教假眞如假智等待於初地方云生佛家故明見性力眞勝餘宗故少分如是何況全得第五明圓教十地者一念體道智全佛故以會無明體全智故經云一成一切成一壞一切壞後當廣明是名五種十地此四種十地位次第行相以化下中根接生門中大同小異至於本法教門而權教之中三種假立眞如爲觀智與從法身佛性體上安立漸頓二門全别如權教中雖復還從初地之中對治惡趣煩惱業生雜染障乃至第七地中對治細相現行猶成障障無相智未全自在至於八地無相無作功用及於有相功用亦未自在如是地地中不自在皆有障故如前依解深密經中地位斷惑次第法門說如三乘中十地畢定如是階降斷惑

經三僧祇百劫修相好業如涅槃經等佛性門中安立諸地次第如前已明如本業瓔珞經云十住菩薩銅寶瓔珞銅輪王百福子爲眷屬生一佛土受佛學行教二天下十行菩薩銀寶瓔珞銀輪王五百福子爲眷屬生三佛國中受教行化三天下十迴向菩薩金剛寶瓔珞金輪王千福子爲眷屬入十方佛國中化一切衆生處四天下初地已上百寶瓔珞二地千寶三地萬寶四地菩薩不可稱數寶爲瓔珞乃至十地寶瓔珞漸漸增廣及十地十一地通佛法王及三賢菩薩總有十五種輪王位廣如瓔珞經說又言三賢菩薩伏三界煩惱麤業道麤相續果亦不起麤見道喜忍伏三業道離忍伏地獄餓鬼畜生人中業道明忍伏六天業道炎忍伏諸見業道勝

忍伏疑見業道現忍伏因業道無生忍伏果業道不動忍伏色因業道光忍伏心因業道寂滅忍伏心色二習業道無垢忍伏習果業道習前已除而果不敗亡是故佛子三賢名爲伏斷喜忍已上亦伏亦斷一切煩惱覺忍現時法界中一切無明頓斷無餘如是已上說十一種忍三堅菩薩用除三界麁煩惱故亦伏斷故解云三堅者即三賢菩薩也十住十行十迴向地前三位也又瓔珞經云佛子初地一念無相法身智成就百萬阿僧祇功德雙照二諦心心寂滅法流水中不可以凡夫心識量二種法身解云二身者一法性身二報化身法流水者言初地菩薩即法性智流中任運至佛位故無所修造何況二地三地故又經云地前三賢菩薩入聖人位但法

性流中心心寂滅自然流入妙覺大海佛子乃至三賢十地之名亦無名無相但以應化故古佛道法有十地之名此經即是說華嚴經已後教化三乘人於別時中重於初始成佛菩提樹下重畧敘華嚴法門此瓔珞經中皆言我曾於普光堂說淨土法門及至忉利天說十住今更畧說廣如彼經說准此經次第說十地已後於第三禪中說十一地法門經在西方不來經云佛子吾先於第三禪中集八禪衆說一生補處菩薩入佛華三昧說百萬億偈今已略說一偈之義開衆生心汝等受持又依瓔珞經安十地斷惑法相門經云佛子前三賢伏三界無明而用除麁業何以故當受生時善爲緣子解云三賢菩薩初受法性智慧生佛家時悲心增勝爲觀一切

三界衆生總爲子故誓願無捨爲慈悲故潤生三界業故三界受生又經云爲潤業故受未來果故名息用解云於三界無造新業故爲息用又經云而不斷愛用解云然三界業亡慈業受生不亡經云有十一人亦伏法界中三界業果故解云十一人者十地并等覺位爲十一人又經云初地乃至七地三界業果俱伏盡無餘八地乃盡故解云七地已前伏盡八地稱法盡故從此已上示現作佛王宫受生出家得道轉法輪滅度示現一切化佛界故無子愛三界之報唯有無明習在解云此八地現前住無功用智雖度衆生無衆生想七地已前悲勝八地已後無相智現前智勝雖無受生任運度人非無愛法習故佛地始盡以本願力故變化生是以我昔天中

説生不生義業生變生佛子聖位中二種業一慧業無相無生智心心緣法性而生無照是名慧業二功德業實智出有諦中有爲無漏集百萬阿僧祇功德故名爲功德業從初聖已上而現受生以變易故不造新以願力故住壽百劫千劫變化生以上並依本業瓔珞經説此即是圓教中亦頓亦漸二門亦頓者此經云三賢菩薩即入聖人位入法性流中任運至佛海更無造作漸者斷惑階降一一進修此瓔珞經三賢十住即入法性之流不同權教初地見道道前伏惑若望華嚴經十地品初地令凡夫修行不云要聖人方學彼經自有明文又明進退者如瓔珞經云佛子若退若進者十住已前一切凡夫法中發菩提心有恒河沙衆生學行佛法信相心中

行者是退分善根諸善男子一劫二劫乃至修行十信入十住是入爾時從初至第六住中若修第六般若波羅蜜正觀現前復值諸佛菩薩善知識所護念故出到第七住常住不退自在七住已前名爲退分佛子若不退者入第六般若修行於空無我無人無主者畢竟不生畢竟入定佛位佛子若不值善知識者若一劫若二劫乃至十劫退菩提心如我初會衆中有八萬人退如淨目天子法才王子舍利弗等欲入第七住其中值惡因緣故退入凡夫不善惡中不名習種性人退入外道若一劫若十劫乃至千劫作大邪見及五逆無惡不造也問如涅槃經聞常住二字尚七劫不墮地獄如華嚴經云設聞如來名及所說法不生信解亦能成種必得解脱至成佛故何故今言第六住心及從凡夫信位猶言有退此意若爲和會解云十信之中勝解未成未得謂得便生憍慢不近善友不敬賢良爲慢怠故久處人天惡業便起能成就大地獄業若一信不慢常求勝友即無此失若權教中第六住心可有退位實教中爲稽滯者責令進修如舍利弗是示現聲聞非實聲聞所作方便皆度衆生使令進策如權教中第六住心可説實退何以故爲權教中地前三賢總未見道所修作業皆是有爲所有無明皆是折伏功不强者便生退還若折伏有力亦不退失如蛇有毒爲呪力故毒不能起但於佛法中種於信心謙下無慢敬順賢良於諸惡人心常慈忍於諸勝已者諮受未聞所聞勝法奉行無忘所有虚妄依教蠲除

於三菩提道常勤不息夫爲人生之法法合如然但不長惡而生何須慮退已上五種十地權教中三種十地如大品般若但有十地名第八名大人地第九名乾慧地地名少殊解深密經中十地名雖與華嚴經中十地名雖同從初地至十一地有十一種麄重二十二種愚癡此二部經中但有十地總無地前四種資糧仁王經中雖說地前十信十住十行十迴向四資糧十信即說爲外凡十住爲内凡即不同實教中十住初心便登聖性體齊諸佛十信之中若不信自身與佛身因果無二者不成信解是故如來出現品云菩薩摩訶薩應知自心之内一念之中有十方諸佛成等正覺轉正法輪何以故佛心與自心無二故如是信心方名信故何況十住之位不證此心若不證此心云何爲住以是義故住於佛住名之爲住是故初發心住便成正覺又權教中說十地時並無他方佛與說法者同名故又無同名佛來證成表同因果故以是義故地及教門並是接小根衆生權施設故諸有智者勿滯其中應忻昇進是故說華嚴經中五位十地法門時十住中法慧菩薩入定欲說十住法門時過十方千佛世界外有千佛世界微塵數同名法慧佛來手摩法慧菩薩頂及語業讚歎及與法慧智力十三種加持說十行位時功德林菩薩入定十方過萬佛世界外有萬佛世界微塵數佛來俱名功德林及十三種加功德林菩薩等說十迴向時十方過百萬佛世界外有百萬佛世界微塵數佛來同名金剛幢亦十三種加

金剛幢菩薩十地亦然佛與菩薩名同者明因果同故後當廣明如十地論是天親菩薩造解十地經是華嚴經中十地品也於解義處文義通三乘及一乘義解於中解者多解三乘義於一乘義人多不解爲一乘道理情解不及設有以情解者疑網不除且信佛語故自疑不斷會从在無思不厭苦者不滯寂者悟常樂我淨者之所能知故是故五種十地三種是權餘二種十地是實教故是故瓔珞經云古佛道法爲化衆生有此十地當知三乘權教十地名雖同所設方便引衆生行解全别以此當處具説未有同名佛共成印信因果契證故六明頓證佛性理智萬行圓融門者如華嚴經第一會如來現相品中如來齒間放光又放眉間中道果德光明又令

普賢菩薩入三昧説世界成就品華藏世界品毗盧遮那品説諸佛果法令生愛樂既生愛樂已於第二會中令文殊師利説如來名號品四聖諦品又於兩足輪下放光明其光明過十方十佛刹微塵數世界外各有十佛刹微塵數菩薩皆來集會又説菩薩問明品淨行品賢首品成就十信之門兩足輪下光者爲其最下明入信之首以信爲因信爲最下故此是如來眉間果光放入故前如來現相品中如來眉間放光已入兩足輪中爲欲明舉佛果德用成信位諸有學者還信果法用成初證入於十住之門故以是義故十方各有十佛刹微塵數十首菩薩皆從十色世界十智如來所來以十信爲入道之初故是故所來菩薩皆名爲首十色世界者爲十信

菩薩未成實證明是凡夫雖信果德佛境未離色塵以色爲國十住菩薩理事圓明以華爲國爲創從凡位理事開敷故十行菩薩善達簡擇覺慧圓明以慧爲國十廻向十地以妙用自在以妙爲國從當位法門所來以法爲國非爲四大地水火風故入聖智者已離此障十信位中菩薩皆從十智佛所來者所謂不動智佛無礙智佛解脫智佛如是十智佛者智爲果德爲十信位中以果成信故爲明信從果來以果爲因故若不以果爲信即無所信故信無所依何故文殊師利爲上首者爲文殊師利皆啟蒙之主故十方諸佛皆以文殊師利妙德爲發信心之首故以彰顯法身根本智故常以文殊爲果前之信普賢明是差別智爲果後之行故是故善財童子初見文殊爲信門後見慈氏爲佛位又自見其身入普賢身是佛果後行文殊爲小男普賢爲長子二聖合體名之爲佛文殊爲法身妙慧普賢爲萬行成德故體用自在名之爲佛文殊小男者爲信證法身根本智慧爲初生故因初證本智法身能生佛家故普賢爲長子者爲依根本智起行行差別智治佛家法諸波羅蜜事自在故常以行門建佛家法治佛家事但諸經之內以文殊爲問答主者多明法身佛性之門普賢爲問答主者多論其行以此表之又文殊乘師子者爲明創證法身佛性根本智斷惑之駿故普賢乘香象王者表行庠序爲威德故又文殊常居東方金色世界不動智佛所者爲明金爲白色能離垢故金色者表法身也不動智者依法性

身根本智起智用即無動故普賢菩薩常居東方寶威德上王佛所者明萬行爲寶以此行故成其威德若具行者以法寶身自在也威德無畏自在爲王若不具行者皆有所畏設居高位不得爲王爲有所畏故與文殊師利同在東方者爲法身智身理事體用本自一故本無二故又文殊居東北方清涼山者像艮卦艮爲小男主東北方故艮爲小男爲童蒙爲文殊常化凡夫啓蒙見性及本智之初首故又與普賢俱在東方卯位卯爲震卦震爲長男又像日出東方春陽發萌無物不生無物不照表理智雙徹體一無二如日出東方無物不照春陽發萌無物不生以根本智差別智無別體用生萬行故是故子爲佛位丑爲信位寅爲十住卯爲十行辰爲十迴向巳爲十地午爲等覺未爲晦明入俗同俗化迷申酉戌亥爲所化故如是安立法則法合如是故易卦坎爲君离爲臣震爲上相酉爲上將東爲青龍西爲白虎前爲朱雀後爲玄武青龍爲吉慶白虎爲凶害朱雀爲其明玄武爲其黑是故如來治坎而發明普賢爲智相主萬行觀音爲大悲之首治凶危爲上將文殊爲覺蒙之首常爲接信之師互體交叅以持佛家之法皆令衆生住於中道處恬和之性智慈益物以是身皆金色目髮紺青體白而相黃爲應眞和氣也皆爲無形之形無色之色也若以其體用也一一菩薩總具智德無邊次其法則常以文殊爲創信之首今以南北且立東西之一門若論互體重玄一方總俱有十經云一切處普賢菩薩一切

處金色世界一切處文殊師利一切處不動智佛經云佛身充滿於法界普現一切衆生前應受化器悉充滿佛故處此菩提樹一切佛刹微塵等爾所佛坐一毛孔皆有無量菩薩衆各爲具說普賢行如是一方即十方無盡一塵即刹海無窮今爲化儀各示方分總別今言十信者信何等位决定成於十信之門如經十信中光明覺品云十方一切處文殊師利於十方一切處說十方一切處法門歎佛十種果德以成信位如光明覺品說又令起信根者轉更明淨文殊師利又問十首菩薩等業不知心心不知業等十問令起信者自身觀照轉令深固經云諸法無作用亦無有體性是故彼一切各各不相知又作水流火燄風起大地所生不相知喻又下頌云

分别觀内身此中誰是我若能如是解彼達我有無如是文殊師利問十首菩薩所成十信觀行之門具如問明品說又賢首品中從凡夫位以信爲首决定取佛大菩提果故從凡夫地信十方諸佛心不動智與自心無異智故只爲無明所迷故無明與十方諸佛心本來無二故從凡夫地信十方諸佛身根本智與自身無異故何以故皆是一法性身一根本智猶如樹枝一根生多枝葉等以因緣故一樹枝上成壞不同故從凡夫地信如來十住十行十迴向十地我悉盡能行之何以故自憶無始時來波流苦海無益之事尚以行之何况如今有益之事菩薩萬行濟衆生事豈不能爲從凡夫地信十方諸佛皆從三昧生我亦當得何以故諸佛三昧皆從如來

自性方便生我亦具有如來自體清淨之性與佛平等從凡夫地信十方佛一切神通我亦當得何以故諸佛神通依眞智而得我但依眞性智中無有煩惱無明成智一切業亡唯有智慈通化自在從凡夫地信佛智慧我亦當得何以故一切諸佛悉從凡夫來故從凡夫地信佛大悲普覆一切我亦當得何以故諸佛大悲從大願起我亦如諸佛發大願故從凡夫地信佛自在我亦當得何以故諸佛自在於性起法門智身法身入衆生界不染色塵諸根自在我亦不離性起如來智故從凡夫地信自發心經無盡劫修功德行滿位齊諸佛不移一念何以故爲三世無時故如是從凡夫信解始終徹佛果位如上所發十種信者必能決定成就十信之門住於堅固之種永不退轉又十信中文殊師利及覺首等十首菩薩皆從十色世界來所謂金色世界者表本白淨法中來故爲明信心依本信故妙色世界者爲依理事自在妙用而生信故蓮華色世界者依行能信故爲蓮華表萬行故薝蔔華色世界者表從福慶之色以理智大慈中和性而生信心故五色之中黃色爲最此爲應眞色亦中宮色也表中道色故爲此華爲黃色華故此信心菩薩爲智慈中和之色應眞世界來故優鉢羅華色世界者其華赤黃色兼有紫錟氣表一行行一切行能純能雜而生信故寶色世界表智慈法行成信而可貴故金剛色世界表以佛果德而生信心故必能決斷諸煩惱故頗棃色世界似水精表信心本清淨故平等色世界表

信法界平等無二故如是十色世界皆是十信菩薩所信之法門皆從自信法門中來故名曰從如是世界中來已下本所事佛所謂不動智佛無礙智佛解脱智佛如是十箇智佛即是佛果中佛明信自智從佛智果爲因故來表不因佛果不成信故其十住位中昇須彌山頂於兩足指端放百千妙色光明明前十信位於普光明殿兩足下千輻輪中放光表信位在凡未離凡地光出足下爲表以信爲初因其位最下今說十住上昇須彌之頂者明十住初心證法頂故從地昇上至相盡處故陟山王頂至法王位處故明其止爲山也以入眞實證非止不會於兩足指端放百千妙色光者爲明足指以艮爲手足之指初取聖道非止不明履踐之始表創從十信凡夫之位極始在十住初首履踐如來法王聖蹤以其定門普觀凡聖一切境界性相無礙色無不妙故稱爲光如本業瓔珞經云修三賢法入聖位法流水中心心寂滅自然流入妙覺之位然此華嚴經意即不然識滅時亡情塵頓絶唯眞智境一念則五位齊明爲全將佛果以爲因故設凡夫住世百年及以多劫而於自見不見須臾可遷不見當成佛不見已成佛不見現成佛十住之位法既如是更有何生不成佛耶更有何生而成正覺此華嚴經是本法界門一切諸佛本住大宅一切佛子究竟所歸化身權乘總居其外若有入者一入全眞此位中初發心住菩薩見道住佛知見入佛知見直與如來同身心性智相故頓印五位行相總在其中如持明鏡

普臨衆色此經法門法合如是所有歎説應如是知應如是信解爲法界法門圓無始終於一念中歲月晦明重重無盡一毫之内佛境衆生境色相無邊一成一切成一壞一切壞此十住位中有十箇菩薩下名悉同名之爲慧本從來土皆號爲華從十箇華國土來本所事佛下名悉同名之爲月釋云此位自已證眞善簡邪正名之爲慧理事齊發開敷若華以開敷法門爲國所居得法惱除清涼如月名爲本所事佛此之名目總是十住位中所證法門非虚名也經云爾時法慧菩薩以佛神力入菩薩無量方便三昧以三昧力故十方各千佛刹微塵數世界之外有千佛刹微塵數諸佛皆同一號名曰法慧普現其前以十三種加法慧菩薩十三加者語業加以言稱歎善哉善哉身業加者以手摩法慧菩薩頂智業加者經云即與法慧菩薩十種無礙智及此土如來光照其身是爲十三

大方廣佛華嚴經論卷第四

音釋

憍舉喬切　蠲古玄切　恬徒兼切　簷音蟾

大方廣佛華嚴經論卷第五

唐方山長者李通玄造

又十方佛所以同名爲慧此十住法證聖位法流已入法界大海同佛入聖位智慧故是以佛與法慧菩薩名同爲表法同故又明十住法門因果齊故佛位果德菩薩爲因因與果體不異是故同名説此十住法時昇須彌山頂上有六品經共成十住法門之行相一昇須彌山品二偈讚品三十住品四梵行品五初發心功德品六明法品但依此六品經中解行法門修學悟入必能成就十住法門住佛種性生如來家爲佛眞子不同權敎初地菩薩始生佛家或説三賢菩薩以誓願成佛此華嚴經直論實證位不論誓願爲此教門總一時一際一法界無異念前後情絶凡聖一性不論情計應以無念無作法界門照之可見若立情見不可信也設生信者懸信佛語故非是自見若自見者非情絶想亡心與理合智與境冥方知萬境性相通收若不如斯心常彼此是非競作垢淨何休若也稱性情亡法界重玄之門自達一多純雜自在含容總別之門圓融自在於利生之法善達諸根隨所堪能悉皆成益敬承親近者皆能友之如昇夜摩天宮説十行品及如來於兩足趺上放百千妙色光明爲表依空建行始可理事自在明十住之位證法身本智十行之位以法身根本智無礙方行萬行行亦無礙若不見法身本智所行萬行皆屬人天因果皆爲有漏生滅之福以法身自智慧用治諸惑以萬行悲濟衆生法身智身任無作大

悲一時頓用雖寄七地悲增八地智增之行相此華嚴法界門十住初位總該諸位在十住初門位同佛果爲一法界體用故以一位中具十波羅蜜諸十法故以諸法重立門照之可見此乃總是如來藏身普賢菩薩世界海漩法門此乃如日月照臨盲者不見非日月咎應自責躬循德可以頂敬以定慧觀之如來藏身者即法身也諸福智海莫不居中故稱爲藏若不見法身一切福智大慈大悲悉皆不辨總屬生滅世界海漩者悲智觀根屈曲徹俗身土及業重重衆生重重諸業各別大悲普救根無不盡故名之曰海漩漩者甚深漩洑義也像此佛果位中菩薩一入法界之門攝重重衆生根業盡故無出世心永没生死大海漩流無出没故此十行門同普賢行前十住門同文殊師利法身根本無相智慧二人齊體互爲主伴中間無作智即爲佛果三人體一寄安五位用接凡迷若有凡夫信滿發心十住之初三身同得文殊是佛法身普賢是佛行身無作之智果是佛報身常以文殊法身無相妙慧以爲先導說時先後證即三身一時法合如是廢一不可若廢文殊存普賢所有行門屬有漏若廢普賢存文殊所證寂定是二乘若廢佛存普賢文殊佛是覺義無覺者故以是義故三人不可廢一若廢一三不成故是故三乘權教中無此三人始終不相去離以教門未實總皆化身權逐小根且畧權施待其熟故方還就實如法華涅槃總是漸漸還向實教如此經中十住初位即是十行十迴向十地等覺位總得

其初及得其終互相貫通一位中得五十法門以互相徹故一一位中二千五百總別之義齊現乃至無盡諸位等進修行相層級不廢漸漸而是一時不廢一時中漸漸此十行位中隨其十方各有一大菩薩來至佛所各將十佛刹微塵數菩薩而來集會十箇上首菩薩下名悉同名之爲林本從來國下名悉同名之爲慧本所事佛下名悉同名之爲眼十箇上首菩薩下名悉同名之曰林林有五德一建立德二身根榦枝條緣互相生無生德三華葉果實成益德四能障炎暑清凉德五人龍鳥獸鬼神所歸德一何謂林爲建立德謂如大林内有龍神所居外無大風所折若不如是不得建立高顯成林明此位菩薩内有大智之龍常以大慈悲神而自守護了

境自寂外無色塵境風所折異道邪論以智摧之無能所伐而建萬行與一切衆生皆共同之常爲利益故爲建立德二何謂身根榦枝條緣互相生無生德爲明樹身根榦枝條上各各求能生所生性了不可得但爲緣生之法緣緣無所生本來不生生本來生不生爲明此位菩薩所行行無盡門故爲以法身本智爲先導故常行萬行於身於境求能行所行了不可得但以法如是行故三何謂華葉果實成益德如樹林華敷可觀令人愛樂葉能映障炎熱令得清凉果實資養衆生饑渴者皆令充足明此位菩薩常行萬行令人天樂見廣布大慈悲之葉令人親而不捨施大智之果充足法界衆生皆令滿足本願方終四云何障炎暑清凉德謂如林隨所歸者

皆得離暑獲清凉樂如林爲明此性都無有心此位菩薩所歸依者隨其根性皆得清凉本性無心利與不利五云何鬼神所歸德謂好茂林人多所探龍多所居衆鳥所都明此位菩薩亦復如是以建萬行之林衆人所歸探其衆德龍鬼所居常恭敬鳥獸所歸離恐怖又林爲多義以此位菩薩建行衆多故又以行多故功德亦多言以法身悲智行諸行功德如林故是故菩薩下名悉同名之曰林何故本從來國下名悉同名之曰慧凡夫人以土地所居名之爲國此位菩薩以定慧解脱安養自他平等皆令離苦名之爲國地水火風所居之國是衆生業之影像非是實故法身智慧解脱是諸菩薩常住本體之國非業幻生之國是故菩薩以慧爲國又此位菩

薩以建萬行行解利生行能同事慧能設教利樂人天名所居之國何故本所事佛下名悉同名之爲眼此華嚴經以事表法以其佛名同巳所證所證法處名之爲佛爲此位菩薩以行益衆生善能觀根稱根中法不失時度名之爲眼經云爾時功德林菩薩承佛神力入菩薩善思惟三昧入是三昧巳十方各過萬佛刹微塵數世界外有萬佛刹微塵數諸佛皆號功德林而現其前還如前十三種加功德林菩薩只如佛果位内菩薩法身悲智常現在前定慧法門常當具足何須入定諸佛來加爲諸菩薩設教度生要成軌則言佛神力推德於尊雖法界體齊平等爲化儀故須存師弟爲化儀故入定觀法出定方説三昧者名爲等引引生正解名善思惟十住

之內過千佛世界十行之內過萬佛世界者表位增廣化儀軌則行相眉目法合如是然其眞性皆滿十方他方所來諸佛與入定菩薩同名功德林者明因果俱齊法智一種以此所來諸佛與入定菩薩同名十三種加者一語加二手加摩頂三與十種智及此土如來光照其身以語加者表法不謬以手摩頂者法身智悲知見解脫相及故又摩頂者安慰之相與十智者明菩薩智與佛果齊故名之爲與又推德於尊謙和離慢故名之佛與於經中皆云法如是故自善根故皆是化儀軌則故有此言此十行位總有四品經共成此位法則之門一昇夜摩天宮品二夜摩天宮偈讚品三十行品四十無盡藏品十行門中所有法門當依此四品經修行理事悉皆具足如說十迴向品時何故昇兜率天因何如來兩膝之上而放光明何故上首菩薩下名悉同名之爲幢所從來國下名悉同名之爲妙本所事佛下名悉同名之爲幢爲兜率天於欲界中上下處中故如四天王天總是帝釋所攝連妙高頂總是一天之界所收夜摩天名第二天四天王天帝釋妙高俱連地界夜摩天已上方是空居以次兜率天上下居中向上即化樂他化二天以此天於欲界處中故故於此天和會理事會於中道迴理向事迴事向理理事無礙成智慈妙用之門故名迴向夫十住初心理事元來自會非在後位始有迴向爲化衆生故名目法則須存從初發心住已後五位之內理事本自迴向今此第三位中迴向前十住十行一一法位

無礙說名迴向之位不在第三普和諸位名爲迴向託事表法故於此天說十迴向如來膝上放光者爲膝迴旋屈伸之所自在莫過於膝故於膝上放百千億那由他光明用表理事涅槃生死無礙卷舒自在亦是以事表法此之一部之典名言境界處所身相名目及放光明總是所表自證法門此位中上首菩薩名之爲幢爲明十迴向菩薩智悲自在能壞自他惑業於生死中能建衆德名之爲幢幢者建德不傾動義降惡義摧壞義堅固義勝智立法幢竪建大慈心堅固摧慢山遊寶路藉蓮臺成妙悟是故此位菩薩名之爲幢爲以不動無作智悲能破自他生死故此華嚴經敎十住十行十迴向十地位位有佛果故又此位菩薩能建勝德常處生死誓度一切無盡衆生而智無怯懼名之曰幢以了無明爲智故有忻厭者不可爲又行施波羅蜜時若有乞者乞諸財寶盡世所有及身若命盡世所有皆悉歡喜心不傾動名之曰幢幢者不傾動義施有二種一者以法施二者事施以法施者以法施人無我所故一切無念名爲法施事施者以物與衆生於身命財所求無悋此位菩薩行二種施尋常無懈廣如此十迴向位中說何爲所從來國名之爲妙明此位菩薩智慧妙用以妙用自在不滯有無及諸見量限礙等過名之爲國何爲本所事佛同名爲幢與已同號明此位菩薩既成妙用與佛妙用理事因果當位體齊還同前十住十行當位與所事佛因果體齊位位如是爾時金剛幢菩薩承佛神力入菩薩智

光三昧入是三昧已十方各過十萬佛刹微塵數世界外有十萬佛刹微塵數諸佛皆同一號號金剛幢而現其前還如前十三種加金剛幢菩薩言承佛神力者推德於尊師弟之敬入智光三昧者名之等引入是三昧引生無量教光以根本智爲光體差別智爲教光隨根與益智能破闇光者是教爲教能破迷惑故發生明解開一切衆生智日故令其衆生客雲昏夜不迷亂故能決盲聾開耳目故能令邪慢之山悉傾倒故教光如是不可思議前十行位功德林菩薩入善思惟三昧此十廻向位金剛幢菩薩入智光三昧以明五位層級次第增廣眉目行相前位明始善思惟此位明妙用自在教光遐照前位過萬佛刹塵此位過十萬佛刹微塵世界外有十萬佛刹塵佛來亦明五位次第增廣進修之門皆亡情以定慧門入重玄理事照之方可迷解不可懸頭斟酌生增上慢十三加者謂以言善讚以手摩頂十方諸佛與金剛幢菩薩十種智此土如來光照其身十三加者以言讚歎爲明所說法者及法不謬故手摩其頂者表說法者與佛智相及故與智慧者明說法者與佛智同故此土如來光照其身者明與佛教光合故又以光覺觸許令說法故十三加意者欲令後世斷疑成法令生信故論其實體總是諸佛隨諸五位行門依本位法而立其名而現其身與衆生作法軌則令其倣學使令悟入佛既立教學者必得不虛所以同名者也十住十行中已釋訖此位之內有昇兜率天宮品兜率天宮中偈讚品十

迴向品此三品經成斯一位十迴向法門法用軌則學之者依之成則如說十地品時何故不從兜率天次第而昇化樂何故越化樂天而昇他化自在天爲明十地菩薩法門功德廣博攝境超前不依次第又明十地妙用無方蘊功自在說處亦須自在同彼天稱名爲自在又明十地菩薩以稱理體性自體無心無自心化皆因衆生起大悲智因他起化德似彼天以處表德故是故於他化自在天而說十地一明功高勝前故須超次第二表自在而化衆生故於此天處而說十地如普賢等覺位在第三禪集八禪天衆入佛華三昧說百萬億偈此之一會文廣不可於世傳持如是超間位倍倍於前佛華者佛行也入佛行三昧者是普賢法界行也何故十信十住十行十迴向四位之中菩薩但舉十箇上首菩薩同名此十地位中何故舉三十七箇菩薩同名爲藏解脫月菩薩何故獨名爲月此一部之教各各菩薩與佛果功齊皆十方來佛與入定菩薩同名者爲表當位之內菩薩證入與佛齊因果相似以成龜鏡然六位五位中層級非無次第同別之義影互參差能純能雜能同能別能成能壞以六相總別同異成壞門准之可見六相者一總門二別門三同門四異門五成門六壞門此六門義一門中具六互爲純雜不可廢一也十重玄義亦然此之文繁出於別本但且影響參之然十地法且於別門中立層級處說其行相此十地位爲中道果終之教是故前位滕上放光此位如來眉間出清淨光明名菩薩力

餤明此百千阿僧祇光明以爲眷屬眉間光者表中道果終之義此眉間光從初會中如來現相品中如來於眉間放果德光明入足下輪中明以果成因便令普賢菩薩示佛果德令其信樂既生樂巳便說信門即於光明覺品中還從兩足下輪中放出初眉間放入果德光明用照金色世界不動智佛以成信位以次欲說十住品時昇須彌山頂於偈讃品中於如來兩足指端放光明以次欲說十行品時於偈讃品中於如來兩足趺上放光以次欲說十迴向品時於如來膝上放光如今說十地法門還於初會之中眉間放中道佛果光終而復始至果極際三乘中十地不同於此行相全別十地菩薩見道未能明了初會中如來眉間放佛果光明名一切菩薩智光明普照耀十方藏此光使令菩薩入佛果德門故還放果光使令入果以因果忻修相似故經云爾時世尊欲令一切菩薩大衆得於如來無邊境界神通力故放眉間光名一切菩薩智光明普照耀十方藏其狀猶如寶色燈雲其光名爲普照耀十方藏者即照此十地之藏一一地內皆徧法界虛空界福智大悲之藏令此十地即是初會之內如來使令菩薩所成之門終而復始以放眉間光明相似故放光處相似故前初會放光其狀猶如寶色燈雲此十地放光名菩薩力餤明此前後光明因果相似故燈之與餤相似故前之放光名菩薩智光明普照耀十方藏者即明如來開悟菩薩智令諸菩薩至此十地故此十地品中如來所放光明名菩薩力餤

明者即明菩薩自力功極而登十地前光開發後明自力以自力故至於如來初開發處稱佛本心始終相似是故明此十地中道果終之門後徹初故前光舉果勸修後十地放光明自修至果是故光明名菩薩力以菩薩修自精勤力無退轉力不懈怠力而能修習至此十地如來法界藏故是故菩薩悉名爲藏藏者含藏蘊德不遺失義此法界自體清淨無漏法門體該法界含藏一切大智大慈諸功德故興萬行雲普雨法雨潤衆生故此位菩薩稱如斯法名之爲藏此位中有三十七箇菩薩同名爲藏者爲明此十地法門果終意欲辯知正道助道故故立三十七菩薩成三十七助道法門非正果故十住已來菩薩所行皆是助道非是正位故意欲明行所行者是爲助道無住無行任眞自體名之爲正果故若以初發心住以法性無相根本智不離無作用之體行諸萬行菩薩與佛因果本來體齊若箇佛果無作無修菩薩正加行已來總名助道以動寂無礙正助元來不異一法門也眉目不可不箇體用圓寂正助全同此即全別全同門還以重立門思之可解聞所未聞之法聞之不疑全別全同境界難解佛及凡夫各自別有是全別義故二見恒存若全同故便成滯寂圓融道理事理不礙若也法門全分兩向是凡夫法全合一體是二乘法但以理事自在其道在中留心滅之此亦不可以心存之此亦不可此助道行門與正智果德無作之門體合無二事中軌則不可不分以其體用不可一向全別以全同

作全別以全別作全同不可全別無全同不可全同無全別如迷此同別二門即智不自在如解脫月菩薩三十七箇同名爲藏三十七菩薩外獨自一箇名解脫月何以故同名爲藏者總明十地法中正助之內爲同法衆三十七即爲其主唯解脫月一箇菩薩獨是伴明非同法衆故立別名以爲賓主須有啓請擊難十地之法令現在及後世得聞正法無疑經意如是應如是知是故此十地法門即是解脫月爲衆請法首金剛藏菩薩爲衆說法首已上可知爾時金剛藏菩薩承佛神力入菩薩智慧光明三昧者十迴向位中金剛幢菩薩入菩薩大智光明三昧令此十地金剛藏菩薩入菩薩大智慧光明三昧此位菩薩智增明故妙用決擇增明更加其慧此乃明位位層級法門漸增勝故然諸餘位非無慧用入是三昧已即時十方各過十億佛刹微塵數世界外各有十億佛刹微塵數諸佛同名金剛藏而現其前則以十三種法加金剛藏菩薩一以言讚諭二十方諸佛與無能映奪身三與無礙樂說辯四與善分別清淨智五與善憶念不忘力六與善決定明了慧七與至一切處開悟衆生智八與成道自在力九與如來無所畏十與一切智人觀察分別諸法門辯才智十一與一切如來上妙身語意具足莊嚴十二十方諸佛手摩其頂十三此土如來光照其身與意加者欲令後世斷疑成法令生信故一如經說以言讚諭許說無疑以手摩其頂安慰許智相及何以同名者明金剛藏菩薩證法因果與佛所證

相似如五位菩薩與佛因果俱齊皆以同名佛印之成法令現在衆及後世無疑并此土如來光照其身爲十三種加如等覺位中普賢境界准菩薩本業瓔珞經在第三禪說來文不備不可和會本業經是說華嚴經竟化三乘衆於後重於菩提場中更畧說彼經自有明文此五位教門依品次第今且畧說後法界品内善財童子求五位菩薩善知識一一行之師弟軌則行相利益衆生後當更明地地法門一一別相隨文釋義方解畧會三乘十地門差別三乘十地教行印信全別上下披讀思之可見三乘十地無似此華嚴法界佛所乘門法門次第經中五位六位行門皆以菩薩自證果德爲已躬之號即如十信位中與覺首等十首菩薩十住位中法慧等十慧菩薩十行位中功德林等十林菩薩是也如前所述皆以當位之内自證本法名之所從來國皆以根本智導利衆生觀根滅惑之智號之爲本所事佛當位之内有十方同名諸佛來現其前十三種加成信表因果體齊以現同名總別通徹時劫互融無盡重玄一多相徹一切諸法皆如帝網同別重重無障礙三乘之中三賢十地無此印信行相全別有修眞者須知權實勿滯其功滯權迷實虚須多劫也

大方廣佛華嚴經論卷第五

音釋

悋（良刃切）　斟（職深切）　藴（於粉切）

大方廣佛華嚴經論卷第六

唐方山長者李通玄造

△第六重令善財證法別者如經中從第二會光明覺品於如來兩足輪下放光明徧照百千那由他三千大千世界乃至如是無量無數無邊無等不可稱不可量不可說盡虛空徧法界所有世界四維上下亦復如是蒙光照及一切處金色世界一切處文殊師利乃至十色世界中覺首目首等十首菩薩各與佛剎微塵數菩薩同時發來各說一法如是十法共成信位法門如善財童子於覺城東見文殊師利說種種法而生信心還倣前信位之中文殊覺首等十首菩薩所成信位第三會昇須彌山頂法慧等十慧菩薩各說一法門共成十住如善財童子南行至妙峯山頂見德雲比丘及已下十善知識還如前經中昇須彌頂法慧等十慧菩薩說十住法門第四會昇夜摩天宮中功德林等十林菩薩各說一法共成十行法門如善財童子南行至三眼國見善見比丘及已下十善知識還如前經中功德林等說十行法門一一以行行之第五會昇兜率天宮中金剛幢菩薩等十幢菩薩各說一法共成十廻向法門如善財童子南行至廣大國青蓮華長者及已下十善知識還如前經中金剛幢等十幢菩薩所說十廻向法門善財一一詢友以行行之第六會昇他化自在天宮金剛藏等菩薩說十地法門如善財童子至此閻浮提迦毗羅城婆珊婆演底夜天及已下十善知識還如前經中他化自在天上金剛藏菩薩說十

地法門善財詢友一一以行行之第七會昇第三禪爲八禪衆說一生補處菩薩入佛華三昧所有法門十一地等覺位中普賢境界如善財童子至摩耶夫人及已下十善知識還如前瓔珞經中重說華嚴次第十一地法門普賢境界善財詢友一一以行倣而行之令成後則第八會佛地法門於菩提場中始成正覺時說如善財童子至海岸國大莊嚴園林廣大樓閣名毗盧遮那莊嚴藏彌勒菩薩所此爲善財佛果圓滿善知識也還如前經中如來於菩提場中始成正覺及三十七如來出現品如經中如來出現品前即是普賢行品出現品後即是離世間品還是普賢菩薩說善財童子一一倣之還從前五位摩耶夫人十一地等覺位中秉普賢行而自成

正覺出現世間還以普賢行導引衆生令離世間善財童子還以倣之從彌勒菩薩後自見其身入普賢身中即明自秉普賢行自成正覺出現於世常以普賢行導引衆生令離世間自見其身入普賢身者明行滿同普賢故法相似同一體故如出現品即是經中如來自放眉間光灌文殊頂口中光灌普賢口令此二人共相問答明因果理事交徹相入故以此二人理事體用二門成佛果故出現世間如善財童子至於彌勒所彌勒菩薩還令善財還見初善知識文殊師利善財聞已憶念之間便聞普賢菩薩名乃入無量三昧門便見其身入普賢身及於彌勒樓閣中會三世事在於今時即是善財童子功窮果極彌勒菩薩而與會之令成法則令使後學信

解證入無疑經中但有法門未有人求學者故令善財詢友一一以行行之一如前經之法則若也空施法則還恐在行猶迷故令善財以行行之令使後學無滯彌勒令善財却見文殊明從法身理體根本智爲因見彌勒菩薩是善財乘法身本智爲果及諸善知識所行普賢行以成自已佛果見彌勒之後入普門法界自見其身入普賢身者雖成正覺常以普賢行利益衆生即明文殊普賢彌勒佛果三人始終一處表通因徹果此三人之道是古佛之大都是源始之法際若迷解者即本來全得處迷者自没輪迴爲古佛道法本來常如是故非生滅法無作無爲也修之者及以放逸者皆有作者故忻寂不當放逸還非以自情纒垂其聖性是故修道者以定慧力善自觀之勿滯其事

△第七明六位菩薩來衆別者且如權教之內所說菩薩諸地位次但說假眞如爲因果仍地前三賢未能正證初地之中一地證一眞如十地證十眞如證十眞如之後方能始見佛性前證眞如復言有十眞如障眞如既能成障明知權教之中即施設假眞如非本眞也所說地位三乘同聞聲聞人天共會此經不爾總是果位菩薩六位之中一位具十又當位之內十箇菩薩下名悉同各從十方與十佛刹微塵數菩薩來至佛所信位之內俱名爲首初名覺首次名目首有十首菩薩也創初起信即有一切處文殊師利所從來國金色世界本所事佛皆號不動智華嚴經即事表法無一事不表法門金色世界者白

法也金爲白色明法身本體也不動智佛明法身之内無作性智是根本智也文殊師利即是能證之因不動智佛即是所證之果今舉此因果同體無二用成十信之初門還令諸信者信果成因還修果法以成因位十住初心之上便成正覺爲從證果本智爲因也是故此經下云以小方便疾得菩提不同權教菩提同有爲故立能證所證也一念之間無有能所能所盡處名爲正覺亦不同小乘滅能所也了能所本無動故此乃住法性故動寂皆平爲本智非動寂故妄謂爲動愚夫不了棄動而求寂爲大苦也故維摩經云五受陰洞達空爲苦義爲小乘有忻厭故即苦生也以此文殊等十首菩薩還與果德示悟衆生法華經云以佛智慧示悟衆生使得清淨故以此義故覺首等十首菩薩皆從本所事佛下名皆同名之爲智所謂不動智佛無礙智佛解脱智佛如是十智如來所來皆表所從本智所來來處是己身之智所來者是因也即明因從本智果來猶如全將金體以成環釧全將佛體以成菩薩全將佛果以作自身今還以自佛本智成初證也一切衆生總皆如是今從佛所來者即表初發心時頓證本智如佛體用以成初覺以此正覺爲初證之因是故彼十首菩薩以表因從果來次十住位中十慧菩薩所謂法慧菩薩一切慧菩薩勝慧菩薩如是等十慧菩薩各各與佛刹微塵數菩薩來至佛所所從來國本所事佛所謂殊特月佛無盡月佛不動月佛如是等十箇月佛所表是果法慧等十慧菩薩所

表是因還表因從果來佛皆爲月者表此十住之内創證果德無明熱除性清凉故以此義故表果德清凉故佛名爲月像此位初證者故還同體清凉也經云法慧菩薩入菩薩無量方便三昧以三昧力故十方各千佛刹微塵數世界外有千佛刹微塵數諸佛皆同一號名曰法慧普現法慧菩薩前慰歎善哉如此言千者爲一一佛皆滿十方故不同權教有限量彼此國土也此則明此位之中創發心時因果相成無差別體故是故菩薩與佛號名同但法慧菩薩爲印因果爲一體故佛名與已同名表一切證道者皆然前十信中不動智佛是根本智此十住中佛果名號月者是隨位進修獲益之果因果者即是非因果之因果但以無依止處名之因果亦不同外道以情撥無因果不同人天凡夫繫成因果不同此二名爲佛因果也如此位中十住初首證此非因果之因果也是故初發心時即是佛故如此位之中無上慧菩薩頌曰凡夫無覺解佛令住正法諸法無所住悟此見自身非身而說身非起而現起無身亦無見是佛無上身問曰何故前信位之中十首菩薩不入三昧即便說法又無同名覺首佛而稱歎何故此十住位中法慧菩薩入三昧始說法又千佛世界微塵數佛與法慧同名皆號之爲法慧來慰歎何故前十信無此等相者何爲也答曰爲信位但示果法因果同舉但令生信未有實證故不入三昧以十住之位入眞實證故以此義故須入三昧方能眞證爲與衆生成證法則故爲正證果德同

號佛來印成因果一味故前信位中但且成信未正證故以此不入三昧亦無同號佛來印成因果當如是知如是信解如是千佛已次萬佛者明進修行相故如十行品中功德林菩薩入菩薩善思惟三昧入是三昧已十方各過萬佛刹微塵數世界外有萬佛刹微塵數佛皆同一號號曰功德林而現其前歎慰功德林還如前位因果同故其佛名號與菩薩名同還以菩薩爲因佛爲果德二體同故是故名同十林菩薩本所來國皆名爲慧功德林等十林菩薩各各與佛刹微塵數菩薩俱從十方萬佛刹微塵數國土外諸世界中來其國名親慧世界幢慧世界寶慧世界如是十慧世界本所事佛所謂常住眼佛無勝眼佛無住眼佛如是等十眼佛問何故前

十住位中同名法慧佛只舉千佛刹微塵爲數所有菩薩來亦過千世界外來所來世界名同爲華本所事佛名同爲月何故此十行位中本從來國皆同名爲慧本所事佛同名爲眼何意如是答曰爲十住位中從凡創證果德始從凡夫來故國土名同皆名爲華爲創住佛所住自佛智慧開敷故證佛慧初生諸佛家故佛號皆同爲月以表得法清涼如月此十行位之中始終總佛内外俱真國亦以法爲名佛亦以法爲號前位始證以表如月清涼此位已真純名之爲眼眼者法眼也爲此行中明法眼圓明應機照俗以成德故以次千及萬數漸漸增廣者明法界圓明不增不減但以佛果位菩薩引生方便引接凡庸令增勝故皆爲如來密意方便故如佛名

經無量聲如來日月光明世尊偏增致敬重加三禮云滅罪名者如來方便引凡心生令策志故豈謂諸佛體同一味功德有差別邪令時佛果中諸菩薩安立地位境界增廣如是漸次言千佛世界萬佛世界乃至數終一一數體緣起相徹一一數中始終相入無前後際是諸佛密意方便故猶如十錢去一錢十總無著一錢十全成爲諸數如響應聲同時緣起故得初即得終還以性齊時齊緣起同時故今此中安立境界法門如此此下似闕十迴向文一段後賢如遇請續書入此原板在攝山棲霞寺試一查之初地菩薩多百法明門王化多百佛世界二地菩薩多千法明門王化多千佛世界者不同權教實有分限如前數法互相徹入又如人以指畫空作百千微塵數分復以手除之令盡然彼空中無有增減以情量故見彼虛空數有增減此經亦爾所謂菩薩安立諸地法門增減亦復如是爲成諸有情故使令進修若也一槩皆平無心進也凡夫無有策修之心發心修至不修方知萬法無修也而實教菩薩一得一切得爲稱法體中無前後故猶如帝網光影互相參徹相入無前後際也亦如百千寶鏡同臨妙像一一鏡中影像相入色像齊平如佛果位中諸菩薩爲從性起法身根本智爲十住之中創證心故所有法門境界皆悉依本以體用通收皆悉徹故還以性齊即時齊故更有餘不齊之法爲不可也不同權學情障未亡九地已來未見佛性所立地位皆有分劑而實可得爲未見佛性有假真如障故是故經云十地差別如空中

鳥跡如是地位法門權施增減爲逐衆生情故體道者眞俗便爲一眞也一切眞故都無假法不可於此圓教作增減見同其漸也此經所有一切衆海菩薩天龍諸神等衆皆佛果位海諸菩薩衆非是凡夫欲令入者即同聖故明毗盧遮那攝化境界等衆生徧故皆是佛果位衆以化儀主伴故如是果德位衆共會成法示悟衆生成法之後入法界品中文殊師利以此果德法門出祇園會外南行欲往覺城中利樂於人舍利弗六千比丘路上發心得十耳十眼覺城東會善財徧求諸友一生佛果圓明五百優婆塞五百優婆夷五百童子五百童女皆如善財經文不可一一具陳同會總皆如是若也無緣總亦不聞如祇園羅漢比丘等同會不聞不見如來說此華嚴經典是五衆同會於文殊所同聞此法悉皆同證之流是故經云此經不入凡夫手能深信者情過三乘權學之流何況能證者故此經賢首品中云一切世間羣生類尠有欲求聲聞乘求緣覺乘轉復少求大乘者甚希有求大乘者猶爲易能信此法爲甚難是故當知正集海會未有人中凡夫純是諸天果位菩薩集會成其教法文殊覺城所化始明以此教法將用利樂閻浮提衆生善財等五衆總表實得此法者餘意如前所明如是來衆純是果位菩薩來明果德用備上機都無權教菩薩小乘人天凡夫因果等衆來集此會權教菩薩至於九地已來不預此衆何況凡夫何以故爲行六波羅蜜故有雖行十波羅蜜者由三僧祇劫成道果德故不同

此教一時即一切時非情所收故出祇園會文殊南行六千比丘路上發心者此明許聲聞亦有最上之器堪能入此最上乘中又彼六千比丘於舍利弗所皆新出家未忻小果以器利故方能發心至此位流若登小果卒迴難得如舍利弗即是影響聲聞非實聲聞也即是已登佛位入流接凡以此義故此經來衆與權教不同化佛設有處純會菩薩無小乘者亦不同此教何以故或有教說即因成佛者即不行五位或五位行相體用不同如前已述故如是准例無有同者法既不同衆亦全别又於此經中所有來衆有十種同法與諸經來衆不同一色身同二法身根本智同三慈悲智位次同四言說法輪同五來處同六所成法則同七與佛因果同八事佛師弟同九報身國土圓滿同十懷疑獲益同

一色身同者如五位中諸菩薩各從十方來一一方來衆皆有十佛刹微塵數衆菩薩來皆金色身目髮紺青與當位菩薩色身相似諸天八部之衆當類相似明得法同故報亦同如初會中有五十五種部類雖别明行門攝化異故然其行相身色法門五十五部互相參徹一行作多行多行作一行一身作多身多身作一身相似故前後十處十會例然

二法身本智同者如十處十會中所有衆海皆同如來法性身本智慧故設有新學凡夫入會之者見聞佛法刹那證入皆齊如來法性身根本智故無有入會見聞法者不同佛身智慧者五百羅漢身在會内不見不聞不知不覺此之大會及所說法門不同權

敎菩薩二乘人天八部同會見佛聞法獲益全殊　三慈悲智同者法身本智及差別智慈悲體同解行合故爲文殊普賢佛果始終一法故如華嚴經三寶者佛爲佛寶文殊爲法寶普賢爲僧寶是古今佛之舊法故若合即一切皆同爲本如是故非造作有非成壞故　四言說法輪同者如經中五位菩薩各十方來一一方各有十佛刹微塵數菩薩來至此會十方世界皆悉如是一時雲集異口同音十方衆海一時說偈皆同文句名字恰合一無差別爲智慧同法行同所說法門十方世界一種皆同不似餘經之衆解行差別有得不得故　五五位菩薩衆來處同者爲此五位菩薩所來會者十方一切處皆至又十方世界及微塵中一一菩薩皆共住爲居

法界體自他彼此遠近情盡故總不出一塵故亦本來無入故不似權敎三祇未滿諸見未亡來至此已各還本土又未論一塵之境圓法界故然通變皆有限故皆言神通非本法故　六所成法則同者十信十住五位六位菩薩行門十方世界同施設故十方世界古今諸佛同此法故頓示因果在刹那中其法元來無前後故非同權敎因前果後故十地位終方始見性地前菩薩是凡夫故設有地前成佛者推爲誓願力能非本法故或推地上菩薩引諸凡夫起勝行故非論本法本來佛故此華嚴經所施法則直論根本智佛自乘門不論權敎開三乘門設多刼故直明衆生本來自體無作者故性本自法界元眞佛智慧故以爲所乘也　七與佛因果同者

既是文殊法身智身諸佛果德普賢行門本來一法此諸衆海皆悉同之故初發心時便成正覺於一刹那際皆得此之法者不許於刹那際外有別時得者即非本法故若有人於佛法中見佛成道作刼量延促處所而生見者信亦未成未論修道見道是故修道者莫作如是順情所迷妄云修道輪轉生死無有休息此是情量非是佛法是故此經來衆皆與佛果位齊還成佛果位法若有見聞悟入皆同佛果位爲依本智慧法故　八事佛師弟同者如因陁羅網影互相徹此十會法界海中菩薩徧法界中一切佛所皆有其身奉事諸佛成師弟之敬門能同佛果師弟之敬不失故不同權教有自他佛故有往彼佛所來還歸自土故不同此敎不移本處不作神通而依本法恒徧滿故承事諸佛能同別故　九報身圓滿國土同者爲以實法故而起信修法既恒徧身亦徧故依法智行身土皆圓此以一圓即一切滿故以無作智終大小量故爲依本法身智身爲依正報亦等故　十懐疑獲益同者如初會中五十五衆一時同疑心念同請如來放光示現果德一時同益諸衆各得一法一人得諸人之法已下九會皆悉如是如上來衆十種同法比於餘教全無相似此本智本法本時本處古佛本法六位行門大衆之海充滿虛空微塵之中重重如是一時集會如此經中大衆之海從前至後皆是成就彰表如來所乘五位六位佛因果門無有一人得三乘果者皆以此法十住初心體用齊佛依本智法故不增不減

於法體性任運利生十處十會來衆行相隨文釋義方可料簡

△第八明所施法門理事别者如化佛權教中說有情有佛性無情無佛性一切草木不能成道轉法輪等如華嚴經即是越情實教即不如彼化佛權宗約凡化教如功德林菩薩等十林菩薩所從來國國亦名慧一切境界總名慧體何以然者無有情無無情故所以然者無二見故爲一真智境界無成佛者無不成者故夫有情無情者此是依業說夫論成佛者非屬業故若非屬業者即非有情非無情故何得於出情法上計言有成佛不成佛耶彼有情此無情者是業收非佛解脱故豈將自已情業之計作如是卜量情與非情成與不成如經所說是諸法空相不生不滅不垢不淨世間相常住諸法住法位如是之道爲有情及非情邪如此華嚴經中大意本無凡聖情與非情全眞法體爲一佛智境界更無餘事莫將凡夫情量妄作斟量若存情計者見有情成佛見無情不成佛此爲自身業執如是解者終不成佛夫言理性徧非情者而不同有情成佛者此由未見法空不依實慧未了得世間諸相本來常住但見隨情識變生滅之相而妄斟酌言非情但有其理徧故只如成佛豈可理外别有佛耶若理即是佛者於此理中情與非情本無異相豈從妄見立情非情耶如佛是非情應不得成佛若有成大菩提者不依此二見是故法華經會權歸一實經云種種性相義我及十方佛乃能知是事聲聞辟支佛不退諸菩薩如

是等三乘權學總皆不能了廣如彼經如華嚴經中無有情與非情俱爲智智境界一切山河樹木皆能現佛菩薩身及說法與佛體同能同能別自在無礙佛於世界中住持安立自在莊嚴境界差殊莊嚴各異於其妙刹國土莊嚴一一境中纖塵之內佛身出現刹海重重佛身無盡佛身毛孔亦復如是境界重重佛身無盡互相徹入能同能別全同全異淨穢國土無障無礙不論如是情與非情是故今言所施教門別又權教之中諸行爲先佛果在十地之後此教之中佛果根本智爲先證以差別智而互爲資因果行相一時頓徹無前後際一成一切成一壞一切壞不同餘教一地修一地以爲性齊時齊行齊智齊故以修定慧用智觀之莫將情解

△第九明與諸三乘得果別者如經所說爲聲聞人說四諦法生老病死爲緣覺人說十二緣行爲諸菩薩說應六波羅蜜今此華嚴經亦說四諦法即與聲聞四諦法不同如四諦品中廣明皆爲四諦明苦集本真元來是根本智不同三乘有忻厭故又五地菩薩作十諦觀一切十方世界諸佛皆說四諦法輪但隨類音不同爾如世間孔老一切治衆生法總是四諦法但隨器所授深淺不同或說十二分教門或作咒說皆爲四諦法輪所收聲聞之人但隨自根器得一分斷苦之教只如小乘斷苦之法廣如小乘等部所說且約四乘總相所趣成果處論之聲聞觀苦集二諦深生厭離作無常不淨白骨微塵等觀知身空寂隨空寂法智滅身亡不生悲智名之

爲滅以此滅處名爲涅槃設當從空起後亦無世間三毒等過爲在道前修諸觀等以觀折伏如呪毒蛇又修生空知心性滅本來無我以此人無我法故空三毒業不生悲智出定入定無離此修不離此者畢竟同空悲心頓息名爲滅諦滅伏諸苦名爲滅諦以此滅諦名爲道諦如楞伽經說譬如昏醉人酒消然後覺彼覺法亦然得佛無上身如是等比不依佛慧偏修空定從此知過廻心從正能成佛身如經所說有永滅者爲滯寂故責令早修不應永滅也爲修生涅槃非永滅故此乃大乘經中自有和會如華嚴經中都無此文如緣覺之流知十二緣生之法本來無實自體皆空知身知心自皆無主身心無主性恒無我以無我故無明便滅無明滅十二緣滅逍遥任性獨覺自居異聲聞故不趣於寂異菩薩故無有悲智准不趣寂故即勝聲聞准能持法故即不如聲聞以聲聞之人聞佛所說大乘經典亦能宣傳但未親證如淨名所責無以生滅心行說實相法權教菩薩創廻二乘及小菩薩未能全具大悲智者如大品經等是也但說六波羅蜜引起小根令成智慧以彼偏修定業滯在無智故但說六波羅蜜以根劣故猶怖生死未說七八九十波羅蜜等爲無方便波羅蜜成其大悲故處於生死能運度故如仁王經中外凡內凡修六波羅蜜作六種人王忍等已上四波羅蜜俱是四種輪王十地十聖修十波羅蜜能成十種天王又餘經漸廻彼二乘分學及頓學等根成其悲智雖修十波羅蜜猶修假真如觀

作諸法從本已來自體凝然不遷不變觀破修空有二執成不生不滅法門猶觀當情九地已來未明佛性爲修彼假智乃成障故如前已說如此經爲上上根人頓示本智初心創發十住位上即與佛同智慧如善財妙峯山頂得憶念一切諸佛智慧光明是其義也以依本智法即無所修故本無障故任運悲智不作而成隨緣六道無非法界了緣生法自體恒真更無修作所有念慮皆從智生但知任運對現色身說法應機如響相對恒處生死流法身常寂雖經多刼體不移時入死出生非没生也任大悲智法隨緣故法應如是性無憂惱不住證修法如是故龍女善財總明如是此法難信三乘拱手遥推是化非是人修直說僧祇逐情立刼爲能信此無時智門是故經云能信此法爲甚難者即其事也設經多刼勤苦作修有得有求作長作短作是作非作成作壞捨身壞命豈有成佛之期何如初心即須如是入佛智境修學豈不省力不枉功邪以此義故聲聞緣覺權教菩薩不真解四諦十二緣及真如法身實智境界皆是毗盧遮那方便引修向此華嚴真實之海令歸本法任智施爲所修諸地隨智所作不起能心而皆成辦一切種智不似諸教地上别作對治但十信終心十住初位即自了知混然法界本智慧境凡聖不異脱體全真不見有情無情有性無性如是繫障任法不生如經所說如來成等正覺出興於世以其自身之智普見衆生成等正覺善惡情絶性相無殊雖度衆生而無度者是則名爲種

如來相諸善根故如是之法付囑流通全與三乘淺深懸異如大乘權學二乘及人天不聞如此華嚴經典上上根流唯希佛因果位諸菩薩等而能聞之如上四乘之内具有明證如是所乘既別見諦全殊於一名言淺深全隔又如華嚴十地品所說五地菩薩修十種四諦觀六地菩薩修十種十二緣以此不同三乘四諦十二緣

△第十明所付法藏流通別者如此如來出現品中說佛子此法門如來不爲餘衆生說唯爲趣向大乘菩薩者說唯爲乘不思議乘菩薩說此經法門不入一切餘衆生手唯除菩薩摩訶薩佛子譬如轉輪聖王所有七寶因此寶故顯示輪王此寶不入餘衆生手唯除第一夫人所生太子具足成就聖王相者若轉輪王無此太子具衆德者王命終後此諸寶等於七日中悉皆散滅佛子此經珍寶亦復如是不入一切餘衆生手唯除如來法王真子生如來家種如來相諸善根者佛子若無此等佛之眞子如是法門不久散滅何以故一切二乘不聞此經何况受持讀誦書寫分別解說唯諸菩薩乃能如是是故菩薩聞此法門應大歡喜以尊重心恭敬頂受何以故菩薩摩訶薩信樂此經疾得阿耨多羅三藐三菩提故解云生如來家者自覺自身法身根本智與佛眞性性相平等同無性味混然法界自他情盡唯佛智慧明徹十方無性無依無生死性名爲生在佛家以自體無作平等悲智力故紹隆正法統治衆生隨所應作以法調伏令諸衆生差生死業所有一

切安樂之法皆悉樂之是則名爲持佛家法又云種如來相諸善根者解云證佛法身性同法界同佛悲智如是信修理事不殊性相平等如是學者種如來相同佛善根不同權教付囑三乘聲聞菩薩所共流通又三乘之教多付囑諸聖及未生佛家者諸凡夫此經付囑最上大心凡夫唯求如來不思議乘生佛家者若無大心凡夫求此法門生如來家此經當滅何以故爲此經難信設有聖說凡夫不信不證此經當滅若不如是付囑凡夫令生佛家聖位菩薩有一切佛世界微塵數如來何慮此經散滅當知如是如來意者令諸凡夫而起信修得生佛家不念已齊佛位諸菩薩衆諸有行者應如是知何故三乘之教多付囑諸聖者令使流通及付囑未生佛家諸凡夫等爲三乘之法未出情塵明法未眞易信解故且令凡聖共讚令教流行善根不斷未出情量不似此十信之終刹那即佛故以此義故三乘之教且漸引生未出情塵三僧祇劫方得作佛順情之教根易信故凡聖共讚皆得流通不同華嚴十方諸佛根本智法及差別智大慈大悲法出情塵教深難信故要待入證十住之位生在佛家爲佛眞子方是流通但有聖說無入證者不名流通但有凡夫說教無入證者亦不名流通爲自法不明疑情猶在不破自他暗故未能決定知佛意故以此義故要待入證同諸佛智心方可決知佛教門故以是義故付囑大心凡夫入證者故始名流通但聞不契不名流通

大方廣佛華嚴經論卷第六

音釋

珊蘇干切 釧尺絹切 恰苦洽切

大方廣佛華嚴經論卷第七

唐方山長者李通玄造

○第四明成佛同別夫智身寥廓總萬象以成軀萬象無形與智身而齊體達眞相隔得本形同只爲垂本相殊致使化儀各別或見形羸道樹藉草蓐以徵軀或見色究竟天處蓮華之妙相或見寶菩提樹居淨土以成眞或見遠刼修行或見刹那當證或見報身圓滿相海無邊或見化體分身具三十二相如是殊形異狀徧含識以情根萬別千差言何能悉且約人天共感四乘權實之流畧作十門成道差別使得童蒙起信發解除疑識本離權情希勝德十門者△第一成佛身別△第二成佛時別△第三菩提樹別△第四所坐座別△第五同住衆別△第六所示相別△第七轉法輪別△第八轉法輪處別△第九大會莊嚴別△第十所受法門別

△第一成佛身別者此毗盧遮那佛身如經所說有九十七種相及無盡相身非三十二相八十種好身

△第二成佛時別者如權教中佛生之後即以逾城出家菩提樹下成等正覺時以之爲時如毗盧遮那佛即實不如是如來安立化相爲度三乘衆生應見如是出家成佛如華嚴經中實法界海即不如是如法華經云吾從成佛已來經無量阿僧祇刼此即是廻彼三乘人就實而論此毗盧遮那佛依本法界成大菩提還依本法界無始無終不出不沒無成無壞無有時分此經云如來不出世亦無有涅槃此爲實說又頂著華冠本非出家

都無八相之事若有人能知如來不出不沒不成不壞即知如來常住在世常轉法輪即是毗盧遮那出興於世又從兜率天下降神入母胎轉法輪入涅槃不出一刹那際彼天猶未下母胎猶未出此已入涅槃一切法事總畢

△第三菩提樹別者三乘之中見佛道樹是木樹高下稱人間如一乘中如來成道所居之樹即寶樹高顯殊特如金剛藏身中所現之樹高百三千大千世界其身周圓廣十三千大千世界大意總一切處徧故

△第四所坐座別者三乘中化身成道棄榮貴藉草蓐此一乘中本身成道坐寶蓮華師子之座妙寶嚴飾具衆莊嚴

△第五大衆別者爲毗盧遮那佛所有大衆圍遶皆是普賢文殊等衆及有新發意者皆是志求佛果法界之衆非是三乘權學爲求聲聞緣覺厭苦菩薩之道樂生淨土之衆設有聲聞之衆若未迴心如聾不聞不知不見說此甚深華嚴經典亦非因前經三祇刼後得果之衆也皆智圓多刼一際無前後時之衆

△第六示相別者如權教中即以兜率天受生降神入胎八相成道等一乘教中即以初發心住會法身本智以爲正覺情絕始終不見時遷及以不遷不乖當念蘊功即佛都無時分遷轉之相應眞自性常轉法輪不似權敎八相等事或於摩醯首羅天坐華王之寶座或以三千大千之國土以爲報境如是施設分量限劑者皆引衆生之化儀漸令心廣

未爲究竟之實相也如此華嚴法界之妙門者約分十佛刹塵蓮華藏刹海淼映重重爲明無盡佛國互相徹入一一佛刹皆滿十方十佛刹塵國土皆無限礙身土相稱都無此彼往來之相不同三乘爲小根故權安分劑身土之相如此盧舍那之相海也纖塵匪隔其十方毛孔詎虧於刹海三乘示相者螢光不可以比日月之照功琉璃難以類摩尼之淨德此乃非由佛爾只爲器劣故然

△第七轉法輪別者化佛轉三乘法輪毗盧遮那轉一乘法輪一乘者所謂佛乘如法華經云佛乘唯有一無二亦無三但以假言說引導於羣生乃至乘如來乘直至道場爲法華經會三乘引令至實如前依判教分宗門中已說只爲三乘種性人還依本種性作三乘教說說龍女刹那成佛是化反成謗教不順佛心元佛本意者令龍女刹那成佛爲本法法自無時證盡時處即爲實法反云是化此是苦哉當復奈何不期甘露反成毒藥翻將寶玉喚作泥塵以實爲虛將虛爲實請後達士莫踵前賢先聖法門普咸垂訓隨根權實事非一途深可久思具閑佛意了明權實順教流通不滞諸根權實俱濟只可引小歸大衆聖允心以實成虛佛不悅可依宗傳教福利人天使得金玉喚然各不沈没是故毗盧遮那佛說佛乘化佛說三乘化佛教中法華涅槃漸漸引權令歸實門即龍女刹那成佛雪山肥膩草喻若牛食者純得醍醐等是也皆爲分有未具全示一一具足因果報相之門唯此華嚴具足是故今言轉法輪別

△第八轉法輪處別者權教中化佛轉法輪或言鹿園或言給孤獨園等皆有處所上下往來此經即十處十會及一切塵中佛國佛身重重重重重重重無盡無盡無盡常轉法輪不去不來不出不沒十會名處後當更明皆云不離菩提場而昇一切處經自具言

△第九大會莊嚴別者說此經時天上人中十會十處一時普集十方聖衆大心衆生無有三乘定性未迴心者設在其會不在其流又十會之衆各從十方來隨所來方皆云有十佛剎微塵衆而來集會位位地地以次十百千增多爲明無盡又一一會衆皆徧法界重重重重叅光影像纖塵之內亦衆會重重一一塵中衆會皆與法界虛空等乃至於一小衆生身內成等正覺衆海重重轉正法輪其彼衆生不知不覺如是衆會皆爲諸佛菩薩性徧一切處身土衆會皆徧一切處故不似三乘中化佛衆會皆有處所限量分劑往來爲衆生根小非佛故然

△第十所授法門別者如權教中或從小乘漸漸修習無常苦空厭老病死修四諦觀於中苦集二諦以爲世諦滅道二諦以爲真諦觀彼苦集真實是苦深生厭離趣求寂滅以無常不淨白骨等觀觀彼微塵成於空觀故苦集本無識滅智亡以空爲證且令苦盡然後方爲說大乘法令使迴心修法空觀行諸六度漸起悲智或有大乘菩薩種性者觀行對治似彼小乘性有慈悲樂行諸度不取空證留惑益生成法空等觀或有大乘菩薩種性一下頓修假真如等觀以假真如門加行

調伏經三僧祇刼十地見性方始成佛或有教說地前三賢菩薩以觀力故折伏無明地上見道或有教說三賢菩薩少分得見法身如是等說總是三乘權教所說如此華嚴經即不爾直爲上上根人一下直授法界自體根本法身古佛智海迷在無明頓令以方便三昧而令現之全將佛果頓授十住初心一念一時一際一法界門頓收文殊普賢萬行理事更無情量卷舒延縮不廢隨俗時刼了然具存三世日月歲數差别了然明著然其歲刼當自不移常與無常不成不壞法本如是了知苦諦本來聖諦元無諸苦亦無湼槃若如是信解如是證入經云以少分方便疾得菩提即以智幻門幻生其身等衆生界同衆生事即以無礙念門了衆生根即以師範門以成軌則即以衆藝門訓誨衆生即以無依道場門法無所著即以無念門念而不著即以淨智光明門恒照無礙安立諸法度脫衆生即以無盡相門不壞色身即以誠願語門出言誠諦即以幻住門常住世間成就衆生諸根解脫如是十法即是善財童子等覺位内善知識利安衆生之門令諸學者頓修悟入行此十法利安衆生善住世間解脫法門殊非如三乘之衆厭苦集樂滅道之法也亦非留惑樂空出纏别求淨土也

○第五明見佛差別夫佛身性相一體無差器有萬端依根各異情存想隔見絶體齊身立影生情留佛異佛由情應以此乖真心盡情亡智身自稱隨緣無作動寂俱真如是相應名毗盧遮那佛也毗盧遮那者名種種光

明徧照也以法身悲智示相教光用對諸根隨情現色爲情爭相別見異佛殊以體用混收本是毗盧遮那一智身也只可歸真去假不可滯假亡真畧立十門見佛差別使得留心創信者返末而還源也

△一人中見佛但有三十二相

△二諸天見佛但有八十種好

△三諸龍見佛或同人所見或見但爲大龍王也餘畜例然

△四諸仙人見佛但見仙人

△五諸餘外道還見佛與已同類

△六八部神等見佛與已爲王

△七小乘人見佛爲大聲聞

△八緣覺人見佛還爲緣覺

△九權教中菩薩見佛但爲三千大千世界之主福智充徧三千大千世界

△十一乘教中菩薩見佛爲十佛刹塵蓮華藏世界海爲法界主具云十佛刹塵蓮華藏世界爲明無盡總攝一切刹故福智充滿一切諸刹無盡相海重重故如上十種見佛不同皆由發心之時信樂差別以信樂力故見佛不同是故當知發心之者發廣大心信廣大教門發廣大願行廣大行入廣大智利益成就無盡衆生即得速成菩提行願福智悉皆圓滿若不如是終非畢竟成大菩提勞而功少何如直往一切智之本智中也

○第六明說教時分夫創證覺心道源虛寂智圓三世始終俱盡會萬象齊有無混去來印今古豁達唯神恬泊應真情亡智立想絕悲存圓聲遐布隨根受益一雨普滋百卉齊

得如空谷響稱擊成音諸機獲益任智無心
刹那無際焉存古今畧依權實且立十種教
起前後時分不同
△第一如力士經說佛初成道一七日思惟
已即於鹿園說法
△第二如大品經說佛初鹿苑轉四諦法輪
無量衆生發聲聞心乃至獨覺心 大菩提心
等
△第三如法華經說三七日詣鹿園說法
△第四如四分律及薩婆多論六七日方說
法
△第五如興起行經及出曜經七七日方說
法
△第六如五分律八七日方說法
△第七如大智論五七日方說法
△第八如十二遊經一年不說法
△第九依今唐朝藏法師判如來成道定經
二七日後方說華嚴經
△第十通玄今依此華嚴經法界門總不依
如上所說如此經以法界本智性自體用理
事大悲本實爲宗不依情量時分之說古今
見盡常轉法輪無始無終法本如是如上所
說總依根自見時分並非如來有此不同如
來本法智體並無時分可立但使令心信解
法界無時即是如來說法時也情亡心盡任
智利人即是如來成佛轉法輪時也若也情
存立見云如來如是時出世如是時說法者
並不依佛見總是自情如此華嚴經教門即
是無始無終爲門不可遂情強立時分此經
乃是無時之時一切時說如法華經云吾從

成佛已來經無量阿僧祇刼者量既本無知欲將何爲説法時也皆是如來一智用一圓音一刹那時以無時之時爲説法時也

○第七明淨土權實夫以滔滔智海茫茫莫究其涯淼淼眞源蕩蕩罕尋其際遮那法界體相括於塵沙方廣靈門淨穢互叅於無極但隨自修業用見境不同致使聖説乖違依根不定或權分淨土於他國指穢境於娑婆或此處爲化儀示上方爲實報文殊住居東國金色世界而來觀音身處西方安樂妙土而至如是權儀各别啟蒙的信無依今以畧會諸門令使創修有託約申十種以定指南

△第一阿彌陁淨土△第二無量壽觀經淨土△第三維摩經淨土△第四梵網經淨土△第五摩醯首羅天淨土△第六涅槃經中所指淨土△第七法華經三變淨土△第八靈山會所指淨土△第九唯心淨土△第十毗盧遮那所居淨土

△第一阿彌陁淨土者此爲一分取相凡夫未信法空實理以專憶念想不移以專誠故其心分淨得生淨土是權未實

△第二無量壽觀經淨土者爲一分未信法空實理衆生樂妙色相者令使以其心想想彼色像想成就故而生佛國此權非實

△第三維摩經淨土者佛以足指按地加其神力暫現還無是實報土未具陳廣狹是實未廣

△第四梵網經淨土者雖説一大華王而有千華一一華上有百億化佛教化百億四天下衆生然彼千華及彼華王爲三乘菩薩見

未廣故分示報境未成圓滿是權未實

△第五摩醯首羅天淨土者如來於彼坐寶蓮華座成等正覺以爲實報此閻浮提摩竭提國菩提場中成正覺者是化此爲三乘中權教菩薩染淨未亡者說言此閻浮提及六天等是欲界有漏彼上界摩醯首羅天是無漏故心存染淨彼此未亡此爲權教未爲實說

△第六涅槃經所指淨土者云如來有實報淨土在西方過三十二恒河沙佛土外者爲三乘權教一分染淨未亡者言此三千大千世界總是穢土權推如來報境淨土在西方此權非實

△第七法華經三變淨土者此爲三乘權教菩薩染淨未亡者言移諸人天置於他土是權非實

△第八靈山會所指淨土者此引三乘中權教菩薩染淨未亡者令知此土即穢恒淨諸衆信可未能自見是實非權信而未見

△第九唯心淨土者自證自心當體無心性唯眞智不念淨穢稱眞任性心無罣礙無貪嗔癡任大悲智安樂衆生是實淨土以自淨故教化衆生令他亦淨故是故維摩經云隨其心淨即佛土淨欲得淨土當淨其心

△第十毗盧遮那所居淨土者即居十佛刹塵蓮華佛國土淨穢總含無穢無淨無有上下彼此自他之相一一佛土皆充法界無相障隔畧言十佛刹塵國土爲知無盡佛國不出一塵爲無大小故不立限量故以法爲界不限邊際相海純襍色像重重此爲實報非

是權收
○第八明攝化境界夫佛境無邊順機各異隨情廣狹見有差殊非是如來分其量數情徹即境狹量廣即境寬若也智契眞源佛境彌綸法界或見閻浮爲化境或見四洲以濟生或見形滿大千或見報身十海如是種種器有萬端設教不同千差萬別發蒙始學憑准何依畧示五門識其權實使得捨諸條而從本返末而還源速證菩提無令稽障△一人中見佛境界△二諸天見佛境界△三二乘見佛境界△四權教菩薩見佛境界△五實教菩薩見佛境界
△第一人中見佛但見化一閻浮提衆生
△第二諸天見佛者但應自見境見佛亦然隨自見廣狹故如帝釋梵王及諸天王即是菩薩位即依菩薩位配所見佛攝化境界廣狹不可依諸凡見天人之類如帝釋即是二地菩薩位乃至漸昇至梵天王是十地菩薩位也或時以佛暫時佛神通力成就衆生亦令人天中凡夫及二乘并小菩薩總得見佛報土境界故即如維摩經佛以足指按地所現淨土是也或時以佛神力亦令人天總得相見故即如大集經中所說寶坊之上處欲界上色界下大集人天之衆總在其中如彼經說
△第三二乘中羅漢見佛攝化境界者如大羅漢以天眼力得見佛攝化三千大千之境界也即如阿那律云我以天眼見釋迦牟尼佛土三千大千世界如觀掌中菴摩勒菓如小羅漢即不定或見佛攝化一閻浮提此即

以久伏忍力能斷結使未有定力亦名斷結未有神力通變等事如以次羅漢或見佛攝化四洲及上三界境界也此廣說在小乘諸部中

△第四權教菩薩見佛攝化境界者初地百佛二地千佛三地萬佛境界以此漸增如三乘大乘教說

△第五實教菩薩見佛攝化境界者初地菩薩即見多百佛多千佛即是無盡之百不是一百之百二地菩薩即見多千佛等即是無盡之千故三地菩薩即云多千萬等以實之說諸地菩薩皆悉齊見如帝網等三賢菩薩亦然非但十佛剎塵蓮華藏爲其報境法界虛空總皆平等爲十住初心初見道時即已無大小見故即總見佛化境皆如法界不分大小行布之中寄位階降如此經初地見多百佛境界者即明滿義故非如三乘單百之百此多百者即齊無盡之數故如三乘教化佛即攝一四天下報佛即云攝化千百億四天下爲一釋迦報境如梵網經所說如華嚴經所說毗盧遮那攝化境界且約立一大蓮華藏世界海廣大無際與法界虛空等但爲化衆生故約陳形狀令衆生心廣大發開狹劣心故於此大蓮華中總言有十不可說佛剎微塵數世界種爲教文有限且立其一百一十一箇世界種中心有十一箇世界種上下各具二十重蓮華藏世界最下重中有一佛世界微塵數廣大世界圍遶次上第二重二佛世界微塵數次上第三重三佛世界微塵數此十一箇世界種皆悉如是從下向上

轉轉倍增最上重中具足二十佛世界微塵數廣大刹一一刹各有十佛刹微塵數諸小刹圍繞其十一箇二十重世界外有一百箇一重世界種圍繞十一箇二十重世界此一百箇世界種外近金剛山復有十箇四重世界種其中國刹重重之内如上所說於金剛山内圍繞如上諸世界種等如天帝網分布而住如來所化周徧其閒淨穢純襍諸世界海等如三乘中所說世界種者數三千大千之刹至一恒河沙爲一世界性數性世界至恒河沙爲一世界海數海世界至恒河沙爲一世界種如此經世界並數一佛刹微塵二佛刹微塵三佛刹微塵如是倍增至最上重中二十佛刹微塵數世界如是上下通數總二百一十佛刹微塵數廣大刹始成一世界種非爲恒沙以限其數三乘之中多取恒河沙數爲量如此經中常取一佛刹塵十佛刹塵爲表無盡爲其數如是增廣令小狹劣衆生知佛攝化境界發菩提心其佛攝化境界一一塵中境界與法界虛空界等不言獨化三千大千世界於中表法至後釋華藏世界品廣明

○第九明因果延促夫法界圓寂無始無終理智虛空非因非果但爲有情存量假寄其名情亡量絶何名能立名不自施本由量起量亡情盡名亦自眞令以無名之眞名談無果之眞果以無說之眞說談無因之眞因啓蒙之士不可以滯其名始學之流不可以廢其說滯名則名立廢說則言亡當可任性隨緣起爲法起若無緣者滅唯法滅有此法者

性不相知令談因果延促如空中鳥跡如石女之子但爲衆生情有愚智隨心照惑遲速不同劈竹登梯稱機各別因茲之類延促不同非謂日月與作時分教不自施因機故起教隨根應有根教生令以依根約立十門因果延促使得啟蒙之士後學無疑也

△第一小乘善來得阿羅漢果

△第二小乘一生得阿羅漢果

△第三小乘三生得阿羅漢果

△第四小乘六十刧得阿羅漢果

△第五緣覺四生得緣覺果

△第六緣覺遲經百刧得緣覺果

△第七依權教菩薩成佛定經三僧祇刧得成佛果

△第八依法華經實教會三歸一令龍女一剎那成佛破彼三乘經於多刧方始成佛

△第九華嚴經說兜率天子三生得十地果

△第十善財童子一生成佛

如上所說皆是三乘及一乘聖教依根約器所說各各依其部教自有和會令欲廣引諸義文句繁多根有萬端依根教別令以畧分十種大意得果延促不同意令知權向實不滯虛乘入眞實門速成佛道如龍女破三乘之定刧成剎那之實門涅槃經屠兒廣額授賢刧中成佛之記者破闡提之無性說越三僧祇之功兜率天子明一乘之教殊勝之力聞之生信爲不修故設入地獄中亦能成種蒙光觸身來生兜率天上登十地位一如隨好光明功德品說舉此一事意令信此諸佛所乘以難信故信即必定成種爲信解內熏

必至成佛設暫著樂遇苦便修若至十住初心位齊十地更無退轉如善財童子一生成佛者明於十住初心一刹那際情亡想盡三世一念更無所生名爲一生不取存情立刧時分之生如是無生便成佛果如本生故名爲一生還同龍女一刹那際情盡時亡名之爲佛

大方廣佛華嚴經論卷第七

音釋

寥落蕭切　淼莫沼切　括古活切

大方廣佛華嚴經論卷第八

唐方山長者李通玄造

○第十明會教始終夫慧日世尊稱法界而徧照智周萬有與凡聖而同眞理事互融體用相入即四十品之勝典終始交羅百萬頌之妙言前後叅暎十處十會如帝網之重重十剎十身若鏡像之相入舉一門衆門俱發談一品諸品齊塵道樹始成九天同届普光一集十處咸登今古無差舊新一念不離一位便分五位之門一行之中乃建塵沙行海法界體上安立訓俗之詮果德性齊施設引生之教文殊以贊明法體普賢爲成備行修二人悲智叅光使得雲滋寳澤法界品内復令善財重修做此一部之經一一行其行相菩薩接生之軌各各次第分明發心求進師資差別具陳法則令使童蒙易解學者不枉功程一念與道相應便得超過永刧今分十法以約紀綱教體參差畧知分劑△第一明毗盧遮那始成正覺△第二明示果勸修△第三明信心成備△第四明入眞實證△第五明發行修行△第六明理事相入△第七明蘊修成德△第八明隨緣無礙△第九明因果位終△第十明令凡實證

△第一明毗盧遮那始成正覺者即世主妙嚴一品經是言始成正覺者以自身心證盡三世古今等法在一念中無久近相於一念中而亦不壞衆生三世久近刧智及種種衆生差別知見智如經智入三世而無來往如是有十種智具在經説如是上下前後四十品經總於始成正覺時於一刹那際以法界

海智印三昧門一時頓印身色言音說諸佛法及一切塵中諸國剎海普宣流布及入涅槃不移一時一際一性皆是法如是故前佛後佛古今如是總在一時隨諸衆生現差別法古今相徹名之爲始契法如是名之爲成依法如是非心造作名之爲正智達斯理名之爲覺此經在晉朝初譯有三十四品今於唐朝再譯爲三十九品又檢菩薩瓔珞本業經云佛子吾先於第六天說十地道化天人今故畧開衆生心汝等受行又下文佛子第四十一地心者名入法界心又此下文佛子吾先於第三禪中集八禪衆說一生補處菩薩入佛華三昧定說百萬億偈今以畧說一偈之義開衆生心汝等受持此品即在十地品後是十一地等覺位計此品名還名佛華品爲依法爲名故又下文佛子吾先在此樹下說法界海時有八萬無垢菩薩現身得佛故今爲此大衆畧開佛果行處汝應頂受如瓔珞本業經即是說華嚴經竟化諸三乘衆來詣菩提樹下一一重叙初成正覺時所說華嚴五位法門具如彼經說爲華嚴經少十一地一品經今將彼對勘方知次第後有聞者不須生疑但取彼經勘驗可知皁白今以第三禪中說十一地佛華品即總有十處十會四十品並在初成正覺時以一剎那際海印法門一時頓說以依本法無前後故爲法本如是故以本身以本智示本法故無重會普光明殿及三會等事故若重重重重無盡之重不論三會以其法界海門總收三世一念前後並是一時亦無往彼重來入此如來

但以本智對現色身海印門故一時普示今言於普光明殿重重三會者此非如是總是一時頓印之法如經云如來於一言說中演說無邊契經海但從法門品類爲表法故菩薩名殊非是先來後來之衆於法界海內不可以情作前後之想違本法故於一念之內現三世事者爲衆生故非於本法而有三世此爲明本法不可從末前已覆車後須改轍不可直推先德以爲龜鏡檢絫經意都無重會之名以文字敘致法門似有重意不觀品中經意總是敘其前後通括一時一際一法界之智用法門如十定品離世間品皆云如是我聞一時佛在摩竭提國菩提場中始成正覺普光明殿入剎那際三昧者但隨法位菩薩名別非是如來去已重來以普光明殿爲法界果智體故於一時之際會其理事不離無作定門以十定門是法界體故以普賢行是法界用即離世間品是也會此二品不離普光明殿果德大宅智之本都如此三處之說總是一處一時一法界一會之說非是如情所見前後往來通餘九會總在一會一時一法界一智海法門重重一時隱現無障無礙今於一法界內隨其進修方便行相門中寄處表法以分其十處十會者一菩提場第一會二普光明殿第二會三昇須彌山頂第三會四昇夜摩天第四會五昇兜率天第五會六昇他化自在天第六會七昇三禪天第七會八給孤獨園第八會九覺城東大塔廟處第九會十於一切國剎及塵中一切虛空法界會名爲十處十會普光明殿中會此

經中五位六位法門十定妙理普賢萬行始終體用十處十會總在普光明殿一真法界因圓果滿報居之宅之所舍容十方世界都爲一法一處一時一體用際攝末歸本不可別分作前後往來三會之說不可以已情塵翳障真教又此經中諸法皆以十爲圓數不可但言七處九會之說又問何故至第七會但至三禪集八天衆說十一地法門何故不至第四禪天者答曰爲四禪天依其次第是佛果處故佛正於菩提場中正證佛果通收四禪及十方世界總爲一普光明殿法界之宅報居之都更無上下往來進修所在可得之相明佛四禪心相無依無進修處故無往來也情絶應眞同法界故是佛第四禪以菩提樹下寄同阿蘭若處普光明殿即是本居之報宅以此三說始終因果重叙前初成佛之時以明前後不離菩提體本智海故　如此圓融始終因果成一際門於此經中前後有六處和會也示果勸修門中有二處以信修行門中有四處　一如初會中普賢菩薩入如來藏身三昧以世界海漩法門示佛本源法界十蓮華藏世界海因果始終報得之門即普賢菩薩是其行如來藏身是其體即明以用入體理事徹故二毗盧遮那所坐之座諸有莊嚴亦明因果始終體用相徹故即以遮那佛以爲報果以一切法空本智爲座體以普賢萬行爲用莊嚴以此一切莊嚴具即還以輪臺户牖諸莊嚴具中出衆菩薩有十佛世界微塵數雨寶供佛即明如來果德常居一切法空之座普賢衆行妙用常感依報

之所莊嚴理事因果體用常相益故　又以信修行門中有四度和會因果無二門者即普光明殿三説始成正覺攝末歸本一際法界是一度和會二三十七品名如來出現品如來放眉間光灌文殊頂放口中光灌普賢口令此二人共相問答説佛出現果德之門即文殊爲本智法體普賢爲行爲明和會體用徹故以此徹處即明爲佛初會中佛即明佛所自成佛也三十七品中佛即明菩薩自力所及也因初佛故而起信進所修以信進修行故自力所及自佛果故以自佛果與前所信無異故三祇園之中如來以師子頻伸三昧門舉五位因果導利人天四善財童子彌勒樓閣中和會文殊普賢始終因果及彌勒菩薩始終因果都爲一際體用徹故通前

示果勸修門中普賢菩薩毗盧遮那二處和會及後普光明殿如來出現品給孤獨園及彌勒樓閣四處通爲六處和會體用因果無二一際法門是故彌勒樓閣名毗盧遮那莊嚴藏與初會中普賢菩薩所入三昧名如來藏身前後名字一相似故但取經文品類意況尋之叅驗可見如來會通總爲一時一際以剎那際根本智宅門出生滅度及常住在世轉正法輪總無虧一念成正覺時是故經言智入三世而無來往此經總有十處十會四十品經於九會中雲集都衆總有三百四十二種衆并第三禪中一會九種衆亦在其數如是之衆各各云有佛世界微塵數或云十佛世界微塵數如是衆會一時俱會在始成正覺一剎那際猶如大海周徧十方互相

參映無障無礙若以第十會一切國刹及塵中虚空法界一切會中者即十方世界虚空法界及纖塵之内及一切衆生身塵毛孔海會如海十方無間重重重重無盡無盡諸佛菩薩衆海常然三世一念古今咸即今時之際過去未來無盡之刼同時無虧一念成正覺時也如是時體成佛不成佛覺與不覺時法如是故

△第二明示果勸修者即如來現相品普賢三昧品世界成就品華藏世界品毗盧遮那品如是五品經是也於現相品如來口中衆齒之間放光以光中音聲十方告衆使令咸集普賢菩薩爲佛長子治佛家法入佛三昧舉佛果德令衆敬愛起信樂修如來於自身及座舉體用因果門令衆咸知以佛自身爲

法界大智身以諸莊嚴具爲普賢行用報果以一切法空爲座身以此三法齊平與悲智門無始無終示悟衆生名之爲佛如來又於眉間毫相中放光明名一切菩薩智光明普照耀十方世界藏其狀猶如寶色燈雲普照十方世界已右遶於佛從足下入及於眉間毫相之内出十佛世界微塵數菩薩衆於其佛前共坐一蓮華之座復讃歎佛境界甚深此明因果無二光入足下明以果成因眉間光者十地智果之光今入佛足下以果成因十信之位還從足下輪中出此光也至十住位内次至足指端出十行之内從足趺上出十迴向之内膝上出十地之内還至眉間出終而復始毫相光明是十地之果光其中出菩薩是其因行明因從果出明此已上五品

經是示佛果德令衆信樂故
△第三明信心成備者即第二會中如來名號品四聖諦品光明覺品菩薩問明品淨行品賢首品已上六品經是也此六品經共成十信之一位一如來名號品信佛名號十方世界隨生不同二四聖諦品信知十方世界法門名字差殊皆以四聖諦爲本三光明覺品知光明本從果而來入佛足下令還從足下放彼果光用成信位四菩薩問明品信菩薩所問之法門五淨行品明信菩薩淨行從大願力生六賢首品信知成佛以信爲首信此六品法門共成信位此六品經於普光明殿中說以普光明殿是佛智用果滿報居之本宅還從中說信位法門爲明說果成信既信果德從兹已後至十地十一地佛華品已來方明入道進修五位成滿階降同別一通一切通爲從因至果不隔時故皆以根本不動智等十箇佛以爲所信之門還以自心根本不動智佛以爲會體用故
△第四明入眞實證者從第三會昇須彌山頂上於如來兩足指端放光明於中說六品經是一昇須彌山頂品二須彌頂上偈讚品三十住品四梵行品五初發心功德品六明法品此六品經中如須彌山頂品及偈讚品兩品經是帝釋諸天迎讚如來歎佛功德及處之勝十住品梵行品初發心功德品明法品四品經明創證法門住佛所住生在佛家同佛智性功德解行理智如佛初發心時便成正覺此會兩足指端放光者明初證法門發足之始昇須彌山頂者明從前信心令昇

十住法王山頂至法之際智照無礙如上高山至相盡處故又山者表定能發慧故從茲已去任法無功始終俱佛不從八地方具無功瓔珞經云三賢菩薩法流水中任運至佛初水後水一性水者因佛果佛一性佛故於其中間無初中後不隔念故依本法故無念可隔因果便終一念相應一念佛故不論相好及與神通相好神通從此正覺中得若證正覺即不著諸相但以覺道恒相應故通變相好不求自至設至於後福智終時三世一時不隔念故

△第五發行修行者從第四會昇夜摩天上於如來兩足趺上放光說四品經一昇夜摩天宮品二夜摩天宮偈讚品三十行品四十無盡藏品如此會中昇夜摩天宮品夜摩天中偈讚品兩品是諸天迎佛讚歎佛功德及歎處之勝十行品十無盡藏品兩品經明從智身具普賢行悲智具足理智行門所成依正二報福智無盡此位從如來兩足上放光及昇夜摩天上說者爲明從須彌山頂至相盡際證佛智身至夜摩天下依法空本智起普賢萬行門故以虗處表法令易解故如彼諸天離地際故此天依空而住爲明十行依本智法空而行故

△第六明理事相入者從第五會昇兜率天宮於如來膝上放光說十廻向有三品經一昇兜率天宮品二兜率天宮偈讚品三十廻向品前之二品經是諸天迎讚如來敬歎佛德及歎處之勝後之一品是正說十廻向之法門廻向者令諸事法皆入理故以十行事

法入前十住中理事無礙故名廻向前十住即是文殊法身本智後十行即是普賢之萬行明二人體用相徹名爲廻向膝上放光者明理事卷舒自在故猶如人膝屈伸廻旋皆由於膝何故兜率天說此位者爲明此天於欲界之中處中故又於天上五位五處五會之中故向下有帝釋宫夜摩之兩會向上即有他化三禪之兩會處五會中故於欲界中此天處中故故說十廻向令會理事無礙根本智差别智智悲均融處於中道以處表法故須此處說十廻向之門故

△第七明蘊修成德者從第六會昇他化自在天宫中如來眉間放光明名菩薩力燄明此光與初會中如來眉間所放光明終而復始至本處故說十地一品經是也何故無昇他化天宫品無偈讚品者爲明十地果終住法本宫恒徧一切功終行極更無昇進乃至三禪十方世界亦同此也爲表果終十地智滿無進修故常對諸佛現在前故爲非新來無稱歎故此十地門但於十住十行十廻向中蘊積功成使令淳熟更無所住任運而成自令具足一切諸法何故於此天處而說十地法門爲此天依他起化以成自樂名之他化自在天此位菩薩依衆生故而行悲智與諸行雲雨諸法雨以此爲樂無自心想作諸行相以處表法故須此處而說十地法門依藏法師說此品時有三加五請者檢尋經意佛有十三種加金剛藏菩薩解脫月及諸菩薩有四重請十三種加者一十方同號佛現身以言讚慰使令說法又十方佛與十種智

及自善根力勝智力法如是力十二十方佛手摩金剛藏菩薩頂許令說法十三毘盧遮那如來放眉間光照金剛藏身光中說偈勸令說法是名十三明以言讚慰是語業加與十種智是智業加手摩頂是身業加眉間光照光中說法是法力加總通言讚與十智手摩頂及光照身都爲十三種加四種請者一解脱月菩薩舉大衆疑請金剛藏菩薩止而不說二解脱月重請金剛藏重止三解脱月三請四諸大菩薩一時同請都爲四請未知三加五請從何而來若但取身語意業爲三加者即與十智眉間光照金剛藏身及光說法其加即有餘若但取十方諸佛言讚使說爲五請者佛位居尊軌則之中不合爲請以此之義總有十三種加四種請與十種智業雖是智體不殊爲不迷法相成差別智故用時各別不可直取同門以一同中有十三種所加各別四度重請皆殊超昇之義前已說訖

△第八隨緣無礙者於第七會第三禪天集八禪衆說一生補處菩薩入佛華三昧定說十一地等覺位中普賢法門十地已終明自分通終等覺位中行普賢行徧明入俗徧周法界行門重疊廣及虛空及微塵中諸國刹海重重無礙究竟如法界廣大如虛空名爲等覺位中普賢行也言佛華三昧者華之言行能堪可觀開敷感果義也此爲佛行法門佛者覺也明十一地等覺行用明十地成佛已終次十一地覺行滿也故名佛華法門三昧者法界本體大寂法門定亂情盡名爲本

寂以此定故行普賢行門一切三昧此乃爲本體故於彼天處爲於色界無色界八禪之衆說一生補處菩薩入佛華三昧定門有百萬億偈以此位菩薩入佛華法門善明入俗廣利含生自在故名隨緣無礙此位明法界行周何故在彼天處說十一地法門爲彼天處憂苦情亡唯三昧樂爲明此位菩薩定亂情亡唯智悲利衆生樂故以處表法故於此處說十一地法門地位行門廣如瓔珞經說此以當華嚴經來文未足

△第九明因果位終者從十定品十通品十忍品阿僧祇品壽量品諸菩薩住處品不思議法品如來十身相海品如來隨好光明功德品普賢行品如來出現品離世間品已上十二品經是也何以然者爲十定品至離世間品總該五位十地佛位及普賢萬行始終因果門前後徹故是以十定品離世間品二品經初皆却叙初會及第二會云如是我聞一時佛在摩竭提國阿蘭若法菩提場中始成正覺於普光明殿入刹那際諸佛三昧者非是重來集會但爲十定及離世間二品是體用門通始終故於普光明殿如來重叙依其法門菩薩衆名號差別非是去已還復重來於十住十行十迴向十地十一地法徧諸天處一時頓說諸位此之二品意明體用徹於始終佛因果門故十定體是文殊離世間法是普賢是故如來出現品中放光和會二人因果相徹門故放眉間光入文殊頂放口中光入普賢口令其理事自相問答說佛果門佛果之門總在二人根本智差別智之際

以定慧力照之可見此之十二品經一時都會諸會六位十一地總入普光本智法堂果德大宅法界之門故是故十定品及離世間品皆叙前之初一二之會説此經時譬如空中置百千寶鏡置一佛像在於地上以衆菩薩圍繞莊嚴於彼百千寶鏡之中一時頓現一一鏡中影像互相參入都無往來如來亦爾於始成正覺之時天上人間十方國土一時頓現互相叅徹都無來去故彼此言音句義悉皆叅入都無來去不論重會不得作世間情解作往來重會之心如前已述事須計會至而復説此之經末須知和會始終如來出現品明五位十一地果終之門一部之經始終之際以是義故流通付囑總在其中出現品前普賢行品即明自已佛果修行之行

出現品後離世間品即明自已佛果之後利生之行明佛果之後所行大悲智行諸習總盡雖行普賢萬行不染世間名離世間品自修佛果前普賢行明是自所乘并勸他學佛果也後普賢行自已佛果已終果後純是利他以此能令三寶不斷十通十忍亦是十定徧通五位體徹始終也通者總通明義也忍者法忍之門阿僧祇乃明數量之門壽量者乃明佛壽量隨人菩薩住處者明菩薩所爲人攝化住持境界常在不滅不思議法者爲明如來化儀法則自在非諸二乘及三乘權學所知如來十身相海品者明十世界海十毘盧遮那皆有九十七種相及十華藏世界微塵數相如來隨好光明功德品爲明如來隨好光明照燭功德蒙光獲益普賢行品爲

明果前進修之行如來出現品爲明五位菩薩自力果終出現因果位極離世間品爲明佛果之後純是利他此已上三十九品經六位五位因果位終利及諸天諸神王衆入法界一品經如來入師子頻伸三昧還舉佛果五位利及人間已前總結初會二會乃至十一地七會之中佛位因果法門竟八會在祇園中後當更叙

△第十明令凡實證者從第八會在祇園之中如來入師子頻伸三昧門還舉法界果德現諸世間令生信樂達佛實相五百聲聞目連鶖子示同不聞寄同二乗有信不信如初會中五十五衆及覺首等十首菩薩功德林等十林菩薩金剛幢等十幢菩薩金剛藏等三十七箇藏菩薩如是各各有十佛刹微塵數共集隨位倍增寄成諸位令諸人天凡夫得此法門如此會中六千比丘明是凡夫於文殊師利所頓明十耳十眼此衆雖居在路發心境界不離佛會路上發心爲表進修非是即離其佛會乃至第九會覺城東會一萬龍衆五百優婆塞五百優婆夷五百童子五百童女並明是凡夫同證佛位是故今言令凡實證第九會覺城東過去佛大塔廟處文殊師利説普照法界修多羅門無量諸龍得生人趣一萬諸龍發菩提心覺城五衆俱登佛果但舉善財一人爲首俱及其五百之數法皆同然五百者表五位六千者表六位信亦在中一萬龍者表其萬行之門故無有一事浪施設故皆表法門過去諸佛大塔廟處爲其會者明古佛今佛道跡不殊還同如來

會内一種善財南詢諸友還明進修又明菩薩攝化衆生之行相第十會者一切國刹及塵中虚空法界一切會此十會徧一切刹塵中虚空法界有情身塵毛孔之内如來重重重重海會無盡故如是法界佛果法門諸有信解及初發心證入之者猶如師子王之子初生之時雖則未能如其師子王力勢自在然則師子相全體無異一切諸獸皆當畏之如於此華嚴經佛果法門修信解及初證入者亦復如是能信自巳身心性相全體同諸佛果自體恒真本大智故及證入者同諸如來佛果之門本無修造自體全佛以此真門成備進修差別萬行恒無始終一真果德雖未能堪力用如佛是則名爲種佛種子在於身田以信爲始以定慧力證入之者初發心時十住之首巳入佛智慧是則名爲生在佛家爲佛真子已與佛智同故具足如來諸善根故便即超彼三乘得神通菩薩九地等見一切三乘人天外道智所不及是故應當根堪之士一心奉行

大方廣佛華嚴經論卷第八

音釋

轍（直列切）　驗（魚欠切）

大方廣佛華嚴經論卷第九

唐方山長者李通玄造

◎第一會在菩提場舉古佛果法

世主妙嚴品第一之一

稽首十方清淨海　法界真報盧遮那
六位因果諸菩薩　文殊普賢大海衆
所說法門清淨輪　果得圓滿金剛句
我今釋此微妙典　將欲廣利諸衆生
唯願衆聖垂加護　令於法門無罣礙
諸有見聞獲大利　皆同遮那清淨海

夫闡教弘經須分四義

○一長科經意　○二明經宗趣

○三明其教體　○四總陳會數

○一長科經意者略作十段長科△一明如來始成正覺△二明舉果勸修△三明以果成信△四明入真實證△五明發行修行△六明智悲相入△七明蘊修成德△八明明生自在△九明諸賢寄位△十明令凡實證

△一明始成正覺者即世主妙嚴品是

△二舉果勸修者即現相品已下至毗盧遮那品總五品經是及世主妙嚴品舉佛所成之果令使人修

△三明以果成信者即從佛名號品已下至賢首品六品經是亦通取前世主妙嚴品已來總是便以十箇智佛以爲自心之果以不動智佛爲首明自心智隨分別性無所動故

△四入真實證者從昇須彌山頂品已下六品經是以十住爲體住佛智慧家生故

△五發行修行者從夜摩天宮已下四品經是以十行爲體行佛行故

△六明智悲相入者從昇兜率天宮品已下三品經是以十廻向爲體體圓眞俗成大悲故

△七明蘊修成德者從他化自在天中十地一品是蘊修前三法令慣習成就故

△八利生自在者十定品已下乃至普賢行品等十二品經總是以十地中蘊德成功十一地利生行滿方名法行圓滿佛於始於終無作體性不移毫念爲以法界圓明大智之性爲十住見道之初無時念故三世無性故總一時故此非情識所知唯智會故

△九諸賢寄位者即已上六位諸菩薩幷佛出現世間品亦是皆從性海大智境界中方便出現其身寄位成十信十住十行十廻向十地及等覺位十一地法門令凡夫信入倣學依跡不迷其事

△十明令凡實證者以法界性中安立十信等六位進修方便行不離體用不壞方便其智彌高其行彌下逐根行滿故名進修隨力堪能安立諸位隨位知行令不迷因果使學者善明總別依位成功不滯始故不離初故即如下文善財等衆優婆塞優婆夷童子童女各列有五百具明十住十行十廻向十地十一地五位一位有十通爲五百如六千比丘通信亦不退總云六千一萬諸龍以明萬行如是之衆並是凡夫皆信是法界佛果智境門故而登十住十地故名令凡實證

已上十段長科經意竟於中廣意至文方明如法界一品總通前後四十品經總法界故明三世法總法界故以此法界一品是一切

諸佛及以一切衆生之果也

⊙於此一部之經總有五種因果徧周義◎一示成正覺因果徧周即世主妙嚴品通下五品經是◎二信位及進修因果徧周從佛名號品巳下六品經通十住十行十迴向十地位中共二十品經是◎三定體徧周即十定十通十忍等品是◎四行海徧周即普賢行品離世間品是◎五法界不思議大圓明智海徧周即法界品是有此五徧周義故以此一部之經有五品之內品初皆有爾時世尊在摩竭提國以爲品首者明此五法是一時一法界一刹那際一體用一切諸佛一共同之法一因果等周圓滿無前後義一切諸佛皆如是如是之法不離十定之中刹那際降神入胎示現成佛入涅槃不離一刹那際更無移也以此一部之典五度一箇爾時世尊在摩竭提國唯法界品别總明此一部之經大體宗趣一法界大圓明智有此五種徧周之因果從初信心進修諸行始終因果萬行圓滿畢竟不出十定之體無時之性凡聖總齊本來如是由情妄計時量隨生由妄計故生老便有若於根本法界門中起延促見皆是自情妄見非實有故如是迷無性理違本無時智境之法門起逐情隨妄見時刼延促者於佛正法之中不成信種當知是人設修行出三界果未有成佛之種故即權教六通菩薩聲聞縁覺是也如法華經不退諸菩薩亦復不能知此明出生死之不退未成處生死中不退又亦但得以空觀折伏現行煩惱入初地見道位非是巳達根本無明得根

本智見不退如是三乘見道總是三種意生身菩薩皆非是根本法界大圓明智初發心住中能十方成佛等不退三種意生身者初二三地名三摩跋提樂意生身四五六地名覺法自性意生身七八九十地名種類俱生無行作意生身如是三種意生身菩薩並是法界大圓明智海大宅門外草室權施方便安立令諸子等且免火難如此經下文聲聞在會如聾若盲六通菩薩設聞此經不能生信如經具明爲從無始際來隨計設能於佛法生信但隨情生信迷自智境故無自契實智起真信修故若不廻心畢竟不成佛故設復教化衆生還能成得三乘及人天之種但住一方之淨剎無廣大法界量等虛空無邊智之大見十方塵剎對現色身一切衆生隨根引接三乘無分但云見三千大千之境如此經有世界海有世界性有世界種皆甚深廣大與法界虛空等具如華藏世界品說如三乘中設見如來身三十二相八十種好設復廣大云八萬四千不見如來十佛剎微塵等身相隨好三乘之種但見如來化滿三千大千世界等行不見如來化滿無盡佛剎微塵等行三乘之種所作一切皆有邊量不見法界一一塵中無邊量法普賢行法互叅不礙也

○二明經宗趣者其義有六△一明經宗趣△二此經何藏所攝△三分其序分△四定其正宗△五明此經付囑何人△六明此經流通所在

△一明經宗趣者此經名毗盧遮那大智法

界本眞自體寂用圓滿果德法報性相無礙佛自所乘爲宗如法華經云乘此寶乘直至道場又此經云有樂求佛果者說最勝乘上乘無上乘不思議乘等是還令初發心者爲志樂廣大故還得如是如來大智之果與自智合一無二故此經宗趣甚深難信若有信者勝過承事十佛刹微塵數諸佛盡經於一劫所得功德不如信此經中如來大智境界佛果法界門而自有之信此福勝於彼如贊首品下文頌云有以手擎十佛刹盡於一劫空中住彼之所作未爲難能信此法爲甚難十刹塵數衆生所悉施樂具經一劫彼之福德未爲勝信此法者爲最勝十刹塵數如來所悉皆承事盡一劫若於此品能誦持其福最勝過於彼又前頌云一切世界諸羣生少有欲求聲聞乘求獨覺者轉復少趣大乘者甚希有趣大乘者猶爲易能信此法倍甚難爲明此經宗趣甚深難信修空觀者息妄修禪垢淨情存聲聞獨覺六通菩薩未廻心者無如是分如經下文云設有菩薩經無量百千那由他劫行六波羅蜜得六神通猶名假名菩薩不眞菩薩設聞此經不信不入如法華經亦是爲廻三乘人令歸一乘故廻彼門外三車權引諸子令歸如來大智法界眞實門故破彼几案所依法故令得如來無依住智本自在故華嚴經即是始成正覺時頓爲上根者說法華經即是佛出世後四十年中爲廻三乘者說又佛乘三乘一時總說但隨根自應一音法門各有差別總別義生爲眞體無時無可作前後故如法華經云十方佛

土中唯有一乘法無二亦無三但以假名字引導於衆生又云唯此一事實餘二即非真餘二者但以十方諸佛共所乘門爲實三乘爲餘二但權施設未真者是餘二故以一實對諸權皆是餘二爲法華經責聲聞緣覺不退菩薩三乘等皆未能信一乘法故爲權教菩薩雖有一分求菩提之心猶有怖生死故得離染不退未得稱真染淨平等不退如修空觀菩薩樂空增勝及假真如觀一向離纏皆有忻猒及樂生淨土等諸菩薩衆皆能離生死出纏不退不入法界性海一真無忻猒門故望此佛乘樂生死者及猒生死者二俱是退設觀空增勝修假真如門行六波羅蜜得六神通是離生死不退非是生死涅槃一性中不退故以是義故華嚴及法華經說得六神通菩薩不聞不信此經典故如法華經云設有菩薩讀誦八萬四千法藏爲人解說得六神通亦未爲難暫讀此經是則爲難唯此智境界違情所解故甚難信也三乘信解順情所忻何以故說佛果即在三僧祇之後說佛淨土在於他方此娑婆是穢土修菩提者猒垢忻真樂生淨國設有住世菩薩所言留惑潤生爲濟衆生故非由法爾根本智自在力合如斯故如是菩薩皆是順情之法法易信故非如此經說入佛果不適剎那但隔迷悟說無量刼總不移一時故說從凡夫地創見道時因果一時無前後際不見未成佛時不見成正覺時不見煩惱斷不見菩提證畢竟不移毫念修習五十位滿一切種智悉皆成就總別同異成壞一時自在皆非世情

所見故是故難信也其所信者如經下文十信之位金色世界不動智佛上首菩薩名文殊師利此云妙德云金色者明白淨無垢即法身之理不動智佛者即理中智也一切凡聖身等共有之故云一切處文殊師利一切處金色世界一切處不動智佛今之信者當信自心無依住性妙慧解脫是自文殊於心無依住中無性妙理有自在分別無性可動名不動智佛理智無二妙用自在是故號曰妙德菩薩是故一切諸佛從此信生故號文殊爲十方諸佛之母亦號文殊爲童子菩薩爲皆以信爲初生故信心成就即以定慧觀智力印之相契一念相應名十住初心便成正覺取能行行處號曰普賢取妙慧無依處號曰妙德取善能分別知根之智號之爲不動智佛自契相應名爲正覺且能信處號曰信心自契相應名爲住心爲住佛所住妙慧解脫相盡無生法故若心外有佛不名信心名爲邪見人也一切諸佛皆同自心一切衆生皆同自性性無依故體無差別智慧一性應如是知以此同體妙慧知諸佛心及衆生心應如是信解不自欺誑是故此經宗趣爲大心衆生設如斯法諸佛自所乘門一乘妙典法界道理令大心衆生入佛根本大智佛果故一念契眞理智同現即便佛故爲法界道理見則無初中後故異彼三乘劣解者宜聞三無數劫登佛果故宜説釋迦淨土在於他方此娑婆是穢土故是故法華經內爲廻三乘劣解者令龍女非器刹那成佛明信心廣大非權施設現實教故所修實教不迂滯

故言龍女始年八歲表今生始學非舊學故畜生女者明非過去積修此明此生所信法門理直無滯故法界體性非三世收一念應眞三世情盡智無出沒即佛果故是故經云爲劣解衆生與度八相等事娑婆世界舉衆遥見龍女即往南方無垢世界成佛者解云南方者爲明爲正以主離故離爲明爲日爲虚無即無垢也舉衆遥見者明三乘權學信而未自證故故言遥見夫法界一眞自他相徹若當自得焉得稱遥見此經即令善財一生得佛解云一生者從凡夫地起信之後十住初心契無生也即任法界智生非業生也至文廣釋今且略明此經宗之所趣佛果法門竟博達君子孰可思焉

△二明此經何藏所攝者此經名毗盧遮那法界藏所攝以徧照法界海一切諸法門盡含藏故又此經不許三乘化佛權教所收衆生所知解故化佛教中菩薩及二乘之衆不能解了一眞法界報佛法門唯知三乘自分法故設是菩薩但知三千大千世界爲一報佛境界故千百億釋迦是化身故不解此一乘實報法界報佛所說法門故是故此經還名毗盧遮那法界佛果智海所收非同三乘菩薩化佛教中權施菩薩藏所攝是故下文法界品中慈氏所居樓閣名毗盧遮那莊嚴藏善財入已唯見無量諸佛法藏行門報相莊嚴無盡福相皆阿僧祇一一具如經說此即依毗盧遮那佛所教法法行行之因所報得所居宫殿樓閣一依法界藏行行所成因果故乃至諸佛報得莊嚴因果亦如之故藏

者含容義含容法界一切法門因果法皆無盡故三乘經多以恒河沙爲法門數之比量成廣大義此一乘經多以一佛刹塵及十佛刹塵乃至無量佛刹微塵爲法數之比量又三乘法相或一或二三等七八九十爲數此經法門一一具十爲數以明佛果法門圓滿故名詮既是廣狹不同法藏必當差別是故此經是毗盧遮那藏所收非三乘菩薩藏所攝故此經常以佛果爲進修道跡是佛根本大智古跡修差別智故若異佛古跡而有進修無成佛義如三乘且免一分麁生死苦非是依佛智體古跡契修佛乘也是故此經是毗盧遮那藏所收非三乘菩薩藏所攝

△三明分經序分者分爲二門　一都該一部　二當品自有序分　一都該一部者即世主妙嚴品是　二當品自有序分如經品品之中會會之内皆有爾時如是如是序其品内之意又此一部經上下五度序其世尊所居菩提場之處所問何以如是答曰從初第一卷如是我聞一時佛在摩竭提國明初成佛處在蘭若之中次第二會中又爾時世尊在摩竭提國阿蘭若法菩提場中始成正覺明不移本處而至報宅中居爲普光明殿明理智之行報得之宅寄同世間蘭若契證方諸宅居自此已去上昇天宮皆云不離本處而身徧坐一切道場或云而昇如是天上昇天明列位進修不移本處者明法界道理以法性妙理無往來内外故大智體自徧周故次四十卷初十定品又云爾時世尊在摩竭提國阿蘭若法菩提場中始成正覺於普

光明殿入刹那際三昧明以法界法身爲定體無三世性故從兜率天下降神及入涅槃四十九年住世轉一切法輪總不出刹那際以此三昧圓通始終非三世古今故如是叙致以總言之一切過現未來諸佛皆盡一時成佛并衆生生死亦不移刹那但衆生妄計有年歲長短如佛所説即生即死皆不移時是故經云一念普觀無量劫無去無來亦無住如是徧知三世事超諸方便成十力如此一品經總括前後始終之際無去來今古性盡明從凡夫地一念發心忽然見道進修十住十行十迴向十地十一地五位等法成佛轉法輪入涅槃總不移刹那爲以法界門爲開示悟入故明實教一乘法界之門法如是故以三昧名目明之此品都舉此一乘根本

法界寂用之門始終一際無本末時分故以爲成佛之頭次離世間品亦然叙致始成正覺乃至普光明殿者爲普賢菩薩入佛華三昧佛華者是所修佛行故三時者明寂用無礙也還同前叙致所在者明修佛行體用無始終常圓滿無三世也此品明修以普賢行還以法界體大智常隨衆行圓該三世還不移刹那際等故明其衆行即法界體用也故如是叙致皆明時不移亦不移處以菩提場無中邊故所修衆行常等如刹那三世無增減故無去來故次入法界品云爾時世尊在室羅筏國誓多林給孤獨園者此舉正宗如來所乘通前徹後天上人間十方世界總以法界爲體非虚妄體故爲衆生隨迷不達故此品之内都舉天上人間十方世界總不思

議法界體寂用自在故故令衆生悟入是故此之一品如來但以不思議神力說不藉口言明世間總真總神無出沒故以明法界普該前後本一際故不須同敘菩提場以普提即法界故前會總在法界會中故故如是敘致也十會之體用總以此品通括一體一性一時一智之本母故此五度敘其初成正覺者總明此法界一時無前後說

如此一部經內世主妙嚴品佛名號品十定品離世間品四度皆重敘致始成正覺普光明殿入法界品但言給孤園此五品經大意有五種佛果徧周總該餘品此五品經意是故重敘但為此五種徧周法界因果一剎那際五事頓彰該收諸位總在其內成法界大智果故以此有五箇經頭題目相似唯入法界品獨言給孤園云何為五種徧周因果者◎一世主妙嚴品明始成佛果徧周經云不移本處而身徧坐一切道場◎二佛名號品在普光明殿中說明報身及國土名號法門設化利物總徧周此會說六品經成就信位佛果此明信心徧周◎三十定品如來入剎那際三昧以此三昧普該此經及無盡三世劫總是一時本來如是為佛道合然相應現其本法成佛說法及滅度時分無有遷移此明佛大智本性自體寂用定體徧周乃至入涅槃四十九年住世說法處母胎猶未出在兜率天猶未下生以實法際體然無往來今古性故◎四離世間品明以法界自體本寂定大智為普賢行體即明覺行徧周佛華者覺行也三昧者本覺體也◎五入法界品明

根本法界本體大智佛果徧周此五種徧周總以法界爲體總是一徧周法門此五徧周該收諸位諸差别故恐人不解失其意趣故一部經内五處叙致題目鉤連前後相攝爲明此經以法界體本無次第本末兩頭中間時分長短故如王寶印一時普印無前後成文也以法界寶印普印諸位但明五位十住十行等進修習氣不同故性無差别以總别同異成壞十玄六相義融通道理自明此六字義爲緣起三對六字都該萬法一總别一對二同異一對三成壞一對總不相離不可廢一留一亦不可雙立亦不可雙捨總是斷常生滅中邊等見皆是情量不了任法自性緣生此乃以無思正慧力方解以思而知之者且信心也此是初地善薩觀察世間一切緣起法雖總同時不計俱有雖總具别皆無自性不可計法俱無餘兩對亦然皆是有無非有無俱不俱常無常情所計故如一切緣生法如空中響本自無爲應物成音如善筮著龜者無思無爲不鬼不神而應緣能知萬有而告人古今吉凶如指掌者也應如是知任法緣起非如情也一多總别諸同異門一切成壞皆非前後同時等計法界法門道理亦復如是皆非前後有無同時俱不俱或滅或留情所計故皆是性起大悲無作大願任法緣起稱無作智非故非新施設轉正法輪出生滅没皆不可作故新去來之解皆是如來無生滅智自在力故雖異二乘自寂取證滅情亡智即以起大願等利諸衆生而無願想雖以大慈大悲饒益衆生而無愛想雖入

生死不沒淤泥雖在涅槃十方世界利人不息皆是如來無性無依無作智力皆不可作去來現在古今之解

大方廣佛華嚴經論卷第九

音釋

筮時制切　著式之切

大方廣佛華嚴經論卷第十

唐方山長者李通玄造

△四定其正宗者有三種正宗　一隨位正宗　二隨品正宗　三大體正宗　一若以隨位正宗十信十住十行十迴向十地十一地各有正宗十信以佛根本不動智以爲正宗十住即以證入法界智如來果德理體妙慧以爲正宗十行以佛根本智起普賢行進修以爲正宗十迴向以理智圓融真俗起興大願以成悲智使令理智大悲均平不偏靜亂以爲正宗十地蘊修悲智使令慣習功濟以爲正宗十一地普賢行等衆生情流充滿法界海任用利生以爲正宗此爲隨位正宗　二若以一部教門四十品之内當品自有正宗隨品名目總是可知　三以一部教大體正宗以如來大智法界性絶古今體用圓滿一乘佛果以爲正宗常以此佛果正宗以爲開示悟入進修使令慣習成就又此經四十品中以法界品爲正宗餘品爲伴爲十方諸佛以自心分别煩惱成一切智一切種智法界體用以爲所乘成正覺故此根本煩惱非三乘所知故二乘且伏而不起菩薩以空觀折伏無現行故廣如勝鬘經説一切衆生以法界門以爲開示悟入明如來根本智是衆生分别心契同無二故則法界自在故以是義故十住初心便成正覺以將十行十迴向十地十一地法門治令慣習智悲成就更亦不離初心法界智體用故但以此法界智體用無依住門治諸習惑惑薄智明分分殊勝但須定慧照用身心諸法内外無依無根

無本諸貪恚癡漸漸微薄諸佛智慧漸漸增明法樂自娛非貪世樂此是法界中漸漸非始末也

△五此經法門付囑何人者此經法付囑大心凡夫經云此經法不入餘衆生手解云餘衆生者三乘及外道樂著人天及求出世樂者何以故此經不許三乘菩薩具六神通尚自未能聞經生信何况二乘人天外道經云唯除生如來家法王眞子即大心凡夫能生信證入故生於佛家不言已生佛家諸大菩薩諸大菩薩常爲衆生說法無大心凡夫信證不名付囑不名流通爲無人信無人悟入故經云若無此子此經當滅者解云若無凡夫信證者此經當滅若不如是者諸大菩薩已生佛家者已有如是無量佛世界海微塵數故如來何須念此經當滅既不念已生佛家大菩薩衆明知當念大心凡夫非爲已入聖者當知此經付囑大心凡夫故如出現品說

△六明此經流通所在者此經流通分每在品末有動地雨華菩薩供養處總是大都付囑流通分在如來出現品不在經末者爲此品是經之末爲此品是三十七品是五位菩薩結會五位因果行門之終以是義故是經之末又如來從前第六卷初第二現相品內齒間放光令普賢菩薩說衆生因果如來因果如來因果者世界報得國土莊嚴眉間放光令文殊師利覺首賢首等說十信之門次後說十住十行十迴向十地十一地十定十通等法從現相品至如來出現品有三十六

品經等覺位中一會在第三禪說有一品經來文未足通取其數有三十七品前後總有四十品經至其如來出現品是五位因果始終之末故如來出現品中示現法則表其始終五位因果滿故即以眉間光灌文殊頂口中光灌普賢口令此二人體用因果互相問答以文殊爲法界體普賢爲法界用二人互爲體用或文殊爲因普賢爲果或二人互爲因果此一部經常以此二人表體用因果令古諸佛同然皆依此跡以明因果進修之益故如來放果光明及口中教光加此二大士即明五位教門始終之畢口光是付囑義流通義令教行流通故眉間毫光是果義以放果光付囑文殊令文殊發問果法普賢說佛出現即是流通此品之内具說付囑流通亦作輪王太子福具王相明能治王位等喻釋文至品方明爲如來出現品後離世間品即是佛自成果後行普賢利他之行訓俗之門十一地果前行普賢行有自利利他十一地果後行普賢行純是利他如前七卷會釋中略已釋訖如法界一品總該一部教總是法界門在祇園者明衆生世間即法界故衆生性即不思議故衆生分別即如來智故即明就衆生世間說是法界不思議故

○三明教體者依涉法師釋出經教體云一切聖教四法爲體名句文身語爲性故以先慣習相領解故此爲四聞持流布令法久住故然此法依六處轉　一者依法謂十二分教故　二者依義隨位相故　三者依彼時說去來今自他事故　四者依處要在世界

國城故　五者依數一十百千至微塵故

六者依彼補特伽羅必有說佛時故由斯六

處得有正法久住補特伽羅者此云數取趣

也上依涉法師立教體竟今通玄以自管闚

依此大方廣佛華嚴經立其教體約立十法

以爲教體廣乃無盡

△一一切衆生根器佛一圓音一念三世無

始無終常轉法輪以爲教體

△二一切聖凡境界莊嚴果報以爲教體此

乃見境發心不待說故見惡厭之見善樂之

總能起善故又一切法無非佛事故

△三一切法自性清淨以爲教體以觀察力

心契自相應故不待說故

△四以行住坐臥四威儀以爲教體見敬發

心不待語故

△五以佛菩薩出現涅槃以爲教體以此法

事令諸衆生見敬及念戀發心故

△六以佛菩薩神通道力以爲教體現諸自

在見者發心不待文句故

△七以無常苦空爲教體觀者發心不待語

故

△八以無言寂然爲教體即淨名居士默荅

不待名句文及以語故

△九以名句文身語及衆生根爲教體藉言

方現故

△十以法界一切法本眞爲教體衆生法之

能淨垢故大要言之一切衆生諸煩惱海一

切衆生隨分善根人天樂果聲聞緣覺菩薩

佛乘解脫涅槃名句文身語業等及一切善

惡果報虚空法界言與無言一切法無非教

體以自觀智或以聞法或自思惟內薰智現能離諸惡及得涅槃說與不說皆是教體若無煩惱即無教體

○四總陳衆會者於中大意其義有三△一總舉會數△二陳其會意△三說佛出世所由

△一總舉會數者其會有十

△二陳其會意者　一初會在菩提場中明示現初成正覺爲化衆生故　第二會在普光明殿明法報及行所行報得依正二報所居之宅是故於此品初重言如是我聞顯起初會爲初蘭若菩提場體不離此體得道此處報宅所居故猶如世人於靜處得道方始歸來示現此法本無來去遷其時分　第三昇須彌山頂帝釋宮是第三會明從普光明殿中說十信之位於其地上創起信心今於帝釋天宮表其進修之位法行增勝故於此天說十住之門明十住之位創始應真心與空合一分自得慧用自在如天故如上高山身與空合以處表法位勝不即要在生天明無相慧用如天自在故又明山體於世間中出高過俗也表於十住初心禪定如山不動無相妙慧出俗現前能破障故　第四會在夜摩天宮者明夜摩天居在空際不與地連明其十行依空行行不與貪欲癡愛繫著諸有之連故於此處說十行位表法如是不要身生彼天明在行恒空無所依故　第五會在兠率天宮者明此天處是樂知足故說十迴向爲表迴向之位均融理事大願大悲大智使不偏僻不貪世樂不貪涅槃不著大悲

不著大願不離其中使令處世如蓮華同塵而不汚又表此天於欲界處中下有忉利夜摩上有化樂他化以明上下此天處欲界之中還說十迴向門表令法身大智萬行大願大悲均調處中不令同世慈悲有愛不令如三乘樂修出世心增二乘趣寂菩薩留生及捨淨土等過皆非稱其法爾故表法如是不即要生彼天明廻眞入俗使悲智均平　第六會在他化自在天爲於此天說其十地爲此天以他變化用成已樂以明十地大悲大智皆悉成滿但化衆生以爲自已涅槃之樂無自樂故問何故超化樂而於他化說十地之行答曰爲明從十廻向均融理智大悲大願成滿增勝不依次第而超化樂不同下位次第而修如世興易初以十錢得利一倍後以二十便成四十即便超初及第二利故又明十地果終居欲界之際而得自在同而不染出而不離又明十地菩薩功超欲縛故此天同其魔梵教化波旬故同魔王位攝魔眷屬教他自在故居此天又明菩薩進修行相十地之位道力功行階降合然以無明住地未純熟故未明淨故其無明住地果極方終設至十一地二愚猶在是故此經阿僧祇品如來隨好功德品此二品之法佛果已前十一地普賢行滿未能達盡以是義故如來自說明果終始知算數之極如來隨好功德佛果方終已前諸位法門當位菩薩自說最下入法界一品如來神力說表法界中明一切法總神總眞總不思議明法界體凡聖一性故於人中說至文方明以此二愚佛果方息

是故十地之位隨力所堪堪至此天故雖進修階降位位差殊然法界體一時一念一得一切得爲明法界無始終法故不可即作始終長短存情思想違理之見故以定慧照之可見　第七會在第三禪說此一會說百萬億偈此會來文未足如纓珞本業經具云彼經是化三乘人已後如來領至菩提樹下卻說初成佛時說華嚴經會次第彼經具言計此一會通爲十處十會四十品經爲此經十十成法皆圓滿故明三禪之中初禪除憂二禪滅苦憂苦既無三禪唯是法悅樂故由法樂故喜動還存以喜動故色心還在此色心是樂禪悅樂無思之色非如欲界之色故心有無思樂禪之色出入之息猶存報得淨身身如皓雪衣如金色過身一倍行即遊空足不履踐初禪身長二里半二禪身五里三禪身十里衣與身倍至文廣明明於此天說十一地法門表等覺位中順其法身行其萬行教化衆生徧周法界常法樂故至第四禪寄同是佛位故稱真法性無出入息隨理普周任衆生見習氣迷法之愚一時總盡世及出世法無事不窮號之爲種種光明徧照義也以智滿故表法如是不即如是上下往來但以法身大智虗空一切智日對現色身於法界中隨其器水普現衆像此之一會超前十地過初禪二禪二天明此十一地智倍倍增故已上昇天寄處表法昇進漸漸自在非是法屬彼天皆徧一切處故　第八會在普光明殿說十定法門其定名入刹那際如三乘說八十生滅爲一刹那八十刹那名爲一念

此明三乘說如此一乘中但以刹那是極短促思慮不及之故終不論別有生滅明如來出世始終不離刹那際如離世間品說如來正處胎時住兜率天并初生出家學道成菩提轉法輪入涅槃總一時身猶處胎未出爲此定體稱法界本性以爲定體更無長短始終三世總爲一際更不許如世妄情想佛出興作長短計違眞理故即明時之極也更不論刹那外別有生滅此是當部經之意趣不同古人釋此會爲重會普光法堂者意不如是不以見名言教中兩度三度重叙普光明殿即云重會乃至三會等故失其眞意豈可令他作去來之見如經意者但以佛自體無作大悲爲母以一切種智爲佛以法無性無所依爲時日歲月以一切衆生根器爲明鏡佛於一切衆生心海任物自見各得自法皆令向善及得菩提非是如來有重來重去相故但明此普光明殿是如來自性一切智種智之都體也爲依報所居此刹那際定是佛一切智種智之法性故意在總括一切法界衆海會等總體不令學者有往來自他故令者卻作往來重會之見此將不可也總明如王寶印一時頓印不可作重會去來之見經無此意　第九會在普光明殿者明從此處而起信心發行修十住十行十廻向十地十定十通十忍乃至如來出現品佛果位終皆悉不離普賢舊行是故佛果向前十住已上自乘普賢行滿即如來出現品前三十六品經至普賢行品是佛果位後自行已滿純是利他普賢行故出現品後離世間品是爲從

第二會普光明殿中起信心已經過五位始終因果不離本跡諸佛果滿舊普賢門於十定品中亦其此處明以法身定體圓通終始一際一處三法同一不移普光明殿報居之宅齊頭普印無有重會三會去已還來古人釋此會爲重會三會普光明殿以法界門不可作世情思想解故如善財從覺城東大塔廟處妙德之所初生信心經過五十箇位門至德生童子有德童女爲未是佛果已前自利利他普賢行終故十二位中妙覺之位見慈氏如來是佛果終位卻令其善財卻見文殊明令至果不離舊所初信之門菩提理智便聞普賢名便見其身等普賢身者彼明果後普賢之行經云更入無量三昧者爲明證過佛果位内二種愚故二愚者一迷阿僧祇廣大數愚二佛位之内隨好功德廣大愚此之二法唯佛究竟自利進修五位菩薩未過故以是義故此兩品經如來自說及法界品如來不思議神力說爲明法界是一切諸佛共所究竟果故以將此品示悟衆生餘三十七品是當位菩薩說勝鬘經云無明住地佛地方除三乘三祇之果及淨穢别報菩薩還歸本土二見順情多不相似如法界因果當念不遷不虧階級總别一多通融方便全殊此普光明殿說離世間品明信心及究竟佛果普賢行總不離舊跡亦如慈氏樓閣内普現三世一念普觀三世諸佛及以菩薩一切衆生視如即夕無有古今即其義也　第十會在法界品明此一會普含諸會及十方剎海法界虛空界總之一會重重無盡無盡重

重一切諸佛海會及一切衆生之海總以此法界一品總爲一體一切境界隨衆生心以此爲别以六相十玄該之以無思之心照之觀之可見或以世主妙嚴品爲一會此普光明殿三會爲一會通前世主妙嚴品爲二會上昇須彌夜摩兜率他化第三禪等天爲五會通前兩會爲七會法界品祇園人間爲第八會善財大塔廟處爲第九會以虛空法界一切處會爲十會即該收前後十方總盡亦是一家所釋亦不違道理古人云九會者爲未知有十一地在第三禪說此經總十法爲准不可說九也如善財覺城東會明前諸會但且寄成五位之法未寄顯能修行之人如覺城一會即明能修行之人及菩薩攝生方便法則

○第三說佛出世所由者如來出世寄位示眞若見如來始成正覺及正像末三時教者非正覺見非見佛出興此乃劣解衆生且如是見求正覺者不應如是問曰云何見佛出興答曰當見自身無身無心無出無沒無内無外不動不寂無思無求世及出世都無住處無心所法無法法心心法無依性無始末以無依住智說如斯法教化衆生皆令悟入是名見佛出興如光明覺品文殊師利頌曰世及出世見一切皆超越而能善知法當成大光耀若於一切智發生迴向心見心無所生當獲大名稱衆生無所生亦復無有壞若得如是智當成無上道一中解無量無量中解一了彼互生起當成無所畏前兩行頌明佛出興後兩行頌明正覺中智佛出興世當

知如是不令衆生取佛出興滅沒之相見初見末但見自身衆生身心無生滅體是出世間

夫說一部之經始終徒衆形相總有二百二十八衆形類部從莊嚴道場形類各異當會事意皆有所表至位方明不可懸摸且初一品有四十五衆表意如下至文方釋教文廣博預陳難解對事方指目擊道存如前長科經意十段門中第一會中始成正覺總有六品經經有十一卷其中品名者一世主妙嚴品二如來現相品三普賢三昧品四世界成就品五華藏世界品六毗盧遮那品此六品經於初會中有六種意此初會中從如是我聞已下有序分正說分流通分自餘會皆然此初會中從如是我聞六字義至始成正覺是序分其地堅固金剛所成已下是正說分至動地雨華是流通分從正說分中說如來成佛因果菩薩神天五十衆表佛自行利生之衆令諸來菩薩見如來因果及示現得道入法入即同佛所知見法與後學者以爲樣式從其凡夫入法即同佛知見故初發心時便成正覺從此義生已後諸會皆悉自有序分至文方明大都付囑流通分從如是我聞至如來出現品是前已叙竟如輪王太子喻是△一初世主妙嚴品明佛初成正覺諸世間主來集慶佛成道又自求所益又所表如來自行五位法門△二如來現相品明佛初成正覺口光告衆毫光示法△三普賢三昧品明佛令普賢長子入如來藏身三昧審諦觀法從三昧起說佛果報衆生業力成就世

界依正二報國土莊嚴◎四便說世界成就品明由衆生業力起◎五明華藏世界海佛自智果報得莊嚴◎六毗盧遮那品即明引古證今令衆信順法不虚來古今相照令信不疑
令此初會六品經皆有意趣就六品之中還依會釋分爲二門
◎一從世主妙嚴一品經明佛始成正覺略示依正二報之所莊嚴
◎二如來現相品已下五品經明示果勸修
於此二門且於初門世主妙嚴一品義分十門
○第一明毗盧遮那始成正覺依正二報之所莊嚴○第二明十普賢衆常隨佛衆○第三明諸神八部諸天來集○第四明結衆已來○第五明十大天王以自得益法門歎佛十地行果○第六明日月天子八部王等以自得法門歎佛十廻向行果○第七明十衆諸神王主稼神爲首各以自所得法門歎佛十行之果○第八明海月光大明菩薩等十大菩薩通九衆諸神以自得法門歎佛十住行果○第九明座出自衆明佛自行普賢行歎佛自行普賢行果○第十明華藏世界動地與供明佛出興大衆歡喜福威感應
已上初會十門中菩薩神天總得如來五位法門但化令入位者皆得一分應眞理智總得稱之爲神能主導衆生非鬼神之神已入如來智法力自在故十地如天亦明自在至文方明

大方廣佛華嚴經論卷第十

音釋

鬩(去隨切)　匿(女力切)　輭(而兗切)

大方廣佛華嚴經論卷第十一

唐方山長者李通玄造

世主妙嚴品第一之二

今釋初會中世主妙嚴一品如前十段科文中第一段明佛始成正覺於此一段復分爲二

○一釋經題目　○二隨文釋義

○一釋經題目者何故名爲大方廣佛華嚴經世主妙嚴品第一解云大者無方義方者法則義廣者理智徧周義佛者智體無依住義智自在義華者徧法界無盡行義以行能開敷自他果故華是感果義開敷義嚴是莊餙義明初發心住位以十信中有作行華開敷十住位中妙理智慧果故復生無作十種行華常以法行互嚴用淨自利利他之道故行爲嚴餙義世主妙嚴者以此初品有諸神天八部之衆皆爲世間主各將十佛世界微塵數隨身部從或但云無量衆嚴道場此爲依衆成名也故云世主妙嚴又佛及菩薩皆爲世間主故以能主導衆生總爲世間主亦以初品總標一部一部都舉總有二百二十八衆形狀不同各各部類或言一佛世界微塵或十佛刹微塵或言無量以嚴海會故言世主妙嚴或以佛福報境界妙嚴依正亦得稱爲世主妙嚴爲如來亦爲世間主主導衆生故此爲依主得名品者均別義明五位及信心同異差降意類別叙進修生熟各有條貫次第分明令後學者自識本行進修不惑故爲品類均别義也第一者非是次第前後之第一爲法界門中無前頭在後之次第皆

是一時無二念同時顯著諸品之第一一多緣起同時之第一是名同時具足相應門一多相容不同門以十玄門及六相義通融品名亦如是可知不可如情所計故名第一

○二隨文釋義者從如是我聞至如是無量功德已來於中有七十一行經長科爲四分

◎十信法門第一

○第一從初如是我聞已下至始成正覺於中有入句經（二十四言）總明斷疑成信分前之六字明結集聞經之主後之五句叙致如來得道之處義分爲三△一定傳教人△二定說經時分△三釋經文義

△一定傳教人者如三乘中大智度論第二卷所釋如來臨入涅槃時告阿難十二部經汝當流通復告優波離一切戒律汝當受持告阿那律汝得天眼常守護舍利勸人供養告大衆言我若住世一劫若減一劫會亦當滅語已雙林北首而臥入般涅槃阿難親屬愛習未除心沒憂海阿泥盧豆語阿難汝是守護佛法藏者不應如凡夫人自沒憂海諸有爲法並是無常汝何愁憂又佛世尊手付汝法汝今愁悶失所受事世尊今日雖在明朝即無汝當問佛未來要事盧豆教問要事有四一問如來在世親自說法人皆信受如來滅後一切經首當置何言二問如來在世諸比丘等以佛爲師如來滅後以何爲師三問佛在世諸比丘依佛而住如來滅後依誰而住四問如來在世惡性車匿佛自治之佛滅度後云何共住阿難如教請問世尊世尊答云經首當置如是我聞一時等六字爲句

二云比丘皆以波羅提木叉爲師三云諸比丘皆以四念處住四云惡性比丘以梵檀治之此云黙擯若心輭伏爲説迦旃延經此云離有無破我慢心又如五卷大悲經中阿難請佛云何結集法眼佛告阿難我滅度後大德比丘應如是問世尊何處説大阿陁那等經汝應如是答如是我聞一時佛在摩伽陁國菩提樹下初成正覺説法乃至娑羅雙樹間説如是等二十餘處所説之經佛自重敎阿難結集如是是故此六字句義佛敎立故斷後聞經者疑知非是他餘人説故亦非阿難自説故依涅槃安立如經初准科文從如是我聞至始成正覺有八句依五卷經説今斷衆疑一者從如是是一句我聞是二句一時是三句佛在是四句摩竭提國阿蘭若法菩提場中此之三句義唯是一但陳一處三法是一并始成正覺爲六句是故如是我聞一時佛在菩提場始成正覺總爲六句今言如是者如即如佛所言是者是佛所説簡非異説兩名相順契信不殊明眞是佛説非阿難自説亦非魔梵所説又我聞一句是阿難從佛所聞非轉轉傳聞故亦非是非人所制故又非如外道經書青鳥銜來石崖崩得是斷疑成信分如眞諦三藏云依微細律阿難當昇法座結集法藏之時其身如佛具足相好衆見此瑞遂生三疑一疑佛大師從涅槃起更爲衆生説法二疑他方佛來三疑阿難轉身成佛今爲除此三疑故安立六字是阿難自稱如是之法我從佛聞知非是佛重起所説法亦非他方佛來又非阿難自身成佛

但以法力故令我似佛是故下高座已復本形以此義故以此六字用斷衆疑問如阿難既是如三乘中說是佛得道夜生年二十方爲佛弟子其二十年已後經是親聞已前傳聞故轉法輪經云阿難結集時自說偈佛初說法時爾時我不見如是展轉聞佛遊波羅奈國爲五比丘衆轉四諦法輪故知已前非親聞故答薩婆多論云阿難爲佛作侍者時請願言願佛二十年中所說之經盡爲我說勿與我故衣及殘食將知此也是親聞又如涅槃經云阿難多聞士若在若不在自然當解了常與無常義又阿難得覺意三昧佛所說經遠近常聞此已上阿難傳法並是三乘經中所說如此大方廣佛華嚴經傳法阿難非如上說　夫天中之天十方調御化儀主伴豈是小緣自非器類齊肩示陰陽而影響三世窮劫一念而知無盡古今常如即夕今以三乘情見延促始終者未可詳其傳教之主今此華嚴經明傳教主伴者皆是神洞玄源道齊智海如文殊普賢互爲師範者之所爲也豈論生時年歲作前後之見如是佛出興世轉法輪時如來以性海大智之印印衆生情欲爲文字於一音中無前後際一時普印隨樂不同各隨自心所樂之法皆得聞之設阿難示行傳教之主伴者是普賢行海隨器高低出沒任流依根現跡皆不得以三乘定例同已凡夫識達聖詮簡權從實如上所說並是聖賢密潛同事是應三乘權化未爲了教如阿闍世王懺悔經有三種阿難一阿難陁此云慶喜持聲聞法藏於上二乘隨力

隨分二阿難陀跋陁羅此云慶喜賢持中乘法藏於上大乘隨力隨分於下小乘容與兼持三名阿難陁娑伽羅此云慶喜海持菩薩大乘法藏於下小乘容與兼持此者亦是三乘中傳教阿難未爲實教如是華嚴經傳教阿難者正是阿難昇高座時身同諸佛一時頓演四乘等教隨根總結集即阿難與佛體同不殊此釋亦不違道理又如涅槃經云阿難所未聞經弘廣菩薩當爲流通若望此經非三乘所知即此弘廣菩薩傳教非謬今此稱如是我聞者弘廣菩薩也又大智度論云是文殊師利稱如是我聞以彼論中云文殊師利佛涅槃後四百年中時文殊師利猶在世間故又如智度論云文殊師利與阿難在餘清淨處結集摩訶衍藏如上所釋總是聖者隨方便言若以大體論之總是如來文殊師利普賢菩薩隨事之行故設言三身阿難亦復如之總是佛自普賢行中隨根方便隨器高低故已上定傳教人竟

△二定說經時分者略立十種說教前後不同　一如力士經說佛初成道一七日思惟已即於鹿園說法　二如大品經說佛初成道鹿苑轉四諦法輪無量衆生發聲聞心乃至獨覺心大菩提等心不言時日　三如法華經說三七日詣鹿園說法　四如四分律及薩婆多論六七日方說法　五如興起行經及出曜經七七日方說法　六如五分律八七日方說法　七如大智度論五七日方說法　八如十二遊經說一年不說法　九如今唐朝藏法師決定將如來成道定二七

日說華嚴經已上見佛說法前後不同皆是隨自見佛說法前後不同非是依本法界成實之說　十今通玄依此華嚴法界門定說法時分還依本教定其時分總不如上如來依真出世利物還令至真若也各自隨逐自情永劫迷輪苦趣乖真逐妄佛意不然經自有文何須違教逐權背實障業何休如十定品說如來於刹那際出現於世入涅槃總無時也言刹那際者猶是寄言爾以無時即一切時出現一切時說法一切時涅槃爲寂用無礙故隨衆生心現故又如法華經吾從成佛已來經無量阿僧祇劫以無時可量故言無量此爲佛說法時也以此爲定不逐世情遠思爲無量之想也以無時是佛說法時也以本教說本時本時者法界無時也如十定品以刹那際出現住世入涅槃者意言時無可移如刹那際總明法界無可遷移時也今定說經時分只是三世古今情盡以爲本說法時也不可依前權教逐情引接之說

△三隨文釋義者從初六字八句斷疑成信分中依大智度論云如者順也又是者印也即印順信受故言如是如是總舉一部文義即指已所聞之法故故云如是又依長耳三藏約三寶釋一約佛謂如佛所說是我所聞是佛所說又依藏法師釋約法云謂如我所聞是佛所說又如稱理教是我所聞又今通玄約法釋云如者諸法如故即是佛故言如是以法界大智之真我聞佛說法界大智之真經故言如是我聞即明師弟體一此約華嚴法界門釋爲明初發心因果理智不異佛

故又一切法如也以法體如所說法者及法亦如以法界智是所聞之智智亦如故故言如是心境不二方聞佛所說經若心境有差不可聞佛所說亦復不能信順領受故我聞者是法界智之眞我還見法界智之眞佛還聞法界智之眞經總法界智之眞人互爲主伴還化法界之眞衆生悟入法界智之眞性故故言如是我聞夫佛日出興化羣生之軌範所有結集傳經之主伴自非氣類齊光道相知而利物以弘廣菩薩文殊師利如來自行普賢等傳持聖教是實也非實是三乘種智等人能傳教乎設是阿難亦是同流皆以常樂我淨大智慧之眞我聞如來大智所說之眞經非假我故皆如佛知見故言如是我聞不同涅槃具四緣和合之所聞故云何四緣一耳根不壞二聲在可聞三中間無障礙四有欲欲聞如是之聞是凡夫聞故又凡夫及三乘有十種緣方得聞一本識爲依二耳識種子爲因三末那爲染汚依四意識相依五自類耳識爲無間依六耳根不壞爲境根七作意欲聞八境界爲所緣緣九中間無障礙十境近在可聞如是之聞是凡夫及三乘有限量聞不同此教菩薩以徧法界大智慧爲聞更無能所以一圓明智鏡一念普聞三世劫無量等諸聲皆不如上說凡夫及三乘計無量劫者是法界聞中一念一時聞以智無裏外一時聞故一時者依梁論一時有三義一平等時無沉浮顚倒故二和合時謂令聞能聞正聞故三轉法輪時即正說正受時如依諸古人說正說法華經時非是說餘經

時正說金剛般若經時非是說餘經時名爲一時取正是說當部經時名爲一時今此說大方廣佛華嚴經時即不爾即是以法界體寄言一刹那際出世及涅槃以一言音一時徧周十方國土轉法輪時名爲一時非如上說一時之義佛者覺也覺有二義一始覺二本覺此佛者覺無始終三世障盡名之爲佛不如權教有出世涅槃有始終故又佛者大智度論中有四義一名有德（謂婆伽名德婆名有故）二名巧分別婆伽名分別婆名巧故三名有名聲婆伽名名聲婆名有故四名能破婬怒癡婆伽名破婆名婬怒癡故又佛地論說有六義頌云自在熾盛與端嚴名稱吉祥及尊貴如是六種義差別是故總號婆伽婆在者在何處所在有二義一指事二舉法指事者在摩竭提國且指其國二舉法者在何處在法界即事即法界無二故爲法界無中邊大小彼此故又摩竭提者此云不害國摩者云無竭提云害總云無害國又云摩者不也竭提者至也言其此國將謀兵勇隣國敵不能侵至又摩者徧也竭提云聰慧此國爲多有聰慧人徧其國內故又云摩者大也竭提者體也謂五印土中此國最大統攝諸國故云大體也又此國王不行刑戮其有罪者送置寒林中爲明佛大悲以處表德故阿蘭若法此云寂靜處寂靜有二義一事二理一事者在摩伽陁國尼連河側漚樓頻螺聚落中去人間五里一牛吼地得阿耨多羅三藐三菩提此處有一萬道場神常在其處一切諸佛示成正覺總在其中表如來萬行圓滿中道無

偏故此處是閻浮提之中心故二理者即一切法自體靜故即動而常靜故菩提道場者有二義故一事二理一事者如前尼連河邊二理者徧法界也法界無邊道場亦無邊於一切刹皆示成佛故如世間場簡穢故法場治惑故示現成佛治衆生惑故此場依主釋爲佛在其中現成道故依主得名爲覺場也始成正覺者古今情盡名之爲始心無所依名之爲正理智相應名之爲覺得如是法名之爲成又自覺覺他名之爲覺已上釋八句中斷疑成信分竟

○第二莊嚴道場分者從其地堅固已下至妙音遐暢無處不及於中有二十六行半經四百五十二言 總明歎佛依正二報及菩薩神力莊嚴道場分此如帝網之重重於此一段文中明如來本性中行四種因感四種果報於一心性中有四種因行十波羅蜜又於其中各得十種莊嚴何者爲四種因果

△第一明法身因報得金剛地果經云其地堅固者是也其地上有十種莊嚴即以十波羅蜜以成依報金剛地爲正報何者爲十種莊嚴 一以法性中大智以爲檀體即一行中具十行總圓故以此經宗一行即一切行主伴恒圓滿故故以寶輪圓滿用嚴金地明一即一切故 二以寶華以嚴金地明其性戒清潔猶如妙華開敷菡萏令人樂見發生自他善因果故 三摩尼寶以嚴金地摩尼者此云離垢寶也以忍行清高心無諸垢所招依果故 四諸色相海以嚴金地以精進波羅蜜總該衆行能招自他果故以招報故

得諸色相海以嚴金地　五摩尼爲幢莊嚴者明定體恒淨無傾動故所招果也禪波羅蜜能普寂故　六幢常放光明及出妙音莊嚴法界者明定能發慧慧能說教以爲依果以嚴虛空又明第六波羅蜜空慧滿故　七寶網莊嚴者明方便波羅蜜成就大悲覆護衆生施教行故所招依果爲明七住七地等成大悲法門故施教行之網漉出衆生安置於大般涅槃之岸故因行如是依果亦然

八妙香華纓垂布莊嚴虛空此網向下懸垂之飾也明第八願波羅蜜以任運之大智入俗益生教行所招依果也如十地菩薩七地已前作七度鍊眞金轉令明淨喻八地即作種種莊嚴華鬘喻故　九摩尼寶王變現自在莊嚴虛空者明第九力波羅蜜九住及九地等爲大法師說法自在所招依果故明十住第九十行中第九十迴向中第九十地中第九總明法師位說法自在所招報故　十雨寶及華以嚴金地者明十住十地等大智法雲雨衆法寶及利衆生行普周徧故所招依果從第九摩尼寶變現自在即雨十地法雲之寶者明住住地地五位相即故

△第二明萬行因果者其如來自行普賢行爲因所招寶樹行列莊嚴金地周徧十方爲依果故經云令此道場一切嚴具樹中現像者明覺行相徹體用徹故此總陳樹上莊嚴後別舉菩提樹一箇用明衆樹亦爾其菩提樹有十種依果者常以金剛地爲正報其上莊嚴爲依報又如來身爲正報金剛地及地上一切莊嚴爲依報今樹者以如來行爲因

因行招報樹爲依報又樹上其樹金剛爲身金剛爲正報幹枝條葉華果爲依明以行樹法華智果慈悲之葉以十波羅蜜爲枝幹法身以爲其莖而隨十行之上報得十種依果莊嚴何者爲十　一金剛爲樹身以法性爲檀行體故所招金剛樹身依果爲明一切行從法性生故是故以金剛爲身云樹高顯者如下十地品說十地菩薩行中依果所招之樹其莖周圍十萬三千大千世界高百萬三千大千世界如十地菩薩行中依果尚自如是況復如來　二瑠璃爲幹者生枝以上爲幹向下無枝條處爲樹身明自行淨戒爲因外招瑠璃爲樹幹故直出者爲幹傍生者爲枝枝上生者爲條明萬行隨流以淨戒爲體以無染故皆是法性身隨流而無染淨行果所招報相　三衆妙雜寶以爲枝條以嚴其幹者明純雜萬行對緣成忍能利自他所招依果故　四寶葉扶踈垂蔭如雲而嚴其條者扶踈者蔭映得所明精進波羅蜜自利利他教行法門覆護得所不省不繁恰中故外招依果樹葉以嚴覆蔭衆生得所故也　五寶華雜色分枝布影以嚴寶樹者明如來以無量三昧方便隨流利生影應一切衆生之行隨類現形外招其華以嚴寶樹亦明三昧能開敷故　六智慧果故報得依果以華爲嚴摩尼爲果與華間列者明以定華能敷慧果寂用自在故含輝發睒者慧能照燭自他故所招依果華果間嚴　七樹出光嚴者明方便波羅蜜以大悲心處纏同事方便破闇故所招依果故樹出光嚴　八光出摩尼者

明第八願波羅蜜與智自在所招果故　九摩尼寶內有諸菩薩俱時出現者明第九力波羅蜜以無功智身出應隨緣利含識故九地菩薩爲大法師所招依正本末相似以行果能招樹報樹出菩薩衆還明本行明依正交㕘具總别故爲明本行萬行報得樹嚴樹出菩薩以明因果徹故以明摩尼寶中現菩薩身雲者表八地無功之淨智九地出行設教利生故以菩薩是行樹是行中報得還於樹中出菩薩故　十菩提樹恒出妙音說法莊嚴者明如來十住十地等智波羅蜜以大法雲雨法雨故所招依果

△第三明大悲因果者以如來大悲爲因如來所處宮殿爲依果此中有五種德而共成之　一如來大悲含育德以成其宮　二以正智利衆生德以成其殿　三以智觀照利自他德能成其樓　四以大智知根設教益生德能成其閣　五以大悲弘願周徧利生德報得宮殿樓閣周徧十方又以十波羅蜜行隨大悲生復成十種依果何者爲十以隨法身隨萬行隨大悲隨大智所招依果各自區分不相障礙猶如大地生諸卉木地唯是一萬像不同如水資生喻思之可見但十波羅蜜理唯一性隨其法身萬行大悲大智報自差殊故如法身大願大悲大智十波羅蜜廢一不可至八地已來其功未熟若廢一即一切不成欲學佛菩提者如此通融不修一行若偏修理即滯寂偏修智即無悲偏修悲即染習便增若但修大願即有爲情起菩薩於此衆行不去不留以法性均融得所即得

以定慧力善觀察之不可懸情斟酌長諸癡愛其十種行以爲十種依果莊嚴者　一以十方一切諸佛平等法性無著大慈大悲心行檀波羅蜜所招依果衆色摩尼之所集成以大悲位中萬行或染或淨非一色故所招依果非一色故以嚴宮殿　二以法性自體清淨無表戒體隨大慈悲行守護衆生名爲行華能感自他果故所招寶華報以嚴宮殿　三以忍波羅蜜處世濟凡毀譽不變動故外招依果諸寶流光光化爲幢幢者不傾動義勝怨義勝於毀讚之怨故　四以精進波羅蜜隨大悲行外招依果無邊菩薩道場衆會以嚴宮殿咸集其所　五以禪波羅蜜隨大悲行外招依果菩薩出現光明以定能發大悲慧光明故　六以慧波羅蜜隨大悲行外招依果得不思議摩尼寶王而爲其網以慧能簡擇成諸法網故還得不思議音寶網用嚴宮殿能七以方便波羅蜜能隨大悲同於染淨隨流之行外招依果得自在神通之力所有境界皆從中出明如來以法無依住智慧之門成大悲方便之行爲因所招神力以嚴宮殿如七地位中所行方便行成大悲門經中喻云猶如一國純穢一國純淨於此二國事難可了知明七地菩薩以成就大悲方便萬行於染淨二見難斷難成故爲此悲門化利衆生無休息故　八以願波羅蜜外招依果衆生所居屋宅現宮殿中明如來大願應衆生爲因所招依果如斯顯現故又以此中明智慧圓淨故　九如來以力波羅蜜門隨大悲行爲大法師故諸佛神力所加以

嚴宮殿以爲依果　十以如來行智波羅蜜爲因外招神力一念之間宮殿悉皆包含十方法界明智隨悲用普含覆故　已上十種行用嚴宮殿上莊嚴皆是如來隨大悲行所招依報故文勢連貫互體相依明一行一切行互參故一切報果不可無因而得以此知之故但以智細細思之本來因果内外相似

△第四明如來大智隨萬行因果者即智通萬行出現世間示成正覺爲正因也師子座爲依果從其師子座一段文中義分爲三一釋座名二陳座高廣三明座上莊嚴因果

一釋座名師子者依主釋如來於大衆中得無畏故非於座上有師子莊嚴設有者但明依報故　二陳座高廣者經但言高廣不言量數今以例比之如下十住位中帝釋天宮佛座高十千層級十行位中夜摩天宮佛座高百萬層級十廻向位中兜率天宮佛座高百萬億層級高廣隨位各各相稱以次類之十地之位他化天宮其座高億萬億層級彼天宮已超化樂故第三禪中說十一地又超二天倍倍更高十地品不言佛座層級高廣之量也但以次類之此之四位佛座高下層級不同者以明隨十住十行十廻向十地進修階降隨位所見高下不同以實而論佛座高廣無有決定大小高下可得爲如來心量盡所繫故無有量也所招依果亦不可以量度故如無邊身菩薩量佛身際不可得故已出情際心數量故以此義故住毛孔中而身不小居法界中而身不大爲情量盡故身若隨類及座高廣座亦隨類若以如來自報體

而言以法界爲座體因既如是依果亦然故亦非可量如法界品中等於法界座量爲定　三明座上莊嚴因果者略有十種皆以如來智隨萬行一切處示成正覺爲因一切處十種莊嚴爲依果故其十者何　一摩尼爲臺者明如來智隨法施成檀波羅蜜門明智體淨所招依果得離垢寶爲嚴故摩尼者此云離垢寶也智能出俗以此爲臺明智體超塵逈出義也　二蓮華爲網者以智隨萬行成戒波羅蜜門明其性戒得眞不證處纒不汙猶如蓮華處水無染爲網者明智隨戒體教行漉衆生故所招依果報相似故　三清淨妙寶以爲其輪者明如來以智隨行成其忍門生在王宮及示成正覺假令調達梵魔波旬惱而不恚所招依果妙寶爲其輪明佛忍行圓滿故果報圓滿也　四衆色雜華而作纓絡者明如來以智隨衆行成精進波羅蜜故所招依果衆色之華而作纓絡以嚴寶座爲明精進行爲嚴大智法身爲華纓故明智行互嚴　五堂榭樓閣階砌户牖凡諸物像備體莊嚴者明如來以智隨行成禪波羅蜜門故明其如來智隨禪行無動不寂明此禪門總攝法身大悲大智進修行門層級次第總皆具足所招依果亦具足故總舉凡諸物像備體莊嚴俗書云大屋曰榭其狀上平可以爲臺觀四周置簷上下以軒檻階砌嚴之中虚爲其室亦云臺上有木爲榭此爲略言之　六寶樹枝果周迴間列者明如來智隨慧用依根同行所招依果樹嚴寶座寶樹枝果周迴間列者明理智悲願互叅同時總

別得所不偏修故以十玄門參之　七摩尼光雲互相照耀者明如來智隨方便行隨器與益所招如是依果莊嚴照耀者知根同事八十方諸佛化現珠王一切菩薩髻中妙寶悉放光明而來瑩燭者明如來因中八地大智大願功終大悲已滿大智圓明諸佛摩頂能十方示成佛身一切菩薩願行齊等故招依果佛化珠王明同十方諸佛自在故菩薩妙寶共來瑩座者明菩薩行圓瑩者明淨義燭者照耀義以明如來因中八地大智隨本大願力照衆生根依根與益故爲依果也皆以十玄六相該通總一剎那際同別具足故不可順情而知常不異理智而知依無作定體方明思而知之者信位也　九復以諸佛威神所持者如來大智隨行成力波羅蜜爲大法師說佛法輪同諸佛力故所招依果佛力持座令座說法　十座出音聲說佛境界妙音遐暢無處不及者遐者遠也暢者悅也明座出音說佛境界徧周法界遠悅衆生故此如來因位十地法雲潤澤所招依果故

○第三爾時世尊處於此座已下至所有莊嚴悉令顯現有十三行經明歎佛成道修行果滿依正報得悲智攝生自在無邊分於此分中從爾時世尊已下至所有莊嚴悉令顯現於中有十三行經（二百二十言）　總明如來處座成佛身語智等三業自在眷屬莊嚴利生自在如來所坐之座以法界爲座體以如來一切萬行報得爲依果莊嚴如來是大智之身緣座上所有莊嚴皆是如來大智隨行任運報得如龍遊雲起虎嘯風生報感之應然非

物能與爲也成最正覺者爲簡非外道聲聞緣覺於權教中木樹草座厭俗出纒令劣解衆生起三乘種且接分段苦非究竟覺之正覺簡非如是覺故故言成最正覺此正覺者不忻不厭不出不没染淨情盡以大圓鏡智稱法界性自在教化盡一切衆生世界刹海皆非限劑所有報境身國相徹圓滿十方諸佛衆生自他同處互相參入影現重重不云報滿三千大千之刹不云淨土在於他方略說大相有九十七種大人之相隨好無盡頂著華冠項著纓絡手著環釧非同三乘厭俗出家勸諸菩薩生於他方佛國淨土簡非如是故言成最正覺號毗盧遮那此云光明徧照佛以其大智教光依根破障故如經一一自有其文智入三世悉皆平等者明智能隨俗言入三世即俗體本真故言平等以總别同異成壞六相義該括即總而全别即别而全總即同而俱異即異而恒同即成而俱壞即壞而俱成皆非情計一異俱不俱有無非有無常無常生滅相故如是皆是如來理智體用依正悉自在故以自體無念力大智照之可見此一段十三行經總明如來身語智三業依正隨用自在經文自具不煩更釋

○第四從有十佛世界微塵數菩薩已下至無量功德於中有三十行經五百一十一言明菩薩大衆圍遶分於此分中都顯初會總有四十七衆皆是圍遶皆有其意於此四十七衆之内從初菩提樹内流光衆已下至普賢等十箇上名悉同名之爲普衆具分爲三

△一菩提樹内流光衆是明本因五位進修

建行利生成報顯因衆如前所釋

△二如來所居宫殿内衆明佛本因大悲圓滿覆育含生利生之行等衆顯因成報衆

△三十佛世界微塵數菩薩衆中普賢等上名悉同名爲普者十箇菩薩衆明古今諸佛共行普賢行衆　已上三衆皆是古今諸佛共行萬行大悲大智隨五位中進修自利利他十波羅蜜四攝四無量等之常行普賢之道也一切菩薩以此爲體一切凡夫以此爲所乘如大王路法則常然行與不行非道之異

從此十普賢衆已下至第四從三十三天王至大自在天王衆已來隨位復分爲五

○第一從爾時世尊處於此座成最正覺并十普賢衆此是現果成因生信分何以然者爲如來是正覺之果普賢等衆是佛行果如來所居華藏淨土是佛報得依果一切衆生以自根性觀如來三種因果及行佛自行普賢門而生信心故若不如是從何生信是故如來以此三種因果而令衆生信樂修行以是義故此之初會及普光明殿中第二會至賢首品已來十二品經總是舉果勸修生信分十信法門

○第二從海月光大明菩薩等已下菩薩衆并取已下第二執金剛神等九衆諸神以明十住因果何以然者海月光大明菩薩亦是普賢等衆分爲異名意者明還以佛果位内普賢行門入俗利生隨行名别既以佛果位内諸佛共行普賢法入俗利生所堪利者還得舊法不移舊行以是義故還以普賢位内

海月光異名菩薩便爲十住初心明從凡夫地修學十信心信諸佛正覺之果無異自心本性清淨如諸佛性所有分別本性清淨名無依住智如諸佛根本智以禪波羅蜜無作印印之即法界性自然相稱所行諸行即普賢行故動靜無二故所轉法輪即與十方諸佛智契同不異如是修習慣習使熟正覺不移其本一故會同諸佛舊覺本智同一性故行行不移舊普賢行故以是義故將普賢衆內十箇海月光等異名菩薩衆爲成十住初心明十住初心不離舊法智故以此下文初發心時便成正覺又如海月光大明菩薩向下獲益歎德中經云復次海月光大明菩薩摩訶薩得出生菩薩諸地諸波羅蜜教化衆生及嚴淨一切佛國土方便解脫門明以普賢行成就衆生入佛大智法界行普賢行五位次第進修法門故以普賢入俗果行名海月光通已下等共成十衆用成十住菩薩位門已下通九衆諸神至主藥神等明是入十住之果行也爲入十住應眞稱之爲神明入住菩薩以自應眞法合爲神覆育含識故以智靈通救生自在故稱之爲神非世鬼神也次後諸神天等明五位進修增勝故漸漸自在也以此菩薩神天總明十住已上八位菩薩皆隨自位攝生因果自在行故非鬼神之神若自心達理不與妄合其智自神不爲不思而智善通萬有故此諸神衆皆是如來以五位行攝生得益之衆還將行相法門次第作法樣式令其後學者一一倣之善知因果故十住法門

○第三從主稼神已下至主晝神此十衆諸神明十行利生法門因果故十行法門
○第四從阿修羅王已下至日天子中有十衆明十迴向利生法則因果十迴向法門
○第五從三十三天王已下至大自在天王於中有十大天王明十地利生因果十地法門
此已上五衆是寄位表佛果五位行門因果故爲利衆生故寄位顯法寄位入法與衆生作法樣令衆生證修
○從如來座内衆至如來眉間毫相中所出衆於中有四種衆其意如何
△第一如來座内衆明是如來往昔自行與古同因彰果衆
△二十方菩薩來集與供衆
△三諸來菩薩毛孔光明衆是法界性起無礙一多同異自在大悲無盡不思議衆明此法界門法爾如此體本如是法行依正重重無礙以法界智境身土一多法爾相容故
△四如來眉間毫中衆是示果成因生信利生衆此是成佛已後以十信心位乃至十住十行十迴向十地十一地徧法界法門衆舉此自修之因果還令學者倣之
此已上諸衆配位及來意即通前樹内流光衆宮殿樓閣衆總有十一衆隨位别配即四十七衆爲五位之内十箇普賢總爲一衆當位不分十十部類故海月光大明菩薩衆及已下神天十住十行十迴向十地各各有十種部從故都爲四十通十普賢爲一衆取上四十共爲四十一并菩提樹内流光衆如來所居宮殿衆如來座内衆十方諸來菩薩衆

菩薩毛孔衆如來眉間毫中衆都爲四十七衆且長科衆意如是於中義趣至文方明菩提樹内衆如來宫殿内衆前已釋訖已上且長科初會衆竟餘待至文已上總明舉果行徧周以成信位

大方廣佛華嚴經論卷第十一

音釋

砌（千計切） 齌（藏奚切） 菡（胡感切） 漉（盧谷切）

大方廣佛華嚴經論卷第十二

唐方山長者李　通玄造

世主妙嚴品第一之三

㊀十住法門第二

○第一此已上四十七衆若别列十普賢衆即五十七衆諸大衆海皆是大衆圍遶分從此初段中有三十行經分爲三段○一初有七行半經總列菩薩之數及陳同號普賢菩薩之名○二從海月光大明菩薩已下至十佛世界微塵數於此一段文中有七行半經陳異名菩薩衆并都結已上諸菩薩數○三從此諸菩薩已下至成就無量功德於中有十五行半經陳大衆本修行之因及歎大衆之德

○第一從初段中七行半經列同號普賢之内義分爲三一釋菩薩名下之義二釋菩薩同號之意三舉衆所爲因緣　一釋菩薩名者略釋普賢菩薩一號餘可准之行與理齊利生皆徧號之爲普知根利俗稱之爲賢菩之言覺薩言衆生善覺衆生號名菩薩廣云摩訶菩提薩埵也摩訶云大梵言摩訶薩此云大覺衆生謂常於生死海覺悟無盡衆生故已下九箇同號爲普者普賢菩薩通號也明一一菩薩皆有此十種德行約德爲名故爲表德行圓滿始終具十一一菩薩隨行之號無盡故爲行無盡行故但以其名下之義即彰自行餘准知之總以十波羅蜜爲體二釋同號之意者明此十普之義是一人之普一一菩薩具十普也一切菩薩總然下名别者明一一普賢能徧别故方知普義得成

也總是十方諸佛同行之行更無故新如大王路發跡登之者即是無奈不行之何一念隨喜少分見性智慧現前總是不離佛正覺根本智故不離普賢行故如普賢行一念中少分善心總是向法流者故如下經云聞如來名號及所説法門聞而不信猶能畢竟至於金剛智地何況信修者也　三舉衆所爲因緣者明佛出興世所現依正二報大集普賢菩薩衆海意爲令衆生見果生信修行故此是舉果勸修生信分如來是十方諸佛正覺根本智之果十普賢等是十方諸佛差別行果舉此二法中因果報得令衆生信樂修行趣入故如三轉法輪中一示相八相成道是二勸修以觀果知因勸人天等修學三證同云我與汝等同如是三乘一乘等證今此一乘中將此佛乘根本智果普賢徧法界行果勸令大心衆生生信修行此乃即是五位中十一地普賢等覺位門十方諸佛成佛竟亦行之不息如初發菩提心者行之不息今將此位以爲信門若不如是以何爲信入故佛果後普賢行純是利他初發心已後普賢行是自利利他行故今此初衆并佛所爲如是舉果勸修令生信樂修行趣入故今之經大意爲若此也將舊果勸初心向下海月光大明菩薩諸神天衆即明信已入證十住十地修行進趣漸漸增修因果也明立隨位當分之因果令後學者見其體樣信樂無疑趣入隨位各異故若不如是滯在一法智無增勝故已上一段且是初見佛成道見佛果五位菩薩集衆示現入法入即同佛所知與佛

齊見若信他佛然初心菩薩未能然也未是自信自心自身是佛大智境界是佛法身是堪行普賢行者從第二會光明覺品已後一切處金色世界寶色世界即明自心法性是金色白淨無染名爲所居世界不動智佛即是自心於無性理中無分別之智本來無動上首菩薩文殊師利明是自心無性之中善能簡擇妙分別慧覺首菩薩即是自心如是真信之首目首菩薩即是自心明見可信之心心境俱佛如海門國法普見自他俱佛故至文廣釋方明是身作佛是心作佛心外見佛不名信心已上大衆圍遶分中釋同號衆竟

○第二釋海月光等異名衆其意如何此七行半經其中義分爲三一陳菩薩衆意二釋菩薩名號三結衆數　一陳菩薩衆意者此十箇異名衆所以異名爲表初發心住前同號意況如前段已釋竟此一段異名意趣爲明以彼普賢行入俗利生隨其行異名亦還異爲明以普徧别方名爲普其衆意爲明入俗利生敎化衆生還令衆生得自身之法是故寄位在十住初心以明用彰十住初心一下頓乘古法不移古跡故無異舊道如大王路新舊同行以此以舊古法入俗利生開悟迷流還令學古以是義故還將佛果位內普賢異名之衆寄位成十住初心爲彰後悟不移舊跡故又明前如來成正覺佛果及普賢行果古今諸佛所乘常道是明所信之門此入俗利生異名之衆即明所化衆生入道初心還同自法不移古跡故後有發心之士一

一自心以定慧力照之可見不可以情信者堪爲自非久種善根應當聞而不惑設使三乘根種六通菩薩尚自懷疑凡流之中一乘之性處凡流而信入如下經自有明文爲三乘種性劣解佛隨根性且說此娑婆爲穢土是五濁故淨土在他方或言此方是穢向上第四禪已上別有菩薩淨土或說佛果在僧祇之後方成未說淨穢含容塵含法界凡聖同居各無妨礙等教執權成實難信此法界一乘之門爲學假詮假教假觀破麤現行無明繫著故行一分麁波羅蜜門得三種意生身見諸佛國土有自有他有淨有穢忻彼厭此兼修淨行修諸假眞如觀及空觀等得一分神通報勝諸天神通亦勝忻猒心勝更亦不生惡國穢土爲本願力有佛成道處暫來還去如說三乘教中多有此事未迴心者常當如是學權教者爲根下劣故不聞此教聞亦不信如經下文自具說故如維摩經法華經爲破彼故方始一分略說猶未具論是故學教者愼勿偏習一門諸部經文總各深思意趣大有一生學道爲聞慧不玅不廣返謗眞宗廣說云云且略而陳爾已上陳異名菩薩衆意趣竟　二釋菩薩名者此十箇菩薩名一箇是隨十住位中一箇波羅蜜之通稱一一中具十爲隨行成名故此十箇菩薩所行十箇波羅蜜各是五位中菩薩通行又隨五位行中十住具十十行具十十迴向具十十地具十十一地具十通爲百數此明一波羅蜜中有十十中有百又十住中一一住中具十十住中具百五位總然通爲五百箇波

羅蜜門隨其行位名目感果各別通位總是此十箇菩薩之名號是也何故號曰海月光大明菩薩摩訶薩以法行無邊大悲廣利如海所有蒙益總令見性清凉號名月光既得清凉之後智無不照號曰大明一切世界大覺衆生故名摩訶菩提薩埵摩訶云大菩提此云覺也薩埵此云衆生爲不捨衆生生死故廣云摩訶菩提薩埵也略云菩薩梵云摩訶此云大覺道衆生爲自覺道不捨生死大覺悟衆生故又衆生生死是菩薩菩提故明法界一真無異相故此是檀波羅蜜爲主餘九菩薩名號爲伴明以法界行大施門廣濟如海利他得益爲月光除煩惱熱得清凉故以此名號即是所行之行即此十箇菩薩之號是十住位中初發心住十波羅蜜之主伴萬行故此像下文十住品位内菩薩本所事佛下名號之爲月十住位中十箇佛下名悉同號之爲月倣此法也次戒波羅蜜中菩薩號雲音海光無垢藏菩薩摩訶薩者明性戒大悲普雨法音故號雲音性戒無染猶如大海不宿死屍故明法界無性以爲戒體無法不淨如海廣大故光者明性戒之體心境俱真名之爲光又以淨智常當照俗名之爲光無垢者法性無染也藏者明法界性常令萬象無法不淨明一真故總別俱真無垢淨故故號雲音海光無垢藏故菩薩如前次忍波羅蜜中菩薩號功德寶髻智生者明法忍莊嚴其身故號名功德寶髻寶髻者首上之飾明菩薩發心忍爲上首故寶嚴其頂也智生者以能忍故是智生也菩薩如前明忍爲華

蘯義故次精進波羅蜜中菩薩號功德自在王大光者明勤行饒益衆生招多功德所行萬行無不益他故自在如王大光者普照也以常於生死海中以智光明益生無倦故並令開曉故號大光菩薩如前次禪波羅蜜中號善勇猛蓮華髻菩薩者明法勇爲禪體從凡夫地起信心已入證之初明一念無思頓超諸想真智冥會故云勇猛也智能達俗處世無染故號蓮華也髻者明此位菩薩表法中以蓮華冠頂明禪體處世即真不染寂亂故次般若波羅蜜中號普智雲日幢菩薩者明第六智慧如雲雨法雨故慧光破暗名之爲日摧邪顯正號之爲幢次方便波羅蜜中號大精進金剛齊菩薩者明第七住第七行第七迴向第七地五位中凡是第七位總修悲位故以其真理圓融染淨故名方便如下十地中第七地菩薩舉喻云譬如一國純淨一國純穢於此淨穢事難可了知如善財童子於第七住中見休捨優婆夷此云滿願爲明此第七住位成就深厚大悲滿一切衆生願故又告善財言我有八萬四千那由他同行眷屬常居此園如是之意明每住位中第七方便波羅蜜成大悲位言八萬四千那由他同行眷屬者八萬四千一切諸塵勞門我皆同行常以生死爲園林故如此菩薩即明是十住位中初發心住一住中十箇波羅蜜中第七波羅蜜故非是第七住中第七波羅蜜故十住之中有十箇第七方便波羅蜜當一一住中各各以方便圓其悲智萬行故餘波羅蜜亦同於十住中一一具十十行十迴

向十地十一地總然各有十故此十箇菩薩名號且圓初發心住上第一住内十波羅蜜中第七方便門故且圓一住中悲智主伴十波羅蜜故明大悲堅固處生死而無疲倦名大精進壞他堅垢號曰金剛處俗同纒無虧中道號之曰齋齋者明處智悲中際如佛放受生光在齋輪者表智悲中際廣意在下文方明菩薩如前此是十住位中初發心住内第七方便波羅蜜且明一住中十波羅蜜主伴也治地住修行住如是十住各自具十波羅蜜主伴圓融一住具十十住具百五位例然通有五百乃至無盡次明第八願波羅蜜中菩薩名號名香燄光幢者大願弘芳號之爲香智能隨願依根破惑故名爲光入邪破障故號爲幢如第八智住中多作外道邪師

與邪同行破邪師道如八住中毗目多羅仙等是善財第八住中善知識也明智淨方能破邪故次第九力波羅蜜中菩薩名號大明德深美音菩薩者明力波羅蜜爲大法師位善說法故故名大明德深美音也菩薩如前釋次第十智波羅蜜中菩薩名大福光智生菩薩者明此是智波羅蜜故此上十菩薩名明初發心住中以十波羅蜜用治初發心住中染淨成法身悲智門故計此修治法合一法令說諸波羅蜜各各修行不同明於一法上以十法修治慣習增明以成一故其法不離舊行也時亦不移舊時也故時無性故三世無去來故但於一法上具十箇波羅蜜行門體用但於一法上修行生熟處分一住二住但於一法上會悲智願行生熟智者淺深

不同隨不同處分其地位差別故非是法異故以總別同異成壞六相義圓通可知三都結衆數者經云如是等而爲上首有十佛世界微塵數者是

○第三歎德者從此諸菩薩已下十五行半經是也經自具文不煩更釋

(厶)如是已上大衆之海總是普賢行滿常住世間安立法則成就菩薩十住十行十迴向十地等位次第令諸衆生開示悟入常爲世間一切依護如上歎德中具明已下獲益中亦具明如獲益中總是作利生方便入法次第入則同佛所知與後學者作見道之樣迷即是凡悟即同佛知見皆是本來舊達並是影響衆也已下神天亦同是此例皆是助佛揚化顯德令佛法化流行久住世間衆生獲益故

○第二復有佛世界微塵數執金剛神此一段有十三行半經二百二十六言於中義意分之爲四△一舉衆數△二寄位表法△三釋名配行△四列數并歎神德△一舉衆數者初行是明神衆是道以性齊諸佛智同眞理隨普賢行處世護持稱之爲神護持正法故△二寄位表法者爲表十住位內第二治地住門主戒波羅蜜明戒爲防護義故以法身爲戒體稱眞不壞號曰金剛前海月光大明菩薩爲十住中初發心住於中意義如前段文已釋此一衆有十神明第二治地住法門主戒爲防護義故號爲執金剛神執者執持不犯名之爲執其智應眞號之爲神

△三釋名配行者此之一衆神以戒波羅蜜

爲體十箇神名即是隨戒體上十箇波羅蜜名一箇神是一行第一妙色那羅延執金剛神主戒波羅蜜中檀波羅蜜門以性戒成檀感招玅色法空破惑故號那羅延是不壞義此位明以持性戒故得不壞身執者執持義金剛者不壞義也二日輪速疾幢執金剛神主性戒中戒波羅蜜爲戒光無缺名號日輪見者應真名爲速疾自他惑盡名之爲幢心無異念名之爲執性不可破號曰金剛稱真自在名之爲神以智爲神故三須彌華光執金剛神主戒波羅蜜中忍波羅蜜爲法忍高勝號曰須彌以忍嚴行人見皆悦號之爲華觀之破慢號之爲光忍心無失名之爲執法性爲忍猶如金剛智無思而知萬有號之爲神四清淨雲音執金剛神主戒波羅蜜中精進波羅蜜履俗恒真名爲清淨演法無倦潤澤含識號曰雲音聞法破惑號之金剛智不爲而知萬有稱之名神五諸根美妙執金剛神主戒波羅蜜中禪波羅蜜爲禪無思六根隨智而用故名諸根美妙也用而恒寂名之爲執無思可破號曰金剛又無思之智能破自他惑故號金剛寂然智不動正慧隨用號之爲神六可愛樂光明執金剛神主慧能破闇故七大樹雷音主第七大悲門樹是覆廕義明方便波羅蜜門覆廕衆生故八師子王光明者主願波羅蜜起無功用智自在如師子王能破外道諸邪論故九蜜燄勝目者主力波羅蜜法力自在潛流同事或作外道邪師同事破所繫故此位是大法師位凡第九波羅蜜徧入五位中五百箇波羅蜜門皆第

九爲法師位十住第九爲法王子住如善財童子善知識十住中第九住法師位中作勝熱婆羅門示入外道五熱炙身上刀山入火聚等此名蜜燄勝目密潛同事設教破愚故名蜜燄智目知根故名勝目十蓮華光摩尼髻執金剛神者主戒波羅蜜中智波羅蜜如善財童子第十灌頂住中善知識作童女名曰慈行得眞不證處俗無汙名曰蓮華大智知根名之爲光位昇灌頂名曰摩尼髻摩尼者此云離垢寶也此是第二治地住中十住十波羅蜜主伴十住主伴萬行號曰十箇執金剛神名皆以行位立名之故明十住中一住具十十住具百五位皆然一一次第以名義配當法合如然

△四有佛刹已下七行經列數歎德二門如文可知

○第三是十住中修行住於中有六行半經一百一十三言義分爲四△一列數△二寄位表法△三釋名配行△四重結其數并歎神德

△一列數者如上初行是

△二寄位表法者此十箇身衆神寄位表十住中忍波羅蜜以法忍成就於生死中利生自在號曰爲神下文歎德中成就大願供養承事一切諸佛明於往昔以調忍心承事一切衆生令其成佛爲諸佛衆生體無有二故已成諸佛何須藉其供養以無量身無量衆供養承事於一切時中供養一切衆生令其成佛是調忍義是身衆義

△三釋名配行者此十箇神是忍波羅蜜中十波羅蜜故明一一行徧一切行故第一所

謂華髻莊嚴身衆神者主忍波羅蜜中檀波羅蜜門明忍辱爲華髻報得以嚴其頂上之飾故身衆者爲忍位中行檀明以衆多身雲衆多嚴具徧周法界承事供養廣利衆生故神者智隨忍行自在故號之爲神此十波羅蜜以忍爲體二光照十方身衆神者主忍波羅蜜中戒波羅蜜此位中以法忍爲戒體明忍戒圓明見者歡喜法忍戒光號之爲光照十方身衆神如前釋三海音調伏身衆神者主忍波羅蜜中忍波羅蜜故明海音者聞諸善惡毀讚音聲廣多猶如海潮之音不生憂喜是調伏義是爲能忍也又以自聲如海潮音知時教化衆生令無失時故四淨華嚴髻身衆神者主忍波羅蜜中精進波羅蜜以法忍進名之爲淨也進行可觀名之爲華因行招果用嚴頂髻明精進是長道之首故故以華嚴頂飾五無量威儀身衆神主忍波羅蜜中禪波羅蜜稱根現法名爲無量動止常寂名爲威儀明行住坐臥不離定體名曰威儀六最上光嚴身衆神主智慧照曜自他故明以定慧光明照燭心境以嚴法身七淨光香雲身衆神明第七大悲方便染淨不拘名爲淨光慈悲含覆出言成法悅可衆心號曰香雲明法雨潤衆生故即明雨戒定慧解脫解脫知見五分法身之香也八守護攝持身衆神明智隨大願攝持一切衆生故八住八地但五位第八位中明無功之智功成即得十方諸佛手灌其頂是諸佛攝持義故九普現攝取身衆神明第九力波羅蜜法力自在法王之位普現諸教九十六種邪流及一切衆

生悉同行故名普現攝取也即勝熱婆羅門等是十不動光明身衆神明第十智波羅蜜名不動光明亦爲灌頂位名不動光也且明此忍位中十波羅蜜之一終

△四結數歎德如文可知　已上十波羅蜜以忍爲體此明善惡毀讚得不動智也

○第四段中有六行半經（一百一十一言）義分爲四

△一舉衆數△二寄位表法△三釋名配行

△四結數歎德

△一舉衆數者如初一行都列數是

△二寄位表法者此十箇足行神表十住位中生貴住主精進波羅蜜如下歎德中無量劫中親近如來隨逐不捨是精進義爲明以法性眞如爲行之體以此法行用嚴法身足行者表精勤義以衆行滿足故名足行神神者是隨行之智

△三釋名配行者一寶印手足行神主精進波羅蜜中檀波羅蜜門明以法寶之智印行精勤之行引接衆生故手爲引取之義二蓮華光足行神者明生貴住中精進波羅蜜中戒波羅蜜常居生死之海猶如蓮華無所染故見者發心名之爲光足行是精進修行無疲勞義智自在故號之爲神三清淨華髻足行神主精進波羅蜜中忍波羅蜜法忍無垢名爲清淨也忍招依果華嚴頂飾爲忍爲華鬘義故四攝諸善見足行神主精進波羅蜜中精進波羅蜜攝諸見者是精進義爲常攝諸根不令起見即無見不善五妙寶星幢足行神主禪波羅蜜門以妙理爲禪故名爲妙寶寶者道也隨行破惑故名星幢爲萬行爲

星不離禪體皆有光照隨根破惑知根了了名之爲星此位以精進行爲禪體以禪能現智智能知法還以善知法故名星也幢爲定也六樂吐妙音足行神主慧波羅蜜樂吐妙音者謂以精進爲慧體故常樂爲人說法故七栴檀樹光足行神者主第七方便波羅蜜成大悲行故以香樹爲名表慈悲覆蔭義故光者照燭衆生義八蓮華光明足行神主智隨大願隨所利生無所染故九微妙光足行神主力波羅蜜法王之位以微妙法光化衆生故十積集妙華足行神主智波羅蜜以智積集諸教猶貫華結鬘不令散失教化衆生

已上十波羅蜜皆以精進波羅蜜以爲體位位內自有同別義思之可見不可作一槩准之

△四結數歎德如文可知

大方廣佛華嚴經論卷第十二

音釋

埵部火切音朵　麤音粗物不精也　劣音埒　髻音計　鬘音蠻花鬘　猛母梗切　臍同臍　慣古患切　餤以贍切火餤也

大方廣佛華嚴經論卷第十三

唐方山長者李通玄造

○第五段有六行半經一百一十三言義分爲四△一舉衆數△二寄位表法△三釋名配法△四結數歎德

△一舉衆數者如上初行是

△二寄位表法者此之一位表具足方便住中十波羅蜜以禪波羅蜜爲體以道場是除蘊穢義明禪能治蘊義故如世間場也爲明禪定淨六七識之取染顯般若能開妙慧簡擇理智體之本實故以禪波羅蜜以爲場體般若波羅蜜以爲人功以普賢萬行爲䭾運至法界普光明智殿爲大都居以一切種種智爲大藏此中十箇神一神爲一波羅蜜爲自益益人之行樣

△三釋名配法者一淨莊嚴幢道場神主具足方便住禪波羅蜜中檀波羅蜜門故以法性定體爲檀名爲淨也以無虧定體萬行爲莊嚴幢也幢名定體不動義以法性無性爲所乘名之爲道以無性之禪定能治所依之蘊名之爲場神者是無依無性之中大智也以不思不爲無形無質等周法界而知萬有者稱之爲神二須彌寶光道場神以須彌是高顯義寶光是無垢義以戒光照俗見者發心故以禪定爲戒出過情識是須彌義以定能無妄是無垢義以定能發慧寶光義三雷音幢相道場神主禪波羅蜜中忍波羅蜜明毀譽之音如雷法忍不動名幢相道場神如前釋十波羅蜜隨五位中各各自具道場儀故四雨華妙眼道場神主禪波羅蜜中精進

波羅蜜明法身爲定體依定體起萬行精進名爲雨華是精進義定能起慧故稱妙眼以其法眼行華利生無懈是精進故五華纓光髻道場神主禪波羅蜜中禪波羅蜜以法界自體無動靜上而起行禪化諸亂意名爲華纓以定能發慧故名之爲光以行招果用嚴其頂以此爲名又此十波羅蜜皆爲頂法何以然者謂以十住初心一一度門至佛果故無初中後故以從佛果起勝進故六雨寶莊嚴道場神主慧波羅蜜慧能雨法寶故七勇猛香眼道場神主方便波羅蜜此位是慈悲位故常處生死名爲勇猛慈眼視衆生名爲香眼以戒定慧解脱解脱知見五分法身之香而視衆生拔苦與樂故名香眼八金剛彩雲道場神明第八願波羅蜜以爲願雲覆衆生故以此位是無功用智能破邪流號曰金剛彩雲明能同異道故九蓮華光明道場神主力波羅蜜是法王之位處世如蓮華説法爲光明故十妙光照曜道場神主智波羅蜜以大智知根名爲妙光知根破惑故名照曜已上十波羅蜜皆禪波羅蜜爲體

△四結數歎德如文可知

○第六段正心住主般若波羅蜜爲體十箇主城神爲此般若波羅蜜中十波羅蜜於中有六行半經（一百一十三言）義分爲四△一舉衆數△二寄位表法△三釋名配行△四結數歎德

△一舉衆數者如初行是

△二寄位表法者寄此神衆表正心住空觀成就明善守心城名正心住如善財童子十

住之中第六善知識海幢比丘是也其在經行道側念止端居寂黙出入息盡膝出阿修羅齊中出天身頂上出諸佛等以廣大身雲周徧法界教化衆生又如十住位中正心住位經云此菩薩聞十種法心定不動即明正心住善守護心城故以主城神寄表正心之住也

△三釋名配行者所謂寶峰光曜主城神主般若波羅蜜中檀波羅蜜明以無性妙慧廣施含生故號寶峰光曜如其山峰以至虛空相盡處故明以法空慧至相盡處故以無相妙慧廣施衆生名爲照曜主者空慧自在名之爲主城者空有自在不與涅槃生死合散故名之爲城又以法慧施人不與情慾之漏合故名之爲城二妙嚴宮殿主城神明以慧利含生以爲戒體以妙慧爲宮治人爲殿萬行爲嚴又以菩薩正慧爲妙嚴大慈大悲爲宮殿心無思慮爲主城無相妙慧任理智而知名之爲神此以慧利爲主以戒爲防護義防護一切衆生爲城三清淨喜寶主城神主慧波羅蜜中忍波羅蜜明以法空慧而成忍故故名清淨喜以忍即喜故以法喜即名爲寶故明能忍爲寶也自此下四衆神准上排位配之經文廣大不可一一釋之略知法則然爾如主道場神主城神主地神等總是女神爲明慈悲故而實體中非男非女但隨事示現

○第七主地神（有七行經一百一十七言）主第七不退住方便波羅蜜中十波羅蜜故各以十箇神名配之此以法身爲地體能生萬行以理智慈

悲爲神性無所退動故大悲如地養萬有故

○第八主山神（有六行經九十八言）是童眞住行願波羅蜜中十波羅蜜山者不動義高勝義神者智體應眞自在明第八住第八行第八迴向第八地總無功之智不動如山故以山神表之其中十箇神即是此位中十波羅蜜行亦名智能出世高勝如山

○第九主林神（有六行經一百一言）是法王子住主力波羅蜜明說法如林廣多覆蔭故是法師位也

○第十主藥神（有五行半經九十五言）明灌頂住主智波羅蜜於中十箇神主智波羅蜜中十波羅蜜明智能知根與法藥故○第四歎德如文可知

已上從海月光大明菩薩至此主藥神表如來五位衆中十住之智門百波羅蜜竟十行之衆如下須知如此一部之典一切施設總是法門終不唐設一事一字總是五位之中信修悟入之法則故入法方便門户此明佛果五位入法益生覆育之樣式故入之者創與智合名之爲神亦以覆育衆生故爲神祐物也以修行自在處如天亦以化利諸天故於十方三界示受天報亦以迴向門同修羅身入諸鬼趣亦表自在如王

△十行法門第三

○第三從主稼神已下至主晝神此十衆神明十行利生法門因果者以主稼神爲表行爲資糧故如世間以禾稼爲資糧長養有爲之身佛法即以十波羅蜜行爲資糧長養法身令使世間習氣漸微出世習氣大慈大悲

大智得辦如資糧位准三乘說十信十住十行十廻向爲道前四種資糧初地已上爲見道加行爲三乘地前菩薩經一大僧祇刼修有爲有漏行初地見道如此經十信之中全信自心與十方諸佛性相大智無差別體十住初心以修方便三昧力見道從初發心住及已上諸住總爲見道之位十行十廻向十地總爲加行總爲資糧爲資糧加行與佛因果同進故爲加行與佛果齊資以普賢行用資悲願成滿以十住初心所見法身理智性果資糧普賢行不屬人天有爲無常從初發心住五位進修如來法身理智性果普賢行果於一眞法界之中互爲資糧靡一二俱不成即一垢一淨心起是故以佛理智之果嚴行以行嚴果故爲佛華嚴也是故已下十住

十行十廻向位中皆得十方諸佛與入位菩薩同號及與智摩頂會同體智也如三乘菩薩多生他方淨土及四禪向上別有菩薩淨土設在欲界即言以悲願力故留惑潤生非如此經法門乘如來法界乘從初發心住以如來大智法身性果普賢行果普周生死動寂均平理事普進以法界體用以治餘習法無前卻故新等執不如三乘別教說他方別有淨土留惑娑婆加行即在初地位初資糧即在十信十住十行十廻向五位既無佛果明知十地見道未眞如此經於十信心中自信自心有十種佛果十種世界即如金色世界妙色世界蓮華色世界如是有十箇色世界爲十信心是有爲故所信佛境界是色也本所事佛不動智佛無礙智佛解脫智佛如

是十箇智佛即是自心所信自心十種智果以爲十種佛果號故畢竟證修諸佛滿處爲成此智不異此智除此十信位中以生滅心信十色世界十智如來至十住十行十迴向十地等覺十一地總有五十箇因果皆以普賢行爲因以如來法身理智性爲果或更互叅之以相資發以此二種因果五位之中共有一百重佛因果通取本五位上各有五重因五重果總爲一百一十重因果如十住位中佛因果者即因陁羅華世界波頭摩華世界寳華世界佛號殊特月佛無盡月佛不動月佛如是十華世界十箇同號月佛以爲佛果法慧菩薩等十箇慧菩薩以爲普賢行修行之因爲此十住以入方便三昧力眞證法身妙慧即世界名華以華開敷現果故所現佛果皆號之爲月者爲明十住之中創見法身妙慧現前無煩惱熱得佛法身清凉如月故以所見道除惑處爲作佛名以心開悟處而爲世界如因陁羅華者此云能主華也明初發心住生在佛家能爲衆生說法主故波頭摩華者赤蓮華也明治地住進修增勝赫奕開敷可觀之義總是以隨位入道處因果爲佛及國土世界菩薩之名皆非外有總明自行所行也如十行位中十箇慧世界十箇佛號皆名之爲眼以爲其佛果功德林等十林菩薩以爲其行行之因以次十迴向十地如經可知至位方明大要言之以當位十佛爲本位之果當位十菩薩爲當位修行之因如此初會中以如來爲當五位之果普賢菩薩及諸神天等爲五位修行之因又普賢菩

薩及諸神天等以毗盧遮那根本智爲起修行本因以自已修行之身爲佛差别智果故爲以佛性智果爲因以現修之身即理智之性果故互爲因果互爲體用是故神天歎德中先歎佛德次歎自已與佛同智同德也此爲入法之様令諸學者迷即凡悟即佛故以智悲齊進也如善財童子十行初位中歡喜行善知識所居之國名爲三眼還同十行菩薩所居世界名爲親慧世界幢慧世界寶慧世界等十慧世界也如三眼者一摩訶般若二解脱三法身亦以智眼慧眼法眼爲三眼故如世六字如摩醯首羅天王面上三目故爲一切佛法不離此大智大慧法身故此十慧世界義通此三眼以是善財十行之中初善知識國名三眼比丘名善見即同十行之

位佛號常住眼佛無勝眼佛名爲善見者具三眼也爲十行之中以智眼知衆生根而同行故佛號爲眼善知識名善見目髮紺青皮膚金色圓光一尋相好如佛者明十行中所行三眼行因果即佛也在林中經行者明萬行稠林覆蔭衆生故還如十行位中菩薩號功德林慧林勝林等十林菩薩也善財十行中知識即以比丘爲十行位中之行處林中經行如下文中以功德林等十林菩薩爲所行令此初會中即以主稼神爲佛果十行資糧資糧衆生入佛位故資糧見道菩薩長大悲故如此初會佛果五位與第二三會已後諸菩薩進修五位及善財童子示行五位前後相忝體勢相似總明佛果普賢行果體用相資始終不異以是義故五位中五十種資

糧五十種佛果互爲主伴互爲因果互爲體用以如來理智性果常資普賢行使令無染普賢行常資如來性果使得圓滿悲智廢一邊一切不成所有行門即是人天因果設得出世即是聲聞二乘及出世淨土菩薩及留惑潤生等此非是法爾理智世及出世大悲動靜染淨自在圓融故如此十行與佛果資糧猶如黃瓜果華同出華果相資以無功而爲自在也法爾理智行周故

○第一主稼神一段文中（有六行經九十八言）義分爲四一舉其衆數二寄位表法三釋名配行四結數歎德　一舉衆數者如初行一句是

二寄位表法者以主稼神表資糧位中十行位也　三釋名配行者所謂柔輭勝味主稼神者主歡喜行中檀波羅蜜於此檀中有二義一法檀二事檀一法檀者見來求法者歡喜無厭故名柔輭勝味以法味資人令心調伏故二事檀者即主稼神是后稷神之流也以神祐五穀令生勝味資益含生故徧十方世界隨處異名二時華淨光主稼神者即是歡喜行檀波羅蜜中戒波羅蜜知根同行號曰時華令得性戒開敷名之淨光亦是世間五穀之華依時祐之令光淨開敷故三色力勇健主稼神明檀波羅蜜中忍波羅蜜明法忍功成名爲勇健隨忍成果故得色力嚴身諸力之中風力爲最諸行之内忍力爲最八風不能動故以能隨行成忍故名勇健如善財十行中第三行具足優婆夷是其行以明忍爲諸行中果故故名具足四增長精氣主稼神主檀波羅蜜中精進波羅蜜以精進力

資糧法力大慈大悲力處生死海教化衆生而無勞倦自無所求故名增長精氣主稼神表無精進力即諸行不成故五普生根果主稼神主檀波羅蜜中禪波羅蜜以法性爲禪出生萬行理智妙慧名普生根果以法性理禪生智慧萬行故即根即果以明根從果生本末無異故如佛果普賢行果互相資故明從果生根以根資果六妙嚴環髻主稼神主檀波羅蜜中慧波羅蜜明以妙慧嚴行行復嚴慧行慧互嚴將用利生以招依果以環其髻用嚴其首此是垂髻如環明解行圓滿故七潤澤淨華主稼神主檀波羅蜜中方便波羅蜜此位明成就大悲故爲潤澤淨華利他行故令他解行法開敷故此爲檀波羅蜜中方便門成大慈悲故八成就妙香主稼神主檀波羅蜜中願波羅蜜十行第八位中同於八地智無功用五分法身香悉成就故又以淨智知根依根設教用成戒定慧之妙香故九見者愛樂主稼神主檀波羅蜜中力波羅蜜明法師位成說法利生見聞法者皆愛樂故十離垢淨光主稼神主檀波羅蜜中智波羅蜜以智能離自他垢故諸法灌頂同十住十地中灌頂位也　四結數歎德如文可知已上十箇主稼神總是歡喜行中檀波羅蜜中十波羅蜜資糧從行成號已下例然法則如上

○第二十箇主河神有六行經九十八言是饒益行行戒波羅蜜中十波羅蜜第一普發迅流主河神明十行中戒波羅蜜中檀波羅蜜若以其事如此孟母是也如善財童子饒益行中善

知識於河渚中一萬童子釋天爲首聚沙爲戲以河爲行主戒體明饒益故此初會中河神爲戒體前後相似普發迅流明應一乘之種第二普潔泉澗主河神明應三乘及人天等善法主十行中戒波羅蜜中戒波羅蜜已下諸神依行位名號以名下義如前配之可知如十行中戒體者如釋天童子以算數法相黶子法五行陰陽以利人之巧術以爲十行之中戒體故名普潔泉澗義若不如是行行不滿故明人天及三乘總化以巧術利生是普潔義

○第三主海神（有六行經一百二言）明無違逆行明忍波羅蜜如海能納衆流是無違逆也主忍波羅蜜有十箇海神即明忍波羅蜜中十波羅蜜也各隨名下義如前配之大意此十行中忍以法性大悲以爲忍體是故如海含潤處其下流能容一切無明高慢生死之流皆爲法流而無妨礙故名無違逆行如善財童子無違逆行中善知識南方有城名曰海住有優婆夷名具足素服垂髮者慈忍之貌具足成忍無行不周故名具足海神者女神明慈悲柔輭處行能忍其心如海福智具足饒益衆生是故忍爲萬行中果也能容衆流

○第四主水神（有六行經一百二言）明無屈撓行主精進波羅蜜爲明水體能淨諸垢以明此位菩薩以法性之水常勤精進教化衆生一一知根而益而無屈撓其心如水潤生隨物而益各得其所而無屈撓於中十箇水神即是精進波羅蜜中十波羅蜜明其萬行如水同事潤生各各隨名下義配之常以十行中精進

爲體如十住中精進門樂勤觀法性爲體此十行中以精進門處世益生以行潤物爲體位位中各隨當位主行爲體餘九於主忍行體上作別不得一向解故即體意不當如十迴向中精進波羅蜜圓融理智大悲使令均平自在如是五位得一即五位俱有齊等以慣習生熟須有次第雖立次第以法界智體而無前卻是無前後中次第是一性無差別中同異不可以情作前卻解也以實而論初發心住中如一渧之水入大海水中總同海體諸龍魚寶藏咸在其中爲教化衆生故教網筌罤方法不可不具以名言竹帛著錄即似如前後義生體道者明鑒即如持寶鏡普臨萬象十地即明使慣習功成等覺位中即明自在行周法界若但置十住一位但明見道初功又安十行修行但有出世心勝加十迴向與大願雲使令悲智萬行圓滿十地但蘊功成德使令慣習須成十一地入俗自在行周任法饒益明張教網學者有所歸依若不如斯發心者何措

○第五主火神有一百一十六行經言明無癡亂行主禪波羅蜜於中十神明禪波羅蜜中十波羅蜜皆以十行位禪爲行體即明普智照而恒寂故即以火神爲定體即寂而常照即事而常理悲智照用而無礙故以火神爲定體若其世間事也即南方離神是也若其人也是其心也離法心故若其法也是虛無之智也若外事是其日也若在其身也是其目也若在方法也爲中道爲正爲明爲虛無爲智照萬有爲普光明殿是女神故善財童子南行意

者爲若此也明無癡亂行以火神能破暗故不迷惑故無暗障故此一段約用而爲定也

○第六主風神有六十八行經明善現行以般若波羅蜜爲體十箇風神明智慧波羅蜜中十波羅蜜也若世間也即辰巳之間巽神也是女神故爲法則也爲言說爲教令如周易乾四世卦巽上坤下曰觀易云風行地上可以觀象君子設政教而衆人從之而法之可以觀以是義故巽爲風教明第六波羅蜜智慧功成善現言教教化衆生此名善現行也又辰巳之間如來取之爲齋戒法則名吉凶之際成善之終至午即萬法爲正也上値角宿角爲天門主僧尼道士在其中明是設教令成衆善之門也一切風化皆從此起象以口爲天門吐納風氣成政教故以智爲神又敷華發果發生一切能持世界能成能壞故名善現行也此經下文云如海有四種風一名積集能集衆寶明大圓鏡智二名能成能成衆寶明成所作智三名揀擇能揀衆寶明妙觀察智四名能散能散衆寶明平等性智是故以四智爲風神能現法自在故以風神爲表善現行故爲此第六智慧法以智慧風神善現一切法行悉皆自在故如十信位中第六信位佛果配在東南方佛號究竟智爲東南方是巽以巽爲風神又易云巽爲言說以借物表法將風神明智慧能善現衆法故方者法也以取其法大象無方也

○第七主空神有六十八行經明無著行主方便波羅蜜成大悲門以法空起行教化攝取一切衆生故名方便故名無著行於中衆神明

方便波羅蜜中十波羅蜜以一切法空爲體以智爲神故無所著以一切法空能生悲智故即萬行無著

○第八主方神（有六行經一百六言）明難得行爲智用無功功難成故主願波羅蜜爲智體性淨以願防之念其本願引智起行令行周徧使令不住涅槃不住生死於中十箇神明願波羅蜜中十波羅蜜方者法也以第八行大智成就以智說法饒益衆生此是大智爲神總以震坎兌離四維上下正方之神都舉明無功之智圓攝故

○第九主夜神（有六行經九十八言）明善法行主力波羅蜜法力已成法王功辦常處生死長夜以法照明世間故名善法行於中十神主力波羅蜜中十波羅蜜是女神也此爲善財童子十地中知識故以明此位行體徹十地法故

○第十主晝神（有六行經一百六言）明眞實行主智波羅蜜於中十神明智波羅蜜中十波羅蜜以智日恒明名爲主晝智無爲而應萬有稱之爲神歎德中俱共精勤嚴飾宮殿者以智普周教化衆生成法宮殿悲爲宮智爲殿成就衆生悲智宮殿展轉相益故已上明十行位竟

大方廣佛華嚴經論卷第十三

音釋

薀（委窘切）醯（音希）紺（古暗切）輭（亂演切柔也）灌（音貫澆也）渚（音主小洲曰渚）黶（乙減切）渧（音帝水滴也）筌苐（上音詮下音題）坎（苦感切卦名）

大方廣佛華嚴經論卷第十四

唐方山長者李通玄造

世主妙嚴品第一之四經在一卷後至第五卷止

㊃十廻向法門第四

○第四從阿修羅王至日天子於中有十衆用表十廻向何以然者爲阿修羅居大海中不没其身表十廻向圓融真俗常處生死大海不没其身前之十住十行但修出世悲智心增加以廻向廻真入俗以成處世悲智圓滿故以阿修羅等十衆以表十廻向處大海而不溺表此位菩薩以大悲心得真不證知真同俗處俗無染利生自在

○第一從初一衆阿修羅王有一百八言六行經義分爲四　一舉衆數　二寄位表法　三釋名配行　四結數歎德　一舉衆數者如初一行是　二寄位表法者寄阿修羅位表救護一切衆生離衆生相廻向爲明此初廻向如阿修羅雖處大海而海水不没雖同天趣無天妙樂故如此位菩薩處於生死無生死中五欲樂雖處涅槃無涅槃中寂滅之樂故名救護衆生離衆生相廻向又如法界品云成就如來高出世間阿修羅王又王者自在義明此位菩薩於涅槃生死中得自在故又阿修羅亦云阿素羅阿之言無素云遊故又云妙又羅云戲如婆沙論釋爲非天也雖天趣攝爲多諂詐而無天妙樂像此位菩薩行大悲方便萬行似如諂詐似如生死無有人天五欲樂無常住涅槃出世寂滅之樂主十廻向中檀波羅蜜門舊名不須此舊翻謬矣或云毗摩之母以本從卵生故故名劣天如阿

舍經云刼初成時光音天來入海中洗浴水觸其身失精在水還成肉卵經八千歲乃生一女身若須彌山有九百九十頭頭有千眼有九百九十口口有四牙牙上出火猶如霹靂一十四手九百九十脚在海浮戲水精入身生一肉卵經八千歲生毗摩質多身有九頭頭有千眼口中出水有九百九十手有八脚其形四倍大於須彌山純食淤泥及以藕根又與天諍廣如正法念經說然阿修羅住處有五一地上衆寳山中二云在須彌山北下入大海二萬一千由旬有阿修羅王名羅睺此云障礙能以手障日月明領無量衆三從此更下二萬一千由旬有阿修羅王名勇健亦領多衆四復過二萬一千由旬有阿修羅王名華鬘亦領諸衆第五復過是數名毗摩質多羅此名響高是舍脂父舍脂是天帝釋后父身如須彌山與天帝釋鬬戰時發自海中揚聲大叫云我是毗摩質多我是毗摩質多時閻浮提山岳一時震動亦名究居謂彼中有光明城於中住故或天趣攝已上佛地論依毗曇鬼趣攝又毗摩質多羅此云種種事又毗摩者此云過空質多羅云種種嚴儀言此修羅與帝釋戰時嚴備種種軍仗之儀空中而列舊云響高又曰究居者非此依唐朝禮法師等翻是第四惡趣攝如經中十種阿修羅王表位進修中以明菩薩大悲徹下如居大海而得其底身出大海明菩薩不沒惡道能離自憍慢故以真攝俗真俗圓融處苦海而恒出寄其此位表迴向法門 三釋名配行者一羅睺阿修羅王明十迴向中

檀波羅蜜中檀波羅蜜門故此廻向中十波羅蜜以事表法中取阿修羅明此十廻向純以大悲大願以爲十度之體無自求益之心似彼修羅所居徹下其身處海徹上出身之半總明託事表法令易解故似大悲門用彰此位中一一度門純以大智大悲大願徹眞俗爲體如羅睺者此云能障明此位菩薩以大悲心入生死趣顯大法空障諸惡趣故二毗摩質多阿修羅王者明檀波羅蜜中戒波羅蜜毗摩質多者此云響高明以大悲大願音聲誓度三界六道故以悲願爲戒體王者自在義處苦海中沈浮自在故三巧幻術阿修羅王者明忍波羅蜜明此位菩薩雖居生死大海常得如幻忍故四大眷屬阿修羅王者主精進波羅蜜明以萬行攝衆生遍故五大力阿修羅王者明以法性大禪定力在苦海而無苦故六遍照阿修羅王者明慧光攝化衆生遍故七堅固行妙莊嚴阿修羅王者明大悲方便爲嚴故八廣大因慧阿修羅王者以智慧增明以本願利生爲因爲在第八位中得智增明皆須念初發心時大願爲因故令度衆生故九出現勝德阿修羅王者明法師位成力波羅蜜十妙好音聲阿修羅王者明智位成就妙音善說法故　四結數歎德如文可知　已上十波羅蜜皆是知眞處俗融會大悲性中十波羅蜜如是十度以大悲爲體故託事顯法在於阿修羅喻菩薩處生死海而得其底而恒不没生死海中是故下文成就如來高出世間阿修羅王又十住十行但明達智應眞號之爲神十廻向十地

皆以十王表之明以慣習增長自在故自餘廣意至十迴向品方明

○第二有七行經一百二十二言明不壞迴向爲明以眞理智而同纏利生成大悲戒爲達俗性眞眞俗不二故法華經名妙法蓮華者是其義也此經名大方廣佛華嚴者亦其義也以理智大悲法界自體清淨覺而與萬行故號佛華嚴經明菩薩以法性大智大悲不捨世流同事名之爲水具普賢行名之蓮華以覺行同資名爲妙法故名不壞迴向眞性無虧同流入俗名爲不壞明無性菩提無依住智自在故今以迦樓羅王託事顯之是金翅鳥也於此一段文中義分爲四 一舉衆數 二寄位表法 三釋名配行 四結數歎德 一舉衆數者如初行可知 二寄位表法者託事寄迦樓羅王位明於大海上以清淨目觀命盡之龍而以兩翼而摶取之明勉濟義如法界品云恒顧拔濟衆生出諸有海迦樓羅王此云金翅鳥王顯十迴向菩薩常於生死大海之上以法空清淨智目觀有根熟衆生而以止觀兩翼而摶取之安置自性清淨涅槃之岸此止觀以法性爲止體以自性無性智爲觀體非能觀所觀而有二事主戒波羅蜜戒淨故猶如大海不宿死屍明大悲大智戒不宿人天及三乘染淨二見之死屍故此金翅鳥兩翼相去三百三十六萬里 三釋名配行者大速疾力迦樓羅王明戒波羅蜜中檀波羅蜜明此位菩薩以性起大悲入生死海度根熟衆生以止觀力如一念頃至於佛果涅槃之岸爲明於一念至法界性中非

古今三世所繫故以金翅鳥取龍之喻如速疾力者以金翅鳥取龍之時於一念頃撮身入海水水波未合取龍而出名爲速疾力也故下文歎德中善能救攝一切衆生出生死海得道菩薩亦復如是以定慧觀察力從無明大海之際繫長短心一念應眞古今三世一時見盡如是見道如是修道是名爲發心畢竟二不別如是發心先心難但明十住初心從凡夫地一念應眞難故非爲究竟佛果難故至於究竟不異初心故明法不異智慧不異時復不遷故以明法界體用故以定慧照之可見以情思之即迷也已下以諸波羅蜜依名義配之可知四結數歎德如文可知

○第三緊那羅王（有七行經一百一十七言）明等一切諸佛廻向以一切諸佛處於生死以法忍門以爲萬行之主令一切衆生皆得菩提無上法樂故寄表緊那羅王此云疑神亦爲行主似人而頂上有角口似牛口人見皆疑人耶非人耶故曰疑神明此位菩薩以十廻向成大慈心以法忍力生於六道同行益生人見皆疑爲凡爲聖若是凡夫有智如佛若是賢聖行同凡事故以疑神寄表其行也此神能作行主與天作戲主忍波羅蜜門以忍爲萬行主若無忍者萬行不成是故忍爲行主於中四義如上准之十箇疑神以忍波羅蜜中十波羅蜜以名下義配之可見此類畜生道攝

○第四摩睺羅伽王（有八行經一百三十一言）此云大蟒也亦云大腹羅伽云胷腹行也主精進波羅蜜胷腹行者明趣求樂法利人匍匐離慢謙敬也是精進義也明至一切處廻向也六道

四生無處不入此是守護伽藍神能護法故如法界品云見佛歡喜曲躬恭敬摩睺羅伽王此中十王明精進波羅蜜中十波羅蜜一一以名下義配之可見此衆亦明方便同於衆生愛著所爲名菩薩處生死同行令除愛網如下歎德中習廣大方便令諸衆生永割癡網故

○第五夜叉王（有五行半經九十一言）明無盡功德藏迴向主禪波羅蜜以禪定夜叉守護一切衆生心令心不妄得大功德藏故夜叉者此云苦活或名伺察明以禪門守護伺察一切衆生苦活心令心不妄如法界品云常勤守護衆生諸夜叉王餘十王是禪波羅蜜中十波羅蜜以名下義隨位配之可見又毗沙門夜叉因主所管得名毗沙門天王領夜叉衆在須彌山北面

○第六（有五行半經九十二言）毗樓博叉龍王亦依所管得名毗樓博叉天王主領龍衆在須彌山西井富多那此主熱病鬼此之龍王主隨順堅固迴向明般若波羅蜜門如龍遊空能隱顯降雨潤衆生故以般若空慧自在有無雨諸法雨益衆生故以龍表之也毗樓博叉者具云毗路波呵迄叉亦云雜語主舊云醜目新名毗者種種也路者色也波呵迄叉者根也以種種色莊嚴眼根明以種種慧莊嚴諸見令見無著龍有五種龍一象形二蛇形三馬形四魚形五蝦蟇形一善住龍王爲一切象形龍主二難陁龍王此云歡喜爲一切蛇形龍主三那婆達多龍王此云無熱惱亦名清涼爲一切馬形龍主此一箇龍王遠離諸

龍三種過患一熱沙不墮其頭二不以蛇形行欲三無金翅鳥畏又更有一苦以風吹寶衣露身生苦唯此龍王得免斯惱故曰清涼依智度論此龍王是七住菩薩四婆樓那龍王此云水天爲一切魚形龍主五摩那蘇婆帝龍王亦名摩那斯此云慈心慈心風不鳴條雨不破塊亦名得意又云摩那此云意高以此龍有威德故名爲意高爲一切蝦蟇形龍主如四分律文中說諸龍初生時睡時瞋時行欲時此四時中不能變形餘時皆能變形此約三乘中龍王其事如是如此一乘中龍王其德並是入不思議乘佛果位中大菩薩等爲化衆生故徧於諸道普現其身今於此會賀佛出與酬其本緣寄位表法即如此經毗樓博乂龍王得銷滅一切諸龍趣熾然解脫門爲明此位般若智慧之龍常遊法空以種種語言設諸教網故此是十迴向中檀波羅蜜娑竭羅龍王此云海也得一念中轉自龍形示現無量衆生身解脫門明此是入生死海成大悲戒報得願力神通故此十迴向大體成慈悲願行得願力神通雲音幢龍王得一切諸有趣中以清淨音說佛無邊名號海解脫門此明忍招名譽如是獲益分中廣明德乂迦龍王者此云能害於所害爲德乂是所害聲迦是能害聲言此龍瞋時噓視人畜皆致命終故舊云多舌龍者由多言故故云多舌非是口中有多舌故表進修中此是第六般若波羅蜜門善說多法故故云多舌託此龍位寄顯法故已下准上以名義配之可知已上十龍王以十迴向中般若波羅

蜜爲體表智慧遊空雨法自在

○第七有六行半經一百十二言等隨順一切衆生迴向以鳩槃茶王主之明此位菩薩成大悲徧入諸道垂慈利生此是魇魅鬼神噉食精氣亦名冬瓜鬼依正法念經説其名字如是惡衆生菩薩亦皆隨順是故名等隨順一切衆生迴向乃至地獄悉皆徧入此神是南方天王領二部衆一名鳩槃茶二名薜荔鬼此鳩槃茶陰囊大如冬瓜若行乃擎置肩上坐時即踞之而坐法界品云常勤除滅諸餓鬼趣鳩槃茶王明愛染貪求猶如餓鬼大悲菩薩盡與隨行斷一切貪求故

○第八有六行半經一百十二言眞如相迴向寄乾闥婆王以表法此云尋香有香氣處以作娛樂而求其食託事表眞如相位菩薩常以眞如法界戒定慧解脱解脱知見五分法身無染之香娛樂衆生令其愛樂故下文云皆於大法深生信解歡喜愛重勤修不倦入法界品云常令衆生增長歡喜乾闥婆王以法悦衆生義故於中十王明願波羅蜜中十波羅蜜此位智增隨根設教悦衆生故令歡喜也

○第九有五行半經九十二言無縛無著解脱迴向託事於月天子表力波羅蜜以無縛無著法性虚空智慧照燭衆生淨煩惱熱得法清涼故於中十箇月天子明力波羅蜜中十波羅蜜隨名下義配之可見

○第十有六行經九十九言入法界無量迴向以日天子託事表之明十迴向中智波羅蜜如日處空下臨照萬有其位於上其功益下像此位菩薩其智甚高其行彌下徹至人天神鬼外

道邪行畜生地獄盡同其行猶如日月其形在上其功在下善惡俱照故於中十日天子明智波羅蜜中十波羅蜜一一隨名義配之常以智波羅蜜爲體已上十王配十迴向中十波羅蜜竟如十住十行十迴向乃至十地一一位中波羅蜜各隨當位取意即得一例取之即不知其趣如日月二位其形狀及高下者如俱舍論月去地四萬由旬廣四十由旬以水精白銀合爲兩面迴轉相映故有虧盈此論如是說未可爲定依但依經說者爲指南依長阿含經其月上有城其城正方一千九百六十里高下亦爾二分天金作一分瑠璃作以遥看似圓天子五百歲子孫相襲一刧日月相近光影相映即有虧盈此可爲定日廣五十由旬其城正方二千四十里高下亦爾其城純金七寶鎣飾王坐二十里壽命子孫同月天子以風持故遶須彌山日月天子總是四天王所攝此已上多依長阿含經説如是日月天子皆表十迴向成大悲願行之門明悲智無依常以法空爲體隨根普照無有所爲任無功之智日稱萬有而成益

◎十地法門第五

○第五從三十三天王已下至大自在天王於中有十大天王明十地利生因果者

○從初第一三十三天十大天王有六行經一百七言託事表初歡喜地義分爲四一舉天王名號二寄位表法三釋名配行四結數歎德一舉天王名號者如經云所謂釋迦因陁羅天王等十大天王名號是二寄位表法者寄託此天表歡喜地菩薩得歡喜地時得法悅心無

有世間五欲等諸緊著故樂唯是法樂以此義故多歡喜多適悅猶如世人創得生於忉利天上受天妙樂又如昇山頂至無相際身與空合明此位菩薩從十住十行十廻向習氣之有爲而昇此初地之位法空之際一分習氣盡故以須彌之頂忉利之天寄表其位令易解故十住十行寄表如神十廻向位寄表如王於此十地寄表如天明其進修漸漸慣習殊勝以總別同異成壞門三對六字義該之亦以十玄門該之如是進修差別總是一刹那中同異皆不得如情所知如理思之可見又如仁王經云習種銅輪二天下銀輪三天性種性道種堅德轉輪王七寶金輪四天下初地菩薩忉利王二地菩薩夜摩王以次寄位配當明福智殊勝不可以世間之樂爲比也以實而言如菩薩悲智所攝周徧六道所生不棄微流一切惡生之類但以饒益故法性自在故寄表如天如王自在之義不忻世樂之所表之如此華嚴經下文初地菩薩多作閻浮提王今十大天王但爲表法進修不離一刹那間漸漸殊勝故又此天名妙高天其山在大海中出水高八億由旬入水深八億由旬四寶合成北面黃金南面瑠璃西面水晶東面白銀形如腰鼓上有四層級四天王各隨方所居四面其山頂上四埵埵別八天王各有自部衆中頂帝釋居衆寶所莊嚴以是名妙高亦名妙峰山亦名忉利天此云能主天由帝釋能爲天主也依主爲名故下有七重海重別金山圍遶迦樓羅速飛七日方始達金山有天居皆四天王所攝其

上三十三天所有天身長一由旬衣長二由旬廣一由旬衣重六銖壽一千歲一日一夜同此人間一百年三十日爲一月十二月爲一歲已上依俱舍三法等論說此天王有五種名一名能主一名釋提桓一名憍尸迦一名天帝釋一名因陁羅天此名天主具云釋迦因陁羅釋迦者此名百也爲先因百度設無遮齋得作天主此配歡喜地中檀波羅蜜已下十天王是檀波羅蜜中十波羅蜜各隨名義配之可見其四段配文如前可知此位菩薩對治觀行苦空無常世法非實皆從十二緣生本無體相成於捨法身命財等如是於諸佛法信順修行且治欲界麁慳悋業行檀波羅蜜於十二緣生未善了知六地菩薩方明十二緣法作如鍊真金數數入火喻明對治慳障

○第二復有無量須夜摩天王有五行半經九十五言

託事表離垢地爲此天離地際故依空而居有衆妙樂也像此位菩薩戒波羅蜜增勝有法妙樂以法身爲戒體故漸增進離前地世間繫故初地檀度爲勝此位上上十善淨戒爲勝名爲離垢初地須彌之頂世界與人連寄同世間此位以空居寄同出世間故名離垢初地喻鍊真金未云加藥但數數入火轉轉明淨此地鍊真金加以礬石轉令明淨以戒爲礬石然金體無二明以戒對治欲界中愛欲等麁障但以法身大慈大悲大願四攝四無量十波羅蜜三十七道品之法藥互相磨鎣使令智悲自在故夜摩天者此云時分天也爲此天無日月天光自相照不分晝夜

但蓮華開合知其晝夜時分故此天身長二由旬衣長四由旬廣二由旬衣重三銖壽二千歲日月歲數與前天倍此天王有十天衆即明此戒波羅蜜中十波羅蜜各隨位名義配之可知此位修上上十善戒治欲界現行麁惑習氣三地修九次第定方無三界煩惱生如來家同如來性

○第三復有不可思議兜率天王有六行經一百言此託事表發光地此名知足天佛地論云最後身菩薩於此敎化如瓔珞本業經十一地等覺地始名一生補處方名最後身配在第三禪此知足天爲最後身菩薩在中者皆是如來隨時方便說法利生不可定也前位明以上上十善淨戒離欲界現行麁惑垢故此位菩薩以九次第定淨色界無色界并欲界心習得出三界心作鍊金喻善巧鍊之不失銖兩轉轉明淨明以九次第定鍊之以法眼觀之以行加之無虧本法但轉明淨欲界修定以治欲障上界修慧以治定障如是對治即如六地菩薩位在色界初禪修十二緣觀用治定障隨順法行方便利生無所染著名發光地以忍波羅蜜爲體於中十大天王是忍波羅蜜中十波羅蜜此天身長四由旬衣長八由旬廣四由旬壽四千歲日月歲數皆與前天倍此知足天當修三法得生其中所謂戒定慧若但修戒施即生餘天皆有放逸若一乘法中其事不爾以智徧周以爲天體故

○第四化樂天王有五行半經九十七言託事表燄慧地菩薩以三十七助道品觀以捨爲體以本

願故法如是故不捨教化一切衆生以三十七助道觀門莊嚴慧業將用化利一切衆生以爲自樂像此天處常以變化以悅自樂亦名樂變化天心外無境從心變故表此位菩薩從初發心住以法空現前心外無境爲進修故以三十七品助道法門對治此天及三界邪見等障鍊磨心地用嚴慧業使令明淨將用教化一切衆生以爲自樂故名燄慧地也如菩薩纓珞本業經云一歡喜地菩薩名爲逆流二離垢地名爲道流三明地名爲入流四地須陀洹五地斯陀含六地阿那含七地阿羅漢八地變化生死九地是智慧妙善地十地是法雲地又纓珞經云十住菩薩入法流水任運至佛如此華嚴經十住十行十迴向十地十一地五位之中一一各有十重佛果普賢行爲因十信位心便信自心分別之性爲不動智佛無礙智佛等十箇佛果總爲自心之智方名信心如是和會多諸同異隨信解別親踈不等但依當部進修行門皆以總別同異成壞門該通圓融皆不離刹那際即義通也若延時取解即違法界之道理此天王衆有十天王皆是精進波羅蜜中十波羅蜜各各隨名義配之可見常以精進波羅蜜爲體此位作鍊真金作莊嚴具喻精進明修三十七助道之觀對治三界邪業習故此天身長八由旬衣長十六由旬廣八由旬壽八千歲日月歲數與前天倍衣重一銖食甘露味歎德餘門如前可解

○第五復有無數他化自在天王（有五行半經九十七言）託事表難勝地爲此天在欲界頂明菩薩

欲境難超故故曰難勝地明五地已來菩薩於五欲境界未得全自在故但爲觀照諸波羅蜜修行力故不沒其中未同八地無功法流自在故此位菩薩修十諦觀以治三界染淨惑障餘習故得工巧明門五明方現此天處若不如是修十諦觀治之便爲魔境三界染淨業習不能自在故曰難勝地此位菩薩常以禪波羅蜜以爲觀體魔王波旬居此天中修十諦觀即爲菩薩位不修觀者是魔眷屬又此天名他化自在以他變化以爲自樂像此位菩薩常敎化衆生令他得樂以爲已樂此作硨磲磨金瑜明以十諦觀爲硨磲於中十大天王明禪波羅蜜中十波羅蜜以名下之義配之可見此天身長十六由旬衣長三十二由旬壽命歲月悉與前倍

○第六復有不可數大梵天王有五行半經九十六言明現前地以十二緣生觀得寂滅神通三解脫門空無相無願智慧增明除其初禪樂靜迷眞障明在欲界修定如三地菩薩是也在禪界修慧心染勝處即以法治之不令障眞無依之性故常處三界不在其中也名尸棄天王此依新飜爲具梵摩此云淸潔寂靜以初禪是色界無女人生無欲界染故依佛地論云離欲寂靜故名梵身又依長阿含云梵衆中以梵音語故故名爲梵又尸棄者或云持髻或云螺髻或云火頂以火災至此天故修得初禪者得生此天此天王於梵衆中發大梵音諸天各自謂言唯共我語於大千界最得自在顏如童子身如白銀色長半由旬衣如金色無男女形禪悅爲食壽命一劫此

依長阿含經說此位作毗琉璃寶磨真金轉轉明淨喻明十種逆順緣生觀得十空定門爲毗琉璃寶也毗之云光明此位菩薩以十種十二緣生觀及十空三昧表以十二緣觀如明淨琉璃用磨智慧轉轉明淨明觀無明成根本智更令明淨於中有十大梵王明般若波羅蜜中十波羅蜜各各以名下義如前配之可解此第六地第六住等總明出三界業現前寂滅神通三空自在如十住中以海幢比丘表之如十地第六地以夜神名守護一切城增長勝力是也總如善財善知識表之第七地明入纏同事如下

○第七復有無量光音天王有五行半經九十八言明遠行地如此二禪天初禪滅憂二禪滅苦明此位菩薩在七地諸行已終大悲圓滿四攝四無量十波羅蜜三十七助道法常在現行自苦已無常度他苦染淨二障此位通過譬如真金飾以衆妙雜寶轉更殊勝明以法身爲金體悲智萬行圓滿爲衆妙寶互爲莊嚴常以行網教光普化一切衆生故故像此天已滅憂苦以心淨故出語口中光生用明此位菩薩教光破暗故於此有十大光音天以明方便波羅蜜中十波羅蜜各隨名下義配之可解此天身長二由旬壽二劫此天水災至

○第八復有無量徧淨天有六行經一百六言明不動地菩薩明此天憂苦已無唯有禪悅像此位菩薩功用已終唯有法悅法悅習氣十地始無此天風災至爲有禪悅喜動其性像此位菩薩無功智現前猶有無生法樂智淨習氣

以諸佛三加七種勸發令憶本願方始隨智行廣利衆生十方世界度生無限此乃如來設教防之防護初發心之際圓融悲智非獨是此位方有滯淨之功是一即一切中防護也望七地中萬事總具何得第八地中佛果知見猶自未終還以十玄六相通融不可違法界體作前後解凡夫妄作無量刧只是法界中無始終此位作治眞金作人王寶冠諸臣冠不勝喻明八地法性無功智勝故十力四無畏猶十地方終普賢行海十一地方滿

○第九復有無量廣果天（有六行經一百二言）明善慧地爲此第四禪無出入息三災不及又此十天如歎德中莫不皆以寂靜法門而作宮殿表九地善慧莊嚴以百千阿僧祇陁羅尼門法寶宮殿教化衆生能以一箇言音爲一切衆生說種種法無心意識爲大法師任智法明一切具足故像此天無思意識能爲語言此天無下界意識有色界意識乃至非想天皆有微識若識想盡即非三界業收故此位作如眞金用作輪王寶冠喻一切小王寶冠不勝喻以此位菩薩智慧寶冠下地菩薩無有能勝於中有十天王明力波羅蜜中十波羅蜜各隨名義配之可解此天身衣及壽與前天皆倍明此位菩薩常以法宮而爲安止以福德廣大名爲廣果天

○第十大自在天王（有六行經一百二言）表第十法雲地如下歎德中皆勤觀察無相之法所行平等明此位無相智成如菩薩本業纓珞經云三賢菩薩能伏三界麁業麁相續果初地已上亦伏亦斷八地已去色因業勝因境緣法

法執習故明猶有於境見未純熟猶執法習在故九地已去心因業勝內心自緣法執習故九地有內心緣法執習故十地之中心色二習一時總盡十一地方心境二緣中得無礙自在故從八地至十地無功用中緣真法執內外習亡於十一地普賢門猶未自在如十定品中求覓普賢不見者是又智度論云第九天外更別有十地菩薩天名摩醯首羅此天有八臂三目騎白牛一念知三千大千世界雨滴之數此是引進菩薩方便設法託事表法及攝化境界漸增勝故望一乘法界理事同參一微塵內諸佛國土人天同處身塵毛孔如影相入修真之者須當如實而知莫隨化相應須以同時具足相應門一多相容不同門諸法相即自在門因陀羅網境界門微細相容安立門祕密隱顯俱得門十世隔別異成門主伴交參無礙門託事現法生解門唯心迴轉善成門以此十玄門該之即理順故已上神天之位但利生門中託事表法令易解故如如來實非牛王龍王象王以託事表之令生解故望得道處其智無形無爲而能知萬有即爲神也以此神性隨行祐生即行非虛也以智常居三界不隨染淨以此自在寄位如王以通化無方福過羣品寄位同天即隨行徧生行非虛也同異總得表實無妨

㊃從位舉法進修寄同獲益門經二卷至五卷終同例會釋

從大衆圍遶常隨佛衆之中從普賢菩薩至大自在天已來此四十一衆義分爲二

△一現果成因彰位分如已前列衆是
△二從位舉法進修寄同獲益分如向下直至普賢海月光等是
今從第二卷初爾時如來道場衆海悉已雲集已下至第五卷中海月光大明菩薩衆已來此四十一衆是從位舉法進修寄同獲益分此中合有五十衆爲普賢等衆十箇菩薩當等覺十一地法門十箇互叅自具十衆爲一人具十總爲五十衆如下獲益分中入則同佛知見爲與後學者作樣式令倣之也不悟是凡悟已同佛知見故名初發心時便成正覺如已下神天獲益之中各有二十行頌皆初兩行歎佛之德後十八行皆三句歎佛一句自歎與佛同知其例如是隨時科文隨時稱歎無煩更釋唯普賢菩薩一人獨入十法者普賢衆明一位普周衆行也海月光衆但歎佛德與自所入之法相似以此頌中更不別歎自德如普賢衆中加淨德妙光菩薩是文殊師利別號文殊師利此云妙德又法華經内徃昔號妙光又妙德與光其意相似以德爲光以能破暗發明故今在普賢衆内表法明因果理智萬行圓融故普賢獨獲十種益者明一即一切故明一多自在延促自由故是總攝義也

○一從爾時如來道場衆海已下有二十六行經四百四十一言義分爲二

○第一從初爾時已下有十一行經明衆已雲集於此段中義有其五　一陳衆雲集　二陳部類各別　三都歎衆德　四明本因佛化　五明今以勝解力入佛所知

○第二從所謂妙燄海大自在天王已下有十五行經於此段中義有其二　一明天王獲益　二明天王乘威說頌

○於此佛身普徧諸大會二十行頌中有其二義　第一兩行頌純歎佛德　第二十八行頌皆三句歎佛一句自歎與佛同知已下例然唯普賢少異前已敘意訖

○海月光已上諸衆皆悉如上以義科文隨義稱歎教門弘大不用文繁得意即得此初會之內四十七衆之中已前七衆前已釋訖在經第五卷首第三段竟

○如來座內衆經云如來師子之座衆寶妙華輪臺基陛及諸戶牖如是一切莊嚴具中一一各出佛刹微塵數菩薩摩訶薩於此段中義分爲二△一述衆來意△二長科經文

△一述衆來意者是中其意有三　一明諸菩薩是古佛舊行　二明今佛契同　三明古今不二爲門所坐之座合古所行菩薩行依舊故如下頌中諸佛所悟我已知常以法身爲座體以普賢萬行爲莊嚴以無作大悲之智爲座上佛前佛後佛皆同此也明今佛契同古跡定衆生狐疑是故須來是名爲如來自行與古同因衆爲座體體是法界所行行亦是法界以此無礙自在故座身是正報座上莊嚴是行所招依報今還從本行報得之果內還出本自行因菩薩衆也亦明因果不二體故如法界品如來師子之座普徧法界爲座體故

△第二長科經文者從爾時如來師子座已下有二十九行經四百九十言今二十五行於中其義有

七　一明座上莊嚴出衆　二列所出衆名
三來衆興供　四其衆遶佛致敬　五致
敬已昇座而坐　六歎來衆之德　七乘威
説頌　從此已下有十菩薩各説二十行頌
歎如來成道福智依正及徃昔所修之因任
其後哲隨文隨義稱歎不煩更釋此一段明
今佛合古行古行合今佛明座外普賢之衆
是佛利他之行座内之人是佛自行所契普
賢之衆此之大衆古今一切諸佛同道更無
二路衆生乘之即名乘不思議乘如來乘最
勝乘無上乘至於道場此以一切法皆爲道
場也以法界爲場地諸波羅蜜爲人功治一
切垢本自淨故治無明成根本智故敎文弘
廣略申體意隨文讚歎任在後賢此十箇頌
中向下歎佛十波羅蜜及十地有二十行頌
自餘皆二十行也准知（在經五卷第四段）
○從爾時華藏莊嚴世界海已下有二十一
行經（三百六十二言今十八行半）明動地興供於此一段
經文其意有七　一明舉世界之名　二推
佛神力地六震動　三世主興供歡喜　四
明以此例同多土　五明佛徧興於世　六
明世主各隨自解　七明法會興供普同十
方問曰何爲地動答曰其地動大意有五一
此會大衆得道二智人出現三智人去世四
世間災變五得道歡悦此明大衆獲益歡悦
故地動推佛神力者明師弟之敬推德於上
問曰何故於此段中地動興供答曰爲至此
中一段明初會中常隨佛衆當境之内神天
衆及如來座内古今諸佛同因衆菩提樹内
流光衆并如來宮殿内大悲衆如是當佛自

衆來集復得益及賀佛出興心歡喜故衆心喜動故地亦隨心動故此明初會當境之内大集一終然後面門放光普集他土亦來此會此是無自他中他也以明化儀主伴此乃龍行雲應法事合然爲化衆生軌模如是以眞法性塵刹普周一刹那之中三世同際還以一多相容不同門該括如是放光集衆意令知佛境界相叅無二已上是初成正覺顯示五位行門一終因果

㊁此一部之經總有六重因果　一從世主妙嚴品及至華藏世界品五品經明初成正覺顯示五位行門報得及示現入法一重因果　二毗盧遮那品是古佛因果引古證今明佛佛相襲道不虚來　三第二會普光明殿顯示十信因果　四從須彌之頂直至離世間品顯菩薩證修因果　五入法界品明古今本法不思議因果此是一切諸佛共所乘宗爲一切佛之本體衆生同具只爲迷之　六覺城東會明顯示菩薩利生行門善知識攝生形狀法則進修因果若但說其法在行猶迷此經設教及行證修前後六度總舉解行證修因果令使啟蒙易解不滯其功

大方廣佛華嚴經論卷第十四

音釋

霹靂（上音僻下音力迅雷）　脂（音支脂膏）　宄（音軌姦也）　翅（丑智切翼也）　匍匐（上音蒲下步黒切）　蝦蟇（上音遐下音麻）　魘（音掩）　薜荔（上音備下音列）　銖（音殊）　鎣（縈定切磨也）　硨磲（上音車下音渠石似玉）

大方廣佛華嚴經論卷第十五

唐方山長者李通玄造

◎第二舉果勸修門 領下五品經

如來現相品第二 經在五卷

釋此一品義分爲三○一釋品名目○二釋品來意○三隨文釋義

○一釋品名目者此品何故名現相品爲諸菩薩神天衆皆悉已集嘿思心念請法問有三十七問如來知念即於面門舒光現相及集十方衆答前所問此品之內如來兩度放光齒光告衆令集毫光示法令信佛境界及所行因果行門又諸來菩薩毛孔放光通爲三度放光故又集十方衆海佛境界相菩薩境界相答前衆所問故名現相品

○此經表法及集衆如來放光前後總十度放光故

◬一面門齒光集他方之衆◬二眉間毫光示果成因◬三足下輪中放光成十信◬四帝釋宮中足指端放光集衆入道成十住位◬五夜摩天宮足趺上放光成十行門◬六兜率天宮膝上放光成十廻向◬七他化天宮眉間毫相放光成十地◬八如來出現品眉間放光入文殊頂◬九口中放光入普賢口令此二人問答如來出現始終因果道理◬十法界品中放眉間光名普照三世法界門是爲十如隨好光明功德品常放光明隨根普照此光非獨緣五位進修表法也是常依根攝化光也

○二釋品來意者此品爲前世間主等嘿念三十七問此品放光集衆示其法相答前衆

所問三十七法此品故來
○三隨文釋義者復分為二△一長科經意
△二科其當品△一長科經意者自此現相
品乃至普賢三昧品世界成就品華藏世界
品毘盧遮那品此五品經總是答前三十七
問明舉果勸修分△二科其當品者於此當
品其意有四
○第一從爾時諸菩薩及一切世間主已下
一段長行并偈頌是世主請法分義分為三
一從爾時已下至唯願世尊哀愍我等於中
長行有八行半經純請十八種佛法二又十
方世界海已下有六行半經問佛海菩薩海
有十九問通為三十七問三願佛世尊已下
可兩行經明菩薩神力故一切供具放光光
中說頌請佛斷疑分第一從初爾時諸菩薩
及一切世間主作是思惟明心念默請云何
是諸佛地法界不思議地是佛地故下文云
法性如虛空諸佛於中住此為如來地也云
何是諸佛境界如下經云如來處此菩提座
一毛示現多剎海一一毛現悉亦然此是如
來之境界又法界是如來境界云何是諸佛
加持下如來加普賢菩薩入於三昧說佛持
故云何是諸佛所行經云無礙行是如來行
又普賢行是一切諸佛共所行行故云何是
諸佛力經云如來有處非處十種力是云何
是諸佛無所畏如來無五怖畏及四無畏是
云何是諸佛無能攝取如來無性妙智是無
能攝取云何是諸佛眼知一切法智知一切
衆生根智名一切種智是佛眼故又此經下
文說十眼等是又如十身相海云如來眼有

大人相名自在普見雲云何是諸佛耳如法界品云一切諸佛有無障礙耳悉能解了一切音聲云何是諸佛鼻如來鼻有大人相名一切神通智慧於中出現無量化佛坐寶蓮華徃諸世界云何是諸佛舌如下經云如來舌有大人相名示現音聲影像雲云何是諸佛身下文云諸佛同法身無依無差別又佛身充滿於法界普現一切衆生前云何是諸佛意如來出現品云云何知如來應正等覺心佛子如來心意識無量俱不可得但智無量故知如來心云何是諸佛身光如來隨好常光隨根照物普周法界云何是諸佛光明光有二種一教光二如此經光明覺品是及前後十度表法光明是云何是諸佛智一切智一切種種分別智是又如下文如來甚深智普入於法界能隨三世轉與世爲明導此已上問十八種法竟第二經云唯願世尊哀愍我等有三句經文結請佛說十九種海經云一切諸佛皆爲諸菩薩說世界海總舉問竟衆生海釋曰如世間衆生廣多如海故佛海經云如來安處菩提座一毛示現多刹海一一毛現悉亦然如是普周於法界佛波羅蜜海十波羅蜜徧一切菩薩行故佛解脫海如來法身是佛解脫又智慧解脫乃至五分法身戒定慧解脫解脫知見等是佛變化海如下文無體無住處亦無生可得無相亦無形所現皆如影又一切刹土微塵數常現身雲悉充滿又云於一佛身上化爲無量身佛演說海下文一一毛孔中光網徧十方演佛妙音聲調彼難調者又一音徧諸根故然如

來音聲不從心出不從身出佛名號海如下名號品是如來名號等一切衆生心也佛壽量海如下文佛身如影現生滅不可得是佛壽量海又下文壽量品是及一切菩薩誓願海淨行品等是又十迴向品中大願是一切菩薩發趣海如下文云此會諸佛子善修衆智慧其人已能入如斯方便門又下文云從地而得地住於力地中億劫勤修行所獲法如是明從地而得地者不離真法界自體清淨性地而行進修十住十行等法故云從地而得地又十行品是十發趣加行成就令菩提心智悲純熟故一切菩薩助道海三十七助道品是觀身受心法爲首一切菩薩乘海乘如來乘不思議乘法界乘是乃至八萬四千乘等一切菩薩行海普賢行是如下經云如是分身智境界普賢行中能建立一切菩薩出離海如五位中加行方便是如下經云此會諸菩薩入佛難思地一一皆能見一切佛神力又下文云普賢諸行願修治已明潔能於一切剎普見佛神變身住一切處一切皆平等智能如是行入佛之境界一切菩薩神通海如下十方佛剎來集菩薩衆及毛孔出衆隨行利生等事是又下十通品亦是又下文一一佛剎中往詣悉無餘見佛神通力入佛所行處一切菩薩波羅蜜海如下經中十方來集大衆身諸毛孔各出十佛世界微塵數光一一光出十佛世界微塵數菩薩悉能徧入一切世界諸安立海教化衆生廣如經具說是波羅蜜海也此是與發心者作普賢樣一切菩薩地海如下經云從地而得地

是也又十地品是答又如來地是菩薩地如
下經云此會諸菩薩入佛難思地一切菩薩
智海根本智是如來智於根本智起差別智
教化衆生是菩薩智海乃至十無盡智是也
唯願世尊已下三句總結勸請准例十方諸
佛既説今佛世尊亦合同説又爾時已下四
句明供具説頌已上三十七問向下至毘盧
遮那品已來有三種答前所問一如下齒間
放光集衆現相神通答二如下眉間毫光出
衆現相及十菩薩偈頌答三普賢入定出定
以言詮示佛業衆生業因果古今相襲答如
世界成就品菩薩衆生染淨報業答前三十
七問佛海菩薩行海不離其中又説華藏莊
嚴世界海説佛報得所居之土答前三十七
問佛境界海衆生海菩薩行海波羅蜜海總
不離其中又説古往毘盧遮那品是引古印
今令衆生信承襲不斷法不虛來若古無舊
跡今從何得以是義故引古佛用印今時成
信從此初會一會至毘盧遮那品六品經總
明舉果勸修信他已成佛者果德悲智境界
行普賢行及報得莊嚴身土分從佛名號品
重問二十八問即是舉古佛果門令今世及
未來發心者自信自心佛果與古佛果不異
及菩薩十信十住十行十迴向十地十一地
佛眼耳鼻舌身意不異故信自今修不異古
法有此二十八種不異之法具如佛名號品
所問二十八問之法今古不異令初發心者
應如是依古證修使令道不謬故直至法界
品總是其答所問之法故若依五位法上有
一百一十重佛果菩薩行古今不異若通信

位即一百二十重古今佛因果不異至位方明三從供具雲中出音說二十四行頌於中義分爲四初兩行頌歎佛行滿成佛行徧三世次兩行頌明勸佛爲衆除疑得證次兩行頌明大衆已集勸請除疑次云何已下十四行頌明重頌前三十七問問曰大衆何不以言自問因何默念致疑何不自以言讃勸請云何供具雲出音請佛答曰明佛得法界心與一切衆生同心故以心不異故知彼心疑供具說頌者明一切法總法界體也法界不思議一切法不思議故明聖衆心境無二故凡夫迷法界自見心境有二故顛倒生也

○第二從爾時世尊知諸菩薩心之所念已下有一段長行幷一偈頌是如來放齒光十方告衆令衆咸集說法答前所問分於此分中大意有十一如來知衆心念有疑二齒光普照三其光有十名四明光具眷屬五陳光色相六明光照遠近七明大衆蒙光彼此相見八明光徧他方衆會九明光能出聲告衆十明十方之衆聞告咸來問曰何故如來面門齒間出光告衆答曰面門及齒明言音出於中故於中出光今欲答衆所疑普告十方佛土大衆來集示法答前三十七問中云何是諸佛地佛境界佛加持佛行佛力等故須口中齒間放光光者除暗義又答前云何是佛光明除現在未來衆心疑暗故口齒者吐納言音說法表告之所由也故於中出光於此光明說其二十行頌於中大意歎如來道滿利生光明出音告衆令集聞法

○第三從爾時十方世界海已下一段長行

并一偈頌是十方世界海蒙光所照皆來雲集示法分於此段中大意有十一明佛光普照二明十方衆來三明來已興供四明興供不同五明衆海影像相參六明大衆自他同異自在七明大衆毛孔出光八明光出菩薩九明菩薩同事利生十明衆生發心得果此之十事如文可知如毛孔流光衆明法界體性自在不思議自他無礙能同能異衆於中菩薩同行利生即明古今已成正覺者菩薩及行十波羅蜜海佛地佛海等舉其已成佛者悲智境界答前大衆三十七疑用成來世與今同悟身心境界自在無礙如帝網境界門如此一段以佛神力放光集衆答前所問後之一段毫光示法及菩薩偈頌答前所問於此十方來衆光明中同時發聲說二十行頌於此中大意歎佛光明道行已滿身口意耳鼻總徧周刹海滿普賢行答前三十七問如文可知

○第四從爾時世尊欲令一切菩薩大衆得如來無邊境界已下一段長行有二十八行半經（四百八十四言）於中分爲兩段　一從初十行經明光之德　二十八行半經明蓮華出現

第一從初明光之德大意有十一令衆除疑獲益二顯光出處三顯光之名四顯光之色五明光所照遠近六明光所照威動世界七光照塵中現無數佛隨根與益八光雨十種法輪雲九光明遶佛十光入佛足輪以成大衆信心明足下是初信入故說十種智佛以爲自己信心以不動智爲首　第二爾時佛前已下十八行半經明蓮華出現於此一

段文中大意有十一明華現所由二明華具十種嚴飾三明毫光出衆來坐四明勝因菩薩爲主餘者爲伴五明上首菩薩勝音之德六明諸佛與勝音之力七明勝音常見諸佛八明勝音神變自在九明勝音觀衆說頌十明正申頌意此之一段經文如來眉間毫出光明名一切菩薩光明普照耀十方藏者明是十地菩薩智滿中道教行之光又毫相中出衆菩薩有世界海微塵數上首名曰一切法勝音即是其十地滿足中道果行將此中道覺行悲智圓滿法界行門毫塵刹海無障礙法答前大衆三十七問使令現在及以未來信此十地法界因果法門行滿十方使令得益是故經云欲令一切菩薩大衆得於如來無邊境界神通力故放眉間光又光體是法界之理勝因大衆之海是其法界之行用故明從十住初心以理智萬行體用不相離也故從十信即與果行令修理智體用法合然故從果行信進又勝音菩薩坐蓮華臺諸菩薩衆坐蓮華鬚明主伴萬行明勝音一行徧一切行一切萬行是勝音一行明法界理智中圓滿無礙自在行故還如前菩薩毛孔流光出菩薩行相似體性一多重重自在無體可礙諸波羅蜜一中具十乃至無盡故緣起互爲因果主伴自在故以理智照之可見大意明法界行門一行遍一切行故同別自在十正申頌意中通勝音菩薩有十菩薩各申一段偈頌初二十行頌歎佛身克徧普現衆生前及毛孔刹土衆會無盡相入兩行一頌如文具明無煩更釋大體得大綱紀即得

經文自具此十段頌後九段總十行一段總是答前世主所問又明此會菩薩能入如來之境最下有三行經（五十一言）明都結十方世界同然一時雲集已上現神通及語答前大衆所疑竟示業及法答者如已下世界成就品蓮華藏世界品毘盧遮那品神通法業俱示若通當類總自具法業答故普賢三昧品世界成就品華藏世界品毘盧遮那品此初會六品經是以佛果勸修門

普賢三昧品第三（經在六卷）

將釋此品畧作三門分別○一釋品之名○二釋品來意○三隨文釋義

○一釋品名者理智無邊名之爲普智隨根益稱之曰賢三之云正昧之云定亦云正受爲正定不亂能受諸法憶持簡擇故名正受亦名等持爲正定能發生正慧等持諸法是故名之等持也爲普賢爲佛紹法界大智之家諸佛萬行徧周之長子以答前所問三十七問中云何一切菩薩行海出離海神通海波羅蜜海世界海等故須入定善簡衆法答前所問令衆迷解故故須入定然普賢菩薩恒無定亂以示法則故須如是又以初舉果勸修中以入定爲法則後十定品中明十地道滿起諸想念方真

○二釋品來意者明普賢菩薩常在三昧靜亂總真然敎化衆生故成法則答所問疑故爲善簡擇諸三昧出入同異相故爲善擇衆生業海果報佛行業海果報故須入定從定起已說世界成就品華藏世界品毘盧遮那品答前所問故此品須來意明初入法須加

定業以顯真門後十定品中明十地真智已終智隨一切衆生想念應根接物方是修道者應如是知

○三隨文釋義者於此一品經文中義分爲二△一科其經意△二釋三昧名

△一科其經意者此一段經有八十二行一千三百五十六言其意有十一

○一從爾時普賢菩薩已下一行半經明承佛威神入定至入於三昧止

○二此三昧以下八行半經明舉三昧名及歎三昧之德至使無斷絶止

○三如此世界已下可七行經明都舉普賢入定此界如是十方總然至藏身三昧止

○四爾時一一普賢菩薩已下有十一行半經明普賢入定諸佛現前佛力所加佛言讚歎普賢之德文海故止

○五爾時十方一切諸佛已下有七行經明諸佛與普賢十種智佛音聲至止

○六如此世界中已下可三行經明都舉十方世界中普賢一切諸佛一時同與其智法如是故即此句止

○七是時已下可六行經明諸佛以手加持摩普賢頂至所共摩頂止

○八如是一切世界海已下可兩行經都舉十方世界同然至之所摩頂止

○九爾時普賢菩薩已下九行半經明普賢從三昧起并陳三昧之名至三昧門起止

○十普賢菩薩從如是三昧門起時已下十二行半經明大衆獲益并都結與十方同然至悉亦如是止

○十一爾時十方一切世界海已下至偈頌已來有十二行半經明佛力三昧力其地微動及興供末後諸佛毛孔光明說頌歎普賢之德問曰何故前世主妙嚴品末其地六種十八相大動此品何故其地微動答曰前明如來始成正覺大衆賀佛及自皆得佛果之益其益廣大明位極行終以此其地大動此品答世主所問之疑爲成初信故其地微動於中菩薩示有疑問寄同得益皆是成其凡夫始信之心是故名爲舉果勸修生信分仍是信他佛及菩薩得然未是信自心得也第二會中金色世界不動智佛已去方明信自心得亦然也至第十二卷中諸世間主更作二十八問方明信自心是佛不動智等至文方明此經直至法界品覺城東已來菩薩及一切大衆皆是寄法同迷示行修證唯覺城人間五百童子童女優婆塞優婆夷各俱五百一萬諸龍寄位是凡表其凡夫有得入者故若無實得者佛教豈是虛行者哉聖者立樣令凡實得終不虛施應如是知應如是信不自欺誑若有人言此經非是凡夫境界是菩薩所行是人當知滅佛知見破滅正法令其正教世不流通令其世間正見不生斷滅佛種諸有智者不應如是不勸修行設行不得不失善種猶成來世積習勝緣故於此佛毛孔光明說頌中已下有兩段頌於初二十行頌明佛毛孔光明讚普賢德如文具明毛孔光是萬行光還歎普賢萬行二爾時一切諸菩薩已下有二十行頌明大衆歎普賢并請說後三品之法亦如文具明

△第二釋三昧之名者於此三昧名中義分爲三○一釋三昧名○二釋三昧體用○三歎三昧之德

○一釋三昧之名者名毘盧遮那如來藏身毘盧云光遮那云種種徧照如來是法性之體藏身是含容衆法之智明以理智種種教行之光照燭衆生之器隨根與益如經歎德中具明

○二釋三昧之體用者此三昧體者以法界根本智爲體以差別智爲大用又以法界根本智爲體隨衆生智爲用又以入三昧爲體出定爲用又以無入無出爲體又入出俱爲用又以入出俱爲體以義准之可見大要言之且以爲化衆生法則之中以入定明體後從定起顯示十種定名是用於十箇定名中總以法界無依任智性爲體此體亦名首楞嚴定與不可說一切諸三昧諸智慧門爲體如歎德中具明如經云世界海漩無不隨入者是三昧之用徹徧一切衆法之名故海者廣大義漩者甚深義明此三昧體用廣大甚深無盡諸佛菩薩及一切十方六道衆生中行皆徧故此一三昧答前三十七問總盡向前以佛神力答前三十七問中云何是佛地佛海佛眼耳鼻等今普賢三昧答前三十七問中云何菩薩行海三昧海等問爲欲明佛行菩薩行體用徹故以佛爲體普賢行海爲用以此體用該通諸法無法不盡故佛眼耳鼻舌身意爲體能徧知衆生事業爲用已下如來與普賢智明普賢智契合佛根本智二智不殊令後信者信自智佛根本智一體無

二無疑故十方諸佛手摩其頂者明接引忍可言普賢從三昧起者明定體隨根用處彼復依根獲益名起其用無盡畧舉其十以表無盡故餘義經文自具廣明意明佛根本智是定體普賢是用

世界成就品第四

今釋此品畧作三門分別○一釋品名目○二釋品來意○三隨文釋義

○一釋品名目者爲明世界海依住形相苦樂淨穢皆是衆生自業果報之所莊嚴不從他有佛菩薩世界海依大願力依自體清淨法性力依諸波羅蜜諸行海等自體清淨力依爲度衆生大慈悲智力以不思議變化力之所成就故名世界成就品

○二釋品來意者此品所來大意有五△一答前世主三十七問佛海衆生海波羅蜜海等此品示業果報示法果報答前所問故明向前是佛光明神力答此品示其佛行海眼耳鼻舌波羅蜜海徧法界海衆生業行海故三十七問一時總答令大衆海悟佛所行入普賢菩薩所行也故號佛華嚴經△二令諸現在未來始發菩提心者識佛所行及菩薩行海佛菩薩大慈悲海能普徧法界海衆生行業海而利益之令到究竟岸故既見是已而傚效之學佛行故令始發心者悲智圓滿行解不錯謬故△三令始發心菩薩知衆生業報同異差別由心造故△四令始發心者知衆生界廣大等法界虛空界如影相入重重無盡依住各別佛菩薩行悉克滿故△五令始發心菩薩知諸佛菩薩境界海衆生境

界一異不可得故隨衆生自業轉變刹海轉變故隨自業成壞刹海成壞故以衆因緣故此品須來發初蒙故若無此品初心菩薩云何知其如來攝生如來行門及以衆行業世界廣狹之相若不知者依何發心乘佛大悲普濟願行廣度以是義故如下頌云離諸謟誑心清淨常樂慈悲性歡喜志欲廣大深信人彼聞此法生欣悅安住普賢諸願地修行菩薩清淨道觀察法界虛空界此乃能知佛行處若不說衆生界法界佛界菩薩境界虛空界無二無盡如影重重依住者所有發心者設不入二乘道修菩薩行但得權教菩薩心常染淨而有限礙不入佛境界故有自佛他佛及以國刹分劑有往來所依處故如三乘中所說淨土在於他方菩薩願生其中是也說此品者意欲令初發菩提心者知衆生境界諸佛境界廣大之相重重無礙無盡之相佛及菩薩願行含覆利益纖塵無遺故此品須來

○三隨文釋義者此之一品有十一段經文

△從初一段長行一段偈頌是此品中序分

△後十段長行及十段偈頌是正說乃至華藏世界海總通此品爲世界成就品總爲正說分

△從初序分中長科爲六段

○一爾時普賢菩薩已下四行半經是普賢觀察十海分至神變海止

○二如是觀察已下可八行經明普賢告衆歎諸佛十種之智海十不可思議

○三建立演說海已下可六行經明普賢歎

佛十種身業教化不可思議

○四從勇猛調伏諸衆生海無空過者已下七行經是普賢歎佛身智二業隨轉法輪成就之衆入佛之地十不可思議

○五如是等一切法已下十八行半經明普賢乘佛神力說佛智業身業教化饒益成就衆生海之德令多菩薩一切衆生入佛境界海故至即說頌言止

○六明普賢說頌重明前法於此二十行頌中兩行爲一頌於中意有二十總答前三十七問爲頌含多義故　一明佛智慧甚深　二明佛身業隨根普應　三明佛語業普周　四明佛行多刹徧嚴　五明諸佛大悲成熟衆生　六明佛普現出興與益　七明衆生根劣隨迷　八明大心淨信堅固者堪爲

九明諸佛與力方知　十明離諂慈悲志欲深廣能入　十一明觀察法界如虚空而獲善利　十二簡修餘道者不堪普賢行人得入　十三明衆生界廣大法輪普至　十四明普賢自示身廣大　十五勸衆令覩毛孔　十六明普賢示法與衆之益　十七明普賢行願無邊　十八明普賢自歎行具十九歎法眼智眼法身智身廣大　二十歎是佛所行應諦聽此已上經文自具可知畧科眉目如是

△第二正說分中有十段經

○第一段中長行有十八行半經於中大意有六一明普賢告衆欲說其法二正說世界海有十事之法一切三世諸佛同歎三正舉世界形狀體性有十廣大無盡四正說世界

已成現成當成具十種因緣五正説由如來神力法如是等如下十事因緣是也六承佛神力説頌於此十八行頌中重頌前長行之法明衆生界廣多佛菩薩悲願含覆故以行廣大故莊嚴國土廣大以衆生業無量故菩薩行亦無量以菩薩信心廣大離垢所住國刹光明寶成清淨無垢此明淨穢同居業現各異如文可知是故經云菩薩修行諸願海普隨衆生心所欲衆生心行廣無邊菩薩國土徧十方

○第二段中爾時已下九行半經并四十四行頌明世界依住如文具明（至廣大業力之所持止）

○第三段中爾時已下有六行經并二十行頌明世界差別形由業如文具明（至毘盧遮那法如是止）

○第四段爾時已下有十三行經十行頌明世界體差別（至一切皆殊妙止）

○第五段爾時已下有十一行經二十行頌明世界莊嚴差別（至一切處中皆顯現止）

○第六段爾時已下有十行經并二十行頌明所修行方便願力故出生諸世界海莊嚴故業清淨故莊嚴清淨業垢濁故莊嚴垢濁（至國土無邊悉清淨止）

○第七段爾時已下有八行經并二十行頌明諸世界諸佛出現差別依衆生業行壽命修短佛出現不同（至一切國土皆周遍止）

○第八段爾時已下有七行經并二十行頌明世界劫住不同由業（至以一方便皆清淨止）

○第九段爾時已下有十四行經并十行頌明劫隨業轉變淨穢（至一切普清淨止）

○第十段爾時已下有十五行半經二十行頌明一切世界海如來出現無差別一一如文具明○此之一品答前三十七問意令現在未來發菩提心者識佛所行衆生業海無際如來以普賢行普濟以法性理智無礙從初發心與大願雲悲智普覆以波羅蜜海無刹不現其身無行不同其事塵毫內刹影現重重平等智身莫不隨入以法界之體而無往來法常如是令學者倣之趣求不謬此乃如大王路法爾常然更有異求偏僻不當也

大方廣佛華嚴經論卷第十五

音釋

襲音習合也　飾音釋修飾也　鬚音須毛在口下者　謬靡幼切妄言也

諂誑上丑剡切下古況切　纖音暹細微也

大方廣佛華嚴經論卷第十六

唐方山長者李通玄造

華藏世界品第五 經在第八卷至十一卷

將釋此品略作十門分別○一釋品來意○二釋品名目○三釋華藏世界海因何報得○四釋華藏世界形狀安立○五配華藏世界安立屬因○六釋華藏世界海純雜無礙○七釋華藏世界海圓攝三世業境○八釋華藏世界本空出生所緣○九明華藏世界因何得隱現自在○十隨文釋義

○一釋品來意者此品答前三十七問中佛世界海衆生海波羅蜜海等此品舉如來五位中行業因果報得答前三十七問故此品須來

○二釋品名目者爲説此佛境報得之土蓮花所持含藏一切淨穢境界皆在其中故名華藏

○三釋華藏世界因何報得者以從初信心至於八地已來恒以大智願力持令其不退菩提諸波羅蜜海教化饒益一切衆生至於八地任力無功當知風輪是大願波羅蜜所成報故衆生世間妄想業風所持如來世間以大願力智風能持諸境爲以智能隨願願能成智還以大願法身大智之所報成風輪之體若不以法身一切諸行總有爲故若無智願法身無性不能自成何況成他以此三事爲緣方堪利生不滯空有進修功熟任利無功且取初因大願爲首令持萬境總以大願智風以爲持境是故此品下文普散摩尼妙寶華以昔願力空中任如是華藏世界所

有莊嚴總是風輪上持諸境由諸福行本從願生還將本因以持諸果以此用願波羅蜜能成一切諸波羅蜜海以本因如此故因果相持今以第八及初發心時願波羅蜜中十波羅蜜以成十種風輪用持其上十種一切莊嚴以願波羅蜜互體相參能持其上諸行報得一切莊嚴如最下風輪名平等是願波羅蜜中檀波羅蜜報得故能持其上一切寶燄熾然莊嚴還是願波羅蜜中檀度門法財惠施之所報生還自相持因果相徹法不虛得因不唐捐以次准此用願波羅蜜中十度法門配之十種風輪報得因果相持故還如衆生世間妄想業風最居其下上持水際金剛地山令其安住孛象玄光以成天文運遊不墮蓮華藏體是法身隨行無依住智體之所報得及宮殿總大悲含育之所報得樓閣即是智照觀根順悲濟物之所報得其地金剛平等自性法身之所報得但是諸莊嚴中所有金剛爲莊嚴者皆法身隨行之報但是摩尼莊嚴皆法身成戒體隨行報得金剛輪圍山即是大悲戒防護之業之所報得衆華莊嚴者萬行利生開敷衆善之所報得故寶樹莊嚴者建行利生覆蔭含識之所報得如十行位中功德林等十箇菩薩下名悉同名之曰林爲行覆蔭故師子座莊嚴者即是以法身隨智建法輪報得故畧而言之且復如是廣說報業所因不可具悉夫報不虛得皆有所因若不知因云何修果是故此品之初云此華藏莊嚴世界海是毗盧遮那如來往昔於世界海微塵數佛一一佛所淨修世界

海微塵數大願之所嚴淨但云願者爲行由願成又下云普賢智地行悉成一切莊嚴從此出如香水海大慈悲業之所報得香水河是進修之行之所報得如下文殊師利常隨衆中總以名表法則見名知行如此華藏世界海見果知因不可別引餘經將來證此此經見名即知法見果即知因方可識此經之意趣餘經法相門戶多不與此經相應餘經云若諦此經云若聖諦即義有餘餘經說四諦此經說十種聖諦及十十二因緣若廣說無量差別不可卒申以是義故此配因果不可引於餘敎配此經文此經見名知行以果識因如文殊師利常隨之衆云明練十方儀式主方神除滅無明黑闇主夜神一心匪懈闡明佛日主晝神即其例矣此華藏世界報得之體大要總言大願法身大智萬行大慈大悲以此五事成滿盡法界虛空界乃至塵毫之內重重刹海中一切衆生行皆悉等利至八地任用無功自常克徧以此爲體非是滯寂自安及人天自求樂果者之所境界故亦非樂生淨土菩薩者境界故此淨土菩薩設修六波羅蜜得六神通亦未能生信故爲本不以法界根本智差別智乘發生信進修行故

○四釋華藏世界海形狀者以無盡大願風輪持大悲水生無邊行華以法性虛空能容萬境重疊無礙於其水上生一大蓮華周空法界名種種藥香幢明根本智起差別智行差別行名藥香幢於蓮華內日珠王寶上有大輪圍山經云日珠王蓮華之上者只是華

内有寶名日珠王非別有華也具寶所成林樹香水玅華開敷經自有文具陳其事其華内地金剛所成地具衆寶間錯嚴飾經自具言於其地上無數香水海衆寶爲底如經具說一一香水海外各有四天下微塵數香水河右旋圍遶從南向東以次遶之如六甲等爲右其河嚴飾經自具言於不可說香水海中一一海内各有一大世界種而住其中其世界種者同流所居名之曰種種者類也如先德釋云三千大千世界數至恒沙爲一世界海海世界數至恒沙爲一世界性性數至恒沙爲一世界種此中世界種有不可說佛刹微塵數一一香水海中各有其一世界種如經且畧舉世界種於最中心香水海名名無邊玅華光明中道至悲之玅用爲作名也

即是風輪向上種種藥香幢大蓮華之内處中香水海也此中海内出大蓮華名一切香摩尼王莊嚴有世界種於中而住名普照十方熾然寶光明此世界種上下有二十重世界各各相去佛刹微塵數此娑婆世界在第十三重中最下重中有佛刹微塵數世界周帀圍遶次上重有二佛刹塵次上重中三佛刹塵數世界周帀圍遶一重增一至最上二十重有二十佛刹微塵數世界圍遶如是周旋通中心有十一箇世界種各有二十重上下相去遠近相似此十一箇世界種外周圍至輪圍山復有一百箇世界種隨方各十於中布列直徃隨方行列而住近輪圍山周帀十箇世界種各各上下四重重數雖少上下相去極遠每第三重與此娑婆世界齊等最

上重或言相去七佛刹塵向下第二重與下相去多言十佛刹微塵數計四重世界還與中心十一箇二十重世界種高下齊等此近輪圍山十箇世界種即有四重餘九十箇世界種不言重數且畧舉世界種中心有十一箇世界種周圍有一百箇世界種共有一百一十一箇世界種如天帝網分布而住大都總數有不可說佛刹微塵數諸世界種總於種種蘂香幢大蓮華之上諸香水海各出蓮華諸世界種各各而住即於其大華之上別華而居即是第二重各別蓮華之上布列而住最下有須彌山微塵數風輪而持其上種種莊嚴及持其上重重世界猶如日月衆星以風所持處空而住餘廣者經自有文若廣引文繁恐當不見畧陳綱紀麤而言之

○五配華藏世界海安立屬因者夫果不自生從因而得經云廣大願雲周法界於一切刼化羣生普賢智地行悉成所有莊嚴從此出如經總舉不可說佛刹微塵數世界種者明普賢行攝化之境徧法界故即是座內衆眉間衆所行覺行報得之境總是都舉果行圓周之境於彼但言佛世界微塵衆對不可說佛刹微塵數於彼是畧舉數此是廣數如說普賢之行且但言萬行此是畧言意在無盡等法界行也即此二重舉果中普賢滿行即如座內衆眉間衆即此華藏莊嚴世界海不可說佛刹微塵世界種如天帝網分布在種種蘂香幢大蓮華之中是其彼果行所攝生報滿果所得之境今在經中不舉大數但舉中心十一箇世界種上下二十重重別相

去一佛刹塵最下重世界各有一佛刹塵世界周帀圍遶而住其中次上第二重中即云二佛刹世界周帀圍遶次上第三重中即言三佛刹塵數世界周帀圍遶以次向上一重加一直至最上重世界中有二十佛刹塵世界周帀圍遶此中心十一箇世界種總皆如是此明十一地行門進修攝化境界報得中心十一箇即十一地報得上下二十重漸漸增廣者明十一地行門中一地有兩重因果爲地地進修中皆一正果一向果其二十重中所有佛號皆是勝進中因果佛也所有世界是隨位中所化之境界也即明十一地進修攝化層降佛果故各隨位配之可見除此十一箇世界外周圍別舉出一百箇世界種者即明此十一地攝化十波羅蜜行徧輪圍山法界内故且隨方次第各有其十都言一百明徧不可説佛刹塵境界滿故近金剛輪圍山周圍有十箇世界種上下有四重者明十一地中四攝法徧故餘九十箇世界種不云重數者明但是十波羅蜜十中具百所攝化境故此是一箇因果竟自餘十箇四重世界配四攝法更作一配總舉中心十一箇世界種并周匝直至金剛輪圍山一百箇世界種總共有一百一十一箇世界種配十住十行十迴向十地十一地五位法各有佛因果都有一百本五位中本自有十重因果爲本五位中各有兩重因果即是十此爲本五位佛因果與五位中作進修故即如此初會五位佛果是都有一百一十更有一箇世界種爲明佛位是一徧一切中作一故若無此一

位諸位不成故又明緣生之法皆須有一故緣生之法始成如一三五七九與十作緣但置二四六八十具滿數故是圓數不可加減是佛法世間法皆相似故如一日三日五日七日九日皆一三五七九爲法者成緣生無盡一多相徹故明其一者非同時無前後中間故爲一不自一與萬法作一故爲萬法不自多爲一作多故爲成緣起法合如是一多自在無作任相成故如俗法一爲陽二爲陰陽動陰隨不可自用陰若自用即天地兩乖雲不與雨不施皆主伴陰陽動靜相順互爲主伴方成緣生兩剛即鈌兩柔即離爲不成濟故是如來出世意在利生真不隨俗故行無所設也德無所濟也即佛自佛衆生自衆生若爲利生施設法則即佛爲陽德所設教爲陰是故此經名爲圓教佛處坎之一而設教即十以坎爲師卦故是故普賢菩薩爲明設教利生因果緣起法須自在不滯緣生故舉一百一十一世界種配其五位因果有一百一十之門爲攝生報得有一箇世界種明其佛位與五位及一切諸行作多故還如眉間之衆勝音菩薩獨坐蓮華臺諸菩薩衆坐其華鬚明主伴萬行一多相即故定慧觀之可見十下作一是其士字明仁士之法法合十一今以十一箇世界安立十一地法門四重世界明十波羅蜜四攝法之方便大意舉前座内衆及眉間衆明其所行之行此華藏世界明彼行中報得依果於中雜類世界即明所攝之衆生同住一處而境各異者約法界理智真俗不殊

○六釋華藏世界純雜無礙者爲佛所行之行徧法界衆生界故既是行徧所得依果亦徧但業不相應者同住居而不見猶如靈神及諸鬼趣與人同處人不能見如經云譬如人身常有二天隨逐天常見人人不見天此經爲佛行周徧依正亦徧不同三乘推淨土於餘方而致去來自他之相爲彼小心根劣者且如是設教網故畢竟求大菩提心者還須歸此不二之門與徧周法界之行願也

○七明華藏世界圓攝三世業境者此華藏世界海明此教法一念三世故一念者爲無念也無念即無三世古今等法以明法身無念一切衆生妄念三世多劫之法不離無念之中以是義故此華藏世界所有莊嚴境界能現諸佛業衆生三世所行行業因果總現其中或過去業現未來中或未來業現過去中或過去未來業現現在中或現在業現過去未來中如百千明鏡俱懸四面前後影像互相徹故爲法界之體性無時故妄計三世之業頓現無時法中是故經言智入三世而無來往　經云佛子汝應觀剎種威神力未來諸國土如夢悉令見十方諸世界過去國土海咸於一剎中現像猶如化三世一切佛及以其國土於一剎種中一切悉觀見　論主頌曰三世無有時妄計三世法以真無妄想一念現三世三世無時者亦無有一念計著三世法總現無時中了達無時法一念成正覺

○八釋佛國本空何爲華藏世界出生所緣者緣何事意緣意有四一爲明二乘雖得解

脱三界麤業無有福智不利衆生滯於涅槃二爲三乘菩薩有樂生淨土淨相常存障法性如理染淨當情知見不普情存淨土不得自在不如此法隱現自在爲利衆生顯勝福德故即具相萬差光明顯照若令衆生情無取著如幻雲散一物便無無有所得存其繫故三爲怖一切法空衆生爲法空無相之理謂言斷見空無福智不樂觀空樂取相縛隨境存業不能解脱者所現福德依正果故令觀空法空却無明成福德業四總爲一切三乘及一切凡夫現廣大願行福智境界量度樣式令其倣學不偏執故經云諸佛國土如虚空無等無生無有相爲利衆生普嚴淨本願力故住其中

○九明華藏世界因何得隱現自在者爲從一切法空之理隨智現故得隱現自在世間龍鬼具有三毒猶能隱現何況法空空諸三毒純清淨智不能隱現自在如善財入彌勒樓閣以三昧力具見衆莊嚴從三昧起忽然不見一相都無善財白言此莊嚴何處去彌勒答言從來處去曰從何處來曰從菩薩智慧神通來依菩薩智慧神力而住無有去處亦無住處非集非常遠離一切又如幻師作諸幻事無所從來無所至去雖無來去以幻力故分明可見彼莊嚴事亦復如是無所從來亦無所去雖無來去然以慣習不可思議幻智力故及往昔大願力故如是顯現華藏世界亦復如是以如來大願智力法性自體空無性力隱現自在若隨法性萬相都無隨願智力衆相隨現隱現隨緣都無作者但以

理智法爾自具不思議功不思議變無能作者自在隱現凡夫執著用作無明執障既無智用自在順法身萬象俱寂隨智用萬象俱生隨大悲常居生死但隨理智生死恒真以此三事隱顯萬端不離一真之智化儀百變○十隨文釋義者此一品經長科爲十二段○第一爾時普賢菩薩已下長行有二十四行經幷二十行頌明歎佛往因行菩薩行修淨大願力報得風輪以持華藏世界及衆莊嚴從此出上○二爾時已下有八行半經幷二十行頌明歎蓮華之上寶輪圍山具衆嚴飾由如來神力所生咸令遍止○三爾時已下十行半經幷二十行頌歎輪圍山內平地金剛所成具足衆寶間錯其地華網莊嚴神變止○四爾時已下一十六行半經二十行頌明金剛寶地有衆香水海衆寶爲底妙香嚴岸具衆莊飾自在力止○五爾時已下十二行半經二十行頌明各各香海具衆香河其河底岸具諸嚴飾右旋遶海諸佛影止○六爾時已下十五行半經二十行頌明香河兩間平地具樹華果衆妙莊嚴芬陁利華此云百葉白蓮華悉清淨止○七爾時已下五行經二十行頌都結總歎此世界海如來無量功德莊嚴住其中止○八爾時已下三十八行經二十行頌明世界種體性形狀依住諸含識止○九爾時已下直至卷末及初都結諸世界

種於此大蓮華上分布而住并別舉此中心
華藏世界海有世界種名普照十方熾然寶
光明上下二十重世界於中大意如前已釋
第八卷尾止此
○十此第九卷經都有十箇二十重世界種
遶此中心世界種總都有十一箇二十重世
界種於中意趣前已釋畢
○第十一此第十卷中總舉一百箇世界種
圍遶中心十一箇二十重世界種布列而住
近輪圍山十箇世界種上下四重高下與此
中心十一箇世界種相似中間相去極遠自
餘九十箇世界種不云重數大數有一百一
十一箇世界種於中表意如前已釋
○十二第十卷經末一段頌都頌已前諸世
界海安住虛空或淨或穢純雜同居而不相
障皆由業力所起經文廣博不可子細科文
文句亂繁障其義趣於中義味大意前已畧
述餘之廣義經文自具不同小經小經即須
多引外文莊飾其義此大部一乘之典餘經
義與此多不相應意況與三乘全別不可例
此經典

此已上十卷經明三度舉果○一前如來始
成正覺及座內衆舉佛果行果明佛自證○
二眉間衆是舉佛中道行果與一切未信者
作成信之因○三華藏世界海明是所向前
座內衆眉間衆所行之行報得之果大意以
佛報業之果答前三十七問見果知因使後
學者如是做之行如是行願得如是果報

毘盧遮那品第六 經在十一卷

將釋此品約作三門分別○一釋品來意○

二釋品名目○三隨文釋義
○一釋品來意者前之五品以舉現世毘盧遮那佛果恐不成信何以然者謂古無舊迹今何所來以此引古證今明道不謬故又明古今諸佛三世法相似故成其信者不狐疑故
○二釋品名毘盧遮那品者此品依主得名明引古佛成今信還以佛號以爲品名毘云種種盧遮那云光明言以法身悲智設種種敎行之光破衆生之業暗故問曰古佛今佛爲一爲異答曰爲一爲異何以然者爲法身智身九十七大人之相大慈大悲智慧解脱是一各各衆生發心成佛是異又無量三世諸佛皆同一念成佛無前後際是一然亦不壞一念中見無量衆生三世刼量是異以十玄門六相義該通可解經云一切諸佛身唯是一法身一身一智慧力無畏亦然
○三隨文釋義者於此一品經中長科總有十五段經文於此十五段文中有四佛出世總名毘盧遮那一號各隨世間應緣名異非是佛名號異此經下文佛名號品一一佛皆具等法界衆生界隨緣名號世間一切名號皆是諸佛名爲如來德徧一切法故猶如虚空徧含衆法無不淨故一切衆生名入佛名號無不淨故又如有香名爲象藏因龍鬬而生燒之一丸凝停七日降金色雨露人身者悉皆金色一切名言入佛名號者悉皆清淨亦復如是如是佛名號徧一切世界名字故始名毘盧遮那以種種敎行之光徧照一切以法眼照之其長科十五段者

○一爾時已下一段八行經明普賢告衆欲說其法於此段中復分爲十一舉古佛所過之劫數二舉古世界海之名三舉世界海中別有世界之號四舉世界所依住處五舉世界周圍眷屬之數六舉世界形狀七舉世界地上莊嚴八舉世界寶樹及山輪圍重數九舉世界城邑宮殿十舉世界人飲食衣服隨念而至及舉劫名此已上但隨文自具不煩更解 種種莊嚴止

○二諸佛子已下有八行半經於中大意義分爲八一明勝音世界中香水海及舉其名二明海中有華山出現形如須彌三明山上莊嚴有十四明山上有一大樹林及舉林名五舉山上五種無量衆事莊嚴六明都舉莊嚴難紀七明山上諸城之數八明雜類衆生共居云芬陁利華者此云白蓮華也此上一段文自顯著不煩更解 於中止住止

○三諸佛子已下十九行半經明林東之城於此段中義分爲十一舉城之名二舉人王所居三舉諸城圍遶四明城體衆寶所成五明城廣狹六明城郭莊嚴悉皆崇麗七明城上下衆事莊嚴言櫓者依音義解云城上守禦曰櫓出頭前引曰敵衆飾高勝曰崇美而可觀曰麗城下遶而長坑深廣者曰壕狹者曰壍優鉢羅華者此云青色華根似藕其葉狹長近下小圓上漸尖似佛眼故其華莖無刺准歎佛中目淨修廣如青蓮即是青蓮華葉也波頭摩華此云赤蓮華其華莖有刺拘物頭華其莖有刺或曰赤白華也其華葉頭稍短未開敷時狀如郁慼然也芬陁利華者

白蓮華也實多羅樹者（或云無憂樹此之未定撿文未得也）七重圍遶法事中或一三五七九契陽數也尸羅此云清淨寶幢（已上莊嚴總爲衆寶）八明城中居人九明人得業報神通也所念皆至十明城四遶天龍乾闥婆等七種雜類諸城所居及都結城及莊嚴無量問曰此中一種是人非天龍神何得業報神通衣服飲食隨念而至又所居高勝依報寶嚴以何業故報得如是答曰爲因廣大故業報廣大爲因高勝故業報所居高勝問曰何者是因廣大高勝答曰爲於往因於此毘盧遮那法界智體用無依住門性清淨法而生信心修信解力常信自他凡聖一體同如來智無所依住無我無我所心境平等無二相故無我所故一切凡聖本唯法界無造作性無生滅性依真而住住無所住與一切諸佛衆生同一心智住性真法界所有分别是一切諸佛本不動智凡聖一真共同此智全信自心是佛種智及一切智故不於心外别有信佛之心亦不於自心之内見自心有佛相故信如斯法自力未充以此是人獲諸人中一切勝報以是信力還得毘盧遮那佛在國同居而恒出現神足通力與天同處一切諸城所居神天龍八部等皆是同緣於此法中而生信解故以此信因高勝廣大獲得如斯勝妙依正果報故（無量莊嚴止）

〇四諸佛子已下有九行經明華枝林中道場幷陳嚴飾廣大此林衆華嚴飾常有妓樂之音（周遍十方止）

〇五諸佛子已下有十二行半經明初劫中佛出現之數幷陳初佛名號及舉華枝大林

先現之瑞來道場止
○六爾時已下有九行半經明初佛蓮華中忽然出現幷陳佛身徧坐一切法界道場衆生皆見等事問曰何故此佛蓮華化現出與釋迦佛毋胎出現答曰隨根所見毋胎出現唯劣解衆生自根見爾如離世間品云爲劣解衆生毋胎出爾應大根衆生皆見蓮華出現也現身而坐止
○七爾時已下有八行經明初佛出現放光集衆幷陳光德大衆來集頭面禮足止
○八諸佛子已下有十四行經明光明大城有人王名喜見善慧王與眷屬俱集幷陳太子威光以自善根見佛光明得十種法門具如經說最下三句明威光說頌歎佛於此十行頌中歎佛之德及德與衆生益如文可知

瞻仰於法王止
○九諸佛子已下有兩行半經明威光說頌以佛神力其聲徧聞父王聞之歡喜說頌於此十一行頌中明其善慧王敕衆令集幷令辦供具往見世所尊止
○十爾時已下有三十四行半經明十王與供見佛幷陳所聞修多羅經威光獲益修多羅者此爲長行經也最下兩句明威光說偈此十行頌中明威光聞法獲益得宿命智力見佛所行往因之事幷自立願如佛所行修習菩提行止
○十一諸佛子已下有十一行經明威光菩薩以見初佛承事供養故得十種顯示如來所行法令須彌山塵數衆生發菩提心功德山須彌勝雲如來爲威光說頌歎威光之德

於此十一行頌中明功德山如來歎威光所得如佛所行廣大如文可知法界普周遍止○十二諸佛子已下有十四行半經明莊嚴劫中佛及人壽命長短初佛去世第二佛出興弁明威光見第二佛得十種利弁爲眷屬說頌此二十行頌中明威光歎佛慈悲出世難遇勸其眷屬同往佛所得自在止○十三諸佛子已下有十六行經明威光說頌其聲徧聞威光眷屬同往佛所得十種利第二佛爲威光光說頌此二十行頌中明第二如來歎威光入道得益所得之益是八地法門如經云得灌頂智慧海名無功用修極玅見成佛大功德止○十四諸佛子已下有十二行經明第二佛去世善慧王亦去世大威光受輪王位第三如來於舊道場出興於世威光見佛聞法得益第三如來說頌歎威光之德此二十二行頌明第三如來歎威光所得之法普賢菩薩一切行止○十五諸佛子已下有八行半經明第四如來於舊道場中出現大威光去世生須彌山頂爲大天王還來見佛獲益而去此一品經來文未足未有結終之處此品但明引古印今毗盧遮那出世之法古今相襲不異又明所信樂道高法勝人壽命長遠福德所居依正果勝見佛聞法所獲利益勝故還歸本處止

大方廣佛華嚴經論卷第十六

音釋

孛蒲沒切彗星也

壘音牒

熾昌志切火盛也

櫓郎古切

壕音豪城下池也

壍七艷切

蹙子六切

大方廣佛華嚴經論卷第十七

唐方山長者李通玄造

○第二會在普光明殿成十信佛果領下六品經

第二會六品經明菩薩信心門於此一會之中自有序分正說流通今從第十二卷初爾時已下有四行半經是序分已下至賢首品是正說分賢首品末有三行半經是流通分第七如來名號品從此已下至賢首品是第三長科文中以果成信信自已心是佛分於此一段之中約有六法以成信心佛果以令信者入佛果故○一佛名號品令信心者信佛名號徧一切世間名知名性離故○二四聖諦品令信心者自信一切世間苦諦即聖諦不別求故○三光明覺品令信心者自以自心光明覺照一切世間無盡大千世界總佛境界自亦同等以心隨光一一照之心境合一內外見亡初三千大千世界已次還以東方爲首光至東方十三千大千世界照百三千大千世界如是十方十重倍倍周廻十方圓照身心一性無礙徧周同佛境界一一作意如是觀察然後以無作方便定印之入十住初心生如來智慧家爲如來智慧法王之眞子一如光明所照如經具明不可作佛光明自無其分須當自以心光如佛光開覺其心圓照法界○四問明品令信心者所信之法門○五淨行品令信心者所信菩薩初發心時皆發大願爲首又令信心者便廻無始妄念以成智海無生滅性○六賢首品令信心者信佛神力通化無邊得大自在及信心之福　信此六法名爲賢首以此六法觀

行相應名爲信心皆以不動智佛等十智如來是自心之果以不動智爲體餘智爲用至下方明文殊師利覺首目首十首菩薩等是修行信心者之身此品已下至首賢品已來六品經是長科一部經中第三以果成信門也爲明初會是舉佛果勸修信諸佛所得此第二會一會以果成信信自心是佛與果佛不異故至文方明前之已成佛果將用勸修此舉佛名號果勸修十方世界無有一名非佛名者名體性自解脫故但隨衆生所聞不同故此明佛名號徧周即明於一切名無所著故

佛名號品第七 經在十二卷

釋此品作三門○一釋品來意○二釋品名目○三隨文釋義

○一釋品來意者明前之初會但明如來成等正覺之身及智攝生未明如來名號攝生廣狹今此第二會普光明殿方明佛果名號攝生故此品須來又爲舉佛果名令生信解故此品須來前會明身智徧周此會明名身及智俱徧周故初會世主雖問未有其答此品答前所問使令生後信者之心令使信佛名身及智普徧法界應機利物照俗破迷故成普光明殿約德明殿約殿各德故此品須來

於此佛名號中約有五緣以成佛號△一以法界自體根本智緣以成佛號△二約如來示成正覺約自德緣以成佛號△三約如來利生方便緣約位進修以成佛號△四明如來以一切衆生隨根所樂緣以成佛號△五

約法界體用平等緣一切諸法總名佛號

△一以法界自體根本智以成佛號者如下不動智佛無礙智佛滅闇智佛如是十智佛號是也以此法界根本智上以施十種之名以成十種信力至位方明廣意大意令衆生達自根本無明本唯如來根本大智令諸衆生頓識本故頓作佛故

△二約如來示成正覺自德成號者即十方諸佛示成正覺共同十號所謂如來應供正徧知是又毘盧遮那是總名是大智光明照耀種種諸法及種種衆生故故毘云種種盧遮那云徧照

△三明如來利生方便約位進修緣以成佛號者即如下舉十箇根本不動智佛以成十信舉十箇月佛下名悉同號之爲月以成十住明創契法身本智心得清涼爲明此位菩薩契理惑亡得法性智清涼故約自得益之法以成佛號十行位中以十箇眼佛下名悉同號之爲眼爲明十行以智知根利生攝益故佛號爲眼以善知根性故皆是約自得益立名爲佛十迴向中以十箇妙佛上名悉同號之爲妙爲明十迴向位中菩薩進修漸熟妙智現前故佛號爲妙十地同妙已上以明從十信中自信自心分別之智與一切諸佛根本不動智佛本來是一以成信心心外見法不成信心也從此信已下以三昧力契理會源名爲十住佛號爲月皆是約修行之人所得之法以成佛號安立五位五十箇佛名五十箇因五十箇果爲當位具因果故成一百重因果爲根本五位中本有五因五果成

一百一十重因果法門不異法界體不異十信中所信之法根本不動智佛以爲諸位進修且約如是廣意至下本位廣明是名隨位進修以成佛號

△四明如來以一切衆生隨根所樂以成佛號者即以對現色身等衆生界爲佛爲天爲神爲主爲人爲仙徧衆生界令諸衆生不作惡者總是不可以自凡情所測也總是佛名號徧周

△五明法界體用平等一切諸法總名佛號者爲一切諸法及以名言自體性離故一切法自體性離即法界性法界性即佛號故是故一切法及名言皆是佛號故爲如來稱此一切法自性離之法以成佛故欲廣引經文證義爲此教文弘廣言繁翳本作業者難解但依此經上下自相契會作業者易解故如三乘中亦說根本智後得智今欲令三乘人廻心指此金色世界不動智佛令使直認是自心能分別智本無所動文殊師利即是自心善簡擇無相妙慧覺首目首等菩薩即是自心隨信解中所見之理智如是三乘之人未廻心者定當不信何以故爲立三阿僧祇刼後當得佛故爲直認自身及心總是凡夫但信佛有不動智等不自信自心是根本不動智佛與佛無異以是義故不成此教法界乘中以根本智爲信心此經信心應當如是直信自心分別之性是法界性中根本不動智佛金色世界是自心無染之理文殊師利是自心善簡擇妙慧覺首目首等菩薩是隨信心中理智現前以信因中契諸佛果法分

毫不謬方成信心從此信已以定慧進修經歷十住十行十廻向十地十一地日月歲刼時分無遷法界如本不動智佛如舊而成一切種智海敎化衆生因果不遷時刼不改方成信也若立僧祇定實身是凡夫凡聖二途時刼移改心外有佛不成信心

○二釋品名目者如是已上有此五種佛名號不同問曰名之與號何異答曰有二同别何者爲二約父母所生幼稚無德且作字呼之爲名有德即約德立名其名可尊稱之爲號名即下人不得呼稱其號即下人得呼稱之故雖有德無德之異亦總屬名收爲名言所攝故若約此經佛號總是約法約德立名不同世俗也

○三隨文釋義者於此段中義分爲二△一長科三十二品經意第三禪中說十一地一品未來△二科當品經意

△一長科三十二品者從此如來名號品第二會世主起問二十八問已下直至向後如來出現品是世主所問一終因果所答總有三十二品經是答二十八問故以從普光明智法界佛果報居之殿舉佛果名號幷舉佛果所行敎化衆生四聖諦法門幷舉法界根本智體佛號不動智佛以成信修直至彼如來出現品三十二品經是信進修行之一終因果之極也明此普光明智殿佛果至如來出現品此信進修行因果不二故又明此始成正覺果德之上起信心修行至後如來出現品中明法界無時可隔故以明法界體中凡夫妄見見無量刼始起信進修行者依眞

起行以爲進修經歷 五位行門無時可移故若未起信進修行時 常謂已前諸佛先已成佛經無量劫及其以正信力便見十方無量劫已成佛者而自身與彼先成佛者一時成佛無先後故以是義故如來始成正覺時如今凡夫始發菩提心起行進修自行已滿畢竟不離如來初成正覺初出現時爲無情量依本法界本無時故是故經言發心畢竟二不別者爲法界性無三世別故以三世時無別以無時故無別以智無別故無別爲不異不動智佛體故妙慧用無別不異文殊善簡擇妙慧故行無別爲從初發心不異十波羅蜜行普賢行而爲修行故大悲無別常敎化故大願無別不捨衆生故四攝無別四無量心無別故三十七道品無別以此十種無別故云發心畢竟二不別是故發心先心難爲明入此十種信解者難故若心外信有他佛得道我是凡夫者即世間人情量是此乃不論信進修行直是生死長流常隨見網何大苦哉以此如今第二會及初會明始成正覺如來出現後三十二品又著如來出現品明始終信進修行者與三世佛一時出現明法界總一時故如持寶鏡普臨衆像頓照顯現無前後時故明於法界根本佛智境界中頓現衆法不可將情量度量作前後解故一依彌勒樓閣中境界初會中始成正覺佛是舉果勸修佛出現品中佛是明諸菩薩進修五位因果行終佛與信位中不動智佛相對故問曰何故諸品諸菩薩說唯阿僧祇品隨好品是佛自說答曰如菩薩加行如五位煩惱

無明以如來位中不思議菩薩衆寄成五位菩薩當位自彰次第法門即如十慧十林十幢十藏等菩薩是如佛位之内迷法無明如來自說如此阿僧祇品隨好品是佛位之内無明至佛位内方決此二迷是故無明住地佛位方終如勝鬘經說一分教網三乘相似唯不許二乘及淨土菩薩斷得根本無明爲不了無明是根本智故以此一乘教以不動智佛爲信心以此所有修行證照衆法不同此經故此教明當念初心畢竟心總盡以法界中無三世故三乘定滿僧祇又三賢十聖進修路别地上加行地前四資糧等佛果定滿僧祇 如前已明以此經十住即見道加行資糧一時何以故以法界大智用資其行令行無染以行資糧法界智體便慣習令熟爲明從凡創見如來理智性故又此五位中修行位位各有佛果隨位慣習處安立名别三乘教中前位向後位但有菩薩果非佛果故後至位廣明此法界法門說之經無量劫不延說之一刹那中亦不促唯迷之者妄作長短延促之解即不稱應眞之心自此如來名號品已去直至如來出現品總有三十二品經是十信十住十行十廻向十地十一地進修因果以初即後以後即初不二之位故如大王路其法常爾非故新體也如文殊師利頌云一念普觀無量劫無去無來亦無住如是了知三世事超諸方便成十力

(乚)二科當品者於當品中長科爲四

○一從爾時世尊已下有八行半經明歎德集衆分文分爲二 一歎如來德 二歎菩

薩大衆德　從初歎如來德中爾時已下兩行經是序分叙前初得菩提處并普光明殿意明二處不異爲不移本處道場而身徧坐一切處故爲菩提場體是法界體故爲普光明殿是法界報居所都故法報二體性相一眞本末因果本無異故由斯道理故重叙古人釋云由相近故故須重叙者經意不然又云見佛露居龍造普光明殿此義亦不然設有此事是三乘之說又云菩提場在熈連河邊與普光明殿相去三里在菩提場東南明菩提場是阿蘭若得道之處普光明殿是報居之宅此一部之經前後通法界品五度重有爾時佛在者意明居處是法界如來身及宮殿莊嚴總是法界性相根本智不二故五度叙意前會已述　從妙悟已滿下至普見三世於中有兩行半經是正歎佛德妙悟已滿明十智徧周自在故二行永絶者有爲無爲二行盡故達無相法取捨盡故住於佛住者過現未來三世諸佛共住法界大智大悲故又如來及十方三世諸佛住五種徧周一示成正覺徧周如初會菩提場是也二依報正報莊嚴及名號徧周即第二會普光明殿是也三定體徧周即十定品是也四普賢行教徧周即離世間品是也五法界圓滿無礙不思議智用徧周即法界品是也以此五種諸佛徧周故名住佛所住也是故以此義故於此一部之經安立五度爾時佛在摩竭國唯法界品少異明重重徧周不離一處一菩提體一法界一根本智一時無前後故經文恐失其意五度重叙令後學者不迷其事故

明此五徧周總明一際無前後於一剎那際無二念說四十九年中所轉法輪兜率天猶未下母胎猶未出已入涅槃不離佛平等者理事無二故到無障處不可轉法者明佛常處生死不爲業遷故又能轉不遷之法也所行無礙者明佛於生死中皆能同事眞俗不礙故立不思議者歎佛道滿行終總無功用任運利生以智自在非思想意識可度量故普見三世者智眼圓滿故非三世中見三世衆生事也　從與十佛剎微塵數諸菩薩俱已下至過現未來於中可有四行經歎菩薩德與十佛剎塵數諸菩薩俱者明徒衆圓滿徧法界海故俱者同時而至無去來故莫不皆是一生補處者皆十地菩薩故爲十地經等覺位中普賢位熟道滿功終方登佛果故

名一生也如瓔珞本業經說又從初發心住亦名一生菩薩以初見性現根本智不見有生前後際故名爲一生瓔珞經云三賢菩薩法流水中任運至佛悉從他方而共來集者言他方共來集簡非舊衆皆是不來而到不去而徧又明前會舉果勸修信他佛果今此第二會明以他佛果解行成其自心信證之道名從他方而共來集爲從前信佛果中來皆一生補處者明於初會信解生至於此會信滿入位便成佛故如龍女善財等由是義故爲他方來皆是一生之衆此乃即是表入法之言從他方來也迷名他方悟名曰來普善觀察諸衆生界法界世界涅槃界已下此三行經歎所來衆善觀此三種世界無二性故亦知衆生隨煩惱業亦知菩薩隨位煩惱

行業等事故餘如經說
○第二大衆請法分時諸菩薩作是思惟已下十四行半經於中有三十二問義分爲二一初有四問問四種佛刹　二成就大菩提心　引十方諸佛勸說已下有二十八問通問菩薩住地佛眼耳等如是等三十二問直至如來出現品是答如經具明問曰初會中世主所問與此義多相似但廣畧不同何故此第二會還復再問如上之問答曰前會是世主問舉佛果勸修信佛所得此會是自信自身自心是佛及入位修行故須再問前會是普賢入定舉果此會即明文殊生起入信之初即明凡夫始信爲彰信心麤故不入定說十住已去始明當位菩薩入定始說以是義故前問雖義理少同應緣差別故異前會信他佛得此會自入信修行也古人說前會是請此會是問其義不然前後總是其請當請是問故但爲勸修與自入法事少殊如前會舉如來修行道滿及過去諸佛已成道者行滿之果此第二會舉十方諸佛根本之智凡聖共有之果即一切處金色世界一切處不動智佛十智佛等是也明一切諸佛衆生共有此不動智金色是理法性身也爲信心生滅故言色也以十色世界表之即是此會所問四種佛刹中　一佛住佛刹即一切諸佛及以一切衆生共所住故爲一切凡聖根本之智舉令一切衆生信自心是佛所住智故一切諸佛從此信生一切凡夫亦從此起　二莊嚴佛法性佛刹者即如十住十行十迴向十地十一地隨位各有十箇佛號是

也因此自心根本智起信進修行隨位隨行諸波羅蜜莊嚴以莊嚴法身智身令成熟故以法身智身用嚴萬行令行無著故名莊嚴佛法性佛刹　三清淨佛所説法佛刹者如來示成正覺轉法輪是　四體性佛威德佛刹者神通應現隨根出世者是明後二佛刹從前二佛刹起信修行成熟故得以此義故應知十方諸佛共此一道而得出生故應如是知應如是信解即得信解成就一如諸佛所信故得是信者如賢首品説勝以手擎三千大千世界住於空中經過一劫明其難信故亦勝供養十方世界塵數諸佛經由一劫功德不如如是信心如已下二十八問經自具答義隱難明者釋之義顯者如文可知此三十二問中有問十通十頂經中但有十通十忍不見頂名剩其十忍少其十頂願佛世尊亦爲我諸菩薩説此兩句經請自此已下如來以神力舉法顯答

○第三爾時世尊知諸菩薩心之所念已下四十一行經明如來神通現法分於此分中義分爲二　一明隨類現法　二明約初信心　第一隨類現法中有二一隨五位之中菩薩之類各現十種佛位十住十行十迴向十地十一地中各有隨位佛果名號是二隨一切國刹一切衆生之類各現名號不同如下文殊師利所説佛號者是　第二約信心者即此當品及通一部總爲信心於此信心總信五位中因果心無滯礙方可以行修行如有教説譬如有人過五百由旬嶮道先知通塞然後行往喻如十信菩薩於信心之中

先知五位進修通塞預以願行防之以信自心分別之性本是一切諸佛不動智體用防邪見外取他境故以隨位妄識散動障真智故以禪波羅蜜防之以隨位第八住第八行第八迴向第八地智增滯寂障真無作大悲故以一百四十大願防之以樂生死障真智故以四念處觀等三十七助菩提分法防之及十四諦觀及十十二緣生觀防之以十波羅蜜利益衆生恐不弘廣故以四攝四無量法防之以求自樂果教化衆生不周廣故起十迴向加以大願大慈大悲不捨一切惡道地獄人天徧生其處以防自樂違菩提心有所得故以是義故十信之心總通五位悉皆成信若自信徹趣求無法不達若也疑心不除豈成信也如此品舉佛果門至賢首品舉佛神通及佛所行行業使初信心者信徹故始名信心今此一部之經頓舉五位因果諸佛果門總成信也從總信已入位修行方始不迷理智如人造食五味一時頓熟方始食之從初食時五味同食乃至食竟其味不離五也明五位因果十信總明時亦不移本末爲信三世一際故畢竟佛果不離初信之法如依樣畫像等喻可知

◎於此神通示法門中總有四十一行經長科爲十一段（至上方結跏趺坐止）

○第一爾時世尊知諸菩薩已下一行半經明如來知衆所念以神通現法（此第一段）

○第二東方過十佛刹塵已下三十九行半經總明十方菩薩來集十方自有分劑不煩更科（此下十段）

△於此十方菩薩來衆之中義分爲十△一舉佛刹方面△二舉佛刹遠近△三舉世界名色△四舉佛名號△五舉上首菩薩之名△六明大衆之數△七明大衆來已致敬△八明隨方化座△九明座之名目△十明大衆昇座而坐

△一舉佛方面者在東方東方者爲震卦爲春生爲初明爲長男爲頭爲首爲青龍爲吉慶爲震動明法事作業動用之初故道俗通以用之故先舉東方爲首故方者法也但取方法之義動用之始非如世所見執東西南北可得之方一切處東方一切處南方但取其法故餘准此

△二舉佛刹遠近者過東方十佛刹微塵數世界之外此有四義一明十爲圓數爲明遠近無盡二明令信心者知佛境廣大令自心弘博三明佛境徧周如鏡中像互參無礙四明未起信心者以十佛刹塵況喻處迷十無明未達自障佛境界而不現前故舉塵表迷故如涅槃經云釋迦淨土過西方三十二恒河沙世界之外總是表法之數如會釋已述此云十佛刹微塵世界之外來者明隔十無明十無明中一一無明有無量正使業習主伴相熏煩惱過於世界塵數莫知涯際能障智境故言十佛刹微塵數世界外也來者明從迷入信故號爲來言彼世界中有佛號不動智者爲明不動智佛是十方凡聖共有根本之智明於此智能起信心故號之爲來此不動智佛一切衆生常自有之若取相隨迷即塵障無盡若一念覺迷達相即淨若虛空

但爲隨迷稱外悟處言來而實佛刹本無遠近内外等障亦無去來無邊佛刹不出毛孔微塵之表令致遠近意令初信心者心廣大故言其從彼世界中來又明從迷入悟故言爲來也有佛號不動智者明是信者自根本智故由有此智故一切衆生而能發菩提心故以根本智體能了迷性超信解故超彼迷境稱之曰來如起信論云不思議業相者以依智淨能作一切勝妙境界所謂無量功德之相常無斷絶隨衆生根自然相應種種而見得利益故又云依本覺上而起不覺故又云依於智故生其苦樂如起信論廣明意明一切衆生迷根本智而有世間苦樂法故爲智無性故隨緣不覺苦樂業生爲智無性故爲苦所纏方能自覺根本無性衆緣無性萬法自寂若不覺苦時以無性故總不自知有性無性如人因地而倒因地而起一切衆生因自心根本智而倒因自心根本智而起以是義故如來於此一乘之經頓彰本法爲金色世界明法身白淨無染頓彰本智號不動智佛頓彰文殊師利是自心妙擇之慧餘九箇世界九箇智佛九箇菩薩是隨自心信解修行位上進修增勝法身智身隨行異名故從斯自心本不動智佛自覺之上見道入位起十住十行十廻向十地十一地加行進修法身智身大願大慈大悲四攝四無量十波羅蜜三十七助道分法從初發心根本法身本不動智體上用資萬行悲願叅融互爲資熟法身資行使令無染行資法身使令純熟五位中各各立十箇佛果十箇菩薩明隨位

進修中約自行所得處佛果菩薩行果立名故非他佛號非他菩薩而立其名隨智佛果隨其行果五位之上因果各有五十共爲一百通本五位有五箇因果共爲一百一十城之法門故此答前菩薩問四種佛刹中佛住佛刹莊嚴法性清淨佛刹從此二佛刹上得示成正覺佛刹神通自在佛威德佛刹是故前會世主所問是他毘盧遮那佛得自在之因果此第二會菩薩所問是自修行者佛刹菩薩行之因果從是已後直至如來出現品是五位勝進菩薩加行自力一終之位明此品是信心進趣之因果至出現品是修行位極之因果已上於自心根本佛智上而生信進修行故此不動智是一切諸佛一切衆生之地以此智故而作衆生以此智故而成正覺以此智故隨迷作衆生時於六道中隨天上人間及惡道中皆有隨衆生依正之果報也隨業麤細不同以此智故隨覺悟時成就三乘及法界圓滿一乘佛果依正妙報若無此智元是虛空亦非衆生亦非諸佛故問曰一切衆生本有不動智何故不自應眞常淨何故隨染答曰一切衆生以此智故而生三界者爲智無性不能自知是智非智善惡苦樂等法爲智體無性但隨緣現如空谷響應物成音無性之智但應緣分別以分別故癡愛隨起因癡愛故即我所病生有我所故自他執業便起因執取故號曰末那以末那執取故名之爲識因識種子生死相續以生死故衆苦無量以苦無量方求不苦之道迷不知苦者不能發心知苦求眞者還是本智會

苦緣故方能知苦不會苦緣不能知苦知苦緣故方能發心求無上道有種性菩薩以宿世先巳知苦發心信解種强者雖受人天樂果亦能發心求無上道是故因智隨迷因智隨悟是故如人因地而倒因地而起正隨迷時名之爲識正隨悟時名之爲智在纒名識在覺名智識之與智本無自名但隨迷悟而立其名故不可計常計斷名也此智之與識但隨迷悟立名若覓始終如空中求迹如影中求人如身中求我依住所在終不可得故新長短處所之相也如此無明及智無有始終若得菩提時無明不滅何以故爲本無故更無有滅若隨無明時不動智亦不滅爲本無故亦更無有滅但爲隨色聲香所取緣名爲無明但爲知苦發心緣名之爲智但隨緣名之爲有故體無本末也如空谷響思之可見

大方廣佛華嚴經論卷第十七

音釋

翳於計切障也　促千玉切近也短也　瓔珞上音櫻下音落頸飾

大方廣佛華嚴經論卷第十八

唐方山長者李通玄造

△三舉世界名色者世界名金色爲明金體白淨無染舉之況喻法身無性體無垢染故如世間西方金爲白色也體白色黃明應眞菩薩內契白法外現黃相黃色者是應眞之氣許父云五色之中黃色爲最人面如黃瓜色內有賢行經云應眞菩薩皆眞金色又明金色世界者明信心之位雖信自身心是法身智身白淨本來無染爲信是生滅有漏心故是色心也舉東方爲首者明東方是初明爲萬物發生震動之首故取之表法況喻十信之初首也在方無方但舉其法以況其理表其體用故如牛王龍王等況佛德也問曰以東方表法況喻十信初首者如金位在西方何故東方爲金色世界以表法身爲金色顯根本智爲不動智答曰此問甚彰道理如經所說以信心爲胎至十住之位名初生佛家今以東方爲金色世界者明金正月胞二月胎三月成形四月生於巳五月養於午六月冠帶於未七月相八月王明十信如胎故以東方金胎表之以次南西北方四維上下表十信心進修增勝故以託事況之令易解故如此品文殊師利云世尊昔爲菩薩時以種種談論方便及地位等而得成就亦令衆生如是知見而爲說法後諸學者以智觀察皆是說此方隅以表法故當知藉網求魚魚非網也若無網者亦不可得魚故以義思之至理方成信也又經云一切處金色世界一切處不動智佛一切處文殊師利者明法徧

一切法一切衆生身心故總不動智佛總文殊師利故應如是知如是信解也明金色世界是信心者所信之理以爲世界之名亦是因此信故還當報得所生無染所居無著即如西方蓮華色世界是其義如金色世界此是舉十信初因如南方妙色世界西方蓮華色世界等是十信進修之勝用故此中有十因十果故十果者十智佛是十因者文殊師利覺首等十菩薩是修行之因因中得益即因中之果即不動智等十箇智佛是十箇世界是所修之法門

△四舉佛名號者佛號不動智佛者此明一切諸佛一切衆生根本智體今先舉之以成初信此明答前佛住佛刹餘九箇智佛總是從此根本不動智上進修之名非是他有十方諸佛皆同此名號之迹而起信進修行經歷五位得示成正覺佛刹及佛威德佛刹威德佛刹者如來神通是也餘意如前已述

△五舉上首菩薩之名者名文殊師利即是十方諸佛無性之中擇法妙慧一切諸佛皆從此慧簡擇正邪而成正覺故號文殊爲十方一切諸佛之師亦云佛母明一切諸佛從此妙慧生故若無此慧設修解脫但得二乘及生淨土菩薩非是乘如來乘而成正覺是故乘此不動智體文殊妙慧法身妙理大智從信心上而經歷五位不離不動智佛文殊妙慧而成正覺故號爲乘如來乘不思議乘最勝乘無上乘而成正覺故亦號文殊師利爲小男爲童子明一切諸佛從此妙慧善知正法而初生佛家故故號爲童子菩薩如來

去世文殊師利猶在世間後當化緣已畢於香山頂上示入涅槃此是三乘教說此經云一切處文殊師利即明一切處衆生等共有之今於此經信心之首舉其名號明信心者信自心妙擇之慧一同於此不移古跡此是一切諸佛及以衆生根本妙慧凡聖等有更無異性如大王路法則常然今所是諸經但有文殊爲問答之首者皆明法身妙慧之門以普賢爲問答之首者皆明妙智之萬行體用如是二士是一切諸佛理智妙用萬行之門依其法門立其名號現身成佛以利衆生故一切衆生發心之者皆悉同修皆悉自有自利利他之行以爲常範今於教中推在東北方清涼山文殊師利并一萬菩薩於中住者有三義一令此界一切衆生忻心有趣善根不絶二明菩薩常住世間三明隨方顯法示法易解故前二門可知第三隨方顯法者明東北方者取此閻浮一境東北方此清涼山是也經推在震旦國亦曰支提那國此云思惟以其國人多所思慮多所計度故以立其名即是今漢國也表法明東北是艮卦艮爲小男爲童蒙丑寅之間是初明故像文殊師利菩薩常以發起凡夫入正信及初見道之童蒙令妙慧明生故又如登山之頂至相盡處故明如初入正信者創信諸法空故能信法空妙慧生故以丑如初信以寅如初證見道故卯辰巳爲進修午爲中道未申酉戌亥以爲同事利生子爲師位以坎卦爲君爲師處愚立範制法利生故是故爲北方爲君爲師尊者所居以明德而治故

△六明大衆之數者有十佛刹微塵數爲明身行徧故一佛刹塵尚自周徧何況十佛刹塵明身行無盡重重之徧故

△七明大衆來已致敬者明師弟法則敬順之儀

△八明隨方化座還在東方

△九明座之名目者名蓮華藏師子之座於此分中義分爲三一蓮華是無染義此依法依行之報得也以法身之行性無染世間故能開敷理智之果轉明淨故明因果相資令純熟故明開敷菡萏莊嚴事法有可觀故以此法行之華感招此報蓮華爲座二藏者含藏義爲明以法身理智處世隨行利生普含衆法饒益一切招多功德名之爲藏三名師子者依主得名也爲以法性大智無生滅身處世間利人生死無畏又以正智光明辯才無畏乃至無五怖畏等如師子也

△十明大衆昇座而坐其座以法界爲座體明以從無契法界體故以爲信進修行方成信故此是一切十方諸佛果座也明初信心頓信佛果以爲自行所行法故方成信也於此段中復分爲二一明座廣狹二明菩薩云何安座一明座廣狹者如法界品云其師子座包含法界等如文具明大意以心性無依無定亂體以爲座體故二明菩薩如何安座者云結跏趺坐以會世間衆緣爲一法界名之爲結以一法而稱多緣名之爲跏又結跏趺坐者是安靜不動威儀之相故此位主檀波羅蜜中十波羅蜜

○第二南方已下可四行經於此段中義分

爲十　一舉佛刹方面　二舉佛刹遠近　三舉世界名色　四舉佛名號　五舉上首菩薩之名　六明大衆之數　七明大衆來已致敬　八明隨方化座　九明座之名目　十明大衆昇座而坐　一舉佛刹方面者如經云南方表法中南爲正爲日爲明爲虛無爲离中虛故即明爲像十信進修了諸法虛無漸增明也是故文殊覺毋啓蒙令信即逐根於覺城之東善財入道進修即南巡諸友表其南方爲正爲日爲明爲虛無之理是故禮佛皆云南無明南方虛無也但虛無之理是南方之義是一切處南方但創首生信即是一切處東方義也是故四諦東西配苦集南北配滅道然法無方所化衆生解起信不爾即法性難明　如此品下文云世尊爲菩薩時以種種談論種種語言乃至種種信解等而得成熟亦令衆生如是知見而爲說法具如經說又南無者爲明正順爲正順虛無之理故號南無某甲佛者即是了虛無之智人故稱南無某甲佛　二舉佛刹遠近者云十佛刹微塵數義如前釋迷云外入法云來也　三舉世界名色者名妙色爲第二信心漸增妙故勝前信心故爲達法虛無即法自妙故　四佛號無礙智者明以不動智體進修信心增明智即無礙總明自心信位之佛也非他佛故佛心衆生心自心總爲一心一性一法界一智慧始成信故　五舉上首菩薩名者名爲覺首爲明以文殊妙慧簡正邪能自覺故亦於自所覺法能覺他故此位菩薩所覺何法於此位中其覺有三一覺自

身心本是法界白淨無染如前金色世界是二覺自身心分別之性本無能所本來是不動智佛三覺自心善簡擇正邪妙慧是文殊師利於信心之初覺此三法名爲覺首即明是信心之中善覺之行名爲覺首菩薩總須自認是自所行之法門方成信故信他而有自無其分不名信故　六明大衆之數者有十佛刹微塵義如初釋　七明大衆來已致敬可知　八明隨方化座如前可知　九明座之名目名蓮華藏師子之座爲明入信成就得於生死之中能無畏故依主得名故餘義如前　十明大衆昇座而坐者義如前釋此位主戒波羅蜜爲主餘九爲伴

○第三西方過十佛刹微塵數已下可四行經於中十法如前　一舉佛刹方面者是西方　二舉佛刹遠近義如初釋　三舉世界名色者名蓮華色爲明十信位中進修漸勝心如蓮華無染故言蓮華色者蓮華有四色明信心於此四色無所染故又明信心菩薩以色心觀空無性道理對治不染故名蓮華色也　四舉佛名號者佛號滅暗智爲明西方爲金爲白虎爲殺害爲昏暗爲不祥爲苦諦故佛號滅暗智明信位進修智增勝故能破自他暗故　五舉菩薩上首名者名曰財首爲明信位增勝有法財利物故即第三信中自行利衆生之名也佛號即是自覺之智菩薩即是自智之行總明覺行俱進餘門如初已釋可知此主忍波羅蜜中十波羅蜜

○第四北方過十佛刹微塵數世界已下可四行經十門如上　一舉佛刹方面者是北

方　二舉佛刹遠近其義如前　三舉世界名色者名薝蔔華色此華黄色也爲明第四信心增勝開敷感果得中和之色也黄色是五色中最上之色黄者中宫之色爲福慶之氣明内心白淨外現黄相經云應眞菩薩皆眞金色明此信心適悦恬和白淨無染福應和氣開敷道果名爲世界故世界爲薝蔔華色　四舉佛名號者佛號威儀智爲明北方坎爲師爲君像君有德處黒位而接凡故爲師也佛號威儀智者明第四信心增勝以爲軌範接引凡愚明威儀智以智庠序爲師之貌故　五舉上首菩薩名者名爲寶首明爲師範以法寶利生故故爲名也餘義如前此位主精進門中十波羅蜜

○第五東北方已下可四行經於中分爲十法如前　一舉其方面者云東北方爲艮卦爲小男爲童蒙爲剏明爲清朝　二舉佛刹遠近義如初釋　三舉世界名色者名優鉢羅華色此是青蓮華像此第五信心清潔色香無染開敷感果故如艮位處清朝也　四舉佛名號者佛號明相智像此第五信心增勝如艮位處清朝明相現故以所自信上而標佛號非他佛也　五舉上首菩薩名者名爲功德首前位明寶首即法寶利生此位即自利利生之功德也餘義如前此位主禪門中十波羅蜜以艮爲止故

○第六東南方已下可四行經於中十義如前　一舉佛方面者是東南方也是巽卦巽爲風爲教在事爲方在人爲説像君子設教利人易有明著君子設教啓蒙順之如草上

加風是順義也如觀卦是易曰風行地上可以觀像君子有德設政敎衆人信順如草上加風無不順故巽爲衆爲信順故又四大之中風力爲最天地賴之而持人賴之而生日月賴之運行又明風能簡穢擇淨義故故爲敎也爲敎能簡非擇是敎愚蒙故是故巽卦位在東南文辰持丑丑爲艮位艮爲小男爲童蒙爲明巽爲風敎化童蒙令發明故如來之法辰巳之間爲齋戒故辰巳之間上值角宿角爲天門主爲僧尼道士是衆善之門明智慧言說是衆善門故故此義無量難爲具說且約畧而言之也後有智者以法審之詳之思之義唯深細故　二舉佛刹遠近義如前說　三舉世界名色者世界名金色爲明最初第一信心明始信如胎故以東方金胎之位表初信解令以進修至第六信位明信心轉轉增勝故故以金生於巳以像之信心更增明白淨生故此東南方金色世界像四月金生於巳表信心增明白淨轉勝善簡擇衆法能說敎故風化行故以此表智慧門也

四舉佛名號者佛號究竟智明信心增進善能以敎簡擇正邪至究竟智又以巽爲風在事成方方猶法也在聖善簡擇成白淨之理在言成說在化成敎在凡成愚在智成慧成离之德爲赤爲文章成兌之德爲金初生爲白淨兌爲金爲口爲口能說白淨究竟之理故故佛號爲究竟智佛　五舉上首菩薩名者名爲目首明以第六信心增勝善簡正邪其道明著正見不惑名爲目首像其巽卦位在東南文辰在丑其位是風上值箕宿明

箕爲風簡擇義也又箕爲寅位主初明也明此第六信心主般若波羅蜜以決定智慧善簡正邪令自他勝慧明生故故名目首目者善見簡擇分明義也餘義如上此東南方明吉凶定正邪之際至午萬事畢午爲常明法門善財童子南行詢友爲法虛無無作常明之道是不爲之妙用也是故君臣師弟父子之儀臣南君北正治正明無爲無作常然之道爲南方离离中虛爲虛無爲日爲明在身爲眼目爲心也是故周易云离法心故然法無住處法無所得法非眼耳鼻舌身心亦不離也今如來以方隅而顯法令啓蒙者易解故若不如是彰表令生信者啓蒙何託有言之法皆是託事以顯像故唯得意者法像俱眞也言嘿皆契此位主慧波羅蜜爲主餘九爲伴

○第七西南方已下可四行經於中十法如前　一舉佛方面者在西南方申未兩間爲坤位坤爲土爲信順爲安靜爲負載萬有爲生養爲圓滿也　二舉佛刹遠近義如前釋　三舉世界名色者名寶色爲明此第七信心是方便波羅蜜成就慈悲門故託此坤位爲其母也明常以慈悲心育生如母故以法寶利人世界名寶明法寶利生是自世界爲明以法寶利生之業以成自世界來生感果生在中故表業表法總如寶故　四舉佛名號者佛號最勝智明此信位慈心增勝處衆治人令信順故佛號最勝智又大悲圓滿如土像故荷負衆生資養萬物如大地故名爲最勝智　五舉上首菩薩名者名爲精進首

爲明大悲增勝如母處衆利生心無疲倦名精進首也餘如前此位主方便門餘九爲伴
○第八西北方已下可四行經於中十義如前一舉佛方面者在西北方是乾卦乾爲金爲堅剛爲父　二舉佛刹遠近義如前釋　三舉世界名色者名金剛色明此信位是第八願波羅蜜大堅固力故號金剛色故寄託此乾位爲金爲堅剛也又以智增勝故　四舉佛名號者佛號自在智明此第八信心信同八住地智增自在故像其乾爲天爲父明智自在義故　五舉上首菩薩名者名法首明此信位智增勝故以法利生故名法首餘義如前此位主願波羅蜜
○第九下方已下可四行經於中十義如前一舉佛方面者在下方下方最下是風輪際其風甚堅密假設有大力士以金剛輪向下擊之然金剛碎如微塵而風輪無損以堅密故能持世界明此信位是第九力波羅蜜信當九住九地法力成就教化衆生荷負一切而心堅固如風無損　二舉佛刹遠近其義如前　三舉世界名色者名頗梨色此寶有青黄赤白然舉此下方色者是白如似水精明風能簡穢是白淨義故又取法身妙智爲最上故　四舉佛名號者佛號梵智明智風是淨義梵者此云淨也明此位進修增勝以白淨大智用利自他故　五舉上首菩薩名者名智首明第九力波羅蜜九住九地信心善慧成就以智利生故名爲首又下方者是禪定義安静義謙下義是根本智上方者觀照義如日月處空而照物故餘義如前此

位主力波羅蜜是法師位
○第十上方已下可四行經於中十義如前一舉佛方面者在上方明有日月衆星處虛空而照萬有像其智也處法空而照諸根以此表智波羅蜜　二舉佛刹遠近者義如前釋　三舉世界名色者名平等色爲上方空界表法空無相平等也爲信心者法空之心現前有念法空之情故名之爲色　四舉佛名號者佛號觀察智爲明上方虛空有日月星辰下照萬有明信心者智照自他身心皆無有體性如虛空故如光影像無體質故是故名爲觀察智佛　五舉菩薩上首名號者名爲賢首爲明信此十種世界及佛名號菩薩名號總是自心之智所現妙理號之爲世界法空之智號之爲佛故智所行行號爲菩薩總是隨見隨行進修立名有此十法故得是十法名爲賢首如上所有世界遠近云十佛刹塵者即明佛刹重重相入如光影像迷之即心障無邊故舉刹塵爲遠悟之即無盡佛刹在自身毛孔中如影重重以迷處便言遠在他土以悟之入法處名之從他方遠刹而來總明迷悟上作遠近之名非佛刹法界中有遠近之事菩薩來衆其數亦云十佛刹塵即言信心能信普賢行智隨根欲菩薩行無盡重重徧諸刹土教化衆生以成其數既信之已決定身能如是行之故以是義故十方菩薩各舉十佛刹微塵者是斯義也明一一菩薩行無盡重重滿諸刹土教化衆生故應如是知如是信解此已上答前莊嚴佛法性佛刹佛住佛刹等

○第四爾時文殊師利已下至品末已來明舉法演說分於此分中義分爲七○一文殊師利已下兩行經明文殊觀衆○二諸佛子已下可三行經明歎四種佛刹不可思議○三何以故已下可兩行半經明諸佛隨根說法調伏○四諸佛子已下可三行半經舉佛身業名色相壽命修短等隨根之法化衆生故○五諸佛子已下舉佛名號先舉此處四天下次及三千及周法界名號不同初舉十千次漸增廣乃至無量十千者是初首數之一終爲明佛號普徧諸名字故令諸衆生了知一切名字平等清淨無分別好惡故已下直至品末○六諸佛子已下可四行經是都結此土他方例然○七如是世尊已下三行半經舉世尊往因所行今爲衆說

此已上答前二十八問中四種佛刹出現及名號徧周已下四聖諦品即明如來說法徧周十方世界所說法門不離四諦義故又此如來名號品非但論名號徧周但是如來身口意業總皆徧周文殊師利菩薩畧而都舉如前文中云諸佛子如來於娑婆世界諸四天下種種身種種名種種色相等如經廣明即明此品總答如來身語意業一切徧周從此品文殊師利舉佛果海身語等一切徧周令大衆自信己身同佛三業入如來性海等如來智發跡進修經過十住十行十迴向十地十一地直至如來出現品是其一終因果此名號品是始初入信名號徧周即一切名總是自佛之果出現品是己身自修行滿之果是故如來放眉間光灌文殊頂使令問

佛出現果法放口中光灌普賢口使令說佛果德始明自行因果徹故明文殊普賢理智妙行此齊體也離世間品法界品雖在其後爲文字相排似有前後總是前後相通徹法故總是一圓滿法故如法界品是此一部經之大體爲一切凡聖之本源也前初會信佛果即以如來幷普賢爲首即明已成佛果及已行之果生信令以入自已入信修行門即以文殊師利及如來名號幷四諦法門爲所信之因果即明以妙慧法門及名言而修學故問曰何故如來不自說其教何用放光令菩薩說答曰如來意令當位菩薩說當位法門令修學者知分劑易解故文殊常與一切諸佛及一切衆生作信心之因成妙慧之本母普賢菩薩常與一切諸佛衆生作修行之因以此二人成就菩提無作智果大悲之海令二人自相對問說如來出現品明是修行者因果始終圓滿前後因果性果智果行果相徹一體故明從此品至出現品文殊普賢二行因果信心者修行位滿體用徹故令後學者易解故如有兩品經如來自說前已述訖明是佛果二愚至佛方明

大方廣佛華嚴經論卷第十八

音釋

漏音陋滲漏　菡萏上戶感切下徒感切　薝蔔上音膽下音匐　庠音詳
箕音鷄宿名　詢音荀咨也　嘿與默同　黎音離果名

大方廣佛華嚴經論卷第十九

唐方山長者李通玄造

四聖諦品第八（本經在十二卷後）

於此一品之中義分爲三○一釋品名目○二釋品來意○三隨文釋義

○一釋品名目者諦者實義也明如來說四種實義令諸衆生起信解故問曰何故不說多但云四荅曰此四種諦義總攝多故爲明一切世間不離苦集一切出世間不離滅道滅盡諸苦名爲滅諦滅盡涅槃名爲道諦三乘涅槃皆有可得此大涅槃無餘可得名爲道諦以二乘趣寂菩薩多生淨土又推淨土在餘他方又云菩薩留惑潤生故若不故留煩惱還應必有涅槃可證或有他方淨土可生是故三乘涅槃皆有可得又閻浮提成正覺佛木樹草座是化佛上方摩醯首羅天紅蓮華上佛是實報皆有忻厭故是故三乘四諦厭苦集忻滅道名四諦法輪此一乘經言四聖諦者是其實義何以故達苦性眞無忻厭故無有他方別佛刹別淨土故無有染淨涅槃生死有忻厭所修道故所修道者住如法住修如法道不厭不著不欣不取一如法界無去來性無住處性身塵毛孔心之及境皆稱法性如是信解如是修道以是義故一乘四聖諦三乘四諦各各差別各有信解如來依根方便設教皆非凡夫能立如今修道者但隨自信解力便處卽作不可例然如法華經爲聲聞人說四諦法爲緣覺人說十二因緣爲諸菩薩說六波羅蜜亦是如來隨時之說如此經十地品五地菩薩作十種諦觀

以四聖諦爲體六地菩薩作十種十二緣生觀此是如來隨位進修之法大要總言此四聖諦十二緣生法門但一切諸聖一切凡夫起信樂佛法心道未滿者皆從初心觀自他苦故發菩提心樂求道法但依大小勝劣不同四諦十二緣各别但一切世間法四諦義無不該通此是如來語業説法徧周故如瓔珞經立九乘法門者意明三乘叅用四諦十二緣各自得道差别其九乘者一聲聞聲聞乘二聲聞緣覺乘三聲聞菩薩乘如是三乘同觀四諦十二緣法各自得道不同如是三乘中各有三通爲九通此法界不思議乘於解脫道中總有十乘皆得究竟無三界苦諸餘道門皆是人天世間生滅之法設得少樂終竟不離苦本三乘雖得出三界其道未眞未是佛果乘故

○二釋品來意者爲明前名號品是説如來身業隨方名號不同各别此品説如來隨方語業隨方説法不離四聖諦故此品須來

○三隨文釋義者於此一品經文於中總有十二段經

○從爾時文殊師利已下十一段是通中心并十方正説四聖諦義各别不同

○末後一段是總都説十方世界無盡名目皆是四聖諦爲體從此四諦上分作種種法門五蘊十二緣總在其内八萬四千塵勞解脫總在其内如文具説不煩更釋

○已上佛名號品四聖諦品是自已信進修行中所信之法已下光明覺品現佛境及所行行門徧周如文具明

○如是已上十信門以根本普光明智爲殿體如是進修究竟不離此智也

光明覺品第九（本經在十三卷前）

將釋此品約作三門分别○一釋品名目○二釋品來意○三隨文釋義

○一釋品名目者此品名光明覺品爲明因如來放十信中足輪下光照燭十方初云一三千大千以次十三千大千以次增廣至不可說法界虛空界爲明無盡令信心者了心境廣大無盡無礙與法界虛空界等明其自已法身智身願行亦等故以光所照覺悟信心令修行故以是因縁名光明覺品修行者一一隨光觀照十方已能觀之心亦盡卽與法身同體入十住初心入信心者一一隨此實色燈雲光觀內心及方所總令心境無有內外中間方可入方便三昧入十住法門若不作此實色光明觀不成一切普賢願海神通道力諸佛大用皆悉不成

○二釋品來意者爲此第二會中普光明殿說十信心明成凡夫自心所契佛果信其前之如來名號品舉佛身眼耳鼻舌等及名號徧周四聖諦品明如來口業說法行行徧周總明佛果徧也今此品放如來信位敎行之光覺悟一切令信心者自信自心智境界身行徧周卽一切處不動智佛一切處文殊師利一切處覺首目首財首等十首菩薩是也卽明信心者自己身語意業名號徧周一如佛故此品須來明已上不動智佛等十箇智佛是信心中所信之果是自己之智與佛本同文殊師利卽是自心妙理之慧餘九是行

十色世界是所見之法
○三隨文釋義者從初爾時世尊已下有二十四行半經於中大意義分爲五△一舉光出處△二舉光所照境界遠近△三舉一切處百億衆會菩薩同集△四舉一切處佛刹根本智佛△五明一切處文殊同聲一時說頌
△一舉光出處者經云爾時世尊兩足輪下放百億光明此光是初會中如來放眉間光名一切菩薩智光明普照耀十方藏此光是教化十方菩薩安立十信及五位十地法門次第令隨位進修開敷智眼成其無量福智之海是故名之照耀十方藏又藏者有二義一衆生善根堪受此法名之爲藏如文殊師利歎善財童子善哉功德藏能來至我所二大願大悲大智法身總名爲藏此光明常照耀十方法界善根衆生而能成就大菩提心大願大悲大智饒益衆生藏者故此如來兩足輪所放光明是彼現相品中眉間之光照十方已其光還來入佛足下爲欲以十地果光用成十信故是故於此品中還放彼第一會中所入如來足下之光以成十信如今如來兩足輪下放光是現相品中所入之光故明足下放光者是以果成信初始故如十住位中於如來足指端放光卽明入聖之始發跡應眞之初故是初生諸佛大智家故十行位中足趺上放光十迴向位中膝上放光十地位中眉間放光終而復始還依舊果初以果成因因修果體至功終位極本末不移至位更明今此放兩足輪中之光明以果成信

故乃至修行常修果體使慣習成熟故如此從眉間放光足下輪中放光足指端放光足趺上放光膝上放光眉間放光出現品中又於眉間放光名如來出現光明如此六度放光總明成就十信十住十行十迴向十地十一地因果法門進修之行相一終故法界品又眉間放光者明此一部之經菩薩五位進修及如來出現所證本法總法界爲體故明法界一品是過現未來一切諸佛之本末故是恒法故是法常道不思議故是一切衆生本末故是一切法之本體故

△二舉光照遠近者初照三千大千之境界次照十百千乃至十億及不可說問曰何故不一時普照而有漸次耶荅是一時中漸次爲法界中無前後故漸次者爲十信中修勝進增勝故

△三舉一切處百億衆會菩薩同集者明自已信行徧周故

△四舉一切處佛世界及十智如來者明信心者自已智德果徧周故

△五一切處文殊師利同時說頌者明信心者自已妙慧擇法徧周總明自有非是他法從初自信如是十色世界十智如來十首菩薩總是自已果行法性大智萬行徧周以成信故從此修行經歷五位不離此也是故發心畢竟二不別如是發心先心難自未得度先度他是故我禮初發心初發以爲天人師超勝聲聞及緣覺一如涅槃經說此明從凡入信心者難故爲凡夫總自認是凡夫不肯認自心是不動智故是故入十信難明十信

心成就任運至十住初發心住故乃至究竟佛果故如三乘中修十信心經十千劫此教中爲以根本智法界爲教體但以才堪見實即得不論劫量如覺城二千之衆善財爲首者是路上發心六千比丘之衆亦皆是智慧猛利人類精奇一聞多曉悟謙恕仁慈專求大道以利含生皆是一生信滿發心入位人也若不信自心元是不動智佛者即永劫飄淪何能利人濟物如經所説若自有縛能解彼縛無有是處是故發心有二種一修信解發心但修十信解故即如前十智如來十首菩薩是二信滿發心十住位初名初發心住故即十慧菩薩十箇月佛是其因果也又就此説頌門中義分爲二一明文殊師利説十偈頌歎如來十種德令信心者信解增廣二明信心者心地增廣其光漸增其光漸增者明信心漸勝如文可知一一隨光所照之境以心觀之隨方令心無礙盡十方總然十方觀徧唯有能觀心在復觀能觀之心亦無内外即十方無礙方入十住初心一從文殊説頌中歎如來十種德令信心者漸漸增廣

○一從初十行頌歎如來法身無體性德若有見正覺起當成無所畏止

○二十行頌歎如來大慈悲德爲衆生求菩提心故衆生無智慧起能得如來道止

○三十行頌歎如來了法如幻德應緣現身故佛了法如幻起十力能如是止

○四十行頌歎如來以甚深法德爲衆開示故佛於甚深法起爲説寂滅法止

○五十行頌歎佛救護衆生德勸信心者有

十種業應作故發起大悲心起如是業應作止○六十五行頌歎如來無相之相德隨其見者皆得見故若以威德色種族起如是見佛身止○七十行頌歎如來無依自在德具一切功德令信心者修學故如來最自在起名知佛法義止○八二十行頌歎如來智慧方便德令信心者樂學修行故智慧無等法無邊起此無比解方便力止○九二十行頌歎如來廣大苦行精進德令信心者修行故廣大苦行皆修習起普教羣迷是其行止○十二十行頌歎如來實性無三世德無二相徧周一切令信心者修學故一念普觀無量劫起佛遍虛空亦如是止

◎已上文殊師利說此十頌歎佛十德令起信心者發信進修行故此光明覺品舉佛果法令信心者正自入信信同諸佛果法不移法身不動智菩薩行徧周一體自古及今更無他法凡聖一性同無性味同大願大慈大悲大智文殊妙慧普賢萬行之味總爲動寂一體用故如是信修從初發心一時並進以此十信位內置一百四十大願成大悲行法身慧身智身一時俱進故法身者卽十色世界是智身者卽十智佛是慧身者卽文殊師利是大悲者卽一百四十大願成之是如是已上諸法皆是此光明覺品悉皆信入如問明品卽是已入信中問荅法則成其信力修行故問曰何故成十信門皆文殊師利說法荅曰爲明文殊是十方諸佛妙慧善簡擇正邪正邪既定方以行修行卽名普賢行也次第合然故明文殊師利是童子菩薩以因創發啓蒙入信之首故因行成名也問曰五位

法中菩薩入定方說何故信位不入定說荅信是凡夫生滅心信未入證故無定也以五位是入體應眞無作之理智非無思而顯不可以有情求之故須入定

菩薩問明品第十本經在十三卷後

將釋此品約分三門○一釋品名目○二釋品來意○三隨文釋義

○一釋品名目者爲成十種信根長十種信力文殊師利覺首等互爲主伴問十種法明故故爲問明品

○二釋品來意者前品如來足下輪中放光開覺所照佛境遠近令信心者一一觀之無礙令心行廣大稱法界故又文殊師利菩薩以十偈頌歎佛十德勸令信心者修行故此問明品卽是明十信心者正修行之行及斷疑故有此品來也

○三隨文釋義者於此品一段文中有十一段經明文殊覺首十菩薩等互爲主伴問十種法明各以菩薩之名卽表十信所行之行文殊還以名下之行以相諮問十菩薩等各以自行之法以頌荅之令信心者依而倣學其十問十頌其文如下最下一段都結十方同此

○第一爾時文殊師利菩薩已下六行經是文殊菩薩起二十問善惡因果或一字一問或一句一問總有二十問向下十一行頌是覺首菩薩荅初一行頌是歎能問之人及勸聽後十行頌是荅所問之法文殊善問世間善惡因果不相知業能成就善惡因果覺首菩薩便以法不相知以眞理荅但爲迷眞自

作業爾知眞者但以全業是眞末後一行頌明眞妄總亡舉喻及法說故如文自具思之可見文順理顯不煩更釋於此十一行頌中義分爲三一科頌意二釋菩薩名三配隨位因果 一科頌意者此十一行一行是一頌初行歎能問及勸聽次下十行文各自具明初一行頌頌法無作無性次一行舉喻水流不相知准意知之不煩更科 二釋菩薩名者爲明覺此隨流生死業體本性恒眞而無流轉眼耳鼻舌身意恒如法知非流轉生死性故亦無虛妄亦無眞實但爲無貪瞋癡愛眞智慧故名之爲眞故說如斯法利衆生故名爲自覺覺他大道心衆生者故爲以此當體無明諸業因果上自覺覺他令知法界自性眞理眞妄兩亡名爲覺首以信此法初名之爲首此明十信初心全信自身眼耳鼻舌身意及以一切衆生全體眞妄兩亡唯佛智海故故以不動智佛十智如來爲十信位中自己果故金色世界妙色世界蓮華色世界等十色世界是十信之中所信之理文殊師利覺首財首等十菩薩衆是十信之行以行立名得名知行一一菩薩倣行解上而立名故已下菩薩例然世界名妙色卽是覺首菩薩所覺之理無礙智佛卽是覺首當位所修佛果以此信心明諸業因果眞妄兩亡卽智用無礙故 三配隨位因果者常以自心本不動智佛爲本信心之因以進修得此無礙智佛是隨位佛果此乃但依問荅及菩薩名號佛名號世界形色取其意趣理自分明勿須疑也

○第二爾時文殊師利菩薩已下五行經是文殊師利問財首菩薩言如來十種方便隨時之法初舉非衆生即約覺首所荅業體純眞後問如來十種隨時之化何緣而有財首爲成信心約實而荅隨時是假如下十行頌中具明於此十行頌中義分爲三一科其頌意二釋菩薩名三配隨位因果　一科頌意者此十行頌中一行一頌初一行頌中初兩句歎所問法非小器所堪是多聞者之境界次兩句令如問當說及勸聽已下九行頌是財首以實而荅如文具明　二釋菩薩名者爲將如下頌中善達眞假法財而惠施衆生故名爲財首以十信心中法財初始益生之行名之爲首世界名蓮華色者明此信中以法聖財饒益衆生令其自他性無染著號曰世界名爲蓮華色以法施人破迷成智名爲滅暗智佛明當位信中自具法門理行智之因果故財首是當位之行已下例然　三配隨位因果者常以自心根本不動智佛文殊師利爲信心之因進修得解脫智佛財首菩薩是隨位之行果故佛是智果餘者例然倣此

○第三爾時已下四行半經是文殊師利問寶首菩薩先總舉衆生同有四大無我無我所云何已下有十問業因果法已下有十行頌是寶首菩薩荅前十問故初明舉體無分別二明受業之好醜由行所生具如經說大意達體業亡迷眞業起故於此十行頌中義分爲三一科頌意二釋菩薩名三配隨位因果　一科頌意者初兩句是歎果報由行生

次兩句歎業體本眞本無所有是諸佛所說已下九行一行一頌舉喻顯法達法無業法業無二由行不同如文可知　二釋菩薩名者明此信位達業卽法體不復有業名之法寶以此法寶益生爲信首故故名寶首明此是北方是師位以威儀軌則以利衆生故佛號威儀智佛世界名薝蔔華者此華黄色明是利衆生之福德色也黄者福慶之氣内應白淨外現黄相故如來爲人天之師衣緇衣像北方坎故内應白淨無染之理外現黄相卽明以利生白淨無染之福相以爲世界之名以利衆生德行庠序佛號威儀智佛常以法寶利生達業性眞名爲寶首菩薩總是第四信心自所得法因果理智之號問曰何故北方爲師爲君荅曰像水利潤萬物又水流慕下像爲君爲師者就愚濟迷使令發明又明北方坎爲下位像爲君爲師者常以謙下之行令衆生所歸益之以道潤之故君子常謙處下位而濟物發明故故以北方坎爲君爲師夫大方無隅但取其義表德故餘位如名號品已釋一佛號徧十方故此以隨方表法故如周易泰卦乾下坤上初九拔茅連茹爲茅潔白柔弱其根甘甜像君子有德如茅柔弱潔白甘和可以引而接之與仕也然茅非君子以物喻之然此方隅非佛也以法喻之令知法也佛智無依依物名智其方無方以法成方也非東西南北如情所見方故

三配隨位因果者常以自心本不動智佛爲始信心之因進修得威儀智佛爲第四精進波羅蜜中之果也

○第四爾時已下六行經是文殊問德首菩薩如來所悟是一法云何已下有十問如文具明已下有十行頌是德首菩薩荅於此說頌中義分爲三一科頌之意二釋菩薩名三配隨位因果　一科頌意者此十行頌中初一行歎所問之義甚深唯智所知次下九行頌一行一頌如文具明大意明不異一法界修行無量法門無量法門秖是一法界性不可滯一不作多不可滯多不是一如十玄義思之以無依住智照之可見　二釋菩薩名者名德首者爲明此位不離一法界性以消癡愛及一切煩惱而常修習一切諸功德以名爲德首世界名青蓮華者明此第五信心是禪波羅蜜故心淨無染無貪愛癡故此是東北方佛號明相智明此位進修之果得法心淨故如良位寅丑兩間明相現故故佛號明相智用此方隅以表禪定法故以東北方是艮艮爲山山表安靜不動義是禪定義故　三配隨位因果者常以自心根本不動智佛爲所信之因進修得明相智佛爲果也

○第五爾時已下五行半經是文殊問目首菩薩如來福田等一無異所謂已下有十問具如經說已下有十行頌是目首所荅三門如前　一科頌意者此十行頌一行一頌其頌意荅前所問佛福田是一云何布施果報不同其義有二不同一明佛自福田不同二明衆生所施福田不同一明佛自福田不同者明如來身目髮紺青身金色丹脣素齒一身之上色各不同華藏世界莊嚴萬異者總明法性理智中具有以法性理智中本具無

量功德故有隨行報得莊嚴者如如來身有九十七種大人之相者是法身智體自具故如來有無量隨好功德莊嚴是隨好報得故如外邊依正報中金剛地是法性身報得是正報寶樹莊嚴世界是法性隨行報得是依報宮殿樓閣是法性大智隨大慈悲含育衆生業上報得師子座是法性隨智轉法輪報得蓮華藏世界是法性隨行教化衆生無染性報得香水海是法性隨大悲心謙下饒益行報得香河右漩是隨順法性進修教化衆生報得總不離法性大智隨行報殊一一行中皆有無量行門互爲主伴以此莊嚴依報正報一一境界中有無量同異此是觀因知果以此准知總是一性中隨用不同故二衆生布施福田果報不同者此乃由心輕重有智無智謙下高心所求有異總是一心中隨用不同　二釋菩薩名者名爲目首明此位是東南方辰巳之間像此信心進修智日漸高善知福田因果等報名爲目首是故如來常取辰巳以爲齋戒之則如前名號品已釋准彼知之　三配因果者還以自心本不動智佛爲因此位究竟智佛爲進修之果

大方廣佛華嚴經論卷第十九

音釋

劣力輟切　茹忍與切　甜徒兼切甘也美也　隅牛居切　屩音紇口屩　漩音旋水回貌

大方廣佛華嚴經論卷第二十

唐方山長者李通玄造

○第六爾時文殊師利已下五行半經是文殊問勤首佛教是一云何得見者有斷煩惱不斷煩惱不同等然其已下十問已下有十行頌是勤首菩薩所荅於中三門如前　一科頌意者此十行頌初一行勸聽次一行頌勸聞法勤修已下八行責其懈怠如文具明　二釋菩薩名者名爲勤首爲明前目首菩示福田因果佛號究竟智此位當須勤而行之故名勤首佛號最勝智爲明勤修勝進即得最勝智爲果故　三配隨位因果者還以本不動智佛爲因最勝智佛爲進修之果

○第七爾時已下六行經是文殊問法首如佛所説若有衆生受持正法悉能除斷一切煩惱何故有受持正法而不斷者於中有十一問如文具明於中有十行頌是法首所荅三門義如前　一科頌意者此十行頌中初一句勸聽次一句歎能問次兩句責多聞者不修行已下九行頌一行一頌責多聞而心不精專不能斷煩惱如文具明　二釋菩薩名者名爲法首爲明此是西北方戌亥兩間明愚迷長夜中能以正法自利利他專求無懈名爲法首世界名金剛者以堅精無怠是自世界託西北方乾卦乾爲堅剛佛號自在智者以自精勤觀照達理業亡名爲自在智佛　三配隨位因果者還以自心本不動智佛爲因進修得自在智佛爲果

○第八爾時已下有五行經是文殊問智首如來唯一法而得出離又於佛法中以智爲

首何故讚歎布施等總有十問大意明十波羅蜜四無量心畢竟無體何須用爲已下有十行頌是智首菩薩荅如文具明於中三門如前　一科頌意者此十行頌中初一行頌歎能問及勸聽已下九行一行一頌如文具明智首荅意明諸助道法隨根遣病若不修學無性菩提不成如頌中分明舉喻況說可知但須依法有病卽治之如除堆阜道自無礙自病已除還與人服故藥藥之與方終無捨離　二釋菩薩名者名爲智首以明智能知根權施法藥四攝四無量十波羅蜜三十七助菩提分隨病生起增多之處而令服之顯發菩提無作之性漸令依本名爲智首此是下方世界明以布施戒忍進定等十波羅蜜門如地能生發一切白淨之法故世界名頗梨此是白色如水精寶色佛號梵智者明心如大地荷負萬有常安淨故梵者淨也　三配隨位因果者還以自心本不動智佛爲因進修得心智寂靜爲果表地體安靜故

○第九爾時已下是文殊問賢首一切諸佛一道而得出離云何今見種種不同所謂已下有十問下有十行頌是賢首荅於中三門如前　一科頌意者此十行頌中初兩行歎法王唯一法一身一智已下八行頌於中大意有四一歎差別佛土因本迴向心所成爲明迴向心就根益物身土教儀悉皆就根二明諸佛自報之境非是行因方見三明衆差別之事皆由衆生之心行異故隨自心見別非佛之異四明佛神力能就根現法　二釋菩薩名者名爲賢首爲明得此十種信心信

佛果德與自心體一善詣疑滯通塞入其賢位故名賢首此是上方位也意明此信位心智及境悉如虛空無所不含皆無妨礙是賢仁之德故名賢首又世界名平等色爲明旣是上方明身心與空合故世界名平等色佛號觀察智明以其自心空智慧門善能觀察諸法皆空無所染著是故名觀察智佛　三配隨位因果者還以自心根本性空無分別不動智佛爲因以進修至此法空觀察智佛爲果明不動智是體觀察智佛是用至此明體用圓滿因果一性以是義故還說如來一身一心一智慧法門明契果會因始末無二總以一爲根本故問曰何故須初云文殊法常爾荅曰爲文殊是諸佛之慧不動智是體文殊是用以將此一切諸佛一切衆生根本智之體用門與一切信心者作因果體用故使依本故迄至究竟果滿與因不異無二性故方名初發心畢竟心二種不別明此十信心難發難信難入聞之者皆云我是凡夫何猶可得是佛故說少分信者卽贊神通道力是故當知且須如是正信方始以正信正見法力加行如法進修分分無明薄解脫智慧明依自得法淺深漸當神通德用隨自已得信猶未得何索神通說言漸漸者不移一時一法性一智慧無依住無所得中漸漸故以十玄六相義圓之法性理中無有漸頓但爲無始無明慣習習熟卒令契理純熟難故而有漸漸其漸漸者畢竟無始終延促長短等量故名爲漸漸

○第十爾時已下明諸菩薩共問文殊師利

十一種佛境界已下十行頌是文殊師利荅於中三門如前　一科頌意此十行頌一行一頌其頌文荅前所問頌文自具不煩更釋　二釋菩薩名者名文殊師利此云妙德以妙慧善揀正邪自在故云妙德此是東方卯位也明卯主東方震卦震爲靁動啓蟄發生之始明此妙慧是震動發生信心之始是故亦云妙生菩薩爲明一切諸佛從此慧生十信解故乃至滿足菩提一切願行海故世界名金色者明因舉果體白淨無染法故又明金胎二月表十信爲聖胎故一切處金色世界一切處文殊師利明無性淨慧徧故佛號不動智爲無明本空無體可動名不動智故但有應境知法應器知根如響應聲無有處所形體可得名之爲智無可取捨故名爲不動　三配當位因果者妙慧爲因不動智爲果亦互爲因果若以妙慧善揀擇法顯智故即以妙慧爲因不動智爲果若以慧由智起即不動智爲因妙慧文殊以爲果故或智之與慧總因總果明體用一眞無二法故亦智之與慧總非因非果爲體無本末依住所得故是性法界自在知見非如世間因果比對可得故此文殊師利不動智佛初起信心亦從此起乃至信終亦不離之故迄至自行圓滿示成正覺亦不離之故此明以佛智慧示悟衆生欲令衆生入佛知見佛知見者文殊師利妙慧不動智佛是此是凡聖等共有之佛示凡夫使令悟入

○第十一爾時已下有八行經是都舉娑婆九種差別并都舉十方一切差別悉皆以佛

神力無不明現如文可知

△已上但隨文殊師利所問隨位菩薩荅依所說頌取其意趣理自分明及以世界佛號菩薩名號即知進修因果總是前莊嚴法性清淨佛刹四種佛刹中金色世界及不動智佛是佛住佛刹餘九世界及九箇智佛是莊嚴法性佛刹及十地已來總是如來出現品是示成正覺佛刹清淨佛刹四諦品是△此之一品大意有六一菩薩以名表行二以世界之色表所得之理三以佛名號表所得之智四以方隅表所得之法五成其十信所行之行六明十信進修同異如上已述可知

淨行品第十一（本經在十四卷）

將釋此品約作四門分別○一釋品名目○二釋品來意○三釋品宗趣○四隨文釋義

○一釋品名目者何故名爲淨行品以無始諸見無明貪瞋癡愛今已發菩提心信樂正法頓翻諸見成其大願長大悲門若但以三空無相對治不生大慈大悲不能成就普賢行故欲行長路非足不行欲行大悲入普賢門充法界行者於一切見聞覺知而無過失便成萬行莊嚴皆勤修習此一百四十大願門便於生死海中見聞覺知一切諸行悉皆清淨入普賢行故故名淨行若無此願設斷煩惱即二乘行故設是菩薩即生淨土以此一百四十大願門頓能淨其一切塵勞行門便成普賢法界行故故名淨行以此大願莊嚴一切世間諸行總爲法界一切道場故名淨行以此諸見成大善根故名淨行

○二釋品來意者爲明前問明品是成其十

信中解故此品成其十信之行故此品須來乃至果行圓滿已來不離此大願故

○三釋品宗趣者以智首是下方頗棃色世界佛號梵智明是一切諸佛法本自體白淨無染之智以爲能問之人文殊師利菩薩即是一切諸佛善擇妙慧以爲說法之主以一切諸佛根本智慧之門善自爲問答之主伴說一百四十大願之門以成十信十住十行十迴向十地十一地等普賢法界無盡行海以本淨智問其妙慧說其一百四十淨願之門用淨信等六位中染淨無明七地法執現行十地已來法執習氣佛地二愚一時總淨於此信心之中不令偏執以願防之使令寂用無礙故以此諸佛本淨智妙慧門說一百四十大願以防染淨二障以爲宗趣故以六位上通信并十住十行十迴向十地十一地隨位修道上煩惱六位中一位上有二十故六位共有一百二十根本十無明皆因身見邊見二見有二十共隨位進修染淨煩惱總有一百四十爲防此障起一百四十願令此進修者從初信心理事圓融使信心者達其願體無虧自心根本淨智妙擇之慧動寂俱眞不偏修故是故華藏世界有如須彌山微塵數風輪所持其上一切莊嚴因大願風輪能持萬行以行招果故因以願力堅持報得風輪持刹故又云如是華藏莊嚴皆從普賢願力起爲無願故行乃不成即莊嚴不現不感無盡依果報故由是義故信心之上法性悲智妙慧萬行總依佛有而爲進修不得別有若離佛別有自法者不成信心不成十種

勝解不成修行設苦行精勤是邪精進勤苦累劫生人天中一念貪瞋一時焚盡是故此品下文云住去來今諸佛之道隨衆生住恒不捨離如諸法相悉能通達斷一切惡具足衆善當如普賢色像第一一切行願皆得具足已上明宗趣竟意明迴凡所執心境差別業皆成願海具普賢門

○四隨文釋義者於此之中義分爲二△一科其一品經意△二隨文解釋

△一科其一品經意者於此一品文義分爲十四段

○一從爾時智首菩薩已下從云何得無過失身語意業總有十問於十問中總有一百十一問問世間三業等如下可知

○二從云何生處具足問十具足中初種族具足中有二義一世間卽是生族姓家爲種族二出世間卽是生在佛家具佛種性色相念慧等並是佛家非世間故

○三云何得勝慧已下問十種慧並是出世勝慧如文可知

○四云何得因力已下問十種力初因力者所謂生生之中任運能發大菩提力欲力者志樂大菩提心無退失故方便力者以大願善自覺悟不費功力故亦能覺他省功不适迴故緣力所緣力者能緣所緣不忘失常與大願故根力者大願善根不失故觀察力者能觀力奢摩他力毘鉢舍那力觀共止雙行二皆自在或先觀後止或先止後觀或卽止卽觀或卽觀卽止悉皆自在思惟力者不失正理智常現前故

○五云何得蘊善巧已下十問問十善巧初蘊善巧者明同世間五蘊而生不著五蘊之過界善巧者同十八界及三界法生而不染三界法處善巧者三界六道爲處禪定解脫爲非處非處皆不離其中而無所染緣起善巧者不壞世間十二緣生處纏不汚欲界色界無色界善巧者三界同事而無所著過去未來現在善巧者於過去劫在現在未來劫中現在劫在過去劫中三世中互叅皆自在故

○六云何善修習念已下十問問七覺三空如文可知

○七云何得圓滿已下十問問六度四無量心如文可知

○八云何得處非處已下問佛十力如文可知

○九云何常得已下十問問十王守護此明願行所及而招致敬

○十云何得與已下十問問云何堪爲衆生所依師導如文可知

○十一云何於一切已下十問問云何於衆生中最勝最妙如文可知

○十二爾時已下至勝妙功德已來有八行半經明文殊領上一百一十問及歎智首善問

○十三佛子菩薩在家已下有一百四十大願荅前所問令十信心菩薩常用其心淨其身口意行如文具明

○十四最下佛子若諸菩薩有三行經明依教而行獲其勝益

◎已上以世間有此一百四十種事法頓翻爲一百四十種大願用成十信内修行之心雖是有爲之心能成十住已後五位之内理智大悲之海已後入位萬行之海皆由此一百四十大願勝上縁力之所能成故若初發心菩薩無此之願所修解脱皆成聲聞獨覺之行設是菩薩但生淨土無成佛縁爲此教中發心菩薩畢竟達此有爲成其理智如也

賢首品第十二（經在十四卷後十五卷竟）

將釋此品約作五門分別○一釋品名目○二釋品來意○三明品之宗趣○四明信心退住○五隨文解義

○一釋品名目者何故名爲賢首爲依行立菩薩之名依菩薩所説之法及行立品之名爲賢首者以明信解如來因果普賢五位行門心行調柔順和正直深心正念樂集善根常念利生名之爲賢創從凡夫頓彰法界諸佛因果理智一時明現名之爲首此依法主解行立名此賢首者乃是於佛果海文殊普賢行之賢首爲信佛因果理智之首圓滿法界解行無始終之首故爲賢首品以佛文殊普賢之果行成信者之初首故

○二釋品來意者爲第二會已來五品經但明十信菩薩所修行法門及一百四十願等法此品明十信中所忻修佛果所行行願功德廣大故故有此品來也

○三明宗趣者明已生十信心已得福獲益爲宗

○四明信心退住者有二義一三乘二一乘一三乘者如起信論有三種發心一信成就

發心經一萬劫善根相續方至不退二者解行發心以佛菩薩教令發心或自有大悲或以正法欲滅護正法發心論云如是信心成就得入正定聚畢竟不退名住如來種中正因已前二種是不退發心三證發心者若有衆生善根微少久遠已來煩惱深厚雖值於佛亦得供養然起人天種子或二乘種子設求大乘者根則不定或進或退大意自已善根微少依地發心者或以二乘或教令發心者爲解行不實皆有得有證有捨有取總住退位又如起信論云若人修行一切善法自然歸順眞如法故畧説方便有四種一者行根本方便謂觀一切法自性無生離於妄見不住生死觀一切法因緣和合業果不失起於大悲修福德攝化衆生不住涅槃以順法性無生故二者能止方便謂慚愧悔過能止一切惡法不令增長隨順法性離諸過故三者發起善根增長方便謂勤供養禮拜三寶讃歎隨喜勸請諸佛以愛敬心淳厚心故信得增長乃能志求無上之道又因佛法僧力所護故能消業障善根不退以隨順法性離癡障故四者大願平等方便所謂願盡於未來化度一切衆生使無有餘皆令究竟無餘涅槃以順法性廣大徧一切衆生平等無二不念彼此究竟寂滅故菩薩發如是心故則得少分見於法身以見法身故隨其願力能現八相成道利益衆生然是菩薩未名法身以其過去無量世來有漏之業未能決斷隨其所生與微苦相應廣如彼論説計其少分得見法身卽是信滿入十住住菩薩已上是

三乘發十信滿心入十住初心初發心住上以願力故成佛二一乘發心者如此經十信發心初發心時以初會中如來始成正覺之果普賢菩薩法界微塵毛孔重重無盡隨根本智行果而起信心信他諸佛所得之果以第二會中普光明殿如來報滿之果及行果而自信入修行金色等十色世界即明自覺之理不動智佛等十智如來即明是自心所信自心佛智文殊師利即明自心智上分別妙慧與古今三世諸佛同一體用分毫不差方名爲信發心從此信心以佛名號品即明所信十方示成正覺佛果之號徧周四聖諦品即明三世諸佛所說法門徧衆生界隨界名别光明覺品即明如來智慧光明境界徧照法界無有盡極令發信心者以觀觀之令

心廣博如佛境故菩薩問明品明十信心菩薩十種所行之法是自己所修之行淨行品一百四十大願即是十信心位所發大願成大悲門具普賢行此賢首品明十信心所忻佛果功德無有盡極明初發十信心誦持此品功德勝過供養十佛刹微塵數佛經於一劫何况隨其解行而以修治如此經十住初心纔發心時法爾身徧十方示成正覺在十住位發心功德品中至位方明文繁不引其事所因大意明此經發十信心但以法界不思議乘一切智乘而發其心不依佛不依佛法不依菩薩法不依聲聞法獨覺法不依世間法不依出世間法而發其心但無所依發菩提心但以一切智發菩提心不如三乘依倚物故發菩提心不依三祇劫後有佛果故

發菩提心不依現在三世有佛果故發菩提心以是義故入此信者皆無有退故設習氣未淳熟者暫時念退信及住位一往不退爲正信自已身心總是法界佛無自他性故以十方諸佛無依住智幻住莊嚴門等法界虛空界法性恒徧十方如影對現色身同自身故本不二故體無差別故十方諸佛智身如影所言如響如是信解當得成佛我今信者亦如是知如是信解云何有退全身全心一切境界總是法界一眞法身體用理智住在何所退至何處若也身心有所依住故卻依處卽有退失自了身心本無依住本無所得一切語言分別如空中響應無作緣任物成聲本無依住了如斯法而生信解卽無退轉有所依法而發心者故卻所得所依著處卽有退轉是故起信論云證發心者多住退位爲有所得可證故是故乘此不思議乘一切智無依住乘發菩提心一往不退若有退者只爲信心不成故於佛教法及如來所乘有所得故有取捨故未成信故不入信流又此經云設有菩薩經無量百千那由他劫行六波羅蜜具六神通由未聞此大方廣佛華嚴經猶名假名菩薩不眞菩薩設復聞時不信不入具如經說如此品頌云一切世界諸羣生少有欲求聲聞乘求獨覺者轉復少趣大乘者甚難遇趣大乘者猶爲易能信此法倍更難又如下頌云有以手擎十佛剎盡於一劫空中住彼之所作未爲難能信此法倍更難過此難信而能信眞信決定不退故又如此經普賢菩薩云但聞如來名號及所說法

門聞而不信亦能成金剛智種作如人食少金剛喻若以遠因總不退若以現成佛因卽是未信之人

○五隨文解義者於此一品經義分爲二△一長科當品△二隨文解義

△一長科當品經意於此一品中長科爲十四段

○一爾時文殊師利已下兩行經兩行頌是文殊師利請說發菩提心功德分

○二爾時賢首菩薩以偈答曰已下有七百一十六行頌是賢首菩薩答末後三行半經明說頌感諸佛許可分

○三從初善哉仁者應諦聽已下八行頌明發心功德廣大難量隨力少說分爲明菩提心不可以邊際量故功德還當如是

○四菩薩發意求菩提已下六行頌明初發心所因分

○五深心信解常清淨已下十八行頌明信三寶增益分

○六若常信奉於諸佛已下九十五行頌明增進修行獲果分

○七菩薩勤修大悲行已下一百五十一行頌明菩薩得果行悲教化衆生及興供自在分（經十四卷止此）

○八從有勝三昧名安樂已下有一百六十行頌明放光明因果分

○九如是等比光明門已下二十行頌明光出處及光差別分

○十從有勝三昧能出現已下八十一行頌明三昧自在分△如此同異無礙自在大方

網三昧門入出隱現同時自在者隨衆生業異所見差别諸佛得道自在故隨衆生業自在故然如來心無作性故智隨影應無去來性而可取捨如響應聲喻如水潛流隨諸卉木各滋生喻如春陽生草木喻如水養魚龍喻如地所生草木喻如火成食喻如風發生所益衆生長短壽生喻以喻思之以智照之執計情亡任眞之智本合如是爲執計故設得一分出世道果亦不能爲大自在故

○十一從如來咸共說已下有一百五十一行頌明舉一喻况說分

○十二從第一智慧廣大慧已下有十四行頌明信佛智慧自欲同知難信分

○十三從十刹塵數衆生所已下有四行頌明信樂受持得福分

○十四時賢首菩薩已下三行半經明賢首菩薩所說法門威感十方諸佛摩頂許可分

△二隨文釋義者文自具明不煩更釋幽隱難知者方可解之

◎已前總明以果成信竟入眞實證如下昇帝釋天宫說十住法門是此一會昇須彌山品是序分餘五品經是正說分至明法品末後動地雨華是流通分

大方廣佛華嚴經論卷第二十

音釋

蟄 直立切　迂 音於回曲也　響 許兩切

大方廣佛華嚴經論卷第二十一

唐方山長者李通玄造

◎第三會須彌山頂說十住法門

此十住位中有六品經◎一昇須彌頂品◎二頂上偈讚品◎三十住品◎四梵行品◎五發心功德品◎六明法品如是六品共成十住法門

昇須彌山頂品第十三

將釋此品義分爲三○一釋品來意○二以處表法○三隨文釋義

○一釋品來意者明前於普光明殿人間地上成十信之心已終此妙峰之頂明從十信入十住入位之昇進故此品須來

○二以處表法者明此山於七重金輪圍山七重大海之內出水高八萬四千由旬縱廣亦爾四寶所成東面黃金西白銀南吠琉璃北瑪瑙上有四埵埵有八輔天衆四八三十二中心名妙高頂天帝釋在其上居寶宮殿通爲帝釋天三十三天總以帝釋爲主帝釋有四名一名天帝釋二名憍尸迦三名釋提桓四名因陁羅大意名能主爲能爲諸天作主故此妙峰山四寶合成諸天寶宮殿在上莊嚴故爲妙峰山此山之外七重金山及七重大海廣量金翅鳥兩翼相去三百三十六萬里迅疾能飛一鼓翼萬萬九千里七日七夜方至其頂其山在大海之中形如腰鼓崒然高聳非以手足攀攬之所能登爲表此十住法門創生如來智慧之家爲眞佛子不可以有生滅尋思觀察及多聞心想攀攬所得故以將妙峰山用况表之令後人倣學山者

高勝義故像此十住住佛所住法身妙智慧海故是出世高勝義故妙峰山者不動義諸天所居妙樂義莊嚴義像此位菩薩以方便三昧寂然不動無思無心不收不攝任性而定稱平等理與法身合忽然妙慧從此定生無始無明總無所得住佛妙慧都無所依得法妙樂智慧莊嚴出過情見諸佛所說解脫微妙經典無不解了爲生在如來智慧家故三界無明一時頓盡唯有習氣煩惱漸漸以法治之如下十住品云佛子菩薩住處廣大與法界虛空等佛子菩薩住三世諸佛家故又如初發心功德品云應知此人卽與三世諸佛同等卽與三世諸佛如來境界平等卽與三世諸佛如來功德平等得如來一身無量身究竟平等眞實智慧纔發心時卽爲十方一切諸佛所共稱歎乃至震動一切世界及一切世界中示現成佛等如文廣明不可同於三乘方便教說地前三賢菩薩得折伏現行無明地上見道爲此經法教門依一切諸佛根本不動智而發心故以乘如來一切智乘而發心故於此十住位中能與如來同智慧故不同三乘但將三空觀且折伏現行於此經中發心之者從佛不動智而發菩提心設有餘習還以無依住智治之還是根本智不伏不斷爲本寂用自在故無體可斷故無可伏故設修三昧任性淨故亦無收攝亦不伏捺故任自淨故設行分別任性智慧隨事用爲亦無取捨故如是任法調治習氣使稱理智令慣習增明如佛願行而隨事世間成長大悲不出不沒故以心境一眞無出沒

故是故經中以阿修羅王等表之處大海而不出不没等喩問曰何故不昇四天王宮而超至帝釋宮荅曰爲四天王在妙峰山半傍住非是可表昇法頂處至相盡現智慧莊嚴住不退故善財童子於妙峰山得憶念諸佛智慧光明門同此位故准例可知以超情塵之跡以山表之非要登山也已入如來智慧於衆中堪爲主導故非要爲帝釋也

○第三隨文釋義中義分爲三△一總科一品△二明如來身行徧周等印如下經云十方一切諸世界中悉亦如是明十方一切妙峰山總見如來昇妙峰頂△三隨文釋義

△一長科一品者於此品中長科爲十段○第一從爾時已下三行經明佛神力普現十方○二爾時已下一行半經明佛不離菩提樹下而上昇須彌向帝釋殿○三時天帝釋已下可七行經明帝釋遥見佛來嚴殿敷座○四曲躬合掌已下可兩行經明帝釋請佛入殿○五爾時世尊已下三句經是如來十方一時受請入殿○六十方一切世界已下三句經是結十方普會同此○七爾時帝釋已下可一行半經明佛神力樂音自息○八即自憶念已下四句明帝釋自念過去善根說頌歎佛來此○九如此世界中已下兩行半經都結此處以偈歎佛十方同然○十爾時已下可兩行經明如來處座而坐殿廣博寬容并結十方同此

△三隨文釋義者云不離菩提樹者明菩提體無去來遠近處所可離可到故又如來智身無表裏體徧周故又法界非大小毫刹相

容故又心境無二相無中邊方所故又諸法無自性一多恒圓滿故

◎帝釋遥見佛來者有二義一事二表法一事者爲如來於無去來性示去來之相故言遥見二表法者明帝釋示同未悟不見如來智身徧周與心一體故言遥見佛來又信解爲遥見自心入位爲佛來

◎帝釋卽以神力莊嚴此殿者亦有二義一事二表法其事可知二表法者自加行也

◎安置普光明師子之座者亦有二義一約位置座二約帝釋自德根堪一約位置座者約此十住位中法位也爲十住中得一切諸佛智慧光明之藏於一切法自在無畏故置此座故如十行位中於夜摩宫中化作寶蓮華師子之座此約行位在一切生死具大悲行萬行以理智體得無染故以是義故以蓮華爲座體在此十住位中以得一切諸佛智慧光明普照萬法故安置普光明藏師子之座此十住中安置其座十千層級十行中化作百萬層級師子之座爲十住位中初始入位明須彌之上猶連地居明心有所得從信創會見法之報以此義故師子座須有安置又方便三昧是安置故十行位中約十住位中理智妙慧功成卽十行位中以妙用而化其座又約行從空而立還約位在夜摩空居之天云座十千層級又百萬層級及帝釋天宫夜摩天總明隨位昇進行相若也正入法智慧流不出毫塵徧諸刹海其座乃至十迴向十地高下嚴飾各各隨位不同准例知之其座上莊嚴皆十千者明萬行報得故如十

千金網者約能以教行之網漉衆生之果報故十千種帳者明養育義以於一切處爲佛爲天爲大力士之神擁護養育衆生行之果報所得故十千種蓋者是大悲義以大悲心覆養一切衆生之果報所得故十千繒綺者以一行中行無盡差别行一言音中具差别教皆明白可觀之果也十千珠瓔者明萬行普周莊嚴智境化利衆生無休息之果所得故如一一塵中皆有無盡普賢身者是也十千衣服是於一切生死海柔和善忍覆養含生之果故十千天子者明能行萬行之人十千梵王者明於行中智慧自在故十千光明照耀者明智慧照耀能破自他迷闇長夜令大明故已上皆是舉此位之果德用成莊嚴令發心入位菩薩識果行因無疑惑故從曲躬已下明帝釋於如來致敬請佛入宮明行謙行也如來受請明從信入住如文可知二約帝釋自德最下明帝釋得宿念力於過去佛所種善根説頌歎佛者明以三昧力自見身心體性同古今佛智慧善根故　已下十佛是當位之功用合古也於説頌中有二十行頌兩行一頌初兩行頌歎迦葉佛具云迦葉波此云飲光此是其姓亦以身光殊特能飲諸天及日月等光皆悉不現故次兩行歎拘那牟尼佛正云迦那牟尼言拘那者此云金也牟尼者佛也以金色爲號次兩行歎迦羅鳩馱具云迦羅鳩村馱佛此云所應斷已斷次兩行歎毘舍浮佛此云徧一切自在次兩行歎尸棄佛正云式棄那此云持髻或曰有髮次兩行歎毘婆尸佛此云淨觀或曰勝

觀或曰種種觀次兩行歎弗沙佛正云勃沙此云增盛次兩行歎提舍佛正云底沙此云說法度人次兩行歎波頭摩華佛正云鉢特忙此赤蓮華也次兩行歎然燈如來前之三佛是此今賢劫中佛後之七佛是前劫中佛以明創入十住之門古今法則相會明古佛今佛法不異故入此位者會同不別故言吉祥者歎此山頂是福善之處故明昇進者以三昧力身心不動如山王總會古今諸佛同智慧故

○第九如此世界中忉利天已下有四行經於中義分爲四一舉此世界歎佛功德二總舉十方同然三爾時已下明如來入殿昇座而坐四明其殿忽然廣博普容諸天住處此明約如來無自他之德合然令大衆得見以明令大衆入位同此已上釋昇須彌品竟大約此明以三昧力正入定時身心蕩然稱法界性無表裏光明朗徹是忽然廣博義亦是普光明藏師子之座義智慧現前是佛來義一一如是會理修行不可但逐名言也

須彌頂上偈讚品第十四經在第十六卷中

將釋此品約作四門分別○一釋品名目○二釋品來意○三都會此十住六品之經意○四隨文釋義

○一釋品名目者以法慧等十箇菩薩各以自已當位隨位進修之法還自以偈讚讚之令信終菩薩倣之悟入故此品名爲偈讚品明古今諸佛同會此智殿悲宮俱會古今之佛自身是未來之佛與古佛道合故

○二釋品來意者明前已創昇須彌帝釋以

偈歎佛此品明十住位當位菩薩將當位法門以偈讚之令信心者得入位故故有此品須來初歎過去佛次歎今現在佛未來佛者卽入此位者是也是故經中不云未來十佛是過去佛盧舍那是現在佛修行始入位者是未來佛

○三部會十住之内須彌之上說六品經意者　一昇須彌品明信終昇進　二須彌頂上偈讚品明偈讚當位之法勸修昇進之理　三說十住品明當位所行之行　四說梵行品明總十住之中所持無相之性戒　五發心功德品明於十住之中發心所得功德之量　六明法品卽明當位之法昇進向十行之因此六品明當位之修行因果及向十行之因

○四隨文釋義中復分爲二△一長科一品經意△二隨文釋義

△一長科一品經意者義分爲十一段

○第一從爾時佛神力故已下有十九行半經明佛以神力令衆來集分於此分中十九行半經復分爲七段　一從爾時佛神力故五行半經明菩薩來集　二所從來土已下三行半經明菩薩世界之名　三各於佛所淨修梵行已下三行經明本所事佛　四是諸菩薩至佛所已下兩行經明菩薩來已化座而坐　五如此世界中已下兩行經明都結十方世界菩薩同然　六爾時世尊已下兩行半經明佛足指端放光普照一切處帝釋宮殿十信足輪下放光此十住中足指端放光明位勝進十行足趺十迴向膝上十地

眉間毫中放光此光表法位昇進故還是第一會中現相品所放眉間之光以果成信入位之光足指光者明照入此住位者身心智慧宮殿表入聖之初故足指端放光也　七爾時已下一行經明法慧菩薩說頌歎佛餘義隨文可知約科文之意卽悉其意如初菩薩來集共世界名并本所事佛總都會配當位法及法門因果始可得見其意况從法慧菩薩是此位中所修之行人約所得如來智慧立名世界名因陁羅華世界是所修之法殊特月佛是初發心住位中約法所修之果云因陁羅者此云能主也華者是開敷感果義爲此十住中初發心菩薩卽能十方一切世界中示現成佛故世界名能主以能示現主導一切衆生故以其行華能開敷自他智慧果故經云一一各與佛刹微塵數同名法慧菩薩俱者明智慧解行了悟徧知是境界故以達自心一切總爾故一迷一切迷一悟一切悟此明唯應度者自迷解故智慧徧故云從百佛刹微塵數國土外諸世界中來者明迷云國土之外迷解云來但以迷無明暗障廣多以比之世界塵數悟之解行廣多故亦比之如世界之塵智慧與無明相似但只隔迷悟故是故此經下文云有三千大千世界量等經卷內小衆生身中是其義也佛號殊特月者殊者勝也特者奇也月者清凉也明入此位菩薩生住如來智慧家時無始無明煩惱炎熱惡道熾然一時頓滅唯有如來智慧朗然清凉如月故明此位菩薩創始入眞以能破煩惱惑熱處立自己佛果之名以

次十行十迴向隨位昇進菩薩名佛世界名各各隨位差別十行中佛果名號下名悉同名之爲眼爲知根利衆生處立名十迴向中佛果名號上名悉同名之爲妙爲於生死中利衆生之妙用自在故至位方明又云十方諸來法慧等十菩薩衆各於佛所淨修梵行者明各於自心法身智慧能淨煩惱清凉如月處立名爲各於佛所淨修梵行梵者淨也以明此位菩薩妙慧現前諸行體自淨故爲法性智慧任法運爲體無生滅故明以體無生滅處以標自心佛果故是故有發心之士應當如是以方便無作無思任性之定而自顯發自心無性佛智慧門即能於煩惱無所染汙便即名之殊特月佛隨所來方各化作毘盧遮那藏師子之座者此法慧菩薩是東方之位明入位之首破暗之初如日初出東方能破暗故以世間之名名爲殊特以智慧明能破自他無始長夜之迷暗故是故佛果名之殊特月佛以初發心已爲天人師以是世界名能主華其化所作之座名毘盧遮那藏師子之座者是佛果座也明毘盧者光也遮那者徧也明徧座無始一切無明煩惱以化作一切大智慧光明藏徧照一切心境化成法界自在解脱之門師子者得無畏也已上總依主釋結跏趺坐者會妄想而爲眞智慧故故爲結跏趺坐此十住位中十箇菩薩同於善財童子於妙峰山頂上初入信之後入十住之初德雲比丘下至慈行童女法門相似文殊師利菩薩以明初發信心以此經中圓會教行使令後學者令易解故但說其

教化者行行之人難解了故以是義故初會舉佛果神天示入法而勸修以明一一皆同佛知見第二會勸生信解以不動智佛以成信門次說入位進修之教則十住十行十迴向十地十一地法門法界品中舉善財童子是能行五位行者以教行具彰令易解故若不如是雖見教法在行猶迷是故於此一部之經因果理智教行仁士一一具彰也令修道者做學不謬故此十住入真見道之初心與後十行十迴向十地十一地爲正覺之果故如人百歲以初生爲長故人生十子初生爲長

○第二一切慧菩薩世界名波頭摩華佛號無盡月於此義中義分爲五△一釋菩薩名二釋世界名三釋隨位進修佛果之號四釋其座體五定其所來方面　一釋菩薩名者所以名一切慧以隨位進修中達一切法無體無性非迷執故此當第二治地住修戒波羅蜜中十波羅蜜以一切法無體性非染淨以爲戒體故如此十住位梵行品是其戒體

二釋世界名者所以世界名波頭摩華此云赤蓮華也爲表戒相無染處世赫奕開敷莊嚴萬行感果可觀義也　三釋隨位進修佛果之號者佛號無盡月爲菩薩名一切慧佛果還號無盡月明因果相似故即明一切慧是修行得一切佛智慧之人世界是所修行之法佛果是治地住中所得之果明能清涼一切煩惱故　四座體如前已釋　五定其所來方面者是南方之衆也爲表南方是離位是虛無義是文章義是赤色赫奕義如

日正南照萬象而圓明義是故菩薩名一切慧世界名赤蓮華佛號無盡月此是善財童子見海雲比丘見佛説普眼經以義思之自當明矣

○第三勝慧菩薩義分爲四 一明菩薩名 二明所居國土 三明隨位佛果之號 四明從所來方 一明菩薩名者所以名勝慧爲明隨位進修更明淨故不移一法勝前位故 二明世界名者所以名寶華世界此明忍波羅蜜已得一切諸佛之智慧以道體而能行忍行華者行也明以忍行莊嚴智慧法身 三明佛果之號所以佛號不動月者以得理成行達心境而無可動故明能堪忍也月者清涼義 四明從所來方者是西方之衆以西方爲秋爲殺爲苦諦以慈悲位在中如十迴向中善財見觀音在金剛山之西爲明金爲殺位以表衆苦之處以修其慈忍以是義故菩薩名勝慧世界名寶華佛號不動月總明得法成忍之力用勝故此是寶華義此是修行住對治法也此是善財見善住比丘得無礙法門以能忍故

○第四菩薩名功德慧於此義中分之爲四 一明菩薩名 二明世界名 三明佛果之號 四明從所來方 一明菩薩名者云何名功德慧此位修精進波羅蜜勤行利物廣益衆生故招多功德以立其名 二明世界名者所以名優鉢羅華此云青蓮華諸色蓮華此華最勝爲明諸行之中精進最勝故以此華爲所居法體故一切萬行以此爲功 三明佛果之號所以名爲風月佛爲明精進波羅蜜

離慢無懈一念成佛速疾如風又明精勤觀照定慧如風能消染淨無明塵垢香臭悉吹如風能清涼故　四明所從來方者是北方之衆北方者是坎位是黑是愚是世間嶮盜之義又爲師爲君之位以是義故以精進波羅蜜勤修利益之行破迷離暗速令成佛是故菩薩號功德慧世界名青蓮華佛果號之爲風月佛也以風能淨諸垢故此已上是生貴住中對治法門故此當善財第四善知識彌伽長者說輪字法門了俗諦法而令愚黑者得出世樂故

○第五菩薩名精進慧者於此義中西義如前　一所以名精進慧明此位是具足方便住精勤修習方便定門以彰深智慧故以立其名又一行之中具無量行故於定位起精進之名精進之上起功德之名以明諸行悉用一行具無量行故　二世界名金剛華者以法性爲禪體起妙慧揀擇正邪不壞是金剛義故華者行也以明定慧能揀擇之妙用故　三佛果名水月者爲定體能淨能清涼能現萬像如水故　四明所從來方者是東北方之衆東北者是艮位也爲山爲石爲門闕爲童蒙爲初明爲高顯爲寂靜爲止以明定體徧與諸位諸行修進啓蒙發明清涼惑熱進修始終之本末故爲艮爲歲始年終之本末故爲初明爲止故菩薩名精進慧世界名金剛華佛號爲水月此是善財第五善知識解脫長者主禪門於其身中現十佛刹塵佛國土總在身中十方各十佛刹微塵之數佛國土總在身中明禪體周徧故

○第六善慧菩薩四義如前　一明菩薩名者明此正心住修般若波羅蜜智慧門故菩薩名善慧　二妙香華世界者以明妙用智慧之香華開敷自他佛果明智慧說教是香華義故　三佛號解脫月者明妙慧分明心境解脫故　四明所從來方者是東南方之衆東南方是巽位巽爲風教爲言說以像此位以智慧善說妙法教化衆生令解脫故是故菩薩名善慧世界名妙香華佛果號解脫月此當善財第六海幢比丘位身心寂然離出入息身出化身徧法界故明寂用自在得寂滅神通

○第七菩薩名智慧四義如前　一明菩薩名智慧者明此不退住是第七成大慈悲門以智慧成滿方能隨俗善入生死以此爲名　二世界名悅意華者以有智慧在於生死隨順六道同事利生知根悅俗皆令得入法悅無憂故名悅意華　三佛號無上月者明諸行之中慈悲爲首爲濟利衆生爲最勝故故號之名無上月　四所從來方者西南方也是坤位爲信順爲母爲地爲衆明方便波羅蜜以大悲爲母入於一切衆生生死之地同一切衆生之行而教化之令信順入正法故是故菩薩名智慧世界名悅意華佛號爲無上月此當善財第七善知識休捨優婆夷此云滿願以大慈悲行滿衆生願故像此方西南爲母義表悲位故

○第八眞實慧菩薩四義如前　一明菩薩名者以此第八童眞住中行願波羅蜜以眞實智慧不謬誤衆生故　二明世界名者世

界名阿盧那華此云紅蓮華此華赤白分明是其紅色爲此位是第八住智增位明以大智隨願行悲令智悲圓滿如紅蓮華赤白分明白表智赤表悲故世界名紅蓮華表隨眞智處生死而無染如蓮華處水赤白開敷而可觀故　三明佛號星宿月者爲此位眞智朗明知根器而了差别故佛號爲星宿月表了衆生差别根性分明也　四所來方者是西北方爲乾爲父爲堅剛爲天爲團圓白淨能現衆色咸處其中以是義故菩薩名眞實慧世界名紅蓮華佛號星宿月總明大智圓明能現衆生根器差别如天現象品物分明此當善財第八善知識仙人毘目瞿沙此云出聲可畏明眞智圓明　出語衆邪可畏仙人者爲表此位智增無染故又表得智同邪化邪見故

○第九無上慧菩薩四義如前　一明菩薩名者以此位是力波羅蜜法王子住善說法故名無上慧　二世界名者所以世界名那羅陁華者那羅者此云人也陁云爲持爲此華香潔殊妙人持帶佩表此位菩薩以善說妙法殊妙聞之者得戒定慧解脫知見五分法身之香人皆持誦帶佩故世界名那羅陁華　三明何故佛號清淨月此位菩薩善說法故爲大法師能淨自他煩惱故佛號清淨月　四從所來方者是下方之衆明下方是金剛是水是風輪能持世間故表此位菩薩善說妙法能持世間軌度法則令人傚學是故菩薩名無上慧世界名那羅陁華佛號清淨月此位同善財見勝熱婆羅門昇刀山入

火聚隨諸人天所來見者皆得道而去此明菩薩智滿同邪攝諸異道令入正見故

○第十堅固慧菩薩四義如前　一明所以菩薩名堅固慧者以此位是灌頂住行智波羅蜜能堅固利益一切衆生以爲其名　二世界名虛空華者以智慧日照明世間及出世間總無依住以此爲名　三明所以佛號明了月者以此位大智圓明普照世間無不明了以此爲名　四所來方者是上方之衆上方者爲虛空爲日月星辰表大智無依不依空有明鑒萬象如日月星辰是故菩薩名堅固慧世界名虛空華佛號明了月此位是善財童子見師子幢王女名慈行童女師子幢王女者明智悲圓滿以此十住一終已生在佛家會融十法悲智一終圓滿也以從初住創生佛家修智行悲卽王女慈行十地修悲已滿於十一地初以悲行智卽佛母摩耶幻生諸佛佛是大智母是大悲廣意至文方明

○如下十段頌文隨文可知　一依如前科文釋過已上菩薩名世界名十箇佛果總是此十住之中隨位進修因果之號約隨方而表法約入法而成名如上所配之可知　二從法慧菩薩承威說頌已下十行頌是明法慧菩薩歎佛放光集衆分　三爾時已下明一切慧承威說十行頌明歎無相法爲眞實　四爾時已下明勝慧菩薩說十行頌歎凡夫迷五蘊之眞性由人說之方了　五爾時功德慧說十行頌明妄取諸法眞實之相　六爾時精進慧說十行頌歎諸法自體無見

妄見迷眞　七爾時善慧菩薩說十行頌歎無衆生可盡法非有無二見　八爾時智慧菩薩說十行頌歎言說不能及眞　九爾時眞實慧菩薩說十行頌歎諸法無合散性　十爾時無上慧說十行頌歎佛所得法體無分別不屬名數　十一爾時堅固慧說十行頌歎佛大悲出興利益巳上十菩薩各說十行頌和會入位法令身心諸計皆無所依離於偏執住佛所住

大方廣佛華嚴經論卷第二十一

音釋

埵都火切　迅音信疾也　䙅音邀身之中也　崒秦醉切　攬魯敢切手取也　鹿音六　鳩居尤切　馱唐何切　嶮同險

大方廣佛華嚴經論卷第二十二

唐方山長者李通玄造

十住品第十五（經在第十六卷下）

將釋此品約作五門分別○一釋品名目○二釋品來意○三明品之宗趣○四都會斷惑次第○五隨文釋義

○一釋品名目者此品說十種住門名爲十住品

○二明品來意者爲前品是偈讚勸修之門此品明正舉修行十住之行是故此品須來十住者生諸佛大智慧中住入此位永不退還故名之爲住

○三明品宗趣者明此品說十種住二十種進修因果爲正宗又住佛所住以爲正宗明此十住位中各有兩種因果各各當位之中初舉十法是忻趣增上之緣後舉十法是當位之內修學之果如文具明

○四會當十住位中斷惑次第者

△第一如初發心住治地住修行住此三種住中明總修出世間心破諸世間煩惱纏縛其世間煩惱如善財所說頌根本煩惱有十隨煩惱總有六其十種根本煩惱者一欲二色三無色此是三界根本所縛處四憍慢五諸趣六愛七愚癡八貪九恚十心魔王是爲十又隨煩惱總有六者一諂二誑三疑惑四慳五嫉六憍盈善財頌曰三有爲城郭憍慢爲垣墻諸趣爲門户愛水爲池塹愚癡爲闇覆貪恚火熾然魔王作君主童蒙依止住貪愛爲徽纆諂誑爲轡勒疑惑蔽其眼趣入諸邪見慳嫉憍盈故入於三惡道此約內心所

起不約身見邊見見取戒取邪見内心成智諸見自是解脱以此一乘教體但約悟無明而成大智用諸見而作自在以此不論五見如十信位文殊師利問法首菩薩有十一種煩惱云何爲十一一貪二瞋三愚癡四慢五覆六忿七恨八嫉九慳十誑十一諂如般若經中五蘊十二緣等如上煩惱以十住中初發心住治地住修行住此三住一時頓成根本智慧即如善財於妙峰山上見德雲比丘得諸佛智慧光明門即除已上世間諸煩惱障以成佛智慧光明故如善財妙峰山上信眼明淨智光照耀普觀境界離一切障此是初發心住

△第二海門國見海雲比丘除心境迷眞作十二緣生觀令無障故即見海中有佛出現説普眼經明見自他十二緣生成大智海是佛義故心境總是經故明前得佛智慧觀十二緣生成大智海心境普周自在徧故此是治地住以十二緣生治令成如來智地故

△第三海岸國見善住比丘除心境不明淨障得菩薩無礙解脱門能見一切衆生根器業行死此生彼悉皆明見此是修行住於此三種住中明得出纏心自在故總以十信心自信一切三界分别無明是根本不動智佛於初發心住中以自在決定解力信眼清淨智光照耀普觀境界離一切障契會悟入十住初心以隨位進修中安立五十箇佛果次第法門方便皆不動智以爲根本已上初發心住治地住修行住明得十住中出纏心勝是故善財初二三善知識皆是比丘明離纏

解脫表此三住位中行相故

△第四生貴住明對治世間法則及生死煩鬧不自在障令自在故卽如善財於市肆之上見彌伽長者說輪字經卽表生死市鄽閙處常寂於一一字猶如車輪一多圓滿互體相成又如帝釋寶網互爲緣起映徹重重一字之中有無盡字句爲世間名句文身引諸未學以成教軌卽俗士彌伽以成其行爲令得出世心後須明世間靜亂緣起生死之性萬法無生無滅及世間名字義理一切衆生語言互相成就如古者伏羲之類是也

△第五具足方便住對治眞俗身邊二見令大智境界得自在破不自在障故如善財見解脫長者卽入三昧名普攝一切佛刹無邊陁羅尼十方各現十佛刹微塵數佛國土海清淨莊嚴總在身中卽明一切衆生身總含無邊佛刹體相無礙爲明眞俗色相皆如光影互相容故無中邊故欲令六十二見無邊諸見性解脫故

△第六正心住對治智慧寂用不自在障卽如善財見海幢比丘於經行地側結跏趺坐離出入息無別思覺於其身上各隨身分皆出化身如雲廣覆周徧十方隨應所見此明寂用無礙故此已上總明世間出世間和會皆解脫故如是已後四波羅蜜入俗行悲令自在故

△第七不退住對治大慈大悲同行攝生不圓滿自在障令圓滿故卽如善財於普莊嚴園見休捨優婆夷謂善財言我有八萬四千那由他同行眷屬常居此園明大悲位中行

方便波羅蜜同於八萬四千不可說一切衆生煩惱總共同事教化利益經云其餘衆生住此園者亦皆普得不退轉位明能行悲智行者悉同此也

△第八童眞住對治處纒同事世間餘習智不清淨障令清淨故卽如善財見毘目瞿沙仙人表大智清潔無所染故休捨優婆夷與仙人住處同名俱是海潮處者明此悲智一體無染而不汙若隨悲修智猶有習氣染境之心卽此第七第八兩位和會一終是也若也隨智行慈無有染習卽師子幢王女慈行童女是可以思之得見其意

△第九法王子住對治說法不自在障令自在故卽如善財見勝熱婆羅門以登刀山入於火聚行苦行時隨天龍神人及非人來者無不獲益而已

△第十灌頂住對治悲智不自在清淨障令得清淨卽如善財見師子幢王女慈行童女王者智自在故女者表隨悲同事無染習故明智滿從悲處世間故卽同事而無習氣故已上十種對治皆一念心上初發心時一行之中一時之内無前後際對治此十種障法成一法一心一智慧一行之中十十無盡法門皆以自心不動智佛爲體以法事之中合具此十種無盡法門同別一多自在故以此十種對治一時令慣習自在故不同三乘權敎約劣解衆生存世間三世之性說佛果在三僧祇之外以自心根本無明分別之種便成不動智佛以法界體用以爲信進悟入之門從信及入位進修乃至經十住十行十迴

向十地十一地總不離本不動智佛不離一時一念一法一行上而有無邊無量不可説不可説法界虛空界微塵數法門何以故爲從法界及根本不動皆上爲信進悟入故法合如然故如龍女刹那成佛善財一生以取佛果法界無性無生爲一生非延促生故爲法界體無情量延促長短去來今故諸有信者應如是知如今成佛與過去未來一切諸佛一時成佛以法界智體無別時故如一滴之水入大海中便同大海無新舊水故故去情方見非識心知如三乘中十住菩薩猶受三界分段生死分學生空觀對治闡提不信障十行菩薩分作法空觀修自利利他行對治聲聞自利障十迴向菩薩作法空觀成起大悲願力垂形六道教化衆生對治獨覺自度障此明三乘中三十心菩薩對治地前三種障但除正使未除習氣十地菩薩斷其餘習如初地菩薩見自身眞如佛性故名見道位從二地至七地是修道位猶有功用而修其行從八地至十地名究竟位不假功用任運至佛果故又如三乘中十二住地一種性住十解行是二解行住十迴向是也三歡喜住初地是四增上戒住二地是五增上慧住三地是六道品相應增上慧住四地是七諦相應增上慧住五地是八縁起相應增上慧住六地是九有行有開發無相住七地是十無行無開發無相住八地是十一無礙住九地是十二最上菩提住十地是又如三乘中地前三賢菩薩得伏忍十地與佛地得寂滅忍又望勝鬘經羅漢辟支佛淨土菩薩總是

伏忍以空觀伏現行十使不起爲不識無明住地煩惱故猶不識云何名斷煩惱但伏現行不起得三種意生身受三界外變易生死如是菩薩爲行六波羅蜜得六神通福德神通並勝人天唯非修佛果法界門故是門外三車草菴仍聲聞辟支佛三乘菩薩不同其德出三界行六神通名則相似行六波羅蜜功德果報不同故如是三乘六通菩薩等於大方廣佛華嚴經不聞不信如此經云設有菩薩經無量那由他劫修六波羅蜜得六神通猶不聞此華嚴經典猶名假名菩薩不眞菩薩設復聞時不信不入如法華亦然如三乘中三種意生身者初一二三地名三摩跋提樂法意生身二四五六地名覺法自性意生身三七八九十地名種類俱生無行作意生身欲廣引云云自有三乘教自明約會對治如是如此一乘教都無如上三乘之趣以爲根本無明住地煩惱便爲一切諸佛不動智一切衆生皆自有之只爲智體無性無依不能自了會緣方了云何爲會緣會緣有三種一會苦緣遇苦方能發心二會樂緣久處人天内心明慧達世樂果生死無常方始求眞三見佛及一乘菩薩而能發心求佛種智以會三緣近正善知友而能自覺無明本是佛智三乘同然爲意樂淺深各別以因本智上而生信心約本智而爲悟入以不離本智故於初發心住卽五位齊周雖列十住十行十迴向十地十一地行位法門進修軌度如王寶印一印無差以一心大智之印印無始三世總在一時無邊諸法智印咸徧以智等

諸佛故以智等衆生心故以智等諸法故以智無中邊表裏三世長短近遠故爲智過虛空量故如世虛空無所了知如無分別智虛空一念而能分别過虛空等法門是故經言一切虛空猶可量諸佛説法不可量以是義故以自心根本無明體用而見不動智與一切諸佛及以一切衆生同一體性同一境界同一智海以是發心之初住佛種智家故纔發心時卽於十方現身成佛如初發心功德品自明以是義故於此十住位中入初發心住者住一切諸佛智慧大悲海境界中住卽五位通修以初住及十地不離一佛智慧境界故但明生熟慣習勝劣安立住地之名爲智體之中非三世情攝故一如龍女一刹那之際已具三生普賢行滿佛果亦就如文殊

師利菩薩頌云一念普觀無量劫無去無來亦無住如是了知三世事超諸方便成十力明知三乘三祇出世成佛是權方便敎此敎約實法不説以願力成佛等事設以願力成行還以約實成佛不説以願力暫成故是故當知從十住中初入位菩薩卽五位通修爲十住行相通有十行十迴向十地等法門故如十住中七八兩住還修悲智九住中是法師位十住中悲智圓滿如是五位行相相似故如善財十住中善知識一一智慧境界皆悉無極但爲約法身大智大悲之上法具無盡須當安立五位行門總是一心一智一時智等徧滿所行之道是故起信進修行者於大智境界莫作三世近遠延促之見違智境界故失本大智之境逐情識故隨相轉故此

會第四斷惑次第竟如此五位斷惑次第如空無時如圓鏡頓照如摩尼寶能同衆色如一滴之水入大海中等同無二以大智慧之圓鏡普印諸作莫不皆成無作用之大用故無三世之一時故

○第五隨文釋義者長科爲六段

○第一從爾時法慧菩薩已下至菩薩住我今當說此一段有十九行半經明法慧菩薩入定諸佛加持分於中大意有十　一釋菩薩名　二明入三昧之意　三明三昧之力　四明十方佛來現其前與法慧同號　五明十方佛與力共加　六明毘盧遮那如來往昔願力使然　七明法慧菩薩自善根力能入三昧　八明入定因緣　九明十方諸佛與十智　十明法慧出定演說十種住門

一釋菩薩名者如十信位中菩薩下名悉同名之爲首爲明信心以信爲首此十住位中已生諸佛智慧家故下名悉同名之爲慧爲明入聖法流中得佛智慧同佛知見善簡正邪契會正法名之法慧若也自已不能同諸佛智慧知見者自邪未明焉能簡邪見也是故此位能同一切諸佛知見故得一切同名法慧佛而現其前以爲印信定其詮表也以與十方諸佛智慧同故　二明入三昧之意者如十信位中且以生滅心信自心所有無始無明能分別心便卽信爲自心根本不動智佛未有方便三昧合其體用故是故十信位中十箇世界皆名爲色爲十信未入法性之流以生滅心而信解故故十箇世界名之爲色如此十住位中以方便三昧無沉掉

心能現自體無生滅智慧故是故一切修道者初以聞解信入次以無思契同依本無作用之本智慧故故須入三昧以淨攀緣染習力故無作眞智方明現故以是義故須入三昧三者云正昧者云定總言正定正定者無沉掉也無思所緣境也亦無攝持伏滅心也無忻無厭任性無思任理不作智自明矣是名方便是名無量以淨無量妄想故不可以情量思度所知故故名無量方便三昧三者正也昧之云定明情識昧正智自明如色界無色界三昧皆以息想慮而得之聲聞緣覺三昧修厭患觀而對治樂觀空而滅悲智以寂滅爲樂權教菩薩樂觀空而行六度離苦本而生淨國設有住此界者言留惑而化衆生皆非法爾合然無出沒故以此義故此方

便三昧者爲一切衆生迷法界體用五欲情生以不造作心現本智故便將根本定體淨所妄情名爲方便非是別於眞外別有假安立之定名爲方便譬如以水清寶能清濁水爲珠淨緣現本淨水非是珠能作得淨水方便三昧亦復如是爲以萬法無作本自淨緣現得本自無作智慧力故故名方便但天人外道三乘所有因果皆有所作以此所生皆有處所皆有果報廣狹淨穢差別等事於此佛華嚴一乘法門以無住無作任性法門所有其生任無依智無依止心智幻生身稱眞法界於一切衆生前對現色身然其體相無來去然亦不作神通變化之事雖然普現三世一切業果在刹那之中然亦不住三世遠近及刹那之見於此經所作三昧智慧一切

願行總是任理智之運爲非有作有修忻厭之法也　三明三昧之力者其力有五一定體淨欲徧周力二定能顯智慧同佛力三定能同佛身相名號現前力四定能契佛所知見得諸佛共所加持力五定能生在如來家爲眞佛子住佛智慧力一定體而能淨欲徧周力者爲以此無作定體而能淨諸欲妄心身同於虛空無表裏徧周虛空法界故二定能顯智慧同佛力者爲無作用定能現無作用自然慧故爲一切衆生皆具足如來自然智慧爲迷境情起緣五欲心障故以修無作定爲方便佛智自然智便現故三定能同佛身相名號現前力者爲以無作定顯得自法身智身無作白淨無垢與一切諸佛法身智慧合故是故十方各千佛刹微塵數諸佛同名法慧而現其前以智慧契會同佛知見故是故皆佛號與自已同名名爲法慧云十方各千佛刹微塵爲數量者爲明隨位進修智慧徧周昇降之數十行之中云萬佛刹微塵十迴向位中云百萬佛刹微塵以彰智慧昇進爲對迷時卽不可說刹塵煩惱爲對悟時卽不可說刹塵佛國及佛智慧也四定能契佛所知見得諸佛加持力者諸佛加持有七一同名號加持令不疑故二言讚加持令入位者心安隱故三毘盧遮那師弟加持彰本願故四神力加持與本師會同本神力智慧故五自善根力加持以自修方便定顯本智慧故六得十方同號佛皆與十種智力加持以說法同諸如來辯無礙故七得十方同號諸佛手摩其頂加持明至佛知見之頂許可

不謬故有是七種加持也五定能生在如來家爲眞佛子住佛智慧力者爲以無作定體顯本智慧同諸如來解脱智慧故（初段大意有十秖明其三仍七似闕）

○第二從出定後明正説十種住名目分如文可見

○第三有十法明正説發心之因分卽是見佛身色端嚴或聞教誡等是

○第四有十法明初發心住所緣如來十種勝智并取此位十法至下十住之終總有二百箇法門共成十住之位一一住内皆有二十箇法門十法以成當位之門十法以爲昇進之行經文自具不煩更釋約知分劑以行行之

○第五明説教威感大地震動從此段中科爲六段　一明大地六種十八相動　二明天雨十種供養　三明總結十方同説　四明十方威感遠近　五明十方同號菩薩咸來作證　六明十方佛果名妙法此明從妙慧而説此法

○第六明法慧承威説頌歎法分於此段中總有二百行頌以歎十住位中二百箇法門文自具足不煩釋也如灌頂住者如將淨水從頂而灌徧身而下如此位菩薩以法界智無中邊體等虛空界以對現一切衆生宜應現身一時等雨法雨無不灌注故故名灌頂住亦爲登此位時十方諸佛手灌其頂亦名灌頂住

大方廣佛華嚴經論卷第二十二

音釋

垣音員 塹七艷切 轡兵臂切馬轡也 徽纆上音揮下音墨 闠音會 鄽呈延切 掉徒了切摇動也

大方廣佛華嚴經論卷第二十三

唐　方山長者李通玄造

梵行品第十六

將釋此品約作三門分別○一釋品名目○二釋品來意○三隨文釋義

○第一釋品名目者何故云梵行品梵者此云淨也云以其淨行利衆生故常居世間行一切行法化利衆生無行可得則無行不淨是故名爲梵行也又約能問之主名曰正念無念之念名爲正念隨行無念名爲正念行念總無以斯益物名第一義天以天有慈名爲天子又約能說之人名爲法慧隨行無念名之爲法以法簡情名之爲慧起情乖理名爲法慧達理情亡名爲法慧今約能問之主所說法人及所說法總名淨行品品者均分理教義

○第二釋品來意者前品明住佛無所住之門故還行無行之行是故此品須來無住之住名爲佛住無行之行利益無衆生之衆生名爲淨行是故此品須來

○第三隨文釋義者科此一品經約作七門分別

○第一爾時已下三行經是正念天子所請分

○第二法慧菩薩已下至佛法僧戒可兩行半經正舉十法以爲所觀之緣分

○第三應如是觀已下至如是觀已有二十六行半經是正行觀法分

○第四從於身無所取已下至名爲清淨梵行於中可有十行經通觀三世及身受想行

識佛法悉平等具足一切佛法分
◯第五復應修習十種法已下至永斷習氣智於中可三行半經正舉如來十種智力令修習分
◯第六於如來十力已下至不求果報於中可三行經勸修十力有迷諮問并起大悲分
◯第七了知境界已下可四行半經明了法如幻觀終獲益成佛分
如是依如上觀行令身口意業佛法僧戒色受想行識身邊二見三世遠近總無又無能觀所觀心不沈不掉不生不滅任理無思如來十種智力因斯而現夫佛智非深只爲迷心逐相情麤也智隱一體也智現非遙智現執障都亡十方廓然自在處塵不爲小周空不爲大窮其跡也十方無纖毫之蹤與其用則不出刹那之際身行徧周等虛空而無盡若存其有即一切刹海現色像重重若置其無萬境不可窺其體以不思不惟而知衆法將不造不作而辦大功非生死變其志非苦樂移其性若非神之稱理者不可以情想知不可以滅心得以此如來設淨行之教觀法盡也始正法當與諸見亡也佛智方起是知見亡智應名初發心時便成正覺具足慧身不由他悟是故後學之士應法修行不可以逐境沉淪迷流永劫更欲解其上義慮將言豐障理以亂後學之心但如上所說之經多少自然恰中如一百四十願名淨行者是十信位中以願成世間知見萬法以爲淨行此十住位中以行體無爲無性名爲淨行以此淨行用成智用自在此淨行品成十住中初

發心之佛果亦爲已後十行十迴向十地等作佛果故從此無性之行行清淨故一切諸行皆清淨故諸行淨則智慧淨智慧淨則其心淨其心淨則諸法淨諸法淨名法界淨法界淨即衆生淨衆生淨則佛國土淨行此法平等者名爲淨行也

初發心功德品第十七

夫以初發心之士功德難量舉等虛空無以比其類磨盡剎塵無以酬其匹虛空但明無相之大一切剎塵但明形礙之廣焉能對其菩提心福智之境其智也於剎那之際滿十方現身如雲狀因陁羅網妙像相入光影重重各各以一言音普周法界說等衆生教門如雨灑衆生心得清涼樂爾其福也妙相莊嚴與華藏而同其體爲初發心之際與十方諸佛等住無盡劫海在剎那之中延促相似如一小流入大海中與大海等以水體不別故如初發心菩薩纔入諸佛大智慧流中等佛功德故爲初入與究竟時無延促又智慧一故爲普度衆生悉令成佛志願等故又如十方世界盡抹爲塵一一塵中有無量佛剎無量衆生如菩提心大智慧身於一剎那際等一切剎塵供養諸佛教化衆生一時等徧但以智慧力故法如是故智徧周故亦不作神通變化之想初發心菩薩志樂廣大與佛界衆生界等無限量故故今此品所歎初發菩提心以十種功德廣大難量無比不可喻於此佛果根本不動大智不思議法界乘而發心者如輪王太子初生之時具足王相如師子王之子威勢與父相似體不異故如初

發菩提心菩薩初生如來智慧種性家時智慧所知不異佛故三世時劫無延促見不異佛故志樂廣大教化衆生不異佛故從初發心乘如來一切智乘不出刹那際成等正覺教化衆生不異佛故設於三乘順世情教說三祇劫而成佛者畢竟廻心入此一切智境界乘方得成佛如法華經即是所廻三乘入一切智境界之教如龍女一刹那際一生成佛者是也一切衆生總須悟如此法方得成佛不可取如來三乘中順世方便之言以法如是故如此品下文云初發心菩薩纔發心時即爲十方一切諸佛所共稱歎即能說法教化調伏一切世界所有衆生乃至示現成佛等廣如此品下文所說此品之內長行總有四十段經意也頌有二百四十二行以歎初發心菩薩之功德其文如下

將釋此品約作三門分別○一釋品名目○二釋品來意○三隨文釋義

○第一釋品名目者此品名初發心功德品者創始發心見無古今名之爲初無心智應名之爲發身邊見盡名之爲心不爲而成大果名之爲功但化利一切不忻來報自獲無邊妙相莊嚴故名之爲德又福智徧周名之爲功事無不達名之爲德品者均分教義

○第二釋品來意者前品既有淨行之功此品所明淨行之中無邊功德是故此品須來

○第三隨文釋義者復分二門△第一長科經意△第二隨文解說

△第一長科經意者從初爾時已下至品末已來長科爲四十段

○一爾時已下至其量幾何有一行半經是天帝請說發心功德分

○二法慧菩薩言已下至而爲汝說可三行半經明初發心功德甚深十種難知許說分

○三佛子已下至無能量者可五行經明一人所供十方各一阿僧祇世界衆生并令淨持五戒且舉功德廣大難量分

○四法慧菩薩已下至亦不及一有五行半經明將前所有廣多供養功德不可比對初發心功德無比近喻分正明將人所供養不可校量如歌羅分者是將多比少不如喻如折人身上毛作百分將前人所作功德不如初發心菩薩百分毛中一分毛許功德又云優波尼沙陁分者謂少許相近類之無限善根不可將有限比對餘如文自明

○五佛子已下至唯佛能知有十行經明且舉如上功德廣大分云教住十善道者身三口四意三是欲界生天善上者出世善云四禪色界業也初禪滅憂二禪滅苦三禪滅喜四禪唯寂靜云教住四無量心此是有爲中慈悲喜捨云教住四無色定此是無色界定已上是三界中善業云教住須陁洹果謂初斷見惑捨異生性初獲聖性入聖行流故故名入流云教住斯陁含果此云一來謂此聖者雖斷欲界六品惑然爲有餘三品未斷令此聖者一度來欲界生故名一來果云教住阿那含果此云不還謂斷欲界九品惑盡從此生色界更不來欲界受生故名不來此十使中見道疑未能明了不入羅漢果如十使煩惱一身見二邊見三見取四戒取五邪見

已前五爲利使已後五鈍使見諦斷六貪七瞋八癡九慢十疑此五鈍使能迷隨行之事此之十使前五利使須陁洹見諦之後伏之不起後五鈍使薄貪瞋癡斯陁含斷欲界六種惑非無色界貪於瞋癡慢三種微而且薄現行不生非種無故爲上二界報且無瞋爲修定伏而現行不起爲須斯二果有猒患而不令增長常求出世之心以此不成三界沈淪種子阿那含猒令永息唯有見道疑以見道不分明不能頓超三界業果阿羅漢爲見道無疑三界業果一時盡故望前三果設斷九種煩惱唯有疑在不得名爲斷煩惱爲見諦無明未明總名猒伏不得名斷又羅漢辟支佛但忻出世淨土菩薩及空觀菩薩爲但忻出世行六波羅蜜總是折伏現行無明不得名爲永斷煩惱爲且以空觀折伏無明不了無明從本已來是不動智佛爲不了根本以空折伏使令不起乃至十地但得意生身等不名如來一切種智生以作十眞如等觀斷十種麤重不了無明本是如來根本智故大用恒寂故一乘佛果教中依佛果發心初發心時達根本無明是根本無分別智成差別智大用法門初心之上圓滿一切諸佛共所乘門名乘一切智乘若智悲願行毫氂不似佛信心亦不成何況住佛所住生在如來一切種智家生爲佛眞子具諸佛事以智不異願行平等大悲不異無限境界不異過去未來劫差別與一念不異應如是定慧照之可見此是名依佛菩薩正善知識依根本智發心如下文纔發心菩薩能十方示身成佛

者爲初發心時乘如來不思議一切智乘得佛種智生如來法界之家乘佛一分之智慧大慈悲勢分即能如是示身成佛如下頌云菩薩於佛十力中雖未證得亦無疑菩薩於一毛孔中普現十方無量刹如是總明初發心菩薩之德爲得如來一分智力勢分如是如輪王太子權統王政亦得自在一分與父王相似

○六法慧菩薩言已下至亦不及一可兩行半經明前功德不可比對初發心功德喻分

○七何以故已下至無上菩提之心有十四行半經明初發心菩薩爲起無限心教化一切衆生不斷佛種性分

○八佛子復置此喻已下至可知邊際有七行經明且舉速行邊際廣大可知喻分

○九菩薩初發心已下至三藐三菩提心可十五行經明初發心菩薩所知世界境界無限難知分

○十佛子復置此喻已下至可知邊際可六行半經明且舉速知劫數成壞廣多可知分

○十一菩薩初發心已下至了知一切劫神通智可十六行經明初發心菩薩了劫成壞難知分

○十二復置此喻已下至可知邊際可六行經明且舉所解廣大猶可能知分

○十三菩薩初發心已下至三藐三菩提心可二十行半經明初發心菩薩知解廣大難知分

○十四佛子復置此喻已下至可知邊際可六行經明且舉知衆生根廣多猶能可知分

○十五菩薩初發心已下至三藐三菩提心可五行半經明初發心菩薩善知衆生根性廣大難量分
○十六佛子復置此喻已下至可知邊際可四行經明且舉所欲樂廣大猶可知分
○十七菩薩初發心已下至三藐三菩提心可六行經明初心菩薩所知一切衆生欲樂廣大難知分
○十八佛子復置此腧已下至可知邊際可四行經明且舉所知衆生方便廣大猶可知分
○十九菩薩初發心已下至三菩提心可六行經明初心菩薩善知一切衆生種種方便廣大難知分
○二十佛子復置此喻已下至可知邊際可三行經明且舉所有一切衆生心廣大猶可知分
○二十一菩薩初發心已下至三菩提心可五行半經明初發心菩薩知一切衆生差別心廣大難知分
○二十二佛子復置此腧已下至不可得知有四行經明且舉所有衆生業廣大猶可知分
○二十三何以故已下至三菩提心可三行半經明初心菩薩知衆生差別業廣大難知分
○二十四佛子復置此腧已下至可知邊際有七行經明且舉如衆生煩惱廣大猶可能知分
○二十五菩薩初發心已下至三藐三菩提

心有十六行經明初心菩薩所知一切衆生煩惱廣大難知分

○二十六佛子復置此喻已下至亦復如是可九行半經明且舉供養廣大難知猶可知分

○二十七佛子於汝意云何已下至亦不及一可四行半經明初發心供養廣大難知分

○二十八佛子復置是喻至亦復如是有十行半經明且舉供養及起塔廣多猶可知分

○二十九佛子此前功德已下至發是心已有七行經明初心菩薩供養功德廣大難知分次直就法說分

○三十能知前際一切諸佛已下至能與諸佛平等一性可四行經是初發心已能知三世諸佛成佛及涅槃智慧平等分攝佛功德分

○三十一何以故已下至三世智故發心可九行經明菩薩初發心志意所求甚深深廣分

○三十二以發心故已下至說法智慧有六行經明菩薩發心已得三世一切諸佛憶念與法及自力昇進分得果佛因佛分

○三十三何以故已下至智慧光明有十行半經明纔初發心菩薩成佛利生同三世諸佛分化用分無著分

○三十四此初發心菩薩已下至心無所著有四行半經明初發心菩薩志樂所知世間出世間無限分瑞分

○三十五爾時佛神力已下至等徧擊有三行半經明大地震動分

○三十六天雨衆華已下至及天音聲有兩行經明諸天興供分證成分如動地興供明法威力亦明大衆法悦心悦地動明心境體無二故境由心現故
○三十七是時十方已下至悉如是說有四行半經明十方同號佛來現其前歎譽許可法同分如十方各過萬佛刹微塵数佛同名法慧來現其前者爲明與十方諸佛智慧合故萬佛刹塵者明昇進修行啓迷悟法之量十信十十住百十行千總是明昇進見諦解迷悟法之名
○三十八汝說此法時已下至皆悉得聞有五行經明說此法時十方各過萬佛刹塵菩薩發心授記分如萬佛刹微塵数菩薩發心授過千不可說劫成佛之記皆同號之爲清淨心者亦明達如是千不可說劫量法門總清淨故佛號清淨心非是實有如情所見長遠之劫也總明當位隨迷悟法之名不是存其劫量之說如妄情之所見也自此以下直至品末如文自具如文稱歎
○三十九如此娑婆世界已下至說如是法有九行半經明十方所說法人及法門一時同說分
○四十爾時法慧已下至說頌有六行半經明法慧菩薩觀欲所緣之法說頌稱歎分已下頌文有二百四十二行四行一頌其頌有六十段頌都計有二百四十行末後兩行頌總結頌意歎勸發心初一百六十八行是總都歎佛果已來五位及信等諸法明初發心者志樂智德總含一切諸佛智德體用始成

一念初發心菩薩位也方明初發心境與心不二若志樂毫釐不似如來所修法身悲智願行者不名初發心菩薩故

以此初頌有一百六十八行（爲利世間發大心起不與發心功德七止）且總歎信等六位因果及如來智德總歎令初發心者法之相似

然後七十四行頌（又教億衆成緣覺起宜應速發菩提心止）始重頌前四十段中校量發心功德廣大之量如文具明隨文稱歎四行一頌準例知之如是校量初發心功德設使以等虛空無限境以一切樂具總供養無限衆生皆令得人天勝樂又教令得四沙門果及辟支佛及三乘出世菩提如是虛空境界及所度衆生雖等然未令所化衆生得成佛亦不可比於此教中初發心乘如來大智等佛所行普化衆生皆成佛故發菩提心以是義故雖然所舉境界廣狹雖等所化衆生成佛不成佛不等故不可爲比故是故此品下文云初發心菩薩不於三世少有所得所謂若諸佛若諸佛法若菩薩若菩薩法若獨覺若獨覺法若聲聞若聲聞法乃至廣說如經但爲唯求一切智於諸法界心無所著發菩提心畧說菩提其法有四一聲聞菩提二緣覺菩提三權教菩薩菩提四一乘菩薩佛果菩提前三並是出世菩提佛果菩提是法身大智大悲眞俗萬行法界圓滿菩提無出入故三乘菩提雖觀四諦十二緣而亦未知四諦十二緣之實體非獨二乘不知三種意生身菩薩位登十地猶未能悉知唯一乘菩薩以智方知至十地品具明但且畧而總言三乘中觀苦集滅道及

十二緣生及行六波羅蜜菩薩厭苦忻真但求出世大悲菩薩方云留惑潤生一乘菩薩以智觀四諦十二緣生無明即智苦諦即聖諦於生死涅槃無解縛性是故此經名苦聖諦集聖諦如是十聖諦十十二因緣總是法界自性無縛無解自在之緣不名無明不名苦諦如是總觀萬法如是名爲一乘法界緣起智悲自在任性緣生一切眼耳鼻舌身意無非是法界緣起自在法門一切諸佛知見神通道力以此而有但以禪定觀照諸波羅蜜而顯發之是故學者應如是修如是悟入已下頌文四行一頌如文自具不煩更釋有智之士隨文稱歎令衆發心

明法品第十八 經在第十八卷

將釋此品約作三門分別○一釋品名目○二釋品來意○三隨文釋義

○第一釋品名目者此品爲明前之昇須彌頂品偈讚品十住品梵行品初發心功德品五品法門已發菩提之心得廣大功德此精進慧所問之法有二義一令前五品之法其心更明二令後所行之法轉勝明白故云明法品明昇進前後法故是精進慧菩薩啓請法慧菩薩言所有大願悉使滿足獲諸菩薩廣大之藏此明前所得法使令更明後之昇進使令明白是修十行之向長養本位十住之法

○第二釋品來意及名目如前

○第三隨文釋義分之爲二△一長科經意

△二隨文解釋

△第一長科經意者約科爲三段

○第一初爾時已下長行有三十三行半經通偈頌有五十五行半明精進慧菩薩請法分 下有分義三段

○第二爾時法慧菩薩已下有六行經明法慧菩薩許說分 下有申義一段

○第三佛子菩薩摩訶薩已下直至品末通偈頌總明正說法分 下有分義二十段

從初第一請法分中義分爲二△一科此一段經之文意△二隨文解義

△第一科此一段經文意者約科爲三段

○第一爾時已下至靡不樂聞有十二行經明精進慧菩薩初起請法門分△二隨文解釋者從初爾時者爾猶此云說此法時也精進慧菩薩者約位加行成名此通十箇慧之通稱爲令欲成此位之昇進必藉精進之功慧者照燭義精進者無思義以無思之慧照燭有作之功有作本自無功萬法本來自淨萬法自淨名之爲精無功智應知根利生名之爲進此約成位進修之稱也菩薩者如常說也白法慧菩薩者白者明也明著名言申其所明也云昇一切智乘者明入此位也以此位菩薩乘一切智乘生如來家入佛種智爲佛之子恒蒙諸佛之所攝受故明智相應堪與益故故云攝受云獲諸菩薩廣大之藏者如十迴向中智藏悲藏等十藏是也云以何方便已下正說中十十法門是

○第二復次如諸已下至菩薩所行次第願皆演說有二十一行經明精進慧菩薩并舉當位應所修行之行及獲益重勸說守護法分云六通者身通天耳通天眼通宿命通他

心通漏盡通身通者於一刹那際身隨智用周徧十方對現色身隨根普應天耳通者耳根常聞十方一切諸聲天眼通者眼根常見十方一切麄細等色宿命通者智隨三世一切衆生死此生彼所作業行因果悉能知之他心通者一念能知三世一切衆生心念所欲漏盡通者隨智徧知一切諸法而無情欲順癡愛心此經又有十種通如十通品說三明者一宿命二天眼三漏盡是名三明四無畏者一一切智無畏二漏盡無畏三說障道無畏四説盡苦道無畏相好者此經十身相海也力無所畏者十力也一是處非處力二業力三定力四根力五欲力六性力七一切至處道力八宿命力九天眼力十漏盡力是爲十三世業果名爲處了達非有名非處善知衆生業因果心定不動如山王衆生根品上中下欲樂種種各差別種種世間諸性分一切道法各不同宿命徧知三世業天眼十方無礙了隨諸分別滿十方心無雜染常無垢如是十種得自在是名如來無畏力十八不共者一佛身無過失二口無過失三念無過失四想無過失五心無不定常在三昧六無不知已捨七者欲無減八者精進無失九念無減十慧無減十一解脱無減十二解脱知見無減十三身業隨智慧行十四口業隨智慧行十五意業隨智慧行十六智慧知過去無礙事十七智慧知未來無礙事十八智慧知現在無礙事所言無過失者妙善相應所言無減者所作善法常無忘失云一切智智者云種種智無盡智此明差別智無盡故

如守護分中有二義一明初發心菩薩守護一切諸佛法藏而能爲人演說二得天王夜叉王如來法王等守護

○第三爾時已下可一行經明精進慧以偈說重請法分

如以偈重請分中有二十二行頌初二行頌歎能說法主已下二十行兩行一頌初兩行歎初發心菩薩智慧福德超世獲益次兩行頌勸說昇進之行次兩行頌明大智度衆生無著次兩行頌明衆行無缺利生令佛種不絶次兩行頌明堅固功成出離法勝重勸請說次兩行頌明破暗降魔之道亦願請說次兩行頌明如來所得之法亦勸請說次兩行頌明云何演說如來法末後兩行頌明云何令初發心無畏如師子無著如蓮華此上三段明請

法分

○第二爾時法慧菩薩已下有六行經明法慧菩薩許說分於此分中所歎能問之人如文可知此明許說分

○第三正說分中復分爲二△一長科經意△二隨文釋義此下明正說法分

△第一長科經意者從佛子菩薩已發一切智心已下至品末長科爲二十段

○第一從初佛子已下至住不放逸有十行經明住十種不放逸法分

○第二佛子已下至十種清淨有十行半經明住不放逸得十清淨法分△二隨文解釋者從正說分中菩薩摩訶薩二十段文中但隨經文義隱言幽方可解之經文自顯處如文自具不煩更釋如文中深入禪定不沉不

舉者不沈離聲聞滅盡定亦離上二界息慮禪如色界初禪滅下欲界愁憂不生得一分輕安寂靜無欲界愛有寂靜愛水災便至楞伽經云津潤妄想能生內外水界以愛爲津潤故水大至如色界第二禪能滅欲界憂苦不生得一分輕安寂靜爲有覺有觀能緣靜境猶在火災便至如第三禪無覺無觀有禪悅樂心有喜動風災便至如第四禪身心寂滅離出入息喜動亦無三災不至唯妙色身如白銀清淨光潔衣如金色四禪身長二十里衣長四十里已下三禪倍倍減半如初會中已釋如是四禪皆是息心令靜以爲勢分乃至空處識處無所有處非想非非想定皆是破除昇進令念不生住寂定故如是破色界靜色令成無色界空識又破見空之識亦空名識處定又破識空之見亦無名無所有定又破無所有心此無想無想之想亦無名非想非非想定如是上界修禪皆是作意存情伏心不起不是任性無爲無沈無掉稱眞理智寂用自在不作而爲之定也如欲界定攀緣五欲名掉色無色界定名沈又聲聞緣覺定名沈空觀菩薩行六波羅蜜生於淨土名掉舉如是三乘之定皆有沈掉爲垢淨未亡見道不眞有忻厭故二乘之定雖無三界現行之惑皆是厭患對治伏滅無爲無能起惑我生不起悲智亦亡住滅定者頭上擊鼓亦不聞知化火燒父母分段身者入變易生死如是二乘斷惑不分別法意勢相似或有聲聞以十二緣生法得道如是三乘觀行緣覺聲聞淨土菩薩所得道者皆是出世三乘

互用通爲九乘大體以約勝鬘經得伏三界煩惱不起得意生身無分段生死得變易生死非是應眞任智自在無出入體任智應衆生利樂不息廣如勝鬘之意以是義故色界無色界及三乘禪有沈有掉如大乘中留惑潤生菩薩道前安立三十心菩薩習種性性種性道種性方入聖種性四攝四無量心三十七助道品觀十波羅蜜名目相似若以攝化境界及見佛數量意生身智生身成佛因果總皆不同以是義故如是留惑潤生菩薩所修定亦沈亦掉爲但得三種意生身未得如來智生身故乃至七八九十地得種類俱生無行作意生身菩薩但得三界煩惱中空觀折伏現行不起於意生中自在故非是生如來一切種智家故非是於如來一切種智中起慣習故所云成佛定滿三祇所見佛境初地菩薩但云供養及攝化百佛世界但得百法明門如此華嚴經者初發心菩薩初發如來一切種智之心名爲菩提心如初發心住創生一切諸佛一切種智大智慧家生初發心時便成正覺爲會諸佛一切種智與自智一故成佛不出刹那之際以智境界非延促故攝化境界徧百佛刹微塵又多百佛明智境德用無盡無限重重故此猶約隨位進修之言計體一即一切無限也如十地中初地菩薩供養多百佛多百千佛雖數不離百數然多百即無限與單百即無比是故四念四攝四無量心十波羅蜜一一法悉皆無限是故此十住菩薩所修定業不屬世間出世間沈掉之定也已釋住於深定不沈不舉竟

如云深入禪定得佛神通者如上色界無色界天及三乘神通色無色界神通息心想淨報得神通二乘神通依定前所念淨土菩薩神通得清淨意樂通如三種意生身是如此經中入深禪定得佛神通者以心稱理元無出入體無靜亂體無造作性任理自眞不生不伏理眞智應性自徧周三世十方一時普應對現色身隨以智應而化羣品而無來往亦不變化名佛神通智無依止無形色體無來去性性自徧周非三世攝而能普應三世之法名曰神通是故經云智入三世而無來往爲三世是衆生情所妄安非實有故爲智體無形色不造作而應羣品名之爲神圓滿十方無法不知無根不識名之爲通

△第三佛子已下至能令一切如來歡喜有十一行半經明行十種法諸佛歡喜分經云依無作門修諸淨行者以此無作門修法界虛空界行海徧周清淨故智無所爲名之爲修知根同事名之爲行行無不利非作非生名之無作門也常處十方一切三界受生利俗而無染淨名之爲淨行故

○第四佛子已下至諸佛歡喜有六行經明安住十法分已上佛歡喜分

○第五佛子已下至令諸菩薩速入諸地有八行經明行此十法速入諸地分經云有十種法令諸菩薩速入諸地者明雖於初發心住位而徧知諸住諸行諸廻向諸地法門爲一即一切故一切即一故即因即果故即如善財童子見彌勒菩薩已彌勒還令卻見文殊師利明因果不異不離故此亦如是從初

發心位佛果地位一念齊進而亦不出一念中修成正覺佛因果及菩薩行悉圓滿故如善財一生龍女不出一刹那際三生成佛總相似故云一生成佛者明今生是父母分段身是信心及見道修行生捨分段身入變易生名爲一生亦不出刹那際無古今性無分段性無變易性萬相如幻故如化故非生滅故無三世故以此初住徧修諸位諸地故貫通諸法總一時一法多少延促自在無礙不出一刹那際故法如是故去情以智觀之可見經云與三世諸佛同一體性者爲法身智慧同也三世廣大劫一念同三世諸佛普賢共行大智大悲圓滿同故

㊀第六復次佛子已下至而自莊嚴入菩薩地有十行經明入地勝進分

㊀第七佛子有十種法已下至所行清淨有八行經明淨行分經云知一切衆生與諸如來同一體性者三乘菩薩知一切衆生同有如來佛性理性此經知一切衆生同有如來一切種智之性如經下文有經卷如三千大千世界内在小衆生身中有人成佛破此微塵出此經卷言微塵許大衆生皆有佛一切種智故菩薩成佛化之總得如來一切種智故達理之智名一切智差别智名一切種智

○第八菩薩既得行清淨已下至十增勝法有八行經明昇進轉增分

○第九佛子已下至是爲菩薩十種清淨願有七行半經明大願成行利生分

○第十佛子已下至守護無上法門有七行經明行十法令大願圓滿分經云聞諸佛土

悉願往生者不出塵中智徧現應供養十方一切諸佛而無來去

◯第十一佛子菩薩滿足如是願已下至如應說法有九行經明十種無盡藏分

△第十二所謂知其所作已下至具足莊嚴波羅蜜道有十六行經明菩薩知根利益分

△第十三是時已下至令三寶種永不斷絕有五十二行半經明行十波羅蜜利益衆生諸對治分經云諸次第定者色界四禪菩薩次第能入於無色界四禪菩薩悉能順入或超間入出如涅槃經闍維分說從初禪入三禪出空處入無所有出非想處入識處出如是超間如是次第如此經方網三昧一方入定十方起十方入定一方起等具如十信位中說三摩鉢底智印者明寂用同起印諸萬法無不明了如大海水而現萬像淨智普印一切萬法皆能了知而無能所亦無作者經云入眞三昧者無三界及三乘染淨沈掉是也離諸僻見者有無二見是內見外見身見邊見戒取見取等總是乃至六十二見是六十二見者於一切法上計有四見一常二無常三亦常亦無常四非常非無常於五陰上各有四見四五二十三世五陰上合爲六十本二見共爲六十二見一切僻見不離此也經云善觀諸法得實相印者以無作無依無相大智印印諸萬法起唯法起無有無明三世計著名實相印普門慧者徧知衆生諸根及法智一切智智種種差別智也色界衆生爲住定故教令起觀修無相觀者教微妙智慧爲相不當情智慧利故

◎第十四所以者何已下至念念具足十種莊嚴可有十八行經明令三寶種永不斷絕分六和敬法者一身二口三意四戒五施六見名爲六和敬法於衆生田中下佛種子者示一切衆生菩提理智故及微少善根爲勝緣故

◎第十五何者爲十已下至度脱無量無邊衆生有三十行經明以十種莊嚴令見者發心無空過分六通前已釋訖如十通品説十通如經具明

◎第十六佛子已下至如是自在力已有二十三行經明菩薩初發心得與佛平等法堪爲大法師分

◎第十七假使有不可説世界廣大道場已下至及護持法故有十三行半經明處衆無畏説法自在身無映蔽分

◎第十八爾時已下可一行經明法慧以頌歎法分

◎第十九如此以頌歎法中有二十行頌兩行一頌如文其義自具隨文稱歎

◎第二十最下一行經明大衆聞法歡喜奉行分

◎第四會夜摩天説十行法門此之一會昇夜摩天是序分從偈讚品已下是正説分動地與供是流通分

大方廣佛華嚴經論卷第二十三

音釋

恰（苦洽切）　灑（所蟹切）　洹（音完）　鈍（徒困切）

大方廣佛華嚴經論卷第二十四

唐方山長者李通玄造

◎第四會夜摩天宮說十行法門頌下四品經

昇夜摩天宮品第十九經在第十九卷上

將釋此品約作三門分别◯一釋品名目◯二釋品來意◯三隨文解釋

◎第一釋品名目者何故名夜摩天宮明以處表法此天名爲時分天爲此天無日月晦明以蓮華開爲晝合爲夜故名時分天故爲表十行法門知時而應物化不可不知時故故以時分天以表知根而對行不可一向爲也知是人天種二乘三乘一乘種知可以何善根而接引之故以時分天以表所行之行須以知時故須彌山以表十住之法門明以從信昇進離凡夫地故又表十住之位初登法頂至相盡處故又表須彌處大海中高八萬四千由旬非手足所攀緣而昇上故明初十住之位非以有心思求觀行攀緣所及以無思不爲蕩然智應萬法無依方可昇也此十行位處夜摩之中明依空而住不與人連十行亦然依空法而行行知時而益俗也故處此天而表之也於兜率天說十迴向爲明其處居欲界天之處中又明此天樂知足也以表十迴向以迴正智處俗利生處大悲門饒益一切於諸境界無所貪求故處此天以爲所表昇他化天說十地法門者超過化樂明至欲界際表十地自在超昇化樂至欲界之頂化心魔王至欲盡際故昇第三禪說佛華法門明普賢行滿表以行法悅悅無盡衆生故又彰第四禪是佛位故此約進修昇降

表法且如是安立然其理智一一徧周無去來也以此皆云不離菩提道場普光明殿而昇忉利夜摩兜率等如第三禪超初禪二禪者明位倍倍勝故此一會未有來文是纓絡本業經如來領聲聞菩薩衆向菩提樹下說往昔於此菩提樹下初成正覺時說法界經一一排次至第三禪故是故於此夜摩天以表十行

○第二釋品來意者前明十住昇進以昇須彌之頂此明十行之昇進以至夜摩以次此品須來

○第三隨文釋義者於中大意義分爲二△一長科經意△二隨文解釋

△第一長科經意者此一品四十九行經中約作十段長科

○一爾時如來威神力故已下至恒對於佛有三行半經明十方同見如來不離其處分

○二爾時已下至寶莊嚴殿可有兩行經明不離十方一切菩提場普光明殿而昇夜摩天分

○三時夜摩天王已下至時彼天王敷置座已有十四行半經明時分天王遙見佛來化座莊嚴及恭敬分

○四向佛世尊已下至處此宮殿可兩行半經明時分天王請佛入殿昇座分

○五時佛受請已下至悉亦如是可有一行經明如來受請都結十方同然分

○六爾時天王已下有一行半經明天王憶昔往因說頌歎佛分

○七說頌之中有二十行頌歎十如來曾來

入此天宮分
○八如此世界已下至歎佛功德有兩行半
經明十方同此一時歎佛分
○九爾時世尊已下至諸所住處可兩行半
經明如來受請入殿廣博寬容分
○十十方世界悉亦如是此總結十方同此
分
△第二隨文解義者初爾時已下至恒對於
佛明十方一切處恒徧滿無增減故言不離
菩提樹須彌頂而昇夜摩天者明智徧一切
處而示其身非去來故云遙見佛來者明從
十住向十行位故即以神力化座者明行位
依空智而所成無能所之建立故以座表行
號曰蓮華明無作行成無所染著故藏者含
容義明無行之行含藏衆善故師子者明無
畏也以無爲之理智處生死而無畏故此依
主爲座名百萬層級者明十住十千十行百
萬明隨位昇進階級故百萬金網以爲交絡
者明此位中以行網教網化衆生故此爲報
得依果故十住十千十行百萬明昇進也華
鬘香寶及四種帳明以四攝法方便行含攝
衆生故又四種蓋明以四無量心慈悲喜捨
覆蔭衆生故百萬光明而爲照耀者明以智
眼觀根而攝化故天王者行自在也恭敬頂
體者行行無慢也梵王踊躍者淨行利生見
求乞者歡喜無厭也百萬菩薩稱揚者明以
行濟物衆聖歡喜稱歎也天樂奏音者明善
能說法所招果也四種雲以行慈覆俗前云
蓋後云四種雲明約器大小覆育故摩尼雲
亦然隨根大小照燭與益故百萬善根所生

明已上莊嚴皆約行中善根所生故爲行能利物積善即得諸佛覆護衆福所嚴已下如文可解云善來善逝者善滅衆惡苦灾逝者度衆生之離縛時佛受請昇座者明昇進正入十行位故已上望佛自德十方恒自徧周今作昇降者總約衆生進修昇降故二十行頌中歎十佛昔曾入此殿明今所入十行理智與古無殊此十如來還是約行昇進所成之號前十住位昇須彌頂十如來名號亦是隨位會古之號明所入之法不異古今諸佛故如十住位中須彌頂上帝釋宮中遙見佛來即於殿中安置普光明藏師子之座爲明初入如來智慧中生即以方便三昧之門名安置普光明藏即明智慧照耀法界藏故今此十行位時分天王遙見佛來化作寶蓮華師子之座者明以行華設其教網漉諸衆生令入如來智之境界藏故蓮華表行無著義故化座者明行體以依十住智慧虛無法身安立也所作如化也以玆所表末後五行經都結十方同時歎佛如來入殿其殿包容如天所住者明入位昇進自智寬容方知佛境故

夜摩天宮偈讚品第二十（經在第十九卷中）

將釋此品約作三門分別○一釋品名目○二釋品來意○三隨文釋義

○第一釋品名目者明昇夜摩天宮以說十行之法此品以功德林等十菩薩衆各各以當位之行以偈都讚當位之法故名偈讚品

○第二釋品來意者明欲說十行之法先須偈都讚十行之中因果法門故此品須來若

不先舉所行之因果十行有何依成

○第三隨文釋義者於此一品之中約作二門分別

△一長科經意△二隨文解釋

△第一長科經意者約作五段長科

○第一爾時佛神力故已下至結跏趺坐有十三行半經明隨位菩薩功德林等十菩薩并陳自行佛因果來集分

△第二隨文釋義者於此分中義分爲三△一釋菩薩名及配隨位進修之因果△二釋剎土遠近之意△三釋菩薩各各同號徧周

△第一釋菩薩名及配隨位進修之因果者約有十種因果　第一功德林菩薩者如十住位中初生佛智慧家故菩薩名法慧及財慧等此位明從慧行行福智二報廣多故以林爲名也又林者廣多義覆蔭義莊嚴義身幹枝條華葉果實相資義明行位菩薩以無性智慧莊嚴萬行枝條大悲爲葉覆蔭攝化一切衆生皆令自他菩提華果悉開發故如川澤有林衆鳥歸若人有行多人依是故十行菩薩目之名林此當歡喜行主檀波羅蜜門如善財十行之初善知識名爲善見在林中經行亦如此也國名三眼者如此位佛果號爲眼也國名親慧世界者明此十行親從佛慧所生爲因亦常與一切衆生以爲親近佛果號爲常住眼佛爲親從佛智慧生故所有知根利俗貞令得其常住之智眼故明自得如來智慧之眼所有利生亦令他得智眼故明以如來智慧觀根利生之智即是當位佛果也功德林是表所行行之人親慧世界

是當位所修行智慧之因常住眼佛是當位知根見解之果也與根本智相應名常住眼佛　第二慧林菩薩者明智慧如林廣多義故此是饒益行以智慧饒益一切衆生令不迷故行戒波羅蜜此位以智慧爲戒體故如善財童子十行中善知識釋天童子行戒波羅蜜以算法相法印法即安置村營城邑吉凶之地是智慧故十住之中以法身爲戒體此十行之中以智慧爲戒體故幢慧世界是所修行因以慧爲戒體於生死中不傾動故無勝眼佛是所行之果以慧眼知根餘無勝故　第三勝林菩薩者此是無違逆行主忍波羅蜜諸行之中忍行最在初無忍不成行也故號勝林菩薩如善財童子於此位中善知識是優婆夷名爲具足爲忍波羅蜜總攝衆行慈悲喜捨總在其中明優婆夷者表慈悲行也素服被髮是戒忍之相處其一室室開四門表慈育衆生四攝法也十千侍女萬行具也以一小器濟惠無窮者表離慢自高四攝無限故明一一波羅蜜互含用故勝林菩薩是行行之人寶慧世界是所修行之法明以忍爲衆行之寶可貴重故無住眼佛即是忍中之佛果也明雖行忍行而不念所行也　第四無畏林菩薩者明常行精進即於生死利人天之無畏也主無屈撓行爲以智慧知時知法知根利物不撓其事不滯其功故如善財善知識明智居士是此位中善知識也爲以明智利衆生即行無屈撓故住大興城是精進義故於市肆衢道者明饒益廣多無限利益故須臾繫念作意方便故仰視

虚空隨所須物惠利衆生皆從空下者明智知空應智念故空爲智本智不異空故是故觀空物隨智現也是故空者衆法之本以此觀之明一切功德總從空智而有無畏林菩薩者是此位行行之人勝慧世界是修行之法不動眼佛是此位中之佛果故明精進之位不隨物變故佛號不動眼故於境不動名爲精進　第五慚媿林菩薩是無癡亂行主禪波羅蜜爲具慚媿而行禪爲禪定發慧即行無癡亂故如善財知識寶髻長者是此位中善知識也在於市中明行中禪體鬧而恒寂執善財手將詣所居之宅明引接也明於生死市中引接將詣所居智果故明觀果知因其宅寶嚴十層八門院有八門閣有十層八門明八正道十層之閣約十波羅蜜之報一如十度之行從下向上排之自具法則至文方明此約禪體總收萬行慚媿林菩薩是此位所修行之人燈慧世界是所行之法爲定能起慧明照物故世界名燈也天眼佛者是此位佛果也爲定能淨諸根故號天眼佛

第六精進林菩薩此是善現行主般若波羅蜜門爲以般若善現衆行以益含生故號精進林如善財此位中善知識號普眼長者明初救身命次施飲食後與說法一一隨根明智慧成就故精進林是修行之人金剛慧世界是修行之法明智慧破煩惱名金剛故解脱眼佛是此位之佛果　第七力林菩薩是無著行主方便波羅蜜明以方便處俗利生同其行流處世無著成大悲行是爲力林也以眞入俗處纏不污是故名爲力林如善

財此位善知識號無厭足王爲行大悲自化現身作諸不善還自化其身追捉治罰或斷命根苦當治之令實衆生懼而斷惡救護衆生愛而不捨名無厭足力林菩薩是能行行之人安樂慧世界是所修之法審諦眼佛是此位果也爲此位是成大慈悲門故名安樂世界約安樂衆生得名佛號審諦眼者審知衆生應何法化故方始調伏　第八行林菩薩是難得行主願波羅蜜難得能得名爲行林此智位難可昇故名難得能得如善財童子此位善知識王名大光是第八智隨大願滿衆生意行大饒益普施衆生世間樂具一切智寶悉皆施之行林菩薩是能行行之人日慧世界是所修之法此位智體增明世界名日慧明相眼佛是此位之果爲此位智體增明佛果號明相眼佛　第九覺林菩薩是善法行主力波羅蜜如善財此位善知識號不動優婆夷是第九法師位何故爲女身爲明處法師位時貞潔慈悲柔輭以女表之此女發心已經閻浮提微塵劫自發心來心無一念五欲之想明貞潔慈悲柔輭是法師之德也是故此菩薩號曰覺林主力波羅蜜覺林菩薩是行行之人淨慧世界是修行之法最上眼佛是所修行之果爲智慧淨故佛號最上眼　第十智林菩薩是眞實慧行故主智波羅蜜在此名位相似可知如善財此位知識號出家外道名爲徧行明得智自在能同邪見攝諸邪見云三千之境九十六種外道我皆爲之智林菩薩是能修行之人梵慧世界是所修之法紺青眼佛是此位之果紺

青是十行之智一終之滿明淨照燭之極故
㊀第二釋剎土遠近之意經云十方一一各
與佛剎微塵數菩薩俱從十方十萬佛剎微
塵數國土之外諸世界中而來集會者十住
云百佛剎微塵此位云十萬者明進昇智慧
之增廣迷心及諸境爲塵之量迷執所居名
之爲國心隨境轉名之爲諸國土之外執亡
智契名之爲來明智徧周境無不達故號菩
薩一一菩薩例然總明達迷智徧
㊀第三釋各各同號菩薩徧周者明心迷諸
境塵表無明廣多故心悟智通遐周剎海一
切種智無不同其見故即各各名號徧周明
迷時無境不惑悟已無境不智是諸菩薩已
下頂禮佛足明致敬昇座化作摩尼藏表十
行處生死而化衆生行常無垢故摩尼座者
離垢寶也藏者含藏義師子者無畏也此明
凡行有染聖行無垢也師子依主立名故總
名修行者智德所行之法
○第二如此世界已下至悉等無别可兩行
經都舉十方世界菩薩來集此分
○第三爾時世尊已下至靡不皆現可兩行
經明放光所在分爾時世尊從兩足趺上放
百千億光明者十信足下輪中放光十住足
指端放光此十行之中足趺上明次第隨位
昇進表法光從十千百千百億千億妙色光
明總明隨位昇進也凡足下足指端足趺上
總不離所行之行
○第四爾時功德林菩薩一行經明觀法説
頌分自此長行已下有十段頌文是十林菩
薩各各自頌當位所修行之法以此十法共

成一行如是一一行中皆具十行各各隨自行位中名目下義即是所讚之法如文具明

○第五從初頌已下有十段經明十行之中各申自行法門因果分已下如名之義各歎當位所行之法達名知法可知

十行品第二十一 經在十九卷下

將釋此品約作三門分別○一釋品名目○二釋品來意○三隨文釋義

○第一釋品名目者此品正說十種行門名爲十行品

○第二釋品來意者此夜摩天宮本意說十行品爲表此天蓮華開爲晝合爲夜爲此天光自相照及無有日月但看蓮華開合而辨晝夜名爲時分天夜摩者梵語也如此位菩薩知衆生心欲開發時應時引接未應度者與作得度因緣以此處而表之故於此處說十種行門前之兩品且明至此天處而稱歎之此一品正說十行門故此品須來明前之十住猶依須彌之頂此之十行依空所行表行無著也

○第三隨文解釋中約分爲二△一長科經意△二隨文解說

△第一長科經意者此之一品經約作十四段長科

○第一爾時已下至是爲十有二十五行經明同號功德林佛共加持功德林菩薩正說十行○第二佛子已下至第一歡喜行有四十三行經明正說初歡喜行之法門○第三佛子已下至第二饒益行有四十二行經明饒益行乃至第十列如下文如是上下總一品通偈頌

有十四段經末後兩段長行○初一段動地興供分○次一段功德林觀衆說頌分○次二百二行頌說頌歎法分一品上下總通爲十四段如經自有分剩不煩科文

○第一爾時已下至是爲十有二十五行經明同號功德林佛共加持功德林菩薩正說十行分於此分中約作四門分別一明三昧名二明同號佛數三明諸佛所以共入定菩薩同號四明同號諸佛來加

第一明三昧名者何以名善思惟三昧三昧者云離沈掉定之異名且約禪定中有四種禪一愚夫所行禪二觀察義禪三念眞如禪四如來禪今云善思惟三昧者是觀察義禪爲審定其法善須觀察正念思惟安立法門爲後學者而作法則故　第二明同號佛數者舉萬佛刹微塵數佛皆號功德林明若迷其心境無明與無限刹塵不殊若了達心源智慧功德等十方而無盡　第三明所以與入定菩薩而同號者以自一心洞曉與法界福智無差今此菩薩入此定門以與一切諸佛契同福慧遂得同號佛來加持明與十方諸佛智慧解行同故福德功德同故　第四明同號佛來加者有六種加一言歎加以言歎譽故二毗盧遮那願力加乘往願故三毗盧遮那神力加契佛神力故四諸菩薩衆善根加同善根故五諸佛與智加得十種無礙智故六諸佛以手摩頂加安慰許說法故已下明功德林菩薩即從定起正說十種行門如下十種行中以十波羅蜜爲體

○第一歡喜行中檀波羅蜜爲體有四十三

行經分爲五段　一佛子何等爲歡喜行已下至令一切衆生歡喜愛樂有九行半經明行檀波羅蜜學佛所修行分　二隨諸方土有貧乏處已下至不違一切衆生之心有十行半經明此位菩薩見貧乏之處誓願生彼富貴家悉捨資財及以身命饒益分　三又作如是念已下至三藐三菩提有八行半經明菩薩於飢餓劫中作廣大身捨之濟乏四菩薩如是已下至不見大果不見小果有六行半經明眞知無想分補特伽羅想此曰數數取趣摩納婆想者此曰少年亦曰儒童意云不分别善惡老少悉皆施與　五從爾時菩薩觀去來今已下至第一歡喜行有七行半經明觀衆生不堅自求堅固身令永安隱分

○第二饒益行中以戒波羅蜜爲體有四十二行經分爲五段　一佛子何等爲菩薩饒益行已下至得佛所讚平等正法有六行半經明於五塵境界不著分　二佛子菩薩如是持淨戒時已下至一切智心有八行經明魔將天女不能惑亂分　三佛子已下至無餘涅槃有八行半經明菩薩不以五欲惱衆生分　四何以故已下至令他快樂有十三行半經明善自調伏方能說法令他得樂分五佛子已下至饒益行有六行經明得離世間行入甚深智慧分

○第三無違逆行以忍波羅蜜爲體有三十行經分爲三段　一佛子已下至忍辱柔和有五行半經明不害自他忍辱柔和分　二佛子已下至令他心得清淨有十三行半經

明菩薩身語加害堪忍分　三菩薩爾時已下至無違逆行有十行半經明菩薩觀空成忍分

○第四無屈撓行以精進波羅蜜爲體有三十七行半經分爲三段　一佛子已下至一切佛法句義故而行精進有二十二行半經明菩薩不求世利爲求佛一切智故行精進分　二佛子菩薩摩訶薩已下至答言我能有六行經明菩薩爲衆生入地獄受苦無辭勞分　三設復有人已下至無屈撓行有八行半經明菩薩爲饒益衆生故多劫受苦不辭勞分

○第五離癡亂行以禪波羅蜜爲體有四十九行經分爲六段　一佛子已下至修菩薩行心無癡亂有十行經明以正念隨於生死中利生無亂分　二此菩薩已下至心常憶念無有間斷有九行經明菩薩聞持正念不亂分　三何以故已下至未曾一念心有散亂有七行半經明以正念於好惡音聲無散亂分　四所謂正念不亂已下至而不能壞此菩薩心有八行半經明聞法及利生無餘障分　五菩薩入三昧中已下至等無差別有五行經明觀聲無體堪忍分　六菩薩如是成就寂靜身語意行已下至離癡亂行有九行經明身口意淨堪入諸法不離一性分

○第六善現行以般若波羅蜜爲體有四十行半經分爲四段　一佛子已下至方便現生相有十行半經明知生之無性示現方便現生分　二佛子已下至與一切衆生作所依處有十行經明菩薩達心境一切法無性

無依而教化衆生與作依處分　三菩薩爾時已下至不行正道有十一行經明念度衆生分　四菩薩如是觀諸衆生已下至善現行有九行經明度衆生未盡不取自證涅槃分

○第七無著行以方便波羅蜜爲體有六十五行經　分爲六段　一佛子已下至然於佛法亦無所著有十二行半經明菩薩嚴淨佛刹供養諸佛心無所著分　二此菩薩已下至能如是無所著故有十五行經明菩薩供佛無厭處事法而常行中無所著分　三於佛法中心無障礙已下至諸善根而無所著有十一行經明觀衆生苦長自大悲分　四菩薩爾時已下至何以故有十行半經明菩薩常住生死教化衆生無著分　五菩薩作是念已下至心無疲厭有九行經明教化衆生觀法如幻分　六無疲厭故已下至無著行有七行半經明菩薩見未調伏衆生而往彼生分

○第八難得行以願波羅蜜爲體有七十行經　分爲六段　一佛子已下至一性善根有四行經明此位中十善根分　二此菩薩已下至得不退轉有八行半經明處苦無疾厭分　三此菩薩了衆生非有已下至何以故有十行經明不捨不著衆生界分　四菩薩深入衆生界已下至非得果有十三行半經明菩薩入衆生界不著而亦不廢常在世間現身度衆生分　五菩薩成就如是已下至不著世間有十九行半經明不說而說法自在分　六菩薩如是已下至第八難得行有

十四行半經明行菩薩行不求果報分
○第九善法行以力波羅蜜爲體於此段中分爲五段　一佛子已下至旋陁羅尼辯無盡有十二行經明十無盡辯分　二此菩薩已下至悉亦如是有九行半經明大千界現身成佛辯才無礙分　三復次已下至而作佛事有十六行半經明於一毛端處道場無盡一切毛端處及不可說三千界示身成佛分　四佛子此菩薩已下至善能觀察法相故有六行半經明十種自在身分　五菩薩成就如是十種身已下至一切佛法源故有十行半經明與一切衆生所爲依處分
○第十眞實行以智波羅蜜爲體於此段中分爲三段　一佛子已下至悉令清淨故有十行經明此位菩薩學三世諸佛誠實身語智得佛十種智分　二此菩薩復生如是增上心已下至法界虛空界有十六行半經明以願力教化衆生不取菩提分　三此菩薩已下至第十眞實行可十七行經明身含衆剎知根利生自在分
○已下動地與供分中有十五行經義分爲三段　一爾時已下至天微妙音聲有五行半經明動地與供分　二如此世界已下至悉亦如是有一行半經明都結十方同然分
三復以佛神力故已下至十方世界悉亦如是有八行經明十方功德林菩薩來集作證分　如十方十萬佛剎微塵數世界外有十萬佛剎微塵數菩薩皆名功德林者爲明十行徧周故佛號普功德者爲明此十行徧周即功德徧周即是此位之中所得之果以

行徧周所招功德故佛號普功德舉十方各過十萬佛刹微塵爲數者明智所達法亦明行門之量廣大即佛果功德廣大已上十行約十波羅蜜爲昇進經自具分明不煩更釋如是十行總是一時一念無前後之行門莫作前後延促之見皆須約法界智體用成進修之門　如說頌歎法中有七行經明十種種性不斷故以頌重申如暨于法界者暨者及也云及于法界也　如下說頌分中有二百二行頌兩行一頌如文具明

十無盡藏品第二十二

將釋此品三門如前

○一釋品名目者爲此說十種藏依法立名可知

○第二釋品來意者此位已說十種行以此十無盡藏成前十行之法使令無盡成後十迴向之法使令進向令使行門不滯是故此品須來

○第三長科經意者分爲二門△一長科經意△二隨文釋義

△一長科經意者於此一品經中大段隨十藏名目總有十一段經其文如下

○第一從初爾時功德林菩薩已下至爲衆生說皆令開悟有二十八行半經明正舉十無盡藏名并陳十種信法分於此分中復分爲六　一爾時功德林已下至是爲十有四行經明正說十藏之名分　二佛子已下至生淨信已有五行半經明初舉十種信法分　三聞諸佛法不可思議已下至何以故有七行半經明聞法生信已於法不怯分　四

此菩薩已下至無知無捨有五行半經明知一切諸佛出世入涅槃無遠近取捨分　五此菩薩入佛智慧已下至一切諸佛方便有四行半經明入此信藏生在佛家順諸佛善根方便分　六是名菩薩已下一行半經明總結信成能演法分　此信是十行之中位內之信文殊師利覺首等是十信位中信心故

○第二佛子何等爲菩薩戒藏已下至是名菩薩第二戒藏於中有二十八行半經於此段中復分爲三　一佛子已下至無毀犯戒有三行半經明正舉十種戒名號分　二云何已下至十種善業有二十一行經明正說十種戒之持犯分　三菩薩持此至第二戒藏有四行半經明此十行菩薩持戒無毀犯分

○第三佛子已下至第三慚藏有十三行半經於此段中復分爲二　一佛子已下至應專心斷除有十二行經明斷無慚行具於慚行分　二有一行半經明具足於慚善爲衆生說法分

○第四佛子已下至是名菩薩愧藏於中有十二行經於中大意復分爲三　一佛子已下至復行是事有三行經明自念於五欲境無始長貪求分　二又作是念已下至我當修行於愧有七行經明念衆生愚癡爲於五欲互爲怨讎菩薩知之應自斷分　三速成菩提已下一行半經善爲衆生說眞實法分

○第五佛子已下至多聞藏有三十四行半經明聞藏於此段中復分爲三　一佛子已

下至無記法有四行經明舉十事有無分　二何等爲是事有已下至是名無記法有二十六行半經明正說十種事有無分初從十二緣說無明有故行有識無故名色無愛起故苦起有滅故生滅此上四事識之與愛皆從無明妄計諸有從生今達有本無即十二緣滅十二緣滅非智有生非智有滅但除其病其智無依無形無爲而靈通萬有無思而現無作而成學之者以止觀兩門功終方會此之一辦後之十法總終聖教具陳識相對治異解已下如文具明　三菩薩已下四行經明菩薩念諸衆生無多聞慧我求多聞藏廣爲說法分

○第六佛子已下至施藏有九十三行經於此段中復分爲二　一佛子已下至分減施有三行半經明都舉十種施藏分　二此菩薩已下眞至是名菩薩第六施藏總說前十種施藏分已上十種施理事盡含如文自具

○第七佛子已下至開悟一切衆生有三十行經於此段中復分爲五　一佛子已下至涅槃如實知有十一行經且舉如實知世間法出世間法根本所集體相分　二云何知已下至廣爲宣說有三行經明都舉前法從緣所生本無所有分　三爲說何等已下至不由他悟有六行經明正說前受想行等無體成壞分　四此慧藏已下至是爲十有八行半經明十不可盡分　五是爲菩薩已下一行半經明得法善說分

○第八佛子已下至念藏有二十七行經於中大意復分爲二　一佛子已下至不可說

三昧種種性有十八行經明得無限正念諸法分　二此念有十種已下至第八念藏有九行經明得十正念時於一切法無過失分如十二部經名中祇夜此云應誦伽陁此云諷誦尼陁那此云因緣經優陁那此云無問自說

○第九佛子已下有十四行經於中大意復分爲二　一佛子已下至不可說三昧種種性有十一行半經明聞持一切諸法無限分二佛子已下有三行經明此位菩薩所說諸法無限唯佛能了知故名持藏分

○第十佛子已下一段有二十四行經於中其意復分爲三　一佛子已下至何以故有十二行經明此位菩薩辯藏無盡分　二此菩薩成就十種無盡藏已下至第十辯藏有十行經明正說十種辯藏分　三有兩行經明辯藏無限分

○第十一段中有八行經明總舉前十藏成後迴向法門分此十種藏爲成當位自分十行令成滿故亦成後十迴向法門故每位皆然已上釋十行法門竟

大方廣佛華嚴經論卷第二十四

音釋

攀 披班切　骸 古來切　撓 乃巧切屈也　衢 音渠　鬧 奴教切不靜也　讎 除留切

大方廣佛華嚴經論卷第二十五

唐方山長者李通玄造

◎第五會兜率天宮說十迴向法門（頌下三品經）

昇兜率天宮品第二十三（經在二十二卷）

於此會中序分正說流通者從此初昇兜率天宮是序分已下兩品是正說分兩品中至下動地興供是流通分兜率天宮說十迴向法門於此位中有三品經共成此位第一從初昇兜率天宮品三義如前

◎第一釋品名目者以昇天所至立名也兜率天者此云樂知足天也

◎第二釋品來意者明前十住十行二位以彰出世已成如來智慧之業今於此天以明隨見道者成如來大悲處世利生之業會融世間出世間不一不二法門是故此品須來凡大悲門初發心時以眞智慧進修中悲有勝劣不同十住十行智慧兼修仍出世心多望此位大悲是理智位出世心終迴入生死智慈之悲十地之中長養大悲更令深厚是故善財十地表法中從初地已去有九箇女天一箇瞿波是佛昔爲太子之時妻表悲十地位已終法悅是妻義故問云何於此天處說迴向法答曰如須彌頂上說十住明初生佛家住佛智慧之頂而無退動夜摩天上說十行法表行依法空一切無著至此兜率天宮表雖不離欲界處大悲門而於欲境常行知足無所染著但爲饒益衆生處於世間又此天處於欲界自須彌已上五天之處中以會智悲令不偏故如四天王還依帝釋爲主故是故而於此天說十迴向明和會眞俗成

大慈悲長處生死而不廢涅槃名爲迴向從初發心住已來如是和會位終偏得其名故名迴向此爲以處表法昇進亦即不曾身有上下去來智悲恒徧故無中邊故但明寄處表一生菩薩處此天中果行滿故以明發心初始生如來智慧之家以佛智慧行大悲門即是圓滿如來果故果復常滿行復常行果行相嚴故號佛華嚴也十地十一地依此十住十行十迴向法三法成其功用更亦無别安立以是他化天中說十地時更不别作法事與供故但長養此位大智大慈大悲令深固圓滿故故名十地

○第三隨文解釋者於此義中復分爲二此會中都會五位衆總在其中如下諸王菩薩等總是△一長科經意△二隨文解釋

△第一長科經意者從初至經末約分爲十一段

○第一爾時佛神力故已下至悉皆同等於中有七紙半經明兜率天王遥見佛來與諸天衆敷座莊嚴分復科爲七段

◬第一爾時已下至恒對於佛有三行經明智身恒圓滿分隨文釋義者此昇兜率天品中云十方一切世界皆常對於佛者明圓智徧周

◬第二爾時世尊已下至妙寶莊嚴殿可兩行經明如來大智徧周應感所見彼此無來去分釋義云不離菩提樹而昇夜摩兜率天者爲菩提之智體本性無有依住徧往十方無去來今性無可得無有住處無有遷變不動不寂無所造作而隨根應十方世界於一

切衆生前對現色身如應化度
㊃第三時兜率天王遥見佛來已下至無有能得究其妙好有七行經明天王殿上敷座分釋義云時兜率天王遥見佛來者明從前十行位向十廻向爲遥見佛來入殿敷寶座者契會也如十住爲以方便三昧顯現如來智慧法流即座有安置十行之中爲以法身無相而爲行體座云化作寶蓮華藏爲表處行無染如蓮華故今此十廻向位中爲成大悲赴俗座云敷座敷者開發義爲表大悲赴俗開敷衆善之華至菩提之妙果故又敷者設義爲表大悲赴俗設法以利生故不自求出世法故座體摩尼者明以大慈悲常在生死而無染汙以表摩尼名離垢寶座云師子者依主義也爲如來是無畏之主故天諸妙寶之所集成者明妙理智悲萬行報得故是故經云過去修行善根所得一切如來神力所現者明一切諸佛福智萬行不異自佛神力故但自心理智中與一切諸佛同福智故爲智同行同故云無量百千億那由他阿僧祇善根所生者明廻向中福智大悲行周故報也總云此座嚴飾是不可數無限善根所生一切如來淨法所起明以智起行無法不淨餘如文自具從此已下至第一段終有一百九十八行半經有一百八十四箇百萬億種諸莊嚴寶座及寶地虛空悉皆徧滿又有一百八箇百萬億種諸菩薩并諸天八部王衆入法及合掌思惟讚頌持幡等衆莊嚴寶地及虛空周徧圓滿又有十箇百萬億善根之所嚴潔

△第四有百萬億層級已下至克諧衆樂有一百一十一行半經有一百八十四箇百萬億色類莊嚴寶座及虛空分釋義云有百萬億層級周帀圍遶者十住云百千十行云百萬十迴向云百萬億明昇位階級也百萬億金網者爲善施教網明淨故百萬億華帳者以萬行舍攝義故百萬億寶帳者覩一切衆生智可貴故可舍攝故百萬億鬘帳者大悲垂俗益衆生故百萬億香帳張施其上者明張施戒定慧解脫解脫知見香之業報華鬘垂下香氣普熏者明忍嚴垂飾百萬億華盖者萬行覆育含識義也百萬億鬘蓋者慈蔭義也百萬億寶蓋者以法寶蔭俗義也諸天侍立者明能行行人也四面行列者總云四攝四無量也百萬億寶衣以敷其上者明以大慈大悲之理智常處生死衣覆衆生無有休息之業報故百萬億樓閣綺煥莊嚴者明觀樓智閣差別觀智分明名綺煥莊嚴也百萬億摩尼網者明施教網漉諸惑垢故百萬億寶網者明教能護育衆生故百萬億寶纓絡網四面垂下者明以萬行爲瓔珞四攝攝衆生報名四面垂下飾故大要言凡隨智隨行隨慈隨悲隨波羅蜜隨觀照隨助道法隨大願所有報境因果相似今將此業果將法表之網表理智行教樓閣表觀智殿表正智利生宮表含育無限座表普印法空悲智萬行帳表隨根含攝衆生鈴表法音和悅華表道眼開敷亦表行華資果十百千萬億都該大數無限但隨法准而知之可見不煩更釋如梵云頻婆帳者此云身影也謂此帳光明

能現一切影像於中現故頻婆羅香明此香光潔能現一切影像故亦以赤色光淨如頻婆果阿樓那香其色如日赫奕光明拘蘇摩華此有總別義總云一切草木華也又有別者其華白色大小如錢似此白菊也樓閣延袤者言寶閣相連長遠也寶悉底迦此云佛胸前億德之相具云佉阿悉底迦佉者樂也阿悉底迦者此云有也明有此相者有大樂故以座上莊嚴有此相樂寶天牟陁羅天鼓中之別名也因於撫擊方能出聲

△第五有百萬億初發心菩薩已下至百萬億菩薩善能教化一切衆生有七十六行經明菩薩入法諸天八部衆都有一百八箇百萬億大衆海莊嚴寶地及虛空中分已下四十衆菩薩明見座莊嚴觀法倍倍入法昇進以爲莊嚴之境四十衆者明十住十行十迴向十地位也明此天蘊修此四位法成普賢行自具故已下從百萬億天王已下至百萬億摩醯首羅天王有十六王總該已上欲界色界主且總明此十迴向法門徧於三界以智隨悲徧於六道利生自在如王故都舉十六種王名明彰此位總徧攝人天六道以智如王教化衆生自在無礙故初總百萬億天王明天王最自在故然別舉龍王諦觀明知根雨法自在夜义王頂上合掌守護自在乾闥婆王起淨信心者明以法樂悅樂衆生自在百萬億阿修羅王斷憍慢者明以大悲入生死海謙下同事自在百萬億迦樓羅王口銜繒帶者大悲垂俗引接自在義故百萬億緊那羅王歡喜踴躍者明能以法歌樂悅衆

生令歡喜自在故百萬億摩睺羅伽王歡喜瞻仰者明是腹行表恭敬義自在故百萬億世主稽首作禮者明四天王主導衆生軌則義故此是主人及神龍鬼等乃至地獄總攝在位百萬億忉利天王瞻仰不瞬者十住之位修方便進求之定義百萬億夜摩天王歡喜讃歎者如世間樂以歌頌之法樂以讃歎之明此天以十行法樂故百萬億兜率天王布身作禮者明此天大慈悲心布身如地荷負無倦義故百萬億化樂天王頭頂禮敬者明下心徹到大悲屈智至悲之極義也百萬億他化自在天王恭敬合掌者明會智悲生死涅槃無一異故百萬億梵天王一心觀察者明除細習義故百萬億摩醯首羅天王恭敬供養明智慧法身大悲圓滿可恭敬供養

故此已上十六天王龍王等明智悲圓滿三界六道自在如王義故皆百萬億者表大願智悲行具足也百萬億菩薩發聲讃歎者明已上十六王總攝菩薩行徧皆可讃歎故百萬億天女專心供養者明前十六王等行無染大慈悲徧三界故百萬億同願天踊躍歡喜此欲界中天往昔同願亦明此位之中總同佛願行百萬億往昔同住天於往昔同住明此十迴向位菩薩皆同一切諸佛大悲願行住已下百萬億梵身天布身敬禮下至阿迦尼吒天恭敬頂禮明色界初禪已上行徧總有二十衆天總収色界諸衆初十六王等一時包含今次第別列無色界天定沉未堪現世發心化儀不及其境如此一段可十六行經自梵身天已下至阿迦尼吒天有二十

衆天阿迦尼吒天是色究竟天此天是色界頂此已上二十衆天表此十廻向中大悲之行天者淨也明以大悲大智常處生死教化衆生如天自在而無垢染如梵身天布身敬禮者有二義一恭敬如來二表法大悲謙下如地百萬億梵輔天合掌於頂亦有二義一敬佛二表法忻進百萬億梵衆天圍遶侍衛亦有二義一敬順於佛二表順正念度衆生故百萬億大梵天讚歎稱揚無量功德亦有二義一敬歎於佛二表法歎衆生有佛功德百萬億光天五體投地亦有二義一敬佛二表法望此位以大悲爲地明以戒定慧解脫解脫知見投於生死慈悲之地百萬億少光天宣揚讚歎佛世難值亦有二義一敬世尊難遇二表法歎衆生菩提難發百萬億無量

光天遥向佛禮亦有二義一敬佛二表法明教化一切衆生使令信解故稱爲遥見百萬億光音天讚如來甚難得見亦有二義一難遇難見二表法歎自心難知正法百萬億淨天與宫殿俱而來詣佛此亦有二義如前一敬佛二表法明悲宫智殿圓滿含攝衆生百萬億少淨天以清淨心稽首作禮二義如前一敬佛二表法明理事恭敬百萬億無量淨天願欲見佛投身而下二義如前一敬佛二表法明垂慈救俗已下唯義知之而以行行之如百萬億種種天皆歡喜者此天衆是色界欲界中雜類天故故云種種也是都稱表衆行具足言種種行饒益衆生故百萬億諸天各善思惟總言色界欲界天内天也都稱百萬億菩薩天護持佛座莊嚴不絶此但兠

率天故亦是表法以法界爲座體萬行爲莊嚴此已上三衆通前有二十三衆從百萬億華手菩薩已下至百萬億灌頂天子舉身持座有十一衆菩薩四衆諸天子通爲十五衆初百萬億華手菩薩雨一切華有三義一處空雨華供養佛二以空起行三明往世造華爲因百萬億香手菩薩雨一切香亦有三義一雨香供養佛二明五分法身香三明往因之行以香供養百萬億鬘手菩薩亦有三義一雨鬘供佛二以忍爲鬘三明往因造鬘供佛已下准義知之如百萬億諸天子從天宮出至於座所有二義一出宮供佛二明以智會悲百萬億諸天子以淨信心弁宮殿俱亦有二義一弁宮殿供佛二表悲智圓融百萬億生貴天子以身持座亦有二義一持座供佛二表法此生貴住主第四波羅蜜以精進是持座義百萬億灌頂天舉身持座亦有二義一舉身持座供佛二表十住中灌頂智悲力用增强此四種天子者即是欲界兜率天中諸天子以經言畧計次第十住合足亦明子者慈名爲表修慈故彌勒號慈也已次百萬億思惟菩薩已下至善能教化一切衆生者此一段有十箇菩薩以淨三業或入住地莊嚴法會皆名義可解

◎第六百萬億善根所生已下至百萬億讚歎法而以讚歎有五行經明十種善根莊嚴宮殿及寶座分釋義云自百萬億善根所生已下至而以讚歎有十百萬億衆善行所嚴如經具明

◎第七如此世界已下至悉皆同等有五行

經明都結十方同然分已上徒衆有一百十八種百萬億衆已上莊嚴有一百八十四種百萬億莊嚴爲此段都數已上莊嚴及菩薩神天天女色類間雜或次或不次者意表此十迴向位是以智從悲成大悲海於人天六道中以無限徧周法界行門一時等化逐根與法或次或超或住或信或位階十地或人天善根無有一向次第安立以此莊嚴及菩薩神天表法間雜不依次第或菩薩衆有諸天或諸天衆中有龍神如是唯義思之可見

經意問曰十住但有諸天衆來迎世尊十行徒衆即有諸天及菩薩衆此會何故八部王衆大衆廣博莊嚴色類甚多十地中不叙致天王及衆來迎入殿莊嚴高座等事何意其位高昇不陳廣供答曰十住有天無菩薩來迎如來所施供養者爲十住位且明其初生佛智慧家未有先見道者但列諸天未有菩薩爲初始從信位凡夫未得入聖位故以此初昇須彌頂品不列菩薩之衆但有諸天奉迎如來故明從此位方入聖流如昇夜摩天宫品即有諸天及菩薩衆稱揚讃歎者即明十住位已有見道入位故十行位昇進中即有諸菩薩衆而迎佛會入十行法門以十住十行設行衆行出世心多處世大悲猶未自在故所以衆不圓滿故如此兜率天宫諸天菩薩及莊嚴色類多者明此廻向之門會融悲智出世與世間一體成就大悲普育含識徧周利物不棄微生是故天王龍王八部諸王菩薩法王其衆無量莊嚴境界色相無邊表明悲位含弘濟生無限利物廣大獲益無

窮是故此天莊嚴廣大如十地之位但約此十廻向大悲之際智育遐周之門長養大悲使令堅厚更無餘法別有進求設復智有竒途只是此位之中微細是故佛昇他化更不別有徒衆承迎座體進修不論別加層級可知

○第二爾時兜率天王已下至音樂一時同奏一段經明兜率天王爲佛敷座已與諸天衆以淨心興供養雲及諸菩薩奉迎如來分釋義云與十萬億阿僧祇兜率天子奉迎如來有二義一請佛入宮殿二表法以解脫無依住之大智處一切生死饒益衆生即迎佛義又一釋如創入聖位以方便三昧而入眞門如此十廻向以取十住十行中無垢正智入大悲方便爲迎佛入宮殿如三乘中地前三十心爲方便十地見道如此經十信心爲方便資糧十住初心爲見道成佛十行十廻向十地十一地爲資糧資糧十住初正見心成令慣習自在故爲三乘教於三僧祇劫方成佛故設十地菩薩得三種意生身非是得佛智生身故以是十地向前三賢菩薩是資糧位十地見道爲加行位十一地等覺位中普賢行方終十二地是妙覺佛果此佛華嚴其義先佛而後行以先覺佛果方以悲願之行用資覺體使悲智齊均以此義故號佛華嚴也是故今此兜率天王以將大悲之方便用資十住十行之中大智佛果爲迎佛義故令此位教表法大體以將大悲之海用資十住十行之中佛智慧正覺故號之爲迎佛故夫法無始終一念齊等萬行悲智當體圓終

設教名言不可並立名詮叙致似有前後義生體名者名無始末達教者境智不移此教意明混今古之爲一際破情塵於當即也終不可作延促解始終見總不出無時之理和會一多差別之門也凡以前位向後位爲遙見正契爲佛來入宮以清淨心雨阿僧祇色華雲有二義一供佛二表法明大悲萬行徧周其雲具十種明法行圓滿皆從天身出者明智身興萬行也大衆天子天女歡喜頂禮者明以軌度法則利生令得樂故明菩薩大悲令衆生得樂是菩薩樂故如世人母其子樂者其母樂也兜率宮中不可說諸菩薩住虛空中精勤一心供養出過諸天者明以法空成行出勝世間有爲行也此一段有十三種衆

○第三爾時如來威神力故已下至讚歎如來無厭足一段經明諸天迎佛各各遙見佛來如對目前敬佛興供分釋義者分爲五段

云遙見佛來明從前十行發起廻向大悲大願故　如對目前者明不離根本智常相應故下文云見如來具一切智是也　於法無礙正等覺者明與佛智正覺合故如是思惟已下四句是正入位故　各以天衣盛供已下十種供養明前由以身化供明起願也此段明以衣盛供表身行周也△於此興供一段六十五行經約作五門分別△一爾時如來威神力故已下至同時奉迎如來有五行半經明諸天以佛神力自善根力遙見佛來自契佛智奉迎分△二各以天衣已下至供養於佛有四行經明諸天以衣盛智華散

佛供養分此有十種供養衆㊂三百千億那由他已下至兩一切纓絡雲無有斷絕有十六行經明諸天各各以心所與供雲供養分此一段十種供養衆㊃四百千億那由他已下至天樂出妙音聲供養如來有十四行經明并陳所興十種持散供養佛分㊄五百千億那由他已下至無厭足有二十五行經明舊住兜率天宮中菩薩以諸波羅蜜行與其依果以爲供養　此一段十七種供養云舊住者本位新來者加行入位此十七種供中先舉蓋爲先者爲此位迴入大悲菩薩行故以大悲爲首以諸波羅蜜一時助華是智慧開敷義帳是含容義衣爲忍義鈴網是說教義如幻心是堅固義爲無體可成壞故餘准例約名義知之此第三段有三十種百萬億供養衆末後有先住天宮菩薩衆有十七種供從波羅蜜諸行生從法身智慧解脱知見生如文具明所以勝天之供爲非有爲所報得故是法界無作門所起超情作故

○第四爾時一切諸天及諸菩薩已下至阿僧祇衆恭敬尊重有一百六行經此之一段經文明諸天菩薩見佛神變饒益衆生充滿十方徧周無限分於中文義如經具明

○第五爾時大衆咸見佛身已下至不可思議佛法門故此之一段明如來身光徧照無限分於此分中有二十行經約分七段㊀一爾時大衆咸見佛身已下至無邊法界兩行半經明見佛光明境界分㊁二以佛神力已下至出世善根之所成就可兩行經明如來神力出妙音聲讚頌分㊂三復現百千億那

由他巳下至自在之所出生有兩行半經明如來現自報相莊嚴分△四又現不可說巳下至甚深義可一行半經明現無盡諸佛出興分△五又現不可說巳下至平等清淨一行半經明如來神力通變徧周分△六如是巳下至不思議勝德所生有一行半經明前所現是如來勝智德所生分△七復現百千億那由他巳下至佛法門故有八行經明如來現不思議妙寶焰現自善根集大衆分此七段經中文義自具此段意明如來自現境界令迴向者加行契入

大方廣佛華嚴經論卷第二十五

音釋

諧雄皆切和也　裒音茂　佉邱伽切　醯虛宜切　闥他達切門也

銜繒上音咸下音情　踊躍上音勇下音藥

大方廣佛華嚴經論卷第二十六

唐方山長者李通玄造

○第六爾時如來大悲已下至稱揚讚說不可窮盡此之一段有二十六行半經明如來示一切智所有莊嚴隨根利生無限令增長分於此分中分爲兩段㊀一爾時如來大悲所覆已下至生三世諸如來家有十二行半經明如來示現莊嚴及神力令不可說世界衆生獲益分㊁二世尊所現已下至此段末有十三行半經明如來所現之德顯佛自在令一切衆生發諸菩薩入佛所行酬本願分○第七爾時兜率陁天王已下至一切世界悉亦如是此之一段明兜率天王辦供已畢請佛入宮殿如來受請分有十三行經明兜率天王辦供請佛如來爲欲盡益衆生故受請并結十方同此分○第八爾時一切寶莊嚴殿已下至而說頌言此之一段明如來入殿以佛殊勝德熏令殿莊嚴勝天所供分有十三行半經約分爲兩段㊀一爾時一切寶莊嚴已下至悉過諸天供養之上有八行經明如來受請入殿以佛自已善根依果出勝諸天無比對分此明加行會位勝德如佛故㊁二時兜率宮中已下至而說頌言有五行半經明諸天妓樂熾然不息諸天歡喜說頌分此明入法悅樂故○第九有二十行頌稱歎往昔十佛皆入此殿分云吉祥者衆善所集名吉衆福所加名祥云金色殿者殿有金色光明亦明法身無垢云蓮華殿者殿有衆色蓮華莊嚴亦表法身無染是蓮華義山王殿者明積德如山王

非殿有山如經云寶者貴德爲寶非關寶玉餘義可知所以須歎往昔如來者有三義一兠率天王念昔自分善根力今古二明古今諸佛道跡普周三明如來道跡依古不異非天魔梵所爲令衆生生信入故此十佛亦以加行隨行成名

○第十兩行經都結十方同此稱歎往昔如來入此殿分

○第十一爾時世尊已下至悉亦如是此之一段明如來入殿昇座而坐以佛之德殿内殊好出過諸天及十方菩薩皆來集分於此品末有十三行半經約分爲二段△一爾時世尊已下至爲衆説法有六行半經明如來處座爲衆説法分◬二不可説諸菩薩衆已下至悉亦如是有七行經明十方菩薩來集

處座殿内莊嚴妙好勝出諸天一切十方兠率悉同此雲集莊嚴分座體前已釋訖師子座上結跏趺坐者有二義一世間威儀二會此十迴向中理事交徹如來座體以法界緣起不思議智無所依住大慈大悲以爲座體以無依住智性自徧周與虛空等不去不來而對現色身與衆生數等任根差別隨應調伏而化度之而無所造作如經云法身清淨妙用自在者是也與三世佛同一境界住一切智者以智體無内外中邊諸佛同住境界亦爾與一切佛同入一性者爲無性之性無出入也諸佛同此也佛眼明了者覺一切法非有無而能以智徧知一切諸法也有大威力普遊十方未嘗休息者以無作無依之理智破一切邪見執著皆悉消亡名之爲威力

以智無表裏性徧如空應感現形而無來去名之爲遊無俗不眞名爲法界一念三世古今情盡教化衆生無終無始名未嘗休息明時不遷也具大神通者大智無依無形性無生滅名之爲神智無不達名之爲通隨應可化悉能徧往者智無去來中邊表裏十方衆生應感皆見皆悉不同名之爲徧往以一切諸佛無礙莊嚴而莊嚴之有二義一四無礙智莊嚴二佛依報正報二福莊嚴一切相好及隨好是以如來身是正報國土蓮華藏界是依報智自善業而嚴自身及境爲智法爾自具無邊功德如九十七種大人之相是只爲無明所覆以慈悲喜捨饒益衆生報得依果者即隨好光明功德是如佛大人相有十華藏世界微塵数隨好無限經且約舉一種隨好功德名圓滿王所有利益具在經說又如無依住智體無自他內外所執所有依報正報莊嚴身及國土一切境界互相舍入猶如百千明鏡影像互相容入重重重重無盡重重重重身土衆境互入無盡猶如帝釋所居寶網諸天眷屬寶內重重衆像相入身境無礙身出剎土剎土出身雲俱現佛事一種自在諸法總然於智境界不說有情無情之法經云善知其時爲衆說法者了根生熟如應化度問曰何爲諸佛知衆生心時與非時答曰諸佛如來心與一切衆生心本不異故是一心一智慧故以此知時與非時諸佛悟而了與衆生共之衆生迷自謂爲隔一切諸佛以一切衆生心智慧而成正覺一切衆生迷諸佛智慧而作衆生及至成佛時還成衆

生迷理之佛所説法門還解衆生心裏迷佛衆生以此不異故知衆生心經云不可説諸菩薩各從他方種種國土而共來集者約萬行差别名爲他方以法隨根應物調伏名種種國土不出如來大圓明智名爲而共來集衆會清淨者無情識也法身無二者與佛同一體性等無性也無所依止無得無證也而能自在起佛身行者無作之智同佛用也坐此座已會此十廻向法界本也殿出殊好以智所感也出過諸天者以智報感非有情爲也論主頌解云菩薩所有報相約行所生頌曰菩薩以忍爲垂髮慚愧恒爲衣服飾戒品塗香及粖香慈悲普覆爲其蓋正心不動禪定幢智慧幢破諸邪見方便常住生死海饒益衆生爲妓樂總持演暢妙法音聞者解脱爲歌樂已上如文可知此段有不可説他方菩薩衆此一段諸天住兜率天菩薩衆總有一百一十八箇百萬億衆若他方所來菩薩有不可説諸天莊嚴高座及宫殿色類有百八十四種差别一類有百萬億如來及菩薩自福莊嚴無有限數此會所將如是大悲如是智慧如是萬行但爲長養初發心住初生佛家之智慧大悲令慣習自在故時亦不改法亦不異智亦不遷猶如竹葦依舊而成初生與終無有麤細亦如小兒長初生而爲大無異大也此亘以十行十廻向十地十一地爲長養道之方便佛果在於初發心又十住中一住具十住之功用故及十住十行十廻向十地總十住中總具足故猶如神龍馬王所生其神駒生在其地與父遲速相似唯力

用未如其父母如初發心菩薩以乘如來一切智乘初生佛家與佛同智唯神通道力未如以待大悲萬行長養故雖長養功終法不異也時不遷也終不出初發心時力用功畢如龍女不出刹那際一生成佛是如善財一生得佛果亦爾一生義者得無生也今且約立無生有十一諸蘊自體無生二諸見自體無生三空無生四性無生五時劫不遷無生六涅槃生死無生七說法音聲寂默無生八智慧分別無生九神通道力性自周徧無生十不出刹那際對現三世盡古今劫一切衆生前身無生有此十種無生義故是名一生當得菩提是此經意以十行十迴向十地十一地法方便用資初發心佛果絕前後之情所望故以資糧與佛果同時互爲體用相資故號爲覺行嚴經以果資行令行無著以行資果大悲大用得辦如三乘以意生身菩薩未說乘佛一切智乘者推佛果在十一地後三祇之劫終也即地前三賢爲資糧十地爲見道佛果在十一地三祇之劫終也如此教與三乘中五位行相一倍顛倒行相不同後當更明

兜率天宮偈讚品第二十四經在二十三卷

將釋此品三門如前

○第一釋品名目者明以金剛幢等十菩薩各從異佛刹來處兜率天宮至如來所各化作妙寶師子之座已各以十迴向法門因果而偈讚之故名偈讚品異佛刹者從十行中來入十迴向

○第二釋品來意者此品爲欲成十迴向中

因果法門故須此品來也
○第三隨文解釋中義分爲二△第一長科經意△第二隨文釋義
△一長科經意者於此一品大意前後總作十一段長科
○第一從爾時佛神力故已下至而說頌言五十二行經明金剛幢等十菩薩衆十方來集彰因示果不二分於此分中義分爲十段
⊙一爾時佛神力故已下至來詣佛所是諸衆來集分
⊙二其名曰已下至法幢菩薩舉所來十菩薩名號分
⊙三所從來國已下至妙香世界是諸菩薩所從來國土分
⊙四各於佛所淨修梵行已下至觀察幢佛舉本所事佛之號分
⊙五其諸菩薩已下至無量功德有八行經明諸來菩薩化座而坐放光顯德饒益分
⊙六所謂已下至猶若虛空有七行經明諸來菩薩見無依止清淨法身智慧徧遊十方事佛自在無礙分
⊙七如此世界已下至無有差别明都結十方同此來集分
⊙八爾時世尊已下至神變之相明如來放光所在普照十方彼此大衆皆相見分
⊙九如是菩薩已下至皆來集會有十六行經明諸來菩薩往因同佛善根至法究竟自在分
⊙十在於佛所因光所見已下至頌有兩行經明都結十方同此世界菩薩集會分

△第二隨文解釋者於此五十二行經約立十門◬一明十方菩薩所來之法◬二釋菩薩名下之義◬三釋十世界之所表◬四釋十佛名號之因果◬五釋十菩薩來至佛所所化之座體◬六釋菩薩身光之因◬七明菩薩所得何法而能自在化滿十方◬八釋如來放光處所表法◬九明諸來菩薩衆海從誰發心◬十明隨位進修因果

◬第一明菩薩所來之法者經云一一各與萬佛刹微塵數者爲明昇進之法智之知見勝前位故十住云百十行云千十迴向云萬俱從萬佛刹微塵數國土外諸世界中來詣佛所者明迷法云外世界智達名來詣佛所云萬佛刹微塵數者是迷悟之數也

◬第二釋菩薩名下之義者其名曰金剛幢菩薩者菩薩前已釋訖金剛幢者明堅固不動義前十行位菩薩名林表行覆蔭廣多義故此位菩薩以幢爲稱者明大悲之行處生死大海能摧破一切衆生煩惱自智無傾動故十行明以行自卑和怨義十迴向明大智堅强隨悲破怨自在義此約檀度行堅固幢菩薩者此大悲爲戒體故勇猛幢菩薩者此約大悲爲忍是勇猛義光明幢菩薩者此約大悲爲精進之體長處生死之夜以智發明故智幢菩薩者此位大智於生死之中恒明常破闇故以爲定體寶幢菩薩者明以大悲大智慧善施教網名爲寶幢明教可貴故非世寶也精進幢菩薩者此位是第七方便行善能知根同事處俗不迷同塵不污是精進幢義故離垢幢菩薩者此是第八願波羅蜜

自無生死以智隨願利生故常無垢也星宿幢菩薩者此力波羅蜜法王位成差別智明善知衆根猶如星宿大小皆明法幢菩薩者此位是智波羅蜜善安立諸法無能摧破者是法幢義故此已上是能行行之人

◎第三釋世界名者所從來國謂妙寶世界明以妙法普施含生是可貴義世界名妙樂者明大悲爲戒處生死利衆生令得大樂妙銀世界者明以法身理智以成忍體猶如白銀柔輭明淨妙金世界者明精進利俗無有勞倦不虧眞理黃中致福悉皆金色也妙摩尼世界者明法性自淨用而無垢自在以爲定體故妙金剛世界者明無性妙慧能破虛妄不自壞故妙波頭摩世界者是赤蓮華也明此以大悲方能同色香而無染故妙優鉢羅華世界者青蓮華色也第八以智隨悲之行清潔不汙以青蓮華色處泥不汙以用表之妙栴檀世界者以此法師位成說法香也妙香世界者明此位大智大悲隨位功終以無依無作之妙智而滿十方無來去智法音隨徧無有形故但云妙香不云形類表勝前有跡故此已上十世界名是此十迴向位行中之法故言妙世界者是隨生死教化衆生理智妙用也世間以土地山河爲世界智仁以智德妙用爲世界

◎第四釋十佛名號因果者經云各於佛所淨修梵行者明隨位進修加行佛果即如下十箇佛是所謂無盡幢佛者明此十迴向大悲之位所施無盡以成佛果之號其施如下迴向品自明風幢佛者明巽爲風爲白淨爲

言說爲赤爲日爲明爲白淨即如風無形色而香氣悉吹皆令淨故又巽爲鷄知時而鳴故像知根而垂敎也上値天門開衆善也巽爲巳盛陽之始也定是非之時也明齋戒法則之時故巽爲言說爲口爲面門談衆善也能治辛丑丑爲小男以衆言說化童蒙也以此言之風幢佛是此戒波羅蜜之風化果號也解脫幢佛者是忍位中果也忍力已成無不解脫此是西方兌爲卑下義威儀幢佛此主北方佛果共信位中北方威儀智佛同號此主北方師範位也以威儀庠序以接童蒙故以約行爲果號明相幢佛此與十信位東北方明相智佛同號故明約坎爲所治丑爲信心寅爲契理始明借方表法也主丑爲山山爲不動不動即靜靜能發明明禪之始也入定之始正慧開敷以十廻向之位不離十信所信之法於彼法上以爲安立此明十廻向之定體能發大悲利俗之明慧故如常幢佛與十信中第六究竟智佛亦相似總約隨位昇進波羅蜜上立佛果號之名總不離十信所信果一如善財至彌勒佛果還指善財見文殊者是也明文殊是啓蒙信果之位發行進修不離舊跡今文殊菩薩住清涼山是此閻浮一境之東北主艮位表啓蒙發明之首故故爲童子菩薩以實言之本是十方諸佛無性理之妙慧成佛莫不由之此門即一切衆生盡有迷理自惑而不見若悟理者現行分別是也以定照之方明故艮爲止也自餘准例隨名會位知之

◎第五釋諸菩薩來所化座之體者經云化

作妙寶師子之座以法寶利生教行網故以寶網彌覆座上十信位中座體約果成名以寶蓮華藏爲體十住位中約得如來智慧大悲而成體即以毗盧遮那藏爲體即師子座號毗盧遮那藏十行位中以行淨離垢師子座即以蓮華藏爲體十迴向位明大悲處生死設教行普該萬法不拘一法故座體亘以寶爲名不限色類以教行徧周而漉衆生故座有寶網彌覆其上

㊂第六釋菩薩身光者明此位菩薩以大悲行處世利物任智慧而照衆生即淨光恒照

㊂第七明菩薩得何法而自在者經云見無依止清淨法身以智身現無量故是明見法無依止性一切無明便爲妙用智慧即能通化無方

㊂第八釋如來放光處所表法者明十信足下輪中放光以信爲初如十住足指端明入聖位之初十行足趺明依聖性法身起行十迴向即於膝上放光者明表法光明以膝者人之坐起迴旋卷舒自在之所由也明此迴向位法門是迴眞處俗解脱無染之大智以悲願利生處生死而恒涅槃處涅槃與生死無礙自在以放光處表之十地眉間表中道果光也

㊂第九明諸菩薩從誰發心者皆於自心無始分別無明爲發心之始達此無始無明爲大圓鏡智故即與十方毗盧遮那如來同善根故若離此智無成佛期無見佛日是故經云如是菩薩皆與毗盧遮那往昔同善根故明達自無明成大智體諸佛共此智也

◎第十明隨位進修因果者明金剛幢菩薩是所修行之人妙寶世界是所修之行無盡幢佛是所行之果餘九例知倣此

已下有十段頌一段十行一行一頌所頌之法是此當位十迴向位中都調治綱紀之門如文自具更加文釋文繁義沉表法難知方可約釋餘如文自具

◎第一如來不出世已下有十行頌明佛以實示權分

◎第二爾時堅固幢菩薩已下有十行頌明歎佛身性相無比要常親近供養無疲大願成滿方能履佛所行道分

◎第三爾時勇猛幢菩薩已下有十行頌明佛及法要以淨心淨行方了見佛有爲不堪分

◎第四光明幢菩薩有十行頌明一佛身而生多佛身如幻而生起分

◎第五爾時智幢菩薩已下有十行頌明佛智無依無作不造不內不外而能現形普徧分

◎第六爾時寶幢菩薩已下有十行頌明如來所有應現非情所爲任智無功衆生自業應見分此段約自修行之行智現相應故非時分知立時分者是情故多時少時俱是情

◎第七爾時精進幢菩薩已下有十行頌明佛身非內外十方佛同等無有內身對衆生業現分

◎第八爾時離垢幢菩薩已下有十行頌明如來以無心無思無依之智性無表裏對現十方隨根普應分

△第九爾時星宿幢菩薩已下有十行頌明以如來無心意識可名爲佛衆生以有心意識及住寂滅心者總不能見佛分

△第十爾時法幢菩薩已下有十行頌明寧受衆苦不捨如來分已上各説一法共成十迴向心或但説有衆生著有或但説無衆生著無如經星宿幢菩薩頌云衆生妄分别是佛是世界了達法性者無佛無世界如下文法幢菩薩頌云寧可恒具受一切世間苦終不遠如來不覩自在力此二頌皆相成就有無恐墮邊見餘例知如觀十方何意爲觀衆意之同别亦觀十方世界諸佛法同不二

大方廣佛華嚴經論卷第二十六

音釋

妓（巨起切女樂也）粖（音抹）駒（音居）臬（與臭同）

大方廣佛華嚴經論卷第二十七

唐方山長者李通玄造

十迴向品第二十五之一（本經二十三卷中起）

將釋此品三門如前

○一釋品名目者此品何故名爲十迴向答曰以十住初生諸佛智慧家雖有第七方便波羅蜜成大悲行然爲創始應真修理智出世心多行悲行劣故於初發心住於妙峯山頂見比丘名爲德雲得憶念諸佛智慧光明門雖知已後次第十善知識以十波羅蜜互相參入和融諸行早以具足然當隨本位行門勝劣全異此明同中別令昇進故如十行位中爲行之首即以三眼國比丘名善見即以林中經行用表其十行以智眼慧眼法眼觀根利生化令出俗故以比丘所表爲十行廣大覆蔭衆多以林所表如此十迴向位中明前二位出俗心多大悲行劣以將十住初心所得諸佛之智慧十行之中出世之行門處俗利生故名迴向迴真入俗利生故名迴向是故此位表法善知識即以鬻香長者名號青蓮華表之明此十迴向法門如合和香法以將諸衆香合成爲一丸互相資益以成徧熏十迴向者亦復如是以戒定慧解脫解脫知見五分法身之香和合大慈大悲諸波羅蜜四攝四無量涅槃生死諸塵勞門共成一箇法界之真香皆從大願爲首是故此位名爲迴向長者名青蓮華者表此位行不染垢淨涅槃也又長者明處俗流智長於世人名之爲長者青蓮華者明色諸華之中此華色香第一以表五位行門此十迴向法門第

一何以然者爲此十廻向法門以大願力會融悲智生死涅槃成一法界之真自在法故能資前位佛果使具普賢行門圓滿故亦成後位十地十一地行門使慣習自在故明前後十住十行十地十一地總是此十廻向位中理智大願大智大悲所圓融故以此十廻向位通前徹後總通收故故表青蓮華衆華之中色香最爲殊勝出過餘華也又以表兜率天宫於諸三界此天殊勝何以故爲世間三世諸佛皆在此天長菩提心滿化世間故向上化樂天他化天樂放逸故又向上色界無色界是樂静心多故已下夜摩忉利是著樂之處天非知足故四天王天四面而居非正位故是故此天處欲界之天上下處中故又此天而修三福德人之共生處故何者爲三一修施二持戒三修定自餘諸天不修三福令均平故皆偏多也修戒施二福是故餘天或多放逸或多樂静是故上生經云樂欲長菩提心者來生此天是故此天説此十廻向門於此表法勝故又向下忉利夜摩向上化樂他化此天於此五天處中故故説十廻向和會智悲均平令處中故故於此天説十廻向故故將此處表所説法門又將鬱香長者號青蓮華所表法位以此義之可解是故名十廻向以表十波羅蜜行衆和一多同别之門故爲十種廻向以表無盡故以大願風吹智慈雲令普雨故

○二釋品來意者大意如前所述可知

○三隨文釋義者義分爲二△第一長科經意△第二隨文釋義

△一長科經意者從爾時巳下至第三十三卷末總作十五段長科

○第一從品初爾時巳下至去來現在一切佛廻向有三十三行經是十方諸佛加金剛幢菩薩令說十廻向分於此分中復分爲四段

△一爾時金剛幢菩薩巳下至演說諸菩薩十廻向有十八行半經明金剛幢菩薩入定諸佛與同號加持分

◎二佛子汝當承佛威神之力巳下至無障礙法光故有四行半經明諸佛勸說十廻向法門分

◎三爾時巳下至善根力故六行經明諸佛與金剛幢十種法力加持分

◎四爾時巳下至去來現在一切佛廻向有四行經明諸佛以手摩頂令金剛幢菩薩出定說法分

△第二隨文釋義者約立十門△一釋入三昧因緣◎二釋三昧之名◎三明諸來佛刹遠近◎四明諸佛之數◎五明諸佛同號所緣◎六明佛來現前稱讚◎七明諸佛共加入定◎八明諸佛摩頂因緣◎九明出定告衆歎法◎十明正說十種廻向

◎第一明入三昧之因緣者爲欲令後學菩薩知軌則故爲知三昧方便現智令明淨故爲知三昧之力能令說法智慧簡擇自在分明故三世諸佛法則合如是故故須入定

◎二釋三昧之名者何故名爲智光三昧爲以成就大悲之門非大智而不顯如十住中顯佛智慧與自心同合即以方便三昧無作

無思如净水澄明日月萬象自然現徹如十行之内三昧即名號善思惟則明於理隨事法差別名善思惟如此十迴向所入三昧名智光者則以智行悲明處俗無染以此智光照俗無俗不真是以鬻香長者青蓮華表之用明處俗無染十住十行比丘以爲標首以明出俗之功一依善財知識表之是故此位圓悲智之自在故故三昧名爲智光三昧

△三明諸來佛刹遠近者明隨位勝進智慧增廣十行云萬佛刹塵此位云十萬佛刹微塵表勝進過前

△四明諸佛之數者經云十方各十萬佛刹微塵數明進修智業廣大與十方如來智體功用合故

△五諸佛同號所緣者何故十方諸佛與入定菩薩同號爲金剛幢而現其前者有二義一如前所釋進修智會二以佛名號及如來身而現入定菩薩前明處位不惑斷自他之疑故成法印故又智既合同身亦無二故

△六明諸佛來現稱讚金剛幢明以言加令入定者印法不惑亦令當學之徒斷除疑惑故又身智既同説法亦等故

△七明諸佛共加入定者所云共加者有二義一自智所會合佛德故二諸佛隨智與力二縁會故名之爲加又爲自雖不疑斷他惑故諸佛與加成法則故又説佛加持有六一同名號加與同名故二現身加而現其前故三言讚加以言讚歎故四毘盧遮那往昔願力加五與十種法加如文自具六以十方諸佛手摩其頂加

△八明諸佛手摩其頂因緣何故手摩其頂明右手者作用之便明諸佛以右手引接令出定說法又自作用與諸佛作用相及故又諸佛許可到法際故以當位有自位際法也

△九明出定告衆歎法者經文自具

△十明正說十種迴向如經下文此釋初段三十三行經竟

○第二佛子菩薩摩訶薩已下至過去未來現在諸佛已說當說今說有九行半經是正舉十迴向之名目分自此已下佛子云何爲菩薩摩訶薩已下至第三十三卷内至皆得清淨到於彼岸總有十卷經明正說十迴向隨十波羅蜜進修行門分已上十箇迴向一箇是一箇波羅蜜行都共爲十段科至後隨當位分中方釋

○第三正說十迴向隨十波羅蜜進修分中從佛子是爲菩薩摩訶薩十種迴向已下至云何爲菩薩摩訶薩救護一切衆生離衆生相迴向於此一段中有二義△一科其當段經意△二隨文解說此十箇迴向中長科有一百八十段經文（廣漆箋云此一科是十波羅蜜中第一迴向合前分十五段是第三段故繫第三正說之下今自一科字提起便與下十段俱明不然十迴向似缺第一故表出之）

△一科其當段經意者於此救護一切衆生離衆生相迴向段中長科爲十段

△第一佛子云何爲菩薩摩訶薩救護一切衆生相迴向已下至如是等無量善根可五行經明修六波羅蜜四無量心成就初迴向分

△第二隨文釋義云何行檀波羅蜜淨戒波

羅蜜以能捨惡法戒體自淨故云何修忍波羅蜜施戒已成當修忍力爲施體能捨故與戒體爲淨因忍體須加行修學爲忍防他淩辱非由已自捨故須加行學忍云何起精進波羅蜜以忍體是自息其忿恨非是欣修利物之行故須起利物之行是此位精進義云何起精進波羅蜜入禪波羅蜜以精進勤行利物之行恐多散動相應故須入禪波羅蜜云何住般若波羅蜜以禪能發生淨慧故云何大慈大悲大喜大捨爲六波羅蜜是出世心多故加以慈悲喜捨利衆生法均調諸行故此以上六度四無量心使令均平智悲得所成此初廻向門此廻向法門從十信十住十行總具有之至此本位方令齊等若以解行門中有此差降若以理智門中總無前後始終之法已下當位有十度調治之法如下文中具明不煩更釋但如文以行行之云何但以六波羅蜜爲利生行爲明大悲門中但令衆生出世間故然後方令入生死中

◬第二修善根時已下至皆令得一切智有十四行半經明起願念度衆生分

◬第三佛子菩薩摩訶薩已下至阿耨多羅三藐三菩提有三十三行半經明親疎善惡平等分

◬第四佛子菩薩摩訶薩已下至住佛所住有二十行經明以諸佛法而爲勝縁深植自善根願與衆生分

◬第五佛子菩薩摩訶薩已下至令得解脱有三十八行半經明菩薩入於惡道代諸衆生受苦令諸衆生得樂分

△第六佛子菩薩摩訶薩復作是念已下至便到彼岸有七行經明菩薩以自善根令諸衆生得十種究竟樂分

△第七佛子菩薩摩訶薩已下至無量善根有五行經明菩薩隨宜救護衆生得出生死供養諸佛親近善友分

△第八佛子已下至令一切衆生斷疑故有十二行半經明菩薩大願衆生雖多不假多聖唯我一人獨能度盡分

△第九佛子已下至救護一切衆生離衆生相迴向有三十一行經明菩薩如日普照不求恩報不著衆生法迴向分

△第十爾時已下至說頌有五行半經明金剛幢菩薩觀衆說頌分

已下頌中有五十六行頌頌此救護衆生離衆生相迴向此一段中明菩薩所行之行均調得所兩行一頌如文自具得意以行行之

△第二隨文解釋者何故名爲救護一切衆生離衆生相迴向釋此名目有二義△一明隨位修行次第之法△二明本位名號

△一明隨位修行次第之法者如十住中於初發心住求一切智此菩薩所緣十種難得法而發於心所謂處非處等十種如來智力而發於心生佛家爲佛真子如十行之中行歡喜行爲大施主凡所有物悉能惠施無有悔悋行菩薩行以爲所緣如此十迴向中初迴向名救護衆生離衆生相者即以六波羅蜜四無量心以爲所緣明即以十住十行所得大智法身無著淨行起廣大願行處於生死以六波羅蜜以爲行首慈悲喜捨以爲處

生死利物之緣是故即名爲救護衆生離衆生相迴向即以慈悲喜捨爲救護以六波羅蜜出世間法爲離衆生相故爲六度行門是出世行故是故如是安立次第總在十住初發心位一時總具只爲紙素竹帛名言次第遂生分段非是法有前後義故如十住位中善財童子表法之中海門國觀大海具有阿修羅等十王供養等是迴向義然教門次第昇進不可不存若不如斯使後學之流行沉淪而不進

△二明本位之名者又以大智法身以爲離體十波羅蜜四無量心以爲處生死救護衆生所緣是故名救護衆生離衆生相迴向以智體無依所救護者無性衆生無相正爲救護而無作者故衆生自真無出没故名救護衆生離衆生相迴向成此初迴向法門具足五緣一具自了法身本自清淨解脫緣二得大智慧解脫緣三具大願力奉事諸佛利衆生緣四十波羅蜜具足勝行緣五慈悲喜捨一切衆生緣具此五法方能成就此初迴向此之一段以檀波羅蜜爲主九波羅蜜爲伴善財以鬻香長者號青蓮華表所行行之人以名下義思之可解於中所行法則鬻香長者賣香人也能辨諸香和合諸香賣鬻與人用表此位之行前已釋竟

○第二不壞迴向以戒波羅蜜爲體餘九爲伴善財以船師號婆施羅爲表行行之人此云自在住樓閣城城門外海岸上住修大悲幢行法門明此迴向位中以大悲爲戒體視一切生死之海令得一切大智之海居生死

海而得自在故名自在廣說如經又表戒體如海性淨不宿死屍明法身本淨不宿煩惱深淨死屍也廣義如文經云佛子云何爲菩薩摩訶薩不壞廻向者於此一段經文義分爲二△一長科此一段經意△二隨文解說
○第一長科此一段經意者自佛子已下至說頌已來總科爲六段
Ⓐ一佛子已下至無量無數行境界故有十三行半經明菩薩得信不壞分
Ⓐ二佛子已下至大願悉使滿足有十一行經明菩薩住持教化衆生分
Ⓐ三菩薩如是已下至阿僧祇衣敷布其地有三十三行經明舉依果報嚴分釋義云如是阿僧祇寶是本行中以法利生依果也阿僧祇華者是以行能利自他開敷衆善之依果阿僧祇鬘是忍所報也阿僧祇衣從慚愧生也阿僧祇蓋大慈悲所生也阿僧祇幡廻向心所生也阿僧祇幢是隨行不退力所生也阿僧祇莊嚴具諸助道法所生也阿僧祇侍從謙敬離慢所生也阿僧祇塗飾地從戒品生也阿僧祇塗香以戒徧諸法生也阿僧祇粖香以往昔散華香報所生大綱以行知果如影隨形一一相似准物類以義解之可解亦以昔曾以如是物供養佛法僧獲得斯果故餘准此知之
Ⓐ四佛子已下至最上信解心廻向有二十二行半經明菩薩以如上依果所有莊嚴供養諸佛皆爲度脫衆生分
Ⓐ五佛子已下至第二不壞廻向有二十四行經明菩薩能隨生死度脫衆生同事諸業

求一切智白淨等法恒不捨分

◎六菩薩摩訶薩已下至說頌有八行經明菩薩得於諸佛妙法斷疑如聞自達能隨想力入一切刹普照衆生分

已上頌有五十行兩行一頌皆頌當位之中迴向所行之行如文自具不煩更釋如文行之

△第二隨文解義者云何爲不壞迴向雖隨生死海不壞法身雖隨分別而不壞無作雖隨諸見而不壞法眼雖隨諸行而不壞菩提心雖教化成熟衆生皆至佛果不壞身心無依住門雖隨一切衆生知根同事而不壞戒體恒自白淨是故名爲不壞迴向又一切世間出世間法無成壞體此迴向體如經云如實法印印諸業門得法無生住佛所住觀無生性印諸境界諸佛護念發心迴向與諸法性相應迴向入無作法成就所作方便迴向此是不壞迴向之大體也智不壞生死不壞大願不壞大悲不壞皆如實故如十住位以離染大悲爲戒體即以海門國海雲比丘爲所表十行位中即以工巧筭術以爲戒體即以釋天童子於河渚中筭印法以爲所表爲明行爲河流歸海故十迴向中以處俗大悲爲戒體即以海師自在爲所表

○第三等一切佛迴向以忍波羅蜜爲體餘九爲伴表法中以善財童子所見可樂城東大莊嚴幢無憂林中無上勝長者是也爲城名可樂依主所行之行立其名故爲明得法成忍人見可樂住城東者爲明忍爲覺行之首爲表東方角亢氐房之位主衆善之首房

爲青龍主吉慶位故以東方爲陽爲生萬物之首明忍爲萬行之首生衆福故故居城東也大莊嚴幢者忍隨違境不動也是幢義無憂林者明忍成行滿如林廣蔭也號無上勝者衆行之中不勝忍也衆行之中無忍不成行故餘廣如經說二義如前

△第一長科當段經意者從此一段經中約科爲十段

(△)一佛子云何菩薩摩訶薩等一切佛迴向已下至諸根清涼有五行半經明學佛迴向心得自在清涼分

(△)二佛子已下至不變異樂有七行半經是菩薩迴向佛樂分

(△)三佛子已下至證薩婆若有七行經明迴向菩薩行願分薩婆若此云一切智

(△)四佛子已下至證一切智有十行經明迴向一切衆生令得離苦分

(△)五佛子已下至具足充滿有兩行經明菩薩行由願廣大充滿分

(△)六佛子已下至迴向諸佛無上菩提有十八行半經明菩薩以本大悲處俗無染著分

(△)七佛子已下至如來究竟之地有二十五行半經明施與畜生食願永離衆苦得樂分

(△)八佛子已下至第三等一切佛迴向有十四行經明菩薩等一切諸佛迴向分

(△)九菩薩摩訶薩已下至心無所著有六行經明菩薩入佛功德深入法界善知菩薩修行次第分

(△)十爾時已下一行經明金剛幢菩薩觀衆說頌分

已上有四十八行頌兩行一頌所頌前法如文具明不煩更解

△第二隨文釋義者何故名爲等一切佛廻向爲此第三廻向成其忍門明無貪瞋癡三業如佛佛所行願皆悉願爲故云等一切佛廻向令願行一如佛故又前云不壞廻向以次等一切諸佛廻向明次第合然

○第四至一切處廻向者以精進波羅蜜爲體餘九爲伴以善財所見比丘尼名師子嚬伸住輸那國此曰勇猛城名迦陵迦林此云鬬諍時也明此比丘尼能和斷鬬諍此表第四廻向行精進業利物之相表比丘者明離染清潔尼者慈音明此精進行門離染慈悲以爲行體號師子頻伸者明已得四無礙智已得四種無畏故師子者明智無畏也頻伸者卷舒自在也明以清淨大智勇猛自在卷舒說法利生善和斷鬬諍皆悉從伏無量諸衆生見聞不同廣如經說意表此第四廻向中行精進之行表智悲之相故無染慈悲說法自在表悲常隨苦流智常無染是摩尼義

四無礙智者一義無礙智二法無礙智三辭無礙智四樂說無礙智四無畏者一一切智無畏二漏盡無畏三說障道無畏四說盡苦道無畏二義如前

△第一長科此一段經意義爲八段

㊀一佛子云何爲菩薩摩訶薩至一切處廻向已下至無邊世界有十二行經明菩薩所修善根如實際徧三世供養分

㊀二佛子已下至廣大威德種性中故有十二行經明諸佛興世如法身徧往無有差別

廣大利益分釋義云如世界種即如華藏世界種是也約先德云數三千大千世界至一恒河沙數爲一世界海又數世界海至一恒河沙爲一世界性又數世界性至一恒河沙爲一世界種云種種世界云衆生雜多也如轉世界者或圓形轉或流轉如江河是如日月亦是皆無住止名轉側世界如四天王天在須彌山側仰世界可知覆世界如胡蜂窠等是亦如世界成就品說已下如經自具

(△)三佛子已下至護持一切諸佛教故有六十四行經明菩薩以衆多無盡如法性供養雲供養如法性無邊衆多如來普攝諸善根分

(△)四佛子已下至以善方便修迴向道有十六行半經明菩薩修迴向以無所得而爲方便修一切善根分

(△)五佛子已下至具足一切功德有六行經總結已上供養功德分

(△)六佛子已下至第四至一切處迴向有六行經明都結已上徧一切處迴向所作令佛種不斷廣嚴淨佛刹分

(△)七菩薩摩訶薩已下至能以善根如是迴向有十二行半經明住此迴向時得身語意業徧十方一切處分

(△)八爾時已下一行經明金剛幢菩薩觀衆說頌分

已上有二十二行頌兩行一頌如文自具

△第二隨文釋義者云何至一切處迴向約位有十一　一法身至一切處　二智身至一切處　三大願至一切處　四供養諸佛

至一切處　五見聞聽受諸法至一切處
六徧現色身至一切處　七開悟衆生至一
切處　八不出毛孔至一切處　九徧滿十
方等於法界而無去來至一切處　十入一
衆生身心等一切衆生身心至一切處　十
一入一佛身毛孔等一切佛身毛孔至一切
處迴向又迴向者有十法　一以無作法迴
向有作法　二以有作法迴向無作法　三
以一法迴向多法　四以多法迴向一法
五於諸有法迴向無法　六於無法迴向有
法　七以世間法迴向出世間法　八以出
世間法迴向世間法　九以一切自性無迴
向以爲方便有迴向法　十以一切有迴向
法以爲自性無迴向法爲令滯有無者得自
在故生死涅槃無障礙故得大神通無法拘
留故供養諸佛教化衆生一多同别皆得自
在故以誠實心起大願雲周覆法界虚空界
興種種供具供養三世一切諸佛皆願自他
福德圓滿故是故名爲至一切處迴向大意
以修得十住十行之中法身理智即依此法
起大願大悲依無作理智起神通行使不滯
染淨不爲染淨二法心所拘留入神通自在
門不著神通不著自在爲神通諸法性自離
故

○第五無盡功德藏迴向者以禪波羅蜜爲
體以善財童子所見婆須蜜女以爲所行行
之人所住國土名爲險難城名寶莊嚴以歎
德中心無分别普知諸法一身端坐充滿法
界於自身現一切刹所明禪體徧周自在爲
明禪與智悲會無二體用自在故以國名險

難者以真智會俗城名寶莊嚴者會俗體自真明定亂兩融智悲不礙隨塵不染故號城名寶莊嚴婆須蜜女者此云世友能與世人爲師友故亦曰天友能與諸天作師友或曰易寶或以此女善巧方便易取衆生一切智寶此女身金色目髮紺青若聞説法若暫見若執手若坐其座總得三昧爲明禪體徧周與智會故道合見者總皆是禪體智悲相會之流若也別見之流常對面不覩其容也但爲定與智會智與悲冥隨根接俗號之爲女非即但爲女也十住中第五主禪門即俗士長者號爲解脱明俗體本真衆生身本來佛國故長者身含佛國明衆生身亦然但禪觀相應即見十行中即以寶髻長者以明禪門以本自居宅十層之閣宅有八門市上接俗引來宅内即明以智爲禪體就俗引生故云市上引入智境名歸宅内今十廻向之内以婆須蜜女以爲禪門即明十廻向以智悲爲禪體以女表之以致其像用之表法即以所行俗事用彰智隨悲行處世染而不汙若也未悟俗塵爲業所留要須戒定慧志求出世之智若也達智業亡要須處纏不汙方便利生皆令解脱切須知根接引不得惑亂衆生要須依根受藥二義如前

△一長科當段經意者於此段長科爲十三段

◎一佛子已下至皆悉具足有六十一行經明菩薩凡所隨喜廻向悉皆具足圓滿分

◎二佛子已下至一切佛刹悉亦如是有三十行經明菩薩以大願願菩薩衆海圓滿十

方莊嚴國刹分
△三佛子已下至轉無障礙不退法輪有七行經明方便迴向分
△四佛子已下至超然出現有四行半經明願清淨佛刹至一切衆刹佛常超然出現分
△五佛子已下至入一切法界有三行半經明菩薩達一切智知業果寂滅分
△六佛子已下至無有少法與法同止有六行經明不分別不著不取分
△七佛子已下至得無盡善根有十行經是菩薩得無盡善根分
△八佛子已下至一切境界悉無所有可六行經明菩薩了衆生界無衆生於法無得證分補特伽羅云數取趣
△九佛子已下至悉充足故有五行經明菩薩無智入法無法入智分
△十佛子已下至修治諸行故有六行半經是菩薩成就功德藏堪爲衆生福田分
△十一佛子已下至第五無盡功德藏迴向可七行半經是菩薩福相處世無倫分
△十二從菩薩摩訶薩已下至十種無盡藏有十四行半經是菩薩得十無盡藏分經云於一毛孔見阿僧祇諸佛出興於世得入法無盡藏者明心性本無大小計盡身爲智影國土亦然智淨影明大小相入如因陀羅網境界稍是也經云以佛智力觀一切法悉入一法者明萬境雖多皆一心而起心亡境滅萬境皆虛如淨水中衆影也水亡影滅此約破有成無說又以境約智生智虛境幻多幻相入不離一虛幻不異虛虛不異幻幻虛無

二一異總虛此約以智幻虛自在無礙門說此皆借法況說如實所知唯亡思者智會其智會者方可用而常真不惑心境以大願力隨智幻生等衆生數身如應攝化故名無盡功德藏自餘如文自具不煩更解

△十三爾時已下一行經明金剛幢菩薩說頌分

已上有五十行頌兩行一頌如文自具但如說修行

△第二隨文釋義者云何名無盡功德藏迴向此位明禪與智冥智與悲會以無盡虛空爲一道場以無盡衆生無明行相而爲佛事身恒承事無盡諸佛而徧周法界化無盡衆生總成佛身表裏相亡始終都盡徧知諸法不壞無心故名無盡功德藏

○第六隨順堅固一切善根迴向此明般若波羅蜜爲體以善財知識名鞞瑟胝羅住善度城常供養旃檀座佛塔以爲表法名鞞瑟胝羅此云包攝以身含佛刹爲名爾住善度國者約化行爲名故以此主智慧善度衆生故供養栴檀座佛塔者明戒定慧解脫解脫法身爲座體得佛不涅槃際者明戒定慧體無滅沒也廣如經說其座不安形象者明無相理會是佛義故見座入法故城名善度身與空合名爲佛國亦名包攝也以明無相智慧是佛不滅度法門以智無生滅故

△第一長科經意於此一段長科約作六十四段如下此段迴向長行中有六十一段經總明行施於段段中皆有三義一明行施心成就二明施已迴向菩提三明各發十種願

皆願自他成佛已下三段是總結所施之功及金剛幢菩薩觀衆說頌

△第一身肉手足國城妻子悉捨行施經在說頌後起有四十四行半

△第二施食有八行經

△第三施飲有六行經

△第四施味有二十行經

△第五施車乘有五行經

△第六施衣有五行經

△第七施華有二十行經

△第八施鬘有五行半經

△第九施香有六行半經

△第十施塗香有十三行半經

△第十一施牀座有十四行經

△第十二施房舍有八行半經

△第十三施住處有九行半經

△第十四施燈明有二十三行半經

△第十五施湯藥有十七行經

△第十六施器物有三十四行半經行經二十五卷止此經二十六卷起

△第十七施種種寶嚴飾車有一百九十四行半經

△第十八施象寶有二十六行經

△第十九施師子座有三十八行半經

△第二十施寶蓋有六十二行半經

△第二十一施寶幢有二十七行半經

△第二十二施寶藏有十七行半經

△第二十三施種種妙莊嚴具有二十二行半經

△第二十四施寶冠及髻中珠有十九行經

△第二十五施財寶妻子救衆生牢獄有二十三行半經

◎第二十六施捨身代命有二十九行經

◎第二十七施連膚頂髻有二十七行半經 經二十六卷止此

◎第二十八施眼經二十七卷起有二十行半經

◎第二十九施耳有二十三行半經

◎第三十施鼻有十六行半經

◎第三十一施牙齒有二十二行半經

◎第三十二施舌有二十五行經

◎第三十三施頭有二十一行半經

◎第三十四施手足有二十七行半經

◎第三十五施血有二十行經

◎第三十六施髓有三十四行半經

◎第三十七施心有二十四行經

◎第三十八施肝肺有二十五行經

◎第三十九施肢節骨有三十行經

◎第四十施皮有二十二行半經

◎第四十一施手足指有十八行半經

◎第四十二施連肉爪甲有十八行半經

◎第四十三爲求法故投身火坑有二十一行半經

◎第四十四爲求正法以身具受無量苦惱有二十行半經

◎第四十五爲求法乃至一字一句捨其王位國城妻子一切所有有二十一行半經

◎第四十六菩薩爲自捨屠殺業有二十二行半經

◎第四十七見殘忍損諸人畜慈心救之所謂去男形也有三十二行經 經二十七卷止

◎第四十八菩薩見佛出興普告衆生捨我慢戲論經二十八卷起有二十七行半經

◎第四十九捨大地有二十一行半經

◎第五十捨僮僕有二十五行經

◎第五十一捨身施與一切衆生謙下離慢

有七十五行經

◎第五十二施身給侍諸佛有二十五行經

◎第五十三施土地一切諸物及捨世事有二十二行經

◎第五十四捨都城闕坊輸稅有二十二行半經

◎第五十五捨妓女有四十七行半經

◎第五十六施所愛妻子有三十一行半經

◎第五十七施舍宅有二十一行經

◎第五十八施園林臺榭有三十一行半經

◎第五十九施廣大施會有四十一行半經

◎第六十施一切資生分有二十五行經

◎第六十一隨諸衆生所須一切阿僧祇物施有七十七行半經

已上此一段迴向中總有六十一種施一一施中十種大願六十一願中有十種迴向以表於一切所著成一切無所著諸性無作供養諸佛教化衆生行無盡行故

◎從佛子是爲菩薩摩訶薩第六隨順堅固一切善根迴向已下至於諸法中而得自在有六行經都結已下迴向之功

◎從爾時金剛幢已下有六行經明金剛幢菩薩觀衆說頌歎法分

◎今上下長行及八十二行頌中文義自具不須更釋且畧釋迴向名目云何隨順堅固一切善根迴向經云佛子如是迴向時即爲隨順佛住隨順法住隨順智住隨順菩提住總名行檀波羅蜜周徧剎海不壞法身智身成就通化長大慈悲等佛所行故爲名也又釋以理順行以行順理以智順悲以悲順智以方便願力引生智海成就悲門均調自在

名爲隨順堅固善根廻向論主頌曰法身理
智無體性平等清淨無造作方便以願力莊
嚴神通變化行充滿法無自性從緣生緣生
不失無作性設興廻向大願雲周徧無邊一
切行不離緣體性無生智如影響充法界智
體如願如普賢廻向大願皆無實雖復無實
不廢緣雖復從緣性無作菩薩所興諸行雲
智無來去如影現假使教化諸羣生猶如化
人度幻衆大約如世造立宮室要以功成論
其現自施功功體各無自性及至成功事畢
還以無功而益人設宮室有覆養之功亦復
不云養育此廻向大願亦復如是爲理智雖
有淨煩惱之功不興廻向大願無覆育饒益
大慈悲之功此之廻向從初發心住具足有
之但約昇進勝劣言之亦約說文廣狹言爾
亦以時不遷論也總五位一時說也古今無
前後義也

大方廣佛華嚴經論卷第二十七

音釋

鬻（音育 賣也）汰（音太 水貌）筭（音算 義同）輸（式朱切）窠（音科 穴居也）
鞞（音俾）胝（音支 義同）

大方廣佛華嚴經論卷第二十八

唐方山長者李通玄造

十迴向品第二十五之二

○第七等隨順一切衆生迴向以方便波羅蜜爲體主大悲門前六波羅蜜是修出生死心此第七已後四波羅蜜是方便智入生死中教化衆生是故表法中善財知識觀世音菩薩以爲此第七隨順一切衆生大悲迴向中行故此新經翻爲觀自在菩薩不可依也舊經名觀世音菩薩者是爲十方世界共爲一佛國無別西方別有阿彌陀是如來權設引有爲小衆方便隨心專念攝餘惡心隨心念處得見化佛稱自心量諸德謬解謂此娑婆世界無觀世音此改舊經本作觀自在云觀自在者但約名彰行中但彰觀照世間出世間無相理智自在非明慈悲之行也觀世音菩薩文殊普賢此三法是古今三世一切佛之共行十方共同文殊主法身妙慧之理普賢明智身知根成萬行之門觀世音明大慈悲處生死三人之法成一人之德號毘盧遮那一切衆生總依此三法號之爲佛少一不成今此一位依舊不依新翻又依梵云光世音菩薩明以教光行光大慈悲之光等衆生而利物即一切處文殊一切處普賢亦得名一切處光世音今言觀世音者取正念心成依心應現而立名也不可以爲觀自在所表法也觀自在者約名表法義中是表第六般若波羅蜜位也非是方便波羅蜜入生死同衆生行以四攝四無量不斷煩惱之名此由翻譯者誤也觀世音住居補怛洛迦此云

小白華樹山觀世音菩薩居之爲諸菩薩說
慈悲經此山多有小白華樹其華甚香經云
住山西阿者西爲金爲白虎主殺位明於殺
位以主慈悲門正趣菩薩東來以明智位至
文方釋經云佛子云何爲菩薩摩訶薩等隨
順一切衆生迴向已下至說須長科爲二十
段

◎第一從初佛子已下至一切世間善根有
十四行經明菩薩自集已上三十二種無邊
善根分

◎第二佛子已下至修習一切善根有十四
行經明菩薩如上所修三十二種無限福田
善根迴向爲一切衆生功德之藏分

◎第三佛子已下至永不退轉有六行經明
菩薩念如上善根不離無作無依菩提心所
積集憐愍一切衆生分

◎第四佛子已下至悉亦如是有十一行半
經明菩薩發願願如上所修無限善根所有
果報盡未來劫所修如上善根悉以迴向一
切衆生令十方世界衆寶充滿惠施無限衆
生分

◎第五佛子已下至常行惠施住一切智智
心有五行半經明菩薩無五種心常行惠施
成五種心分如經自具無虛僞心爲首
已上五段結前三十二種善根竟

◎第六佛子已下至皆如是施有十六行半
經明菩薩以如是等阿僧祇象馬王妓女及
自身等十種不可數物盡不可數劫而常施
分

◎第七佛子已下至無有一彈指頃生疲倦

心有六行經明菩薩以如上十種施滿足無限衆生盡無限刼無一念疲勞分

㊀第八佛子巳下至入一切智智心有六行經明菩薩以如上布施以十種無著解脫心爲施者分

㊀第九佛子巳下至得一切智有九行經明菩薩以如上十種無限施起十種無限願願一切衆生得一切智分

㊀第十佛子巳下至於諸有中最尊勝故有一百一十五行半經明菩薩以如上兩段無限布施業普爲一切無限種種衆生起一百一十種廣大無限所爲衆生等所緣事業而行如上等施願迴向故此巳上總結巳前三十二種無限善根以次象馬等十種施業及大願迴向及爲衆生等境界竟

㊀第十一佛子巳下至具足十力調伏衆生有二十三行經明菩薩爲慈愍衆生入苦同行以大願接生分

㊀第十二佛子巳下至不著無一切法有三行經明菩薩雖以施願迴向入苦利益衆生其心有十種不著分

㊀第十三佛子巳下至增長成就三世佛種有三行經明菩薩以如上一切善根願一切衆生得智種分云何得入佛智種有四法一得清淨心二智慧明了三內心寂靜四外緣不動如是修治能增長三世諸佛智種故

㊀第十四佛子巳下至與諸菩薩等同一見有十七行半經明菩薩修行如上迴向之時神通智力陀羅尼門出過世所稱歎分

㊀第十五佛子巳下至神通境界平等清淨

有八行經明菩薩如是修行菩薩行時功德出過思量何況得成無上菩提此段明功德作法報生猶尚無限出過思量何況無作自在菩提之理智豈可不能成也言功過也如此段得知法業平等三世互不相違約作畧釋經云一切佛刹平等清淨一切衆生平等清淨此約理智說一切根平等清淨乃至四行經總明約理智說

㊀第十六佛子已下至不違菩薩行有十五行經明菩薩見法三世體相平等分如經云衆生不違一切刹刹不違一切衆生明依報正報相似刹從心業起故衆生心差別即刹差別如世界成就品具明思不違心者以思從心生即思是心餘倣此知業不違報者報從業生報是業果餘倣此知如業不違業道者明來生受生與現世作業相似餘倣此法性不違相爲無性爲性無相爲相無性中實相即如來身色及妙境是衆生不了無性妄計之相即天人龍鬼畜等是各隨自心所生業相稱餘倣此生不違性明以生是無生無生爲生故刹平等不違衆生平等此約理無淨穢已下例然一切衆生安住平等不違離欲際平等者明衆生報居之境與解脫涅槃際無二理性同時無二性故過去不違未來總明三世性同時無二性故三世無體可相違故餘例知佛平等不違菩薩行平等明以佛理智及菩薩體用不離無性

㊀第十七佛子已下至第七等隨順一切衆生迴向有九行經明菩薩如是迴向時得法業刹三世平等已得承事一切諸佛入一切

清淨衆會道場分經云菩薩摩訶薩如是迴向時得業平等得報平等得身平等如是十平等法明以迴向發願力莊嚴自報得此十平等果故

◬第十八菩薩摩訶薩已下至隨順一切衆生如是迴向有九行經明總歎如上迴向施願所得之德業用成就分

△第十九爾時已下一行經明金剛幢菩薩觀衆說頌分

◬二十其頌總有四十二行文義自具不煩更釋

△第二隨文釋義者何故名爲等隨順一切衆生迴向爲明此第七方便波羅蜜主大悲門以六波羅蜜中所修智慧之力入於生死海隨一切衆生根品同行利生故故名等隨順即如十住中第七住大悲位休捨優婆夷云我有同行眷屬八萬四千那由他常居此園者是大意云同一切衆生八萬四千及不可說煩惱悉同行故是此義也亦是此位第七迴向與善財所見觀音是此位也可知如此一段迴向總有二十段經文餘十九段文義自顯不煩更釋表法中如善財知識十住第七以優婆夷休捨表慈悲位十行第七位表慈悲門以滿足王自化其身作諸罪逆自化其身捉來殺罰以息衆生惡逆此十迴向第七即以觀世音表慈悲位也夫大教玄悠文芳義廣法門名句明白宛然十十之數相從萬萬千千次第不可以將小池而添巨海未足以致其深炷微燈而益日光焉能資其遠照此經義弘言備理具辭豐且畧釋大意

密智幽潜聊申少趣不可加餘經之法相滯此妙章若得意修行者理由定發智以理明悲藉願興行成願發理弘智博願廣悲寬佛種因此而生法界以斯緣濟都結如此餘義後文

○第八眞如相迴向以願波羅蜜爲體明此位同第八地智增勝以願引生智業成大悲故以願防智爲智體淨故利化不弘表法中如善財童子見東方正趣菩薩是其行也從空中來至娑婆世界者明法空智現普周亦無來去觀世音指東方正趣及見時與觀世音同會而見表以願會悲至智明圓悲智令滿故東方表智西方表悲日出照明春陽發生青龍吉祥表智日入昏迷秋霜白虎殺害明智入悲處苦流濟衆生故第八願波羅蜜明防智體性淨以願會悲成普賢行昇進隨其行位和會如之二義如前

△第一長科經意者自初爾時已下至須巳來長科爲十段

◬第一爾時巳下至普能往詣一切佛土有三十五行經明菩薩入此眞如相迴向位中以自所得善根更加迴向發願所緣成位昇進分

◬第二佛子巳下至顯示安隱住處有十行經明菩薩觀衆生惡道苦如巳身願速出離分

◬第三佛子巳下至心不動揺無障礙故有十行經明菩薩以如上迴向有十爲令衆生得十種大利分

◬第四佛子巳下至普於世間現成正覺有

四十六行半經明菩薩見勝妙國土及一切妙境以無量大願願一切衆生皆盡普得生在其中并獲衆益分

㊂第五佛子巳下至廣大善根有五行經明菩薩以如上迴向善根自增善根分

㊂第六佛子巳下至圓滿一切清淨智慧有一百八十九行半經明以如上迴向皆以無性無著真如爲迴向分已上一百八十九行半經明約以真如爲迴向體以真如徧世間出世間一切法迴向還徧世間出世間一切法何以然者爲以迴向爲方便興起無作真如中大智大悲大陀羅尼門大神通道力令稱真如無作大自在作用恒寂故若不如是以大願大悲大智慧無限迴向但依無作真如用淨煩惱即同二乘樂寂及三乘六通菩薩但生一方淨國不入法界之真門居門外之權乘且止草庵之位當知滿十方之差別種智皆由大願力而發生圓法界之行門藉迴向而興起故立斯教網用接有緣明知軌度而踐其蹤使學者省功而不錯謬者也

㊂第七佛子巳下至第八真如相迴向有十一行半經明以如上真如相迴向自獲義利分

㊂第八菩薩摩訶薩巳下至善根隨順真如相迴向有十三行半經明如上迴向已得同如來成道分

㊂第九爾時巳下一行經明金剛幢菩薩說頌歎法分

㊂十巳下有五十八行頌明以頌重頌前法分

△第二隨文釋義者於自餘文義經文自具如第八段經云一身充徧一切世間得佛無量音聲於一毛孔中普能容納一切國土得佛無量神通置諸衆生於一毛孔此約十住初心見道之後能入如實知見然爲凡夫有信之士畧釋少分以開心目非入禪定觀智會融方親見爾論主以頌說曰了知毛孔大小性十方國土無表裏智境含容十方剎剎土體相本皆幻智身體淨相無礙毛孔微塵亦復然國土因心虛妄生無妄智境恒相納衆生心淨無表裏乃了自身毛亦然心無分別自他情一切塵毛含佛剎是故如來說迴向廣與願行融自他願他得樂與已同心淨佛國恒相入以廣大願與大智同體智悲充法界無功理智起身雲隨類現形聲亦爾能以自他同體智衆生身中現佛國以衆生智轉法輪衆生心迷不知覺以衆生智是佛智佛智本是衆生智迷者佛智作衆生悟者衆生是佛智如是了達體同別堪與衆生作依止約釋第八眞如相迴向竟

○第九無著無縛解脫迴向以力波羅蜜爲體以善財所見天神爲所表此位之行也所居之城名墮羅鉢底神號大天城名墮羅鉢底者此曰有門城此是此界乾坤以乾爲天門已後次第見地神以此二位明和會此十迴向位之智極悲終天神表法空妙智之極地神表大慈悲至極厚載萬物育含生故像如父母位也天神現無量種衆寶積聚如山地神放光地震嚴寶種種寶物處處莊嚴地爲淨剎衆多寶藏自然踊現明天神地神隨

業養育濟物之德廣大至文方明畧舉會通表法之意令後學者易見其意不迷教行不迂修行表法中明智淨稱天之性即法財充滿功德寶出現如山若純淨大悲育載萬物如地無勞故地體本唯淨土此唯智悲之淨極故即佛國莊嚴淨也此明神智應眞德會天地濟育物也亦是天地之神靈是菩薩約位所堪治眞俗之行此位天神表之明昇進理智幽微像天靈而不測神功萬有以不作而爲之二義如前

△第一從佛子至說頌巳來長科爲七段

㊀第一佛子云何爲菩薩摩訶薩無著無縛解脫迴向巳下至隨順忍可有八行經明因中種善根生十種尊重分經云菩薩摩訶薩於一切善根心生尊重者舉十種意在無盡所謂者欲論及所陳之法謂於出生死心生尊重者三乘中出分段生死得變易生死爲有厭生死欣寂靜故得入變易生死不同一乘以智生身徧周刹海任根應現非生死性乃至同於世法非生死性諸見道者應如是知若論自報智合行同方能覩也如是出生死性心生尊重故經云於攝取一切善根心生尊重者即攝善法戒於希求一切善根心生尊重者十信有漏所求十住巳去無漏希求總須心生尊重於悔諸過業心生尊重者是悔往業也巳下隨文義可知如是令尊其因故果便不退如上層之閣下固而上存巳上一段以尊重因竟

㊁第二佛子巳下至無所依智生一切佛法智巳上可十二紙經明修初十種善根修十

種尊重行無著無縛解脫廻向得入普賢微細智境分此一段總明成就三世諸佛果德及普賢果行諸微細法如是微細法門約立十種微細畧以示之餘皆倣此　一佛身微細如佛報身中於一佛身中及一衆生身中有不可說不可量佛身一切佛身一切衆生身總爾　二佛智微細於一智慧中徧虛空界衆生隨樂之法皆差別知　三佛受生微細盡十方一切佛刹皆抹爲塵於一一塵中一時受胎一時初生一時趣道場一時轉法輪等而亦不壞起隨類身對現故　四攝化三世一切衆生微細於一切佛刹塵中具普賢行一一衆生前隨類現形說法教化各各差別重重無礙　五國土微細於一一塵中皆有量等虛空廣大國土一一國土互相參入重重無礙如華藏海是　六菩薩衆海微細於如上佛刹塵中一一佛所有如虛空量等廣大道場菩薩衆海皆悉充滿如是一切刹塵之內總皆如是如是道場如是衆海皆相參入重重無礙如光如影　七菩薩見佛微細隨其十住十行十廻向十地皆見如來如對目前說隨自位法見隨自位身　八佛音聲微細如來音聲不從心出不從身出常有音聲恒徧十方隨應聞之皆使得聞　九時刼微細以三世不可說刼一切諸佛不出一念普在如今如今現前諸佛還居未來過去一時三世參入刼刼重重無礙　十神通道力微細以法性徧故智身亦爾以無依任智對現色身十方響應而無來往亦無變化造作之心以智隨本願法應如是及一切塵

中境界亦復如是重重無盡如是已上安立十種法門釋此位中廻向之法大況如是明此無著無縛廻向位中菩薩堪如是入故餘文倣知大意以無作法身無依住智以十廻向大願調和令得成就大慈悲利衆生之行海令使一切思量分別便爲智用令使一切知見總爲禪門本來不動令使理性本寂定門起差別智身慧身變易身令使一毛孔中安立一切佛刹衆生刹悉皆無礙令使有爲無爲爲一法界自在故如是廻向

◎第三佛子已下至不分別若法若智有七行經明得無分別分

◎第四佛子已下至第九無著無縛解脫心廻向有十六行半經明修此廻向得三業無著無縛同三世佛廻向自在分

◎第五菩薩摩訶薩已下至成就菩薩自在神通有九行經明此修廻向得善根不壞所生値佛得自在神通分

◎第六爾時金剛幢菩薩已下一行經明觀衆說頌分

◎第七已下有一百二行頌文義自具兩行一頌

△第二隨文釋義者云何爲無著無縛解脫廻向爲無性理智無依即一切無著一切無縛是故經云甚深微細智修菩薩行住普賢道若文若義皆如實知生如影智生如夢如幻如響如化如空乃至無所依等智生也

○第十等法界無量廻向以智波羅蜜爲體表法以善財童子所見安住地神此是女神如此坤神分位在西南方又處中宮而治四

季明處智行悲圓滿故其地神住摩竭國者是如來道成之國明此位昇進至中道同如來智悲圓滿位故摩竭國是此閻浮之中心是中宮位若隨當方有帝王所居處即是若隨位昇進修行中智悲圓滿行是若望迴向表位會融中前天神表智坤神表悲二位會融以成一位養含生之道成德化之門如百萬地神放大光明徧三千大千世界者以智行悲百萬行門慈光照燭徧也大地震吼者悲心感應也種種寶物處處莊嚴者明大悲行滿現業果報舉本位因果報得所嚴也廣釋至位方明又表智悲成滿可以說教利生須當其智如神其心如地載育萬物不以爲勞如地能生能養能載終始不移焉二義如前

◎第二長科當位者從初佛子已下至三十三卷中說頌已來長科爲二十六段

◎第一佛子已下至令其善根增長成就有十一行經明此位菩薩智悲圓滿堪爲法師施法利生分

◎第二佛子已下至無恚梵行有二十一行經明菩薩以法利生自修梵行分

◎第三佛子已下至亦令衆生安住正法有二十五行經明菩薩自住梵行正法亦令他住梵行分

◎第四佛子已下至悉得成就一切智故有二十二行經明如上法施所生善根迴向願得爲一切衆生演說三世佛法入無礙辯及音聲無礙分

◎第五佛子已下至得如我無異有十一行

經明菩薩令諸清淨以如上法施及迴向發願善根又迴向願見等法界如來出興於世調伏等法界無盡衆生分

㊀第六佛子已下至永不失壞諸清淨行有十五行經明菩薩迴向善根如法界無量分

㊀第七佛子已下至於一切法永不忘失有十六行經明以法界等無量善根迴向願令一切衆生得見佛心清淨分

㊀第八佛子已下至無差别性迴向有六行經明如法界性無起無遷迴向分

㊀第九佛子已下至成就菩薩説法願力有二十七行經明菩薩願如上法施迴向善根又願一切衆生得入佛法師位分

㊀第十佛子已下至不以取著利益衆生故迴向有六行經明以無取著以爲迴向分

㊀第十一佛子已下至無礙光明恒不斷故迴向有二十二行經明不爲世法不爲二乘法但爲令一切衆生入佛智故迴向分

㊀第十二佛子已下至入佛廣大門故迴向有二十九行半經明菩薩以如上迴向一切善根但令一切衆生離苦得樂成大菩提分

㊀第十三佛子已下至無有休息故迴向有二十三行經明自在神通無有休息明以如上等善根迴向爲一切衆生任大慈大悲大喜大捨及離二種著成滿佛智慧分二種著者著有著無是非自他彼此内外能所都爲二

㊀第十四佛子已下至應以修習善根迴向有六行經明菩薩如是迴向時於三有中所有五欲境界不應貪著以無貪瞋癡善根故

修習善根分
◎第十五佛子已下至設大施會有四行經明菩薩捨惡成善離衆魔業設法施會分
◎第十六佛子已下至覺悟一切衆生長夜睡眠音有二十五行經明菩薩自得無礙音聲普徧願令一切衆生音聲圓滿分
◎第十七佛子已下至正念智慧辯才有十行半經明願一切衆生得離過惡得清淨分
◎第十八佛子已下至一切智身有十四行半經明菩薩以如上善根迴向願得清淨智身分
◎第十九佛子已下至安住修菩薩行有十四行經明菩薩法施善根如是迴向願隨住一切刹無有休息見者獲益分
已上十九段明法施迴向善根饒益自他行門分
已上三十三卷中明莊嚴佛刹迴向分此等法界無量迴向中通此三十二三十三兩卷經
○第二十佛子已下至廣大智寶究竟圓滿有三紙半經明以如上法施功德寶迴向莊嚴無量佛刹皆令清淨分如第二十段以法施善根迴向莊嚴佛刹中此是願力莊嚴有義隱者釋之可知者如文如延袤言樓閣相連延長無限寶牕牖者大曰牕小曰牖寶多羅形如半月者是西域樹名如此椶櫚樹以寶爲體以半月寶用嚴其樹不可言樹形如半月無非如來善根所起者以願力如佛善根所起莊嚴而用莊嚴佛國土故阿僧祇寶海法水盈滿者言水説法阿僧祇寶芬陁利

華常出妙法芬陁利聲此是百葉白蓮華也還能出百種音聲説百種法故阿僧祇寶須彌山智慧山王秀出清淨者明以願智慧業超勝報得出過餘法名秀出能清衆業名清淨須彌云妙高山名爲止以艮爲山爲止王者自在也明以止其心心即淨故若心淨即智慧妙用自在故故報得其山亦如是故因果相似故阿僧祇八楞妙寶寶線貫穿嚴淨無比者明八正道之報得寶線者教也以名言竹帛而貫之令法無散失故以成果報也菩薩寶者如菩薩形約行報得阿僧祇寶旋示現菩薩智眼約無礙智報得爲以一智中知無盡法門以深幽無極名之爲旋阿僧祇宮殿者悲宮智殿報相嚴也鑒者照徹也寶山垣墻者以止爲防護報得故阿僧祇寶化事者此寶能化作種種事法此約以一智行萬行報得也寶藏見示一切正法是一切種種之智藏報得故如來幢相迥然高出者有寶似佛形像而立莊嚴國土明眞如智幢不傾動報得也阿僧祇寶賢大智賢像具足其寶似賢人形狀有賢人之相約自賢而報生也寶園生諸菩薩三昧快樂者明以三昧爲園林之報得故寶音者以音聲爲寶非有形質也寶形者以種種寶作種種形故寶相者以寶爲相好故寶威儀者以寶作菩薩威儀庠序故寶聚見者皆生智慧聚明以智慧聚報得故寶住者以智境界現作菩薩十住之位寶修習者以寶爲修習法門次第見者知一切寶皆是業此是識業寶也寶無礙知見者以寶爲無礙知見見者得清淨法眼約淨

智無礙所生也寶多羅樹此樹似欆櫚堅如鐵葉長稠密設多時大雨如屋常乾如此經所說約以寶爲體非如西域人閒木樹也其樹無枝處爲身身直上者爲榦榦上傍生者爲枝枝上細者爲條王都及聚落總是約大願行化作莊嚴佛剎跋陁羅樹者此名賢以樹下有賢人居又樹出賢才其上有帝釋寶網莊嚴也寶吹者能出音寶如螺貝之形其聲清亮者清朗也寶鼓妙音克諧窮刼不絕者克者能也諧者和也言音韻和雅曲調無比阿僧祇寶生以寶能生種種法寶亦衆生能發心爲寶也寶身者明以寶爲種種之身也寶口者以寶爲口形能演法音故寶心者以寶爲心之形具足意業及大智願寶大意已下如上以因果相似解之其中可解之事如文自具大綱以果知所因如上莊嚴皆大願與行所成如華藏世界皆由普賢願力起明因願起行故寶身業語業意業以寶爲三業從自三業起行立讚詮思惟去就以心寶爲之

◎第二十一佛子已下至如是廣說有十一行經明菩薩願以菩薩身徧諸佛剎及寶莊嚴倍過前百千倍分如此段中明願以菩薩身莊嚴佛剎充滿其中下文都結如上莊嚴復過百倍以此善根以將迴向

◎第二十二佛子已下至佛子菩薩摩訶薩以諸善根普爲一切衆生如是迴向已有二十八行經明菩薩總爲衆生如是迴向分

◎第二十三復以此善根已下至咸令歡喜故迴向有十九行經明菩薩以如上迴向但

欲令説法及行安樂一切衆生令圓滿如法界分
㊀第二十四佛子已下至如來衆會道場平等迴向有二十二行經明菩薩以如法施及大願莊嚴廣願化衆生總令住法界平等故迴向分
㊀第二十五佛子已下至第十住等法界無量迴向有十一行半經明以如上迴向一切善根時得如是身口心業及十種安住法界清淨分從佛子已下舉十種迴向所有如文具悉
㊀第二十六菩薩摩訶薩已下至到於彼岸有二十四行經明菩薩以如上法施等善根迴向皆願一切衆生得見佛入佛知見同佛所得分此已上是正舉十箇迴向門竟

㊀長科第十三佛神力故已下至一切世界兜率天宫悉亦如是有十六行經明佛威動地與供分如地震動段中動有三義一説教威感動二大衆聞法悦樂動三推佛神德致令動諸天興供有二義一説法教門招感供二諸天聞法歡喜供與供中有二義一華香幡蓋供二諸天歌讚禮敬放光等供如供養色數如經可知如一切佛刹現無量阿僧祇諸佛境界如來化身出過諸天者此是説法現德法境相稱故現非由天供也一切世界兜率天宫悉亦如是都結十方同此
○第十四爾時復以佛神力故已下至亦復如是有十行經明同號菩薩來集作證分爾時佛神力故十方各舉過百萬佛刹微塵數者十住百十行百千此位百萬明昇進知見

智之增廣之量如是百萬世界塵數之外而來者處迷不及云外昇進悟解入位云來百萬佛刹微塵數菩薩同名金剛幢來歎善哉稱歎金剛幢菩薩者明智會道同名亦同故亦明今時之智會與古合故亦是達如是等刹塵之境總是金剛智無迷惑故世界名金剛光亦如是

○第十五爾時巳下有六行半經明金剛幢菩薩說頌分明歎金剛幢菩薩說頌之德如文可知

巳下有九十四行頌兩行一頌如文自具其中隨位授記作佛漸漸經劫廣者明隨位昇進智慧大悲廣故非是有時日歲月劫量延促廣也皆是約修行之位安立佛果之名

△第二隨文解釋者云何爲等法界無量迴向釋曰如法界無中邊迴向心無中邊如法界無作者迴向心無作者法界無來去遠近迴向心無來去遠近法界如虛空迴向智如虛空法界不思議迴向智不思議法界無所依迴向智無所依法界一切諸佛之所共住如無依智一切佛之所共住法界非三世及一切生滅時分所攝迴向之智非三世時分所攝法界圓滿三世事業在於現前迴向之智圓三世事業在於現前法界有無自在迴向之智有無自在爲令自他皆如法界無礙自在如諸佛故以是名爲等法界無量迴向大意令一切發菩提心者一如法界諸德用自在圓滿廣大無限離大小性不屬一二三百千萬等有限量故等無限量法世間出世間大智大悲喜捨等法界衆生界故若不如

是迴向設求菩提但得二乘住寂菩提菩薩樂生淨土皆住門外三車露地白牛不當其分此十迴向令諸三乘得出世心者令達世間生死之性自性法界令起大悲與一切衆生皆得令見衆生性是法界智故得平等悲門入普光明圓智之宅故不令久住草庵化城即如維摩居士所説一期法門是令三乘迴向之少分法華露地白牛之乘畧陳一分之寶所總與法界門普光明大智佛果普賢行海是普終畢也如此當部經中十迴向門爲迴十住十行中大悲大智法身萬行功德莊嚴自他滞障悲敬不眞知見不廣悲心不普心不廣大不稱無限法界將此迴向均治令等稱法界無礙無限自在性故若不如是以無限迴向發願普爲無限法界衆生即自住眞門偏生淨土不依法界無礙垢淨平等無限同體大悲不成佛果故如是十迴向均十信十住十行及十地十一地行門總在其中此義十地位更不别配佛果但取此位十箇佛果上名總同同名爲妙菩薩名號十地位中菩薩上名與此十迴向位菩薩總名金剛但幢與藏别明妙用之佛果及所行之法與此無殊但藴積功終大悲功满名之爲藏非是異此迴向位外别法也是故善財十迴向中善友即長者天神地神所表十地知識九箇夜天總是女衆一箇是如來爲太子時妻以表純修大悲之位明十住十行修行智位十迴向以願力均融令智悲等進十地藴修令大智大悲深廣成備故以十箇女衆表之十一地悲满成普賢行門即明以悲與智

即以佛母摩耶爲十一地初善知識能生一切諸佛爲表母是悲位佛是智故以悲生智故云摩耶生佛故得幻生法門此明悲智德成普賢行滿故明其進修次第如是安立若以修行一時同進即如善財十住位中第二海門國海雲比丘是成就初發心自悲智門以此義故於中有阿修羅王等十王是表入生死之行故又海雲是此迴向位中能入生死大海故又生死海即佛海故故云有佛出現說普眼經著十王等表萬行自在也乃至十住第七住休捨優婆夷等亦是但以成熟慣習增降處論之又此五位法門總不出一刹那際始終成故總無前後之義故

大方廣佛華嚴經論卷第二十八

音釋

牕 初莊切音瘡　牖 云九切音有　芬 敷文切音分芬芬花草香　椶 祖冬切音宗　櫚 凌如切音閭　慣 古患切音貫熏習之義

大方廣佛華嚴經論卷第二十九

唐方山長者李通玄造

◎第六會他化自在天宮說十地法門

十地品第二十六之一

約釋此品以四門分別○一釋品名目○二釋品來意○三叙其昇進次第○四隨文解釋

○第一釋品名目者何故名爲十地品釋曰以明如來普光明智以成地體如經如是菩薩已踐如來普光明地即大圓鏡智是所說四智及一切種一切智之差別以此爲智體以諸菩薩雖登十住十行十迴向不離此體道力未充更以十波羅蜜十重進修令其道力圓滿名爲十地又以十波羅蜜中而自具十法名爲十地十十之中具百百不移十故名爲十地乃至十百十千十萬十十萬十億乃至十不可說明十數該含一多無盡故云十地此十地之法通因十即通十信所信十箇佛果即以普光明殿所說十箇佛果不動智佛爲初信故乃至無礙智佛解脫智佛通十箇智佛爲所信之果進修之中經十住十行十迴向還將十信之中十箇智果以成此十地之體十箇智佛以不動智佛爲本不動智佛以普光明智爲本普光明智以無依住智爲本又無依住智以一切衆生爲本如善財見彌勒菩薩彌勒菩薩還令善財却見初善知識文殊師利是其義也乃至於五位滿不離初信之佛果也以此十地之法通初徹末一際法門是故號名十地品品者均分義一多次第昇進同别階級義故此乃是無昇

進中進修無層級中層級且畧言之十地之
體若無十信能信自心初佛果者十地亦不
成故十信之初心無十地十一地之佛果亦
無成信心故始終總全是不動智之果故能
信自心者亦佛果故所信佛果亦佛果故修
行之身亦佛果故如是信心方得成信其所
修因果終始不異不動智佛故是故此經十
住十行十廻向皆有隨位進修因果十佛號
故十地十一地以取十廻向中佛果通號更
不別立佛名號故爲此後十地十一地但取
十廻向中理智大悲妙用蘊積使德行功熟
更無異法以此義故十廻向中十箇佛果總
同名號之爲妙爲明十廻向已和會理事悲
智妙用法成故以此如來亦不云昇天他化
天王亦不云遥見亦無迎佛及以興供古人
云十地無迎佛及敷座者以經來文未足者
此非爲得經之意也但爲法則如十廻向中
大願及智悲修令圓滿如彼故無敷座等事
爲明法則依地前舊法不更別有加行進修
以十地法門但依十信十住中法則以不動
智爲體以十住中十箇月佛十行中十箇眼
佛十廻向中十箇妙佛以爲十信中不動智
佛上加行進修十地同此准知不移初法
○第二釋品來意者爲明已說地前三十心
竟以十廻向方法和會理智大悲及廣與大
願竟但依前法則以積行蘊修令使功成滿
前智願令使大悲深厚功畢以是此品須來
是故善財以九箇夜神皆是女天以表慈悲
故一箇佛爲太子時妻號曰瞿波以表十地
慈悲法喜以悅一切衆生以此十地是蘊積

慈悲滿前智願故以此十地之初歡喜地得願求一切佛法心故如後地中所說故又以三十七箇菩薩俱名爲藏亦表此十地俱依地前之法以三十七助菩提分法助成地前志樂智悲大願令行滿故含容衆德成滿無功諸佛德門名之爲藏一箇菩薩獨名解脫月是三十七箇助菩提行中得法清涼之果故一一皆有所表思之可解是故以此十地品成就地前志樂智悲大願令功畢故此品須來

㊃第三敘其昇進次第約立三門△一明三乘一乘十地同異△二明隨位進修次第△三明重敘說法之處及座體

△一明三乘一乘十地同異者有二義第一三乘十地第二一乘十地　第一三乘十地者如仁王經雖安立內凡外凡菩薩修六波羅蜜作六種人王若修檀波羅蜜得作小國王并修戒波羅蜜作粟散王并修忍波羅蜜得作鐵輪王王一閻浮提并修精進波羅蜜作銅輪王王二天下并修禪波羅蜜作銀輪王王三天下并修般若波羅蜜得作金輪王王四天下具足千子自檀戒二度是外凡夫菩薩信心位自忍進定慧四種度門是內凡位是十住十行十廻向中位也十地中名十聖位修十波羅蜜得作十種天王該管已上天位自忉利爲首若約斷惑見道之中三乘中地前修六波羅蜜以空觀折伏現行五見及五鈍使且令伏息所有煩惱如呪毒虵不能害物伏而不起空觀心成達心境本性無生名爲見道修道小乘以空觀滅情入寂身

智總亡地上菩薩得三種意生身而不隨空而滅智故爲不了根本無明住地是如來根本智故受三界外變易生死故已捨分段生死三種意生身者初二三地得三摩䟦提樂意生身明從定發正慧念用故四五六地得覺法自性意生身明覺法自性任性生故七八九十地得種類俱生無行無作意生身明無功任運生無作意故五見者一身見二邊見三見取四戒取五邪見此已上五見名利使能障見道與見道作煩惱小乘修空滅智菩薩達法是空有智慧有慈悲之行或生淨土或處世間利生隨意樂自在五鈍使者一貪二嗔三癡四慢五疑通前爲十使此能障修道上隨事之行不能稱理如是十使煩惱小乘先斷見道上煩惱後斷修道中煩惱大乘菩薩於諸煩惱以諸波羅蜜如理通融無斷無證如上總明權教大乘中菩薩約簡斷惑地位得果如是十地菩薩修法空無生菩薩得十種意生身於三界業外受變易生死是生死無明住地未能了知如是菩薩猶於一乘佛果華嚴經未聞設聞不信不順不證不入猶有厭苦心多一向樂求出世淨土猶忻淨土在於他方佛果在三祇之後華嚴經云設有菩薩無量劫行六波羅蜜得六神通及修種種菩提分法爲不聞此大方廣佛華嚴經猶名假名菩薩不眞菩薩設復聞時不信不順不證不入如法華經不退諸菩薩亦復不能知總其例也又云設有菩薩讀誦八萬四千法藏悉皆通利爲人解說得六神通此未爲難暫讀此經是即爲難或爲一分劣

解衆生發菩提心者三祇之刼方成佛故三乘不退菩薩是十眞如觀或是觀空不退不是無明爲根本智發心不退此已前明時刼定實淨土及穢土全隔在於他方忻猒之徒安立諸地故　第二一乘十地者從十信之心即信自心根本無明具分别見便爲不動智佛即文殊師利覺首目首等菩薩是其位也以自信自心無始無明爲不動智文殊師利即爲自心理智妙慧用也法界大智大悲門普賢行海是自己所行之行如是信已以爲信心是故從經之初爲例如來成道之果及十普賢幷海月光大明菩薩及神天等五十衆以爲現果成信門諸菩薩神天等衆示現入法獲益所有入法皆同佛所得故明信從自心無明上見不動智佛故信亦是佛悟亦是佛以不異佛智體用爲進修故作此信時普見一切衆生所有心量皆從如來大智而有凡聖一體同一智慧無有二性如金光明經天女發願此語不虚者願三千大千世界衆生悉皆金色具大人相當時稱願一切衆生悉皆金色具大人相如彼經廣明又如此經如來出現品云衆生種種樂及諸方便智皆依佛智起又云應信自心中常有諸佛出興於世轉正法輪從如是信已以方便二昧發生悟入現本智慧與佛契同名生如來智慧家爲眞佛子從此初住住佛所住種如來性名清淨智慧從此慧已經十住十行十迴向位位之中配十箇所修行之人十箇世界國土十箇修行行下之佛果如前釋十信十住十行十迴向位中所配當者是今此十

地位中修行之人即金剛藏等三十八箇菩薩是三十七箇是三十七助道法助前十廻向中悲智妙用功終不立自位佛果爲明十廻向中以大願力已圓理智大悲事畢十地但以助道行力成之使熟及至十一地佛果總如十廻向位也解脫月菩薩一人表是能請法之人亦表三十七助道之中解脫清涼之法樂也故有此三十八菩薩三十七同名爲藏唯一人名解脫月即是表三十七助道之中無煩惱之果故此四十心中位成佛果及普賢行非論人王梵王之位但論位位之中以如來智生身等法界衆生界對現一切衆生前身非論意生身隨意所往也但以根本無明成一切智海一切世界一切處現形隨類應現不論於三界外別受變易生死又於此一乘智用境界中無別論變易生死但以智用善達心境智無礙性等法界性無去來性無造作性不見過去是凡夫未來是變易現在是分段有此心者皆是虛妄非正見故若斷惑中但以五蓋十纏十使遠爲智用不於三界外別受變易之生死於毛孔微塵之內刹海凡聖如影同居焉得別有三界之內外也不變尚自本無焉能有別忻變化但以大悲本願之力以法界普光明智性自等周任器而與同光無別方所往來者之性故純以世間一切境界人天魔梵爲一佛土而作佛事不於他方別有淨土也五蓋者一貪欲二瞋恚三睡眠四掉悔五疑十纏者一無慚二無愧三眠四悔五慳六嫉七掉舉八昏沉九忿十覆達智具悲此等用爲智海爲慈

悲喜捨諸佛知見故如此華嚴境界海中佛果內非但入位菩薩攝化境界以信心廣大力爲世間主爲信解廣大受生廣大且如毘盧遮那品中喜見善慧王人王所都非是輪王城名燄光明有百萬億那由他城周帀圍遶妙寶所成縱廣各有七千由旬七寶爲郭廣如經說居大須彌華山上住夫人婇女三萬七千二萬五千子其中人報同諸天衣服飲食隨念而至行即遊空天城龍城乾闥婆城夜叉城阿修羅城隣接居止總是淨國莊嚴如喜見善慧王一生見二佛出世此明信心廣大如善財童子宅內七寶與身同生身金色總是信位之福以信心廣大願行廣大自信與佛果智齊起願修行此福不難即得如隨好光明功德品天鼓所說悔除法以盡法界衆生數等善身口意舌悔除所有業障諸天問言云何悔除天鼓云觀業不從東西南北四維上下來而共積集身心乃至十方推求悉不可得乃至廣說如經天鼓如是爲諸天衆說法之時百千萬億那由他佛刹微塵數世界兜率天子得無生法忍得十地位如上諸天子總是過去修十信中十勝解業爲中有作惡業墮地獄中蒙毘盧遮那光照其身得生兜率天上得天鼓說法一時得十地離垢三昧此爲三生得十地果若信解無作惡業者一生成佛如善財是也云一生者言見道無生性總是入法界無時之生故如三乘之教刋削屈曲理滯難成尚能信而爲之此一乘法理智端直不剋不削達自根本無明便爲不動智佛萬事自正以智利生即

是佛故又將十廻向廣大無限悲願會融令行廣大稱法界智用而無作者具行而無依者即普賢行具故世士大迷易成而功廣者即不信多刦曲修刋削難成功劣者反存其情畢竟多生還須歸此敎如此經中少起信樂獲得無邊廣大饒益具如隨好光明功德品中說約有六門　第一說修十信中十種勝解力故其中有造惡業墮地獄中有信解之種毘盧遮那菩薩處兜率天時放光名幢王光明照地獄衆生離苦生天天鼓說法得十地位入離垢三昧此是三生得果三生者一修十勝解是一生二作惡入地獄是第二生三蒙光照燭生兜率天得十地果是第三生此是第一功少獲益廣多門　第二諸大得果毛孔化花興華雲供佛所有香氣若有衆生身蒙香者一切業障皆悉銷滅得成就香幢雲自在光明清淨善根此是第二功少益多門　第三若有衆生見其益者種清淨金網轉輪王位得一恒河沙善根此轉輪王位於百千億那由他佛刹微塵數世界中敎化衆生此是第三功少益多門　第四如是清淨金網轉輪王位放摩尼髻清淨光明若有衆生遇斯光者皆得菩薩第十地位成就無量智慧光明得十種清淨眼乃至十種清淨意等此是第四功少益多門　第五經云佛子微使有人以億那由他佛刹碎爲微塵一塵爲一佛刹以如是等微塵數佛刹又碎爲微塵如是微塵悉置右手持以東行過爾許微塵數世界乃下一塵如是東行盡此微塵南西北方四維上下亦復如是如是十方

所有世界若著微塵及不著者悉以集成一佛國土若有衆生聞此譬喻能生信解當知更爲希有奇特佛言寶手如是如汝所説若有善男子善女人聞此譬喻而生信者我授彼記決定當得阿耨多羅三藐三菩提當獲如來無上智慧此是第五功少獲益廣多門

第六經云寶手設使有人以千億佛刹微塵數如上所説廣大佛土抹爲微塵以此微塵依前譬喻一一下盡乃至集成一佛國土復抹爲塵如是次第展轉乃至八十反如是一切廣大佛土所有微塵菩薩以業報清淨肉眼於一念中悉能明見亦見百億廣大佛刹微塵數佛如頗梨鏡清淨光明照耀十佛刹微塵數世界寶手如是皆是清淨金網轉輪王甚深三昧福德善根之所成就此是第六功少獲益廣多門如是明此經法門廣大無限一念信解心無限其心清淨無限供養諸佛饒益一切衆生心無限一念相應獲無限廣大之益爲明以根本無明便爲根本智所起善根皆廣大無限爲智無依等法界故所作善根等法界故如是一念聞法便獲廣大利益者皆是於此教門生信樂種故大綱如是如來處胎現生娑婆穢土出生滅歿之佛爲劣解衆生權施接引之教即三乘之教是也如此經云爲劣解衆生母胎出現爲上根衆生蓮華化生如此華嚴教門是法界普光明大智報佛所説非是出生滅度穢國之身故是爲上上根所説學二乘教者雖引此教門和會三乘法相行位然心想不廣不稱教智將此教門同三乘三祇之教只可廻權

就實是乃契會聖心何得迴實就權反虧聖說乖迷昇進成佛何期設致百萬億三大阿僧祇終違聖旨如三乘教中分分有此教在只爲學者不能了知佛開無上正詮迷者反生遮截如金剛般若云此經爲大乘者說爲最上乘者說即三乘權教是大乘故最上乘者一乘教是如法華經是迴三乘向一乘之教舉龍女彰法界實理智之無時即於一剎那之際示三生而成佛爲破三乘情塵劫執反稱是化就三乘三祇之劫爲真只爲情翳多生反頗棃妙寶鏡而歸如銅鐵之明以閻浮檀明淨真金令同瓦礫之價非是寶之咎也只爲别寶賄者無功此以已上一段明一乘三乘十地竟修行者但以簡教修行遲速須去世情大小彼我言之但稱根即用

○第二立隨位進修次第者約立十門　第一明十種信中信果成因門即十箇佛果以不動智佛爲首以文殊師利覺首等十箇菩薩爲表修行之人金色世界等十箇色世界爲所修之法金色表法身餘九是隨用爲十信是凡夫有爲心修行是色心起信故是第二會普光明殿光明覺品所集之衆是如善財見文殊師利是表信心位明自妙慧之理徧因果終始故　第二從信創昇佛果智慧門即第三昇須彌山頂說十住位十箇佛果下名同號號之爲月是此位之果法慧等十箇菩薩是表入位修行之人十箇世界同名爲華是表入位開發慧華心開敷故此表如善財童子於妙峯山得憶念諸佛智慧光明門表初會佛智慧住佛所住故此爲十住妙

峯山者是止中之妙慧也爲艮爲山爲止爲門闕爲童蒙爲初明昇須彌者亦同此　第三明已居佛慧修行門者即第四會夜摩天宮說十行法門是也其中有十箇佛果皆下名同號號之爲眼是此位修行之果功德林等十箇同名爲林菩薩是表修行之人十箇世界皆名爲慧是此位行中智慧方便之法故如善財表法中於三眼國見比丘林下經行表行廣多覆育如林經行表行無住故三眼者表智眼慧眼法眼等三眼此兩位佛號十住位同月十行同眼十廻向十箇佛號上名悉同號之爲妙爲表妙用智圓昇進功熟妙在其先一一是有所表不浪施名　第四大願理事悲智叅融無盡門即第五會兠率天宮說十廻向以無盡大願會融理智大悲令普賢行滿十箇佛果上名號之爲妙是此位之果十箇菩薩下名同號之爲幢是表此位修行之人十箇世界號之爲妙是此位修行之法明理智悲願萬行妙用爲世界故如善財表法中見鬻香長者青蓮華者明此位法以將理智慈悲願行一切無盡差別智慧差別願行以將廻向之蜜合之爲一丸戒定慧之香以無依住智徧周法界對現色身隨病調伏而與五分法身之香而無所著如青蓮華色香第一而無所著和合願智悲法身十波羅蜜四攝四無量三十七助道之分世間出世間法共爲一法猶如合香以將衆香合爲一丸　第五蘊修成德門第六會他化自在天宮說十地法門明十地法但修前廻向法令使德行功熟滿其十廻向願行更無

別路佛果世界但取十迴向中妙用同功不別安立亦無他化天王遥見佛來敷座及迎佛等事爲明十地中已下法則如十迴向和會已終但生熟不等無更有別異途故但將十地十一地行門觀智反資前果猶如蘆葭長葉資根如善財表法中善財見摩竭提國迦毗羅城主夜神名婆珊婆演底此云春時主當明此神春時主當苗稼亦名依止無畏謂與一切衆生作依止無畏身出星宿照耀衆生於身一一毛孔現行化度無數惡道衆生迦毗羅城者此云黄色也爲明此城在閻浮提之處中明中宫土爲黄色表十地契中道應真不偏故此是如來示成道處國夜神總是女神以明凡得智成悲故以女神表之神者應真其智則神故其智不爲不思而徧資萬有此神表初歡喜地自第九迴向已來直云第九地總入神位明昇進智通祐物無限不爲不思而智自徧故且畧言爾廣在後文凡是善財問善知識發心久近在世多少者皆是明成就長養大悲之行住劫久遠明大悲深厚在智久劫是一剎那故如觀世音菩薩以名號及所說法號慈悲經又是十迴向中第七迴向中善知識與第八迴向位中正趣菩薩共成七八迴向悲智二門皆須如是前後和會方了其經意不可見一法而能了佛心明此十地但如十迴向中法蘊修成悲智滿前願故是初歡喜地得願求成滿心以依前十迴向願心成滿故　第六德滿行圓利生自在無限門者在第三禪說是第七會經梵本未來有百萬億偈依菩薩纓絡本

業經說此經是如來化三乘人後却領三乘之衆至菩提樹下說往昔初成正覺時說華嚴經一一排次重叙其會至第三禪如纓絡本業經說十一地等覺位爲一生補處菩薩位爲此地普賢行滿十一地爲妙覺如來故以此爲一生也如善財以行表法中見佛母摩耶夫人是其行故明十地以智從悲成行門即以夜天女神及如來爲太子時妻號瞿波此云守護地此十箇女衆成長大悲守護大慈悲地也如十一地等覺位中行悲行滿即從悲生智廣利益衆生即以見佛母表之母是慈悲之義出生大智化利衆生即等覺位中十箇善知識是也故云摩耶生佛佛是智故　第七德行圓滿成佛果終門即如第八會普光明殿說十一品經以十定品爲初次十通十忍阿僧祇如來壽量菩薩住處佛不思議法如來十身相海如來隨好光明功德普賢行品如來出現等品准初會中問處幷有十頂未有說處亦是來文未具總是如善財表法中見彌勒菩薩是其行也明同其善財一生成佛果故遂於樓閣之内現三生之行總在如今三生者一過去久遠見道修行生二現在得果圓滿生三當來示現成正覺出世生總在樓閣之内如今現前無古今去來現在不可得故然亦不廢三生之相現在其中但以智知爲隨俗利人故即三生也若約眞論無發菩提心時無修行見道時無現生得果時無當來示成正覺時以三世及心量無性體故無安立故無處無依住故名爲成佛時也若見自心有能發菩提心時當

來成正覺時即爲情識生滅不名發心時故以是義故信心及佛果總不離普光明殿乃至常行普賢無始終之行離世間品總不離普光明殿明因果同本不動普光明大智以爲昇進功終故時復無體智復無依故彌勒令善財却見初友文殊師利即明至果不移因善財念見文殊便聞普賢菩薩名及自見其身入普賢身者明表正覺之因不移行果總明圓會因果行總一時滿故爲智境界上能舍一切衆生情量多劫是一時故明智無情有故但不離十信中不動智佛無前中後際故此如文殊師利十信中說偈云一念普觀無量劫無去無來亦無住如是了知三世事超諸方便成十力　第八普賢行海常行門即如第九會中說離世間品是常住世間無限利生不與情合作業相應即如善財所表行中憶念文殊初友便聞普賢名及見自身入普賢身是也此是自成佛果竟常行普賢無始終行此普賢行亦明不移本普光明無依住智古人釋云重會普光法堂三會普光法堂總非重及三故大體明但以一箇普光明無依住大智圓會初發心因及佛果幷修行行滿此三事總不離此智時亦不遷爲明依智發心始終無情見之跡故　第九如來不出不沒佛智恒果門者即如第十會中說法界一品經是以法界是佛之恒果故第十表通信六位人法所進求門即如覺城東會大塔廟處善財見文殊菩薩幷已下入位中五位善知識是也此已上十門從普光明殿說十信已來總重叙使令學者易解經

意故幷以畧舉善財知識表法次第和會令易解故

○第三重叙佛所說法處及座體者其義有三一叙說法之處及意趣二叙放光之處及意趣三叙座體及意趣　第一叙說法處及意趣者其處有十其意趣有十一第一菩提場菩提樹下一會在熈連河邊去優樓頻螺迦葉聚落五里是一牛吼地是阿蘭若處得道依世間法如此是化衆生法則佛無此也乃至昇天總是所表法則若望如來以智體徧周十方恒徧而無來去對現色身故此明與世成法有可做學也此一段是如來舉自果法勸衆生修行門第二會於普光明殿此承上古德說云去菩提樹三里又云龍造此將未可也普光明殿者約所顯得普光明智所報居之殿智體廣大無限量也所報之境無限重重等周法界如經初所陳其地堅固金剛所成寶樹行列宮殿樓閣等是皆煥耀光明徧周法界此明智體報居之宅徧一切處一切處總在纖毫之內不可拘其處所以智徧觀其宅亦復徧周十方總是無限境也於此普光明殿說十信法門明以舉果成信還將智果報得宅中說本不動智佛以爲信位明信自心是不動智佛約此以爲信體心外有法不成信心故即如來根本智宅還信自心所有分別是如來根本普光明大智本無動故只爲迷本妄爲動故第三會於須彌山頂上說十住表入理契智非生滅心所得至故如須彌山在大海中高八萬四千由旬非手足攀攬所及明八萬四千塵勞山住煩

惱大海於一切法無思無爲即煩惱海枯竭塵勞山便成一切智山煩惱海便成性海若起心思慮所有攀緣塵勞山逾高煩惱海逾深不可至其智頂明以定爲方便是故法慧菩薩入方便三昧方說此法門當知亡思即智現在想即迷存滯寂智潛情虛智發此乃見道之初生佛智慧家之始約表出凡超世同天自在得智慧山之頂又以方便定止心不亂爲山體故以艮爲山爲止此爲十住位也初生佛智慧家住佛所住明依定發慧像須彌山故第四會夜摩天宮說十行此以上天空居表約智慧法空而爲行體即處世無染又明此天名時分天明菩薩處行知根生熟時非時也不妄利生又知何惑增多何惑減少隨惑增減而成熟之表知根利生名爲時分法空隨行名爲空居也第五會兜率天說十迴向此天於欲界處中又名樂知足天明迴向法門不貪涅槃不貪生死常處生死常處涅槃無二性故處中道故餘四天皆放逸如色界無色界天樂淨不可和會中道義故雖他化自在天說十地法還以此位中道之法成十地蘊修成功故說十迴向法以膝上放光表卷舒自在莫不由膝故明理智大願大悲滿周十方會融無礙莫不皆由十迴向位如十地依此而行蘊積令熟故無别法故第六會他化自在天說十地表至欲際之頂又表依衆生而應化故無自化也故借此天處以表化他之智故又此天處是魔波旬所居明十地位智伏心魔也成大慈悲之行令成熟故第七會在第三禪表普賢行滿法

悦利生表此天唯禪悦喜動故第八會普光明殿説十定及如來出現品明佛出現進修道極不離本處明不離一箇普光明智以爲進修云昇天上者表法昇進元來不離一箇普光明大智本定之宅明雖修昇進行滿元不移本不動智中普光大用第九會又在普光明殿説離世間法明以普光明智徧周十方普利衆生不染衆法名離世間以普光明智具普賢行恒在世間不出不入名離世間故以智體恒用而無依故名爲離非厭離故如此三會總在普光明殿者明行因與果并普賢行滿總是一箇普光明無始終無依住自在大智故若衆生發菩提心者不見此智不名發心見此智者方名發心若心外見佛者及取相求真者皆且作善未名發一切智

心故經云乘一切智乘直至道場以乘普光明大智之乘還不出普光明大智道場名之爲至此名發心究竟二不别是故發心先心難明此智難信信得即能入故夫證發心易先起信發心難信極即入位故但須方便三昧現之即智境便現此三會總在普光明殿者明定體用始終因果萬行同一智也如前所述第十會在給孤獨園説法界品明法界不離世間給養之義故表世間生死園林即法界體用是故如來所居重閣講堂包含法界師子之座暨乎十方唯應度者知之處迷者不覺即五百聲聞及餘衆生是也第十一會在覺城東文殊師利爲諸大衆説普照法界修多羅門及善財童子善知識等明文殊是引蒙之首十方諸佛及一切衆生總依此

法爲師首故爲無性妙慧之首故即以普賢爲行首故二首同發無前後也已上叙會處所及所表意趣竟但約如來自身表法放光有十度　第二叙放光處及意趣者約叙表昇進修行光明約有其十一初會中如來現相品兩度放光一放齒間光十方告衆知佛成道令衆咸集說佛因果之法二眉間毫中放光普照十方名一切菩薩力智光明照耀十方藏照十方已其光來入佛足下輪中明舉果成因入信光又於毫中出佛刹微塵數菩薩勝音爲首明如來自所行之行徧周明佛自覺行徧周之果用成信故此光入足下輪中明此光與說十地放眉間光相對此是所信之佛果彼是自已修行昇進之果光也三第二會如來兩足下輪中放光此是普光明殿成信位之光是初會中放入足下輪中之光今放出以成十信果故明說十信光以足下表之輪表圓滿故明說佛果德用成信心表信心之中信佛果圓滿故四第三會如來足指端放光明入位之始登聖道之初生佛家之首行聖行之初故此表之此明說十住位光發足入聖之始五第四會如來兩足趺上放光表依法空行行故此明說十行位光以明依空起行故六第五會如來膝上放光明表十迴向大願理事互叅智悲同濟猶如人膝是卷舒所由也此是說十迴向光表起願與悲生死涅槃智悲自在七第六會眉間放光名菩薩力燄明此光是初會中眉間所放之光名菩薩力智光明此因果相似初名力智表根本智此名力燄明表自功達本

即能照俗故名力欲明如三乘中號名根本智及緣俗名後得智此明達根本智即能照俗無二體先後雖立昇進之位階級智不異大悲不異時不異普賢行不異總無遷法故乃說無量智慧皆隨用言之不移本也以智照之可見以情見之即迷以大悲門中引俗即時劫及法各分若大智約真時劫元無依止長短以總別六相言之八第八會隨好光明功德品於手中放光照惡道苦明道滿大悲接俗光也九出現品內如來放眉間光灌文殊頂放口中光灌普賢口表令理智萬行共相參以說佛果德故意明文殊是理及妙慧普賢是智萬行之用意表理智妙慧寂用交徹相參問答佛果之門文殊是如來法身無相善決正邪妙慧之果普賢是如來大智徧周對現色身知根利俗之行果一切諸佛用此二法而成佛故此教之中如來出現品還令此二法會融參徹方成佛果理智萬行法界無礙圓融之門故放光照之令相問答令後學者見法易明此三人因果從初發信直至果終參體交徹思之以理智照自心體用可見初會佛果是佛自成故此十地十一地後佛果是修行者自力所成以將此文殊普賢二行參徹明理智萬行滿故此已上自第二會已來是自修行者昇進之終是此一終之教未付囑流通亦在此出現品內如前所明第十法界品還於眉間放光名普照三世法界明三世總一時故總以法界為果體從信住行迴向十地十一地及佛果總以法界為果體文殊為法界理普賢為法界智理

智妙用爲一佛門以此一門爲化羣蒙分爲二法若也逐根隨俗法門無盡若論實理不離無法之中一法一多無礙名爲普賢始接童蒙達無性理中妙簡正邪入無生慧名號文殊亦名童子菩薩能同苦際興行利生治佛家法名爲普賢二人衆體名之爲佛本來自在名爲法界從初徹後總此法界爲體更無别法此品爲一切諸佛因果之大都亦是衆聖賢所行之大路無出此也亦是自心一切智王之所遊觀之大宅也亦是一切衆生之所依故名法界敘放光處意趣竟　第三敘座體及意趣者其義有十種同異意趣第一會座體以摩尼爲臺者約本體以法身性自無垢爲摩尼名離垢寶故意以佛果菩提約法身無垢爲體報得佛身及化身爲智用故明依體起智用故故以摩尼爲座體第二會座體蓮華爲藏者意表第二會約化利衆生令成信種處信之中表行在世無染表以利物無染爲功即蓮華爲藏第三會在帝釋妙勝殿上安置普光明藏師子之座百千層級意表從信入位以方便無念無作寂靜三昧名爲安置以三昧力顯得如來根本智慧創生佛家得無畏慧名普光明藏師子之座藏者表此位入如來智慧之藏師子者明智慧無畏普光明者表契如來本普光明法界大智慧也百千層級者表十住進修階級出世越百千情計無明故破百千業障故如佛果座總不云層級進修昇降覺惑淺深智慧勝劣故如十住中初且百千層級爲明入位進修超業障之分齊也第四會夜摩天宮化

作寶蓮華藏師子之座爲表説十行位約行處世無著以蓮華所表師子如前依主釋也百萬層級者昇進過前超業勝故云化作座不云安置者表以入如來智慧以智隨行所行行業以智化爲故猶如變化故不云安置明行從理化故第五會兜率天宮即殿上敷摩尼藏師子之座百萬億層級表十迴向其中以出世之理智依本法身處世無垢依本佛果座體爲昇進還歸本故設以迴向方便願力成其悲智不易法身自體無垢爲迴向悲願會融令體用均平故云敷座不云安置及化作故百萬億層級者昇進過前故除滌淨二障成無礙法界大悲智雖十住十行五位齊修然以教辯病明前二位出俗心勝大悲心劣此十迴向位以願力會融智悲得所故第六會他化自在天王宮但云摩尼藏殿不云座體者意表座不易兜率天摩尼座但舉法性無垢大智成大悲門覆育含生故但云殿不云座以明依前迴向之法長大悲之殿覆育衆生無別昇進故第七會在第三禪其會法則教行未來且以普賢行品畧舉其普賢行品在三十六品是且其畧舉大本未來有百萬億頌第八第九第二會同在普光明殿明十信心與昇進修行所至佛果及離世間品普賢常行及十定十通等總不離普光明一箇智體故以成五位十信等進修故總不出此智此普光明智十方諸佛及一切衆生同共有之諸佛已達衆生迷之故然體用是一迷悟不同望此教中發心之者一悟即知見如佛如法華經以佛知見示悟衆生

欲令衆生入佛知見乃至乘一切智乘直至道場又此經云乘如來乘不思議乘勝乘無上乘等是如初卷中歎諸菩薩德中善知一切佛平等法已踐如來普光明地此普光明智衆生迷智爲迷悟者悟迷成普光明智爲悟是故初會神天示現入法獲益入即同佛所入同佛知見與衆生作入法之樣令後學倣之是故此三會總在普光明殿者意明五位昇進信亦不離此智悟入修行亦不離此智時劫無體可轉智復不異此普光明智以十迴向法門和融悲願即自在神通總在其内如一生修有漏十善尚得生於天上得業報神通十念成就尚得往生淨土何況依智發心又復更加悲願諸波羅蜜之行豈此一生之後不得智體自在神通望以智境會實而論設無盡劫元來不出一念今言一生者時終不延智終不異生終無生必不可逐情見生滅之生但以真智知即萬迷不惑也如西方淨土十六觀門總是作想想成由自報得神通何況達理智無依明淨徧照了身心無體内外見亡者但任理智廓然與大願海會融悲智一刹那際對現色身供養諸佛教化衆生復無作者性皆平等無心無主無性無相凡聖一如如無所住以無住法隨無住智供佛利生如是修行何處不獲大力神通一依十迴向品修學即得第十法界品但云其座普周法界不云層級但明佛果座體摩尼爲體從初會至第五會座體同是摩尼爲體會佛果體同故大意以智行悲不異一箇普光明智處世無垢不異一箇妙理法身智

與法身同爲一箇自在無依體用而無作不
往而至任物而應以理智會融方可知之已
上表意但令衆生見事知法令易解故起進
修行無疑惑故更廣云云約知所趣論主頌
曰普光明智等虛空虛空但空智自在從初
發心依此生究竟還依此處滿是故三會光
明殿和會因果無別體隨位進修行差別智
隨行別報境殊不離本智無生滅是故佛坐
摩尼座此意明五位佛果中昇進皆以法界
本普光明智爲體用故是故始終因果不離
普光明殿中敘座體意趣竟

大方廣佛華嚴經論卷第二十九

音釋

掉徒弔切　忿扶粉切　削息約切　銷音消　𦟛音服　攬盧敢切

大方廣佛華嚴經論卷第三十

唐方山長者李通玄造

十地品二十六之二（經在三十四卷首）

○第四隨文釋義者於此品經中長科四段△一序分△二正說△三動地興供△四說頌歎法

△第一序分者從初爾時世尊已下至法界智印善印故於中有四段經名爲序分

△二從爾時十方諸佛各伸右手已下至三十九卷中受持修習然後至於一切智地此一段是正說分

△三動地與供分者從爾時佛神力故已下至而說頌言是

△四說頌歎法分者從其心寂滅恒調順已下至三十九卷經末是

△第一序分中復分四段

○第一爾時世尊在他化自在天已下至說不能盡有十八行經歎諸來菩薩志德分釋義者從爾時世尊在他化自在天宮者明如來智身應位而現故託處表法明此菩薩十地道終至欲界頂故又爲衆生故而修行十地非爲自已有所求故名爲他化又爲十地道終降心境魔得自在故入離垢三昧白淨清潔法合然故處欲界頂常處三昧不住淨心不居禪界故爲明此十地功終法雲普潤不拘垢淨對現色身故於此天說此十地故是故初會中自在天王獲益頌曰佛身徧周等法界普應衆生悉現前種種教門常化誘於法自在能開悟問曰何以故如來降此他化天中何故不云天王遥見佛來及敷座迎

逆莊嚴偈讚等事答曰此位但依前兜率天宫法門迴向願行悲智之法行之更無異法以此不陳餘事但積德依前願海功終智極不假更須法事表其昇進和會但依法故又問何故不次第至化樂天因何越昇他化天說其十地荅曰明十地向前須依次第和會理智悲願昇降會融得所十迴向和融悲願理智齊均廣狹稱周法界等衆生量表法處於中道還於處中處說中道之義說十迴向和會悲願理智即於欲界處兜率天是上下俱有二天說十地處中即於欲界上際色界下際欲明不拘染淨即理智大悲自在又說十一地等覺法門於第三禪說表利衆生之行滿法樂利生似彼三禪悅樂第四禪表佛果徧周妙用圓滿故又十地超化樂十一地

超二禪又明倍倍智高越次第故摩尼寶藏殿者表無垢大慈能含覆育物故明此位一無情取自安樂心但饒益衆生長大悲故故處摩尼無垢寶藏殿表之與大菩薩衆俱即是金剛藏等三十七表三十七助道法衆解脫月一人明一一助道下當體皆是解脫清涼樂故明即助即正道爲地前見道正見巳終十地助顯成熟不同三乘十地見道地前資糧爲此一乘教從初依如來根本智發信心修薩婆若智故不依空觀折伏現行煩惱十地方得意生身故此教雖說如來無量色受想行識及心意者明不壞俗境以達成差別智故非同伏惑留生徃生淨土故或云三千之境爲佛境故望此教中初信心之中但約無限佛境塵含十方毛容法界爲信進修

行不云三千大千爲佛報境一如賢首品是所信忻修之門發心功德品是十住悟入之德經云其諸菩薩皆於無上正等菩提得不退轉者菩提有五一小乘菩提二二乘菩提三空觀行六波羅蜜菩薩菩提四修十種相似眞如觀修十波羅蜜有十眞如障十一種麤重二十二種愚癡菩提五依十種如來智修十波羅蜜以無盡刼爲一刹那際契無盡多生爲一生一念迷解即佛智慧菩提此明依根本智發菩提心如起信論亦有此文依本覺故而有不覺又云覺心源故名究竟覺明知依如來智上而有不覺依無明上而有覺者於此覺者隨根種性有此五種覺法差別如此經菩提並一乘佛果根本智上不退菩提如起信論說或云超刼成佛云我於無量刼修行成佛道者皆爲懈慢衆生作無數方便或云要經三僧祇方得成佛者此皆逐世情說爲三乘不依根本智發心此教約智發心若以智論之不隨迷情直以不可數阿僧祇刼以爲無時以此無時假施設一刹那際攝無限三世無限三世刼總不出一刹那際經云智入三世而無來往如是三僧祇刼情有智無以智收情情居智內無量刼情有在刹那際智中若取情虛智實元來總無時體始終無時可遷二事校量只可從實不從虛也經云悉從他方世界來集者以從十迴向法來成十地名之他方故法界性中無別他方以未至位處名他方故乃至諸位例然住一切菩薩智所住境者但五位菩薩智境總同至此十地中佛智境故入如來智所入

處者爲依如來根本智發心入行差别智成大悲故善入一切菩薩禪定者一如十定品說三摩鉢底神通明智明三昧能起智印神通三之云正此云正慧以三摩者三昧鉢底者慧於一念頃無所動作悉能往詣一切道場者以三昧智印性自徧故無表裹故常與智俱無動散故

○第二其名曰已下至而爲上首有十八行經是菩薩列名分其名曰金剛藏菩薩者以智慧爲金剛能破諸惑故藏者明智德徧周名之爲藏寶藏菩薩者法寶徧周名之寶藏蓮華藏菩薩者明於衆行及涅槃生死無所染著故德藏菩薩者明衆德圓滿故蓮華德藏菩薩者明無染衆行莊嚴智德故日藏菩薩者明大智照用也蘇利耶藏菩薩者此云日之照用也無垢月藏菩薩者明大慈悲心照俗破煩惱焰故於一切國土普現莊嚴藏菩薩者明福智二事徧周故毘盧遮那智藏菩薩者云光明徧照之智故俱蘇摩德藏菩薩者明此菩薩有德見者悅意如華故名悅意華也優鉢羅德藏菩薩者取青蓮華爲喻以義取之可知星宿王光照藏菩薩者明自在無礙差别智分明故如是諸菩薩以名下義解之可見此一段有三十八菩薩三十七箇菩薩同名爲藏者即表三十七助道行門如解脫月一人即表三十七助道行中助菩提分清涼之果故與諸菩薩作請法之主故令諸大衆聞法修行得清涼樂故

○第三爾時金剛藏菩薩已下至滿足一切智智故有二十五行經明金剛藏菩薩入定

同號諸佛皆來現前勸喻令說十地法門分入定分中義分爲四段　一爾時金剛藏菩薩有一行半經總有三句經文明金剛藏菩薩入定分　二入是三昧已下至而現其前有兩行經明同號諸佛來現前分　三作如是言已下至能徧至一切處決定開悟故有十六行經明以二十二事因緣入此三昧分　四善男子已下有五行經明十方諸佛勸金剛藏菩薩令說法分經云金剛藏菩薩承佛神力入菩薩大智光明三昧者以如來智慧以爲信進修行所作一切佛事總是佛神力無我自作故名三昧菩薩大智慧光明即是如來眉間所放十地智慧中道之光明名菩薩力焰明亦是初會中如來放眉間光名一切菩薩力智光明總是十地道終佛智慧光明今入三昧還是此之智慧三昧說十地道之智慧名菩薩大智慧光明以根本智成菩薩大悲行故十方各過十億佛刹微塵數世界外各有十億佛刹微塵數諸佛同號金剛藏者十億表數之圓滿無盡故云世界外者從十住十行十迴向中佛果爲外今成此十地智德佛果名來現其前故所以與入定菩薩同名者明入定者智慧會及與本位佛智合故言十億佛刹塵爲數者明無作智體用徧周故故言十億佛刹微塵數佛共加者明位至會源自力與佛力會故故下文亦是汝勝智力故汝以毘盧遮那如來應正等覺本願力故威神力故者明昇此十地法門皆以十迴向中一切諸佛大願發起若無十大願迴向此位不能自成故威神力者由初發

心皆乘如來一切智乘威神之力而昇此十地故不離如來所作一切智用故若不由乘如來一切智乘云何至此十地之位此智通因徹果同智地故是故於此教中十信十住十行十迴向位位有佛果故此十地十一地中佛果取十迴向中佛果同妙用也通十信并五位進修中有六十重佛果若但取入位有五十重佛果通修行因共有一百重因果以佛本位中十波羅蜜自具十重因果明修行者皆依此佛本因果上起五位修行昇進以依本起名一百一十城之法門總通取十迴向中佛果同名爲妙以此十地十一地不更別立佛果之號以十地十一地法同十迴向法故如佛本位十波羅蜜者如初會舉果勸修中如來是佛果次十箇菩薩上名悉同號爲普者明佛果位中普賢菩薩隨十波羅蜜隨行名殊此是佛本因果行門故四十衆神天倣此而起隨十住十行十迴向十地位進修行別十波羅蜜亦隨昇進行上亦名別通十普賢四十衆神天有五十以十波羅蜜隨行五位上昇進即有五十箇菩薩行因五十箇佛果通爲一百常不離本佛果本十普賢行名一十通四十衆神天爲五十箇波羅蜜行一中攝十即有五百種差別智門方成萬行圓滿佛也即安立一剎那際爲昇進始終之時例如龍女是剎那不出三生成佛亦取十定品中以剎那際降神初生及入涅槃以爲時體本來如是見時日還者情隨妄想也巳上釋汝以毘盧遮那如來應正等覺本願力故威神力故竟此一段釋本發心及成

果之因緣皆乘初會中毘盧遮那智力十普賢行四十衆神天所行行力倣此而修名乘佛神力是如來願力亦是汝勝智力故已下十二行都舉入三昧之所爲有二十二因緣文義可知第四段善男子有五行經是勸說分有十事因緣如文自明云滿一切智智者一滿根本智二滿差別智

○第四爾時十方諸佛已下至法界智印善印故有九行經明十方諸佛與金剛藏菩薩十種力令說法自在分於此諸佛與力加持中義分爲三一明諸佛十種加持二明十種因緣法入是三昧三明諸菩薩請說法　一爾時己下至具足莊嚴有五行半經明十方諸佛與金剛藏菩薩十種力加持分　二何以故已下有四行經明舉十種因緣法合入是三昧分於此欲說十地法時諸佛加持有六一十方諸佛同名現前加二毘盧遮那本願威神加三諸佛與金剛藏十種法力加四諸佛以言讚歎加五諸佛各伸右手摩頂加六如來放光灌頂加　三如諸菩薩請說有四一如來放光光臺勸說二解脫月三請三諸菩薩同請四通諸佛放光勸說總有六種加持四重請一勸說

△第二正說分中從爾時十方諸佛各伸右手已下至動地與供已來正說十地且從初第一歡喜地中長科爲十段

○第一爾時十方諸佛各伸右手已下至隨證智一段有十六行半經明十方諸佛手摩金剛藏菩薩頂令起正說十種地名分

○第二爾時金剛藏菩薩已下長行有五行

通偈頌有十行經明金剛藏菩薩嘿然不說法解脱月菩薩知衆之心爲衆請說十地法門分

○第三爾時大智無所畏金剛藏菩薩已下長行通偈頌有七行經明金剛藏菩薩以申默然不說之意

○第四爾時解脱月菩薩已下通頌有九行經明解脱月菩薩重請說法分

○第五爾時金剛藏菩薩已下長行及頌有九行經明金剛藏菩薩恐劣解隨識者不能生信分

○第六爾時解脱月菩薩已下一段通頌有十四行半經明解脱月三請此衆堪聞若有得聞佛所護念願說無疑分

○第七爾時諸大菩薩衆已下并頌有六行半經明大衆同請分

○第八爾時世尊已下并頌有二十一行經明十方世界如來各放眉間光灌金剛藏菩薩頂互相照燭光化成臺光臺出音聲勸說十地分

○第九爾時金剛藏菩薩已下長行并頌有十三行經明金剛藏菩薩歎十地法門甚深出過情意識唯智所知非言所及承諸佛威神略說少許分此九段門中大意有十文自具足不煩更釋其十事者一諸佛摩頂明印可許說二總舉十種地名三默止待請方宣明法可貴不輕授物四解脱月知時而三請五金剛藏菩薩恐器劣而三止六大衆咸同請七明堪聞者諸佛所加不堪者元自不聞八明光臺出音勸說九明佛光灌頂十明金

剛藏菩薩辭退法深難說略說少分大意明此十地體與十信十住十行十迴向十一地互作依止故是故從十信十住十行十迴向總有十地行門次第爲以一箇如來自在無礙大智同行一箇十波羅蜜以爲方便進修故總是初會十普賢法故是故解脫月菩薩言以字母等喻一切書字及數說無離字母一切佛法皆以十地爲本明此十地法通因徹果不離如來根本智依十普賢行修差別智故滿薩婆若海故是故從初舉果勸修中放眉間光名菩薩力智光明入佛足下輪中用成十信令還於如來眉間放光名菩薩力燄明灌金剛藏菩薩頂用說十地足下光明以果成因生信此光明說十地是所信之果終是故令還放初所信之十地智果之光用灌加持金剛藏菩薩頂令說此十地之行從頂入者明十地是一切菩薩中道智果頂故至一切智之盡處故是故如來出現品法界品總於如來眉間放光總明果體智光圓滿處故又光從頂入者明以從智頂處世行悲稱十迴向中所發大願令行滿故明此十地長養大慈悲門赴所願滿足故是以善財知識以十女天表之十一地明悲滿從智徧令衆生以佛母摩耶生佛表之須妙得其意方可知眞成信解之門昇進之路不窮大教無可以指南

○第十佛子若有衆生已下至卷末已來是正說第一歡喜地行相門分又分二義一長科此位◬二隨文釋義

◬一長科此位者於此歡喜地中長科爲十

二段
㊅第一佛子若有衆生深種善根巳下有十七行經明初從凡夫地起三十種廣大志樂深心入菩薩位生如來家分㊀第二隨文釋義者從初段中經云佛子若有衆生深種善根者即此段中生三十種志樂廣大是善修諸行善集助道者即十波羅蜜三十七助菩提觀行是也從四念觀常念觀身空無性相觀受不在內外中間觀心無住觀法無我勤行此觀名四正勤心稱所觀得法無我名四如意足以得法無我故獲得五根以觀達眞不退名根五根者信進念定慧以不退生死正信根成故隨行不染不與情俱名之爲力力者如前五根隨境不退不與情合但與智俱名之爲力即便獲得七菩提分法七覺者念覺支擇法覺支精進覺支喜覺支捨覺支猗覺支此心稱理爲猗定覺支以得此七種覺支分獲得八種正道分八正道者正見正思惟正精進正念正定正語正業正命是也解云以入佛智名爲正見以智觀法名正思惟依五位法而行進修名正精進常與智合不與情俱名爲正念心無生滅而能發起諸佛智慧及起無量大神通力名爲正定善能分別人天外道三乘一乘邪見正見邪定正定邪行正行名爲正語善簡自他一切邪業善顯佛智慧等一切衆生同共有之名爲正業令一切衆生人天外道世間生死及三乘出世解脱法門皆令迴向如來根本一切智心本無情動名爲正命如三十種廣大志樂如經具明從佛子菩薩始發如是心巳下有

五行經都結菩薩能發此三十種廣大志樂始發如是心即超凡夫地入菩薩位生如來家此一段通收前十住中初發心住同此十地中初歡喜地生如來家爲佛眞子爲明同乘一如來智慧爲體故明五位中差別行及差別智無前後始終一時同進故非同三乘逐情法故法行雖廣是一佛智印諸法非前後故故此十地法返成前十住十行十迴向法非是此十地別有法來猶如蘿蔔從根生葉復以葉滋根亦如種穀以果生苗苗熟果成還初果也如善財見慈氏如來慈氏如來還令却見文殊明果不離因中果也又如人初生至三十而長終但以長初生爲大故非別有大來又初生至老大時無先後也以智爲先導非情所收無先後異也此一乘五位法門智爲先導無前後故五位之行教辯昇進同異差別雖立昇降差殊但明一法界智中階級非如情見階級故以智照之可見亦如龍女一刹那際三生具行成佛是也三乘之種不體會法華經會權就實之意返云是化要經三祇劫方得成佛此是法界大智宅外門前之見也猶住草庵且免三界麤苦之樂得三種意生身住火宅門外權設三車是以凡案有憑據之乘以淨土穢土有二別故未入法界大智生死涅槃無依住故若智悲無限佛本報居華藏海宅故以衆生海即佛海故衆生智是如來智故於一毛孔以智所觀一切刹海凡聖同在其中於一刹那中普見無限三世劫海無有始終不同權教定時劫淨穢全作差別法故此經十地之法門莫

以三乘留惑或以願力不取淨土留身穢境以悲化衆生等解皆不稱此之法界普光明大智本宅之門須攺三乘之見網眇目者令圓滅存留惑及淨穢土之漏身始可稱智身之廣大入此不動廣大智身方名歡喜地不動相應也亦是十信中不動智佛爲體十住十行十迴向隨昇進立名至此位歸本名故論主乃爲頌曰無限智悲成佛德佛以智悲成十地還將十地成諸位前後五位加行門不離十地智悲起是故十住初發心發心即入十地智雖然五位方便殊只爲成熟十地智猶如迅鳥飛虛空不廢遊行無所至亦如魚龍游水中不廢常游不離水如是五位行差別不廢差別不離智所有日月歲差別以智法印無別異體智不成亦不壞以明諸位除習氣了習無習悲行成萬行常與無作智如無礙智是觀達無礙因觀行所成皆以自然無作智爲體亦名不動智無依無可動故如是安立五位昇進之門有十一事因緣何者爲十一一令發菩提心者不滯一法而生懈慢二令發菩提心者得智修行諸行三令發菩提心者以願起智從悲四令行慈悲者堅固圓滿五令發菩提心者自治隨俗習氣以諸波羅蜜令昇進智悲之境六令發菩提心者從位加行對治習惑進修智門七爲發菩提心者簡辯三乘一乘及人天等差別諸行八令發菩提心者自知自行所至之緣九令發菩提心者明三乘一乘攝化廣狹福智減增十明古今諸佛化儀常爾十一如鍊眞金不離金體十度鍊治轉更明淨且畧釋歡

喜地十二門中初門十七行經竟自餘如下更明

○第二佛子菩薩住歡喜地已下一段有二十五行經明菩薩初入地位多歡喜分釋義中分爲五段　一佛子菩薩住歡喜地已下至多無瞋恨有兩行半經此一段明菩薩入初歡喜地多歡喜分　二佛子已下至復作是念有五行半經明正說此位菩薩歡喜之意有十種歡喜如此一段明見聞念諸佛法故生歡喜分　三我轉離一切世間境界故已下至何以故有六行半經有十種歡喜明自知得佛智慧永離苦源此一段入法故生歡喜分　四此菩薩得歡喜地已已下至何以故有兩行半經明入此歡喜地已能離五種怖畏分　五此菩薩已下至毛竪等事有七行經明正說五種怖畏所緣分此之已上二十五行經如文自具不煩更釋

◎第三佛子此菩薩以大悲爲首已下一段有十五行半經明入初地已又生三十四種廣大志樂分釋義中分爲三段　一從佛子已下至修一切善根而得成就有一行半經此一段明更勸勤修信進助菩提行無疲懈分　二所謂信增上故已下至上上殊勝道故有十二行半經此一段明以三十種法增上進修淨治此地法分　三佛子已下有一行半經此一段明諸結勸修住地分如上十五行半經經文自具不煩更釋

◎第四佛子菩薩住此歡喜地已下有五十八行經明住歡喜地興發十種無盡廣大誓願分釋義中分爲十二段　一佛二已下至

如是大作用有一行半經是都舉此地所堪爲十大願分　二所謂已下至無有休息可三行半經明願以一切供養具供養一切諸佛如法界虚空界無休息分　三又發大願已下至無有休息有三行經明願一切佛法護持無休息分　四又發大願已下至無有休息有四行半經明願一切世界佛出興世皆往詣供養爲上首受行正法無有休息分　五又發大願已下至無有休息可四行半經明菩薩廣大行不離諸波羅蜜淨治諸地有總别同異成壞等相皆如實説教化衆生無有休息分此一段如五位昇進隨位安立十波羅蜜十菩薩行十世界十佛名號總是一波羅蜜中隨行成名於五位中具有五百爲一波羅蜜中具十十中具百隨五位上加行同異上有五百即如初會中菩薩神天等衆一衆有十十衆有百五十衆上有五百各各位中隨當位菩薩神天名下義是波羅蜜行又善財四衆各具五百者是爲一中具足十義名之爲總其行殊途名之爲别一智無二名之爲同隨行報殊名之爲異能成别報名之爲成因果本虚名之爲壞爲行無體故且如波羅蜜一中有此六門一能破慳貪等十煩惱結名之爲壞二能成善果名之爲成三衆惑雖多捨通多法名之爲總四殊招别果名之爲别五終歸一智名之爲同六隨惑對治名之爲異此六相之法於一切法中總具此六門一一入法行門中以智觀之可見若一一法中無此六義皆偏見也又一波羅蜜上具十波羅蜜即捨義通該無法不徧

餘准例知　六又發大願已下至無有休息有五行半經明願化一切三界四生衆生皆安住一切智智廣大無休息分此一段明教化三界四生法欲界心多者勸令觀諸法苦空無常對治欲惡修諸善法樂清淨定淨治心垢離貪瞋癡慢破欲界業得寂靜樂色界心多者住息想禪生有漏善界方便勸修十波羅蜜慈悲喜捨令方便成就自體無作大寂定門離息伏想現一切智成就無量巧方便智教化衆生若無色界心多者方便教化修廣多聞慧分别世間一切事業令無迷滯無定亂體起大願力成就神通供佛法僧修一切種一切智智教化一切無盡衆生皆成佛故如是依根發起調伏使令皆至一切智智智智者根本智中修差别智也如根本智依無作定顯差别智依根本智加行起觀方成或自力不修依佛菩薩先達之者學而方得　七又發大願已下至無有休息有四行經明願以智明了麤細世界廣多無限分有形世界名麤無形世界名細亂住者多類雜居如此閻浮提諸雜居世界是也側住如四天王居處是倒住者如胡跧寠等是正住可知若入者如土居衆生只欲入不欲出若行者如人等身中八萬四千戶虫居而人或行住坐立者是也若去者如流水居衆生其一向流去是也帝網差别者如天帝網重重光影互相容也如是世界重重共住即華藏莊嚴世界是與諸衆生世界海共住業不相妨猶如帝網互相容而住各依自業相見如經云一切種一切智智者明菩薩大慈悲種由

大願力助成一切智由定方現差别智由觀助成總以此知之皆依根本智起無限智門總由此也　八又發大願已下有六行經明願佛國互相㕘入莊嚴分此一段明入智境界佛刹如光影互相㕘現故　九又發大願已下至無有休息有七行經明願諸菩薩同志行無怨嫉分　十又發大願已下至無有休息有五行半經明願乘不退輪行菩薩行身語意業見聞者無空過分　十一又發大願已下至無有休息可十行經明願於一切世界隨衆生欲示現成佛入涅槃分　十二佛子已下可兩行經明都結十種大願滿無盡願分

㊀第五佛子此大願已下有七行半經明前十無盡願以十盡句而能成就分於此段中分為兩段　一從佛子已下至衆生界盡我願乃盡有五行半經明十盡句分　二而衆生界不可盡已下至無有窮盡可兩行經明願不盡分言世間轉法轉智轉界者　明衆生三界流轉法流轉智流轉衆生界盡菩薩願行方盡如是不盡願行不盡

㊀第六佛子菩薩發如是大願已下有八行經明發十無盡願已得十種利益心十種信功用分釋義中分為三段　一明發十盡大願已得十種柔軟心　二得十種信　三舉要言之已後一行都結如文可解

㊀第七佛子此菩薩復作是念已下有十七行半經明菩薩知真慇俗隨迷緣生起大慈悲分釋義中分為五段此一段是當歡喜地中第七地相觀苦成悲門　一佛子已下至

如是廣大有三行經先舉佛正法甚廣大分二而諸凡夫心墮邪見已下至於三界田中復生苦芽有六行經明凡夫心墮邪見而生苦趣相續不斷分　三所謂已下至如是衆生生長苦聚有四行經明十二因緣有支爲生因分　四是中皆空已下至不覺不知可兩行經明衆生不知身空無我分　五菩薩已下至大慈光明智可有三行經明見衆生苦發悲愍分　此一段十七行半經約立四門分别一舉體示迷門二凡夫迷體成苦門三不了緣生無體流轉門四菩薩達眞愍苦接生門　第一舉體示迷門者即如初三行是舉諸佛正法如是甚深如是寂靜如是寂滅如是無相等愍念凡夫不悟邪見無明長夜覆翳輪轉苦流問曰一切衆生體自眞理智等如來何故從迷成諸業苦答曰爲眞如理智體皆無性無性理智不能自知若也自知不名無性但衆生緣隨境流轉不知善惡爲隨境變業有差殊或因佛菩薩爲說苦因或自因苦生厭方求正見不苦之道若也未厭苦果終不信聖言未可自知是眞是假是苦是樂但受得其生都無厭患驚怖熱惱都不覺知若不深自勤修責躬匪懈作諸定觀入法界之眞門者終未可盡其苦源也

第二凡夫迷體成苦門者如後凡夫心墮邪見已下至於三界田中復生苦芽有六行經是於此段中所受生苦有十八種煩惱皆因二種煩惱起故云何爲二一根本無明爲長夜所覆二邪見逐境常流轉不息此二種無明若達得根本智方成智用非三乘空觀能

斷得故是故勝鬘經聲聞緣覺及淨土菩薩但能折伏現行煩惱不名爲斷煩惱爲折伏故得變易生死菩薩得隨意樂生身皆有忻厭自他佛刹皆未得法界普光明智未得與十方諸佛同一智海求絶邪見自他取捨一切見流爲迷前二種無明妄生厭捨别證眞如及空相迷大智故是故淨名經云一切煩惱諸塵勞門以爲佛種此無明邪見一乘菩薩達而成智三乘折伏現行亦云留惑潤生此乃皆非稱智而説不同一乘依不動智上自有無邊大自在用門如十信位中十箇智佛是以不動智佛爲首如此無明及邪見與一切煩惱而作根本自餘已下一切諸煩惱皆從此生總名隨煩惱爲依根本而有故如無明通總名邪見因境起識爲因六根中見名色等爲名色對六根作境因境識種取著名之邪見爲迷眞理智號曰無明以名色識種起邪見二種對於六根根根之上皆具有三且如耳根聞聲知如是聲皆有名色識起邪見等三種如眼根鼻舌身意總具此三名色識及六根以名色爲境根爲主識爲取思之可見是故此經云不離此名色增長生六處聚落於中相對生觸觸生受受生愛愛生取取生有有生老死等是也如憍慢二種爲增長無明能成增長苦種令不摧壞是故經云立憍慢幢入渴愛網中如愛爲津潤無明能潤生死常流轉故爲非愛不受身如諂誑是稠林無明爲自迷覆廣多故爲凡夫常所行無暫間斷故此非修定業不可制之如慳嫉二種是常計無明與惡道生死更加勝因

是故經云心與慳嫉相應不捨恒造諸趣受生因緣如貪恚愚癡是集業無明是故經云貪恚愚癡積集諸業日夜增長如忿恨無明與瞋作因是故經云以忿恨風吹心識火熾然不息欲流有流無明流見流此是常流無明恒流轉不息明是四流大河常流不息成大苦海若心無念諸流頓竭若也智現便成法流如是十二有支互爲主伴則一支上有十二有支總一百四十四有支以成無邊生死已上十八種煩惱無明皆依十二有支以爲根本十二有支依名色邪見爲本若以無作定門印之八萬四千塵勞總爲法流智海如是無明名色對五根有觸受想行總以心生意取爲主如是九緣同起了境名識以此十事總名無明總名邪見作一切煩惱迷心及境名曰無明境者名色是也六根對境邪見隨生　第三不了緣生無體流轉門者此之一段明迷真逐妄所生之因從所謂已下至生長苦聚四行經是所謂因依名色對六根所緣生觸以觸故六根取受因受生愛因愛生取因取生有有生故有老死憂悲苦惱以名中具色色中具名名色二存聲香味觸總在其內有表色無表色但心意眼耳鼻舌身意所緣擊發成惑者皆爲觸唯如來無爲純與智俱無法觸也衆生觸受成三界之煩惱聲聞有厭生死證涅槃觸受淨土菩薩有淨穢二種觸一乘菩薩有圓和智悲未自在觸如是諸觸以智明觀以成智用是故淨名經云受諸觸如智證又法本不生今則不滅是明緣生體自性無性非生滅法凡夫不了

號曰無明但知心境本無即起唯法起常是智境非生滅緣以定慧觀照即自然開解第四菩薩慇業接生門者即從是中皆空離我我所至大慈光明智五行經是如是十二有支一切衆生從此而起前十八種煩惱而流轉生死無苦不受聲聞緣覺淨土菩薩厭而伏之現行不起一乘菩薩以此十二有支而成根本智起差別智教化衆生住持善法及成菩提心意明迷悟不同非十二有支與智異故如勝鬘經亦同此說如上十八種煩惱如邪見無明十住初發心住上初生如來智慧家時正使能作惡道邪見已除故習氣微薄未盡憍慢等十八種總爾以十種故十行十迴向法中有十法加行治之漸漸微薄至十地以正智增明唯有見道隨行法執無

隨三界現行習氣不善之業如慳嫉忿恨瞋五種入十地中習氣已無自餘至七地悲終智滿方成隨願智用只可名爲達煩惱而成智用不可名爲斷煩惱故法執現行至七地故法執習氣十地方無如筭數廣大愚隨好功德愚此二愚至佛果行終方見盡如阿僧祇品隨好光明功德品是是故如來自說二品經明佛果二愚故明十二有支微習直至佛果方盡以此安立五位十度十十治之皆十住十行十迴向十地十一地法則皆體相似以明治習階級不同如是五位十波羅蜜皆初三波羅蜜以治從纏出世之道如善財十住中初及二三知識以三比丘表之次後三波羅蜜以治出世間世間之惑即以彌伽長者解脫長者海幢比丘表之次以方便波

羅蜜已下願力等三波羅蜜門以治入世間中出世間令悲智自在即以休捨優婆夷仙人苦行婆羅門表之次以世間出世間智悲自在故即以智波羅蜜以智生悲得自在故即以師子幢王女名曰慈行表之智自在如王也以七住中以修悲生智以此第十住中以智生悲故爲王女也明以智波羅蜜以智成悲而自在故此明五位進修位位有此四種勢分差别同異至善財知識一一差别同異重明方得了其五位解行同異從此十地法門亦如上有此四種治惑差别同異一從初地至第三地是治世間中染成出世間習四五六地是治出世間中世間智慧不自在習七八九地是治入世間中悲智不自在習是故八地位中諸佛以作三加七種勸發以用防之如八地位中具明第九第十地智波羅蜜治世間悲智得自在故是故以如來爲太子時第三夫人瞿波表之明大慈大悲已滿是表慈悲法悅義如善財於十地中表法有九箇女天一箇佛妻爲明此十地法門長養大慈悲門令圓滿自在故故以女天表之至彼位具明仍普賢利他行未自在大約畧叙五位昇進大意有六一十住明創生佛家且除正使煩惱二明十行治隨世現行習惑三明十迴向起大願力和融智悲使世間出世間無礙利物四明十地長養蘊習悲智功圓五明十一地普賢行滿即普賢行品及十定品已後是六明成佛位終即如來出現品是如離世間品明進修佛果已後普賢恒行法界品即明前後一部之經皆是以法界爲

體如是以法界大智圓通總無一法一時有前後差别以智照之可見如是五位中差别行位總在初發心住中以願行智悲普印令圓滿故教雖前後願行悲智法是一時時亦不異法亦不差是故發心之士應如是修如是圓滿不離如來不動智之體圓滿故於一佛果智悲始終徹故普見一切衆生是佛國土無出入故教化迷如來智中衆生令依本故令諸衆生於自智中普見諸佛同一智故不於自智生别有佛想故令一切衆生不於自身起内外遠近見故以一智印印之破情有大小長短量故如是修行即是令諸衆生佛種不斷故爲諸衆生說如斯法是故能令法種不斷普令一切衆生普見自身同佛智海入佛知見是故能令僧種不斷一一如是觀察而令心境如是相應

㊃第八佛子菩薩摩訶薩已下有二十一行半經明入初地菩薩隨順大慈大悲行施分釋義中分爲四段此是初地中第八地相一佛子已下至凡是所有一切能施有兩行半經明一切能捨分　二所謂已下至是名菩薩住於初地大施成就有五行半經明此位中爲求佛智故於身命財無慳惜分於此段中其施有三一財寶施二象馬妻子施三頭目眼耳身肉施　三佛子菩薩以此慈悲已下至於佛教法能如說行有十行經明此位菩薩成前施已得十種利益分一明大慈悲大施所緣二明所施爲求正法所爲救衆生故三求出世智無疲勞心四於一切經論無怯弱心五善籌量上中下衆生隨力而行

成世間智分六慚愧莊嚴修自利利他之道七勤修無退八成堅固力九供養諸佛十於佛教法隨說能行　四佛子已下至依教修行有兩行半經明總結成就十種淨諸地法分具如經如此段中已如上信慈悲喜捨無有疲厭知諸經論善解世法慚愧堅固力供養諸佛教以教修行以爲法門淨治行地以檀度爲體餘九爲伴

◎第九佛子菩薩住此歡喜地已下有十八行半經明以大願力得見多百千萬億佛及行四攝攝衆生分釋義中分爲三段　一佛子已下至迴向無上菩提有七行半經明以願力得見多百千佛并及悉承事供養分　二佛子已下至隨意堪用有七行經明因供養佛獲勝益分　三佛子已下又至隨意堪用有四行經明金師鍊金數數入火喻菩薩修行轉增上分此一段如文自具

◎第十佛子菩薩摩訶薩已下有二十八行半經明菩薩入初地時善問地地次第進修對治障礙分釋義中約分爲三段　一佛子已下至成於如來智慧光明有十四行經明菩薩入初地已更求此地及十地入如來地相因果分　二佛子已下至悉免憂患有六行半經明以商主所往大城喻菩薩問於諸地行相安危一時齊備所資具分　三佛子已下至百千阿僧祇差別事有七行半經明菩薩修行善知地相安危主導衆生令得無礙解脫如商主分

◎第十一佛子菩薩摩訶薩已下有二十行半經明菩薩入位授職分釋義云是正答前

所問佛菩薩善知識初地及十地因果分於此段中復分爲二　第一從初佛子已下至一切智智有八行經於中大意有五一正舉初地之果二明能護持正法三明所行四攝之行四明一切所作不離念佛法僧五明不離念具一切種一切智智如一切種者是以加行大願助成大悲種故一切智智如前已明又起大志樂修一切智及差別智廣行大悲種由薫修所生如一切智由定顯發故差別智由依師教先達者修學方成皆依根本智而有或因自根力上上觀達得明解之徒必藉師教　第二復作是念已下至而說頌曰有十二行經明此位菩薩能捨家妻子修出家法得見百佛境界法門分於此十二行半經中大意有八一堪與衆生爲首二堪與求一切智及差別智者爲依止三明難捨能捨四明出家勤行精進五明所得三昧有百六明依報見佛之數七明以願力見佛增廣八明重說其頌如上見多百佛者即是華藏智境一佛刹海融十方諸佛刹海互參徧徹之多百非如三千大千世界佛境限之百佛故乃至身塵毛孔等周法界虛空界之百也不可如情所知之百佛故此是智境無限中多百但以安立隨位昇進之法明其升進然其一一佛境不可存其中邊量見但得自觀身智境無中邊見何得論佛境有邊量見此初地中間十地及如來地法爲一地通修十地及佛地法故此中因果依十迴向中佛果名妙以十地但成就十迴向中大願海令滿彼大願行故亦不離初信心中金色世界不

動智佛文殊師利普賢等行如經頌云佛子始發生如是妙寶心則超凡夫位入佛所行處

△第十二若人集衆善已下有四十六行半經頌前之法分如文自具夫驗經所說入此初地法乃至是創始具足凡夫能發廣大願行能趣入故非是由因地前行解而來者意明設教備明修行滯障節級安危然發心者一時總頓修居一時一行之內非是要從節級次第來修以總別同異成壞六相法圓融可見於此六字三對法中一字有六且如人類之餘可准知如一人身具足是六相頭身手足眼耳鼻舌等用各別是別相全是一身一四大是總相一空無體是名同相不廢如是同無異性頭身手足眼耳鼻舌等用有殊是爲異相頭身手足眼耳鼻舌等共成一身名爲成相但隨無作緣有各無自性無體無相無生無滅無成無壞名爲壞相又一切衆生名爲總相愚智區分名爲別相皆同佛智而有名爲同相隨報業異名爲異相所因作業受報得生名爲成相心無所依業體無作名爲壞相又十方報佛名爲總相衆寶所嚴身土差別名爲別相同一法身理智無二名爲同相知隨行異名爲異相成就衆生名爲成相能所皆無無得無證名爲壞相又以一智慧該收五位名爲總相行解昇進名爲別相同佛根本智名爲同相修差別智名爲異相成大菩提具普賢行名爲成相智體無依用而無作名爲壞相又三世久劫差別名爲別相以智普觀在一刹那名爲總相隨業長

短名爲異相情亡見盡長短時無名爲同相智無依住名爲壞相應根與法名爲成相約舉五翻六相同異自餘一切法准此例知又明一字中有六相義互爲主伴十玄義亦在此通一同時具足相應門二廣狹自在無礙門三一多相容不同門四諸法相即自在門五秘密隱顯俱成門六微細相容安立門七因陁羅網境界門八託事表法生解門九十世圓融異成門十主伴圓明具德門是其義也

六相義

此一字中有六相一切字一切法皆有此六相若善見者得智無礙總持門於諸法不滯有無斷常等障可以離情照之可見此六字義闕一即理智不圓是此初地中觀通世間一切法門故

大方廣佛華嚴經論卷第三十

大方廣佛華嚴經論卷第三十一

唐方山長者李通玄造

十地品第二十六之三 經在三十五卷前

◎第二離垢地將釋此地約作五門分別△一釋地名目△二明此地修何行門△三明善財表法△四明此地於三界中得何界解脫△五隨文釋義

△一釋地名目者何故名爲離垢地爲此位治上上十善戒上上十善戒即法身性戒能自體無垢故故名離垢地也

△二明此地修何行門者以戒波羅蜜爲主餘九波羅蜜爲伴

△三明善財表法者善財此位中知識號普德淨光夜神此是女天在菩提場內善財得菩薩寂靜禪定樂普遊步解脫門凡是夜神河神海神地神總是女神表慈悲位明此十地蘊積大悲滿十迴向中普賢願故故天女表之名普德淨光夜神者爲滿普賢願行故夜神者常居生死大夜破一切衆生長迷闇故神者其智應真號之爲神此女天在菩提場內者明以法身妙理爲戒體故善財得菩薩寂靜禪定樂普遊步解脫門者明以性戒徧周行齊法界不爲而用對現色身常處世間不染塵垢故爲名也以體用恒寂故以禪定是體遊步是用樂是法樂此神住菩提場內者爲上上十善是全體菩提法身妙理又是初歡喜地婆珊婆演底夜神本發心之師明一切發心以菩提妙理爲體故

△四明此地於三界中得何界解脫者若以菩提無作之體即三界六道總通解脫是總

相義若也別相論之善知三界法差別者即以戒體能治欲界煩惱以菩提妙理現前但能觀欲界煩惱行相以菩提妙理且治欲界惑習故色無色二界三地位中修八禪定方明此色無色界行門若不如是別別修行但以菩提無作用不能簡知三界所染行法即於三界法不能了達便同聲聞外道無大智故是故此地修戒治欲界煩惱三地修八禪治色無色界煩惱初地明凡夫發心但有大志樂忻求大法故三地修八禪者明上界禪皆息想安定心而住禪菩薩不息任體自寂禪捨彼息心任理自寂稱菩提故凡上二界禪隨其淺深皆有息心想伏隨寂靜住第四禪中無出入息唯白淨妙色現前水火風三灾不至爲念亡想滅無此業故唯有色界業在

△第五隨文釋義者於中復分爲二一長科經意二隨文釋義　一長科經意者於此第二地中長科爲六段

○第一諸菩薩聞此已下有五行頌明諸菩薩聞法歡喜分第二隨文釋義中從初五行頌大意有三一菩薩聞説初地法歡喜二散華稱讚三解脱月知衆又請説第二地其義如文自具

○第二爾時已下一段有四十三行經明已修初地欲向第二地捨惡行善分釋義中分爲兩段第一從爾時金剛藏已下至以此十心得入離垢地有四行半經明以十心修第二地向第二佛子菩薩住離垢地已下至令他修者無有是處有三十八行經明第二地

菩薩種性自身口意業調善順十善心具慈悲分十善者身無殺盜婬意無貪瞋癡口無妄言綺語惡口兩舌如欲界十善散善修色界無色界十善并修定業以息想方至

○第三佛子已下一段有三十九行半經明第二地中善持上上十善分釋義中分爲三段　一佛子已下至如是方便菩薩當學有十四行經明此位菩薩持十善道分於此段其意有六一念十不善業是地獄餓鬼畜生二念十善業道得生三界至有頂天此十善通修非想頂總名有頂三上品十善畏苦修眞得聲聞乗得出三界有爲心伏盡三界煩惱入變化生死有入滅定經劫不覺四上品十善自覺緣生不具慈悲成獨覺乗亦得變化生死爲根別故迴向大菩提亦經十千劫五上品十善修廣大願不捨衆生求佛大智成菩薩行六上上十善修一切種智清淨故成十力四無畏故名爲最上乗已上生天及出世有此五種十善業道　二佛子此菩薩摩訶薩已下至無邊衆大苦聚有二十三行經明行十不善業各有二種因果如經具明又十不善中亦有上中下三品因緣受苦不同如經自具　三是故菩薩作如是念已下至令住其中有兩行經明菩薩自行十善亦敎他行十善分如上上十善者明依智發心自餘三品雖皆離三界業得出三界果皆依空發心漸求佛智方入普賢願行爲三乗中菩薩願行雖廣爲未至佛智故皆有限量如立三千大千國土爲佛報境者是以是義故與佛智中行普賢行者全別三乗以觀空及

五位行門忻理至理方忻如來種智之門然更須入普賢願行即佛果在十信五位後云滿三祇方至若不迴心者元且在門外草庵上上十善一乘之門即以如來一切處不動智佛以爲信心十住位中即入如來智慧之果十信五位皆以佛果大智以成行門即以如來普光明智以成十住十行十迴向十地十一地爲體即佛果與普賢行同資以智體圓明出情見故非三世攝是以法華經爲迴三乘令歸智海即以龍女表之此經頓示佛門即如善財所表善財雖徧巡諸友然不動足於覺母之前慈氏雖授一生成佛之功然不離一念無前後無生智海此是乘一切智乘古今見盡若情存前後不入佛智之門且住草庵止於門外論主頌曰一切衆生金色界白淨無垢智無壞智珠自在内衣中只欲長貧住門外廣大寶城住四衢文殊引導普賢扶肥壯白牛甚多力一念徧遊無卷舒如是寶乘不能入但樂勤苦門前立不覺自身常住中遣上恒言我不及

○第四佛子已下有三十九行半經明第二地中起慈悲衆生分釋義中分爲十段一佛子已下三十九行半經總有十種慈悲衆生心十種念衆生苦道令安在十種樂中如經自具次第十種復作是念如是身邊二見見取戒取總依邪見起故標在其首六道三界無明總依名色邪見惡慧惡欲生生死稠林故標之爲首若明此諸見無體諸見即是法界緣生起唯法起見唯法見隨智而轉所緣三界六道諸不善道總由此五種生若了

即是入佛知見已後諸煩惱總無有生如是五見相破壞者是離世間業因此五見而生鬪諍瞋恨如因貪便起邪命如三毒因貪起瞋癡業惡業增盛名爲熾然清涼涅槃者業亡智現即樂又舉愚癡重闇妄見瞙者總明多迷障業爲迷名色以障正智又舉墮地獄畜生餓鬼明由前迷障妄墮地獄此謂十八地獄十八者鑊湯鑪炭刀山劒樹黒闇寒冰火車火輪鐵網銅柱沸屎拔舌釘身吐火飲銅愚癡火城灰河等已上十八種地獄約心所作惡業處即受之入惡見網中者明衆生迷眞妄取名色身見邊見戒取見取邪見常自籠網輪轉苦流愚癡稠林所迷者如一切衆生愚癡稠林所迷大要約有八萬四千大體總論一迷等虚空迷爲迷自身如入普光

本智慧海即等法界虚空界總迷如是愚癡廣多蔽障本智故號稠林如入位菩薩迷道愚癡隨五位上進修因果有一百以五位中各有十種波羅蜜以爲昇進之行體如十住中從十信已後修方便三昧是修十住中初發心住向所謂得憶念諸佛智慧光明是正入初發心住果入海門國觀修治地住向觀察一切衆生海是清淨法界海得普眼法門是正入治地住果如是五位五十箇法門皆有二種因果都有一百箇昇進法門又以從初發心住乘自佛智經過五位見諦漸明復有五因有五箇果此約本五位上立通爲十都有一百一十法門皆有迷障愚癡等法一如善財童子舉行所彰待至彼位具明如是名爲隨位進修未得自在愚癡直至佛果所

謂算數廣大愚隨好光明功德分量廣大愚唯佛窮果方始了知如阿僧祇品隨好光明功德品如來自說者是如是隨地位中進修迷障至善財表法知識一一對行具明令易解故隨逐邪道有九十五種諸邪道故又一切衆生人天魔梵聲聞緣覺淨土菩薩皆是邪道但爲苦樂不同皆非正見行顛倒行者四倒八倒等是猶如盲人無有導師者明菩薩觀迷起悲求出要道惠濟羣品已下可知入魔境界者五蘊魔煩惱魔死魔天魔是也惡賊所攝者六根逐境起諸邪見是也隨順魔心遠離佛意者明根隨境變迷自佛智故我拔出如是險難令住無畏一切智城者明念苦興悲令達本智故又作是念一切衆生爲大瀑水波浪所没者明因愛水所沒故入欲流有流無明流見流生死洄澓者明總因愛河漩流漂轉故湍馳奔激不暇觀察者明前四流迅速逐境從見起諸妄業無暇起觀而調伏之故爲欲覺恚覺害覺隨逐不捨者明此三種惡作流依身見羅刹於中執將求入愛欲稠林故明因身等五見俱生六十二見齊起六十二見者依婆沙說五蘊中各起四見四五二十三世各二十通爲六十通身即是神身異神二見總爲六十二見且於色蘊中即色是我離色非我我中有色色中有我五蘊中各具有此四如是諸見皆依身見所起是故此經云無身亦無見得佛無上身將入愛欲稠林者明一切生死皆從愛欲所生故爲生死多故如稠林一剎那間八百生滅心齊起流注不絕剎那時盡生滅齊無於

所貪愛深生染著者明深作生死苦業轉轉不休故我慢原阜者慢有七憍慢慢慢過慢卑慢我慢增上慢邪慢原阜者明慢上更加慢及過慢等名之曰阜如世平地更有高地其上平坦曰原原上更高爲堆堆上更高爲阜明我慢上加六重慢此爲重阜也安六處聚落者憍慢原阜上更加眼耳鼻舌身意取著名色境增長苦因已下十四行經如文可解此十段經明此地中觀苦起悲救護分

○第五佛子已下一段有三十一行半經明正入第二離垢地得見多佛分釋義中明此地菩薩以願力得見多百千佛於此段中復分十段　一佛子已下至那由他佛有三行半經明此位菩薩以願力得見多佛分　二於諸佛所已下至亦以供養一切衆僧有兩行半經明以三心五事之供佛及僧分此中佛法僧者以毘盧遮那爲佛寶文殊師利爲法寶以普賢行爲僧寶總攝三乘人天六道三寶總在此三寶中皆從普賢隨行教成故　三以此善根已下至布施持戒清淨滿足有四行經明重受十善戒分此明初地亦受上上十善此更重明鍊磨　四譬如眞金已下至持戒清淨滿足有三行半經明舉鍊磨眞金更加礬石更明淨喻　五佛子已下至但隨力隨分有兩行半經明此位菩薩所行之行分　六佛子已下至一切種一切智智有六行半經明此位菩薩受職分如云一切衆者以加行薰修種一切智即是根本智又智者明以根本智加行成差別智如根本智因三昧現故差別智由以根本智觀察加行

力修成若不一一人以加行觀察力大願力即根本智滯寂聲聞同乘故無有用也　七又作是念已下至一切智智依止者有兩行半經明此位菩薩自知道德殊勝分　八是菩薩已下至以爲眷屬有四行半經明此菩薩亦能捨家妻子出家得千三昧得見千佛分　九若以菩薩殊勝願力已下至不能數知有兩行經明以勝願力見佛過前依報業力分　十爾時已下明金剛藏説頌分

○第六説頌已下有四十二行頌明重頌前法及請説第三地分釋義分爲五段　一質直柔輭及堪能已下至爲諸佛子已開演有三十行頌明頌前十段法門兩行一頌如文自具　二佛子已下至第二地中之行相有四行頌明大衆聞法興供分　三是諸菩薩微妙行已下至願爲演説第三地有三行頌明諸菩薩聞第二地又請説第三地法分　四與法相應諸智業已下至佛清淨行願皆説有三行頌明諸菩薩同請説分　五時解脱月已下有兩行頌明解脱月重請説第三地分

㊁第三發光地將釋此地五門如前△一釋地名目者何故名爲發光地明此地修色無色界八禪定善達色無色界世間禪體識相對治明達三界障惑分明益令智慧明淨故故名發光地爲從初地二地以善達欲界中隨纏法於三地善達色無色界四禪八定法門得出三界智慧光明現前故故名發光地若但修治欲界煩惱不修八定達色無色界猶有上二界障在不名發光爲此地修三界

業障盡故故名發光地以定能發慧光故△二明此地修何行門者以忍波羅蜜爲體餘九爲伴此明三界業障盡故以此忍名爲得無生忍若也初發心住得佛智慧現前名初生諸佛智慧家以十住十行十迴向總得無生忍是總義若也麤細進修言之地前三賢名爲以佛智慧調伏名爲伏忍初地二地三地名順無生忍四五六地得出三界及世間障亡方得名無生忍七八九地方名無功用寂滅忍十地悲智圓該位同諸佛△三明善財表法者善財於此位中得見喜目觀察衆生夜天神去菩提場不遠坐蓮華藏師子之座善財得大勢力普喜幢解脫門表初地初入地位初發心第二離垢地是初會菩提之體爲戒體第三地是依菩提之理修忍忍是行首故故去菩提場不遠以菩提成忍行故坐蓮華藏師子之座蓮華表在行無染師子明依主義也號喜目觀察衆生者明法忍行慈也夜天神者如前釋也善財得大勢力普喜幢解脫者明出三界障盡法忍成滿貪瞋忿恨惑不能生故法忍現前有大勢力故普喜幢解脫者明能摧壞自他煩惱故於諸境界不傾動故於諸違順成法樂故△四明於三界中此地得何界解脫者此得三界解脫爲前二地對治欲界此三地以次對治上二界八禪總是三界障盡故以四地修三十七助道觀五地修十諦觀六地修十二緣生觀學出世中世間智慧故△五隨文釋義中二義如前　第一長科經意者於此發光地中長科爲七段

○第一爾時金剛藏菩薩已下至得入第三地有五行經明從第二地修第三地向起十種心分如經自具

○第二佛子已下至非但口言而可清淨有五十二行半經明正住第三地觀諸有爲法及於一切衆生起慈悲并貴法重人能入火坑受苦樂聞法分第二隨文釋義分爲五段

一佛子菩薩摩訶薩住第三地已下至是爲十有十九行經明觀有爲苦無常以十種哀愍衆生分　二菩薩如是見衆生界已下至究竟涅槃之樂有七行半經明菩薩念度衆生以何方便安置何處令得究竟涅槃之樂分　三便作是念已下至如是觀知已可五行經明菩薩所念知安置衆生之究竟處分　四倍於正法已下至觀察修行可有十九行經明菩薩欲度衆生倍勤修習求法身命能捨入大火坑無苦分　五此菩薩已下有兩行經明決定修行非但口言分如欲度衆生令住涅槃樂不離無障解脱智此是根本智乃至如是實覺無行無生慧光禪善巧決定觀察智善巧多聞如此五法總是一根本智之隨用修行者修方便定顯之可見如倍於正法勤求修習日夜唯願聞法者喜法者明智現無憂故樂法者無生死故依法者依如來智故隨法者隨順正解脱故解法者解第一義故順法者順正智故到法者自到涅槃能到入生死度衆生故亦令到涅槃故住法者住如來智慧中住故如得一偈法勝得大千世界實及輪王位者明世法不免生死故已下准知

○第三佛子已下至而無所樂著有十行半經明住發光地修色無色界四禪八定隨順法性而行無所著分復分爲九段　一佛子已下至離生喜樂一行半經是住初禪分二滅覺觀已下至定生喜樂一行經是住第二禪分　三離喜住捨已下至捨有念受樂有兩行經是住第三禪分　四斷樂已下至住第四禪有一行經是住第四禪分　五超一切色想已下至住無邊虛空處有一行半經是空處定分　六超一切虛空無邊處至住無邊識處有一行經是識處定分　七超一切識無邊處已下至住無所有處一行經是無所有處定分　八超一切無所有處已下至非有想非無想處一行經是非有想定分此是三界頂　九但隨順法故而無所著是心無依定此是法界定體隨文釋義者明此發光地得出三界心入法界自體無作大三昧門雖修四禪八定恒隨法性而無所依但爲鍊磨三界習氣令智明淨應如是進修故如善鍊金不失銖兩喻如是重重以戒定慧鍊磨不失法界大圓明智銖兩以此八種禪定鍊磨令智慧轉更明淨以法身智體本無增減故名發光地權教菩薩得出八禪超三界苦生於淨土有慈悲者留惑潤生住於世間聲聞羅漢出八禪定後入第九定依空智滅身智總無如一乘菩薩修習八禪善知世法無有體性成一切智之妙用故達三界體自無生滅故發起大智知世法故故名發光地明初地修檀住世間第二地修戒明能淨世間第三地修八定明得出世間

地明修出世間中世間之智七八九地明修入世間成悲智圓融第十地明修智悲圓滿成佛位故計其理智無有地體層級爲治慣習及會融悲智生熟及修世間出世間差別智有淺深安立諸地設其軌度令使倣之

○第四佛子已下至亦復如是有兩行半經明此位修慈悲喜捨四無量心以大慈爲首分

○第五佛子已下至以意願力而生其中有三十三行經明住此地以修禪定獲神通力六根清淨分於此段中復分六段　一佛子此菩薩得無量神通力已下至於梵世有六行經明神足通分　二此菩薩已下至亦悉能聞有兩行經明天耳通分　三此菩薩已下至以他心智知衆生心有七行經明得他心智分　四此菩薩已下至皆能憶念有八行經明得宿命分　五此菩薩已下至皆如實知有七行半經明得天眼分此已上明菩薩五通自在爲智悲未滿本願故具普賢行故異淨土菩薩故異二乘故不證漏盡通以智於生死隨行自在故如淨名經云雖行六通而不盡漏者是也　六此菩薩已下至以意願力而生其中有兩行經明不隨三昧力受生分

○第六佛子已下至而說頌曰有三十一行經明此位菩薩見佛廣狹及受職分於此段中復分七段　一佛子已下至隨力修行有六行半經明此位菩薩以願力得見多佛及供養聞法分　二此菩薩已下至轉更明淨有四行經明觀法解縛分　三佛子已下至

轉更明淨有三行經明喻鍊眞金比菩薩地加行智轉明淨分　四此菩薩已下至皆轉清淨有三行經明忍辱柔和十三種心轉明淨分　五此菩薩已下至隨力隨分有兩行經明此位菩薩所行之法分　六佛子已下至不能數知有十一行半經明此位菩薩授職依定見佛數量分　七爾時已下明金剛藏說頌分

○第七於說頌中有三十六行頌兩行一頌重頌前法如文自具

㊃第四燄慧地將釋此地作五門如前△一釋此地名目者何故名爲燄慧地前地修上界八禪得出三界智慧故名發光地此修三十七助道觀門觀身受心法轉加明淨故名爲燄慧地前地因定發故名發光地此地以三十七助道觀門觀身受心法自性無依慧加明淨故名燄慧△二明此地修何行門者以精進波羅蜜爲首餘九爲伴△三明善財表法者善財於此位中見普救衆生妙德夜神得菩薩普現一切世間調伏衆生解脫門此神住在此衆會中者即明與前喜目神同會爲表前離垢地是以法身無作性戒是菩提體故忍波羅蜜精進波羅蜜是菩提行故是故普德淨光住道場之內喜目神住處去道場不遠此第四地中普救衆生夜天在此衆會中明以忍精進二位不離萬行故又明三十七助道行門是助菩提行故故言在此衆會此位明以菩提體却觀身受心法成世間智慧故前之三地已求出世菩提心此四五六地以菩提心返修世間智慧故云在此

衆會此位中見普救衆生夜天神者明三十七道品四念處觀是三世諸佛教化一切衆生助道方便一切諸佛從初發心至究竟智皆依此方便而增明諸智慧故是故此神名普救一切衆生妙德妙德者明三十七助道觀能顯自他妙慧故也明前三地修施戒忍得出世心此地重以三十七助道觀再更治之故名燄慧地得普現世間調伏一切衆生解脱門者爲明此位三十七道品通三乘一乘共所修行調伏之大路故名普現調伏一切衆生解脱一一依善財表行中類之可見其意若不如是不可了知地位行門後至入法界品具明△四明於三界中此得何界解脱者若以總相得三界一切解脱若别相昇進明此位中以修三十七道品觀得欲界中智慧解脱心多大意明重治前第三地中出三界餘習爲明第五地修禪波羅蜜修十諦觀得上二界并欲界中世間世間中解脱皆須以總别同異成壞論之如初歡喜地表法神明初生佛家以檀波羅蜜能資生聖道故神名主當春生如第二離垢地戒波羅蜜以法身無作以爲戒體故神名普德淨光明戒先也即住居道場之内表法身是道場體故身是菩提體故第三發光地以忍波羅蜜爲體神名喜目觀察衆生以忍故無事不悦去道場不遠者明忍以法身無作爲體故第四燄慧地以精進波羅蜜爲體神名普救衆生以精進波羅蜜是普救義故又爲普治前三地出三界習氣故住在此衆會者明不離法身及性戒忍行中行精進行故如是總約名

及住處所表地位次第令易見故思之可見又入地中多以神爲表法者明入地以聖智從行祐生名神故又以總別同異成壞之義六相法門思之方無有惑○五隨文釋義者有二義一長科經意二隨文釋義　一長科經意者於此談慧地中長科爲七段
○第一佛子巳下有十二行頌明大衆聞前地歡喜復請後地法分第二隨文釋義中復分爲兩段　一佛子聞此廣大行巳下至菩薩勝行妙法音有八行頌明大衆聞第三地法歡喜興供稱歎分　二從願更演說聽慧者有四行頌明更請第四地法門分巳上文義如文自具不煩更釋如大自在天王大忻慶者爲此天是說十地處非餘天不說但舉說法處主故
○第二爾時金剛藏巳下一段有六行半經明以十法修入第四地向分釋義中分爲兩段　一爾時巳下至當修十法明門有兩行半經明欲入第四地勸修十法名目觀察分　二何等爲十巳下有四行經是正舉十法名目觀察分何故舉此十法重令觀者明於前三地得出世間智慧今重觀此十法明將出世間智慧返達世間同出世間故
○第三佛子住此談慧地巳下一段三十七行半經明修三十七道品分釋義中分爲十段　一佛子巳下至生如來家有一行半經明以十種智得法生佛家分問如十住中初發心住亦名生如來家至初地中亦名生如來智慧家至此四地亦名生如來家有何差別答計其總相生如來智慧家即一體無二

若論別相昇進即有淺深如十住之中於妙峯之頂明創啓凡情始開佛智慧但啓迷解得一分煩惱清涼故佛果名月如十住位中十箇月佛是如善財表法中妙峯山上見比丘且彰佛慧解脫未明智德神通如初地生如來家雖有智德神通但且得出三界之神智所敎化衆生亦以如已所知未得達世間智慧與出世間智慧自在無礙此第四地生在佛家明達世間中出世間智慧故與初地中雖入神性共同然出世間世間智慧淺深差別明前三位但修上二界禪得出三界一單之理此位觀身受心法故經云得彼内法生如來家内法者明智慧返觀達俗智無俗不眞故　二何等爲十已下至是爲十有四行半經明以十法成此地之智慧分從所謂

深心不退故於三寶中淨信畢竟不壞故者此三寶是通三界及三世一切法總三寶攝非如世情三寶故云深心也觀三界法性自無性是名佛寶了三界法同異總別成壞是名法寶以自行門和衆生心意方便引接令得應眞及人天樂是名僧寶觀世間成壞故者下文云因業故有生還因業故成約本法界無成壞故明不成壞中衆生妄見成壞觀生死涅槃故者明生死本涅槃總無體故觀衆生國土業故者明國土由業起故是本無令有故觀前際後際者明三世本無無有盡有可盡是爲十總結前十法故　三佛子菩薩住此第四地已下至世間貪憂有六行經明觀身受心法四念處觀門分四念處觀者

一身念處觀者循者順也明善順觀内身腸胃肝膽心肺脾腎五藏六腑都無我人主宰體相勤勇者明勤觀不倦念知者不忘念也除世貪憂者勤觀内身善知無主除世貪欲煩惱故觀外身循身觀循者巡身亦云順亦云善意者周巡觀察外身皮肉筋骨髮毛爪齒眼耳鼻舌手足腰髖都無主宰我人體相皆從虛妄繫著業生無有實法有業即有無業即無當觀業體本無依止達身無體受者亡遺有大智圓明都無我人受者動寂住智内外無依勤勇念知如前除世貪憂者除身見邊見見取戒取邪見上貪憂觀内外身周巡徧觀内外身見如前前勸別觀此令總觀其身内外無主猶如虛空無有一法而可得者此是身念處觀已下觀内外受周巡内外觀能受所受内外中間性無依止已下觀内心外心能知所知都無住處已下觀内法外法無有我人此已上是四念處觀　四復次已下至發心正行有三行半經是修四正勤分　五復次此菩薩已下至迴向於捨有三行經明修四神足分修欲定斷行者明勤觀前四念處不亂是欲定爲有覺有觀故斷行者勤觀前四念法斷身見邊見邪見等行及色受想行識等行此位重治練欲界惑上二界惑以五地禪波羅蜜重更治之前二地以戒體治麤此四地以四念觀治細成就神足者以欲界諸天等神足是下品十善業報此約一分法性智通殊勝即不可比於三界及二乘三乘有限之通且望後位即此位不如雖作觀行皆以理智爲體爲成差別智更令微細故

觀衆生法起滿本願成大慈悲故依止厭者對治不取世惡法故依止離者性自無著故依止滅者滅諸惡法令不生故迴向於捨者至無依處故此明是非總捨至露地智故修行精進普救一切衆生故定心定觀定斷行者一心專作無錯失故已下如前　六復次已下至迴向於捨有兩行半經明修信進念定慧五根分依止厭離滅迴向於捨總以四法爲對治之體故如文可知　七復次已下至迴向於捨有兩行半經是修五力分還以依止厭離滅捨爲體即於境不動名之爲力　八復次已下至迴向於捨有三行半經明修七覺分還依止厭離滅捨爲體明簡正邪名擇法覺分自利勸他恒無疲倦名精進覺分法樂現前見來求者歡喜無厭名喜覺分猗者依也悅也以無依住之理智恒現前故法悅熈怡世無憂恨之所傷故名猗覺分內外觀終受心隨智不隨境轉名之爲定覺分身邊見亡自他境滅身受心法都無所依名爲捨覺分心境見亡起唯智起無雜亂故名爲念覺分已下如前　九復次已下至迴向於捨有三行經明八正道分依止厭離滅捨爲體以八邪爲體以八邪爲八正道　十菩薩修行如是功德已下至善巧方便故有五行半經明作如上觀行之意爲十法故以不捨一切衆生爲首如文具明如十力處非處爲首如前已明無畏者四無畏也一一切智無畏二漏盡無畏三說障道無畏四說盡苦道無畏如是四種人天外道無能難其過失者不共佛法者十八不共法也一佛身無失

身行善故二口無失口業善故三念無失無雜念故四意無異寃親平等故五心無不定不異法界無作智故六無不知以一切無不明了故七欲無減滿衆生心行所欲隨順利生故八精進無失自雖道滿建法利生無休息故九念無減者善知一切衆生根時非時故十者定無退本無動故十一者慧無減善簡諸法無生滅故十二者解脱知見無減普光明智無不達故十三者身業隨智慧行四威儀中無不成益一切衆生十四者口業隨智慧行無雜談論故十五者意業隨智慧行求無邪思想故十六者智慧知過去世無礙事十七者智慧知現在世無礙事十八者智慧知未來世無礙事此十八種唯佛獨有不通下果相好者有九十七大人之相隨好者如隨好功德光明品説但舉一箇手中隨好名圓滿王出光明名爲熾盛七百萬阿僧祇光明而爲眷屬但舉其一隨好無盡又有十華藏世界海微塵數大人相一一身相衆寶妙相以爲莊嚴此明無盡相無盡隨好等法界虚空量故音聲悉具足者約總言之有六十種梵音若隨差别經云廣大微妙之音徧一切刹住無量劫求於上上殊勝道故即此佛果法門餘法不過故隨順所聞甚深佛解脱者乘如來一切智乘故思惟大智善巧方便者巧能隨逐一切衆生根所宜令度苦故

○第四佛子已下一段五行半經明對治身見分釋義中分爲二段　一佛子住此燄慧地已下至一切皆離有三行經明此地以四念處所觀對治身見爲首自餘我人衆生等

徧觀身受心法皆能離著處故　二此菩薩已下至皆悉修行有兩行經明此菩薩見業是如來所訶所讚分明一切衆生所作業道恒流轉生死此是如來所訶應可以觀治之若也以觀自治無業可當以智方便隨生死同衆生事業濟度衆生是順菩薩道如來所讚皆悉能修故

○第五佛子此菩薩已下一段十五行經明以前觀智方便獲大利益柔和分釋義中義分爲四段　一佛子此菩薩隨所起方便已下至皆善修行心有四行半經明此位如上修習於道及助道得十種利益心分　二此菩薩已下至得說法者意可有兩行經又得十種心得說法者意分無稠林行者明無迷滯障所覆蔭故　三此菩薩已下至道非道精進有五行半經明此位菩薩得十忍成就得十種精進分此十精進以成當地令堅固故亦成後地令相應故　四是菩薩心界清淨已下至皆悉成就有三行經明此位菩薩心界清淨得佛護念分已上明以作四念觀於法深細悟解明利明斷具足故

○第六佛子菩薩住此燄慧地已下有三十行經明此地見佛增廣分於此段中義分爲八　一佛子菩薩住此燄慧地已下至一切衆僧有四行半經明以願力見多佛并供養分　二以此善根已下至轉復明淨有四行經明見佛承事住多劫中深心信解更增明分　三佛子譬如金師已下至悉不能壞有六行經明以金師鍊眞金作莊嚴具轉明淨喻分　四此菩薩已下至第四燄慧地有兩

行半經明此位中所行之行分　五菩薩住此地已下至具足一切種一切智智可有四行經明此位菩薩授職分如一切種者明加行成種一切智智者明入根本智及差別智皆可以求如是者之所依止　六復作是念已下至一切智智依止者可有兩行經明此位堪爲一切衆生師首分　七是菩薩已下至以爲眷屬有三行經是依自報業入三昧見佛及威動廣狹分　八若以願力已下有兩行經明以願力見佛甚多不能數知分
○第七菩薩已淨第三地已下有三十四行頌明重頌已前法分釋義中分爲兩段　一初兩行頌歎菩薩已淨第三地法方能趣入第四地分　二始登燄地增勢力已下至我爲佛子已宣說有三十二行頌明重頌前法

分如身見爲首六十二見者明有身見即六十二見俱生以是義故修觀身受心法以用治之得無身受心法即諸見總無唯智所見也名悟佛知見入佛知見生佛家故六十二見者於五陰上各有三世於三世上横計有四句一如去二不如去三亦如去亦不如去四非如去非不如去未來五陰上各計四句一者邊二者無邊三者亦邊亦無邊四者非邊非無邊現在五陰上各計四句一者常二者無常三者亦常亦無常四者非常非無常於五陰上有三世三世上各有四見一世有二十三世各有二十通爲六十總斷常二見爲本共爲六十二見又爲色受想行識各有四見一世上有二十三世爲六十斷常二見共爲六十二若以四念觀門諸見總爲佛事

爲身見無性總是佛知見故

大方廣佛華嚴經論卷第三十一

音釋

瞙末各切音莫目不明也　屎失指切　釘丁定切　礬扶元切　筋音斤　髖苦官切

大方廣佛華嚴經論卷第三十二

唐方山長者李通玄造

十地品第二十六之四

◎第五難勝地將釋此地五門如前△一釋地名目此地何故名爲難勝地爲以禪波羅蜜發起善根慈悲喜捨通達世法下地不如故名難勝地△二明此地修何行門者此地以禪波羅蜜爲體餘九爲伴△三名善財表法者云去此不遠有夜神名寂靜音海坐摩尼幢莊嚴蓮花座善財得菩薩念念出生廣大喜莊嚴解脫門云去此不遠者不離菩提體而有禪波羅密行故號寂靜音海者明禪體是寂靜故音海是表定能發慧用故坐摩尼幢莊嚴蓮華座者表摩尼名離垢寶明禪定離垢故幢者明法性定體不隨境動明境界與心當體自定爲無自性故莊嚴者以無作性禪用嚴萬行故蓮華者表行無染故明行性不異無作禪俱無性故得菩薩念念出生廣大喜莊嚴解脫門者表無作性禪體同法界故云廣大常居生死常行萬行禪悅無憂名之爲喜以定嚴慧名曰莊嚴不迷靜亂名爲解脫此名難勝地者爲明以定體善知世法無定亂性勝於定亂故名難勝地爲過三界惑復不證涅槃三界及涅槃總不能壞其無依住之智慧故名難勝地夜神者表無依住中智悲處生死之長夜破一切衆生之迷故此夜神所將名目及所坐之座表法大意明不壞無依無作無性自體之禪用彰萬行以寂起用故善財問言此解脫門爲何事業行何境界起何方便作何觀察夜神言我

發起清淨平等樂欲心我發起離一切世間塵垢清淨堅固莊嚴不可壞樂欲心我發起攀緣不退轉位永不退轉心已下如是無量發起心具如經說意明住欲界心多者便令使修寂靜定至色界無色界禪多者令入法性禪發起攀緣於後上上位中智慧方便廣度衆生等空無限大用故不令守靜住禪樂故此寂靜音海主夜神坐摩尼幢莊嚴蓮華座百萬阿僧祇主夜神前後圍遶表法性無作定體徧周無盡行體亦徧周故言百萬者大數之長也阿僧祇者不可數也此明寂用圓滿以名座及所同住之衆及住處近遠及法門名目思之可解此地之意△第四明於三界中此地得何界解脱者若以總相三界同一解脱若以别相此地以禪波羅蜜爲體

得上色無色界解脱爲四地重治欲界細惑此地重治色無色界細惑既上界解脱下界自然同解脱以此一乘法門常以根本智以爲進修以無作智爲禪體以過上二界中息想禪故得任理智法界自在隨緣無作禪此明昇進漸妙智體不離本智此明前四地以三十七觀重治前位欲界之習此地重以將定體用治上界之細惑△第五隨文釋義者二義如前　第一長科經意者於此第五地長科爲十四段

○第一從菩薩聞此勝地行已下有十九行頌明大衆聞説第四地法門稱歎歡喜興供及請説後地分第二隨文釋義者於此頌中復分爲兩段　一從菩薩聞此勝地行已下至瞻仰如來默然住十七行頌明大衆聞法

歡喜與供稱讚分　二是時已下兩行頌明
解脫月爲諸大衆請第五地法門分於頌中
文義隨文自具可知
○第二爾時金剛藏菩薩已下至得入菩薩
第五地有十行經明以十種平等心入第五
地向分釋義云如道非道智明此地治見道
疑修行任運入地方終十地始自在大意三
地治上二界禪麤惑此五地重治上二界禪
細惑以此能除見道是非疑第六地明得出
世間中世間智慧自在如十住中第六住海
幢比丘是其様式同此第六地出世間世間
智慧自在故以比丘表之此十地第六地位
中卽以守護一切城夜天神表以明出世間
中世間智慧心城無有邪思惡賊所入一切
邪念總成智慧城故此明第五地得難勝名
者爲出世間無作本寂用定已終故第六現
前地世出世法皆悉了知智慧現前已終故
以此十地以智成悲故以夜神表之是故此
五地除見道疑六地除世間出世間智慧疑
○第三佛子已下至得不退轉心有五行半
經明以十二種法住第五地分如文可知
○第四佛子已下至究竟智力知有十四行
半經明善知十諦法門分釋義中復分爲兩
段　一佛子已下至善知如來智成就諦有
六行經明此位菩薩善知十種諦法門分
二此菩薩隨衆生心樂已下有八行半經明
便述知諦之所由經自釋訖如第一段中善
知此苦聖諦者不同三乘厭苦忻淨方求聖
諦故但達此世間諸苦體無故卽苦無滅性
道無生性當知苦體卽不生不滅卽與聖道

無二性故故云善知苦聖諦已下四聖諦總如之已下諸諦義如經自具

○第五佛子已下至生大慈光明有兩行半經明知諸諦智於諸衆生生大慈悲分釋義云明善知諸諦智已如實知有爲虛妄誑惑愚夫轉增大慈光明如文自具諦者實也眞也如實知見不虛名之爲諦

○第六佛子已下至皆如實知有六行半經明以智觀衆生迷眞隨妄分釋義明此位菩薩觀諸諦無有諦相根栽本末無我無人之智然不捨一切衆生善知一切衆生皆從十二緣有生居五蘊宅中復知緣體離我我所分

○第七佛子已下至波濤之所漂溺有八行經明菩薩念衆生愚癡隨苦漂流分此一段如經自具但以說法者以大慈悲心如文稱歎善知苦縛善知縛體性自無爲

○第八佛子已下至無礙智慧有五行半經明念一切衆生窮苦獨勵發心不求伴侶以已功德普令一切衆生得至如來十力智分如文自具

○第九佛子已下一段有六行經明菩薩以智慧觀察善根救護一切衆生令入涅槃不爲自求已樂分如文可知

○第十佛子已下一段有十七行經明菩薩住第五地能善知諸法分釋義明此難勝地於世間出世間自利利他法具足及成就莊嚴佛身語意

○第十一佛子已下一段有八行半經明此位菩薩以布施愛語同行善能教化衆生及

自求勝法分釋義中復分爲兩段　一佛子已下至以種種方便行教化衆生有六行半經明以布施四攝等十種方便教化衆生分布施一四攝二後有八通爲十如文自具　二佛子已下至常勤修學殊勝行法有兩行半經明教化衆生恒相續分如文自具

○第十二佛子已下一段有十一行半經明此地菩薩爲衆生善解世間諸雜技藝分經云印璽者明玄旣未萌及如呪中結手印等准王用玉爲璽銅鐵木爲印此明如龍樹等符印也地水火風明五行陰陽覺風鳥情等云種種餘如文自具

○第十三佛子已下一段有三十二行半經明此地菩薩見佛廣狹及受職分於中大意有十一種事　一明此地以願力故見佛廣多　二明供養　三明恭敬聽法隨力修行　四明出家聞法總持　五明住地多積修衆善　六明如眞金以硨磲磨瑩轉更明淨　七明下地善不能得及　八明受職爲兜率天王　九明入千億三昧現身千億事千億佛　十明以願力故其數甚過　十一明金剛藏説頌歎法如文自具

○第十四菩薩四地已清淨已下一段有四十四行頌重頌前法分如文自具意明難勝地以其禪體治三界中寂亂障契菩提根本無造作禪理不出三界不在三界無有欣求淨穢等障任理恒禪寂用自在以定觀察爲世技之妙能

㊃第六現前地將釋此地五門如前△一釋地名目者何故名爲現前地爲明此地世間

出世間一切智慧皆悉現前爲善觀十二緣生故爲得十三昧故△二明此地修何行者修般若波羅蜜爲體餘九爲伴△三明善財表法者善財於此位中見夜天號守護一切城增長威力在菩提場如來會中坐一切寶光明摩尼王師子之座無數夜神所共圍遶現一切衆生色相身及現普對一切衆生身等得甚深自在妙音解脱明守護一切城增長威力者經云善男子我於生死夜無明昏寐諸衆生中而獨覺悟令諸衆生守護心城捨三界城住一切智無上法城明此第六地是所修之法門此主夜神是此六地所行之行恐修行者不解其事以此法行二俱表之住在菩提場佛衆會者明行以菩提爲體故坐一切寶摩尼王師子座者明以一切差別智慧爲座體故還依果亦爾摩尼表智慧離染自他垢故王者明智慧自在故師子者依主釋皆須觀知因果故無數夜神圍遶者表行徧周也現一切衆生色相身者對現色身隨根接俗故得甚深自在妙音解脱者明此位智慧自在善説教故當以名義思之可見大意此位説教猶恐衆生不解其行故以是聖者舉教及行總彰令易解故修行不錯謬故十住第六住且明出世間中世間智慧即以比丘表之以十住且求出世心多故此十地中明長養慈悲卽第六地及餘地以女天表之准此例隨位昇進以知其意△第四明於此地得何界解脱者此通三界及三乘一乘出三界中世間出世間智慧解脱爲明善能分別三界中染淨及出三界中染淨等智

慧自在故得入明淨隨順無生忍如稱理契無生忍卽七地以出世間智慧善能入世間智慧能隨一切衆生塵勞之行不異世間不壞無生七地創修八地畢功九地方能說法自在十地始悲智圓成自在若也取隨分無生十住創心卽分分有之若也論始終不易雖同衆生無量劫積修元不移毫念還依六相義總別思之若也但逐進昇卽便乖其本體故無虧本智了積修昇降不遷卽理事非虧卽同與俱齊卽智愚全別卽因果無二△

五隨文釋義者二義如前　第一長科經意者於此第六地一段中義分爲九段

○第一段有十八行頌約分爲兩段　一有十七行頌明聞第五地法門大衆歡喜興供稱讚分　二最下一行明解脫月更請後地分經文自具

○第二爾時已下一段有九行經明觀十平等法修後六地之向分

○第三佛子此菩薩已下至無所有盡觀故有十段經明逆順觀十二緣生觀分第二隨文釋義者於逆順觀十二緣生法有十段經具如下列　一如觀十二緣法中第一段從佛子此菩薩摩訶薩如是觀已大悲爲首已下一段有十四行半經明觀世間生滅作是念世間受生皆由著我若離此著則無生處又明由有我故常求有無一切諸惡業邪道皆由此生邪道者九十五種邪道也罪行者三惡趣也福行者人中及第六天已來散善福也不動行者色無色界八禪是也及小乘三果分段生死乃至四果淨土菩薩變易生

死雖免麤苦分段生死及變易生死皆名邪道亦名不動行積集增長者三惡道積集增長惡業欲界積集增長有爲善業上二界積集增長有漏八禪聲聞緣覺淨土菩薩積集增長淨業成變易生死之身一乘菩薩積集增長具佛悲智雖總十二緣生乘緣各有差別若於三界中具縛凡夫以十二緣成諸惡業二乘觀十二緣空無體性折伏現行煩惱得有爲無漏淨土菩薩以修四諦十二緣行六度門生於淨土一乘菩薩以如來知見修十波羅蜜四攝四無量三十七品助菩提行成一切種一切智智廣大如法界究竟如虛空無限圓滿佛大慈大悲大智佛果法門乃成法界無作自性緣起大圓明普光明智恒以一切衆生生死海便爲一箇道場恒以十方佛剎衆生剎住居毛孔夫緣生之法性自本無衆生横計諸聖嗟歎枉流生死無自覺知故勞聖歎大悲示護是故諸仁應當順理善觀離諸慢業便得識種業謝智果開敷三界報亡等悲垂俗任性緣起不沒死流對現色身應根利物經云於諸行中植心種子植者種也於業田中種識種子爲有取爲漏其漏有七一見二諸根三忘四惡五親近六愛七念復起後有生來世生老病死已下如文自具無明闇覆者覆謂覆蓋自已如如之本智故爲智自無性逐境緣迷故隨迷苦極自覺迷除故以覺無我智無明卽無故迷我成妄覺我成智覺之與迷本無二性爲智之與迷各無自性皆悉從緣而有迷悟故爲根本智自性無性故不自了知是智非智但隨境

起逐境情生起於我見非至苦極厭苦求眞若自未厭苦源設聖者化時不信從斯發起有二種發心一者久從生死苦厭苦發心有得三乘一乘之果名自覺聖智亦名佛智自然智無師智二依先覺者勸令知苦本方能發心夫發心者有此二種若言要依先佛發心者卽有常過卽同外道常見卽先覺者以誰爲師轉轉相承不離常見若有古時常佛爲展轉之師卽古佛自體自眞不隨妄者卽不可踐其古跡爲眞自常眞不可以眞隨生死故卽生死是常生死佛自是常佛故若也衆生定有生死者生死自常生死不可得成眞故此是斷見此二種俱非不離斷常也爲一切衆生生死無性本無生死橫計生死本非生死一切諸佛本無自性故實無菩提亦無涅槃而衆生妄謂諸佛有菩提涅槃若有衆生能如是知者名爲發心名爲諸佛名爲見道而能開悟一切衆生是達無明者無明本無諸佛亦無名爲覺者但以無依無住無體無性妙智能隨響應對現色身能以此理教化衆生名爲大悲故不可有得有證有忻有厭有取有捨有古有今有眞有假發菩提心也如是發菩提心不爲長夜無明之所覆故經云愛水爲潤者因愛有生故我慢漑灌者有八種慢一慢二大慢三慢慢四我慢五增上慢六不如慢七邪慢八傲慢見網增長者五見及六十二見等是生名色芽者由於諸見起貪與名色俱起名色增長生五根者由名色故以眼耳鼻舌身對名色生觸相觸生受其身觸體有十一種澀滑輕重冷飢渴

堅濕煖動眼色觸有二十五青黃赤白長短方圓高下正不正光影明闇煙雲塵霧麤細迥表空顯色故耳聞聲有十一種觸可意不可意俱相違因受大種因不受大種因俱大種世所共成成所引徧計所執聖言所攝非聖言所攝是也鼻有六種觸香臭好惡平等和合俱生變異味有十二種觸苦醋甘辛鹹淡可意不可意俱相違和合俱生變異於前五根上所得隨意思量名之為六十五種意法以心起意識隨五根中所現名觸意根隨取名受受之不捨名愛愛增長生取取增長生有有生已將前六根上六十五種意識所緣於諸趣中成五蘊身為生生已衰變名老終歿為死於死時生諸熱惱乃至憂愁悲歎眾苦皆集從此因緣故集已後一行半經明緣生無體妄謂生死隨順緣體應如是觀明十二緣體眾生情有而實理無善達理無緣生便即生死為不生死此上一段明由著我因有十二有支若作無我觀得離我所諸虛妄緣便為法界大智無作自性緣生故　第二段中有十行半經明菩薩念一切眾生迷第一義諦號曰無明此作業果是行依止初心是識者以明迷第一義故名為無明真之為妄皆有依報以有依報便有名色為迷真相情識取境與受想行識及以六根同時而取名之為蘊蘊不壞故名為業識心為主六根及境三事和合而為所緣共生四取者為名色為境情識為能緣受想隨之名為行尋思煩擾迷其淨智名之為蘊六根境識三事和合名之為觸因此五蘊對於六根情識之

上十二有支同時而有已下十二有支具如經文說如是已上一段明迷第一義而生五蘊從五蘊上共生十二有支　第三段中有七行半經明三界所有唯是一心明十二有支從一心起以隨事貪欲迷眞心故妄心生爲妄想想心乖智妄辨爲識妄心所辨是識緣境是行於行迷惑者所緣之境謂實有故名曰無明以心無明故便生名色從名色六根妄心三事和合生觸正觸相應分別取著是受餘如經自具此已上心境六根觸受愛取有生老死一時無前後體妄作前後迷如來之理智本來無作者故橫生諸苦波浪苦流不息故　第四一段有十五行半經明無明及十二有支皆有二種業者一由無明故令一切衆生迷於無作智二由迷自性法界緣生便作思想行緣故故云與行作生起因行亦有二種業者一由迷法界智執成來世報二由妄行心想識種便生是故經云與識作生起因識亦有二種業者一由迷根本智種妄生識種令諸業有相續不斷二由迷根本普光明智所有無名相之微妙功德之名色由識種所成生死業報之麤名色也名色亦有二種業者一由識成名色由名色成識故云互相助成二由名色故對六根中現相能令六根中情識取之六根亦有二種業者一由迷無相體一相之理智各隨別境別取境界色聲等與二爲六根現境識心相對妄情便起故云與觸作生起因觸亦有二種業者一由觸能迷所緣成諸喜怒二由觸識種便生受能受現世塵成未來果故又由受現

世塵故成當來有苦果故受亦有二種業者一由迷一切法空能領受愛憎等事二與愛作生起因已下如文自具此一段緣生皆從無明迷理智爲首　第五段有四行半經分爲兩段一佛子此中無明緣行已下至助成故有兩行經明無明等十二有支皆總由迷根本智以妄心成識更相助成分於一一緣中皆有十二以互體更相助成有一百四十四於三世上各有一百四十四總共爲四百三十二總由迷本眞智號曰無明於無明中因境六根識三事而生五藴以五蘊對六根緣生一切觸總以意識爲主而隨根境識能作種種生死業緣乃至八萬四千一切塵勞從此而起八萬四千煩惱者其名數至隨好光明功德品中具明但自了識心根境三事一性一性者所謂無性達無性理以普光明智普印諸境妙用恒寂無明成智名爲一切種智海二無明滅已下有兩行半經明達無明成解脫緣如文自具　第六段有三行半經明無明愛取三事不斷是煩惱道行有二事不斷是業道餘分者所謂識名色觸受生老病死憂悲等是苦道前後際及現在三世上前三段煩惱斷卽無三世及三段煩惱離我我所但有生滅猶如束蘆者明雖有分別相似生滅了中虛無也如束蘆葦其相雖有一一中虛明六根及境雖有法眼常虛此明觀達也　第七一段有兩行半經云復次無明緣行者有三世無明無明緣行是當念中過去是所緣前境故經云是觀過去識乃至受是觀現在爲識受是當念中現在爲明識

受是分别領受現在事故愛有二事是當念中未來故爲愛有二事是當念中識受後方計實有成愛染故於是已後展轉相續者以此無明緣行識受愛有成三世業苦果相續不斷但無明滅卽行滅卽識受愛有并十二有支總滅是觀待斷者明十二緣待觀方斷故此以六相義該通　第八一段有兩行半經總明十二有支共成三苦一無明行及六根是行苦是迷境攀緣不息故是行苦二觸受是苦苦明受諸觸有愛憎生苦以受觸時卽有苦更加貪戀及以憎嫌苦更加苦故餘是壞苦者於十二有支中從名色識取愛有生老病死此是壞苦但觀無明滅卽行滅卽三苦滅十二有支滅　第九一段有五行經明有三段斷滅生起十二有支之緣一明無明緣行是生起緣無無明諸行亦無餘亦如之二無明緣行者是繫縛義是生起義無明滅行滅者繫縛滅是斷煩惱義是解脫故爲大智慧相應故三無明緣行者是隨順無所有觀是生起觀行力隨緣觀十二緣自體無所有故無明滅行滅者以觀十二有支無體故餘亦如是通總相十二緣但無明無卽十二緣無故　第十此一段有四行半經明以十種逆順觀十二有支緣起相續皆一心所攝但以自業苦樂不同而有差别不離十二有支但如前道斷者所謂心境無明此三無者餘皆自無若不斷者三苦聚集卽行苦苦苦壞苦聚也言其斷者以無無明卽成不苦之妙用理智故　已上是長科第三段中十種逆順觀十二有支分

○第四佛子已下至離有無想有七行半經明觀達十二緣生無體得空解脫分長科此段明作前十種逆順觀十二有支已達諸緣起性自無生便得三解脫門現前三解脫門者　一觀十二緣自性空無作皆自性滅畢竟解脫得空解脫門　二無有少法可得卽得無相解脫門　三得前空及無相二門更無餘願求唯有大悲教化一切衆生皆令畢竟解脫得無願解脫門餘如文自具

○第五佛子已下至圓滿故有十行半經明此位菩薩得三空解脫觀十二緣大悲轉增精勤修習分於此段中復分爲二　一佛子此菩薩已下至亦不畢竟滅於諸行有五行半經明觀一切有爲皆是無常甚可厭患爲成就衆生亦不永滅諸行分　二佛子菩薩如是已下至未圓滿故有五行半經明菩薩觀有爲法多諸過惡無有自性而恒起大悲得般若波羅蜜分如經云爲未得菩提分法者明此六地已得空無相無作出世菩提未得入俗大悲圓滿隨普賢行海自在菩提復作是念一切有爲有和合則轉者明迷情緣卽諸法無常轉變情亡稱理卽一切諸法性自無生此明心生卽法生也已下准知如緣集則轉不集則不轉者若無明緣行則轉若無明滅卽行隨智起則起唯法起非無常遷變故已下准知有爲法多諸過患者有情識所爲皆生老病死苦痛患若以智悲所行皆普賢行也已下准知卽得般若波羅蜜現前者已超聞思修慧此一乘智慧是佛智慧是究竟無作普光明智慧也此稱智徧周應根

利物不爲而用不作而應自餘如經自具以菩提分法未圓滿故者言正覺菩提初心成隨行菩提十一地始滿

○第六佛子已下至皆悉現前有六行半經明此現前地得十空無相無願三昧分自性空三昧者不由修作任理無功而自現故三者正也昧者定也此云正定何故以三爲正凡爲作法以三度爲正昧者情識不現名之爲昧正智現前名之爲定又三者正也何以故以三爲陽故正也如十一月一陽生十二月二陽生正月三陽生爲正月以寅爲木爲日日爲火也以火生於寅又以日爲智以十二月正月爲艮分艮爲山爲止爲門闕爲小男爲童蒙是故聖者取之爲法表正月三陽已生以從艮止而生火也明從定爲止發起無作正智慧明是入道啟蒙之門闕故艮爲童蒙以明童蒙心止能啟大智慧日光明故云三者正也昧者定也以五蘊冥昧即正智便現又一止是正字以一心止其道正故故止之一處無事不辦第一義空三昧者過一切有爲無常法故第一空三昧者明創過上二界息想定亦過聲聞緣覺淨土三乘淨穢之定又萬象一性名一空三昧大空三昧者過世情所識空過三乘住無作空也得意生身故合空三昧者明與十方凡聖有情無情合故起空三昧者明寂用自在故如實不分別空三昧者明無情識故別空三昧者示現隨根所見故不捨離空三昧者示現遠離過惡故離不離空三昧者處世界如蓮華居水故以此十三昧爲首皆不離空無作無願三

三昧門爲體百千三昧總從此起
○第七佛子已下至隨順無違故有九行半經明住此現前地復更修習不可壞心入佛智地分分爲三段　一佛子已下至皆悉圓滿有三行半經明修十種無限心分　二佛子已下至常行不捨有四行經明隨順佛菩提不懼異論入佛智地分　三佛子已下至隨順不違故有兩行半經明住此位菩薩般若波羅蜜行得隨順忍分經云不懼異論者人天外道及三乘異論入佛智地者明從根本智入差別智地故離二乘地者二乘斷煩惱而證空菩薩達煩惱而成智海故云趣於佛智諸煩惱魔無能沮壞者明煩惱魔是生死因也陰魔死魔是生死果也天魔生死緣也住於菩薩智者一切隨世差別智也佛子菩薩住此現前地中得般若波羅蜜行增上者明此地菩薩於三界中一切諸緣生法逆順觀徹得世間中出世間智慧滿故故名增上第三明利順忍者准五忍中是第三順忍若准十忍中是第二順忍如三乘中五忍者一伏忍二信忍三順忍四無生忍五寂滅忍如三乘中地前三賢菩薩得伏忍五地得信忍六地順忍八地無生忍十地寂滅忍十忍者經下文自具如此一乘教中以十波羅蜜以五位十住十行十迴向十地十一地通修皆位位中以十波羅蜜互爲主伴五位之上有五百箇行門分分微薄以六相總別之義言之時日歲月皆如是猶如帝網重重叅映一多同異皆不轉變
○第八佛子已下至而說頌曰有二十七行

半經明入此位中見佛廣狹分約分爲六段一從初佛子已下至轉更明淨有九行經明以願力見佛廣多及供養佛法僧分　二譬如眞金已下至四種魔道所不能壞可六行半經明舉喻顯法分　三此菩薩十波羅蜜已下至第六現前地可兩行半經明此地菩薩所修法門分　四菩薩住此地已下至爲一切智智依止者可六行經明此位菩薩受職堪能教化一切衆生分　五此菩薩已下至說頌有四行經明此位菩薩以三昧力見佛廣多分

○第九一段有四十四行頌明重頌前法分如文具明已上一段以釋第六現前地此地是善達緣生成世間出世間智慧　第七遠行地以方便波羅蜜成就入世間中出世間智慈之慧

大方廣佛華嚴經論卷第三十二

音釋

濤 徒刀切　璽 斯爾切　盧 落胡切

大方廣佛華嚴經論卷第三十三

唐方山長者李通玄造

㊃第七遠行地將釋此地五門如前△第一釋地名目者何故名爲遠行地者以此地行方便波羅蜜以六地之中三空三昧現無量無作智慧門能入無量衆生界入無量教化衆生業入無量世界網以無作智慧入一切世間等衆生行普令徧周故名遠行地爲入世間行徧周廣大故名遠行地△第二明此地修何行門者此地修方便波羅蜜以出生死空無相無願解脱門能入世間同衆生之萬行然不離世間不隨生死長大慈悲故名方便波羅蜜△第三明善財表法者善財於此所見知識於佛會中者明不離菩提體行衆行故名開敷樹華者表於無相妙慧之樹開敷普賢行華亦是開敷一切衆生無明行樹華也令成普賢行華故爲表第七地成世間行成慈悲門令圓滿故其身在衆寶樹樓閣之内妙寶所成師子之座者表衆寶樹是衆行明依報以寶樹成樓閣形明隨行之智也妙寶師子座者表妙用無畏行也善財得菩薩廣大喜解脱者明此地菩薩成就大慈悲行普能方便教化衆生歡喜無厭故不居染淨故名爲解脱第七地是所施之教此是七地中所行之行故名目住處以表之也△四明三界中得何解脱者此地明處一切世間行方便利生不染世法解脱門亦以善財所得菩薩廣大歡喜解脱門是如經云此七地功用行滿得入智慧自在行又云初地中緣一切佛法願求滿故第二地離心垢故第

三地願轉增長得法光明法故第四地入道故第五地順世所作故第六地入甚深法門故第七地起一切佛法故皆亦滿足菩提分法故又明從初地乃至第七地成就智功用故第八地乃至十地成就無功用行故明第七地已前皆有功用八地已去得無功用△第五隨文釋義二義如前◬第一長科經意者於此七地中長科爲十段從是時天衆心歡喜已下有二十四行頌分爲兩段

○第一是時天衆心歡喜已下至瞻仰人尊願聞法有二十二行頌明大衆聞六地歡喜興供分

○第二時解脫月已下兩行頌明更請後地法門分

○第三爾時金剛藏菩薩已下一段有五十行半經明以十法修第七地向併初住第七地法分◬第二隨文釋義者於此段中約分爲三段△一爾時金剛藏菩薩已下至住第七遠行地有十八行經明修十法入第七地向△二佛子菩薩摩訶薩已下至以無功用心成就圓滿有十五行經明菩薩住第七地有二十種入衆生界及一切法門教化衆生分△三佛子菩薩以深智慧已下至皆悉圓滿有十七行半經明此位菩薩行十波羅蜜四攝四無量三十七道品一切菩提法分如初段中經云修空無相無願三昧慈悲不捨一切衆生者明二乘修空自惑已滅無悲利生淨土菩薩修三空法門自惑已滅隨願生於淨土聞佛教化自力成已方還穢國方便利生然有淨穢二障往來彼此如三乘經中

餘方菩薩來此娑婆聞法之已還歸本土者是如此一乘教中菩薩明從迷入法名爲他方佛刹而來集會悟已不云還歸本土明身土無二性故此一段十八行經意不離三空體以爲萬行故意明六地已前三空成就出世圓滿於七地中以三空成行滿足世間慈悲行故經云雖得諸佛平等而樂常供養佛者明以法身無性平等而崇敬行徧周無限明寂用不礙也雖入觀空智門而勤集福德者明以觀空之智而行十波羅蜜門雖遠離三界而莊嚴三界者明無三界業而常生三界善行教化衆生雖畢竟寂滅諸煩惱燄而能爲一切衆生起滅貪瞋癡煩惱燄者明十使煩惱也十使者一貪二瞋三癡四慢五疑六身見七邊見八見取九戒禁取十邪見三界十使煩惱迷四諦及修道上煩惱成一百三十種煩惱欲界四諦上各有十種煩惱四諦上有四十以通修道大煩惱有六一貪二瞋三癡四慢五身見六邊見以爲根本欲界煩惱總有四十六自餘見取戒取邪見疑此四從六上起非根本故上二界各除瞋餘如欲界從色界四諦上各有九共有四十二無色界四諦上各有九共有四十二合有一百三十種乃至八萬四千煩惱至隨好品自明如三乘中斷煩惱以身邊邪見戒取見取以此五見爲利使貪瞋癡慢疑五種爲鈍使五利使爲見諦煩惱五鈍使爲修道煩惱利使障見道爲有諸見不亡理不現前故五鈍使障修行者隨行事上數數習生雖入見道貪瞋癡等猶有習氣爲慣習未成故須陁洹人

斷見諦煩惱盡斯陁含阿那含斷修道煩惱總未盡阿羅漢斷三界見諦修道二種煩惱盡故不生三界三乘菩薩以空觀折伏三界十使十纏煩惱以修六波羅蜜生於淨土亦云色界上別有十地菩薩報生之天名摩醯首羅亦十地菩薩唯有無明住地未斷盡故十纏者一無慚二無愧三眠四悔五慳六嫉七掉舉八昏沈九忿十覆此十纏隨十使起亦與十使作生起因如一乘菩薩從十信信自分別心從如來智起十住初心上即同初地至第六住即同第六地得入寂滅定神通即如十住中第六海幢比丘是也大意前之十住十行十迴向三位總同十地昇進次第爲體總一切如來不動智爲體所有煩惱以禪定力起無作智力一時普印同智體過去未來三世一際無有短長延促之相下文更明大意於一念之際若見自心有成佛有未成佛作延促時分限量者當知此人不成正見如來智體未現前故已上明斷煩惱竟經云雖知諸法如幻如夢如文自具而隨心作業無量差別者明以無體之智幻作諸行應衆生心無量差別雖知一切國土猶如虛空而能以清淨妙行莊嚴佛土者明業空境寂悲智報嚴悲智無依報相如影雖知諸佛法身本無身而以相好莊嚴其身者明法身無相以淨妄業妄亡業謝智境依正福相如淨光影不屬有無之執如華藏界也雖隨諸佛了知三世唯是一念而隨衆生意解分別以種種相種種時種種劫數而修諸行者明法身智體無時無劫無三世體爲隨一切衆生

業差别有一切時刼差别而爲衆生分别時刼差别而修行諸行即如說三祇刼及三生一生一念及六十刼等是菩薩以如是十種方便慧起殊勝行從第六地入第七地明已前十法是入第七地向已下名爲住第七地有二十種所入法門如文自具此菩薩作是念已依前科文義如經自具

○第四爾時已下一段有四十四行半經明十種地中昇進同異分釋義中分爲七段△一爾時解脱月已下至亦能滿足有兩行半經明解脱月所問諸地滿足一切菩提分法分△二金剛藏菩薩言已下至第十無功用行可有十行經明荅前所問十地已來諸地解行差别分△三佛子譬如有二世界已下至乃能得過有四行半經明此地菩薩以願力故入染淨二行不住其中分△四解脱月菩薩言已下至超過人位有八行半經明舉喻況說此地所行染淨二行非淨非染分△五佛子菩薩亦復如是已下至得一切盡超過故可有六行經明七地有功用行入地無功用行分△六佛子此第七地已下至不名無者有三行半經明此地不名有煩惱不名無煩惱分△七佛子菩薩住此第七地已下至轉勝圓滿有九行半經明世技悉達爲大明師分於此四十四行半經中從初爾時解脱月問金剛藏菩薩言佛子菩薩但於此第七地中滿足一切菩提分法爲諸地中亦能滿足者若以同相門中總是一箇如來根本普光明大智寂用無礙自體菩提若望修行進勝即異相門中總有五十種菩提隨行差

別大體總相但約此十地差別菩提以爲昇進之大體從此十種地中菩提總以五種菩提以爲大體五種菩提者一空無相菩提二普光明無依住智菩提三大願能起大智大悲廣利衆生菩提四以其大悲能隨染淨不染淨菩提五智悲萬行圓滿無作菩提夫菩提者此云覺也覺者普通衆法無過也云無上者但一乘非三乘也一空無相菩提者三乘及一乘共得但以有大悲願行無大悲願行及廣狹寂用不同大體同歸無相二普光明無依住智菩提唯一乘非三乘也一乘菩薩十住之心初住此智名住佛所住生如來智慧家故以此智地進修諸行隨差別智隨差別行慣習淺深安立十波羅蜜五十重昇進階級不離初心所得普光明無依住之智地以智無體時亦無遷依本如是故非情橫有故此明發心畢竟二不別如是發心先心難者得此智地難故如此經云巳踐如來普光明地此經法門以此智爲發心修行之地體故一切種種智海及萬行海生在其中三大願能起大智發生大悲廣利衆生菩提者明諸法不自生即藉大願而起智成悲亦不從他生者明智之及願無自性故不共生者法無和合故不無因者要因願起智行慈悲故故云佛種從緣起是故說一乘以是三乘或滯寂或但生淨土爲無廣大願起智成滿法界虛空界等衆生大悲故或云以願留惑住於娑婆者但得法空無相菩提非得普光明智故如三乘菩薩雖有願行皆忻多劫成佛不同此教刹那無時又此入地菩薩無功

之智現前猶恐滯寂以第八願波羅蜜防之又令憶念本願故又十方諸佛以三加七勸發令智不滯寂故又十迴向中有十種起智大願門故四以其大悲能隨染淨不染不淨菩提者明前六地行六波羅蜜得出世間及世間並出世間菩提至此第七地以出世間及世間並出世間菩提用入世間同一切凡夫事業成大慈悲行使普賢行得圓滿故雖同俗染以智無染性處世無著故如蓮華處水恒生水中不濕故又以本願處世利生以於智體無自貪世樂故不樂愛慢憍世所榮奢故又明智體無依無性能隨大願處於俗流不屬染淨而自在故此之第七地法門非二乘所及亦非行六波羅蜜忻厭煩惱菩薩所知如下文六通菩薩所不能知為證漏盡通故不能隨於生死具普賢行滿大悲故為於生死有忻厭有疲勞樂生淨土故五智悲萬行得圓滿無作菩提者若以總相同相門中智體不異時亦不異即十住初心即總具若以別相門中十住十行十迴向得一分如來同體大智得一分如來同體之行得一切如來迴向大願和融悲智圓滿之門從初地至第六地依前三賢位中之法長養成就令得出纏雖有慈悲是願令一切衆生出世之悲如第七地之悲恒處世間如蓮華處水不濕即明生死恒寂即從初發心已來依教而生信順非自分法法爾行然故今至此第七地將前出世解脫之心方始處纏不汙為以創居同俗隨悲願力受生從三空無作之門始入世間同纏方便之行猶有無作有作二

種習氣仍在有行有開發是故善財表法善知識號開敷樹華爲開敷智樹萬行之華令如普賢行海故從茲入纏行華開發至第八地第十地悲智圓滿任物利生無作方終至第十一地所利衆生等同法界隨根隨時對現色身無生不利不爲而用不作而應以普光明智不屬方所同衆生心任物現形無往來故爲普光明智與一切衆生虛妄心是一性體故故能知一切衆生所作業行隨而應現故是故經云初地中一切佛法願求故者明初地是緣地前三賢位中所安立佛果樣式願成彼故非自行滿故是願求菩提如因滿故三乘佛果樣式在十地之後此經佛果行樣在十地之前乃至初會神天等衆總是第二地離心垢故者明以上上十善法身性戒以淨諸妄故第三地願轉增長得法光明者明修上二界四禪八定得稱理智淨明故得過三界心障礙故入第九定故第四地入道故者明以修三十七品助菩提觀令智眼明淨故第五地順世所作故者明以法界自體無作定門能順達世間技藝悉能了故第六地入甚深法門者明入智慧方便世間出世間法無不明故第七地起一切佛法故明第七地能入世間學普賢行故已前諸地雖以普光明智爲體皆有學有解有行有忻上位法門從第八地乃至第十地無功用行皆悉成就第八地初得智慧無功用第九地明無功用智說教自在第十地明無功用中智悲總圓滿故同佛位故第七地最爲殊勝者下文云功用行滿故明從六地無功用之智

慧成有功之萬行故成普賢之行圓滿至十地是此位中之果故明因行難發果行易成故如水入流任運至海何況此行不出海中此第七地行同十住中第七住休捨優婆夷行八萬四千那由他衆生之行我皆同之亦如十行中第七行滿足王以自化身示行殺害亦如十迴向中第七迴向金剛山西見觀世音菩薩此第七地中行門一一倣地前之解行樣式地前三位解行已周十地之中蘊功成德一如地前之果法也地前是果地上行因倣地前之果故不同三乘立佛果在三祇之後也若修行者善知教意勿妄解佛心如正修十住之因時即十住十行十迴向十地十一地五位一時總踐爲於智境智不異時不移以一法界智印印之古今絶矣還依六相之義即但了因圓果無不備若望起智達纒即以始初發心住功高若以大悲先首即第七住第七行第七迴向第七地爲勝餘皆任運滿故如經云佛子譬如有世界一處雜染一處純淨是二中間難得過者明六地純淨七地純染於此二位滯於染淨難可得過下文云唯除菩薩有大方便神通願力已下如文自明意明以大悲大智不離此二行教化一切衆生而令究竟成大菩提具一切智智以加行智顯發根本智以根本智觀照力成差別智解脱月菩薩言佛子此七地菩薩爲是染行爲是淨行金剛藏菩薩言佛子從初地至第七地所行諸行皆捨離煩惱業分得平等未名超煩惱行如輪王喻不離人位非有貧窮困苦所患舉喻如文具明大意

爲得第六地中三空妙慧及根本智又加大願力故智自在故不離人位不染世法能同世事不垢不淨故以智無依不受恒垢以垢無依不能染淨但爲大悲緣起方便利生八地會融功終無功之行一分自在十地方終若滅七地有行有功無盡大悲普賢大智不可成辦是故淨名經對三乘出纒之種說塵勞之疇是如來種故亦說火中生蓮華實可爲希有此意已得第六地已前出纒者說若也具縛之徒未可全登此跡餘文如經自具諸禪者定也三昧者無沈掉也三摩鉢底者正受諸法智相應故神通解脱者以正受諸法智相應卽得神通自在名爲解脱

○第五佛子已下一段有七行半經明十種善擇三昧分釋義中分爲兩段△一佛子菩薩住此地已下至淨治此地有五行半經明得十種三昧分△二是菩薩得此三昧已下至智慧地有一行半經明得十大三昧超過二乘地分此應云超過三乘地爲此是學三乘人等共譯此經不善知教意但云超過二乘不云超過三乘若也但超二乘者如此經頌云一切世間羣生類尠有欲求聲聞道求緣覺者轉復少求大乘者甚希有求大乘者猶爲易能信此法爲甚難若此地但超過二乘者此四乘義若爲安置何得一部經義前後義意不相貫通只爲三乘之種智迷誤題聖旨後有善達君子無依此言應云超過三乘不可云二乘也經云菩薩住此地入菩薩善觀擇三昧者明此位菩薩入觀擇諸三昧次第是色界定是無色界定是聲聞是緣覺

是三乘定一乘定善擇義三昧者明善簡擇世間義出世間義是正義是邪義最勝慧三昧者是一乘佛慧故分別義藏三昧者是小乘藏是大乘藏是一乘藏如實分別義三昧者如實知諸法不妄解故善住堅固根三昧者無退轉故智慧神通門三昧者以此智慧能起種種神通法門故法界業三昧者心境動止無不眞故如來勝利三昧者無心無思智隨三世教化衆生而無徃來之相故種種義藏三昧者都含萬法無不達也生死涅槃三昧者明以涅槃常寂滅法而有生死常以生死以爲涅槃二俱無體性故寂用一眞故無我無人智能隨俗利羣生故已下總結如文自具

○第六佛子菩薩已下一段有十二行半經明從初地來所有三業勝二乘分釋義中分爲五段△一佛子菩薩住此地已下至法忍光明有兩行半經明此地菩薩無量身語意業皆無相行分△二解脫月已下至超過三乘耶可兩行經是解脫月起問分△三金剛藏已下至一切三乘所不能及有兩行半經是金剛藏菩薩答所問分△四譬如已下至自力超過有兩行半經明舉喻況説分△五一切菩薩已下至出過一切三乘之上可三行經明此地菩薩是自力超過三乘非是初地已來志求大法超過故已上十二行十經意明此地菩薩無量身語意業自力超過三乘智外修空但行六度菩薩及聲聞緣覺折伏煩惱現行不生得變易生死於他方或云上方別有十地菩薩淨土如是三乘皆是如

來權時且免麤苦方便安立非如此教依智發心即此娑婆便爲淨國華藏世界等徧虛空淨穢含容一塵多刹無有彼此往來等見翻經之衆未詳佛意誤題聖旨云超二乘後有學徒勿從此失又明從初地已來至第六地是志求大法及願力超過非是自力過也此第七地明自力超三乘故如文自具

○第七段有九行半經明此地遠離有無行常行身語意業常入滅定而不作證分釋義中分爲五段△一佛子菩薩已下至雖行實際而不作證有兩行半經明不住無行常行三業不證涅槃分△二解脫月已下至能入滅定有一行經是解脫月起問分△三金剛藏菩薩言已下至而不作證故可兩行經明此位及第六地菩薩能入滅定而不作證分△四此菩薩已下至行於實際而不作證有一行半經明此位菩薩三業不思議不取證寂滅分△五譬如有人已下至而不證滅有兩行半經明舉乘船入海不遭水難喻分自第六地已來及七地菩薩入滅定者非如上界四禪四空息想證滅亦非如羅漢厭苦修空隨空性滅悲智不生如太虛空更無所作乃至經劫不覺頭上擊鼓不復聞聲亦有化火自焚入變易生死亦非如緣覺觀十二緣空順空想滅悲智不生亦非如權教菩薩析法明空隨空任理性自無生以本願力并修六度麤識已無細識猶在隨願力故生於淨土或云報土在於色界已上出過三界之身爲心有依止淨業爲緣所有生處還有依止如此一乘中十住第六住心如海幢比丘於

經行道側結跏趺坐離出入息隨其身分對現色身起化如雲徧周剎海此約根本普光明智自體寂用無限法界之門不同三乘皆有業果報生依止處所設爲化事皆有分限如此十地第六地即以守護一切城增長威力明已能守護心城非定亂所攝所行世事是同事所須非自業有故七地是有用有開發如前三空而起行故是故善財此位中知識號開敷樹華明三空恒開發行華也是故從第六地已來能入滅定即十住第六住以海幢比丘爲樣自十行十迴向十地十一地每第六心總側然設不入定者即但明十住海幢爲體餘後是海幢中大用餘意如經自明已上一段明不證涅槃門

○第八段有十一行經明以方便示入生死一切諸道而住佛法分釋義云以滅定方便起十種示現出過於世不捨樂法之心如經云雖然隨順佛智而示現入聲聞辟支佛地者明二乘人得果之後厭患其所受父母分段胎生之身自化其火自焚其身入變易生死身餘如文自明下云天者已上欲界色界無色界天龍者是世間諸龍夜叉者此云苦活或曰伺察或云捷疾乾闥婆者此曰食香或曰尋香此香神設樂求食阿修羅者此是天趣所攝此云無天妙樂迦樓羅者此云悲苦聲以食龍在嗉中猶活有悲苦聲亦爲寶翅鳥緊那羅此曰疑神頭上有角人見生疑爲人耶爲非人耶摩睺羅伽者此云胷腹行此是諸畜是同龍輩古云大蟒神人及非人非人是鬼類帝釋此云能主梵天王是初禪

王梵者淨也以過欲界名爲淨王明此位菩薩能徧同其類引之修學菩提福智而無樂著故云不捨樂法之心餘如文自具又明自忻後地未滿須當勤心樂法也

○第九段有二十九行半經明此位菩薩以願力見佛廣多及受職分釋義中分爲五段

△一佛子菩薩巳下至餘莊嚴具所不能及有十二行半經明此遠行地得見多佛及供養聞法轉增勝分△二菩薩住此第七地巳下至一切衆生識惑泥潦有五行半經明三乘之所不過分△三此菩薩巳下至七遠行地有兩行半經明此地所修行門分△四菩薩住此地巳下至一切智智依止者有五行經明此位菩薩受職堪爲衆生依止求智分

△五此菩薩若發勤精進巳下有四行半經明此位菩薩以自精進力及願所得法門三昧眷屬之量分如鍊眞金轉明淨喻第六地巳前但明鍊治磨瑩轉令明淨者爲加戒定慧四念觀十二緣觀等淨治智地令此地善入世間方便示現種種衆生行皆能同事教化衆生故明以種種衆妙寶間錯莊嚴明以淨妙之智嚴種種衆行以種種衆行而莊嚴智地互相顯發更增明淨意明此地以普光明智用嚴萬行以世間利益衆生之行起智用自在彰智更明故智不對萬行而明者智無大用即三乘是也萬行不得智而行者即有限礙即人天外道善行故餘文如經自具

△第六段中有四十二行頌重頌前法分如文自具

大方廣佛華嚴經論卷第三十三

音釋

疇直由切 析蘇即切 伺相使切 嗉音素 翅昇志切 蟒莫朗切

大方廣佛華嚴經論卷第三十四

唐方山長者李通玄造

十地品第二十六之五

㊀第八不動地將釋此地五門如前△一釋地名目者此地何故名不動地明此位菩薩於處世間智不須功用神智思量不思不爲而智隨萬有通化無方名爲不動地△二明此地行何行門者此地行願波羅蜜爲此地智增以智體本淨以願與行轉更自在若不以願起智恐還同二乘以願防之不令滯淨至此地已法合得諸佛三加七種勸令念本願起生智用任運能起廣大慈悲便能成無作智悲任用圓滿前第七成入世間中有行有開發此地成有行有開發中無行無開發任智用滿大悲故仍於後善慧未自在故又以任運智慧增明非待作意故△三善財表法者善財於此行中所見善知識在此道場中者明八地稱理入眞智稱無作契會中義故云在此道場中明智契中道名之爲中理無彼此我人自他名之爲道場此善知識號大願精進力救護一切衆生者明此位中方能赴其本願救生無限爲表第七地隨悲修智者難成故此位隨智行悲濟物廣大易成故爲智體徧周十方對現隨衆生廣狹故如響應聲無心而與一切衆音合故其智無思與等虛空界法界一切衆生所樂心合而以利之而無我所而無作者是故以夜天號大願精進力救護一切衆生坐普現一切宮殿摩尼王藏師子之座者明大慈悲普覆一切衆生爲宮以智對現利生爲殿智無染淨爲

摩尼隨居染淨而無功而廣救衆生名之爲王故普現法界國土摩尼寶網彌覆其上者表智境普含隨根設教名之爲網以智無體能現衆法而無作者名曰摩尼此明約智用利生所報依果觀因知果舉果勸因故乃至廣如經說明此八地教門是所修行之法夜天名大願精進力是行行之人△四明於三界中此地得何解脫者明得智用利物徧周恒無功而解脫明從初地已來至於七地有爲無爲皆有修學此八地二行已終如菩薩行中此地功畢諸佛十力十八不共自在十地方終△五隨文釋義者二義如前

◬一長科經意者於此八地約分十二段長科

○第一是時天王及天衆已下至一心瞻仰欲聽法有二十二行頌明諸天聞法興供歎佛神德分

○第二時解脫月已下兩行頌明請說八地分

○第三爾時已下一段有十行經明修第八地向入無生法忍分第二隨文釋義者經云入一切法如虛空性是名得無生法忍者明初地已來至七地是順無生忍八地方得無生忍八地已前有爲無爲皆有覺觀修學至此八地二行方終自餘文義如文自明

○第四佛子菩薩成就此忍已下有十七行經明此位菩薩入無功用分釋義中分爲四段　一佛子菩薩已下至皆悉止息有五行半經明入第八不動地離一切想寂滅現前二乘滅定所不及分　二菩薩摩訶薩已下

至二行相行悉不現前可八行經明自初地已來方便功終無功二行不現前分　三佛子已下至皆不現前可兩行經明舉生梵世欲界煩惱不現前喻分　四此菩薩摩訶薩已下一行半經明菩薩心佛心菩提心涅槃心尚不現前分經云一切聲聞辟支佛所不能及者爲二乘是厭有證無不同有無二行滿任無作功離諸諠諍寂滅現前有無二諍功已滿故無有諍故五地世技達六地三空智慧終七地大悲諸行滿八地任運無功智自在大化利生故無作者故經云譬如比丘具足神通得心自在者約小況大如比丘得出三界定無三界心但隨淨定力以出三界妙淨意化現神通其通有六一身通二天耳通三天眼通四宿命通五他心通六漏盡通如是二乘六通與淨土菩薩名數相似但通用廣狹不同二乘神通變化不得徧他方佛土淨土菩薩神通得往他方淨土一乘菩薩神通十方佛刹衆生刹總納於毛孔三乘以漏盡通爲證一乘菩薩雖離諸欲不以漏盡通爲證三乘六通皆有限量一乘十通無限如下十通品自明如淨名經云雖行六通而不盡漏以智自在不同小果三乘通皆有往來如三乘經云我欲還歸本土等是一乘菩薩所有神通依理智印性自徧周等虛空界應物施爲無有去來中邊之性所以一乘菩薩不證漏盡通者爲以明處智境界不見漏性及以無漏有取有捨萬法性自法界故以智自在故攝生行徧故不同三乘有忻厭取捨故是故今此以小況大喻如下以夢況法

喻者明初地至七地有學有修如夢所作未寤八地如夢已覺故萬事總無任用從智以智自在號智爲王自餘如文自明

○第五佛子此地菩薩已下一段有四十行半經明此位入無功用已諸佛以十種勸發加持分釋義中約分十二段　一佛子此菩薩已下至於此忍門有五行半經是十方諸佛現加勤修諸如來十八不共法分　二又善男子已下至汝當愍如是衆生有兩行半經是諸佛勸歎得無生忍念度煩惱惡覺衆生分　三又善男子汝當憶念已下至智慧之門有兩行經是諸佛勸念本所誓願普大饒益一切衆生分　四又善男子已下至得此無分别法有兩行半經明諸佛勸不住法性分　五又善男子汝觀我等身相已下至

成就此事有兩行半經是諸佛加勸令修福德智慧說法音聲分　六又善男子已下至成就此法有三行半經明諸佛勸修無量法明分　七又善男子已下至通達其事有兩行經是諸佛勸修種種差别如實通達其事分如上二十行半經總有三加七勸三加者一諸佛現身二與智三言讚善哉善哉及與摩頂七勸者如上科文作七段是也　八佛子諸佛世尊已下至差别智業有兩行經明諸佛以七勸三加令起差别業分　九佛子已下至優波尼沙陁分亦不及一有七行經明已得起智門超前初發心不可比對分十何以故已下至以不動法故有五行經明得無量身語意業分　十一佛子已下至設經百歲亦不能及有三行經明舉喻況乘船

至海速疾超過百歲分　十二佛子已下至不能及有四行經明乘一乘船至此無功行海分如是勸加從十住十行十迴向十地一一位初首皆諸佛勸歎加持說法者令說法故至此八地三加七勸明自修行者明自行無功所得及故於此地中法爾智現諸佛加持法相應故堪領受一切諸佛廣大法故如世帝王德備即鳳翔麟應是德所感也明此入地無功智現即十方諸佛感應是法爾合然故經云善男子此忍第一順諸佛法者明此地得無生忍非如第六七地已前順忍故此忍第一順諸佛法者明此無生忍是諸佛本體智性故善男子我等所有十力無畏者即處非處力等及四無畏是十八不共諸佛之法汝今未得者明勸昇進如來自在不令住在無功用中十八不共者一無有悞失二無卒暴音三無忘失念四無不定心五無種種想六無不擇捨七志欲無退八精進無退九念無退十定無退十一慧無退十二解脫無退十三一切身業智爲前導隨智而轉十四一切語業智爲前導隨智而轉十五一切意業智爲前導隨智而轉十六知過去世無著十七知未來世無著十八知現在世無著四無畏者一一切智無畏二漏盡無畏三說障道無畏四說盡苦道無畏十力如先已明如汝雖得是寂滅解脫已下勸令念未得衆生令念本願普大饒益已下通有三加七勸如文自明以此七勸令起無量差別智業如歌羅分者此云竪析人身上一毛爲百分中一分或曰爲十六分之一分以西域十六升

爲一斗所謂此地起智昇進不可以前地法能比對少分故優波尼沙陁分者優波此云近也沙陁云對明此地起智利物之廣大前地設經百千億不可數劫所作利益亦不比並此之少許微毫之益故爲明前地以益劣故以此地起無限化身之益故餘如文自具已上一段以明三加七勸安立法則十住十行十迴向十地等第八位中大勢共同總明十住初心一念入道生如來智慧家時一切法總具防之然法須安立次第昇進不滯諸行故令諸始發心者知軌度故從初發心與大願故令大悲智而與法身齊昇進故設教前却學者一時智有迷悟淺深自露以智境界非有前後

○第六佛子已下一段有五十九行經明此位菩薩以自智德善知衆法差別成壞同事攝生廣大自在分釋義中約分爲八段　一佛子菩薩住此第八地已下至皆如實知有四行經明以善巧智觀世間成壞由何業因分　二又知地界小相大相已下至差別相有兩行經明地水火風大小差別相分　三知微塵細相已下至知微塵差別智有七行經明知微塵差別相分　四又知欲界色界已下至觀三界差別智有兩行半經明知三界成壞相分　五佛子此菩薩已下至悉見其身有八行半經明觀衆生身差別隨應現身分　六佛子已下至而爲現身有十二行經明現身同事分　七佛子已下至於此身現如是形有十行半經明此位菩薩住於無心想中現身同别自在分　八此菩薩知衆

生集已下至顯現色身相有十二行半經明業報身及相差別分經云觀一切智智者是根本智所行境者差別智也從根本智所行分別故觀世間成相者如世界初成及四時人天地獄畜生餓鬼等成相及以壞相皆由業成皆由業壞皆同類相應非常總爾於不還不變無時之中見長壽見短壽生延促萬類不同自成他壞或復同時皆隨業然非真有故如是成壞劫住延促時分增減此八地菩薩悉知知地界小相大相者明知小相一塵是也大相一塵無體即廣狹悉等又如一毛孔中安立廣大世界及小世界淨穢差別咸住其中微細無限重重無礙如因陁羅網十方互叅如是悉見如水火風界大小之相者且如此世界約俱舍論云安立器世界風輪最居下其量廣無數厚十六億由旬次上水輪深厚十一億二萬三千四百半由旬下八由旬水餘結凝成金如是金剛際已上積塵成世界如楞伽經云津潤妄想能生內外水界堪能妄想能生內外火界斷截妄想能生內外地界飄動妄想能生內外風界所謂愛生水界我所堪能生於火界能所二執能生地界思想彼此能生風界愛心亡水災不及我能我所亡火災不及思想亡風災不及二禪水災不及三禪火災不及四禪風災不及爲思想絕故內無出入息外無風災內無能所外無火災內無欲愛外無水災一如色界四禪次第又以增上欲愛故能生火界即如蓮華寶女地獄以愛心取故欲愛增上便成熱銅柱等苦以熱燒煿悶絕便死而復更

生如是一日千生萬死苦無窮極皆由愛變如增上業火成融銅猛火業風等一如說地獄等經如是業壞此位菩薩悉能如實知見經云隨何世界中所有地水火風界各若干微塵者如以積小成其大者即以隣虛塵透金透銅透鐵隙中兔毫羊毛蟣虱草子穬麥皆七七比之以成分寸尺肘弓等量知之者是凡情所知如俱舍論所說及此閻浮提洲地南北東西廣狹之量亦如彼說如人畜身以身長短以積塵之法七七比之而知人畜身之塵數者此是凡情之量見也此位菩薩世界國土人畜等身皆智眼見之知三界成壞智者三界所成時乃至大相小相此位菩薩皆智力知見婆羅門衆者淨種也剎利衆者王種毘舍衆者商估種首陁衆者農夫種也經云此菩薩知衆生身者是業報身也國土身者或以衆生身爲國土如人身於中有八萬四千户蟲等居是已下十身悉能同別自在此菩薩知衆生集業身集何業果增上而報得身悉知之煩惱身者通三界身色身者色界身也無色身者無色界也如是等身大小相以智能知知如來身有菩提身有願身者以菩提心起願成身故化身者隨衆生所現故力持身者十力所持故相好身者福智萬行所莊嚴故威勢身者示現摧伏諸我慢故意生身者逐衆生情所欲故福德身者具莊嚴故法身者如虛空故智身者知無邊法故知智身者覺自智及他智故善思量相者任智所知無情識故如實決擇相者以根本智起差別智善決擇義相故果行所攝相

者即一乘從根本智果起普賢願行故世間出世間差別相者眞俗二智悉現前故三乘差別相者二乘趣寂菩薩生於淨土或云留惑潤生等事共相者三乘一乘共一無生相不共相者具慈悲無慈悲名不共相又共相者凡聖一體具如來智不共相有迷悟不同故出離相者三乘是也非出離相者一切凡夫具煩惱者是一乘非此二事有學相者七地已前菩薩是無學相者八地已後菩薩是知法身平等相者萬法無性故不壞相者如智所報得境界故隨時隨假名差別相者即化身隨樂欲心故衆生非衆生差別相者有情無情差別相故佛法聖僧法差別相者聲聞僧緣覺僧淨土菩薩僧一乘菩薩僧差別相佛亦隨類如之知虛空身無量相以法身起智隨行所感無量色別故周徧相爲法身智身周徧行亦周徧故其色相亦徧無形相無異相者悉同體故無邊相者以法身智境非情限故顯現色身相者明色身無體無依智自在顯現故已上如前科文中有八段經文深隱處解之文自具處如文自明大意明此八地菩薩無功之智所及之用故

○第七佛子已下有十行半經明此位菩薩於身命財十自在無過失分釋義中約分爲三段　一佛子已下至法自在有兩行半經明此位已成就如上身智已得十自在分　二得此十自在故已下至無能壞智者有一行半經明得四種智自在分　三此菩薩已下至積集一切佛法有六行半經明此位菩薩以無過失身口意業隨般若波羅蜜能集

一切諸法分經云命自在者於不生不滅大智體上同一切衆生受生死自在故心自在者隨無念智所作能辦故餘如文自具

○第八佛子菩薩住此地巳下至於諸事中無有過咎有九行半經明此位菩薩得住十種力分如經自具云一切種一切智智者一切種者明加行具修多種智故一切智者是根本智或云一切智智者明從根本智起差别智意明以根本無功用智作種種多功用智無二故智現前故者明如上自在智現前故此菩薩巳下明得無功之智力故能現一切諸所作事中無有過咎以智無能所故

○第九佛子巳下一段有六行半經明不動地隨德用具十種名分其地名義如經自明如一切世間無能測故名童眞地明七地巳前有行有開發是世間智此八地無功之智現前故是初童蒙入眞智故號曰童眞地無過失故名爲生地者明有覺有觀巳絶無覺觀刺之所傷故故云生地以生在無功用智中故餘如文自具

○第十佛子菩薩巳下一段有十行半經明此位菩薩入佛境界得佛護念梵釋四王力士隨侍普伏魔道住不動地分於此段中分爲兩段　一佛子菩薩巳下至示成正覺有五行半經明此位菩薩入佛境界自力所持感招梵釋四王等常隨侍奉分　二佛子菩薩如是入大乘會巳下有五行經明入一乘無功用會獲神通隨意自在分常爲如來之護念者明諸佛非不護念一切衆生及斷善根之輩其護念有三義一護念苦道衆生未

發心者二護念已發心者有學有開發者三護念入無功用菩薩令得佛自在故梵釋四王金剛力士常侍衛亦有三義一侍衛一切衆生二侍衛已發心之者三侍衛已至無功用智及一切諸佛故如侍衛有二義一大悲覆育侍衛二入位菩薩以尊敬彼法侍衛如一一身大勢力報得神通者七地已前是修生報業神通未得自在此地無功之智報業神通廣大自在七地已前報業神通依禪定願力生此地報業神通無作智生無修作依放大光明者所作障亡故放光明自應入無礙法界者諸作已亡故任智用故智無有礙餘如文自具

○第十一佛子已下一段有三十二行半經明此位菩薩知見廣多及受職分約分爲四段　一佛子已下至善能開闡智慧門故有十三行半經明此位菩薩見佛廣多及舉眞金治作寶莊嚴喻分　二佛子已下至不可窮盡有六行半經明此位菩薩普放光明及所行之行願波羅蜜增上分　三佛子已下至一切智智依止者可有七行經明此位菩薩受職及行諸波羅蜜四攝四無量不離三寶分　四此菩薩已下至而說頌曰有五行半經明此位菩薩以無功用智起精進力所得三昧及願力所示現菩薩眷屬廣多分

○第十二七地修治方便慧已下至經於億劫不能盡有四十四行頌明重頌前法如文自具

大方廣佛華嚴經論卷第三十四

音釋

諠許元切 愽補各切 隙豈逆切 蟣居豈切 穬古猛切 肘眞友切 估音古

大方廣佛華嚴經論卷第三十五

唐方山長者李通玄造

◬第九善慧地將釋此地五門如前△一釋地名目者此地何故名爲善慧爲此第九地行同十住中第九法王子住每與五位中第九位並同法師位善知衆法故名善慧地△二明此地修何行門者此修力波羅蜜爲主餘九爲伴△三明善財表法者善財於閻浮提有一園林名嵐毘尼見有神名妙德圓滿此閻浮提者是此洲林名此洲因林而得名故以明此位智慧設教如林廣多覆蔭故又言其中有園林者明智慧重重無盡故名嵐毘尼或曰流彌尼尼者女音流彌者樂勝圓光也明此善慧地智慧法樂無垢圓光明以善慧圓光破煩惱令得樂故神名妙德圓滿明法師位妙慧圓滿故住寶樹莊嚴樓閣寶樹者是法師之行也樓閣者明智慧高遠重重迴照無礙故明以衆行莊嚴智慧善說諸教令衆生信伏故是法師解行具足也△四明此於三界得何解脫者得智慧圓滿解脫△五隨文釋義二義如前◬一長科經意者於此善慧地長科爲七段

○第一說此菩薩八地時已下有二十六行頌明聞前地之法大衆興供稱歎及請說第九地法門分第二隨文釋義者於此頌中復分兩段　一二十五行頌是聞前地大衆歡喜興供歎法分　二末後一行頌是請後地分此兩段頌於中文義如頌自明

○第二段有六十一行半經明修入九地向正住九地心知諸法差別分隨文釋義中分

爲十四段　一爾時已下至第九善慧地有六行半經是趣入第九地向分　二佛子已下至無爲法行有四行經明住第九地知一切衆生十種所行法分　三此菩薩已下至差别稠林可三行經明此位菩薩知一切衆生十一種稠林分　四此菩薩如實知已下至皆如實知有四行經明此位菩薩通達十種相差别分　五又知諸煩惱已下至八萬四千皆如實知有四行半經明此位菩薩如實知八萬四千煩惱相分　六又知諸業已下至八萬四千皆如實知可五行經明此位菩薩知業種種相乃至八萬四千分　七又知諸根已下至乃至八萬四千皆如實知有四行半經明此位菩薩知諸根差别相分　八又知諸解有一行半經明此位菩薩知諸解差别乃至八萬四千分　九又知諸隨眠已下至唯以聖道拔出相可六行經明此位菩薩知隨眠種種相分　十又知受生種種相已下至妄謂出三界貪求相可五行經明此位菩薩知受生種種相分　十一又知習氣種種相已下至如來熏習相可五行經明此位菩薩知習氣種種相分　十二又知衆生正定已下至二俱捨不定相可四行半經明此位菩薩知定邪正分　十三佛子已下至令得解脱有兩行經明都結已下十二段知差别諸法分　十四佛子此菩薩已下至而得解脱有四行半經明以四乘法隨根獲益分又從初第一段六行半經經云以如是無量智慧思量觀察欲更求轉勝寂滅解脱者明第八地入理智無功趣入昇進如來佛

果十力四無畏大用寂滅無功用故復修習如來智慧者明修八九地於佛功用未自在故入如來祕密法者過思量修習所知而不作念普應萬有無休息故觀察不思議大智性者是根本普光明大智也性者明智體也性無依住對根物而成大用故淨諸陁羅尼三昧門者以無依住智普應物而成大用是正受總持義故具大神通者智隨根應名之爲神不往而體徧十方名之爲通又智無住名之爲神與自他而齊知見名之爲通又智性具大功而無形名之爲神無自性而具衆知名之爲通又具知見而無生死名之爲神等法界而同一多名之爲通已下如文自明已上是修第九地向　第二段可四行經住第九地分中經云佛子菩薩摩訶薩住此善慧地如實知善不善無記法行者明此位爲大法師善知一切衆生心之所行若善若不善及不作善不作不善名無記皆悉知之如不善有四種自性相應引發勝義善有十三種自性相屬隨逐發起第一義生得方便現前供養饒益引攝對治靜等流寂靜無記有二如八種識中眼耳等五識無覆無記第六意識有覆有記第七執識有覆有記第八種子名爲藏識無覆無記但與執識成有漏善惡種子作來世生因故如器盛物種子故又有四種無記威儀工巧變化異熟如世人有威儀無威儀及工巧皆忘失正念如學世間變化亦爾與正念不相應如今世造業成來世異熟身與死相應一念不覺受生又四種無記自性相應引發勝義此四無記是出世

道如是等行法此位菩薩悉知有漏無漏法行者三界法是有漏出三界法是無漏三乘出三界法是無漏一佛乘普光明智是無漏二世間出世間法行者三乘是出世間法行凡夫是世間法行一乘是非世間非出世間能隨世間具普賢行法故思議不思議法者一切三界是思議法又三乘出世皆是思議皆有所得故一乘智境是不思議無所得故是寂用無邊大自在故定不定法者色界四禪無色界四禪是定法是不定法非眞定故有生滅故三乘出世寂滅定是定法是不定法皆有取捨法故一乘法界禪是定法是不定法是寂用自在故一切凡夫法是不定法一切諸佛法是定法故一切凡聖皆無定法性無依止故聲聞獨覺法者厭苦集修滅

道了緣生入無生性捨離悲智超世緣縛故菩薩行法行者行六波羅蜜留惑及生淨土法行如來地法行者普光明智是而與一切衆生及三乘一乘而作地故有爲法行者三界人天及三乘修生無漏總屬有爲行故淨穢心在故無爲法行者唯如來智地故已上一段四行經明知十種法行分竟　三此菩薩知一切衆生十種稠林分中經云此菩薩以如是智慧如實知衆生心稠林者總舉煩惱廣多如稠林皆由心起無心即諸行稠林滅大智如林能普覆護一切衆生故煩惱稠林者迷法界自性緣生成等虛空界世界微塵數一切煩惱稠林明煩惱廣多翳障如稠林一達智境便爲萬行功德稠林故業根解種性樂欲並可知隨眠稠林者有七一欲受

二瞋三有恚四愛五慢六無明七見疑是見道疑此七種常相逃覆號曰隨眠能逃無邊心境障菩提智故號稠林受生稠林者一刹那際八百生滅同時而起習氣稠林者如經安立十住十行十迴向十地皆爲地前一分生如來智慧家生頓斷三界麤惑地上漸治習氣如初地明觀世法二地以戒波羅蜜以治欲界惑習三地修四禪八定治上二界惑習四地生如來家五地修世間衆技之門六地出纒智慧已滿七地入利生之方便八地智無功現前九地行成任運十地功圓佛用皆是治習氣方便三聚差別稠林者從三不善根中約有十六種稠林名廣乃八萬四千及無盡十六種者三不善根三毒三株杌三垢三燒害三箭三惡行三遺三縛三所有三熱三惱三諍三熾然三稠林三拘礙總以貪瞋癡爲體作種種煩惱名已上三行經明稠林煩惱分　四此菩薩如實知衆生心種種相者都言之也所謂雜起相者心所緣雜境界速轉相者生滅無常刹那不住壞不壞相者世間無常是名心取爲壞相世間相無成即無有壞眞假同此即世間出世間平等相無形質相者如心念空作空無相見無邊際相者作無邊際念想清淨相者如是染淨縛不縛悉如實知乃至無量皆如實知如十二緣中自愛取有已下爲壞已上明此位菩薩如實知種種心想相以智能知　五有四行半經又知諸煩惱種種相者都言之也所謂久遠隨行相者言諸煩惱無有始終恒隨無明所緣行故無邊引起相者由名色以心所

緣名色名之爲行其心緣境受乃同時心想繫緣識種便熟五蘊十二緣波濤不息名色爲境心爲受主想行爲使末那執識起貪愛瞋癡於本業田中種識種子生諸苗稼約有八萬四千俱生不捨如前已釋眠起一義者眠煩惱者如前七種是起煩惱者現作業十使十纏等是如十使中身見邊見邪見戒見疑見取等六是障見道貪瞋癡慢四是障修道行爲雖見道在行數起修道煩惱至三地除見道煩惱六地除七地會佛悲智利衆生行爲初地二地以上上十善治欲界惑三地修四禪入定治上二界惑得出三界心故六地三空現前出世智慧悉皆具足故無見道惑七地已去一向處世學佛智悲利生之門如是安立明分法則須當如是初發心者一時具修經云眠起一義相者明體無二性故逃一眞智而作多妄者還一體收故與心相應不相應相者心與境合爲相應相不與境合而妄緣之是心不相應相隨趣受生而住相因相者如是煩惱生如是住處悉皆知之三界差別相者欲界色界無色界受生報境於中定亂心想所緣皆如實知愛見癡慢如箭深入過患相者明三界受生皆由是四種煩惱作種種煩惱乃至八萬四千者如十使煩惱以五蘊所成一蘊中有百五蘊中有五百以五蘊成五塵五塵中還有五蘊十使以爲一百五塵中有五百以蘊爲內以塵爲外皆意爲主意爲能緣塵爲所緣以此內外各有五百共成一千配七識七千分三世三七二十一二萬一千瞋行多貪行多癡行多等

分行者各二萬一千共爲八萬四千以約造煩惱業但七識故餘不能爲如隨好光明功德品云於色聲香味觸其内具有五百煩惱其外亦有五百煩惱瞋行多者二萬一千貪行多者二萬一千癡行多者二萬一千等分行者二萬一千但有此言亦不配當已上四行半經明此位菩薩如實知種種諸煩惱相分

六有五行經明此位菩薩知業種種相分如經云又知業種種相者都言之也所謂善不善無記善不善可知無記者有二種無記一不記善不善及昏沉睡眠是不善無記二三昧正受心境俱亡正智現前但爲衆生轉正法輪於其自他無法可記故云無記相有表示無表示相者明有表業者或有業因有表示生即因有前境可見聞覺知由心取彼以成業種或有業種外無表示由心横念自計成業相與心同生不離相者明業由心起心即是業如鏡中像業所報果是心影像心亡境亡因自性刹那壞而次第集果不失相者明作業由迷自性雖作妄業忽起還亡雖不常繫在前所集果報一一不失自非正智現前諸業便爲智用始可脫也有報無報相者三界衆生及二乘并淨土菩薩皆是有報相唯一乘佛果染淨心亡不依果報但爲隨衆生樂欲隨物現形似如意摩尼與物同色無自性無他性爲本來與一切衆生同其一心任彼心所見達者法自如是非作用往來故受黑黑等衆報相者明無明業中重重作黑業故以智爲白以識爲黑如田無量相者舉喻明業如田中生種種草木如業田中

生種種識種苗芽甚緐稠林故凡聖差別相者明是人業是畜生業是地獄是餓鬼是天業是聲聞是緣覺是淨土菩薩是一乘佛果大悲智業此位菩薩悉能了知現受生後受生相者明懸知三世受生業故乘非乘定不定相者外道所乘及定并三乘出世妄謂出世非出世道業故乃至八萬四千皆如實知及佛果已來差別相皆如實知已上明知業差別相　七知諸根輭中上勝相者輭者下根中者中根上者上根如是先際後際差別無差別上中下相者知三世根行差別同異悉知故煩惱俱生不相離相者修生煩惱俱生煩惱不相離相皆悉知之乘非乘定不定相如前隨根網輕轉壞相者隨根設教網隨輕重煩惱轉壞相悉能知之增上無能壞相者言根品上上而無退動故如遠隨共生不同相者如一切衆生無始共生不離一性而隨分別根性差別不同悉皆知之乃至八萬四千如實知之皆無錯謬　八知諸根解上知根差別解中知諸解下中上性樂欲乃至八萬四千如文自具已上知解性欲樂差別八萬四千者迷成八萬四千煩惱悟成八萬四千解脫智慧　九知諸隨眠種種差別相者都言之也隨眠者明恒與惑染相應而無一念了覺之想名之爲隨眠所謂染心共生相者明因名色與心共生由迷斯名色從自心起執爲外有遂生染心共名色俱起故言與心共生相相應不相應差別相者明一切衆生心與境相應不相應差別相悉能知之久遠相應無始不拔相者明無始恒與五蘊

十二緣未曾一念覺心而以觀拔之與一切禪定解脫三昧三摩鉢底神通相違相者心境無性無可動移名之爲禪心亡即諸繫滅名之解脫三昧者無沉掉也三摩鉢底者正智慧也神通者正定不亂相應正智神通無礙自相應故明隨眠煩惱與此相違三界相續受生繫縛相皆悉知見令無邊心相續現起相者以隨眠故開諸處門相者以隨眠故開三界六道受生之門堅實難治相者爲執深無明重故迷根本智故地處成就不成就相者明十種中成與不成相唯以聖道拔出相者明如上隨眠煩惱非以聖道無能濟拔已上明此位菩薩知隨眠煩惱相　十又知受生種種相者都言之也所謂隨業受生相此段有十三種隨業受生因緣相明六趣差

別相天人阿修羅畜生餓鬼地獄等差別相明欲界色界無色界者是無色界相有想者通欲界色界無想者都舉無色界天於中受生差別相悉皆知見業爲田愛爲潤無明所覆識爲種子皆與名色俱生總不相離如是迷一心之境生後有身轉轉爲因無有斷絶實無有性妄作多生如是悉知癡愛希求相續有相者爲迷自心無性無生之智於諸善惡常有希求以此有生相續欲受欲生者於一切名色常有欲受故有受故即有生也愛爲生根故照心無體即境無所起心境總無業體便謝唯普光智無暗無明即無明滅十二虛妄緣滅唯法界自在無礙智悲自在緣成也性無能所自他同體隨計示迷如是等緣生如實知見無始樂著妄謂出三界者明

以有所希求妄謂出三界乃至三乘解脫但於三界外受麤塵變化生死身如微細變化身於一塵之内咸該刹海一切佛事悉在其中此唯一乘智身所辦已上知受生種種相十一又知習氣種種相行不行差别相者明此位菩薩知習氣行不行差别相隨趣熏習相者明隨天人六道受生隨趣習氣相謂不依境得隨衆生行熏習相者明見他所作之行隨事起染善惡例知隨業煩惱熏習相者謂不依他境而自起故如是熏習悉皆知之善不善無記熏習相者雖行善雖行不善不記善不記不善是無記熏習相隨入後有熏習相者如是無記還成後生所熏種子亦皆知之次第熏習相者如有三界業何業種子勝依所勝業次第熏習又如十住十行十迴向十地一一次第熏習相故不斷煩惱遠行不捨熏習相者即是第七具足方便住第七遠行地八萬四千煩惱悉皆同事故實非實熏習相者若實若虛悉皆知見見聞親近聲聞獨覺菩薩如來熏習相者親近二乘厭苦修空捨大悲習親近菩薩修空破我成大慈悲習親近如來成就根本普光明智圓該法界具普賢行習已上知諸習氣相　十二又知衆生邪定正定不定相所謂正見正定邪定相者二法相但正見即有正定正見者思亡智現正邪見盡定亂總無無得無證無生無滅名爲正見心稱此理名爲正定返此有作有爲即爲邪定二俱不定相如欲界衆生未修定業者二俱不定五逆邪定相者如二乘殺無明貪愛能所覺心諸結使名爲五

逆以無明爲父貪愛爲母覺境識爲佛諸使爲羅漢陰集名爲僧無間次第斷如楞伽所說五根正定相者信根進根念根定根慧根如是五根所修明爲正定相二俱不定相者以邪正二事總無性故入邪邪定相者邪語邪業邪命邪精進邪定邪思惟邪念邪見此依意識及末那所作依正智所行動用俱定爲正定相正性正定相者一切法無思無想無分別爲正性即此正性爲正定相更不作二俱離不定相者正邪俱捨無有定亂方至眞也深著邪法邪定相者明取相衆生樂求諸見說入定中還取諸相名爲邪法邪定相習行聖道正定相者明修諸法空無相無性無作作者名爲聖道其心不與生滅和合名爲正定又修四聖諦名爲聖道修於八禪入九次第定名爲正定九次第定者名滅盡定此滅定者有四種滅定一聲聞滅定以四諦觀識心滅現行煩惱及智亦滅二緣覺滅定十二緣滅現行煩惱滅智亦滅三權教菩薩觀四諦十二緣明苦空無常無我無人無衆生壽者性相空寂都無所縛行六波羅蜜生於淨土或以隨意生身住於娑婆或言以慈悲留惑住世設入寂定但隨無相理滅不得法界大用滅故四如一乘菩薩依如來普光明智發心但達根本無明是一切諸佛根本普光明智以此大智以爲進修之體所有寂用皆隨智門一身寂多身用多身寂一身用同身寂别身用别身寂同身用如是同别寂用自在等空法界無礙重重如海幢比丘是也不同三乘以一切法空爲進修十地之體

或以無性之理爲十地之體是三乘極果故二俱捨不定相者正邪俱捨無定無亂方始應眞巳上知正定邪定相　十三佛子菩薩有兩行經是都結此地所知文自具也　十四佛子此菩薩善能演說四乘法及能隨衆生諸趣受生如文自具

○第三段有三十六行半經明此位菩薩爲大法師以四無礙智說一切法門分釋義中分爲三段　一從佛子巳下至而演說法有兩行半經明善巧智起四無礙智分　二此菩薩巳下至樂說無礙智可有兩行半經明是正舉四無礙智之名分　三此菩薩巳下至圓滿說有三十一行半經明四無礙智隨用差別無限分此一段明此位爲大法師之智用自在云善能守護如來法藏者三乘一乘三藏及仁義禮智信並是菩薩善安立故三藏者戒定慧通一切法藏故用菩薩言詞而演說法者明佛爲正覺之體無分別故明如來所有出生滅度度衆生及轉法輪總是菩薩道故巳下如文自明各依四智所轉法輪皆有所歸以法無礙智總辯法身平等自性之理以義無礙智能辯諸法總別同異以詞無礙智所說無錯謬以樂說無礙智所說諸法無有斷盡以如是四智轉一切法輪不離此也如阿耨池流出四河潤諸世間生諸草木各有差別而體不離一水四河思之可見

○第四段有二十八行半經明此位菩薩爲大法師得百萬億不可說總持門隨意自在分釋義中分爲五段　一佛子菩薩住第九

地巳下至而演說法有六行半經明此位中得法師位以四無礙善巧智得十種百萬不可說陁羅尼門分　二此菩薩巳下至爲他演說有三行半經明自於佛所以百萬不可說總持門聽聞諸法聞巳不忘爲他演說分　三此菩薩初見於佛巳下至不能領受有兩行半經明此菩薩初於佛所所得法門非聲聞百千劫而能領受分　四此菩薩得如是陁羅尼巳下至無能與比可三行半經明此位菩薩處座說法滿大千界隨衆生心樂分　五此菩薩處於法座巳下至無不得者有十三行經明一音中隨心所念令諸衆生悉令開解及以無情亦令說法分云陁羅尼者是總持義得如來妙法藏者明與佛合智所說如十住中爲法王子位得義陁羅尼者明法總別同異無礙門法陁羅尼者明法身無性無作自性之理智陁羅尼者明善了根性隨根授法光照陁羅尼者以教光及放光照燭令一切衆生解脫善慧陀羅尼者得總持諸善慧故衆財陁羅尼者明法財世財悉具足故威德陁羅尼者明總持一切三千威儀八萬細行悉具足令衆生見者悉解脫故無礙門陁羅尼者明智無礙詞無礙義無礙樂說無礙神通無礙故無邊陁羅尼門者所作利生無限故種種義陁羅尼門者能安立一切種種法門故言百萬阿僧祇善巧明百萬不可說智門善巧能令衆根皆令稱當巳下如文自具

○第五段有十六行半經明此位菩薩以一音聲而爲無限衆生說法問難隨彼所欲皆

令歡喜分釋義分爲兩段　一佛子此菩薩已下至普爲一切作所依怙有十行半經明此位菩薩假使三千大千世界乃至無量衆生一時皆以無量言音問難一時領受亦以一音爲其解釋令其歡喜分　二佛子已下至無有忘失有六行經明此位菩薩能受十方毛量處皆有不可說微塵數諸佛衆會一一佛皆隨無量不可說微塵數衆生性欲不同所說不可說法門此位菩薩皆能領受分已上如文自具

○第六一段有二十九行半經明此位菩薩見佛廣多及以供養承事并自受職分釋義中分爲五段　一佛子菩薩住此第九地已下至諸莊嚴具無與等者有八行半經明此位菩薩親近諸佛承事供養廣多及比眞金作輪王寶冠小王不如喻分　二此九地菩薩已下至但隨力隨分有七行經明此位菩薩二乘及下地菩薩不如并舉力波羅蜜爲所修行分　三佛子已下至亦不能盡有一行半經明畧說此位菩薩志德廣大分　四佛子已下至一切智智依止者有七行經明此位菩薩受職統化廣大分　五此菩薩已下至說頌有五行半經明此位菩薩加精進業及殊勝願力眷屬倍加廣大自在分

○第七一段從無量智力善觀察已下至我爲佛子已宣說有四十八行頌明重頌前法分如文自具此已上大綱明但隨智境約智德見佛供養及攝生乃至眷屬廣大非有往來自他所爲但以智境對現故如一切智智依止者明修眞俗二智者之所依止故明六

地眞俗二智現前七地唯存利物八九二地
行圓任運十地佛力方終云如來無上兩足
尊者明此眞俗二智滿故明如是修二智者
所依止故

大方廣佛華嚴經論卷第三十五

音釋

嵐（盧含切）株（音朱）杌（五骨切）怙（侯古切胡上聲）

大方廣佛華嚴經論卷第三十六

唐方山長者李通玄造

十地品第二十六之六

◎第十法雲地將釋此地五門如前△一釋地名目者明此地何故名爲法雲地者明此菩薩登法王之位智滿行周以大慈悲雲於諸生死海普降法雨灌一切衆生心田令一切衆生長菩提之芽無有休息以此名爲法雲地明此地從初發心入此智地而生佛家昇進修行至此地大悲願力功終行滿故常雨法故△二明此地修何行門者此地修智波羅蜜爲主餘九爲伴△三明善財表法者善財於此位中於菩薩集會普現法界光明講堂中見無憂德神幷一萬主宮殿神俱來迎善財及稱歎供養至菩薩集會普現法界光明講堂者明此地菩薩集智悲行滿故其神等隨逐善財入普現法界光明講堂見釋氏女瞿波坐寶蓮華師子之座八萬四千婇女所共圍遶明菩薩集會普現法界光明講堂者此是依二智報得是智境界而作堂體釋氏女而處其中者明女爲悲體表智中行悲七住七地悲中修智八地十地智中行悲婇女有八萬四千所共圍遶者明以普光明之大智行等一切衆生八萬四千煩惱皆共同行是慈悲之極故以女表之也如是一切衆生八萬四千煩惱樂欲不同菩薩以大慈悲心皆同其行方便引之以慈悲心育養衆生以女表之非獨直爲女也瞿波者此云守護地明此法雲地願力智悲皆悉已滿但常守護一切衆生心地以爲地體故名守護地

神號無憂德者是此地慈悲法悅行滿之智與一萬主宮殿神來迎善財表法是智中之慈悲引接衆生之萬行故主宮殿神者明慈悲爲宮智慧爲殿表常以智悲爲主主導一切衆生皆令悟入故此瞿波女自説本因從久遠已來常爲佛妻者表智悲不獨有也以表智悲常不相捨離爲佛妻義又表十地大智慈悲法悅如妻義也此託世間事表法但取其意況以智悲濟養含生之行非即實如凡夫有欲之妻故託事表法令易解故如毗盧遮那是法界主非如化佛引俗出纏如是諸女皆從王種中生者明此位悲從智生以智王於生死法中而得自在名之爲王故故悲從智生也明從第七地至第八地從悲修智已滿入無功之智用從八地至十地從智隨本願力修無功之悲滿故至十一地以無功之大悲幻生大智佛徧周刹海普利衆生即以摩耶爲母徧生諸佛教化衆生以表之如是逆順進修發菩提心者悉須明解使得進修不謬△四明此地於三界中得何法者此地於十方三界得法界普光明大智大慈大悲任運圓滿以大法雲普雨智雨受佛職門如善財所入瞿波女講堂者是爲明智能常與等虛空界一切衆生八萬四千煩惱諸根欲以法對治解脱故△五明隨文釋義者二義如前◎一長科經意者從此十地一段經中長科爲十六段（原本作十六段今據經文分科凡十五段）

○第一段有三十二行頌長科爲兩段一從淨居天衆已下至瞻仰如來默然住有二十八行頌明淨居天衆聞法興供及見佛德

廣大無邊分淨居天是九地菩薩衆是第三禪天衆後十地是第四禪位從初地多作閻浮提王二地忉利王以次排之即可知也以表昇進自在如天亦不獨作天王一一位明行徧周自在如天此總明第一義天一切智天非如諸天下品十善業果報生天也二即時解脫月已下四行頌明請第十地行門分於中文義如經自具

○第二段有六十八行半經明此位菩薩坐蓮華座爲大法師受十地佛大職位分⊙第二隨文釋義於此段中復分爲十段⊙一從初爾時金剛藏菩薩已下至受職位有七行經明此位菩薩從初地至第九地修大福智大慈悲行滿入衆生界入如來所行分⊙二佛子已下至受一切智勝職位有八行半經明此位菩薩得十三昧及一切諸三昧現前分⊙三此三昧現在前時已下至以爲眷屬有八行經明此位菩薩以三昧力福德感報蓮華出興分⊙四爾時已下至一心瞻仰有三行經明此位菩薩并諸眷屬菩薩身處華座與華量等分○五佛子已下至諸佛衆會悉皆顯現有五行經明此位菩薩坐華座已言音普充滿十方世界自然震動一切樂音自鳴及以不思議供養之具供佛分⊙六佛子已下至得不退轉有二十四行半經明此位菩薩處座放光教化衆生及供佛分⊙七佛子已下至從諸如來足下而入有兩行半經明此位菩薩所放光明遶十方界入佛足下分⊙八爾時已下至到受職位有兩行經明十方諸佛菩薩皆悉咸知此有菩薩受職

分◎九佛子已下至即各獲得十千三昧可兩行半經明九地菩薩皆來恭敬獲益分◎十當爾之時已下有五行半經明此十方同受職菩薩放臆德光明普照十方來入比菩薩臆德令勢力增長過百千倍分◎第一段七行經明從初地至第九地以分分白淨法修助道行觀察衆法修習福德智慧廣行大悲並爲成就此十地根本智悲之地至此地滿故明元將一切諸佛智悲之地以作五位修行從初發心住已至此諸佛智地故從初發心有五種發心不離一念五種初發心者一十住初發心二十行初發心三十廻向初發心四十地初發心五十一地初發心如是五位初發心皆不異如來根本智而起初發心故爲智體無始終此五種初發心皆無始終爲非情識能所見故非時日歲月所攝故如是五位皆一時發故　一如十住初發心即以其止心不亂開發如來根本智慧即以妙峯山德雲比丘得憶念諸佛智慧光明門山者止也即初從凡夫地止心不亂即佛智慧現入如來智慧地名初發心住　二如十行初發心即明於諸佛智慧中行行無染即以三眼國善見比丘林中經行比丘表行無染林中經行表行無住三眼表佛眼法眼智眼此眼自得如來智慧三眼復利一切衆生即行無所著故　三十廻向初發心即以鬻香長者青蓮華即明和合諸香賣鬻香而居即明以十廻向門起無限大願門和融悲智法身使令均平等進故青蓮華者明於諸妙色香無染也　四十地初發心修長養大慈

大悲增勝即以夜神婆珊婆演底此云春生主當神以表大悲主當衆生發生菩提芽故五第十一地以無作任運大悲初發心即以摩耶夫人生諸佛爲首即明從悲生智教化衆生故如上初發心有此五種逆順不同總在初心之中一時具足無前後際皆以法界大智爲體故不可說前後古今之解此一段七行經明成無前後古今之大智大悲法界衆生界佛行滿故至大法王職處入衆生生死稠林分㊃第二段中有八行半經明此位菩薩入此職位之中即得十種三昧及一切三昧其初離垢三昧者云正定也明此地悉離染淨涅槃悲智功用不均平垢故名離垢三昧不同三乘離生死取涅槃及淨土垢故亦不同下地菩薩調治智悲生死涅槃萬行未自在垢故此地菩薩離如是垢故名爲離垢三昧明以法界無作智印印諸境界無非智境更無能所生死涅槃染淨等障故名離垢三昧又三之言正正者明一止即是正字故明此地菩薩以一大普光明智性自無依曰止恒以此智常照諸境名之曰正昧之云定定者以智利生不迷諸見名之爲定明從初地修諸方便助菩提分至此地所作功行無功習氣亦無故名離垢三昧又云三昧者是正受以明此位以無依住無功智任自徧周故名離垢三昧故此明無功之智任自徧周故入法界差別三昧者是無功用智任運隨用應事施爲是差別智故明用不離體不離無作根本智故莊嚴道場三昧者有諸佛成道轉法輪處徧至其中身行及以衆寶

莊嚴故一切種華光三昧者明以三昧行光照燭一切衆生故海藏三昧者明含藏衆法故如海具十德喻等海印三昧者以大智海印自性圓明清淨無垢印三世諸境界咸現其中虛空界廣大三昧者明法空智體所照自體無限徧故觀一切法自性三昧者明以智觀照諸法無自性無他性自在故知一切衆生心行三昧者以智知根隨根濟度故一切佛現前三昧者明此離垢三昧與體性三昧並與一切諸佛同一體相故如是等已下總與無數三昧皆現在前菩薩於此一切三昧若入若起皆得善巧者明一身入多身起多身入一身起又起中入入中起又於一三昧中分別多衆生心行所行多三昧境界教多衆生而不失時最後三昧名受一切勝職位者此是十地智滿行周平等無作大悲任運處世利衆生定如是衆多三昧皆從體性無作法身法界普光明智寂用無礙三昧起故如是三昧非是三乘修寂靜者求出三界者樂生淨土者之境界是達一切無明便成大智是便以一切衆生身土微塵總含佛國者之境界此寂用無依大智三昧是一切諸佛根本智體用無盡藏王能隨一切衆生無限情意化不失時然無作者故㊃第三此三昧現在前時已下有七行半經明受職菩薩約報華生經云此三昧現在前時有大蓮華忽然出生此是受職菩薩自悲智行滿法合等周法界利益衆生之報得是十池之中最後三昧身也其華量等百萬三千大千世界者千箇百億四天下爲一小千千箇小千爲

一中千千箇中千爲一大千今云量等百萬三千大千世界者意明無限量之大稱已下莊嚴如經自具經云出世善根之所生起者非是超過三界淨土菩薩及二乘變易生死菩薩諸善根所不能知故是知諸法如幻性所成恒放光明普照法界此配善根因果如蓮華以毗琉璃摩尼寶爲莖者毗之云光以光明琉璃表法身智身明淨故其摩尼寶光淨無垢似琉璃非琉璃所成但以摩尼爲蓮華莖莖者以法身智身性無垢之報果以法身智體與一切諸行作根本故今依果報生蓮華還以法身智體性自清淨以成報故是故光淨摩尼以爲其莖栴檀王爲臺者明戒定慧解脱解脱知見五分法身之香善根之所生起以法身能成戒定慧等五分法身之香今依果報得以次相資瑪瑙爲鬚者是助菩提之分萬行善根之報得此是赤色寶表萬行顯發菩提理智及莊嚴五分法身故互相資發以次而陳閻浮檀金爲葉者此金明淨柔輭是慈悲善根所生爲慈悲是覆蔭義故其華常有無量光明者智慧法光利生善根所起衆寶爲藏者都結此地含藏衆善所生寶網彌覆者善設教網漉諸衆生善根所生十三千大千世界微塵數蓮華以爲眷屬者是一行徧一切行一切行徧一行善根所起是主伴萬行自在善根所起如上之華是於普光明殿中初説十信於如來前所現之華諸眷屬衆是如來眉間毫中之衆前是舉果勸修此是行終之果◎第四爾時已下三行經明此位菩薩處座大小相稱所坐華王

之上者是根本智眷屬菩薩坐諸華座者是差別智明此位菩薩智悲萬行徧周如文自具○第五佛子已下可五行經明此位菩薩及眷屬處座之時感動興供如文自具○第六佛子已下二十四行半經明此位菩薩處座放光濟苦一依身分而作次第以足下光照大地獄苦明足下是所履之行極以濟苦故次兩膝放光照畜生苦明在所履次由於膝之勞苦次齋輪中放光照閻羅王界苦如大地獄無王所攝以極增上惡業猶如電擊直往苦趣小地獄有王所攝齋者衆穢積中之分生死之際迷真之極生死之源如戌亥兩辰配於乾卦是萬象生死在中放光所照也左右兩脇放光照人中苦脇者攝受挾持之處明人處可攝受故兩手放光照諸天修羅者可引接故兩肩放光照聲聞乘者明能樂聞法厭煩惱故爲兩肩近耳明因聞法得果故項背放光照辟支佛者明不樂聞法背佛知見故面門放光是受敎故眉間放光是十地中道果故頂上放光是佛極果故餘如文自具○第七佛子已下有兩行半經明此位菩薩如上所放光明供養及所作事畢遶十方一切世界一一諸佛道場衆會十帀從諸如來足下而入者十帀者明十法圓滿故光入佛足下者明返果還因故明從普光明殿中起十信心如來於兩足下輪中放光成其十信次十住佛足指端放光次十行佛足趺上放光次十迴向膝上放光次十地佛眉間毫中放光今至此十地道滿果終不異初信之法時不移法不異果不異是故十地道

滿之光還從佛足下而入明果同因故不異所信之法故明如來示果即因菩薩進修以因即果是故此十地之位返果從因是故光入諸佛足下也亦明行滿故入佛足輪足是行故　已下三段可有十行經如文自具

○第三段有二十二行半經明十方諸佛咸放智光灌頂許可同佛職位分釋義中分爲四段　一爾時十方一切諸佛已下至墮在佛數有十二行經明此位菩薩受職蒙十方諸佛放光灌頂分　二佛子如轉輪聖王已下至亦得名爲轉輪聖王有六行經明舉轉輪王受太子職取四大海水而灌其頂喻分　三菩薩受職亦復如是已下至墮在佛數可有兩行經明菩薩受職以一切諸佛四智之水光明而灌其頂即墮佛數分　四佛子已下至名爲安住法雲地可三行經明都結受職智光灌頂德行倍增分　已上四段經明十地智滿法合諸佛放光灌頂爲智齊諸佛智故以佛果智相印合故又發起增長十一地及佛妙智令成熟故此十地創現佛智十一地方自在故餘如文自具

○第四段有三十六行半經明此位菩薩入廣大微細差別智善知諸集諦分釋義中分爲八段○一佛子已下至知一切集有八行經明此法雲地知一切集諦分○二佛子已下至皆如實知有三行半經明此位菩薩如實知十種化法分○三又如實知已下至皆如實知有兩行經明此位菩薩如實知十種持法分○四又如實知已下至如是等皆如實知有四行半經明此位菩薩知如來十種

微細智分⊙五又入如來秘密處已下至皆
如實知有四行經明此位菩薩知如來十種
秘密分⊙六又知諸佛已下至皆如實知有
七行經明此位菩薩知如來逆順劫相入分
⊙七又知如來諸所入智已下至菩薩行如
來行智有六行半經明此位菩薩入十三種
智分⊙八佛子已下至皆能得入有一行半
經明此位菩薩能入如來廣大智慧分⊙從
第一段八行經中經云如實知欲界集者以
五蘊是三界同迷以十使煩惱隨於四諦上
迷諦無明一諦上具十即欲界集有四十箇
苦集以此苦集滅道上二界除瞋各有三十
六是有爲禪界苦集此上二界禪皆從作意
息伏而得是故三界有漏攝故禪消想起三
界往來此三界共通一百二十八種煩惱集
是三界六道之大體約以五蘊配六根與十
使無明相因總有八萬四千及不可數集如
八九地已前並已配訖如前知之色界無色
界如上可知法界集者明一念稱真智現如
上八萬四千及不可說諸塵勞門總法界大
智慧解脱解脱知見集總積集智慧之海名
爲一切種種智海有爲界集者三界所有煩
惱是亦通三乘折伏現行煩惱得變易生死
隨意生身皆是出三界有爲集故無爲集者
唯如來一切智一切種種諸差别智也自餘
皆有爲故衆生界集及虛空涅槃界集者爲
善分别從一切智起衆生界虛空界涅槃界
各各差别智集此菩薩如實知諸見煩惱行
集者身邊等五見及六十二見前地已釋訖
知世界成壞集者知三千大千世界及十方

一切世界若干劫成若干劫住若干劫壞皆悉知之聲聞行集者以四諦觀厭三界苦忻涅槃樂又觀諸世間苦空無常不淨無有可樂皆磨滅法虛積諸業果苦無斷絶猶如波浪集不善法增長生老病死三十六物共成其身修二百五十戒淨欲界苦修上二界八禪知上界業皆是無常入第九定出三界想入滅盡定身智俱盡寂滅無知如此經下文譬如比丘入寂滅定頭上擊鼓不復聞聲又有聲聞得出三界心厭患分段身化火焚身入變易生死如勝鬘及涅槃經並同此說聲聞二乘淨土菩薩以空觀折伏現行煩惱得變易生死非是斷煩惱爲不了無明成根本智故妄爲無明實有妄生厭離以厭患心成出過三界分段生死得變易生死住無漏界

不受後有三界之身有如化火焚身如涅槃經自有文說皆是厭生死往涅槃集辟支佛行集者十二緣行是此四諦十二緣三乘互叅以爲九乘如前已述一乘菩薩亦修如此四諦十二緣此十地位内次第而說所修之法是一種修四諦十二緣心量見道各自不同菩薩行集者出纏菩薩六波羅蜜分修慈悲生於淨土道滿方來處世敎化衆生大悲菩薩依無相觀四念處七菩提分四攝四無量心十波羅蜜修大慈悲不著三界敎化衆生此是依空無相無願無作解脱門而建諸行亦是三乘菩薩所修方便加行所忻行門境界但以三千大千世界爲一佛土如此一乘經但約如來根本普光明智境發心所修十波羅蜜四諦十二緣四念處三十七品四

攝四無量一切助道皆以自心根本智爲體用以智無依無限所作行門報果皆無依無限自他身土重重互相參現以智無限無礙故所有身土自他如幻如影皆無障礙故所修諸行皆智爲體是三乘一乘菩薩行集如此經十住十行十迴向十地十一地如是所行方便是一乘菩薩行集如來力無所畏色身法身集力無所畏者十力無畏是也色身者九十七大人之相隨好無盡是法身集者理無得證無縛無解無生無滅不垢不淨是也一切種者是五位加行成熏習種者一切衆生而隨五蘊加行即成無明諸業種故菩薩五位加行以成一切智智之種一切智智者明根本無依住無作智而生差別智三乘名後得智一乘中智直以根本圓明三世一時不分前後得菩提時轉法輪智集者所說十二分教是入一切法分別決定智集者以金剛無礙智慧善分別出世法無不明了無不決定皆無錯謬舉要言之總陳大綱以一切智知一切集者明無不盡知也此是總結已上知一切集竟㊃第二段三行半經云以如是上上覺慧如實知衆生業化者明一切衆生以自煩惱所造業自化其形及所居境土一一自成自形及所居境土所有受用除業更無餘物能與因慳因貪因瞋因愛因憎多者先受皆一一衆生乘諸業化皆如實知煩惱化者乘何煩惱合墮何道因果相稱皆悉知之諸見化者由五見及六十二見緣名色便生執取化生種種諸煩惱身世界化者由自心諸業化生種種諸世界形復於所化

世界上復更取之化生諸業法界化者皆從自體清淨智而化生諸境界等聲聞化者隨無漏定起正念力起十八變化等緣覺亦然總明二乘正解脫力隨意念力變化通用菩薩化者隨諸波羅蜜力大悲願力自已解脫知見隨如念力得意生身力而變化種種身種種行如來化者從無作大智普應群物恒自徧故分別無分別化者以未悟者分別無分別法令一切衆生而開解故又正分別時無分別化故已下總結已上知一切化竟◎第三段兩行半經明此位菩薩常能憶持此十無量法憶持一一不亂失故佛持知佛所持一切法故法持知法次第故僧持知諸合散性體無離隔故業持知衆生業同異故煩惱持識煩惱相故時持知無始及三世劫時同異總別不遷故已下例知已上知諸持竟◎四又如實知如來十微細智一段有四行半經明如來於一無依無住無作智任運徧知盡一切法故修行命終受生出家現神通力成正覺轉法輪住壽命般涅槃教法住如是十事不作念而恒徧知不移時而極三世事故已上微細知竟◎五又入如來秘密處有四行經入如來十無盡秘密處所謂身秘密者於身塵毛孔中現無量土無量身無量示現成佛示現涅槃無量語業言音如是十事一時同異自在十方咸然總是如來普光明智猶如圓鏡等虛空界一時普應任物所爲皆能對現無所造作已上秘密知竟◎六又知諸佛所有入劫智有七行經一念入阿僧祇劫阿僧祇劫入一念已下如經自具如

是長短多少劫相入法者理智無性故爲衆生根延促即劫延促如來以智方便一時頓現諸業境界於一同之智各自現見因業時分同異不同破彼迷情定時劫長短之執若無情計智等一時無延促相無劫歲月時日分限已上知劫相入竟○七又知如來諸所入智有六行半經明此位菩薩知如來十三種入智所謂毛道智者入不定性衆生起方便智令得正信智入微塵智者入微細衆生道中與之同生引生智慧令得人天住佛善根入國土身正覺智者於佛身中及毛孔之內示現成佛入般涅槃智故入衆生身正覺智者方便行四攝行覺悟衆生是也入衆生心正覺智者以衆生心與如來心同一體性以此如來知一切衆生而隨業接之故入隨順一切處正覺智者一切六道徧生其中隨根覺悟故入示現徧行智者一切衆生行及九十五種外道盡同事智故入示現逆行智者示作惡魔惱惑行者或行於非道無不利生如示作阿闍世王殺害父母等事令信得道業除入示現思議不思議世間了知不了知智者或令世間知是不思議聖行或令世間不能了知是凡是聖餘可准知如經自具已上入如來智竟○八佛子已下一行半經總結此位菩薩總能入一切諸佛廣大無量智竟

○第五段有七行半經明此位菩薩得十大解脫分釋義此一段中都舉四法 一先舉十種不可思議解脫 二總舉百千阿僧祇解脫 三并舉所得三昧之數 四并舉無

量百千神通皆如文自具
○第六段有四十五行半經明此地菩薩於一念頃能受十方所有諸佛法明皆能領受及能於十方雨法自在分釋義中分爲八段　一佛子已下至不能持有八行半經明此地菩薩堪持一切諸佛大法明大法照餘二乘及九地菩薩而不堪持并舉娑伽羅龍降雨喻分　二佛子已下至名爲法雲有六行半經明舉大海能受諸大龍王所雨喻并舉此位菩薩堪受一切諸法明一念之間皆能一時演説分　三解脱月已下至大法雨有兩行經明解脱月問此位菩薩一念間能受持幾如來法明分　四金剛藏菩薩已下至説其譬喻有一行半經明此位菩薩所受幾許佛説諸法以算數無量分　五佛子已下至乃至譬喻亦不能及有十一行半經是第一譬喻廣大不可及此位菩薩所領幾如來法明廣多喻分　六如一佛所已下至名爲法雲有四行經明此位菩薩所受諸佛法雨倍過前喻分　七佛子此地菩薩已下至名爲法雲有七行經明此位菩薩以自願力慈悲廣大饒益分　八佛子此菩薩已下至名爲法雲有四行半經明此位菩薩能於十方世界從兜率天宫下生倍過前微塵喻分如初段云大法明者十方世界出世法無不總知總解盡故大法照者明能以智日所照十方一切衆生根及業常如目前一切衆生若好若惡無有不見大法雨者明能隨十方一切衆生根一時等雨法故一切諸有如是廣大佛事此位菩薩能安能受如娑伽羅龍王

所雨大海踰娑伽羅者因所雨大海得名能雨大海此龍所雨唯海能受如十方諸佛法雨唯此位菩薩一念能受已下如文自具
○第七段有三十五行半經明此位菩薩隨念廣大微細大小一多相入通化自在分釋義中明此法雲地菩薩隨心念力廣大微細自他相入一多大小互衆神通德用自在皆隨自心念所成故如一切衆生作用境界皆是自心報業所成人天地獄畜生餓鬼善惡等報果一依心造如此十地菩薩以無作法身大智之力隨所心念莫不十方一時自在皆悉知見爲無迷故以普光明智爲體爲智體無依稱性徧周法界與虛空量等周滿十方世界以無性智大用隨念以不忘失智隨念皆成以具總別智總別同異成壞俱作以廣狹大小自在智化通無礙以與一切衆生同體智能變一切衆生境界純爲淨土之剎以自他無二智一身而作多身多身而作一身以法界無大小離量之智能以毛孔廣容佛剎以等虛空無邊無方之智而一念現生滿十方而無去來以如響智而能響應對現等衆生應形以具足圓滿福德智而恒居妙剎常與一切衆生同居若非聖所加持力而衆生不見如是十地菩薩智力神通雖言性等虛空然虛空廣大無用如是十地之智智滿虛空智無體性無造作者一如虛空然隨念力周滿虛空依果重重通化無盡如隨意摩尼珠雖性無能所無所造作而與一切衆境同色餘如文自具
○第八段有十八行半經明此大衆聞十地

菩薩神通生疑時金剛藏菩薩入體性三昧現佛神通爲衆除疑分釋義於此段中約有十事一大衆懷疑　二解脫月爲請　三金剛藏入定　四定所現境界　五大衆自見自身在金剛藏身中　六現菩提樹殊特高顯　七樹下有佛坐師子座號一切智通王　八大衆見佛　九金剛藏菩薩罷其神通　十大衆還自見身還在本處得未嘗有如一切佛國土體性三昧者即是無作法性身也菩提樹約以法性身行報得故樹下佛號一切智通王者即法性中無作之大智自在故此三法一切衆生體常如是只爲不自加行顯發故餘如文自具

○第九段有二十七行經明此地菩薩智慧神通力下地不知不可比如來神力智慧分釋義於此段中約有十一法　一解脫月問三昧之名　二金剛藏菩薩正答三昧之號　三又問三昧之境界　四金剛藏正答　五正說法雲地得三昧之總相　六明法雲地菩薩三業神通下地不知　七明略說法雲地境界廣說無量百千劫難量　八解脫月問佛神力如何　九金剛藏舉一土塊況四天下土多少難比　十金剛藏正記十地道力由故難宣況如來神力可說　十一舉喻約明其中意趣如文自具

○第十段有三十五行半經明此位菩薩不異如來身語意業不捨菩薩諸三昧無數劫承事供養一切諸佛分釋義於此分中約有二十法門　一不異如來身語意業　二不捨菩薩諸三昧力　三於無數劫承事供養

一切諸佛 四一切諸佛神力所加智慧轉增勝 五於法界中所有問難善能解釋 六喻真金以摩尼寶鈿廁其間成天寶冠 七自在天王服戴餘天不如 八正説此地菩薩下地不如 九如摩醯首羅天能令衆生心得清涼喻明此地菩薩能令一切衆生得一切智智 十二乘及九地菩薩皆不能及 十一此地菩薩諸佛世尊更爲演説十種智門 十二明此地菩薩所行之行智波羅蜜爲主餘九爲伴 十三明且略説此地大綱廣説難盡 十四舉此地菩薩受職作摩醯首羅天王 十五明此位菩薩於四攝法善能廣行 十六不離念佛法一切種一切智智 十七自念堪爲一切衆生所依 十八自更勤修 十九一念得十不可説百千億那由他三昧 二十若加以殊勝願力倍過前數文義如文自具如摩醯首羅者此云大自在是色界上極於大千界得大自在神通道力智無過者

○第十一段有四十二行半經明舉阿耨達池十大山王喻十種地次第方便所行之智慧分釋義此一段總有十二段經如經自有節量不煩更科文初舉阿耨達池喻菩薩從十住初心從菩提心流出善根大願之水以四攝法充滿衆生無有窮盡復更增長乃至入於一切智海明從初發心住生在如來智慧大願水中以四攝行成就衆生滿一切智海不離初時智慧大願水體以初水體成漸廣多又舉大地有十山王喻明從如來智地起十種進修不離智地體漸高勝故如五位

五重十法不離如來普光明一切智地起五重十十進修如是五重五位十十進修總是一時一際一念無前後三世之勝進以如來智爲體故還如阿耨達池中水流入大海如閻浮提地而出十大山王不離地體以定慧照之可見初發心便成佛者此爲可表倣此知之以此說十信心於普光明殿中所說此殿約普光明智報生明果中說因修滿不離此智故十山王者雪山王喻初地如經文義自具以次准知以次香山王以次鞞陁梨山王者鞞者此云種種陁棃者此云持云此山能持種種衆寶華果故喻三地如經文義自具如禪定解脱三昧三摩鉢底者如何如禪定但云稱體三昧以明識想不行爲日未出爲昧字爲識想冥昧正智方現爲三云正以十一月至正月三陽生故以三爲正三陽生方智明以智爲正故以五蘊不生世情頓止名之爲昧從此能現正智名之三昧又一止爲正字三摩鉢底者明五蘊昧能現正慧故云三摩鉢底是正慧故爲無五蘊正智慧現名爲解脱禪定都云大體三昧别舉其行神仙山王表四地文義如經乾陁羅山者乾者此云雙也陁羅此云持明此山夜叉及大神共持此山明五地得出世間及世間二智慧神通諸明總能博達持故馬耳山王表六地位如經自具尼民陁山王此曰持邊山表遠行地而能持一切衆生諸邊見行故乃至三界六道總能持故斫迦羅山此云輪圍圍大千界明八地無功行自圓滿故計都末底山者計都云幢末底云慧明善慧地須彌盧山

處閻浮四洲内處大海中明十地法雲中道之智滿總攝一切諸三界故佛子已下一行半經明都結十地差別因一切智中差別得名明根本智從初發心住乃至十地及佛地無二由智差別得別名故已上十一段一一如經文中其所表地意次第經自明說

○第十二段有十四行經明舉大海有十種德喻十種地昇進分釋義中分爲兩段一先舉海之十德二託海之十德表法舉十地之智慧差別進修其中文義如文具足各各十法具足不煩科文

○第十三段有二十行半經明摩尼珠有十種性出過衆寶喻十種地出過衆聖分釋義中分爲六段　一佛子已下至充滿其願有六行經明舉摩尼珠有十種性分　二佛子已下至廣作佛事有七行半經明正舉十地之加行次第分如第六地善知十二因緣法善知生老病死因緣根本體相一如第六地中所說以善巧觀生死緣生至底喻鑽第七地由以種種方便智爲縷能隨生死不受諸垢第八地萬行任用徧諸衆生界知恒無體不動如幢自餘如文自具　三佛子已下至不可得聞有兩行經歎此品難聞分　四解脱月已下可一行經是解脱月問聞此法得幾所福分　五金剛藏已下至福德如是可一行半經明金剛藏菩薩答言如一切智所集之福德明所聞法者如佛福德分　六何以故已下至一切智地有三行半經明如聞此法得福廣大生疑分如一切智是佛所得根本智若聞法者其福德如佛何爲以明因

聞此法方有信解故爲初聞是一切智之首故以初信因之福與果同體明非因不果故如非果不苗非苗不果故爲明信心信果成因故即如說十信位於如來普光明法界大智殿中說十箇智佛以不動智佛爲首以爲信心以不動智佛及十箇智佛是自心之智果故畢竟成滿不移此智餘義如文自具意明如種子種果成其生因其根本智喻種子差別智是加行喻苗上之果以此二智各具無邊功德

○第十四段有二十二行半經明說此十地法門所感大地六種十八相動及興供并十方金剛藏菩薩咸來證法分於此段中復分爲三段　一爾時佛神力故已下至一切世界悉亦如是有八行經明法感動地天雨衆華供養分　二爾時已下至而往作證有九行經明十方同名金剛藏菩薩咸來作證分　三爾時金剛藏已下至而說頌言有六行經明觀衆生及所緣法欲說頌分云十方各十億佛刹微塵數世界外有十億佛刹微塵數菩薩而來此會者明以本體十地之廣大甚多以十億刹塵爲遠近及多數之量會此一切創初入十地菩薩因果本末法智無疑明將本十地果法會同創入此十地菩薩智無二故會前九地之劣入十地之廣大智故以陳遠近法之多少故亦明金剛藏所說之法與十方諸佛會同不二故世界外者即下地位也來此會者即昇進入此十地智也歎善哉者明所說法契當不異也同名者明法藏智同故世界各各差別者明差別智差別

行故悉名金剛德明差別智及行不離金剛德故佛號金剛幢者明金剛智能破一切妄業自無體可動故餘義如文自具如一切智根本智又智是差別智從一切智中用故故以重言

○第十五段有八十四行頌明重頌前法分明都歎從初地發心已來通此十地一時次第十地悉皆重頌文義如經自具

大方廣佛華嚴經論卷第三十六

音釋

鬚（音須）　臍（徂兮切）　脇（許業切）　揯（音恒）　臆（於力切）

大方廣佛華嚴經論卷第三十七

唐方山長者李通玄造

◎第七會在三禪天說十一地法門其文未來

◎第八會在普光明殿說十定法門

十定品第二十七

此品佛自說十定之名普賢說十定之用以明佛根本智是體普賢差別智是用故明一切施爲不離根本智之大定體故以是義故還於根本智普光明殿中說寂用之門將釋此品約作五門分別○一釋會來意○二釋欲說此會重叙摩竭提國初成佛之所由○三明何因緣故在此普光明殿中說此十一品經○四明次第釋十一品之大意○五明依品釋文

○第一釋會來意者以從此普光明大智殿中起信以不動智爲昇進修行至十地十一地道滿行周至於佛果不離本智是故此會須來明不移因也爲時不移智不移行不移因果一體故還敎善財見慈氏慈氏還令却見文殊及入普賢身是也

○第二釋欲說此會何故重叙摩竭提國初成佛之所由者經云爾時世尊在摩竭提國阿蘭若法菩提場中始成正覺於普光明殿入刹那際三昧者明初成佛及四十九年中所轉法輪并從天下降總不出一刹那時不移不遷故恐後衆生失其本意妄生遷移故須重叙明始末無時可遷故此明三世諸佛一切衆生總同一箇不遷之體從初信進修行經過五位總不移初時歲月日時及佛根

本智法故
○第三明何因緣故在此普光明殿說此十一品經釋曰爲明初會菩提場始成正覺是佛舉自始成之果勸修第二會普光明殿明是如來大智自果所居之報宅說十箇智佛以不動智佛爲首以爲信進修行之門令初發菩提心者從此普光明大智宅起信進修行畢竟不離如來本智本行本時還成本佛萬事依舊故於此十地後在於本信心處說此十一品經用明因果依本時日歲月總依本故故於此處說十一品經此十一品經總明成佛之際所有境界故即是明能發菩提心者自成佛故無異初會中毘盧遮那佛故依樣倣修一如本故爲約智無時十方一切古今諸佛總與如今始發心者一時成佛故以智照之可見情識聞之即迷是故表依本如是故還於本處說佛果始終之門故以表法界體中始末同際說也此乃約實論之不順凡情之教說多劫也
○第四明次第釋十一品之大意者　一明十定品是古今一切諸佛寂用徧周無時之大體也　二明十通品是古今諸佛普光明智利生自在及報業之神通徧周　三十忍品是十方古今諸佛自體無作法身一切法無生隨行之忍門　四阿僧祇品　五隨好光明功德品是明佛果所迷二愚之法以此二品經是如來自說　六如來壽量品是一切諸佛隨衆生根性長短所現不同之壽而自報命與虛空之齊年　七菩薩住處品是佛果攝衆生之分界明菩薩行門常不斷故

八不思議法品明一切十方古今諸佛智德難思非情識之測度　九如來十身相海品明佛報身依正二果難量　十普賢行品明十方一切古今諸佛共所行自利利他之行周故　十一如來出現品明五位修行者昇進位滿自佛出興出世入纏二行圓滿文殊是主出纏智慧普賢是主入俗行周於此品中二行圓滿故令二人自相問答說此出現之門已上十一品經大意如是一一隨文別釋更當重明大綱總明十一地已後佛果位中所行法則亦是一切菩薩一切衆生總不離此定體而無遷易此時分故明時不遷也

〇第五明依品釋文者將釋十定一品約作五門分別△一釋品來意△二釋品名目△三何故此之一處三會重重△四釋此處三度重叙初成正覺摩竭提國△五隨文釋義

△一釋品來意者明此十一地前已說進修行行及智用差別已滿此佛果普光明智明五位法界自體寂用重重無礙又明昇進因果修行終始明時法不遷故此品須來文明一多純雜同別自在故此品須來又明十地菩薩自知未具普賢行不見普賢身故此品須來如此品自具明也

△二釋品名目者明此品如來自說十種定名故因說法而立其名此定乃是古今一切諸佛恒常之法令諸五位菩薩皆同得之一切衆生亦同此體普賢說用明佛是體普賢是用

△三何故此處三會重重者明信心及定體

并離世間品普賢常行此等三事總是如來普光明智一體因果并普賢菩薩佛果後恒行總是普光明一箇智用始終因果時日歲月總無時體以此三會重重總一時有也非是如世情所見去巳更來故如三會重重一時一會有此三種之法事故或以三世遠近刼作九世相入重重不礙故爲不離普光明之智無始無終無不印故無終不徹故三世刼海總一時故五位因果亦不出此之定體也

△四明釋此一處三度重叙初成正覺在摩竭提國者明此一部經有五重因果其五者何　一如佛初成道在菩提樹下示成正覺所集神天等衆是一重佛因果也　二於普光明殿中説佛自成因果令諸後學信進修行即出毫中之光及衆是也　三説此十定品等十一品經明諸菩薩信進修行經過信住行廻向十地十一地等六位自行滿周所成之佛果此十一品經是　四離世間品是一切諸佛皆自成佛果後恒以自巳果行常行利生亦名爲利世間品不可作遠離之離此品名目恐將悞矣譯經之士或可妄詳佛意於中取意亦有義通如此四段經文品初皆云爾時世尊在摩竭提國阿蘭若法菩提場中始成正覺者明説一部之經以菩提智無前後際一時説故非如情量有前後古人云重會三會普光明殿者意非然也非但不移刹那際説此一部之經亦乃從兜率天降神乃至入涅槃亦如之也乃至三世無盡刼佛亦一時不出此一刹那際齊成佛故一切

衆生於本無時之内妄生多刧延促之相覺巳元無故今此段經文意明菩提智上無延促時日往來之相故總云在摩竭提國始成正覺以智照之可見凡情思之即迷乃至昇天諸會皆云不離菩提樹下普光明殿而昇忉利夜摩等故以菩提根本智體性自徧周無表裏中間長短延促大小去來等見故五法界品是一切諸佛之所共果凡聖共同不離法界大智慧無限德用圓滿之果一切諸佛以此法界大智慧而成正覺亦名普光明大智慧殿故以此五段經總明一眞無礙大智無始終之無限經卷量等十方一切境界於一剎那際誦持悉徧亦名普眼經也意明說此一部經及出世涅槃總不出此一剎那際法界之果此法界品是菩提智境究竟之果此乃都該一部也

◎第五隨品釋義者約分二義◎一長科經意◎二隨文釋義

◎一長科經意者於此品中長科爲十一段

○第一爾時世尊巳下至所謂無相有五行半經明當十一品經之序分

○第二隨文釋義從爾時世尊在摩竭提國者此云不害國亦名聰慧爲依此國人聰慧故以人得名又摩者云不竭提者云至爲此國將謀兵勇鄰國敵不至以主將立名又云摩者大也竭提體也云此國最大爲五印度之大體故以此國是閻浮提之處中以是如來示成正覺明處中道義故又明大悲無害義故又表大悲普利不偏化故皆如初會中說阿蘭若法如初會巳釋始成正覺者明於

兠率天下降神受生説法入涅槃總不離始成正覺刹那際三昧之時故此經四品之内皆共同有此言明普光明大智體無時分明其殿體是智報境以智成名以境智無二所居之殿體皆含三世多劫不屬時收無古今去來之體所有衆生自業現量三世之事皆現其中不屬遷變移時之相如來所見一切衆生三世無限業報及心所緣以此普光明智恒現在前十方世界纖毫之事無不知見爲普光明大智與一切衆生及等虛空無限境界同一體性故能一切無不知也以智淨無障故又刹那際諸佛三昧者明三世古今同一時故一刹那者會無三世生滅時也此刹那之時爲敎化衆生説法會古今之名言以智實論猶無此體故以無此刹那之時能

含三世古今一切劫時總同一故以六相門觀之可見諸佛三昧者明一切如來久已情塵見亡恒與智俱以一切智自在神通力現如來身清淨無礙無所依止者以一切智是根本智無功用也自在神通者明根本智恒無體性而能普現隨根之身設一切法而無失時名爲神通力也亦名現如來清淨之身一時總釋總明從根本智隨一切衆生起無礙廣大用故無所依止者明根本智無體性故爲根本智無體性故方能圓照十方成廣大功用故無有攀緣者明以智境寂用非是虛妄緣故住奢摩他最極寂靜者明根本智寂用自在境智俱眞功用俱寂起唯法起寂唯法寂十方萬法無事不眞故云最極寂靜奢摩他者此云定也明此定是佛根本智無

作大體應根大用之寂用故是諸佛根本智體用大自在定故明此會總是諸佛果中根本智作用也具大威德者明佛十力四無畏十八不共法悉自在若有見聞如來皆念敬發心悉歸伏故餘如文自具隨宜出與不失於時者宜堪見聞應時不失故至恒住一相所謂無相者此已上五行半經明歎佛成道智德竟已下列衆如下更明

○第二與十佛刹微塵數已下至諸善根行有三十六行半經明列菩薩大衆分釋義中約分三段 一從與十佛刹微塵數菩薩已下至無住解脱有五行經明歎諸菩薩志德分 二其名曰已下至無邊慧菩薩有九行經有三十箇菩薩同名爲慧明三空禪定解脱門中所生智慧同名爲慧分此已上明三空解脱禪定中一解脱門中具生十種慧三空中有三十種慧知見差别三空者無相無願無作空也如是三空門任運發生此三十種慧以表無盡故令三十箇菩薩同名爲慧者是 三念莊嚴菩薩已下至同修菩薩諸善根有二十二行半經有七十箇菩薩各各隨行别名列衆分已上七十箇菩薩明前三空解脱已終以七覺行華常處生死善覺悟一切衆生行故此明十地道終常入生死方便行周令欲成普覽門故故以十佛刹微塵爲數量者一一菩薩皆具如是十徧周行是故前歎德中無不皆灌頂位即十地位也又云獲諸菩薩普見三昧明以其十地智眼普見衆生根欲差别故大悲安隱一切衆生者以自十地道滿不離方便三空七覺方便行

華引接含識是入普賢行故故於此品以三昧力三求推覓覓普賢者明三昧雖有慈悲是出世心多以此不見十一地之位普賢入俗利生之門三求推覓方見普賢者明從十地昇進入普賢行果之位成普賢寂用自在門故是故下文以如意摩尼珠王能隨所求及與物同色不失自珠之德明常以如來自果一切智王不壞菩薩種種方便之行隨諸衆生種種樂欲皆隨引之使令得樂又明雖成八地已後乃至十地十一地及佛位而常不壞七地已前三空七覺諸方便行故是故列衆之内以菩薩名數表之使易解故都舉十佛刹塵爲數量者明一一菩薩總具如是行徧周故是故淨名經云雖成正覺轉於法輪而不捨菩薩之道是菩薩行此之十定列衆之位總是已成十地出世智悲之衆不捨七地已前諸助道門以利衆生故亦是一切菩薩從初發心不離此定體信進修行至於果滿不遷時故此品之初以叙如來初成正覺之意明説此四十品經及出生滅度時日總不遷始終一際故法本如是故非是如來神通使然約智境實論不隨妄情所説多刼以智照之可見所列前後五位之法及衆各以隨位菩薩一時頓彰明智法界無始末也總以此十定爲體此品初一段叙分及列衆歎德畧舉大意和會始終於中文義隨行隨法立菩薩名約此法行之名如前畧舉十佛刹塵所表以實而論無有盡極但以根本智爲佛自果餘差别智中一切法總是菩薩行故故以十佛刹微塵爲數量

○第三爾時普眼已下至自在解脱有十六行半經明普眼菩薩白佛問普賢道德諸菩薩修幾三昧神通變化而得自在及如來敎令請普賢菩薩演説三昧自在分釋義中約分四段　一爾時普眼已下至願垂哀許有三行經明普眼菩薩起問普賢菩薩道德所行法門分　二佛言普眼已下至令汝心喜有一行經明佛許問分　三普眼言已下至無有休息有四行半經明正問普賢及大衆三昧行門多少分　四佛言善哉已下至自在解脱有八行經明如來歎普眼所問及示普賢所在幷歎普賢之行及勸普眼令請普賢説十三昧分餘如文自具

○第四爾時會中諸菩薩衆已下至使其然耳有八行半經明諸菩薩衆聞普賢菩薩名得不可思議無量三昧分釋義中約有十法　一大衆得聞普賢菩薩名便獲無量三昧　二大衆得三昧已現前得見無數諸佛　三大衆得如來十力同如來性　四大衆獲福　五大衆神通具足　六大衆尊重普賢渴仰欲見　七大衆悉皆周徧觀察　八大衆竟不覩見普賢身座　九推佛威所持　十推普賢自力然也大意明十信已後十地已前以普賢行成法身及根本智得出世中差別智已成十一地中以法身根本智純成處生死中無限大用普賢門與一切衆生妄念齊等故同想用隨彼解脱故以是如來令想念普賢經云諸菩薩得如來力者即十力也同如來性者即法性身也大意明從十地十一地昇進佛果位至此方終尊重普賢渴

仰欲見者明昇進普賢行故將十地智成普賢差別智直至出現品始齊故如彼品自有所表如善財見彌勒菩薩同一生之佛果却令見文殊憶念文殊便聞普賢名及入無量三昧自見其身入普賢身是其樣式一同此普光明殿中說十信心令至佛果不移因位及具佛果後普賢行位滿離世間品是佛果後普賢行云周徧觀察不見普賢及所坐之座者明從初十信十住十行十迴向十地自已乘普賢行昇進多求如來解脱悲智出世間心兼修以成佛自在無作道圓滿已自見徧周故如十地佛果後普賢行及所有三昧純是善入世間無求出世佛果故以將兼修悲智出世佛果三昧三求不見純是大悲無有自利之行即不相見故以十地佛果已前行普賢行有自利利他之心以求出世解脱故以十一地行普賢之行不求自已解脱純是利生之行故以十一地已前助顯根本智明於自解脱道已滿足無所希求故於十一地但爲饒益一切衆生無蘊積已自功故是故以將十地已前自利利他普賢行求十一地中普賢行未及見故以此是故大衆周徧觀察竟不得見普賢身及座故審諦觀察以智思惟可見餘如文自具

○第五爾時普眼已下至是故汝等不能見耳有十一行經明諸菩薩入三昧力欲見普賢徧求不見如來爲說普賢志德甚深汝等不能得見分何故不見普賢爲明十地菩薩得出世智慈增上所有三昧皆出世智慈以是不見普賢是十一地行門常在世間出世

心亡寂用自在以出世三昧不相應故以是不見釋義中分爲四段　一爾時普眼菩薩已下至今何所在有一行餘經明普眼問普賢菩薩所在分　二佛言已下至初無動移有一行半經明如來示普賢所在分　三是時普眼及諸菩薩已下至其身及座有兩行半經明普眼及諸菩薩重更觀普賢菩薩猶未能見分　四佛言如是已下至不能見耳有六行經明如來爲普眼等歎普賢菩薩志德甚深入師子奮迅定汝等不能得見分經云入師子奮迅定者明入十地果後普賢行總是無畏自在定故明以無邊想念同衆生行故明大用自真不待念故師子明無畏自在也奮迅者明普賢菩薩恒徧十方普作用定而常行等十方世界無有一衆生而不徧濟根堪可利而不失時故名奮迅定猶如師子一時奮迅全分身毛一時普震明普賢菩薩常居大用定海任智徧周一時普用等衆生行無失時故不待念故普徧大用利衆生無休息故無始及今同一念故無古今故法如是行故意明大用而常寂是奮迅義得無上自在用者於大用中恒徧用利衆生全是定無别止息不同十地已前昇進有出世心故入清淨無礙際者明普賢智量等虚空無根不悉知故無行不同利故生如來十種力者明如來十種智力是普賢行生又教化衆生成佛十力皆由普賢願力起故以法界藏爲身者以根本智身及差别智身性自徧周量等一切衆生心行無不含容皆爲佛事故於一毛孔徧容十方凡聖國土無不總含以

智無表裏中間之際量故本如是故一切如來共所護念者爲與如來同根本智爲大作用故於一念頃悉能證入無差別智者明普賢菩薩於十方衆生界示成正覺度衆生方便之行示現一念成佛等事亦明始終以無差別智體論之無盡劫總是一念一切衆生於一念中自作無盡刧生死之見若以達理智明觀以無盡刧便爲一念無差別智故如是相應便與古今三世一切諸佛一時成佛故以無分別智印印三世時體本齊無先後際故明十地菩薩猶有出世心在猶迷十一地入纏之行故不能得見者使昇進菩薩存自力能不滯前十地位故餘如文自具如師子奮迅三昧者於十方世界普同一切衆生想念作用而成熟之大用而無作是奮迅義是三昧義就大用而論無別止息故

○第六爾時普眼菩薩已下至求請得見普賢菩薩有三十二行經明菩薩大衆三稱普賢菩薩名殷勤求請欲得見普賢菩薩分釋義於此段中復分爲七段　一爾時普眼菩薩已下至俱亦不見有三行半經明普眼菩薩以十千不可説三昧求覔普賢亦不能見分　二時普眼菩薩已下至悉皆不見有三行經明普眼菩薩從三昧起白佛不見普賢菩薩身語意業及座分　三佛言如是已下至究竟邊際有十一行經明佛爲普眼稱歎普賢三業甚深不可以能出能入三昧能見分　四善男子已下至無空過者有三行半經明佛爲歎見聞親近承事普賢菩薩利益無空過分　五爾時普眼已下至頭頂禮敬

可三行已下經明普眼等及諸菩薩皆渴仰普賢三稱南無頭頂禮敬分　六爾時佛告普眼已下至即當得見普賢菩薩有六行半經明佛更勸普眼等大衆更致禮敬徧想法界推求普賢菩薩如對現前分　七是時已下至得見普賢菩薩有一行半經明普眼及諸菩薩大衆依勸勑更加禮敬普賢知時欲爲現身分　已上三十二行中七段經不見普賢菩薩意明普眼等諸菩薩以出入三昧不得見普賢三業及座境界故舉幻術文字中種種幻相所住處喻明幻術文字之體了無處所如何所求不可將出入三昧處所之求去彼沈寂生滅却令生想明想念動用自體徧周用而常寂非更滅也以是普賢以金剛慧普入法界於一切世界無所行無所住

知一切衆生身皆非身無去無來得無斷盡無差别自在神通此明任物自眞稱之爲神不爲不思不定不亂不來不去任智徧周利生自在知根應現名之爲通萬法如是無出入定亂方稱普賢所行三業作用及座如十地菩薩座體但言滿三千大千世界之量此普賢座量量等虛空一切法界大蓮華藏故明知十地菩薩智量猶隔以此來昇此位如許乖宜入出如許不可說三昧之門猶有寂用有限障未得十地果位後普賢菩薩大自在故故三求普賢三重昇進却生想念方始現身及説十三昧境界之事意責彼十地猶有求於出世習在於世間生死境界未得等於十方任用自在以此如來教令却生想念去彼十地中染習出世淨心故此明十地緣

眞俗出世餘習氣惑故已上意明治十地菩薩緣眞俗二習未亡寂亂二習未盡於諸三昧有出入習故未得常入生死猶如虛空性無作者而常普徧非限量所收一切衆生及以境界以之爲體普賢之智猶如虛空一切衆生以爲生體有諸衆生自迷智者名爲無明普賢菩薩隨彼迷事十方世界對現色身以智無體猶如虛空非造作性無有去來非生非滅但以等虛空之智海於一切處啓迷智無體相能隨等法界虛空界之大用故豈將十地之位諸菩薩以出入三昧有所推求云何得見是故如來爲諸菩薩說幻術文字求其體相有可得不求幻之心尚不可得如何有彼幻相可求是故將出入三昧及以求心而求普賢大用無依善巧智身了無可得是故如來敎諸菩薩却生想念殷勤三禮普賢菩薩方以神通力如應現身明智身不可以三昧處所求爲智體無所住無所依故若想念願樂即如應現化無有處所依止故猶如谷響但有應物之音若有欲求即無有處所可得佛言普賢菩薩今現在此道場衆會親近我住初無動移者明以根本智性自無依名爲現在此道場故爲能治有所得諸見蘊故以無礙總別同異普光明智與十方一切諸佛大用體同名爲衆會故無邊差別智海一時等用不移根本智體無依住智名爲親近我住初無動移故云稱南無者明歸命信順故約法以南爲离爲离中虛以虛無故即明离爲日离主心以心達虛無之理即心智明故云南無表歸命信順虛無之理智故

是故善財南方詢友者義亦如然龍女南方成佛義亦如之但達虛無之理智十方總南無若執諸法作實有者十方總北故餘如文自具

○第七爾時已下至三藐三菩提有十九行半經是普賢菩薩爲衆現身分何故得見普賢菩薩爲存想念是以見之以迴體從用故是普賢身也以明想念皆爲佛用故普見一切衆生亦佛用也釋義中分爲三段　一爾時普賢菩薩已下至示現一切三世諸佛有七行經明普賢菩薩如應現身分　二是時普眼已下至一切諸佛有兩行半經明菩薩大衆得見普賢菩薩歡喜如見十方一切諸佛分　三是時已下至三藐三菩提有十行經明諸菩薩信解力普賢菩薩本願興雲供養光明普照息三惡趣令諸菩薩入普賢行分如普賢菩薩如應現身即見故將心出入三昧求即不得見明無出入智不可作出入三昧求故自非位合道同智自會矣想念而見且是如應現身故然後方會其本身也餘義如文自具意明無依住智是普賢之大體如應現身是普賢之大用

○第八爾時普眼菩薩已下至歎不可盡功德九行半經明普眼菩薩以十種住法歎普賢菩薩十種廣大所住之法分釋義明普眼歎普賢十種廣大住如來歎普賢十廣大功德其義如文稱歎

○第九爾時如來告普賢菩薩已下至咸皆樂聞有四十五行經明令普賢菩薩演說十種三昧分釋義中分爲八段　一爾時如來

已下至當得出離有四行半經明佛令普賢說十大三昧分　二何者爲十已下至無礙輪大三昧有六行經明如來先自說十三昧名分　三此十大三昧已下至當說現說有一行半經明此三昧十方三世諸佛共所同說分其三昧名如來自說者意明如來是三昧之體令普賢說三昧之功用者明普賢是三昧之用以明佛果位中體用圓滿故此約體名佛用是普賢此位會體用自在故　四若諸菩薩已下至亦名一切法自在有四行半經明佛歎若聞此三昧愛樂修行名得佛自在分　五此菩薩已下至普了一切佛所說有九行半經明修學此十三昧者得於一切法無所著自在善巧轉佛法輪分　六此是諸菩薩法相門已下至嚴淨一切世界門有五行半經明佛歎修此十三昧能入十種法門分　七若菩薩入此三昧已下至示現種種廣大神通有十二行半經明佛歎若入此三昧得獲大方便利用示現成佛不捨修菩薩行分　八是故已下至咸皆願聞有一行半經明如來勸令普賢說此十三昧德用自在分其中文義如經自明如此十定品已後十一品經意以十地中所得出世大悲智成處世大悲智令差別智圓滿自在方成普賢行具足以出世悲智是佛果處世差別智悲是普賢行是菩薩道至出現品二行方終

○第十爾時已下有十段經正說十種三昧作用之功分其文列後

△初普光明三昧中約分四門一釋三昧名二明三昧之體用三舉三昧之境界四隨文

釋義　一釋三昧名者何故名爲普光明三昧三者正也昧者定也識心不現名之爲昧正智徧周名之爲普照迷破惑名之爲光法無不達名之爲明　二明三昧之體用者此三昧明以法身根本智爲體十種無盡智爲用以此義故佛自説三昧之名普賢説三昧之用　三明舉三昧之境界者於此初三昧中畧舉境界以三千大千世界爲一蓮華現身徧此蓮華之上結跏趺坐於其身中復現三千大千世界其中有百億四天下一一四天下現百億身一一身入百億百億三千大千世界於彼世界一一四天下現百億百億菩薩修行一一菩薩修行生百億百億決定解令百億百億根性圓滿一一根性成百億百億菩薩法不退業然所現身非一非多入定出定無所錯亂如是後後倍倍增廣具如經説此是初三昧之境界意明身土重重重重相入徧周廣大無盡限故　四隨文釋義者於此段畧舉十義一普賢菩薩承如來旨説此三昧不自已功旨者意也二重舉三昧名三舉菩薩十種無盡智四明如是菩薩能發十種無邊心五明是菩薩有十種入三昧六明十種入三昧善巧智七舉羅睺羅阿修羅王不壞本身現變化身喻八明菩薩深達心法如幻法門九明比丘觀察内身不淨不壞本身如故喻十明菩薩住此三昧觀察法身見諸世間及世間法普入其身如上修學普光明三昧以觀法身根本智爲體以十無盡智爲用以發十無邊心爲所行之行以十種入三昧差别智爲三昧同别自在之力以

十種入三昧善巧智令三昧身一多佛刹衆生刹現在身内不廢自身常復如故復於身内現無量身度衆生及供養諸佛如下文云住此三昧觀察法身見諸世間普入其身於中明見一切世間及世間法於諸世間及世間法皆無所著爲以法身性自無内外大小中邊量故法如是見故法如是無著故爲從法身無相理所現世間及世間法皆如影幻體故爲世間及世間法皆法身一味無二相故所有報境皆如影像重重不礙故如羅睺羅阿修羅王者明能攝日光令世生惱以羅云攝睺云惱也阿修羅云無天無天妙戲故於中化事如經自明

◎第二妙光明三昧者於此段中四義如前一釋三昧名二明三昧體用如下自明三明三昧之境界四隨文釋義　一釋三昧名者爲明法身理智體淨能現妙光以立其名　二釋三昧之體用者明此三昧還以根本智爲體幻智爲用　三明三昧之境界者以入三千大千世界微塵數三千大千世界於一一世界中復現三千大千世界微塵數身乃至一一身放三千大千世界微塵數光具如經說乃至菩薩身中能現一切聖凡國土更相照現重重相入等是此三昧之境界具如經說　四隨文釋義者復分爲二一長科經意二隨文解釋　一長科經意者於此段中長科爲十段○一佛子已下一行經是普賢菩薩告衆重舉三昧之名分○二佛子此菩薩已下至種種諸法亦不壞滅有十一行經明入三昧境界廣狹身土照現互相涉入光

影重重不雜亂分○三佛子譬如日出已下至亦不離水有八行經明以日光照現七寶山及大海水及山間以此日光影更相照現影像重重無盡光影喻分○四佛子菩薩摩訶薩已下至恒不捨離有五行經明如是菩薩住妙光廣大三昧不壞世間相不壞真性二俱不住二俱不壞分○五佛子譬如幻師已下至本日不滅有七行經明以幻師幻作日月年歲長短不同不壞本日喻分○六菩薩摩訶薩已下至不壞彼多世界有十七行經明菩薩入此妙光大三昧能一多世界更互相入各不妨礙分○七何以故已下至是名住大悲法者有十一行經明菩薩住無我法於諸法自他境界身之及心無所妨礙分○八佛子已下至無退轉故有六行半經明

此菩薩以不可數世界善知無數衆生差別菩薩趣入差別佛處處出興皆現自身於彼一一佛所修行諸行而身彼此無去來能同異自在分○九如有幻師已下至後不亂初有五行半經明以幻師喻菩薩實智所生如幻喻分○十菩薩了知一切智幻故已下至下有二十行半經明入此妙光明大三昧得智幻門自在分　四隨文釋義者此一段以根本無作智性自徧周以如影智顯現諸境自他相入一多自在由根本智故多入一中猶如影智一現多境各身色相狀差別故如世界所因者今生修是來世因世界建立者明各各世界建立法則故世界同住者一世界中有多類衆生同住光色世界者或有衆生於佛光中住故如此日月星是帝王及人

中衆生共業所化精光昇上復有天住居其中故往來者於虛空中持轉往來此菩薩悉知如八部神名如初會中已釋補特伽羅法者數取趣明數取惡法趣於苦果摩納婆法敎儒童法餘如經自具

△第三次第徧往諸佛國土神通三昧者於此段中約有三門一釋三昧名二釋三昧體用三隨文釋義　一釋三昧名者何故名爲徧往諸佛國土神通三昧爲此三昧以理性自性徧周即智用自體徧周以智用自體徧周即神通徧周此明約理智自體徧周以如幻智應物動寂依根本智恒無來往彼此延促以此立名名爲徧往諸佛國土神通三昧

二釋三昧體用者此三昧以法性身爲體以根本智起如幻智爲用此如幻智如空谷響應物成音自無體故以此二智以法爲體但有德用而無所依乃至一切衆生心本來如是故但爲智自無性不能自了逐境成迷故以止觀二門照之迷解依本此約法身爲止體約觀十二緣生成智體用明定能發慧觀能起智　三隨文釋義者二義如前　一長科經意者於此段中長科爲四段○一佛子已下至神通三昧有一行半經明普賢重擧三昧之名分○二佛子此菩薩已下至於究竟有十六行半經明入三昧延促自在無所分別於諸法不忘失分○三譬如日天子已下至亦復如是有三行半經明擧日天子照臨四天下晝夜無生滅喻分○四佛子已下至善巧智有一行半經明都擧已上總結其三昧之名分已上文義自具不煩更釋

△第四清淨深心行三昧於此段中三門如前　一釋三昧之名者何故名爲清淨深心行三昧以菩薩已修空無相之理智得身如理智徧周之身起前理智徧周之身以善巧智加行深心供養隨所供養一切諸佛香華蓋等十事而心不壞法身智身無作無想是故以立其名　二釋三昧之體用者以法身根本智爲體起方便善巧智與十事供養等衆生數佛爲用　三隨文釋義二義如前

一長科經意者於此段中科爲四段○一佛子已下一行經明普賢菩薩重舉三昧之名○二佛子此菩薩已下至不分别如來出世及涅槃相有十八行半經明以香華蓋等十事供養等衆生數諸佛分○三佛子如日中陽燄已下至皆是心想之所分别有七行經明舉日中陽燄喻菩薩得知如來出興滅度分○四佛子此三昧已下至善巧智有十行經明入三昧如夢中所見境界憶念不忘爲人善說喻分　二隨文釋義者其義如文但入觀者善得其宜先須入無思無心定得法身之理稱虛空之性方可於根本智方便起智與供養心起用須得自在稱理智而爲之若也但修空無相法身即於智不能起用若但一向生想不見無相法身即純是有爲一一依此十定次第方便一一經文自具明矣

△第五知過去莊嚴藏三昧於此段中三門如前　一釋三昧名者何故名爲知過去莊嚴藏大三昧此菩薩入此定中能知過去諸佛出現刧刹諸佛出現法門以嚴自心根本智具差别智以此成名爲前之三昧與其供

養於定中須知刼刹諸佛出興之次第法門二釋三昧之體用者以根本智爲體知刼刹次第差別智爲用已下如文　三隨文釋義者三輪者神通記心正教是三輪清淨明此三昧得神通善記不忘善說諸法如歌羅邏者此云薄酪謂初受胎如薄酪自餘如文自具

◎第六智光明藏三昧者明此菩薩能知未來一切諸刼中所有諸佛若已說法若未說法皆悉能知故智光明藏者不離一念含三世刼智名之爲藏餘義如文自具於中八部王等名依初會已釋名此不表法但以供養恭敬法故親近如來

◎第七了知一切世界佛莊嚴三昧者明此菩薩能徧入十方一切世界見一切諸佛所有敎化莊嚴悉能見盡及承事供養及所聞法普入諸趣等總盡故因立名也於中文義經自具明

◎第八一切衆生差別身三昧者明入此三昧能現佛身等衆生差別身皆隨其類現故立其名也又能入同異順逆三昧故以立其名餘義如文自具

◎第九法界自在三昧者明此菩薩於自身一一毛孔中入三昧自然能知諸世間及知世間法及十方虛空界中一切世間法悉皆知盡乃至佛菩薩大衆亦皆知盡何以故以智稱法界故以智無中邊大小量故如虛空故智體性明白故於一毛孔中虛空無大小量即等虛空界悉能徧知十方世界一切境界此不可以情識籌量知當可以亡思方便

定顯發之後理智現前方可堪爲此乃定盡想亡無思無心以無作智印方會故名法界自在三昧不在情作任智徧知故名法界自在此經云如蟲食芥子孔中虛空無損減以無思之智可見以思知之者即乖身邊見盡即十方與身量同一性無表裏故情存即隔如無熱惱大龍王宮流出四河者准經說香山頂上有阿耨達池其池四方各流出一河東面私陁河師子口中流出金剛沙東入震旦國便入東海南面恒伽河從象口流出銀沙流入南印度便入南海西面信度河從牛口流出黃金沙流入信度國便入西海北面縛蒭河從琉璃馬口流出琉璃沙入波斯拂林國便入北海其池縱廣五十由旬隨方面口各一由旬於中表法經自具明優鉢羅華此云青蓮華波頭摩華此云赤蓮華拘物頭華此云小白華其華未開時華葉郁蹙然因立其名芬陁利華此云百葉白蓮華如阿那婆達多龍王者阿者無也那婆達多者熱惱也言此龍永離龍中之熱惱故於中文義表法一一如經自具

△第十無礙輪大三昧輪者譬如輪王千輻金剛輪轂輻輞輙悉圓滿明壞生死行圓表此菩薩智悲萬行神通道力滿衆生界斷衆生惑悉圓滿故明自已佛果已成菩薩智悲願行無有休息不離一念滿三世刧不離毛孔等周十方法界衆生界悲智行雲一時普覆是故名無礙輪三昧摩那斯龍王者摩那者意也斯云慈謂此龍王與雲降雨從慈心起故

△第十一爾時普眼菩薩白普賢菩薩已下直至四十三卷末明普眼菩薩問普賢菩薩如是菩薩何故不名佛不名十力分伊羅鉢那象王住金脅山者伊羅鉢那此云香葉以於寶窟邊多有香葉樹以此爲名又以化作三十三頭一一頭有六牙一一牙上化作七池一一池化作七蓮華以取能化蓮華其葉香潔因此爲名住居第一金山之脅以知帝釋欲遊行時此沒而天上出送帝釋至園遊觀時化其自身與天人相似帝釋還宮還作象身送帝釋還宮便於天上沒於寶窟中出此舉喻明此菩薩雖已成佛位不壞方便行也如彼象王雖能化身作天而常不失象之本位自餘廣義如經備文

已上十定有十一段文意明從初發心成道始終出生入涅槃總以此剎那際爲體乃至古今一切諸佛亦總同時成佛故有情延促生約眞無終始又明此一會十一品經總明至隨位佛果不壞方便行普賢之道如十信已來乘如來根本智起普賢行願并教化衆生及自資自智轉令明淨如作十度鍊眞金喻者是亦不離此定體令至十一地已去自智鍊磨已終即乃純是利益衆生普賢之行故此十定品和會從初發心來及無始來諸佛成佛時劫不遷佛果及普賢方便行無始終時劫身心作用滿十方不出毛孔時不離剎那不遷故一切古今三世歲劫皆以此十定品該收衆生迷之妄作延促迷解還源此十定爲本體不延促之常道本來如是

大方廣佛華嚴經論卷第三十七

音釋

纖 息康切細也纖小也 攀 普班切盼平聲引也 蹙 子六切迫也 輻 方六切輪輳也 轂 古祿切輻所湊也 輞 文紡切車輞也 軔 而振切止物之行曰軔 脅 虛業切身之兩脅也

大方廣佛華嚴經論卷第三十八

唐方山長者李通玄造

十通品第二十八經在四十四卷首

將釋此品兩門分別○一釋品來意○二隨文釋義

○一釋品來意者為明前有十定品此明以定起用即有十種神通

○二隨文釋義者即明定有十種神通其十通者具如下列如文具明

○第一段有十三行半經明都舉十種通之數并舉初他心智通之大用闡魔王者此曰遮止謂遮止誡勗罪人能離苦故爾時普賢菩薩起至善知他心智神通止

○第二段有十一行經明天眼智通之大用佛子起至天眼智神通止

○第三一段有二十四行半經明宿命隨念智通大用佛子起至宿住智神通止

○第四一段有十八行經明知盡未來際劫智通大用佛子起至未來際劫智神通止

○第五一段有十三行半經明天耳圓滿通之大用佛子起至天耳智神通止

○第六一段有二十行半經明住無體性神通起十三種神通大用佛子起至佛剎智神通止

○第七一段有十三行經明善分別一切衆生語言智通大用佛子起至言辭智神通止

○第八一段有四十一行經明出生無量阿僧祇色身莊嚴智通大用佛子起至色身智神通止

○第九一段有二十二行半經明以一切法智通大用此明於根本無作智起一切差別智故佛子起至法智神通止

○第十段三十五行半經明以一切法滅盡三昧智通大用此一段明於法性寂滅理中常起大智大悲大用利生性圓滿故佛子起至無礙智神通止此已上十通皆以不思議無作無礙無限大自在智起無限寂用入因陀羅網境界重重自在法門皆不可作三乘有限量見故如阿那律我以天眼見三千大千世界如觀掌中菴摩勒果等如權教菩薩見自他佛國往來彼此皆有量故此約法身無限無表裏中間智身亦爾總無限故處帝網重重大用故總約第一義天一切智天非如世間上界諸天眼耳通及三乘聲聞縁覺淨土菩薩通故以住無體性神通身恒不離本處而十方一切諸佛國土一切衆生國土皆悉現自在身及以毛孔而眼耳鼻舌身心無不共同一體一性如因陁羅網衆像互容無往來自他之性此十通體如是徧周如是通徹名爲神通以智徧通與物同性而知物故名爲神通非是往來自他見故如此十定十通十忍等是十地位終入於生死利衆生之方便亦是十住十行十迴向十地十一地五位通修餘義經文自具

十忍品第二十九

將釋此品約分三門○一釋品名目○二釋品來意○三隨文釋義

○一釋品名目者明此品通初發心之始自位昇進行之門亦通佛果後利衆生成行之方便以隨行之忍依行立名若以權敎菩薩地前爲伏忍地上見道方入順無生忍若以

一乘通十住初心得憶念諸佛智慧光明門名生佛智慧家名得音聲忍亦名順無生忍但爲隨行名異故且約十住初生佛智慧家約名順佛正智慧無生忍以十行中名以佛智慧隨行無生忍以十迴向中以約理智之中以無限大願起大慈悲門和融理智大慈悲使令均調名和融大願大悲大智寂用無生忍此是地前隨行順無生忍從初地至三地總取地前三位總作一法修行名長養智悲使令慣習成滿以初地依地前十住十行十迴向大願圓滿發心起常處生死守護衆生之志是故亦名順忍直至八地名得無生忍善財童子初地善知識名婆珊演底此名主當春生苗稼亦名依止無畏爲明表主當衆生初發心之菩提苗稼亦名主當衆生與作依止使令無畏此初地菩薩以前願力處衆生界行故二地明修上上十善戒治欲界惑習使令無著故三地修上界八禪及以九定令於禪界不著此名順其理智利俗長養大悲順無生忍四地方明三界不污又明生在佛家五地以禪定門發善巧智慧修世間技藝六地修世間出世間智慧已終滅定三空現前名寂滅忍七地常處生死行圓八地現行菩薩行功用已終得無生忍九地以法師位明說法得自在用十地佛用一分方終十一地普賢行滿已去純是妙覺如來不離菩薩方便以用濟生此十種忍若以十地昇進論之一地得一忍十定十通亦然約以堪忍之位至普賢行內以立品之名目又隨位進修之位調治之功隨行立名名之十忍品

○二釋品來意者前已有十通此乃約通有忍若無神智通達但成伏忍法忍不生以此品須來此乃十地已前以忍成通十一地内以通成忍亦是十定十通十忍是一德之功用故

○三隨文釋義者已下有十段文明十種忍

△第十段已下有一段頌是重頌前十忍法故如第一音聲忍總配五位中初位十住初十行初十廻向初十地初十一地初如第二順忍者十住第二住十行第二行十廻向第二廻向十地第二地十一地第二位如是一一次第五位同配但以昇進功用慣習生熟不同故如是無生法忍如幻忍如燄忍如夢忍如響忍如影忍如化忍如空忍皆如上一一隨五位同配同修又一位具十忍故餘義如文自具已上十一地行滿

阿僧祇品第三十

將釋此品約立四門○一釋品來意○二釋能問之主○三釋說法之主○四隨文釋義

○一釋品來意者明前十定十通十忍三品明該括因果初終始末不遷剎那之際已成神通法忍具足明一切諸佛所施因果教行方便果行相資始終不絕不離剎那之時如仁王經一念中具九十剎那一剎那經九百生滅如是三世佛果及普賢方便行總時不遷故但以剎那爲量不立生滅之名設論生滅但於剎那内安立更無長短自此已下至如來出現品明佛果之中三業廣大自在行門且如阿僧祇一品明如來心業廣大自在二如來壽量品明如來命廣大自在三菩薩

住處品明如來行攝生廣大常住自在四佛不思議法品明歎佛三業神德廣大自在五如來十身相海品明佛身業報得莊嚴廣大自在六如來隨好光明功德品明佛三業所順法身所感之功德廣大自在依纓絡經配第三禪說佛華三昧有百萬億頌即是此普賢行品是其畧也當第七會合名佛華三昧品七普賢行品明佛三業果行徧周廣大自在八如來出現品明佛覺行徧周常於一切世間無時不出現廣大自在此之八品經總歎佛果行智德三業功用及莊嚴報相廣大自在故以次此品須來

○二釋能問法主者菩薩名心王此明得心成忍之後心業自在名之爲王

○三釋能說法之主者此品何故如來自說明此數法廣大下位智所不及唯佛能究竟故此是佛果二愚非至差別智滿方了即此阿僧祇品隨好光明功德品二品法是如來自說自餘五位各各隨位菩薩自說十信菩薩說十信法即文殊覺首等是十住菩薩說十住法即法慧財慧等是如是准此例知以此此品非至差別智果滿佛位方明還是如來自說故所問之主還是如來心智自在名之爲王表心自在故方堪能問總是佛自在之心故設敎法則令學者倣之故說行以普賢主之以行成忍即以王主之又此數法智滿佛果方終以智徧故任運而知非是加行作意而知以此佛自說故

○四隨文釋義者一百洛叉爲一俱胝者一洛叉此云一億一俱胝此云一兆又案此方

黄帝算法總有二十三數謂一二三四五六七八九十百千萬億兆京秭垓壤溝澗正載從壤已去有三等數法其下者十十變之中者萬萬變之上者億億變之今此阿僧祇品用上等數法故云百千百千爲一俱胝俱胝俱胝是當此壤也那由他當溝也鞞婆羅當此澗也作正也來載也自是已去此方數名盡也彌伽及毗伽皆上聲呼矜(居陵反)羯摩娑婆(上聲呼)羅(郎何反)毗佉擔(多甘反)醫(於奚反)攞陁阿麼(莫我反)教(蒲没反)薜(蒲計反)窣(蘇没反)髀(普計反)謎(莫計反)荼(宅加反)此已上數義廣大雖復無量難量意明如來智慧普賢願行三業廣大世數不能及故如下文頌中具明此已上依大數有百二十大數至不可說不可說轉以爲一終頌云不可言說不可說充滿一切不可說不可言說諸劫中說不可說不可盡不可言說諸佛刹皆悉碎抹爲微塵一塵中刹不可說如一一切皆如是此不可說諸佛刹一念碎塵不可說念念所碎悉皆然盡不可說劫恒爾此塵爲刹不可說此刹爲塵說更難以不可說算數法不可說劫如是數以此諸塵數諸劫一塵十方不可說爾劫稱讚一普賢無能盡其功德量意明如來普賢願行功德過稱量數量所不及故如是此品說佛位内普賢行願虛空不可量刹塵不可比無限重重無限重重廣如經自具如是多劫是一刹那際多如是如來普賢行是一刹那中無盡故准前第二會所問合有十頂品來文未至

壽量品第三十一

將釋此品約作三門○一釋品來意○二釋

說敎之主○三隨文釋義
○一釋品來意者明前品既是阿僧祇此即合便有壽量
○二釋說敎之主者說此品敎主以心王菩薩說者明佛壽量以心王爲體以心王表命自在故即明如來心王之命隨根延促長短任物自在而實如來無壽命者無長短者故
○三隨文釋義者此之一品經明佛壽量長短約未悟者作節級令知如來壽量無盡以少顯多以短顯長若不如是云何能知佛之壽量然實如來無長短命性無生滅故如來壽命如根本智無生無滅無去無來故約以十佛之命表之無盡故
　菩薩住處品第三十二
將釋此品約作三門○一釋品來意○二釋說法之主○三隨文釋義
○一釋品來意者前有如來壽命住刼此品佛以菩薩行持世間人間海中攝化徧故此方如是十方國土及閻浮提倒然且約住處雖有所依化行無方不至總是身含佛刹毛容法界之衆於刹那際應十方而等周對現色身隨根普見爲明菩薩住持攝化境界此品須來
○二釋說法之主者明菩薩攝化住持之行是心王自在隨智之行故令心王菩薩說此住處之品總明隨自心王起智用故明以普賢行隨行成忍已後皆名心王於世自在明不與物違
○三隨文釋義者支提山者此云淨信爲此山見者能生淨信毗舍離城此云廣博爲於

中印度中最廣大故亦名廣嚴城摩度羅城者此云孔雀城亦云容蓋皆因古事立名倶珍那城亦名倶陳那倶陳者此云大盆於大盆中畜水若池恒於盆側修仙法常爲人説護淨經及養生經後學之徒皆以師法爲姓今城因此爲稱目真隣陁窟此云解脱是龍名也隣陁此云處以有龍在此處聞法得解脱故因此爲名摩蘭陀國未翻甘菩遮國未翻震旦或曰支那亦云真丹此翻爲思慮爲此國人多思慮計度以之爲名是此漢國也那羅延此云堅牢疏勒國正云佉路數怛勒此方存畧但云疏勒迦葉彌羅國舊云罽賓國此翻爲阿誰入昔此國未立之時其有大龍池人莫敢近其後有一羅漢見其形勝宜人居止乃從龍乞容一膝地龍乃許之羅漢化身令大其膝漸滿池中龍以言信捨之而去羅漢以神力乾竭其水令百姓居之建立屋宅衆人咸言我等不因聖師阿誰得入此處故從此語以立其名其國即在北印度境乾陁羅國此云持地以此國多有賢聖居在此國不爲他國所侵害故又云乾陁是香羅謂陁羅此云徧也言此國内多生香氣徧故在中印度北北印度南二界中間苫婆羅窟是香華樹名其窟側近多生此樹因名耳此之一品大意明菩薩攝生住持不斷三寶之行但舉此一閻浮提表十方刹土及一切閻浮提總皆准此◎已上加第三禪佛華會以爲七會通下離世間普光明殿中會及法界品逝多林會總爲十會

佛不思議法品第三十三

將釋此品約立四門○一釋品名目○二釋品來意○三釋能說法主○四隨文釋義

○一釋品名目者此品依如來身口智三業得名云何名不思議想心不能及名爲不思情識名言不能及故言不議以想心曰思是有所得心故言義名識是世情名言義量是妄度量心不能及情亡識滅任智用故明如來智用非識心妄情思慮所知故非情亡想寂智現乃應是修方便三昧力方現也識情昧正智現前名爲不思議

○二釋品來意者明前品既說菩薩住處攝生住持之宜此品即明能化之智故名佛不思議非情識議量所爲任智自性徧周不爲應物故有此品來也

○三釋能說法主者說法菩薩號青蓮華藏明前品菩薩得法成忍得心自在號曰心王此明根本智圓明清淨無染名青蓮華以根本智圓明能成差別智名藏故告蓮華藏菩薩者明根本智告差別智故爲表相成故三乘名先得智緣眞後得智緣俗此一乘得即同得不分三世有前後故故青蓮華藏菩薩告蓮華藏菩薩說此不思議如來國土身眼耳鼻等不思議智自在法故此品意明以自心王根本智說差別智敎化衆生自佛事業大自在用故爲此會中從阿僧祇品至出現品有八品經總談佛果位中心行法則故該前五位差別同所歸故不移十三昧之體普光明智而有此八品法門及一部經故皆約自佛智德立菩薩名而說自法令易解故

○四隨文釋義者於此一品經長科爲三十

五段前三段是問并佛加持及青蓮華獲益後三十二段是答

○第一爾時已下至云何不思議有六行經明諸菩薩大衆作念有問佛十種不思議分

○第二爾時世尊已下至佛法方便有四行半經明如來以十法加持青蓮華藏菩薩分

○第三爾時青蓮華藏菩薩已下至告蓮華藏菩薩言佛子有六行經明青蓮華藏菩薩蒙佛加持以十種自在智慧欲答前菩薩衆所問十法分

○第四諸佛世尊已下至無有障礙究竟之法有五行經明青蓮華藏菩薩都舉諸佛有十種無量住且總答前大衆十種問分◎已下通十種無量住總有三十二種無量普徧周無礙總別同異成壞自在因陁羅網門答

前十問問佛不思議法故於此三十二種如因陁羅網互參普徧周法門中約數有三百二十種答前十問此三百二十種因陁羅網互參法門中以明佛不思議無盡無盡重重重重無限無限如下一一段中自具十法如經自明不煩科意

◎此品大意明從前進修至此自已三業身語智用業用廣大會佛三業廣大用故一業之上答十百千萬等無量三業用故三業用上各答三十百千萬等十種無量三業之上各答三十百千萬等不可說無量業用餘兩段各具十百千萬無量以明三業所明業用不離二諦眞俗二門一一十法之中身語智爲體餘七是三業上用故以青蓮華藏菩薩答前十問有三十二種答一一答中皆有十

無盡法故意明至此佛果三業用中眞俗法滿足故故號佛爲無上兩足尊也此明三種業用二智徧周總攝諸法故青蓮華是眞智蓮華藏是隨俗智以眞俗二智自說自巳三種業用廣大自在不思議門人王都邑者王所居城所管天下爲都自餘爲邑宫殿者所居止寢宿之室爲宫以法治生陳設正法處爲殿毗舍闍者是鬼趣此云噉人精氣屬東方提頭賴吒天王所管提頭賴吒者此云持國謂護持國土因以爲名乾闥婆此曰尋香是樂神亦此王所管如於身毛孔及一微塵中所現一切世界國土一切諸佛及以衆生咸住其中施化佛事者妄情滅惟智境乃爾以三昧力方現非情識所求法常如是然唯妄情自隔故如世界種等前華藏品巳釋自餘如文自具

如來十身相海品第三十四

將釋此品約分三門○一釋品來意○二釋能說法主○三隨文釋義

○一釋品來意者明前品說自佛三業二智入不思議際徧周廣大無限饒益衆生此品約三業二智入不思議智中之報身故此品來也

○二釋能說法主者明此相海由行報成普賢是行還令行者自說自行報德之果

○三隨文釋義者於此一品經長分爲九十九段△第一爾時普賢菩薩巳下至所有相海一行半經是初總舉如來身相如海廣多△第二畧說九十七種大人之相分爲九十七段如下◎最下一段總說十華藏世界微

塵數諸相爲總結通初爾時已下都有九十九段經文以取十華藏世界微塵數相海莊嚴號十身相海品此一品經文大意明三種業用身語智廣大無限利益一切衆生善根行上報生福相如初舉頂上三十二寶莊嚴大人相其中有大人相名光照一切方普放無量大光明網一切妙寶以爲莊嚴者初明三十種寶是明三種業用是萬德之總相二種寶是二智明如來三業二智是修衆福之本故萬善根海無不以此三業二智以爲體故故初所感果以先標爲首又用嚴如來之頭首故經云其中有大人相名光照一切方方者法也是根本智成差別智之法故普放無量大光明網者是差別智中隨根設教濟漉一切衆生之所報生約因名爲光網一切妙寶以爲莊嚴者一切業果福相報得皆以此二智爲所莊嚴故寶髮周徧者明以智治生周旋普覆以此報生寶髮柔輭密緻者慈悲柔輭衆根普濟報成故一一寶髮咸放摩尼寶光充滿一切無邊世界悉現佛身色相圓滿者明於根本智所生諸差別智起差別行皆純淨無垢故報得摩尼淨光化佛身爲約此二智純淨無礙所有報境總成智用故皆與身同此三業上一中報十三業上三十故二智上二種總言三十二種寶用嚴頂髮通此頂上及身畧舉有九十七種大人之相者明且約隨眞俗二智淨三業上行七菩提分十波羅蜜能淨一切三界九品煩惱便爲智用以智淨故所有報果亦淨以智無礙自在故所有報果亦自在故九品煩惱者欲

界一色界四禪無色界四禪上二界有八欲界一共爲九品有能覺之者便以二智七覺十波羅蜜方便自利及以利生具普賢行滿便報成此九十七相以十波羅蜜方便發起三界中大自在行用故於九品煩惱上各成十波羅蜜行門成九十種大人相以七菩提分上助顯方便分明故以成七種通以此七覺分十波羅蜜助道方便行助顯九品煩惱成眞俗二智令大悲圓滿於一品煩惱上成十種行門報生十種相九十配十波羅蜜七種配七覺分十華藏世界微塵相者配眞俗二智三業及行普賢行徧周也問曰此出何教所配答曰此經所有法門但出自教餘經不能與此教門相會何者是自教答曰爲普賢是佛自行還令自行說自行所報得之相

普賢行者不離眞俗二智七菩提分十波羅蜜故但約名知教約教知行約行治惑惑亡報成即知因果所生即爲教也不可引餘權教三乘行門例此所修因果報得但准已前諸品所放光及菩薩名乃至座名數以次類之可曉其意也佛行普賢行者不離三界九地煩惱中而成智悲之門所有報生因果還約三界九品煩惱中成殊勝智行出三界自在行獲過三界殊勝報業故以此准知可明佛意即是經之教也已下諸相以此三業二智七覺分十波羅蜜爲體又以七菩提分九波羅蜜共成一箇智波羅蜜以智波羅蜜爲佛果七菩提分九波羅蜜是行故報得九十七種大人之相十蓮華藏世界微塵數大人之相者是差別智大悲圓滿十方世界以普

賢行報得故此前後二釋義通其一故已下諸相約根本智起大悲用隨差别智報生如文自明如經云紺蒲成就者意明頸文三約嬰節成就云西國有紺蒲果赤色三約文成以此比之彌盧藏雲者明如來右輔上牙大人相寶䫌高遠如須彌山之狀也

如來隨好光明功德品第三十五

將釋此品約立四門○一釋品名目○二釋品來意○三釋說法之主○四隨文釋義

○一釋品名目何故名爲隨好光明功德者明前品已明十身相海有十蓮華藏世界微塵數相海莊嚴其身此品約其佛身相中隨相無性功德故以約行報得成大人之相隨行法身之理智以成光明故以立品名故以隨行破煩惱之妙理智慧以成報相之光

○二釋品來意者明前品大人之相約如來行生報得故即令普賢說故爲普賢行是一切諸佛行故此隨好光明明法身根本智無性隨行無體無相功德以爲光明能大利物還以無形質無體性光照有緣如無形質天皷音聲說法令解脫故此品須來然雖理行無二同爲一體今約感果利物之殊不可無其次第

○三釋說教之主者明如是妙理之果寶手是引接義故表以法身妙慧性光引接一切衆生故立此品何故如來自說如來自說此品者明佛果中二愚一數法廣大愚二隨好光明功德愚此二位法非諸菩薩智所及至佛果滿方明以理智法身但與行作無依之體達妄之緣其行中所感功德之相即屬普

賢行成即普賢自行報生還令普賢自說自行報終之果阿僧祇品是數法廣大隨好光明功德品是法身智身自體無性無依功德故此二法皆非依行作得不由普賢行之所及故但與行爲依止故是當普賢行滿佛果位終之法是故如來自說明當位自說自位法門令後學者不惑故此品明法身智身無相理中功德所有利物之法還以光明天鼓無形質物響音所告還說法身無相妙理頓登十地離垢之功故非餘下位和會大願智悲萬行之相得故以是如來自位自說故雖行果與智果不殊然約法辯位令法則分明令發心修行者解行不惑意明法身及根本智不屬行所修生唯大悲及差別智須依此根本智加普賢大願力和融廻向修學常以根本智爲無作之體此之法身及根本智雖加十波羅蜜三十七菩提分法四攝四無量成就饒益衆生之行然根本智法身爲無自性可有成壞但能與一切諸行願作無染著無煩惱無三界業解脫果之體以此品中明此隨好功德能隨行用不失自果廣利衆生此是一切菩薩行之恒佛果故故以此如來自說若無此智德之果一切衆生皆無常故如虛空體全與諸有而作全體然虛空不屬修生

○四隨文釋義者於此段中長科分爲十三段

△第一爾時世尊已下至而爲眷屬有三行經明擧光之體用分

△第二佛子已下至於彼命終來生此天有

八行經明如來處兜率天時放法身妙理智無作淨光地獄獲益天鼓告因分
△第三佛子菩薩足下千輻輪中已下至入無依智印三昧有四十二行半經明惡道衆生蒙光所照捨報生天天鼓說法分
△第四時諸天子聞是音已已下至而不得見有四行半經明諸天子與供而往天宮而不得見毗盧遮那菩薩分
△第五時有天子已下至摩耶夫人胎有兩行經明天子告諸天衆菩薩所生人間分
△第六時諸天子以天眼觀已下至悔除所有諸障過惡有十五行半經明諸天子欲往人間供養天鼓音告云毗盧遮那菩薩體無來去并勸發菩提心悔除過惡分
△第七爾時天鼓已下至一切罪惡悉得清淨有二十七行經明天鼓爲諸天子說菩薩悔除罪惡達業無生分
△第八說此法時已下至離垢三昧少分之力有十一行半經明諸天子天女獲益分
△第九爾時彼諸天子已下至恒河沙善根有十二行經明諸天子與香華供佛及有衆生聞香八萬四千煩惱皆悉清淨成就香幢雲自在光明清淨善根若有衆生見其盖者種金網轉輪王一恒河沙善根分
△第十佛子菩薩住此轉輪王位已下至教化衆生有一行半經明金網轉輪王境位攝化廣狹分
△第十一佛子譬如明鏡世界已下至必得往生彼佛國土有四行經明舉月智如來喻聞名獲益分

△第十二菩薩安住已下至成就如是清淨肉眼有九行經明若有遇此金網轉輪聖王光明即獲得十地法門分

△第十三佛子假使有人已下至末有二十一行經明此清淨金網轉輪王肉眼所見境界廣大難量分隨文釋義者於此品中十三段文約立三門△一說光明所因從何所來△二蒙光觸者以何因緣△三明天鼓從何所因而能說法

△第一說光明所因從何所來者從如來自體性自清淨法身根本無依住智自性清淨功德所生能成相好無所依止故名隨好光明功德品此之光明一切衆生同共有之爲不以普賢行願助揚顯發不能顯現普賢願行不以此光明體亦不能得成法界無限大用是故此經名爲覺行互嚴經至此二行圓滿遂乃各各自顯其功前品大人之相因普賢行成還令普賢說故此品隨好光明是佛自果無作法身無依住根本智光是佛自說但依敎主以取經意舉光之中其隨好光無量今依此品畧舉其三△一初舉如來應正等覺有隨好名圓滿王者都陳根本智無依無性而能普照自在名圓滿王別舉此光中隨用云此隨好中出大光明名爲熾盛此明隨用能破迷惑七百萬阿僧祇光明而爲眷屬者此明隨用倫根七百者都數約七菩提分息六道苦乃爲七百百者數之長也皆令發起一乘中十地道故爲此光體是佛果光光所及者皆依本故又約八地已前有行有開發爲七百萬者萬行阿僧祇者明光體倫

根徧周次舉兜率天爲菩薩時放大光明名幢王照十佛刹塵世界地獄衆生得衆苦休息得十種眼耳鼻舌身意清淨捨地獄身生兜率天聞天鼓音而爲說法得離垢三昧登十地道此明光照往因十信解心修力不固有因放逸生惡道者遇光苦息三業復本此明三生成果第一生修十信解心心不精專作諸惡業第二生惡道住地獄中三業光照觸苦息生兜率天天鼓響音告法成十地果此爲三生若也於此教中依智發心專求不懈無放逸心修方便定入佛智慧生如來家爲佛眞子便名成佛如輪王第一夫人所生太子具輪王相雖未當位是王眞種體無差別如是十住初發心菩薩創從信種修方便定自顯正智生如來家雖未有神足通力當其佛位然其眞智慧種與佛不殊從此一生加行修治隨其正智入變易生神通自在如人一生身語意業修有爲十善尚得生天報得天神通何況正智慧現前法身體會無心作惡專學慈悲豈可不入變易生身也若也直約第一義論通於生死總爲變化悟智即佛不約神通爲神通是利衆生之權方便故若直取覺義智是正覺自餘神通降生成佛総屬行收今至此品明覺行圓滿佛前之二種光明一名圓滿王一名光幢王者且約佛果法身根本智圓明破惑之大用一切修道不會此根本智光無成佛期△二舉足下千輻輪光名圓滿王者明成菩薩升進加行之光爲足表所行行故常放四十種光明者成十信十住十行十廻向地前四位也中有一

光隨於一切六道種種諸欲所樂皆令成熟乃至阿鼻地獄受無間苦遇斯光者皆生兜率天天鼓響音說法及以悔除諸惑得離垢三昧或得無依智印定一光是一切六道應根起信之光餘三是十住十行十迴向加行成十地道果滿之光爲地前三賢位是圓會悲智願行已終十地但成此地前十迴向之功不別有位以此但放四十光明不放五十也無功之果是佛自位不屬行故明足下光是表十信十住十行十迴向願行之位十地約法而成功滿前願故△三右手掌中一隨好光明出現無量自在神力者此表引接光以手是引接義故此乃宜同一切世間三界所行方便非世間天人及三乘所知故且舉此三種光明偹世諸有已徧自餘廣多不論

○第二蒙光觸者何因緣者經意明先世有信心故如經云汝往昔親近衆善知識即明昔曾有信心之種雖造惡業生於地獄爲有信種光及其身苦息種存便能發意捨身生天若無先世信種設光照身者不覺不知

○三明天鼓從何所因緣而能說法如經云但以毗盧遮那三昧力故般若波羅蜜威德力故出音聲大約三緣而得聞之一毗盧遮那菩薩三昧之力二於無體性三昧中有自在無作妙慧三衆生昔曾聞此無性法身大智慧之種方堪得聞如是妙聲迷除得道如離垢三昧者是無性妙理自體無中邊等虛空性性自無垢具無限智慧知見自無我所須以方便定發起方明如法慧菩薩入無量方便三昧是也又如善財於妙峰山上得憶

念一切諸佛智慧光明者是也總是十住初心創始顯發故至此品中不離初處滿故還向普光明殿說十信心處說此十一品十一地及佛果之門表此意也不離一念不隔一時而成果故方便三昧者任無作性蕩然自定不收不攝任心自安萬惑自淨道自現爾方可任用施爲不失其理然以普賢願行方成悲智大用無作法界緣起之門一如其上五位進修行者是也如經云於色聲香味觸其內具有五百煩惱其外亦有五百煩惱瞋行多者二萬一千貪行多者二萬一千癡行多者二萬一千等分行者二萬一千已上都有八萬四千如色聲香味觸各有五蘊共十使煩惱皆意根爲主如是色聲香味觸爲外受想行識及意爲内如因内外心境成緣皆能成十使煩惱色聲香味觸受想行識及意能所互參内外各十如是内外十種煩惱一一皆能起十使煩惱即内外所緣各有五百煩惱由迷心境内外相資由内五蘊成境因外五境所起能緣由此内外能所二緣十使煩惱因之不息乃至八萬四千如是十使皆因五蘊所成一一使中有百以將十使中五蘊以五蘊成十使一一蘊中一百五蘊中有五百以五蘊成五塵五塵中有五百以塵蘊爲内外之上共爲一千配七識中有七千分三世三七二十一當二萬一千即依貪瞋癡多者及等分各二萬一千共爲八萬四千餘如文自具如十使中各有内外五蘊十使互叅即有一百於一百十使一一使皆有五蘊爲五百由内心緣外境互爲主伴以此内外

各有五百共成一千由末那與六識相因作業有七千煩惱法如前配三七二十一亦當二萬一千

◎若約此品法門天鼓所說無生理智及說悔除過惡之法甚善甚妙修道發菩提心者可以持誦作意傚而學之以方便定慧力勤思觀察還同此品剎那成佛於中法門融通次第具如此品如善財童子所見善知識皆云我已先發阿耨多羅三藐三菩提心云何教我學菩薩道者明菩提無求無修無三世故但求其行菩提無修此隨好光明功德但與行作光明令行無依無修作者一切發心者先修方便三昧而以顯之從此理中方當加行是故名以果成因門以因即果門以理智之外無別行故即理事無礙以爲進修是故但求其菩薩道即行是菩提明隨行無得故是以發普賢行未圓滿故求菩薩道以菩提無三世不出一剎那萬行皆圓滿故名爲佛乘即乃直論智境不分三世延促等障凡夫及三乘謂三無數劫及無限劫是此教中智境不遷之門故以本如是故法如是故非佛神通使然也三乘情見謂佛神通以迷實法本來如是此普光明殿中十一品法是都該一部及無盡古今總不移毫念也須當如是信解修行名悟佛知見入佛知見故當知十地及等妙二位總依十信十住十行十迴向法則而成

大方廣佛華嚴經論卷第三十八

音釋

蓺倪祭切音藝才能也　罽居例切音記國名　苫詩廉切音痁以草覆屋

輭乳兗切音軟

大方廣佛華嚴經論卷第三十九

唐 方山長者李通玄造

普賢行品第三十六 經在四十九卷

將釋此品約作四門分別○一釋品名目○二釋品來意○三釋說教之主○四隨文釋義

○一釋品名目者何故名爲普賢行品爲明從初會菩提場如來是佛果如十普賢菩薩并已下菩薩神天等衆是佛普賢行故從第二會普光明殿說不動智佛無礙智等十智如來以成十信心明其能信自心是不動智佛是自心之本果餘九亦然文殊師利覺首目首等十首菩薩是自身所行普賢之行以次十住十行十迴向十地十一地所有十十等佛號十十等菩薩名乃至無量佛號無量菩薩名皆是自身自心進修佛果自普賢行直至於此普賢行品是一箇自心佛果一箇自心普賢行至如來出現品方明自心佛果現理智體用方終以此出現品中如來放眉間光灌文殊頂口中光灌普賢口令其理智法身妙慧文殊師利共普賢菩薩自相問答如來出現所有境界方明自身理智妙慧普賢行海佛果進修始終圓滿付囑流通亦在出現品內離世間品是佛果後常道無始終普賢行故法界品是佛常道法界如以佛果後普賢行依義亦可作利世間品是自已道行已滿純是利益世間無世間可離無出世間可至故以普賢行恒利益衆生爲本故餘義至後品重明以此品通該十信已來至出現品一勢始終因果本末以立其品名大約

此一會十定已來十一品經總以十定之體通收始末不出一刹那際故此品以明佛果位内自行普賢行滿故以立其名
○二釋品來意者爲明前品果極性智光明以利衆生此品明普賢行能利物故有理智無行理智乃處俗不圓有行無理智其行無由出俗故理行體徹方成不二自在之門以此此品須來
○三釋説敎之主者此品何故普賢爲能説敎之主者爲此品行門是普賢之行滿故還令普賢自説明普賢是法身本智妙理之用故二法獨行即不圓故先舉法身性智之光次説普賢之行故
○四隨文釋義者於此一品經長科爲十五段
○第一爾時普賢菩薩已下至出興於世有五行半經明衆生去佛道遠佛乃出世前品所説畧説少分境界分隨文釋義者如向所説者言前十身相海品及隨好光明功德品是畧説少分爲邪見恒與結使繫縛恒相應故遠離如來道不云出現若以正見何出何没何成何壞何染何淨若得自心如是平等不染不淨是佛出興結縛者六處結縛眼耳鼻舌身意邪見者所謂八邪邪念邪命邪思邪精進邪定邪語邪業邪慧計我我所者身邊二見是顛倒疑惑者四倒無常計常無我計我非樂計樂不淨計淨如來爲如是衆生示現出興畧説少分福德境界而實如來無出無没唯道相應者智境自會不於諸佛作出生滅没之見但自以定觀二門以治心垢

身邊見謝智現相應

○第二佛子已下至成就百萬障門故有兩行半經明普賢菩薩衆生有大過惡不曾見一過惡若見一菩薩有瞋心成百萬障門分

○第三何等爲百萬障門已下至成就如是等百萬障門有四十四行經明舉一百箇障門以彰百萬障門之首分已下説一百箇障門與百萬障門爲首以防修道者於他菩薩起一念瞋心如經自具如有修道者大須慎之如上修道創始發心非慮亡想盡其道乃會情在想存我見求道終不相應須依智人自摧憍慢敬心徹到方以定觀二門決擇上二界禪聲聞外道及權教菩薩所修定慧一一須知方識正法方始心無邪正求差別智門以大願力長大慈悲成普賢行如作賊心求法不善調心慠慢心增於他菩薩起一念瞋恨當入百萬障門如經具明作惡神惡鬼等難已得一分求道之心助成勢力怒不可當諸有發心者應當防之如法謙敬一心志求亦可常須誦持此普賢行品以防三業令使應真

○第四何以故已下至起瞋心者有一行半經明都結已上於他菩薩不起瞋心分（下六段演第五至十而士五段之序方明）

□是故諸菩薩摩訶薩已下至佛子菩薩摩訶薩應發心恭敬受持有六段十法如經文義自明○一諸菩薩欲疾滿足諸菩薩行應勤修十法○二則能具足十種清淨分○三則能具足十廣大智分○四則得十種普入分○五則住十種勝妙心分○六則得十種

善巧智分已上有十段經文如經云知一切衆生心行智者此名他心智以自無心自他障絶即自心與一切衆生心一體無二以此能知一切衆生心故以自心衆生心無二故乃至知一切佛法深密理趣智亦爾以自心無自他心故即聖凡一理同體聖凡一理同體即聖凡心法悉知故以聖凡心一理故即身無内外諸見無内外見故即無邊世界虚空界平等自心與虚空界平等即無大小遠近中間既自心無大小遠近中間即智恒徧滿十方世界而無往來既智恒徧滿十方世界而無往來即能隨根對現色身自在既能隨根對現色身自在即應根説法自在即一身多身相入自在已下諸自在法皆如是修行以禪定智慧力性自融通非生滅妄想所知如是自無心無思無妄想之正智性自徧周而無來往隨時隨根爲教化一切衆生故現作一切等衆生之事業皆無作者無有處所任性智用故如響應聲無有處所無作者故非往來故已下皆准此智知之修之

○第十一何以故已下至與三世諸佛法等有兩行半經明聞此法勸恭敬受持以少方便速成佛分

○第十二爾時佛神力故已下至一切世界中悉亦如是有十一行經明正法感感地六震動天興供雲供養法分如地動興供有三義一法感感也二諸菩薩聞法適悦三如經云法如是故經云受持此法少作功力疾得菩提者一念無思無依智現即菩提也

○第十三爾時佛神力故已下至十方一切

世界中悉亦如是有十行半經明普勝世界一切處普賢菩薩俱來作證分如十方各過十不可説世界佛刹微塵數世界外有十佛刹微塵數菩薩摩訶薩來詣此土充滿十方者此即是普賢行滿故歎言善哉善哉者歎教法難遇故佛子乃能説此諸佛如來最大誓願受記深法者明普賢行願是理智大悲圓滿法果行已終故以果終是佛受記深法故明法身智身大悲之行塵塵之内具佛普賢無盡行故號曰甚深佛子我等一切同名普賢明法行無二以此名同各從普勝世界普幢自在如來所來者處道謙和名爲普勝世界能破自他憍慢及諸煩惱號之普幢幢者明心不隨境動理智悲行重重徧周故名爲普勝幢雖處生死不與染俱名爲自在此佛號世界是隨行因果之名來詣此土者明昇進位極至此法也以佛神力故於一切處演説此法者前明身業行周此明語業徧周已下如文可見

○第十四爾時普賢菩薩已下有七行經明普賢菩薩觀衆并陳説頌之意分如經欲開示菩薩行者普賢行是欲説如來行菩提界者法身無性根本智是欲説大願界者是普賢發興大悲願者是欲説一切世界刼數者如下頌中云一刼入一切刼一切刼入一刼一念入一切刼者是欲明如來出世功不唐捐者明應根不失時欲明所種善根必獲果報者明佛菩薩應根衆生獲益欲明大威德菩薩爲一切衆生現形説法者明理智徧周無來往而對現色身隨根授法已上十事法

皆已下頌中一一具明

○第十五正申頌意此一段頌有一百二十一行並一時普頌前十法明普賢行終因果理智悲願皆圓滿故如頌中自明

如來出現品第三十七

將釋此品約立四門○一釋品名目○二釋品來意○三釋如來放光加文殊普賢所由○四隨文釋義

○一釋品名目者何故名爲如來出現品爲從第二會普光明殿說十信心以不動智佛爲初信首次無礙智佛等餘九佛是十信中進修又明一智中具十種智故隨行立名從十信中信進修行不離根本智不動智體起大悲願行修差別智成大慈悲至此位滿名爲如來出現品明前初會菩提場中出現始成正覺者是毘盧遮那佛出現此品中出現是菩薩進修五位行解智悲位滿出現故名出現品亦如善財見德生童子有德童女表智悲二行滿故便見慈氏如來是表如來出現義是故如來以光加此二人問答說如來出現之門文殊表現根本智普賢是差別智成就饒益衆生之門

○二釋品來意者明前五位中文殊普賢及佛果三法已周此明佛果行圓滿故此品須來

○三釋如來放光加文殊普賢所由者明如來眉間光是佛中道佛果智光以灌文殊之頂者明佛果智德高勝爲令文殊起問佛果之門如來放口中光灌普賢口者明普賢是差別智滿欲令說法故問曰何故如來不自

說此品所以放光加此文殊普賢二人答曰以表法故令後學者易解故非是如來自不能說云何爲表法答曰爲明文殊是佛法身現根本智者普賢菩薩是佛昇進修行差別智者明至此位根本智及差別智齊滿周圓方始名爲如來出現表以法身自性白淨無垢中能現自體無依明淨本智問差別智自說自已修行行解之心與古今諸佛合其智德方是自已所行覺行圓滿佛故是故如來放光加之成法則故明一切菩薩果滿功終法皆如是佛所放光許至佛位故法非謬故表明如是法身根本智差別智利生萬行齊備周圓方是自已如來出現表文殊是現根本智者普賢是說法者佛是果也思之可見大意明文殊普賢是成就佛果理智行門還令說佛出現之法佛是根本智自體無言凡是有言皆是差別智初會菩提場中毘盧遮那佛出現者明初會菩提場非是毘盧遮那如來放光成法與初發心修行者爲樣式故明表法身根本智與差別利生行周圓滿故令此二人說自佛與古佛出興恰相似故如是文殊普賢是古今諸佛之共法若初發心者從初發信心已來皆悉遊履此之文殊普賢二行至此方滿故如是進修皆不離初信中不動智佛十智之體故以明時不動智不動行不動能徧遊十方不動一入多不動多入一不動小入大不動乃至如經所明爲達身心理智無性無依情識繫亡法會常爾故以此五位昇進或昇天表法或身徧十方終成不離普光明殿本智之體一剎那際是故

此自果已終之法還不離說信心之處普光明殿說還如善財至慈氏如來還見文殊信心初友入普賢身相似恐後學者迷法一一以善財將行表之令易解故大意依此可知又約此一部之經有三終因果二種常道一從初菩提場至毘盧遮那品有六品經是佛自分五位中因果即以十普賢海月光大明菩薩通神天等五十衆是二發信心菩薩五位通信心即六位因果者從第二會於普光明殿說佛名號品已下至第八會普光明殿如來出現品有三十二品經明菩薩發心因果一終此三十二品中第三禪佛華三昧品未來是此修行中加行之次第三自文殊師利至大塔廟說普照法界修多羅門化善財令南求五十三勝友明以行勸修五位一終之因果爲表但說教由恐在行還迷以置善財是發心能行行者五十三善知識是已行行之人一一求學昇進與後發菩提心者作五位昇進之樣令不迷其行故其中意至文方釋二種常道者如法界品離世間品於出離道常利衆生恒眞法界非虛妄也常眞法界是常道佛果故恒利世間利生無求自利是佛常道之普賢行也是名此經三終因果二種常道如第二會至第八會中如來出現品是明發心菩薩昇進五位一終付囑流通總在此品明此品是五位昇進果圓之末也有人於法界品終覓付囑流通此爲未得經之意趣以法界品總該一部教體及以三世古今無本末時分寂用之大體非是安立加行置因果所爲但以引接菩薩發心乘法界

乘引接迷徒至此如來出現品以明經五位加行進修功熟處方論流通付囑故若論根本法界性自不迷性自不悟無出無没不成不壞無流無通也此付囑流通意從凡夫未悟令加行功終處說故非在法界品後也如法界品直論一切諸佛功終之果是自流通不須付囑如法界品中如來師子座暨于法界無有邊涯此明果極也如此如來出現品明信心者五位加行功終之力方始純實創登功畢二行圓周便說付囑流通明果初滿故方入常道法界非古今始末之量也流通此法名曰流通即法界品是爲自以法界功滿常以法界行勸衆生以方便行倣而學之名爲付囑流通方便行者即五位中方法是也即諸波羅蜜四攝四無量三十七品大願大智大悲等是一切諸佛法皆如是方能成也

○四隨文釋義者於此一品之中長科兩段

△第一從初爾時世尊已下至佛子如是無量阿僧祇法門圓滿成於如來於中并頌有一百行半經明如來放光加文殊普賢令說如來出現分隨文釋義分爲五段

○第一從初爾時世尊從眉間放白毫相光已下至而說頌言有十二行半經明佛放光灌文殊頂令問法分

○第二二十行頌明文殊師利菩薩稱歎如來德及放光加持之意請問誰堪演說佛境界分

○第三爾時如來即於口中放大光明已下至頌有三十五行經明如來放光入普賢口

令文殊知問法所在并舉問如來出現十法分

○第四二十行頌明文殊師利菩薩重頌前所請說如來出現十法分

○第五爾時普賢菩薩摩訶薩已下至佛子如是無量阿僧祇法門圓滿成於如來明普賢告衆如來出現有十無量百千阿僧祇事而得成就分　已上五段是佛光加文殊普賢令相問答說佛出現分光加之意前已敘竟大意表法中明昇進修行法身根本智差別智慈悲行十方圓終處明爲如來出現故放光加令文殊普賢二人明理智體用參徹是如來出現明文殊是十方一切諸佛之法身妙理現根本智慧之門普賢是十方一切諸佛差別智萬行大悲之門令明五位進修至此位此二法圓滿名自佛出現故放眉間光灌文殊頂令問自佛果極至頂法門放口中光是說教之光令說自己佛果極至頂差別萬行智悲十方圓滿法故以此二人表法令學者易解故非是如來自不能說又表根本智非言所及也此一品經表明法身根本智差別智悲萬行圓滿故十地十一地已前加行此位眞俗二法功終其義如文自明

△第二佛子譬如三千大千世界已下有十段經明普賢菩薩說如來出現身境界及所行行十事之法分於此段中演說如來十種出現門中有十段經文說如來出現有十百千阿僧祇事其十者

○第一明如來十無量出現

○第二明如來出現有十無量身

○第三明如來出現有十無量音聲
○第四明如來出現有十無量心
○第五明如來出現有十無量境界
○第六明如來出現有十無量所行之行
○第七明如來出現有十無量成正覺
○第八明如來出現有十無量轉法輪
○第九明如來出現有十無量入涅槃
○第十明如來出現有十無量見聞親近
如是已上如來出現十無量法一一法皆有十喻如經具明如佉陁羅山者此是木名尼民陁羅山此云持邊山目眞隣陁山此云解脱此是解脱龍所居處優波尼沙陁分前已釋訖或牟薩羅此云紫色寶如是已上都有百喻喻如來出現身心智慧十無量事境界皆是非喻爲喻畧示少分是心智路絶任不思議無性無作任無限自在之功用故非言量譬喻所表及故如此品付囑流通中此法門不入餘衆生手者樂學二乘三乘聲聞緣覺樂空無我願生淨土者是餘衆生以未廻心住變易生死是餘衆生故若有大心凡夫及三乘有廻心者佛所付囑名曰流通設令於此法聖位菩薩自所演說無凡夫樂學不名付囑不名流通明此經付囑凡夫及三乘有廻心者令使樂學學已悟入名曰流通不付已生佛家入位十地已去菩薩若論十地已去入佛境界菩薩十方此土數分難量如來何須慮恐無人信樂無人流通是故當知付大心凡夫及三乘廻心者令其悟入名曰付囑流通不付囑十地已去大菩薩等經意唯爲趣向乘不思議乘菩薩説此法門明趣

向一乘凡夫迴心悟入法界乘不思議乘十信十住令其昇進故又舉輪王太子具足王相者王命終後所有七寶不散滅諭便以此子能治王正位故若無此子王命終後此諸寶等七日中悉皆散滅佛子此經珍寶亦復如是不入一切餘衆生手唯除如來法王眞子生如來家種如來相諸善根者若無此等佛之眞子如是法門不久散滅明知但令凡夫發心悟入不付囑十地已去諸菩薩故若論入地已去諸菩薩先得道者數若世界海微塵猶尚未比何須所慮無人流通意明設有聖者常說無凡夫樂修悟入其法自滅言無凡夫修行言滅法無生滅經云唯除如來法王眞子生如來家種如來相諸善根者明如來以解脫智慧爲家如一念無念身心諸見已亡便生如來無性妙理正智慧家故名十住中初發心住此爲初生佛家四地得三界法盡亦名初生佛家八地得一分無功用現前亦名初生如來無生忍家如前已說種如來相諸善根者如來見一切法無性爲性無相爲相不壞相而無相明智境相自眞故名種如來相明自心智境界非生住滅是如來相明自心智慧等一切諸佛及以一切衆生智慧皆一性無性一相無相無表裏中間如虛空界能隨衆生性欲樂現如影身生無來處滅無去處達心境如幻是如來相達如斯法者是生在佛家種如來相諸善根種者明有修學如來如是眞智慧種故如是凡夫聞此法已修學如來如是眞智慧種名爲佛種不斷名曰付囑流通是故當知此敎不付

囑先以入位得道菩薩故經云設有菩薩於無量百千那由他劫行六波羅蜜修習種種菩提分法若未聞此如來不思議大威德法門或時聞已不信不解不順不入不得名爲眞實菩薩以不能生如來家故如是菩薩即是權教中觀空無我但欣出世雖修六波羅蜜厭苦發心樂求淨土非是達自無明是根本如來智故此菩薩修於淨行觀空無我厭苦發心取捨全在二見恒存非如此教依智發心達自心境本不思議無忻厭心無淨穢障故衆生境界是如來境界衆生心是如來心一如此品所說

日說此品時其地六種十八相動者說普賢行品直言六種震動爲明直言行體此品乃明法身理智并普賢行悲智圓滿舉十方圓動故乃至興供亦圓滿云十方各過八十不可說百千億那由他佛刹微塵數世界外各有八十不可說百千億那由他佛刹微塵數如來同名普賢皆現其身而來作證稱歎等事皆舉八十爲量佛號同名普賢者明以八聖道是佛所行以所行之行以立佛名號故此明八聖道覺行齊圓徧十方故故以八十不可說那由他佛刹微塵數佛同號普賢此覺行圓滿以八聖行爲體此會中十萬佛刹微塵數菩薩摩訶薩得一切神通三昧皆得一生之記者明既自已修行得果此是所化之衆故亦乃一生得記一生者不見三世生故名爲一生義也此乃總攝凡聖元一體相無別異性以一刹那生入此位者名爲一生更不見三世生性故實法如是餘見皆非又

佛剎微塵數衆生發阿耨多羅三藐三菩提心我亦與授記於當來世經不可說佛剎微塵數劫皆得成佛同號殊勝境界者明以一剎那中方便三昧顯正智慧海現前時無邊劫迷一時頓滅心境解脫名爲佛號殊勝境界非如情繫有如許塵劫次第積修作此解者徒生想慮未有成佛之期眞法中未曾如是已下明此四天下所度衆生廣多總結十方同此已下過十不可說百千億那由他佛剎微塵數世界外各有十不可說百千億那由他佛剎微塵數菩薩來詣於此充滿十方者明普賢行徧周同來作證普賢之法故云我等一切皆同名普賢各從普光明世界普幢自在佛所來者明皆從法身根本性自清淨普光明智名之普幢從此智上起等法界虛空界等衆生數差別智差別行行普賢行故故言從普光明世界普幢佛所來故餘義如經具明此皆約根本智作世界約差別智作普賢總合會覺行慈悲圓滿表明此品之法門如是故爲以明如來根本智中行普賢差別智故號佛爲普賢佛故總是表以佛智作諸行故以八聖道十波羅蜜不離根本智徧一切行故擧之爲數云八十不可說那由他佛剎微塵總是表法也此教爲大心者說非劣解者妄作穿鑿所知須深達本末前後經文隨位差降總別同異之意此品是自已進修經過五位已終理智萬行大悲圓之畢也是自已如來出現處世利生無著之門此品如大海五位加行河歸流廣大之極此品如須彌山諸寶山王高莫過也此品如大地

大悲育載一切含生故此品如虛空法身智身法界充滿故如圓淨摩尼寶鏡其量徧周十方一切世界色像咸現其中無礙顯現此如來出現法門亦復以法身妙理無色無形普光明根本清淨大圓明智鏡普現十方一切衆生業普賢行海諸佛身土咸處其中無不自在是故有發菩提心者當信自心及一切衆生心總有如是如來智德自在當知不久還同佛身自信有故如此品云量等三千大千世界經卷内在一微塵中一切微塵亦復如是者意令信知一切微細衆生皆有如來四智經卷之海云破彼微塵出經卷者明菩薩自得此已乃見一切衆生皆等有之及以方便智居生死海中起等衆生數身行方便引之令心開悟達自智境如佛不異故云破此微塵出此經卷如經云如大海水潛流四天下地八十億小洲有穿鑿者無不得水喻明一切衆生有自觀察力無有不得如來智慧大海心故又經云菩薩摩訶薩應知自心念念常有佛成正覺爲明諸佛如來不異此心成正覺故又下云一切衆生心悉如是悉有如來成正覺此明凡聖心自體清淨無異但有迷悟不隔分毫但一念妄念不生得心境蕩然性自無生無得無證即成正覺故便以此法廣利衆生是普賢行故無心性理妙慧簡擇一乘三乘人天因果惡道業報名爲文殊隨差別智同行知根利生無有休息名爲普賢以大悲救護一切衆生名爲觀音以此三心一時修學名毘盧遮那慣習心成名爲自在無法不明名爲無礙智隨根應普

徧十方性無往來名曰神通修之在初慣習總得妄生多刼智曰不遷此總非難何須不作學而不得猶福勝人天不信不修苦窮何盡大意此之如來出現佛果之門文殊妙理普賢妙行等一切衆生咸共有之非古非今生自一體令後學者如是信修深誠非遠勿自生難如此品頌云如海印現衆生身以此說其爲大海菩提普印諸心行是故說名爲正覺意明菩提是無心性無體相無得無證之妙理通達此法者名爲妙智以此菩提妙智普印邪思妄行性自無生名爲正覺　論主頌曰一切衆生金色界白淨無垢智無壞智珠無價在衣中秖欲長貧住門外廣大寶乘住四衢文殊引導普賢扶肥壯白牛甚多力一念徧遊無卷舒如是寶乘不能入但樂勤苦門前立不覺自身常在中遣上恒言我不及　大體常須自信自已身語意境界一切諸行分別皆從如來身語心意境界諸行分別中生皆無體無性無我無人但以法界無作自性緣生本無根栽處所可得性自法界無有內外中間應如是知如是觀察觀自觀他同一體性無我無我所以定慧力如是修行既自知已觀衆生苦自利利他皆如普賢廣大行願一如此經五位法則此品和會明文殊是顯根本智之法門普賢是根本中萬行無作根本智是佛故令體用自相問答說根本智佛果之門明根本智因此二行所成明根本智自無成壞皆因文殊普賢二法所顯發故以此還令所顯之因還自說故佛自無成壞者也以明因可說果無作者故以

此三法自在圓通名佛出現世間故此明不作而作作而不作者故

◎第九會在普光明殿說離世間品

離世間品第三十八

將釋此品約作五門○一釋品名目○二釋品來意○三釋叙致始成正覺所由○四釋說法之主所以○五隨文釋義

○一釋品名目者所以明離世間品明前品既名如來出現此品即名得離世間故故名離世間此有二義　一望說法之主說教益衆生是利益世間品合作利益之名　二望衆生聞法處世無染是離世間品故此約說法之主及得益者二義通釋

○二釋品來意者明前品是五位昇進已終自已佛果覺行已滿此品是普賢常行自從初如來始成正覺已來一時同說是古今諸佛共行乃至從普光明殿說十信心法十定法十通十忍阿僧祇如來壽量菩薩住處佛不思議如來十身相海如來隨好光明功德普賢行如來出現離世間法界品如是十四品經乃至四十品經天上人中不離一刹那際三昧以普光明智一時普印一時同說以此諸會及至昇天皆云不離始成正覺普光明殿此明圓通始末時法不遷故此品須來

○三釋叙致始成正覺之所由者何故品初叙其始成佛之時及處何意經云爾時世尊在摩竭提國阿蘭若法菩提場中普光明殿乃至妙悟已滿者意明此十定及離世間品等五位進修始終皆以此普賢行體爲昇進故又四十品意謂雖别總不離普光明智十

定之體一時同說無前後際十方同然巳此昇天但云不離菩提場普光明殿如說十定品一會說十一品經在於十定初亦同此品如前叙致還云爾時世尊在摩竭提國乃至妙悟巳滿以明十定品以定無前後普收一部經之始末及三世故此離世間品以其二千法門普賢行體成佛因果普收前後及以三世常然之道故以叙之明總是初成正覺時一時以普光明智人間天上及十方世界一時頓印無有前後圓鏡頓照諸境爲此教頓爲大心衆生頓舉智境非如劣解者情識所知故成佛亦一念成說教亦一念說但約智體非三世時分歲月情量所收故

○四釋說法之主所以者此品何故還令普賢菩薩說者明此二千法門是普賢所行常行故還令普賢自說自行令諸聞法者倣而斅之即行普賢之行如是乃至示現成佛入涅槃總是普賢行故若以根本法身智身佛無成壞之功以差别智論總是普賢行攝故是故如來出現品明自巳覺行圓滿故十方諸佛同號普賢以明十住十行十迴向中但一分覺心能治一切煩惱中一分麁惑行得一分慈悲雖踐普賢一分行蹤然未全具普賢行滿故隨位佛果但同號爲月爲眼爲妙至如來出現品明覺行齊圓故是以不可說佛刹微塵數佛同號普賢佛故明根本智全成差别智用滿得名故以體收用此乃就用成名故令此品令普賢說者亦是以根本智就用成名若約初心信解即將用從本本以普賢用從根本智世界名金色佛果號不動

智能覺之人號曰文殊此至自行佛果覺行已圓即以根本智從用佛號普賢故所行行亦號普賢故如說此品普賢是約本從用普賢及說十定品普賢亦是如初會中普賢是毘盧遮那如來自行普賢十定品已來普賢是凡夫從十信十住已來昇進道滿自行普賢明自十信心至十地以用從本即成根本智使令圓滿從十地向十一地以根本智從用成差别智一向利生即說十定已來普賢菩薩是也是故說十定品時已登十地諸菩薩再三求覓普賢不得者明以根本智會用未及滿故如來令生想念普賢如對目前方得見者明純用是普賢故即以智想從用是故出現品中令文殊問普賢者明以體從用故如說此品普賢是主以體從用普賢共初如來初會中普賢其功相似是以初會所說法門皆令普賢說法亦是以體從用第二會以普賢智用從體直至十地皆是以用從體且令成其根本智使圓明然後十地終捨三昧涅槃樂如稠林煩惱故方令具普賢大用始得稱周設教於生死中自在故如是安立修行以智境乃至一時是故十定及此品總通叙致始成正覺菩提場始末有發心之士深須得意方堪修道作前後多生尋求不可相應但自以定慧力觀照所緣真俗内外心境染淨徧多處以理智體用平等法而用治之散動多者以定治之樂寂多者以平等法身及大願廻向力以悲智治之一如此經五位修行法治之至究竟趣若自智不及志求良匠不可安然致無所益當知此說法主者

是成佛果後以體從用普賢說始終常道普賢二千種法用該萬行八地捨七地中有行有開發智淨無功十地捨涅槃三昧稠林行成普賢行入於生死圓滿大悲方始自在

○五隨文釋義者於此一品有七卷經長科爲十段

○第一爾時世尊已下至盡於法界虛空界有八行經明歎佛成道所得法門是此品序分如歎德中妙悟皆滿者無功之理智性自徧知故二行永絕者斷常有無無二見也達無相法者智境如幻心境無主住佛所住者佛無所住得佛平等者大智徧周知根與益無自他也到無障處者聖凡同體總別自在不可轉法者體用自在無性可轉所行無礙者智用徧周無物爲礙故立不思議者迷亡任智也普見三世者智印古今無延促也身恒徧周一切國土者內外見亡大小情盡心如虛空智體自徧對現色身非往來也智恒明達一切諸法者歎如來差別智滿了一切行盡一切疑無能測身一切菩薩等所求智者歎如來最後身之德用義無不盡行無不周身無不徧事無不知智無不圓任無功用心無卷舒十方普應無心意識任德所求以無依住聲一音徧告隨根別悟任智不同故已下如文自明○第二與不可說百千億已下至說不可盡有二十一行經是歎菩薩大衆至德圓滿分○第三其名曰已下至入於無礙清淨法界有十行經明菩薩列名及歎德分○第四爾時普賢已下至然後從三昧而起有三行半經明普賢入定大地十八相

震動普賢起定分○第五爾時普慧菩薩已下至佛子如是等法願爲演說有七十二行半經此一段明普慧菩薩有二百問都問一切初發心乃至究竟佛果法門行相分○第六爾時普賢菩薩告普慧菩薩等已下至第五十九卷中二千答後佛子是爲如來應正等覺觀十義故示般涅槃此一段普賢菩薩有二千答其所答法一一有十法其文一一自具不煩解釋但如說修行是爲正說分○第七佛子此法門已下至三藐三菩提有十二行半經是付囑流通此品法門分○第八說此品時已下至頌有十一行經明法威動地十方諸佛皆悉現前稱讚普賢所說之法佛共守護此法分○第九於無量劫修苦行已下一段頌有十六行都歎能發大菩提心所行慈悲願行之人功德廣大無比分○第十其心不高下已下五言頌直至卷末有二百七行半頌以諸譬喻頌諸菩薩大悲饒益及所修法門如經自具一一分明但有發菩提心者皆應頂敬誦持以用莊嚴身口意業以成法身大智大悲行願之門成就佛果普賢大用此離世間品是佛果之後普賢恒行普印十方無休息也如善財見慈氏如來慈氏如來却令見文殊師利又聞普賢名善財起無量十大願雲方見自身入普賢身此品同彼

大方廣佛華嚴經論卷第三十九

音釋

縛　符約切束也　慠　魚到切音奡倨也　創　初亮切瘡去聲始也　麤　倉胡切音粗不精也

大方廣佛華嚴經論卷第四十

唐方山長者李通玄造

第十會在給孤獨園說法界門

入法界品第三十九之一

將釋此品六門分別○一釋品名目○二釋品來意○三釋如來所居之處○四釋說法之主○五釋所集之衆意○六隨文釋義

○一釋品名目者此品何故名爲入法界品明信樂者從迷創達名之爲入身心境界性自無依名之爲法一多通徹眞假是非障亡名之爲界又純與智俱非情識境名之爲法界又達無明識種純爲智用不屬迷收是無依智之境界名爲法界又以智體無依無方不偏普見眞俗總不思議毛孔身塵麥羅衆像無邊境界佛刹重重智凡同體境像相入名爲法界又一塵之内普含衆刹無空不徧無刹不該不壞報境重重法無不眞通理徹事名爲法界又以一妙音徧聞刹海以一纖毫量等無方以大小見亡物我同體識謝情滅智通無礙名爲入法界此約智境普名勿依肉眼情識所見

○二釋品來意者明前有自巳如來出現又明心無所染名離世間此乃純是法界無虚妄界以是此品來也此品是一切諸佛成道之巳智之常果無始無終亦是前之五位進修以此爲體至此慣習滿故任智施爲還源本法也

○三釋如來所居之處者問何故前之餘會之首皆云不離菩提之場普光明殿又三會同居普光明殿此之法界一會何故不同前

會直言爾時世尊在室羅筏國逝多林給孤獨園者何意答曰爲明前普光明殿說十信心以次說十住十行等五位六位昇進之門爲不離菩提體上而有進修故言不離菩提場如來成正覺之體恐失經之本意故須重敘三會同在普光明殿者明信進五位修行已終不移普光明根本不動智體爲智境非妄情故時亦不遷刹那之際此法界會直言在室羅筏國逝多林園明前約位昇進已終此會明自已成佛果滿度衆生之行故在人間國邑園林又化二乘聲聞緣覺及淨土菩薩即純以自在法界爲體不立五位菩提及行可修亦無差別智普賢願行可學總是佛果已滿普賢行已周恒徧十方利衆生法不須和會以此直言逝多園如衆流入海諸河名亡但以法界爲名不同已前五位昇進和會行相故在室羅筏國者舊云舍衛國云室羅筏國者此云好道亦云聞物以此城中人好學道德餘國聞其國中有多人物故以人之道德以成國之名逝多林者逝者往也度也速也爲佛世尊在此園居一切衆生而往佛所速得度脫以佛度衆生廣多故因立名也林者此園有林故亦以如來行多以法界普覆陰徧含生故以佛行爲林以林爲陰覆得清凉義故以法界清凉蔭衆生煩惱熱令清凉故故曰逝多林若以因置寺園之時以所施成名以祇陁太子植林須達長者置園以長者濟乏所求孤老皆惠亦號祇樹給孤獨園今以約如來智德徧含廣多濟物號爲逝多林園此方名寺彼方名園若法界體

用境智普含以法界無限智境爲逝多林園非以肉眼情識所見也乃是塵刹徧含之園也

○四釋說法之主者此說法之主亦是前菩提場毘盧遮那如來亦是於五位法中諸菩薩自成之佛亦是當來彌勒如來所成之佛亦是三世古今一切佛故以法界中智體無三世古今延促之情見故以法界中無新舊成壞佛故以法界見見一切衆生初發菩提心乃至成佛轉法輪度衆生入涅槃不移法界一毫一微塵體用時分異故在凡情妄見異在法界智一切三世諸佛成佛一切衆生成佛同住一刹那一微塵一法身一智慧一言音一解脫一神通一不思議一報境界一蓮華座重重重重無礙無礙此約智眼實見不可隨順肉眼妄情所知若有能如是眞實信解者當知此人悟佛知見入佛知見坐佛道場得如來智爲能信自他身心總一法界大智之體用故此法界中能說法教體約舉其十　一以如來神力爲能說教體以佛神力所現法故　二以不思議爲教體所現音聲法門非口言心思任法現故　三虛空爲教體所現諸法境界如虛空故　四以光明爲教體以此如來眉間光明普照三世法界如來放眉間光明現諸法故　五境界爲教體以一一境界互體相含含十方佛刹法故　六以佛報果爲教體現昔往業所修行法門所莊嚴故　七以法性爲教體無身心可證修故　八以菩薩名號爲教體一一名號之中約所行法以成名故　九以菩薩等名

數爲教體列普賢文殊五百菩薩十十同名表五位因果法界境中一多齊圓滿故 十以普光明爲教體十方世界一時應根普現化故如是説法教體無量無邊且約舉其十若以能聞受教之人約以六事相應眼耳鼻舌身心六處觸受得無所著以爲能聞及所受教之人非獨耳根聽聞以爲聞教之者

○五釋所集之衆意者此會初所集之衆有一百四十二箇菩薩普賢文殊爲二之首自餘一百四十箇菩薩十十同名都云五百經云菩薩摩訶薩五百人俱又下文云此諸菩薩皆悉成就普賢行如是五百菩薩皆以文殊爲法身現根本智之爲體普賢爲差別智之大用如是一百四十二箇菩薩云何成五百之數自天冠菩薩已下一百箇菩薩是本法界果體中本十波羅蜜之行互體一中具十十中具百是法界中等一切衆生萬行大用之門十天冠菩薩已下是法界中行果也自初日光燄幢等十幢菩薩十力菩薩十藏菩薩十眼菩薩如是四十箇皆以文殊普賢二行於十住十行十迴向十地中通普賢文殊四十二賢聖行中各以十波羅蜜會融理智大願大悲進修四十心之行一波羅蜜中具十十中具百於四十心中成四百加後法界本果中百波羅蜜成五百皆以普賢文殊爲體用以四十二聖行中以四百箇波羅蜜門至此法界本果行中天冠菩薩已下一百箇菩薩行果會同入法界故故號爲五百此明四十心進修之佛果會法界根本無進修之本果行故自十天冠菩薩所以爲法界中

本行果天冠是頂上莊嚴明法界是本佛果萬行之頂故以名下之義及所嚴飾知之爲此經名目嚴飾住處衆數皆是法門他皆倣此次下有五百聲聞衆是得聞此法衆次下有無量世主衆已下他方所來十方咸集之衆皆是法界本行因果五百聲聞衆是示現不聞不見此法界不思議神力衆如是五衆隨文釋義方明且畧言爾

○六隨文釋義者於此品中長分爲兩段

㊀第一從爾時世尊在室羅筏國已下至第六十一卷中一切法界教化成就一切衆生而亦不離此逝多林如來之所有一卷半餘經明如來入師子頻伸三昧及放眉間光現法界門令諸菩薩以五位昇進佛果入法界無進求自在佛果分於此分中復長科爲二十七段

○一爾時世尊已下至五百人俱有一行半經是當品序分

○二普賢菩薩已下至如是等菩薩摩訶薩五百人俱有四十九行半經爲列衆分△隨文釋義者從列衆分中有二義一釋菩薩名二釋聲聞名

㊀初釋菩薩名有六段意趣　一從初一百四十二箇菩薩以普賢文殊二菩薩及佛是總該五位及法界因果通收一部經之總別同異成壞法也　二從初十箇同名號爲幢菩薩是十住位中法慧等十慧菩薩至此法界無作果中號之爲幢爲以彼初發心十住智慧摧壞煩惱至此法界果位號之爲幢三次已下有十箇威力菩薩明從十行中功

德林等十林菩薩至此法界果中號爲威力故明以衆善行威力故能成法界果行故　四次巳下有十箇同名藏菩薩是十廻向中金剛幢等十箇幢菩薩至此法界果中號名爲十箇藏菩薩以彼十廻向以廻向摧破偏見會融理智悲願能成衆德至此法界果中號之爲藏　五次巳下善眼等十箇同名爲眼菩薩是十地位中金剛藏等三十七箇藏菩薩至此法界果中號之爲眼故以彼十地中含藏衆德則法眼分明普見法界故此巳上四十箇十同號菩薩法界果前四位以此四十心通普賢文殊爲四十二賢聖道以成法界果門今至本故　六次巳下有十箇菩薩同號爲冠直至列菩薩衆末有一百箇菩薩是法界中根本智上十波羅蜜之行爲一波羅蜜中互體圓融即一中具十十中具百如是天冠菩薩巳下一百菩薩即明百波羅蜜中行也通前四十箇菩薩皆具十波羅蜜四十中有四百箇隨位進修波羅蜜通此法界果中百波羅蜜共爲五百是經云如是五百人俱

○三此諸菩薩巳下至以大光明網照法界故有八行半經明歎前菩薩至德分經云此諸菩薩皆悉成就普賢行願者即普賢文殊及佛根本智三人法行徧故與如是五百行門以爲自在體用乃至無盡如下五百童子童女優婆塞優婆夷列五百總約此五百行門立名一萬龍以約隨智萬行六千比丘約加信及五位中五百行門通收故云六千

○四及與五百聲聞巳下至於佛智海深信

趣入有三行半經明列聲聞衆及歎德分
○五及與無量諸世主俱已下至求一切智有四行經明列世主衆及歎德分　已上五段是列衆分
○六時諸菩薩已下至如來智有三行半經明諸大衆同心念請如來十種法門分
○七一切世間諸天及人已下至一切智廣大願力有六行半經明能信解開示此法之人皆自非得加被方知分
○八唯願世尊已下至願皆爲說有十二行半經明重請佛說隨順菩薩及衆生法及如來往昔所行之行成道等有三十問請佛爲說分已上三段請法分
○九爾時世尊已下至摩尼所成有十三行經明如來以三昧力顯示往昔所行報果莊嚴十方及此大莊嚴樓閣廣博分經云師子者無畏也嚬伸者適悅無疲勞也此明無作縱智自在不爲而應無限衆法自成也以無功圓滿也如前已釋入此嚬伸三昧莊嚴樓閣忽然廣博無有邊際者廣大博寛也言此樓閣忽然寛大與法界虛空等故明如來境界恒自無邊衆生迷解一念相應無法不等故心如虛空徧含法界故云忽然廣博無有邊際此乃引導後徒非現前之衆金剛爲地者法身感果所報成故無量寶華及諸摩尼普散其中處處盈滿者總别衆行之所感生琉璃爲柱者無垢淨心住持悲願之所報成衆寶合成者明柱上莊嚴具足衆寶明以一淨心中住持萬行無所傾動大光摩尼之所莊嚴者根本智之感生故閻浮檀金者其金

柔輭明淨甚過常金柔和恭順心所感生故如意寶王周置其上以爲嚴飾者從根本智起差別智行差別萬行自在無礙饒益一切衆生之所感生危樓逈帶者危者高也逈者遠也帶者以衆寶嚴暎帶總言寶樓高遠暎帶互嚴以徧法界其中衆多寶樓互嚴暎徹以樓傍閣道傍出棟宇相承承猶連接也言一一滿法界窻闥交暎者明寶閣上門窻暎徹明淨無障階墀軒檻者層級爲階階下平地砌寶爲墀階上寶板爲檻檻上寶竿爲軒登樓賦云凴軒檻以遥望此之是也種種備足都言萬寶備嚴大約閣是差別智感成樓是根本智起觀照用超諸境界感報所成或人天形像

○十爾時復以佛神力故已下至周徧十方行列莊嚴有十六行經明以佛神力忽然逝多林地嚴麗廣博周徧十方分寶地上爲嚴利益人天行所報成寶網是敎寶垣牆是戒寶樹是依蔭衆生之行寶幡是迴向之行寶河是慈悲之行一一如是約智衆行所成報故

○十一時逝多林已下至以爲嚴飾有七行經明以如來往昔善根及自法力報嚴虛空分

○十二何以故已下至菩薩衆會皆悉充滿有十四行經明歎如來神力自在莊嚴大衆圓滿都結十方同然分

○十三見普雨一切莊嚴雲已下至雨爲莊嚴雲有十一行經明十方虛空雨寶雲莊嚴虛空及以寶地分

○十四爾時東方過不可説佛刹已下至與其眷屬結跏趺坐已上有十段經明十方菩薩來集分明法界中佛果不可説佛刹微塵數本行荅前菩薩所問總是自佛果行無盡徧周是故世界名金剛燈雲幢金剛燈雲幢者大悲雨衆法明一切佛皆從此金剛智起大悲之行摧破諸衆生煩惱故名幢也佛號毘盧遮那勝德王者即是行中之果菩薩亦名毘盧遮那願光明者是明以果隨昔願行大慈悲故王者明佛果隨行種種自在無礙以從金剛智起故以是果行名同故與不可説佛刹微塵數菩薩俱來者言行滿令諸菩薩會此法故故云來也此明檀波羅蜜中主伴行滿所有諸來菩薩皆以寶網嚴身者明教行滿故已下九方總以十波羅蜜以次排

之總是一佛之金剛智上總別同異之行倣此例知已下如文自明但釋經大意法門經中自具　已上六段是荅前兩度共四十種問已下亦是前之五段荅前問佛三昧神力及佛報境次下十方來集菩薩衆是往所修行身於依報中荅前往因所修諸地十波羅蜜以明行滿故莊嚴身亦滿有十箇佛國十佛名號是所行行中因果十佛皆號王者皆明佛果智自在菩薩以網羅覆其身皆明教網具足

○十五如是十方一切菩薩已下至皆是如來威神之力有二十五行經歎如上十方諸來菩薩至德用分又就以報上又加神通所嚴初陳樓閣莊嚴次陳寶地徧周莊嚴次陳虛空莊嚴次陳十方諸菩薩來集身相莊嚴

一一莊嚴皆暎徹相入互體重重十方諸佛菩薩衆海身土及莊嚴一一相入自在無礙者但約法身根本智爲體差別智報得萬事合然故設一切如來起一切神通不離此智起大用故無不自在無不相入無不明淨如是之智以如上五位和會進修乃得成故獨修一法不可得也只可多不離一不可守一以爲自然此逝多林及一切法界國土莊嚴不離二法一約往昔所修行理智大慈大悲大願衆行所成二以佛菩薩不思議神通所嚴如經自明是答前諸菩薩四十問

○十六于時上首諸大聲聞舍利弗已下至不見如是廣大神變有五十行經明如上聲聞無如是善根之種如來居逝多林神變莊嚴廣大佛刹菩薩衆海爲宿世無根皆悉不見分第二釋聲聞衆名者舍利弗以其母眼明利如鶖鷺鳥目以母之目似鶖鳥狀以爲子號大目揵連者此云採菽氏以母姓菽以爲名故母是菉豆仙之苗裔故摩訶迦葉者以身金色能飲日光在其身像亦云是飲光仙人之裔也摩訶云大離婆多者此云供養須菩提者此云善現阿㝹樓馱此云無滅難陀此云歡喜劫賓那此云黃色是往昔黃頭仙之裔也迦旃延者是一宗之姓是此亂故延爲亂也富樓那者母號滿慈以取母號如是十大聲聞示同不聞不見如來不思議法界變化之事令樂小法者趣求大故前五百聲聞及世主是先已有種者能隨佛所行故

○十七佛子如恒沙岸有百億無量餓鬼已下至諸大聲聞悉不知見非其器故有七十

四行半經有十種喻比聲聞無有廣大菩提善根在其會中不知不見如來自在分其所有十喻經文自明如是聲聞示同不聞不見如來變化神力境界菩薩海衆令諸實是聲聞迴心種如來大願大智大慈悲常處生死廣利衆生故

○十八明毘盧遮那菩薩等十菩薩說頌分已下有十菩薩並是十方來者各說一頌各隨自名各歎自法是一切諸佛諸菩薩行皆隨菩薩名下義表其頌意可見如初毘盧遮那願光明菩薩是種種光明直是佛果願光者是佛果菩薩中行從初總歎令諸觀察逝多林如來境界次下九箇是總中別各隨菩薩名下義取所頌之法也如不可壞精進王者還頌不可壞精進義王者自在義已下倣此准知

○十九爾時普賢菩薩已下至嚬伸三昧有六行經明普賢菩薩以十等一切方便門欲演說師子嚬伸三昧分

○二十何等爲十已下至佛子此十爲首有十八行經是十種不可說法句分

○二十一有十不可說佛刹微塵數法句都結通已下六行經是普賢菩薩觀佛境界說頌分

於此十行頌中重頌前十無盡句法意明法界體性無礙一多互參大小相入毛孔微塵悉含一切諸佛刹海一一境界皆互容無礙頌云一一毛孔中微塵數刹海悉有如來坐皆具菩薩衆如經具明已上二十一段經明如來以師子嚬伸三昧令五位中昇進普賢

萬行法門會入法界性自圓滿本無和會普賢行故自此已下如來放眉間光名普照三世法界門令諸菩薩入安住師子嚬伸三昧門已上二十一段且會法界中普賢差別智無礙行滿還令普賢說頌歎法已下放眉間光即明已法身根本普光明智與法界中無礙自在差別同異普賢行門理智體用一時同會即令文殊說頌歎法以文殊普賢二體成眞俗二智法界平等恒然法門此法界中體用二門若無普賢即差別智不行即就寂無悲行無文殊即普賢行是有爲是無常故以此二人之法門成一法界之體用一切諸佛法總如是言其佛者但於此二人體用中無所住名之爲佛言住佛所住者佛住無住但於此文殊普賢理智萬行體用中而無所住之智而得佛名是故前普賢是以行彰理門後文殊是以理顯行門爲言詮立教即名有前後約其法界二法同資元一體用故且以如來擧緣表法即師子嚬伸三昧屬普賢門眉間毫相光明即屬文殊門以光明是法身妙慧所顯得根本智所起師子嚬伸三昧是差別智中行故二人同體方成法界自在之門表根本智自性無言作用言說是普賢所收若也三法別行即是人天生死設得道者名爲眇目跛陋或止宿草庵不入法界大宅門故師子嚬伸三昧者是五位中進修已滿理智會融已終加行疲極頓亡法悅充滿不屬昇進任智普周現化神通不爲而智境應用不作而佛刹互參極微不爲小而無盡佛刹海處中盡虛空不爲大亘十方咸處纖

毫之内此乃縱任智海現寶刹而互參名曰嚬伸稱理而一多身境相容名爲三昧嚬伸者舒適悦樂無勞之義意明前五位昇進緣有爲無爲融通作意疲勞明此法界是昇進已滿任智適悦衆法自成無作意勞倦故已下放眉間毫相光明名普照三世法界門此以法身根本智顯行自在門屬文殊師利即下以文殊説頌歎法明令此文殊普賢理智法同行故即佛果自然圓滿但體理智體用法界之意不可逐於紙素竹帛著録鈔寫前後名言爲名言不可一時但取理智知其總別同異成壞然爲迷情初啓先須諸善行方便以顯理門因理智明如十波羅蜜中九波羅蜜是行唯智波羅蜜是果餘九波羅蜜是助顯智之方便體用以是如來出現品前先

明普賢行滿出現品内方明果行一時文殊普賢佛以光加二人共爲一箇理智萬行體用令此初以普賢會法界大用之體現師子嚬伸三昧之門印之以三昧是行故次眉間光明名普照三世法界門令諸菩薩安住師子嚬伸三昧者即明法身根本智照現差別智爲一體用方名入法界門是故已前二十一段經是以行會理無著門即以普賢爲主文殊爲伴已下如來放眉間光名普照三世法界門即是以理會行圓融自在無礙門即以文殊爲主普賢爲伴如是主伴參融方名法界自在

㊃從爾時世尊欲令諸菩薩安住如來師子嚬伸廣大三昧故已下直至不離此逝多林如來之所名以理會行圓融自在無礙門於

此段中復分爲六段

○一爾時世尊欲令諸菩薩已下至佛神變海方便門有四十四行經明諸菩薩蒙佛光照得無量神變海方便門分爾時世尊欲令諸菩薩安住師子嚬伸三昧放眉間白毫相光明名普照三世法界門者以此光是法性身中根本普光明智此智現前時卽見三世人遠如今一體無盡劫生死亦不移現前總無體性成大智海衆法清凉便以衆生起差別智知根利生普周刹海無有休息名爲普賢行卽經已下文中獲不可說諸三昧門教化無限諸衆生門具如經說如文自具

○二云何爲種種三昧已下至入毘盧遮那如來念念充滿法界三昧神變海有六十六行經正說所入三昧之名分

○三其諸菩薩皆悉具足大神通已下至悉見於佛光明所照有五十三行半經明諸菩薩蒙佛光明所益之德分

○四爾時諸菩薩已下至說頌有二十一行半經明諸菩薩所得三昧神通現變化雲莊嚴逝多林及十方國分

○五汝應觀此逝多林已下至莫不於此林中見有二十六行頌明文殊師利重頌前法如文具明　已上明佛光所照諸菩薩蒙光照入嚬伸三昧普賢境界方便門但是一切三昧總是方便行門普賢境界總文殊法身根本智所成就故

○六爾時彼諸菩薩已下至不離逝多林如來之所有六十三行經明諸菩薩以佛三昧光明照故得如上三昧及無限大悲無限神

通無限饒益衆生分已上二十七段經文總明荅前菩薩大衆前後所問四十法門竟此法界法門明智體自在以智力自現不藉如來口言又令文殊普賢二人本位自宣本果之行令易解故不逃教之體用已上是一部經之始終圓滿總以法界體收第二爾時文殊師利童子已下直至經末已來爲文殊師利童子從善住樓閣南行就根利生成行表法令後發心者不逃其行令易開解分自爾時文殊師利童子已下名爲就俗利生成行門已前教中但云文殊師利不云童子明此已下入俗化蒙以行立名便名童子明已前總約佛果普光明智中起子方賢聖以立化儀卽覺首目首等五位諸菩薩是皆通化無方潛顯自在文殊爲信首不名童子自此已下以法界體中入俗草創化蒙約行所行立名卽號文殊師利童子以妙智慧化童蒙入佛智慧生佛家故此是三世諸佛始發菩提心初法身現根本智無性之理妙慧故一切三世諸佛從此而初生佛家從此而成就普賢大願行故何故名爲就俗利生成行門者已前但云昇天表行成就諸天未往人間俗中化利此法界品已前一卷半餘經但有菩薩聲聞世主已得道者未有處俗凡夫入此法門自文殊師利童子從善住樓閣已下是入人間就根接俗化利凡夫令其得此法界道理又令善財童子徧求善知識五十三人以表五位三種因果法身中根本智普賢差別智中行於此二中無所住智名之爲佛以此三法具足名之爲佛以此三法徧與五位

終始而作因果名爲乘如來乘直至道場亦名乘法界乘以法界還以此三種因果爲體用故前後五位因果例然總以此三法爲因果此佛文殊師利普賢菩薩與五十箇善知識行而作因果而自無因果爲自佛果位中無所修無所行故但與五位中修行者作治染淨二障習氣生熟處説名因果然法身理智萬行自無因果但於五位中加行治惑習氣而立如來因果之名以文殊師利往詣覺城人間就根教化令善財起加行位求五十三善知識成一百一十因果法門令學者不迷其五位之行使易解故與後發菩提心者作修行之樣式故名爲就俗利生成行門爲與學者成行樣式令不迷故更有餘意至下就位方明

大方廣佛華嚴經論卷第四十

音釋

摧音漼折也 眇亡沼切音藐偏盲也 矬坐于聲短也 陋即豆切音漏醜猥也 嚬音頻笑貌

大方廣佛華嚴經論卷第四十一

唐方山長者李通玄造

入法界品第三十九之二

從此就俗利生成行門中自文殊師利童子已下至經末長科三段

○第一從爾時文殊師利童子從善住樓閣已下至六十二卷之初爾時文殊師利菩薩勸諸比丘發阿耨多羅三藐三菩提心已此一段經名爲創始就根入俗遊歷門於此門中分爲兩段△一從爾時文殊師利童子已下至辭退南行往於人間有二十行半經明與同行菩薩及常隨侍衛之衆辭佛南行往於人間分△二爾時尊者舍利弗已下至成就一切佛法有八十六行半經明舍利弗等六千比丘隨逐文殊師利南行在路發心得此一乘法門分　隨文釋義者第一從初爾時文殊師利童子從善住樓閣出者明以自法身現根本智樓閣中起差別智以利衆生故名爲出無量同行菩薩者成助道翼從共教化衆生故是萬行主伴常隨侍衛諸金剛神者都舉諸侍衛之神此神之中約有二義一以諸神所行約自德立名二約文殊師利之德差別行上以標其德以爲侍衛守護之義此一段并菩薩神天有三十二衆通後六千比丘衆以爲四十二衆以爲四十二種方便行成就衆生大智慧解脫之海初金剛神者法身中普光明智也智現名神普爲衆生供養身衆神者是恭敬義以廣化身雲十方恭敬供養諸佛引接衆生報得其身端正嚴飾故足行神者是精勤教化衆生無疲勞行

風神以摩尼爲寶冠者表明淨無垢智能說教義以風體能吹壞散一切萬物亦能昇持生長一切萬物然自無體性所依以離垢寶冠表之像法身智慧能說教網散壞煩惱染淨自無所依以巽爲風教故餘如經自具如鳩槃茶王所除餓鬼趣者此以大囊垂下如冬瓜坐以踞之行以置之於肩取像表法以大悲垂俗荷負衆生無辭勞倦摩睺羅伽王者此是腹行大蟒之類取像表法以胷腹行是恭敬義此是守護僧伽藍神自餘准名下義表之倣此及文殊師利諸菩薩出自住處者隨根接俗也右遶如來無量帀者敬順所行右遶者從南自東至北是　二舍利弗等六千比丘隨逐文殊南行段中復分爲七段一爾時尊者舍利弗已下至皆是文殊師利說法教化之所成就有十三行半經明舍利弗及六千比丘隨文殊師利南行分　二爾時尊者舍利弗已下至白毫相光來照其身從頂上入有十六行經明舍利弗勸諸比丘觀察文殊師利隨路行時十種福相嚴身及道路分　三爾時尊者舍利弗已下至此諸比丘願得奉覲有十行半經明舍利弗讚歎文殊師利十無量德諸比丘衆咸欲願見文殊師利舍利弗爲白文殊師利分　四爾時文殊師利童子菩薩已下至願我一切悉當具得有六行半經明六千比丘頂禮文殊師利自發大願請佛證知分　五爾時文殊師利菩薩告諸比丘已下至入如來地有十八行經明文殊師利菩薩爲諸比丘說十種無疲厭法行不墮二乘地入如來地分　六

諸比丘聞此法已已下至住善薩心堅固不動有十六行經明六千比丘聞文殊師利說法得無礙眼三昧於一切法各得十十法解脱門分　七爾時文殊師利菩薩勸諸比丘已下至卷末有六行經明文殊師利重勸比丘住普賢行便得不離文殊師利足下普於十方佛所悉現身具足一切佛法分　隨文釋義者六千比丘表信心亦入位故以十信心十住十行十廻向十地十一地路上一時總得故故云六千前後圍遶以舍利弗爲主自餘爲伴主伴同行明昇進進求正法故出自住處者出自聲聞及諸權見故趣求法界大菩提故遶佛三帀者順佛正教故遶佛三帀皆是右遶自南向東向北向西至南如是三帀以爲右遶成法令人返左行如是六千

比丘是舍利弗同住出家未久非是羅漢宿世有種皆易發心經云六千比丘悉曾供養無量諸佛深植善根解力廣大信根明徹者明往昔曾種信根今生信種已熟舍利弗勸諸比丘令觀文殊師利菩薩福德圓光暎徹者是心淨之常光能令見者歡喜光網者是法網圓滿明其教光嚴身見者滅苦故文殊師利所行之路左右八步平坦莊嚴者明身心常與八正道俱故周徧十方皆有道場者化行常滿十方十方諸佛說法之時放眉間光灌文殊頂者明文殊師利是十方佛創蒙發心法身無相智慧之頂一切諸佛初發心時入此智慧而生佛家故一切衆生初發菩提心皆以此法身無相智慧爲體一切衆生皆自有之皆須方便三昧方能明現故樹皆

寶嚴明因行報生六千比丘觀察文殊師利及所聞十種無疲厭法便獲得無礙眼三昧者得法身中無相智眼明淨以執亡見謝智眼圓通非肉眼故身邊等五見亡法自明矣即十方礙盡初一切法中各明十法以明三昧力創始初明後勸普賢願行加進一切諸明悉達此已上明六千比丘發心竟後明覺城發願利物如舍利弗是示現聲聞前已述訖已上餘義可解之意如文自具

○第二漸次南行經歷人間至福城東是文殊入俗人間說普照法界修多羅門即在福城東娑羅林大塔廟處也又此一段從爾時文殊師利菩薩勸諸比丘已下至娑羅林大塔廟處有十五行半經復分為兩段　一爾時文殊師利菩薩已下至人與非人之所供養有七行半經明文殊師利行往人間至所堪授化緣之分　二時文殊師利與其眷屬已下至大塔廟處有八行經明文殊師利說普照法界修多羅門聞法獲益分爾時文殊師利菩薩勸諸比丘發菩提心已都結前法漸次南行經歷人間者明菩薩接引向明以離為明經人間者明菩薩大悲為不請之友就根引化故福城者約人多修福以立城名亦約聖者所止皆為福德莊嚴幢者有二義一過去諸佛曾於此處難捨能捨破所著故名之為幢二此處古佛塔廟并有林木森聳高妙之所莊嚴大塔廟者名稱十方佛國遠聞名之為大亦約說法界門無裏外中間見亡名之為大於中安置尊者之形像不可毀壞名之為塔廟亦名為幢有梵僧云其此塔

廟南邊打鼓北邊不聞故世間名為大也娑羅云高聳也天龍夜叉已下明天龍八部及人常所供養故文殊師利與其眷屬者所同來菩薩神天六千之衆説普照法界修多羅者是根本智明徹徧周隨根徧故百萬億那由他者當此溝也大意不可説修多羅以為眷屬此明差別智徧周應根授益修多羅此云長行經説此經時大海中已下明無量龍聞法悉捨龍身生天人中一萬諸龍發無上菩提得不退轉及無數衆生三乘中各得調伏明各自依根隨差別智得自根性法門已上明普照法界修多羅隨根濟益門如經自具

○第三辯根與法成行門從無量大衆從其城出直至經末總是文殊師利觀察善財及其人數并往南方妙峰山上以次南行詢求五十三人為善知識用五位因果進修行門欲令後人倣之成行故云辯根與法成行門於此一段之中復分為兩段△第一從無量大衆從其城出已下至爾時文殊師利菩薩如象王迴有九十四行半經明福城四衆咸集文殊師利隨所樂求為其説法令得清涼及別觀善財推其因果勸令親近善知識分△第二爾時文殊師利如象王迴已下直至經末名知根與法令其成行發生後學門△從初第一段中九十四行半經約分為六段△一從無量大衆從其城出來詣其所已下至五百童女有二十一行半經是大衆來集分△二爾時文殊師利童子已下至迴向菩提無所障礙有二十五行經明文殊師利菩

薩觀察善財名字所因及歎往昔善根今生果報分△三爾時文殊師利菩薩如是觀察善財童子已已下至說一切佛無二法有六行半經明文殊師利知善財根堪而爲說法分△四爾時文殊師利童子已下至然後而去有四行半經明文殊師利爲善財及大衆說法已而去分△五爾時善財童子已下至而說頌言有兩行半經明善財聞法生信已勤求無上菩提向文殊師利說頌自歎三有苦輪及請法教授分△六說頌中有三十四行頌明善財自嗟苦本以頌請法自利利他分其此一段三十四行頌中初四行頌自嗟生死苦因下有三十行頌是歎文殊師利菩薩德及請法門分○隨文釋義者如第一段中四衆來集經云無量大衆從其城出及其列數但言五百者此明約能發菩提心以五位十波羅蜜成其數不從人爲數以五位修行中十波羅蜜互體有百爲一中有十故且如檀波羅蜜爲主餘九爲伴戒波羅蜜爲主餘九爲伴忍波羅蜜爲主餘九爲伴餘皆倣此如是百波羅蜜於十住十行十迴向十地十一地昇進見道治惑習氣淺深上隨行名殊安立五百若約普賢行總該法界無盡剎海即有不可說不可說佛剎微塵數諸波羅蜜今且但約五位中一位有百波羅蜜五位五百前言一萬龍皆發菩提心者即明萬行圓滿須達多者此云善給施無依怙者亦名給孤獨婆須達多者此云財施亦曰有善施行如是四衆并一萬龍發菩提心衆數有五衆如龍衆及五百優婆塞五百優婆夷竝是

居世俗流信心純厚童子童女皆是二十已下年未弱冠無染世欲清信男女名曰童子童女年幼創啟初心歸法流而受教名曰童子童女童者創蒙也立下里爲童爲年居未長立志德於閭里之間號童子年居長者能有清淨信心但云清信士女已上列衆但隨名下義是所修之德或以形貌立名如大智居士女以父之號智德立名餘准知之經云威光赫奕者明文殊師利身色盛明暎於大衆如文殊師利觀察善財名字因緣以初入胎時於其宅内自然出七寶樓閣者此從因感果不可無因而有報生明先世信心能信自心具足白淨無垢法身及無依住普光明智以爲信種名之爲胎如信位中普光明殿說金色世界不動智者是以白淨無垢法身名爲金色世界也普光明智號爲不動智佛爲本無性可動故即今號無明者是爲往世信此自心無明及一切衆生無明總是一切諸佛法身清淨智種以此信心名之爲胎以此信胎生於世間報得七寶樓閣此信心胎以智慧觀照力之所成就云七寶及七伏藏並約七種助道分之所報生已下七數例然處胎十月者於信心中行十波羅蜜也世法滿也誕生者出世智生也形體支分端正者以八正道法之所成就故宅中自然而有五百寶器種種諸物自然盈滿諸寶器中間暎相嚴者明於先世信種之中信佛因果五位行門十波羅蜜五百行門七覺八正同異萬行始終因果總在信中之所報得是今生以此信還能發心不離一生一百一十城之法

門一時頓印無虧信處成一百一十之法門不出娑羅之林而身徧遊諸國只爲塵含法界性自如然智該三世古今一念此乃約法界實然不依凡情虛妄餘義向下對文方明此以約因辯名約報辯因竟經云又此童子已曾供養過去諸佛深種善根信解廣大者明往世信種今生信滿爾時文殊師利菩薩所謂一切佛積集法者明積集十波羅蜜四攝四無量三十七品助道之分五位加行一百一十城之法門一百一十城之法門者以五位中有五十箇所修之因果即如前十住中十箇慧菩薩是即十箇佛果同號爲月者是如是十行中十林菩薩十眼佛等十迴向中十幢菩薩十妙佛等如是十地十一地皆依此十迴向中菩薩佛因果如是五位五十重因果上各具進修因果分爲一百不離根本三世諸佛恒常法界體中十波羅蜜爲一百一十以初從十住之中以方便三昧顯發法身根本智慧乘法界乘行普賢行以治習氣安立次第治惑習氣差別之門以此一百箇因果以爲治惑習之昇降次第十箇波羅蜜下理智悲願之因果即是法界體中普賢常爾之行與一切發菩提心者以爲踐履之跡是故名乘如來乘直至道場以初發心即乘法界中文殊普賢體用理智大悲願行門故即道場本之體用也已下善財童子善知識五十三人是前五位中行相故明前五位但說其法恐迷其行今此文殊師利菩薩欲令善財起求法之樣重明前菩薩五位中行相法則令其後學者倣之故安立此五十三

人成一百一十重之因果門故明於法界體中安立文殊爲法身佛根本智普賢爲差别智彌勒佛是此文殊普賢理中無作之果以此三法成一法界體用自在無礙之門徧與五位中五十箇菩薩以爲因果還如前以法界體中十波羅蜜爲所乘之行隨其勝進中五位上五十重波羅蜜皆有因果如是五十善知識中一中有二五十中有百通法界中本常行十波羅蜜爲一百一十文殊普賢彌勒佛果此三法但爲一法界無功果中大用自在門但與一切勝進菩薩作因果以明勝進之功然自無因果故猶如帝王自無階品但以威德自在而與一切官屬隨有功者而作階品故問曰何故在此取彌勒佛爲佛果何不取毗盧遮那如來以爲佛果荅曰明毗盧遮那是已成之佛果彌勒是當來之佛果明如今毗盧遮那佛所初發菩提心一念成當來彌勒佛果契會相應故同於彌勒樓閣之内會三世時劫日月總一時故明以根本智印印三世古今無前後故經云積集法說一切佛相續法乃至一切佛次第法總如上釋訖一切佛衆會清淨法明一切佛衆會皆同一清淨故身土衆會不相障礙重重重重以相暎徹故自以如文自具如此三十四行頌初四行頌自歎生死由三有爲首輪迴諸苦生老不休已下三十行頌明善財歎文殊德并及請法三有爲城郭者明善財自歎居三有中自固其不出如處城郭三有者欲界有色界有無色界有此三有身一切衆生不能出離憍慢者非禮爲憍輕他曰慢又有七

慢慢過慢慢過慢不如慢增上慢我慢邪慢諸趣者所謂見趣戒趣又有三趣邪定趣不定趣正定趣又有四惡趣又人天五戒十善趣又二乘厭苦出世間趣大乘菩薩淨土趣一乘菩薩智悲圓會未自在趣如是等諸趣隨善惡言之皆是門户所入之業愛水爲池塹以愛能津潤生死故如池塹愚癡者能迷眞諦號曰愚癡凡夫有八萬四千十地菩薩有二十二種隨位不了愚癡若隨五位上一百一十種愚癡若了成一百一十種解脱貪恚火熾然者三界煩惱以貪爲十使之首恚爲瞋之眷屬無明爲總覆慢爲輕自輕輕他疑與五見俱能障聖道共成生死之因果疑亡見謝智乃現前十使之中疑與五見俱能障聖道貪瞋癡慢而能障修道行者若於行中不以道治之還於生死中隨業流轉不得自在今以經之略言其貪恚二門餘八總例居其義以此貪恚二障一切善根不生故如火熾然魔王作君主者所謂四魔陰魔煩惱魔天魔生死魔童蒙依止住者所謂覆障令心不明名爲童蒙貪愛爲徽纆者前因貪起恚此因貪起愛以自纆縛徽纆者執縛罪人之繩諂誑爲轡勒者明樂著虛誑被制御故疑惑覆其眼者以於正道生疑趣入諸邪道者以於無性現智生疑即邪道生也慳嫉憍盈故者慳有五種住處家舍財物不樂稱讚他善於法慳惜不樂與人是爲五嫉者憎餘勝己憍者自縱爲憍不拘禮故奢者不儉也如愛恚慢嫉慳但爲下界五結色愛無色愛掉舉慢無明通上界下界五結以 如是十使

五結四魔入於三惡道生老病死苦得出世者不爲已上善財歎三界生死苦因緣竟已下三十行頌歎德請法如文自明如是三界煩惱初地二地治下界惑三地治上二界惑四地出三界五地習世技六地世出世慧具足七地入生死等三界六道行大慈悲八地無功用智悲圓九地十地佛用方滿十一地普賢行周十二地功齊法界理智恒然十住法則一分與此十地行門法用相似但勝進不同十行但論無染行門十廻向中會融悲願如下五十三善知識具彰至位具明　第二文殊師利知根與法令其成行發生後學門中約立五門　一明信心已發　二明聖者攝受　三明聖者勸親近善友　四明善財請問云何學菩薩道　五明文殊指授修行所歸

一明信心已發者如經云善男子汝已發阿耨多羅三藐三菩提者此是信心菩提入位菩薩以三昧行方能顯得理行相顯業盡純明

二明聖者攝受者經云爾時文殊師利菩薩如象王廻者是攝受義如大聖無方智圓形徧隨根對現不背衆生一切衆生如應見者皆悉對面時諸衆生各不相知但謂聖者獨與我語今言文殊師利見善財所謂如象王廻者是知根採顧攝受與法故

三明聖者勸親近善友者經云善男子親近供養諸善知識是具足一切智最初因緣是故於此勿生疲厭此一切智是菩提心無所得因此而現名根本智以無所得爲體而照現萬法爲用

四明善財請法者經云云何學菩薩道有十一問請菩薩道問曰何故但云求菩薩道不云學菩提心答曰爲菩提無所得無所修無所學無所行是故但求菩薩道學菩薩行然菩提心自恒明現如下妙峰山上得憶念諸佛智慧光明門者託事表法以艮爲山艮爲止以約止心無念妄想不生正慧現前名爲憶念以正慧與一切諸佛無相妙理合故以此無相正慧現前普照心境身邊等五見總亡萬境虛寂見亡業謝名曰光明故言憶念諸佛智慧光明門此明三昧禪定是方便行能顯理智體用二門圓周自在乃至不可說三昧總是現正智之方便是行故如十波羅蜜中唯智波羅蜜是無功用自在之果餘九波羅蜜是助顯之行從初發心住十十互參如鍊眞金轉轉明淨而令成就種種莊嚴業亡智滿行周入因陁羅網法門方可稱法界功堪任運從於發心住皆以菩提心無作用無所修無所行爲體而求修學普賢一切無盡行門以此但求菩薩道學菩薩行無作菩提隨行自明以行行之中常有禪波羅蜜助顯體用理智轉令明白自在故大意初發心住以無念無作三昧加行方便助顯菩提以菩提無體無性與一切諸行作無住之緣以此求菩薩諸行以諸行即菩提無體性故若於行外別修菩提即聲聞緣覺及空觀菩薩菩提非一乘文殊普賢理智萬行悲願自在菩提以是如來對權教菩薩說諸行無常是生滅法以權教菩薩修析法明空觀破三界有如來對此說諸行無常未明三界諸有

即菩提用故以此一乘實教菩薩但求菩薩道行菩薩行即菩提用明理智體用總該不別求也若也別求菩提即體用各別二見恒存不名乘不思議乘故是故但求菩薩道無別菩提也以明菩提無求無發心無所行無處所無問無荅無得無證行一切行具普賢道無行無修是菩提大用圓滿故但求菩薩道學菩薩行故始可得名初發心時便成正覺

五明文殊師利指授修行所歸者經云善男子於此南方有一國土名爲勝樂其國有山名曰妙峰於彼山中有一比丘名曰德雲者是也　又於此知根與法令其成行發生後學門中直至經末長科爲八段　一從爾時文殊師利如象王迴已下至爾時文殊師利菩薩說此頌已并頌有二十二行經明文殊師利勸發善財童子親近善知識明趣入十住以定會理契眞門即妙峰山上德雲比丘所得憶念諸佛智慧光明門是以次向下至王女慈行童女有十箇善知識總是十住位中善知識也　從此妙峰山已下約立七門　一從信趣入十住以定會理契眞門十住品是　二依眞發起諸行門即善見比丘并已下共有十善知識是十行品是　三理智大悲願行會融門即從鬻香長者青蓮華等已下十善知識是十迴向品是　四蘊修悲智成德門即夜神婆珊婆演底并已下共有十善知識是十地品是　五悲終起智成佛門即佛母摩耶夫人并下共有十善知識是十定品已下共有十品是　六修行已滿

佛果門即慈氏如來是如來出現品經是七法界自在無功大用如因陁羅網互叅圓融門無功法界大用是法界品是明總法界該括所收如是五十三善知識起此行門方便令後發菩提心者識其五位進修行門令易解故前雖説法在行恐迷是故令善財重起行門表示令學者不錯謬故　第一從信趣入十住以定會理契眞門中從爾時文殊師利菩薩如象王迴已下至願學普賢乘并頌有二十二行經於此段中分爲四段　一爾時文殊師利菩薩如象王迴已下至是故於此勿生疲厭有五行經明文殊師利稱歎善財發菩提心勸近善知識勿生疲厭分　二善財白言已下至云何令普賢行速得圓滿有五行半經明善財請問十一問菩薩所行分　三爾時文殊師利菩薩已下可有一行經明文殊師利説頌讚歎善財分　四正申其頌頌云若有諸菩薩不厭生死苦則具普賢道一切無能壞者明以生死苦爲菩提即無所壞若離生死苦修菩薩行發菩提心即有所壞何以故即有生死涅槃染淨二障所壞即有是非二見斷常所壞又云若入方便海安住佛菩提能隨導師學當成一切智者明以大願大悲萬行海爲方便方可安住佛菩提若於一切法一切行一法不明一行不行即菩提心不得圓滿以菩提心無障礙無體性一法一行上有取有捨即有障礙取捨但以法界普光明智海印之無法不徹以此但求菩薩行滿即菩提心圓滿以菩薩行與菩提心無一異俱不俱無合散故二不可

得故如是而行菩薩行故生死涅槃二不可得故謂於生死安住涅槃如是修行一切菩薩行長大慈大悲大願滿普賢道故自餘如文自明　又第一從信趣入十住以定會理契眞門中從爾時文殊師利菩薩說此頌已至德雲比丘當爲汝說有十二行半經約分五段　一從爾時已下有兩行半經明文殊師利歎善財能發無上菩提心分　二善男子已下至倍更爲難有兩行經明歎善財求善知識倍更爲難分　三善男子已下至應決定求眞善知識有一行經明求一切智應決定求眞善知識分　四善男子已下至勿見過失有兩行半經明文殊師利教誡善財見善知識無厭足勿見過失分如文自具五善男子已下至德雲比丘爲汝演說有四行半經約有五法△一示善知識所居方面△二示善知識所居國土△三示善知識所居處所△四舉善知識約德立名△五舉善知識道德堪能演說何法

△一示善知識所居之方面者何故令往南方以明託方隅而表法以南爲正爲離爲明以离中虛以中虛故离爲明爲日爲九天在身爲頭爲目爲心心達虛無智日自明故取之像表其道也是故經云明鍊十方一切儀式主方神方者法也但取其法大象無方如日行於天明麗於地智行於空明麗於萬物無不知無不明取之一法十方混然

△二示善知識所居國土者南方有國名爲勝樂者爲明理智虛無能淨煩惱名爲勝樂

△三示善知識住處其國有山名曰妙峰者

無念淨禪名之爲山心空智現名之爲妙理淨智明慧能破惑名之爲峰以艮爲山爲止爲童蒙爲小男爲門闕以止爲初明以三陽爻生之始爲正月一下止則正字也以十一月一陽生十二月二陽生正月三陽生故取之爲正月故三陽生故以三爲正又三陽生處火生於寅以火爲日日生於寅以日生於寅是明初生處故名爲童蒙小男位故取之以像表之以法以文殊師利居東北方清涼山者取摩竭提國菩提場是東北方此山是南閻浮洲菩提場之東北是此閻浮提衆山之王以艮爲山王故一萬菩薩於中止住是文殊師利主伴萬行圓滿之侶也故以文殊主法身根本智之妙慧爲一切諸佛啟蒙之師即有一切處文殊師利亦乃一切衆生皆自有之皆從此法初入聖智也初生佛家與一切諸佛同一智慧解脫知見從茲之後學差別智起願行成大慈悲號曰普賢法界行也是故如來取像世間法則用表法令易解故即以勝樂國妙峰山取像明其三陽生處以艮爲止以止則明初生故以明初生號曰童蒙亦以文殊師利以發蒙入聖之初故故號文殊爲童子菩薩因化立名故以發起一切衆生入無相理妙智慧故此明以方便三昧現根本智初生一切諸佛智慧家故立名也以取像表法令學者先以心無念慮寂靜不動如山王無相妙理智慧便現自心智慧得解脫清涼不即要身定登山也是故十住位於須彌頂上說十箇隨位昇進佛果皆號之爲月同此妙峰山德雲比丘巳下十箇

善知識創從凡夫位得法清涼樂也此明善財舉行用彰十住門言妙峰山者意明從定方能顯發自心根本智慧如諸佛見萬法無性萬法無相萬法無依萬法無有本末住處契此法已名爲住佛所住方得見亡業謝生聖智流中學差別智成就法界無限普賢大用廣化無盡一切法界衆生皆使入於根本智之知見故亦可凡心初學先入山樂靜方學定心用現正智亦是方便亦可得名勝樂國妙峰山也以心離俗境樂修寂靜亦是勝樂義引凡方便種種利生但不住其中也

△四舉善知識約德立名名爲德雲者以德雲能雨法灑潤衆生令得清涼之義比丘者此云滅諍以滅有無是非煩惱之諍故云滅諍以身邊等五見及有無二見能障道故先須以無念無思三昧止之正智方現故云滅諍故以妙峰山表其比丘三昧行智現定亡寂用自在方能說教以潤童蒙名爲德雲故居艮爲蒙位以止是潤生啟明之初以比丘德雲居山之頂取像表法明此位從信心凡夫創始以三昧加行啟蒙入聖位中十住之首至法頂故與無相妙智慧會處號爲妙峰以妙智慧能說教處潤益含生號名德雲修學如是方便現其自心正智現前其妙峰山德雲比丘之義總在已躬乃至文殊普賢佛果總皆自有以方便三昧理智現前利衆生行行之即是一如經具明此明於法界品中安立如是五位行門明五位方便修行行門總以法界佛果爲體以法界普光明根本智具普賢差別智爲大用故始終本末不移此

也以進修生熟處安立諸位起一百一十城之法門總共同一十波羅蜜行一三十七道品一四攝四無量心總別同異成壞六門在其中也以智照之可見一百一十城義如前福城東已釋訖

△五舉善知識道德所能者此善知識堪能說示菩薩行之加行具普賢行之五位門戶是故文殊令善財問德雲比丘云何學菩薩行云何修菩薩行乃至云何於普賢行疾得圓滿德雲比丘當為汝說此是入十住之初心名初發心住

大方廣佛華嚴經論卷第四十一

音釋

塹七豔切音槧坑也　徽纆上音揮下音黑皆索名　韁音媲馬韁也

鬻音育賣也

大方廣佛華嚴經論卷第四十二

唐方山長者李通玄造

入法界品第三十九之三

從此已下總是善財知識

◎第一十住門中十知識

○第一妙峰山德雲比丘主發心住

△爾時善財童子聞是語已歡喜踊躍已下至我唯得此憶念一切諸佛境界智慧光明普見法門有三十七行經義有十一門△一得聞善知識名歡喜△二頂禮文殊師利右遶三帀悲泣辭退南行△三至處求覓德雲比丘△四求經七日△五見比丘在別山上徐步經行△六見已往詣禮敬右遶三帀△七申請所求△八德雲歎善財二種難法皆能已發△九先舉善財所求十種菩薩之行△十自申已德授與善財△十一我唯得此憶念一切諸佛境界智慧光明普見法門是都結自已當位法門授與善財竟已下更推勝進前位

△一得聞善知識名歡喜者經云聞是語已歡喜踊躍舉身離地爲踊再踊不已爲躍

△二頂禮文殊足下辭退南行頭頂禮足以已之尊高至彼之足下是敬極之禮也遶無數帀敬順法心辭退南行昇進明智

△三至處求覓德雲比丘者明至勝樂國妙峰山表無染寂靜爲勝樂身心不動如山是習定也十方求覓是觀也是十方觀圓融心境使無邊等虛空故

△四求經七日者明七覺分推求勝進除沉掉心也處定曰沉出定曰掉去此二障

△五見比丘在別山上徐步經行者表同其定體已登山頂義也明初居定體猶有定心以七覺支分推求正覺法身本無定亂體故初心有禪可定故云遙見德雲住居別山頂也徐步者不居亂體也經行者表不住淨心也定亂兩融方明契會又雖得同十方一切諸佛正覺慧現前自此方堪求菩薩之行成普賢行爲明不住用故故云徐步不住定故修菩薩行故云經行夫修道者皆須信心之後當須要以定門以爲方便得定之後方堪起十方觀七覺支觀用會心境徧周定亂雙融身邊見謝始名見道方堪修菩薩道具菩薩行隨俗多生在眞一念

△六見已往詣禮敬右遶三帀者勝進敬順體會心成也右遶者左尊右卑以自卑已順尊正教三帀者一三五七九是陽之位二四六八十是陰之位陽生陰煞以三是生義也

△七申請所求者經云我已先發無上菩提心而未知菩薩云何學菩薩行是乃至應云何於普賢行速得圓滿

△八德雲比丘歎善財二種難法皆能發行者歎菩提心難發先已發菩薩行難行今能行云我已發無上菩提心者已於文殊師利所發菩提心爲知菩提無證修無所求故但求菩薩方便三昧加行其菩提心自然明白無垢猶如空中有雲雲亡其虛空自空不復云求虛空也以明但修菩薩三昧觀照以治執障然菩提心無有修作留除之體在凡不減在聖不增是故今以妙峰山像以止觀二門亡菩提之助顯方便菩提心自明白及至

菩提明白即菩薩行諸三昧自是菩提不復別有菩提而自明白以明菩薩處於世間修諸萬行世間萬行乃至菩提涅槃性自離故以將此法教化迷流不了此者而令悟達性空無垢之智以淨諸業令苦不生名爲大悲猶如化人教化幻士以智觀業隨時隨根十方等利無心意識智幻利生以此義故但求菩薩一切諸行以明即行是菩提一切無生滅故云我已發無上菩提心者以明信心菩提雖未有三昧加行顯發已知無所修無所求故今求菩薩行者以明方便三昧相印方明行及菩提如實無二於此之中不可說言諸行無常是生是滅經云一切法不生一切法不滅若能如是見諸佛常現前以是下文得見四維上下十方無數佛等爲得此見解故如來於三乘中說諸行無常者爲執諸行作實者說非爲大根衆生頓受法界佛乘理智體用無礙者說故是故發菩提心者須識教之權實可以堪發大心問曰何故不於文殊師利一箇善知識邊求法豈不足耶何故須經歷五十三善知識求菩薩行也荅曰明治宿習氣之淺深修差別智之廣狹大慈悲之厚薄攝化之多少以此安立五位修行法則隨位善知識五十三人一百一十重因果總別同異成壞之相令進修法不錯謬不滯其功不迂其行故從此妙峰山以方便三昧加行因緣顯自法身自體清淨本無依住普光明智與菩薩行寂用無二門已下諸位以普光明智用修差別智及治習氣幷以大願起生智門長養大悲行周法界如下具明一

一次第

◎九德雲先舉善財所求十種菩薩之行者從所謂求菩薩行已下總有十種菩薩行是總舉十住十行十迴向十地十一地十如是五位中各十十總在此十種菩薩行中且如初第一所謂求菩薩行向十住中配初發心住成檀波羅蜜門爲主餘九爲伴以方便三昧爲檀行體能捨一切法故二求菩薩境界者配治地住以戒波羅蜜爲體餘九爲伴以法身根本智爲戒體大悲及差別智爲用如海雲比丘所觀察大海見佛出與達十二緣生成根本智便以差別智說普眼經及十王是智悲之行如下至位方明此同十地中第二地治欲界惑三求菩薩出離道者配修行住此同十地中第三地修上二界禪超彼禪定位故治上二界惑如此修行住中第三善知識於海岸國善住比丘在於虛空中來往經行明得不住三界及禪定得智自在故十王恭敬者明智悲竝濟不偏修故至位方明此以忍波羅蜜爲主餘九爲伴此明三界惑盡是出離道故四求菩薩清淨道如十住中第四生貴住及十地第四地三界心盡出世現前方學世間文字智義五住五地方滿六住中如海幢比丘得離出入息寂滅神通化身周徧十方如是十種所求所修菩薩道一中十十之行五位齊彰一一如上配之於中意況具在文義炳然不悟讀之虛談且過一一須得意如十住法與後位及十地作樣已後諸位倣此規模慣習已終元依初法

△十自申巳德授與善財者經云善男子我得自在決定解力信眼清淨智光照耀普觀境界離一切障善巧觀察普眼明徹具清淨行往詣十方一切佛國土恭敬供養一切諸佛此明舉本果法令凡信樂修行從初發心修行慣習十地功終方依及此初時本樣果法也還以法界中時不遷智不異慈悲不異願行不異之所成就以於法界大智無延促中修行故不同情解有修行者莫作延促時分修學應須善觀法界體用莫如世情作一刹那計作三僧祇計如法界中都無修短遠近故以此解行如法修行於諸境界善照生滅令使執盡而成智之大用於自心境莫浪攝持但知放蕩任性坦然習定觀照執盡智現生滅自無業垢自淨會佛境界同如來心佛見自會非由捉搦謾作別治令心狂惑但自明心境見融執業便謝見亡執謝一切萬法本自無瘡智境朗然名爲佛國也無煩強生見執永自沈淪自作自殃非他能與

△十一自此善男子我得自在決定信解力已下至善男子我唯知此憶念一切諸佛境界智慧光明普見法門有十九行半經明普見十方一切諸佛及諸佛國土境界無礙門是此位中之果也此明本來如是佛境清淨比來妄作客塵今從文殊師利所得決定信眼以止觀二門七覺支分至此眞境契會無差普見一切衆生心境及以自心本來解脱佛國此名初發心住以身心會佛所住故以檀波羅蜜爲主餘九爲伴自此以下但有所見佛及佛境界總是當位中之果也自此以

下推功前位治地住中已下一一善知識邊皆有本位昇進二門第二治地住善知識名字法門如下一初昇進門中從豈能了知諸大菩薩無邊智慧清淨行門已下至辭退而去有三十八行半經是推德勝進分於此段中約分四段 一豈能了知諸大菩薩無邊智慧已下至云何能知能說彼功德行有二十九行半經明仰推勝德令善財進修分 二南方有國名爲海門是示善知識處 三彼有比丘名爲海雲是示善知識名 四禮德雲足是辭去而昇進前位此明一一位中與十法門令入授十法門令修皆一位有正入本位之果授前位之因已下倣此例然初二十九行半經明未申善知識名懸歎其德自推無能後九行半經明舉善知識名重舉十法而令預聞一一如經具明

○第二海門國海雲比丘主治地住

△第二治地住本位門中復分爲五段 一爾時善財已下正念觀十法 二南行至海門國 三至海雲比丘所頂禮其足 四正申所求 五海雲比丘稱歎善財示所觀法

如海門國者明觀生死海爲廣大佛海海雲比丘者因所觀法立名其心如雨以法潤生如雲又性戒如海不宿死屍一切生滅死屍至於根本智海皆爲智海無生滅故海雲比丘稱歎善財與所觀之法者所謂觀察大海云我住此海門國十有二年者明不離十二因緣生死海故如是十二有支一切凡夫無明所覆常處其中權教菩薩及以二乘皆厭而捨之一乘菩薩以此無明十二有支以爲

如來一切智智之海爲大智海無有生滅本來如是凡夫不了妄繫生死無明故云我住此海門國十有二年經云常以大海爲其境界已下有十種思惟大海意明一切衆生十二緣生生死之海廣大無量無有中邊性相可得便爲佛海思惟大海無量衆寶奇妙莊嚴明觀生死緣生海便成自性清淨佛之智海即一切智寶功德莊嚴思惟大海積無量水者以諸愛水爲大悲水思惟大海水色不同者根本智中起無量差別智慈思惟大海無量衆生住處以明佛海中有無量衆生之所住處不覺不知思惟大海容受種種大身衆生明無量菩薩咸處生死海中一一身土咸滿其中如影如光不相障蔽思惟大海能受大雲所雨之雨者菩薩心海堪受大雲諸佛法雨思惟大海無增無減諸佛智性之海無有增減乃至四種無過此廣大深廣便見海中有大蓮華忽然出現其上有佛説普眼經意明自觀生死海便爲自已如來清淨智海自佛出興根本智差別智究竟不離此生死海中圓滿故十力四無畏一切智智海皆迴生死海廣大業力而成就之生死業果盡一切智智海如是成自已如來廣大智海普贒行海不離一切衆生及自已十二有支緣生行海中若離此者别有成佛處所法者無有是處從海出蓮華其蓮華上所有莊嚴衆寶是達無明及諸有支爲大智海以智隨行功德報生因陁羅者主也尼羅者青色此寶青色爲衆寶中之主爲蓮華莖芬敷布護者言此蓮華開敷廣大徧布大海此明以行隨

智用無染業所成百萬阿修羅王執持其埑者百萬隨智用處生死而不没像阿修羅處大海而纔没半身表萬行隨智以智爲主明智悲萬行處生死海而恒不没故一切衆苦波濤此明根本智差别智大悲萬行一時同舉明前妙峰山得佛境界無相智慧光明海但得普見諸佛智慧光明境界門此治地住中以將無相智慧光明照十二有支成根本智差别大悲萬行齊備百萬摩尼寶莊嚴網彌覆其上者明以根本智起差别智設教徧周之所報生百萬龍王雨以香水者明以智隨悲行雨戒定慧解脱知見香水浴衆生心垢百萬迦樓羅王銜諸纓絡及寶繒帶周帀垂下者智隨萬行垂大慈悲同於生死引接義也百萬羅刹王慈心觀察者羅刹王者即毘沙門王也主此衆也此云持國在須彌北面而居明守護義取其像以表法明菩薩以大慈悲常居生死海守護衆生令一切衆生慈心相向百萬夜叉王恭敬禮拜者取之像表離憍慢殘害夜叉常恭敬故號之爲王明勝於生死惡害心故明主當護持生死惡害不生自在如王也百萬乾闥婆王種種音樂讚歎供養者明法樂以樂衆生故百萬天王雨諸天華鬘香及衣服幢幡蓋等明廣大饒益皆悉自在萬事備周如天王已下例然總明迴生死海中無量不善作無量善根表以十王明於生死海達無明十二緣行一切不善成大智大悲善行滿足寄喻如王舉諸寶莊嚴充滿大海義亦如之以廻一切不善行作一切善行之所報生隨智隨悲莊嚴滿刹

皆以無爲無性智法印普印生死海總成福海以法身無依住自性清淨普光明大平等智印印生死海總成法界解脫法門以差別智印印衆生根之所調伏而爲說法號之爲佛出興也普眼徧知諸法緣起善知總別同異本末生起號之爲普眼法門應當如是觀生死海觀如來海觀如來無差別智海觀如來差別智海觀如來大慈悲海乃至普賢行願海無邊法門海總在此一切衆生十二有支生死海生若出此海外別有成佛處所無有是處當知諸佛及以國土生居此生住居此住無別處也　從時海雲比丘告善財言善男子汝已發阿耨多羅三藐三菩提耶已下至善男子我唯知此普眼法門有九十一行經是正入本位法門　從如諸菩薩已下至辭退而去有十三行經是此位中推德昇進於此段中約分四門　一歎推先德　二示善知識住處　三擧其名號　四禮敬辭去文義如經自具如從此南行六十由旬者南義如前所釋六十由旬者明此位治上二界四禪四空八禪惑已過前位欲界六天業故故言六十由旬海岸聚落者明超過欲界第六欲天故此位治上二界住禪息念障約昇進之德立名此位治三界惑盡住無所住名爲善住此位與第六海幢比丘得無三界業見齊有習氣未得第六住寂滅定神通自在又世間文頌字智技藝未具且得一分出三界麁業得一分神通未於世間中出世間自在即如下海幢比丘是三界定亂二業不能拘留也前妙峰山以止觀門顯諸佛境界

智慧光明普見法門以成眞諦此位直以智慧觀察世間俗諦十二有支爲佛境界通修大悲普賢願行以戒波羅蜜爲主餘九爲伴約智三界通觀同治約位偏治欲界惑障已上諸位但有所見境界及如來名號總是自心佛果所會之法若自心不會對面無覩見之期

○第三海岸聚落善住比丘主修行住

△第三修行住從爾時善財童子已下至我唯知此普速疾供養諸佛成就衆生無礙解脫門有八十行經明入本位法門約分五段

一念善知識所授之教　二次第南行

三詣善知識處　四見善知識恭敬禮拜

五正申所求見此比丘於虛空中來往經行者明不住上二界息心住念禪不住出三界禪不住不出故言來往經行十王恭敬供養明攝衆生行徧故表十波羅蜜行智自在故如王空中莊嚴約法空中起行報生龍王表智悲自在震雷明法音普震激電智慧破惑緊那羅王奏衆樂音明以法音悅樂一切衆生故摩睺羅伽是恭敬義阿修羅是處生死海不沒義迦樓羅王作童子形婇女之所圍遶是離慢謙下智悲義羅刹王者是住生死海大悲守護衆生義夜叉王者是大智守護衆生義爲能行於虛空速疾故如智自在速疾故梵天王恭敬義淨居天空中與宮殿俱表智悲自在含育義如是皆云不思議數者皆表行周衆有普徧含生故此第五正申所求中請菩薩所修十種佛法幷求十種不捨之法具如經文時善住比丘告善財言已下

是正授其法經云善男子我已成就菩薩無礙解脫者明得法空智慧在空中經行明不著靜亂於染淨二障不能留滯名爲無礙解脫得解脫已若來若去若行若止隨順思惟觀察即時獲得智慧光明名究竟無礙從是已去即他心宿命神足等十無障礙明以法空觀察三界細習淨業現前即得此十無障礙法門此明以法空觀照力治三界習氣及出三界治習已自然而得此十無障礙法是故歎善財言今復發心求問佛法一切智法自然者法明佛法出世一切智法用照世間意明以所得法空用治染淨二習神通道力自然顯著一切自在皆自然現前已下准此至我唯知此普速疾供養諸佛成就衆生無礙解脫門是都結所入當位法門竟已下以明昇進前門此段以明將方便觀照門佛智自然智神通道力自至以此不捨方便而成就佛法不捨佛法而成菩薩行教化衆生此以忍波羅蜜爲主餘九爲伴此三比丘明入十住中得出三界解脫心還以比丘表之已下彌伽是俗人住居市肆明處煩闠而不亂故教諸人衆輪字莊嚴法門者明修世技文字令圓滿故意明先修出三界解脫方修世法住於生死故約智一位通修諸法約位偏修世智爲明前三已得出三界解脫神通故先修出世方學世間明自在無業不染著世間故又以出世間智學世間智易明了故

△第二昇進前位中從如諸菩薩持大悲戒已下至辭退而去有九行半經約分爲五門

一歎推先德　二示善知識所居之國

三示其居處　四舉知識之名　五辭退而去國名達里鼻茶者其國在南印度境名義未譯彌伽此云能伏爲出世智已恒現前世間智已得具足眞俗二智已滿能伏邪見異論故名能伏亦名爲雲以能有德陰俗雨法故故名爲雲城名自在者明出世智已得現前於世名言義智自在故城名自在此依主立名也

○第四達里鼻茶國彌伽長者主生貴住

△第一正入當位法門從爾時善財童子已下至妙音陀羅尼光明法門有六十七行經約分爲十門　一正念其所授之法思惟勝進　二南行至處推覔彌伽　三見已致敬禮畢　四正申所求　五彌伽速自下座五體投地敬初發心　六散金銀華無價寶爲座令善財坐上　七稱讚善財而能發無上大菩提心爲世所依　八彌伽面門放光集衆　九彌伽爲衆說輪字品莊嚴門　十彌伽授與善財妙音陁羅尼光明法門自我唯知此妙音陁羅尼已下是推德昇進彌伽所以速自下其座五體投地致敬善財言遽者疾也明彌伽敬能發大菩提心者與十方諸佛同一體性同一智慧同一解脫人天所依何得不敬以善財先於前三善知識已得出世菩提心已得同於十方諸佛法身根本智至彌伽所學世間差別言音名字句義智明世間俗智敬出世間眞智慧故以明約眞而有世間俗智即眞俗自在故故城名自在是以彌伽敬彼善財所得諸佛出世間智慧是世間智慧根本故是以敬之以表俗諦差別

智敬真諦根本智以俗智是根本智中起故令後學者貴出世道根本智故以根本智與一切衆生作無明生死之因果善財初覺彌伽敬之十方一切諸菩薩恒常頂禮初發心以貴初覺根本智是出三界智慧相應與一切諸佛智慧解脱同一體性故普賢行海因玆而起是故彌伽敬之而禮又表無知法慢故又此第四生貴住明三界業謝名生在佛家故第四地亦名生在佛家與此住位同知同得同見其法依本而安立之修學者初生後熟輪字品莊嚴法門者明於一名字法門於一音聲言音無二體名字無二性莊嚴種種名字以爲助伴而與人天六道衆生説種種法門令生歡喜令得解脱然其不離無聲一聲無名一名爲隨順衆生世間言詞故説

一切世間諸法無時即以無名字爲主即以有一切出世間法而爲莊嚴若説無有出世間法時即有一切世間爲莊嚴如是互爲主伴互爲莊嚴有無緣起皆無自性將用教化衆生隨根開解令得解脱衆生及名字言音皆無自性以此名字圓滿清淨音聲輪無所障礙以一音聲説無量名皆以一音聲與無量名無量字作體故即無量名無量字總是一字故以聲性無體故無量名字與一切聲作體故即以名字體自無能所分別性相故以衆生自無性故以此無聲之聲無名之名無説之説教化一切無性衆生令其破業至其本地又以無依之智無聲之聲無名之名循如虛空徧一切六道衆生音聲同其類音爲其説法令其歡喜然身心智慧名字六根

總無受者説者然一字中徧含多字之義互爲主伴然亦各不相知無彼無此故是故當知一切名字皆以有無二字互爲緣起若説一切法有字時即一切有法自具無故自相成壞自有自無自在説一切法本自無即有法自具以有無自相成壞故即無與有自在以從有無無體如法緣生無盡名言互爲主伴隨世安立更相成壞皆一一字中有無盡義猶如帝網影像相入若究之本源皆幻緣有各無主宰當知名不與聲作聲聲不與名作字智慧本無猶如虛空徧一切處等衆生界以智體性隨其類音皆令歡喜而得解脱故名妙音陁羅尼光明法門此是第四生貴住善知識以精進波羅蜜爲體餘九爲伴若約智通修五位若約位偏修俗智輪字莊嚴法門前三善友明出世智慧以三比丘表之此彌伽及解脱長者二人明處世間解脱故還以俗士表之餘義如文自具

△第二昇進前位門中從如諸菩薩摩訶薩已下至辭退而行有十四行經約分爲四門一推德於先　二示其善友所在　三舉善友之名　四頂禮辭去此不推別有國土者但南行有一聚落明同處俗流以精進波羅蜜與禪波羅蜜大體不二故所以不別國也爲此二友並是俗流故明從眞入俗以和會眞俗無二門世與出世體無有二

○第五住林城解脱長者主具足方便住

△第一正入當位法門中從爾時善財童子已下至善男子我唯知此於如來無礙莊嚴解脱門而得入出有一百四十行半經於此

段中約分十門　一正念所授之法思惟勝進　二漸次遊行十有二年至住林城　三推求解脫長者　四見已致敬正申所求五解脫長者即入菩薩三昧現其身中十方各十佛剎土答善財所請令其同入　六解脫長者從定而起又以言說說其定中十佛境界大會道場　七明解脫長者隨心應念諸佛現前　八心念無體見佛如影　九心無表裏徧至十方而無去來　十善男子我於此如來無礙莊嚴解脫門而得入出是正示三昧之名及出入自在分自此已下是昇進前位云漸次遊行者明勝進不住於前法也十有二年者如前第二海門國海雲比丘住海門國十有二年明直觀十二緣以爲出世間解脫以表比丘是求出世解脫故以生死海爲佛體故善財來至此住林城漸次遊行十有二年爲明於十二緣生法中行於世間然以十二緣生以爲禪體以解脫長者是世間俗士表處俗行眞名爲解脫前海雲比丘不住生死觀十二緣生得出世心此解脫長者於十二緣生法中處於生死不壞緣生不著緣生故云遊行十二年是不住義故是生死涅槃無二義是生死涅槃無出沒義故若約智通治以十波羅蜜爲體此約位別治以明同別自在以此第五禪波羅蜜門以法界自體無作禪中諸有緣生性自離故一切心境莫不自是法界無礙解脫禪定林故是故城名住林一切心境作而無用性自住故推求者觀察勝進也得見解脫長者者明以眞會俗眞俗自體本性解脫也見已五體投

地眞俗無依五位同會也亦明五蘊十二緣總禪林也合掌者眞俗會而不二也已上以觀察禪定冥會已下以言更申所求已下入三昧十方各現十佛刹者明定體徧周圓滿故以十爲圓數也又已下以從定中所見十佛如來及上首菩薩是三昧所現自位佛果及行故又已下隨念而見諸佛者以自心應眞是佛故所念皆是佛境界更無餘也明自心是佛諸念總佛餘如文自具此是第五具足方便住以禪波羅蜜爲體餘九爲伴若以智境之中即五位通修若以約位之中偏治眞俗靜亂二障會五蘊十二緣爲法界性自禪用而無作緣生之定門以明一切世間心境總皆禪也

△第二明昇進前位中從如諸菩薩摩訶薩已下至辭退而去有十六行經約分爲四門　一推德於前　二示善知識方所及國土　三舉善知識名號　四善財敬戀善友流淚辭去　第一推德於前者明解脱長者推德於前位善知識有十種殊勝勸令善財進求加行　第二南行如前初位已釋至閻浮提畔者明此位正心住是得出世間及處世間智慧神通之極畔故故云閻浮提畔唯得世間出世大悲心未得入俗同纏行圓滿大慈悲心故故以比丘表之於世間中出俗相故後位即明入俗大悲心圓滿即以優婆夷滿願表之有一國土名摩利伽羅者此梵本未譯有比丘名海幢者明約以德智慧如海能破衆生業惑處名之爲幢幢者摧壞義故

○第六閻浮提畔海幢比丘主正心住

△第一正入當位門中從爾時善財童子一心正念已下至我唯知此一般若波羅蜜三昧光明此一段經約分爲五門　一正念前法令其增長　二漸次南行至閻浮提畔摩利聚落　三周徧求覓海幢比丘是進求觀照　四乃見在經行地側結跏趺坐入于三昧離出入息無別思覺　五明入三昧中身分出衆十方教化何故在經行地側結跏趺坐入于三昧表寂用自在以經行地是用三昧是寂表依用有寂地側者表不住寂用之中而任運自在故離出入息明稱理而寂稱理而用性自徧周非同二乘作寂滅證也此同十地中第六地也以十地行依此十住行樣修行至彼同此本故是故第六地菩薩得寂滅定神通現前此是隨空慧寂用門十地大悲寂用從第五身出衆海十方教化中約有二十三種法門　一足下出無數百千億長者居士婆羅門衆周徧十方者表足是所行之行還從其中出行故爲居士長者婆羅門是世間仁士之行故　二從兩膝出無數百千億剎帝利婆羅門衆皆悉聰慧者以兩膝是起止坐臥卷舒自在之所由膝還出清淨王種表智制御生死如王自在剎帝利者是王種也婆羅門者是淨行也表智隨生死自在如王無染也聰慧是智能明白萬法故種種色相者從智化現也餘皆是智中之行故以義取之　三從其腰間出等衆生數無量仙人者表腰間是世間行五欲之境表以智幻生同衆生行利衆生事自無五欲故出仙人　四從兩脅出不思議龍及龍女衆者

表兩脅是覆陰義故於中出龍雨法潤衆生故　五從胷前卍字中出無數百千億阿修羅王皆悉示現不可思議自在幻力令百千世界皆大震動者胷是勇猛義卍者清涼義故於中出修羅衆表精勤勇猛震動摧破煩惱魔軍高慢山王謟愛宮殿故令清涼故　六從其背上應以二乘得度者出無數百千億二乘者表背是背衆生之方所還從其中出二乘衆表二乘背佛大智大悲萬行利衆生事及法界體用故　七從其兩肩出無數百千億諸夜叉羅刹王者表兩肩是荷負守御之處還從其中出夜叉羅刹可畏之狀守護行衆善業之衆生及向一住及正入十住十行位者乃至現作執金剛神守護諸佛及佛住處　八從其腹出無數百千億緊那羅王及女及出無數百千乾闥婆王及各奏無數百千天樂及歌詠讚歎一切諸佛及法者表腹包含衆法義還於其中出歌詠音樂之神稱讚諸佛及法故　九從其面門出轉輪王者明口是轉法輪王之所由還於其中出輪王之衆故　十從兩目出無數百千日輪普照地獄惡趣表目是慈悲破闇處故及一切衆寶國土以作種種光明莊嚴顯耀及照一切衆生無量事業　十一從其眉間白毫相中出無數百千帝釋表眉間白毫主中道十地之果還於其中出帝釋身表住於中道得法之頂者能爲世主主導衆生以帝釋號能主故　欠十二梵天一衆　十三從其頭上出無量佛刹微塵數諸菩薩衆者明修行至法之頂表行偏滿故　十四從其頂上出

無數百千億如來身明佛果故如是隨位兩法如經自具　十五又海幢比丘從身一切毛孔一一皆出阿僧祇佛刹微塵數光明網者表全身總是法界般若波羅蜜妙慧三空無礙解脫教衆生之光重重無盡故　十六爾時善財童子一心觀察已下是善財觀察善知識所作三昧境界事業　十七六月六日已下海幢出定善財稱歎　十八聖者已下是善財問三昧之名　十九海幢比丘舉三昧之號名普眼捨得又名般若波羅蜜境界清淨光明又名普莊嚴清淨門　二十明海幢比丘舉修般若波羅蜜門所得三昧有百萬僧祇三昧莊嚴　二十一善財重問三昧境界　二十二海幢比丘重說此三昧約說二十二種無障礙法　二十三我唯知此

一般若婆羅蜜三昧光明推德於先令善財昇進善財以如上十法觀察海幢比丘又住立思惟觀察經一日一夜者明檀波羅蜜七日七夜者明七支戒半月者忍波羅蜜以明忍但自益不益於人故半月表之一月者以明精進自利利人故一月表之六月者第六住也復經六日者是第六波羅蜜故以爲海幢比丘是十住中第六正心住修般若波羅蜜智慧日故故云六月是第六正心住六日是第六波羅蜜智慧日故此是十住中第六正心住般若波羅蜜爲主餘九爲伴以約智門中諸位通治約位門中此第六波羅蜜偏治世間出世間寂用不自在障令得寂用神通自在門由出世慈悲心多入俗常住世間慈悲猶劣故以海幢比丘表之雖有慈悲但

得無染行清淨之慈不得同衆生行等衆生事一無有違方便攝取一切衆生故即以後位俗士休捨擾婆夷表其行明處眞不證知眞行俗△第二明昇進前位第七不退住中如諸菩薩入智慧自在三昧已下至辭退而行有十六行經約分爲五門　一推德於先二示善知識居處　三舉善知識所居國林　四舉善知識名號　五明善財正念海幢比丘教戀慕辭退而去南行義如前已釋住處名海潮者明善知識住生死海廣度衆生如應引化而無失時猶如大海潮不失時故以所居以表其行園林名普莊嚴者以一切生死海爲園苑以萬行海爲林以行此大悲無盡無邊之行海以嚴淨十方衆生海令成佛海故園林名普莊嚴於園中有優婆夷名爲休捨者此云滿願滿自本願徧化衆生故優婆夷者表慈悲行也此是十地中第七遠行地大慈悲行之軌樣從此倣之至彼地功熟故以神表之明神用自在前位是出世無染大悲法門即以比丘表之此位入俗處染而不污處眞同俗之慈悲即以優婆夷表之漸成力用自在故餘如文自具

大方廣佛華嚴經論卷第四十二

音釋

闠　胡對切音潰市門也　劣　龍輟切音埒弱也　苑　音婉養禽獸曰苑　軌　居洧切音宄法則也

大方廣佛華嚴經論卷第四十三

唐方山長者李通玄造

入法界品第三十九之四

○第七海潮處休捨優婆夷主不退住

△第一正入當位法門中從爾時善財已下至我唯知此一解脫門於此段中約分爲十三門一念善知識教思惟勝進 二漸漸南行至海潮處 三見普莊嚴園林莊嚴衆寶 四入其園中周徧推求 五見優婆夷往詣其所 六致敬禮拜正申所求 七休捨優婆夷爲說自已所行之法 八善財白言聖者發無上菩提心其已久如 九善財童子言聖者久如當得成無上菩提 十休捨優婆夷正答成佛久近因緣 十一善財請說解脫法門如何名目 十二休捨優婆夷正答其名名離憂安隱幢 十三我唯知此一解脫門已下推德昇進如園林衆寶及宮殿衆事皆衆寶所嚴者表約行願廣大盡佛界衆生界故依報莊嚴廣大無限容貌端正及諸嚴飾表慈心悲愍益物利生調順柔和體道無我十波羅蜜無不順行十方諸佛身徧奉侍供養所感正報容止可觀見者除感人天崇重表大悲行示現女身而非女心所有莊嚴及以宮殿樓閣池沼皆約悲智萬行報生如前先約略表示所有嚴飾如經自明意明此位方便波羅蜜慈悲行廣莊嚴報廣經云善男子其有衆生得見我者皆於阿耨多羅三藐三菩提得不退轉者明來至此位要修至三空解脫世間智出世間智慧現前成廣大慈悲行方來至方便入生死門達生

死性與佛福智海本來一性便得離憂安隱幢解脫門方名不退住雖復知空無我常於生死有畏未及離憂安隱幢常居退位設不退還凡夫還退作二乘及生淨土別忻樂果故云十方諸佛悉來至我所於寶座上爲我說法表悲與智會明此位以悲成無功之智門第十位中王女慈行童女明以智成悲自在門師子幢王表是十住位中無功用智自在女表無染之慈也至第十灌頂住智悲滿故第十地是蘊積大悲成行門以九箇女天一箇如來妻表之十一地是大悲行滿以悲起智成佛門即以摩耶生佛表之以此十一地中十箇善知識總佛果已滿善知識以具普賢行故徧作世間人中仁士之行童子師居士長者童子童女行同凡士此明果極行

徧故大約以智發心從初發心住即悲智齊發爲其始學出世道根本智爲先以此立五位五十箇行門以箇生熟同別由茲五十箇波羅蜜五位中五重鍊磨簡其智悲廣狹生熟出世入纏逆順和會福慧多少勝劣不同令發心者不住一法及三四五十百千即以爲足故意令進昇至於無限廣大如法界故就之設五位五十重中一一具有智悲二行五十箇波羅蜜互相參徹約有五百箇波羅蜜門互爲主伴圓此悲智世及出世心量廣狹生熟之門方明總別同異成壞六義如此十住門十波羅蜜直以約法界體實法安立十法圓融互參成一百法門以初發菩提心以此佛本果行爲樣修行從此本樣修行五重加行鍊磨方始得依初樣雖復鍊磨生熟

差别然智悲不異初心日月時節亦無遷轉以約智發心本無三世時分故此優婆夷者表對第六住是世間出世間法故為廻彼出世心多者令依滿本願故起愛處生死愛度衆生成慈悲行故以優婆夷名滿願表之以取其志養育子孫無疲勞故表大悲菩薩養育一切法界衆生若善不善曾無捨離未曾起不濟之心化種種身未曾捨一衆生如毛髮許恒常對現一切衆生前種種教詔使令成熟故此位約廻第六住出世心多令不斷生死愛度衆生猶存愛習以優婆夷表之故名有行有開發第十灌頂中以一分無功智成以智生悲無有愛習以師子幢王女慈行童女表之此是當十住位中調治和會智悲生熟之意如上我有八萬四千那由他同行

眷屬常居此園明以衆生八萬四千那由他諸煩惱園林悉皆與之同行而接引之善財問優婆夷發菩提心久近者意明求解脱無有久近一發即三世一時求解脱體中無有久近故明大悲行中問發心久近者意明大慈大悲深厚還與衆生界住劫久近相似若衆生界無盡大悲願行無盡後問久如成佛意亦如之且舉三十恒河沙為量已去唯佛所知意不可極也又前三比丘得出世心是一十至彌伽海幢比丘得了世間出世間心是二十至此第七住入世行慈悲是三十也明發心久近俱枳羅烏梵本未譯毗盧遮那摩尼寶者名為光明徧照如意無垢寶也寶多羅樹形如此方椶櫚以妙寶所成阿盧那香此云赤色婆樓那天佛此云水天解脱名

離憂安隱幢者此有二義一教化衆生使令離憂是菩薩安隱幢衆生未離生死菩薩不自取安隱故因化成名二菩薩雖達生死性空於生死有畏未爲究竟安隱無憂若能入生死教化衆生達生死衆生及以教化者總涅槃行無出無沒方名離憂安隱幢故此是十住中第七不退住方便波羅蜜爲主餘九爲伴約智門中五位通治約位門中徧治世間出世間心多大悲心劣而令悲智得圓滿故△第二推德昇進前位中如諸菩薩摩訶薩已下至辭退而行有十六行半經於中文義約分五門一推德於先令其勝進二示善知識處名爲海潮三示其國土名那羅素四舉善知識名號五頂禮流淚辭退而行此流淚者表大悲弘深又敬法貴人情至厚重又表智悲自在垂悲俗流傷嗟苦趣聖心廣濟悲歎難勝此南方有海潮處與前位同名海潮處者表悲智同會以將前位慈悲之門昇進會於智體以將第八願波羅蜜發起智業會其悲門智若不發與大願行悲趣寂無由起用是故十地中至第八地位諸佛三加七勸令念本願方能生大慈悲是故二位同名海潮明以第八願波羅蜜會其悲智一體方得無功大用行廣利而無思猶如海潮汎洪波而不作故像此位菩薩以無功智化諸羣品知根而不失時也是故二位同名海潮此會智悲不二國名那羅素者此云不懶惰爲第八住入無功之智本稱智徧周利生無懈無疲勞懶惰之心此位是十地中八地之樣從此而起初跡至第八地方與本樣會同此

中一分相應十地中第八地大用一體無功智周佛地方滿至如來出現品是其滿處以法界品爲源始根本智恒爾無功大用故以初發大菩提心者元依法界普光智體發心功熟即是本來法界但約智悲生熟廣狹上明位次第仙人名毗目瞿沙者此云出聲可畏爲智目增明善摧邪論出言契當異論息心故名出聲可畏善財悲泣流淚思惟有十難事如經具明

○第八海潮處毗目瞿沙仙人主童眞住

△第一正入當位法門中從初爾時善財童子已下至我得無勝幢解脫門此一段文約分十三門　一念教誨思惟勝進　二漸遊行至那羅素國　三周遍推求毗目瞿沙　四見一大林阿僧祇樹以爲莊嚴　五見仙人栴檀樹下敷草而坐領徒一萬　六申其所求　七仙人稱歎善財　八仙人示其善財法門名字　九善財問其無勝幢解脫境界　十仙人以手摩善財頂執其手令善財自見其身往十方佛刹微塵數世界中　十一善財見佛獲益　十二仙人放善財手還在本處　十三我唯知此無勝幢解脫已下是推德昇進波吒羅樹者似此方楸樹甚有香氣其華紫色尼拘律樹葉似此方柿葉其子似枇杷子子下承蔕如柿其種類耐老於諸樹中最高大領徒一萬明萬行具足問何故此位見仙人何意答曰此有二義一表智淨如仙爲明此位無功智現無染如仙二爲無功智現以大悲行能同異道同事接生其居處林樹莊嚴明陰復利物池沼蓮華莊嚴

明慈悲處世無染行仙人於栴檀樹下敷草而坐表智樹覆陰熏戒定慧解脱解脱知見香徧周法界數草而坐明無功之智能善治貪亂明少欲之相鹿皮草衣示行少欲知足髻髮垂鬢者無功之智圓滿如是徒衆前後圍遶者明主伴萬行圓滿善財見已往詣其所五體投地者明敬法重人之禮又表以五塵之境皆歸智地歎言眞善知識眞善知識者無功之智本自眞故無勝幢解脱者明此位無功用智地自徧周利益一切衆生摧破煩惱無有斷絶下位不如故云無勝幢仙人以手摩善財頂者示以安慰接善財手者表引接也善財自見其身往詣十方十佛刹微塵數世界中及到十佛刹微塵數佛所者明會智境徧周也凡至十住中第八住十地中第八地皆須諸佛聖者灌頂勸發加持及第十灌頂住及第十法雲地總須諸佛灌頂加持故若不加持或時滯寂或不了佛境界故無能自進爲創初不達佛無功用智之境界故已下見佛境界如經具明阿庾多者此方一兆之數那由他者此方一億仙人放善財手善財即見自身還本處明以智力加持入法既得法已自力常然雖復聖者捨其加持一見見無有異故如舟濟渡於岸不可負舟而行此是童眞住明創初童蒙入眞無功智之境界以願波羅蜜爲主餘九爲伴明此位無功智現恐當滯寂以大願門與其智用故又令念本願廣度衆生有此節級以法防之令不滯故以智門中諸位通治約位門中此位會七住中悲行第八住中無功之智以大

頞波羅蜜興作令使智悲任用自在△第二推德昇進中從如諸菩薩摩訶薩巳下至辭退南行有十二行半經於中義意約分六門　一推德於先　二示善知識所在　三舉聚落名伊沙那　四示知識名爲勝熱　五勸令致問所行法門　六禮敬辭退南行南方如初所釋聚落名伊沙那者此云長直爲表此善知識攝化長其直道無諸諂誑故名長直婆羅門者此云淨也爲表此善知識無染寂靜故名勝熱者表勝世間煩惱熱故示勝盛火炎熱故此是第九法王子住得法自在明第九力波羅蜜法力自在示同外道五熱炙身引接邪徒令歸正智明得智同邪接諸邪見妄行苦行者令皆信伏下自有具文

○第九伊沙那聚落勝熱婆羅門主法王子住

△第一正入當位法門中從爾時善財童子巳下至我唯得此無盡輪解脫此一段經約分爲二十五門　一得無勝幢法光所照入諸佛不思議神力　二念善知識教漸次南行　三至長直聚落見彼勝熱修苦行四面火聚循如大山　四中有刀山高峻無極登彼山上投身入火　五善財頂禮諮問所求　六婆羅門令善財上其刀山投身入火　七善財念言人身難得心有懷疑　八十千梵天在虛空中勸喻此是金剛燄定光明　九有十千諸魔在虛空中勸喻善財歎婆羅門德行　十復有十千自在天王於虛空中告語善財不令生疑　十一復有化樂天王亦在虛空歎婆羅門德　十二復有十千兜

率天王在空稱歎　十三復有十千三十三天王在空稱歎　十四十千龍　十五十千夜叉　十六十千乾闥婆王　十七十千阿修羅王　十八十千迦樓羅王　十九十千緊那羅王　二十有無量欲界諸天如是等十三種衆皆在空中稱歎婆羅門德勸諭善財不生疑惑　二十一善財悔過　二十二婆羅門爲善財說頌　二十三善財順教登其刀山入大火聚　二十四善財入火聚時獲益　二十五我唯得此菩薩無盡輪已下是推德昇進如上婆羅門示行此行時隨諸衆生總見行門各自差別約表法中刀山是法王子住中力波羅蜜智慧爲體成修行者達生死苦難但見法界性解脫須得無有怖畏方堪力用自在火燄是金剛智之光明亦名金剛三昧如上諸天已說伊那跋羅龍王此龍往因由破戒損其極㲳樹遂頭上生此㲳樹故以名之也難陀此云歡喜優婆者清信也明此龍聞法信樂歡喜故菩薩無盡輪解脫者意明法王子住得法師位以此一行隨諸衆生樂欲不同各見說法及行門無盡差別明稱衆生根圓滿故名無盡輪此是法王子住以力波羅蜜爲主餘九爲伴以約智門中以五位通治約位門中治說法不自在障令得自在同十地中第九地從此果行修行至第九善慧地功熟倣此十住中本果還以法界體普光明智爲大用△第二推德昇進門中約分爲四門　一推德昇進　二示善知識處云南方有城名師子奮迅　三舉善知識名云童女慈行　四頂禮勝熱婆羅

門足辭退而去南方義如前初位釋城名師子奮迅者是師子幢王所居之城其王是慈行女父表智自在爲王大悲行徧爲女明此從智生悲處生死染而與不染等明習氣盡故前第七住中休捨優婆夷明故存愛習用成悲門以未斷度衆生之愛習故號優婆夷以此成大慈悲之行滿八住中無功之智方成即明以從悲生智此位以從智生悲故即師子幢王女是童女也表此位住運利生無染習也

○第十師子奮迅城慈行童女主灌頂住

△第一正入當位法門中約經文義分爲二十一門　一於善知識心生尊重　二念敎勝進　三漸次南行　四至師子奮迅城　五推求慈行童女　六聞其童女族姓王種　七五百童女以爲侍從　八明女所居之殿　九明女之所坐之座　十善財聞已往詣　十一善財入已覩見童女依正報得莊嚴　十二善財見已正申所求　十三童女令善財觀其依果所居報得知其行因　十四善財觀已合掌瞻仰慈行童女　十五童女告善財法門名般若波羅蜜普莊嚴門　十六童女舉所修行法門見佛之數有三十六恒河沙諸佛名號不同　十七明童女受此法門諸佛各以異門而入　十八諸佛一說更不重宣　十九善財白言問此法門之境界　二十正舉所修觀察法門時得普總持門其數有百萬阿僧祇總持法門其大數有一百一十八　二十一我唯知此般若波羅蜜普莊嚴門已下明推德昇進漸次南行

者勝進也至師子奮迅城周徧推求慈行童女者會智悲無二體也聞此童女是師子幢王女五百童女以爲侍從者明信此十住位中灌頂住普該五位智悲二門總如此十住中修更無異路故名爲師子幢王女五百侍從巳聞法者是此當位中修行也信此一位都攝五位智悲總如此門方名此十住門名住佛所住當如是知以此住中善知識依報之境總與佛果報所得境界名體俱同皆具因陁羅網互參之佛境身土重重含容時劫歲月都無延促一一門各各具足無量一切法門如經文自具令善觀察者是如慈行童女所居之殿名毗盧遮那藏殿者即是佛果包含衆德五位行藏佛因果門總在此位之中故龍勝栴檀足金線網天衣座上而說妙法者明以大慈悲身坐一切智智座上爲龍勝也說一切戒定慧解脱解脱知見五分法身之香白淨教網覆護引接一切衆生以之爲座善財聞巳詣王宫門求見彼女見無量衆來入宫中者明此智殿悲宫是一切衆生共所入處五位菩薩共所居都善財問言諸人今者何所往詣咸報之言我等欲詣慈行童女聽受妙法者此明信而無疑善財童子即作是念此王宫門既無限礙我亦應入者自念信巳當入入巳見毗盧遮那藏殿者自心智悲萬行與五位因果智悲一時會入故頗黎爲地者明以此實似水精然紅白赤碧不同但以明淨類以法身報得琉璃爲柱以淨行住持萬德金剛爲壁者智淨防護也閻浮檀金以爲垣墻者表淨戒外嚴也百千光

明而爲窓牖者以教光明照俗報得也阿僧祇摩尼而爲莊校者離垢行嚴報生寶藏摩尼鏡周匝莊嚴者根本智起差别智照衆生根報生也以世間最上摩尼寶而爲莊飾者淨行無染世間行報生無數寶網羅覆其上即能設教網約報生也其上百千金鈴出妙音者明聲徧十方說法之音所報生也已下明正報莊嚴慈行童女皮膚金色明法身白淨心無垢濁報生金色應眞善薩皆金色也目髪皆悉紺青以淨智照矚覆護衆生法故梵音聲者清朗遠聞十方也令善財觀其依報者明知果即識其法門也於一一鏡中所現一切佛境界互相含者具如經說云此般若波羅蜜普莊嚴門我於三十六恒河沙佛所求得此法者明十住十行十廻向爲三十故六恒河沙佛所求得此法者通攝六位十信十地十一地及佛果行總在十住十行十廻向法中成彼前後六位法故以前信位且信未是實入住位故十地十一地因果行門但依十住十行十迴向法會融理事智悲願行門已備十地十一地依而倣之令使慣熟更無新法故以前十地十一地中不立隨位進修十佛果名號亦無遙見佛來亦無迎佛法事上下隨文看之意自現爾以是此第十灌頂住中智悲二行總收十住十行十廻向智悲願行總在其内故云三十教雖文字有前後安立之跡約智悲願行歲月日劫是一法總是一時乃至十信心亦爾十地十一地亦爾此一位中一切總别同異成壞法無不在中故如此位經文中令善財童子觀莊嚴

境界中見一一壁中一一柱中一一鏡中一一相中一一形中乃至一一寶纓絡中悉見法界一切如來從初發心修菩薩行成滿大願具足功德成等正覺轉妙法輪乃至示現入於涅槃如是影像靡不皆見如水中普見虛空星宿日月所有衆像廣如經說以此境界用明一位總含諸位諸劫日月時分皆不遷移故云我於三十六恒河沙佛所求此法門一說不再悉皆領受即須知十住十行十廻向此三種十法總十住中一住中行故亦以智中有此三十箇法門悲中亦有三十箇法門亦爲三十六恒河沙佛也以一一位有皆徧法界行門故以恒河沙略擧其徧義故亦取一位通該六位故亦表一切智慧解脫不離三空六波羅蜜故一一位中有六位故一一六位皆有無盡行願故已下擧一百一十八箇陁羅尼門明此一位總攝十信十住十行十廻向十地十一地因果不出此位一百一十八箇總持收故如是一百一十八大總持門不出十波羅蜜中行互叅有百波羅蜜如是百波羅蜜不出三十七覺支以爲互叅助伴成三賢十聖等妙六位共名三十六恒河沙佛所求此般若波羅蜜普莊嚴門以此恒河沙是此經中最初小數故擧之明初發心中十住門即徧該六位中六十法故除十信不入位深細思之可解大意明此十住十行十廻向三賢位一一皆含十地十一地及妙覺地法界門總通收一法界故一智慧一慈悲一解脫一劫一歲一月一日一時無前後無別異門然安立種種隨世差別法

門故終不可作延促長短見故如初善財童子於善知識所起最極尊重心生廣大清淨解常念佛乘專求佛智願見諸佛觀法界無障礙智常現在前不合云專念大乘此經是法界佛果門與二乘無比對分亦與權教大乘十地之後安立佛果者亦非比對何得云專念大乘以大者比小者說大此法門所有發心皆依佛果發心所有心量願行智悲之境皆非比對不可以將比對大小之乘惑亂佛乘之門令使失其經意妄傳教門此是譯經者不達誤言也如後應云專求佛乘一切智乘不思議乘佛果乘以佛果文殊普賢法界纔初發心總入故又終始不分時劫差別絕情所量直是智故餘如經文此灌頂住位以智波羅蜜為主餘九為伴此位以智治修行前後差別及智悲不均平障入智悲圓滿前後自在無二門問曰此灌頂住位智悲已滿何故不以佛表之何故將王女表之答曰明此十住中一住即十住明前德雲比丘海雲比丘善住比丘海幢比丘總是成佛出世間解脫位彌伽解脫長者休捨優婆夷毗目仙人勝熱婆羅門王女慈行總是佛果中圓會菩薩道以一位互體通收總在其內具足凡見比丘是表求佛果以莊嚴菩薩行凡見俗士即明求菩薩行不離佛果或男或女長者外道神天表法一一隨位行門配之方明此已上十箇善知識初德雲比丘明以禪定觀照顯發自心佛智慧普見諸佛境界光明門第二海雲比丘所是觀生死海十二有支本來清淨佛國海門第三善住比丘法身智

自在無礙出俗門第四彌伽處俗修行世間文字門第五解脫長者處俗身含無盡佛剎莊嚴自體萬境自性禪定門第六海幢比丘眞俗無二達出纏寂用無礙神通門第七休捨優婆夷處世成長大悲門第八毗目瞿沙無功智現同邪門第九勝熱婆羅門攝諸邪見苦行門第十王女慈行明智悲圓滿總攝諸位智悲因果同時具足門如是十門總攝六位因果三十七道品互體圓融一多具足如帝網法門此十住門明自住佛所住巳下十行經明自利利他之行巳下推德昇進入於十行位也此童女慈行是智波羅蜜中大悲圓滿門明總攝諸六位同該位位如是故云三十六恒河沙佛所求此法門三十爲十住十行十廻向是也六即通佛果妙覺及五位通收表智波羅蜜圓該三賢六位總合一際約法門依報表之如前以六相明之於此十行中從初善見比丘巳下至出家外道名爲徧行是十行中十箇善知識△第二推德昇進中從如諸菩薩巳下至辭退而行有十一行經於中文義約分五門　一推德昇進　二示善知識方所　三舉國土名　四舉善知識名號　五禮敬辭去南方義如初釋國土名三目者一法眼二智眼三慧眼如推德中智眼無瞖普觀法界慧心廣大此是三眼國土明隨世利生智眼觀根法眼知法慧眼決擇正邪此三是一隨用說三

○第二十行法門十知識

◎第一三目國善見比丘主歡喜行

△第一正入當位法門中自爾時巳下至我

唯知此菩薩隨順燈解脫門於此段中經文義分爲六門　一善財思惟菩薩所住行有一十三種甚深　二漸次遊行至三眼國三推覓善見比丘　四見在林中經行往返天龍恭敬　五善財頂禮敬申所求　六善見比丘授與善財經行恒徧十方菩薩隨順燈解脫門比丘號善見者明此法眼智眼慧眼善見諸法善見一切衆生根性應時教化而令解脫故號善見也比丘者此名滅諍能化衆生煩惱見諍故云比丘問何故十行之初先見比丘答爲明菩薩所行之行皆令一切衆生無諍離染出世間故爲行之首皆須無染出世間以此先見比丘明心離世間方堪處俗同光利物是故已下方明俗倫在林中經行者表行廣多如林覆陰根莖枝葉華果備濟明行如是故林中經行經行往返者明入生死度衆生令諸衆生得出世涅槃之樂又令不住涅槃起大悲願入於生死又度衆生令至涅槃是往返義如是轉轉無有休息循如一燈然百千燈窮者皆明明終不盡故以隨順燈法門授與善財故以林中經行往返所表也又壯年美貌端正可喜者明能行諸行爲壯年也美貌端正是行報生故又心端行正名爲端正其髮紺青右旋不亂者順正法也頂有肉髻者智高德滿報生也皮膚金色者智淨心安素白無垢慈悲利物業報所招黄相是福德色也頸文三道者是不妄出言報所生故額廣平正者智寛博達之報也眼目修廣如青蓮華者以智慈悲所報得也脣口丹潔如頻婆果者明赤色也是南

方色以南爲離離爲日爲虛無爲心爲法門以智爲日口爲說法之門以智慧日口能詮表正法所生報也胷標卍字者智業清涼所生七處平滿者兩手兩足兩肩馬王陰藏爲七處平滿其臂纖長者引接成善所生報業其指網縵以教漉衆生所生報業手足中有金剛輪明轉法輪利衆生所生業果如是廣歎其福皆具如經所明皆是智行內修外嚴衆福因不虛棄明知因識果無量天龍夜叉乾闥婆阿修羅迦樓羅緊那羅摩睺羅伽釋梵護世人及非人前後圍遶者明比丘所攝生依根徧故以招其衆侍從隨之亦是表法衆也主方神隨方廻轉引導其前者方法也法隨衆生根器廻轉引接衆生方無定相即法無定相足行神持蓮華以承其足者表行無染無盡光神舒光破闇者以教光破惑也閻浮幢林神雨衆雜華者明以廣多善言衆行接引衆生令住戒定慧香華故不動藏地神現諸寶藏此是禪定行能現智慧之寶藏故普光明虛空神莊嚴虛空者明以正智慧觀照諸法莊嚴法空起差別智行差別行不離法空故成就德海神雨摩尼寶者明以普賢大願成就大慈悲之德普雨法寶利益衆生故須彌山神頭頂禮敬曲躬合掌者明謙下離慢恭敬行也無礙力風神雨妙香華者明柔輭語謙敬語無我語和悅語無麤惡語知時語不妄語利益語如法語讚歎語一切衆善語皆爲無礙力風神雨妙香華所聞之者戒定慧香華悉皆具足是故易云巽爲言說風行於地上可以觀此明君子之典禮雅

言也有所倣學以成仁德故云風行於地地者坤也坤爲衆人倣君子言教故有所可觀此經以正智慧風神口出正教言音爲風出合典禮之言爲香華春和主夜神莊嚴其身舉體投地者明慈悲和悦常處生死之夜令衆生見者皆悉歡喜發生善根名爲春和主夜神莊嚴其身投地者明大慈大悲願行莊嚴投於生死之地教化安樂一切衆生常覺主晝神執普照諸方摩尼幢住在虚空放大光明者明法空根本智照諸衆生以差别智度令解脱故時善財童子詣比丘所已下申請所求皆云已發無上菩提心者明於初友文殊師利所已發菩提即達菩提體無行無修無求無得無證以此求菩薩道即不離菩提心但求菩薩道成菩提心菩提本自無成壞故不可已求當求現求已發當發現發若無如是念故名爲已先發無上正覺之心故出此三世心故名爲已發無上正覺之心比丘答善財言我年既少出家又近明始從十住初生諸佛智慧而行此行名爲年少出家又近此十行門列名前後行是一時十廻向亦然此三法一時行以智境界不出一刹那際都該信及十地十一地六位一時故又初始發心不見生老前後際故名爲年少出家又近我此生中者即明不見始終之生中也於三十八恒河沙佛所淨修梵行者明十住十行十廻向以三十箇法均調智悲以此三十箇隨位佛因果法互參智悲無盡故云三十不離八正道行門故云三十八恒河沙佛所淨修梵行前慈行童女即云三十六恒河

沙即表三賢七覺之行此云三十八恒河沙佛所者即勝進至八正道故三十八恒河沙佛者總三賢之位八正道中佛因果也總明發心之際正智現前破無明時無量惡業滅無量智慧現前號爲恒沙佛數故從一日一夜淨修梵行或七日七夜淨修梵行或有佛所半月一月一歲百歲乃至不可說歲乃至不可說劫滿足六波羅蜜者此明出世道滿足六波羅蜜餘四方便願力智波羅蜜等是入生死成大悲行故此是比丘但云六度行不云十波羅蜜也亦見彼佛成道說法住持入滅遺教各各差別悉能見者明智境界順俗差殊智無纖毫時分遷也已上日月歲劫明時不遷也又云善男子我經行時一念中一切十方皆悉現前乃至不可說佛刹皆悉

嚴淨乃至不可說衆生差別行皆悉現前乃至成就普賢行願力故一念領受不可說不可說諸如來法廣如經說此一段明遠近含容不遷不可具陳總不出一念者意明經行所表法身智體無依以智無依故即無表裏中邊以智無表裏故即十方不遠此方無近以智無遠近體若虛空明照十方隨願起行應根利物不去不來對現色身如日現於衆水之内以此智境界故時日歲劫性自無遷一念迷亡古今多劫即纖毫不轉遠近境界不出塵中智爲願使願是智王悲行神通普賢行海皆由願使智如聲聞緣覺雖有神通以無大願利衆生故對普賢行願神通猶如百千日光比一箇螢火也餘意如經自明法門名菩薩隨順燈解脱門者明菩薩以自如

來普光明智順諸衆行起差別智教化衆生恒令發明無有休息名菩薩隨順燈解脫門此是歡喜行檀波羅蜜爲主餘九爲伴以智門中一行之中通修衆行約位門中修六波羅蜜出世之行此十行初門以將十住中智波羅蜜門普印三世一切佛境衆生境無盡劫總一時故不出毫內故巳下例然初終總爾△第二推德昇進門中自諸菩薩摩訶薩巳下至辭退而去有二十一行半經於中文義約分五門　一推德昇進　二示善知識方處國土　三示善知識居止處所在河渚中　四舉善知識名號名爲自在主　五頂禮致敬辭退而去南方義如初釋國土號名聞者依教主立名爲教主有名聞故河渚中居止者表戒爲河流必入智海故童子者爲明戒淨無染號爲童子名自在主者爲明巳從如來法身智果入俗利生出世入纏主導衆生皆自在故以立名也

○第二名聞國自在主童子主饒益行

△第一正入當位門者從爾時善財童子巳下至我唯知此一切工巧大神通智光明法門於此段約分爲七門　一受教念持昇進　二天龍夜叉衆圍繞　三向名聞國周徧求覓自在童子　四天龍示其所在　五善財即詣其所見十千童子所共圍遶　六聚沙爲戲善財見巳頂禮申請所求之法　七自在主告善財所行之法於此所修法中約有十門一書二數算三印手印符印等是四界世界也五處者即世界衆生住居處所六療病七工巧八調練仙藥九農商十知衆生

所出世根等於中算法前阿僧祇品略敘此亦如彼也此是菩薩行以法算數而知彼阿僧祇品佛智滿智眼自然而知不須算法也自餘如文自明此是饒益行中戒波羅蜜爲主餘九爲伴若約智境法門一位通修十行若約位門中此饒益行中以書數算印農商相法并出世間方名戒體前十住中但以法身法性理智爲戒體即海雲比丘觀十二有支生死海爲佛智海是十廻向中以海師善入生死海爲戒體如十信中即以畏罪修福離世間行爲戒體十地中即修大悲爲戒體即喜目觀察衆生夜神是在佛右面左爲智右爲悲又喜目觀察衆生者是慈悲之名以之爲戒體各隨五位戒體昇進不同以智通該一位中五位總具此中上下十善知識約其行體論之世技醫方供養等事如經具言

△第二推德昇進從如諸菩薩摩訶薩已下至辭退而去十七行經於中文義約分五門

一推德昇進　二示善知識住處及方所

三舉善知識所居城名海住　四舉善知識之名是優婆夷名爲具足　五禮敬辭退而去城名海住者表此優婆夷能含衆德如海優婆夷名具足者明約德立名表此優婆夷以住忍波羅蜜中具十波羅蜜以常能大捨具檀波羅蜜素服清潔名爲持戒被髮毀容名之爲忍心常不與世心和合名爲精進智悲利俗不與識俱名之禪定已踐佛果出世妙慧名爲智慧常處生死引接衆生又心無女業示受女身明大悲行是名方便常隨本願六道濟生名之大願不畏生死常轉法

輪名之爲力隨智幻生一切刹海常施佛事名之爲智具足如是十波羅蜜四攝四無量故名具足善財聞已舉身毛竪者爲聞具足之名喜心驚悦

○第三海住城具足優婆夷主無違逆行

△第一正入當位法門中從爾時善財童子已下至我唯知此無盡福德藏解脱門中於此段約分爲二十門　一念善知識教門廣大如海思惟昇進　二漸次南行　三至海住城尋覓善友　四衆人告語所在城中　五善財詣門合掌而立　六所觀依果其宅廣博種種莊嚴　七善財入已見優婆夷處於寶座　八觀其正報身相容儀可尊　九見其宅内敷於十億妙座　十見其小器在於座前一萬童女以爲侍衛更無諸餘衣服飲食　十一善財見已致敬申請　十二優婆夷告語善財所修之法門名菩薩無盡福德藏　十三以其小器十方六道衆生所須飲食種種美味悉皆具足　十四聲聞獨覺食已皆證聲聞辟支佛果住最後身　十五一生所繫菩薩食已皆於菩提樹下成佛　十六舉百萬億阿僧祇同行之衆三業皆同　十七善財見無量衆生從四門入　十八隨願所請隨所須食皆悉充滿　十九舉其我唯知此菩薩福德藏門　二十推德昇進以成後行十千童女者萬行具足四門而入者四無量心以一小器所施飲食徧周無限衆生皆充飽者明器雖量小約以法界智施入因陁羅網門小含無盡又加法界智願力廣大之心以一微塵許大食令十方一切所

生衆生食之充足元來不減毫釐以一微塵之食即法界量無裏外中邊限所礙故法門名菩薩福德藏明施願廣大也此是第三無違逆行以忍波羅蜜爲主餘九爲伴約智門中十行五位通修約位門中以忍爲體以忍爲小器無行不具足故以謙無不利故△第二推德昇進中從知諸菩薩摩訶薩巳下至辭退而去有八行半經於中義意約分四門一推德昇進　二示善知識方所及所居之城　三舉城名大興及知識名明智居士　四善財頂禮辭退而去城名大興者約教主立名以精進波羅蜜大興利益以立城名居士名明智者約第四無屈撓行見根利物仰視虛空即財法俱施故名明智此是十住中生貴住十地中第四地得出世智現前三界業盡當生佛家故此十行中爲明智居士者居家處俗懷道利生故名居士

大方廣佛華嚴經論卷第四十三

音釋

椶櫚音騣音閭　楸七由切音秋梓也　枇杷上音皮下音爬果名

大方廣佛華嚴經論卷第四十四

唐方山長者李通玄造

入法界品第三十九之五

○第四大興城明智居士主無屈撓行

△第一正入當位法門中從爾時善財童子已下至我唯知此隨意出生福德藏解脫門於此段中義分十門　一念善知識所授之教思惟昇進　二漸次而行至大興城推求明智居士　三於善知識心生渴仰　四念當承事諸善知識心無懈倦　五見其居士在城內市肆衢道七寶臺上處無數寶莊嚴座　六善財申請所求　七居士稱歎能發大菩提心求菩薩道　八居士示其善財能發大菩提之衆　九居士告善財所行之法門名隨意出生福德藏解脫門凡有所須悉皆滿足　十待衆來集示其施法仰視虛空如其所須從空而下皆悉充滿然爲說法從我唯知此隨意出生福德藏解脫門已下是推德昇進前位優婆夷以其小器以明忍門離慢怠高心施其飲食充滿此位之中表精進之心無屈撓行常行空觀以除煩惱得無上智心一切依正法報人天善根總在其中居士云生如來家長白淨法者明此位是第四生貴住行亦是十地中第四地中三界業盡生如來家唯有世間智悲未滿五住中及第五地中修學六住及六地真俗二智俱終得寂滅定三空現前任運神通十方教化然後七住及七地已去入俗起同凡行行大慈悲門八地分得無功十地佛力方滿十一地任運利生是故於此仰視虛空是所修行精

進之行一切業苦皆悉除斷一切佛法及人天福德咸在其中但修法空達緣起寂一門一切煩惱自然不現一切明智自然現前且約舉大要廣義如經自明此第四無屈撓行以精進爲主餘九爲伴約智門中五位十行同行約位門中觀法空門了緣生解脫爲勝治三界餘習法身智現生如來家十住初心創開佛慧生如來家第四住治三界惑淨佛智慧現前生如來家第八住中無功智現生如來無功智慧家第十住中智悲普濟受佛職位亦是生如來家十地位中一依此樣而成地位十住是十地勝進之樣不同權教佛果在十地之後三乘四十心地前爲加行十地爲見道此華嚴經十住爲見道十行十迴向十地十一地爲加行修行令慣熟故佛果於初先現以普賢悲願令智悲大用慣熟自在故以自如來根本普光明智光現故始終本末總無延促時日分劑故以法身根本智如實而言不同三乘權教情所解故皆須約本而觀之畢竟佛果慣習已成普賢行已滿一往但以教化一切衆生爲常恒行從初至末無始無終無成無壞但以普徧十方一切六道以智對現利生爲永業也從初發心起信修行時發如是信樂發如是志願起如是志求見如是道從初發心住以定觀力契會法身顯根本普光明智照知一切自他生死海性自解脫但爲教化衆生令其迷解離妄想苦故亦不見自身成佛不成佛故若也起心圖成佛念當知此人去佛道遠若也但以法身無性之力自他性離無成壞心起方便

力與大願力起大悲門無作而作發無限志願教化一切法界中無性衆生使令迷解還令省得自心無性之理妄想繫著自無不言成佛不言不成佛不可作如是圖念之情如此華嚴經安立五位教門但爲引接未得謂得未至謂至未滿云滿滯染淨障於菩提道及菩薩行有止足心有休息想安立五十重因果一百一十重法門使不滯住止息休厭之心滿普賢願行至無盡極故

△第二推德昇進門中從如諸菩薩摩訶薩已下至辭退而去有十五行半經約分爲五門　一推德昇進者從如諸菩薩已下是二示善知識方所者云南方如前所釋　三示善知識所居城者城名師子宫此約化王立名師子是無畏義明此第五離癡亂行中以禪定爲宫　四有長者號法寶髻者表此長者所行禪行是法界體用自在無礙禪總攝十波羅蜜行八正道咸在其中如下長者所居其宅十層樓閣宅有八門者是明定體徧該諸行名法寶髻表樹攝諸位故至法頂故　五禮敬辭去

○第五師子宫城寶髻長者主離癡亂行

△第一正入當位法門中從爾時善財已下至我唯知此菩薩無量福德寶藏解脱門於此段中義分爲十門　一念善知識教增長福德海　二漸次南行向師子城　三周徧推求寶髻長者見在市中　四禮敬正申所求　五長者執善財手將詣所居之宅　六令善財觀其報居之宅衆寶所成十層八門　七善財觀已問其所修之因　八長者爲

說往昔所修之因　九并陳廻向三處　十推德昇進隨文釋義者周徧推求寶髻長者明徧觀心境空有三界定亂昇進無依無得無證之定門市中而見者明寂亂等也若望十住中解脫長者即入三昧明身含佛刹之門表創居定體此十行中定明行體恒定表處生死市鄽攝化衆生無虧定體明動用俱寂性自離故遶即往詣頂禮者遠會其定體不遲滯也已下正舉申請中執善財手者引接也將詣所居示其舍宅令善財觀察者令知所因也舍宅清淨光明真金所成者約位以禪爲主餘九波羅蜜爲伴明定體白淨無垢報成光明真金爲舍宅之大體白銀爲牆者以禪體爲戒戒爲防護義頗棃爲殿者以禪體顯智成忍此寶似水精明淨然有衆色不同紺瑠璃寶而爲樓閣者以禪體而作精進觀照更增明淨清潔也硨磲妙寶而爲其柱者以禪爲行住持諸法故已下自餘莊嚴以次依十波羅蜜次第排之十層樓閣亦准此十波羅蜜從下向上排之自有次第宅開八門者一面各有兩門四方都八也明八正道行也第十層中明第十智波羅蜜圓會三世佛因果一念而滿教化衆生及入涅槃總皆不移也約智境界法爾如斯故已下九層中初以檀度二以戒三忍配之自有次第竝是以行報生表法爲善財說本因中云我念過去佛刹微塵數劫有世界名圓滿莊嚴佛號無邊光明法界普莊嚴王彼佛入城時我奏樂音幷燒一丸香以此供養廻向三處得此果報所居舍宅如是者明得定體以十住

位中已得言佛剎微塵爲數量者明定越迷塵自智慧佛入此十行禪門故表越迷塵智現以善說法爲樂音表因定起慧也定香但燒一丸五分法身周備迴向三處者但入此隨行寂用無礙定門即能永離貪乏常見諸佛及善知識恒聞正法是爲三處如經具言我唯知此菩薩無量福德寶藏解脫門者明隨行寂用無礙定門能攝福智及以大慈大悲四攝四無量法皆在其内是故號此長者名爲寶髻表此隨行定門總爲鬘攝法義自餘如文自具此一段是第五離癡亂行以禪波羅蜜爲主餘九爲伴約智門中諸位同治約位之中此位治世間出世間定亂不自在障如此長者十層樓閣總攝十住十行十迴向十地十一地及佛果皆悉通收以法界無依無性禪爲體故皆以自體無依無住禪體中十波羅蜜以爲莊嚴論主以頌釋曰

無作自性禪園苑普光明智爲大宅差別觀照嚴樓閣布施法食滿衆生淨戒寶衣恒普著精進慈心爲婇女禪心善達世間智五地通明菩薩住寂滅般若第六層七層方便住生死無功八層用自在九層一生法王居第十層中佛果滿如是次第而修學畢竟不居初中末以此衆法利羣生依正二報於中得

此畧釋大況廣意如文意明一行中十行齊行無始無終例皆如是　△第二推德昇進中從如諸菩薩摩訶薩已下至辭退而去有十行半經於中約分六門　一推德令進　二示善知識之方所云南方　三示善知識之國土名藤根　四示善知識所居之城

名普門　五舉善知識名號普眼　六致敬辭去隨文釋義者推德令善財昇進如歎德中有八行經如文具明國名藤根者表善知識第六般若深固徹衆生源故如藤根深固徹於大地至水際故取堅實穿達義以類智慧觀達世出世法皆徹源底故城名普門者明以普眼徧知諸法依法主立名長者名曰普眼者智慧過人天名之爲長者世及出世無不徧知名爲普眼已下勸令往詣如文自具

○第六藤根國普眼長者主善現行

△第一正入當位法門中從爾時已下至我唯知此令一切衆生普見諸佛歡喜門於此段中約分爲八門　一正念善知識教思惟昇進　二往藤根國推問求覓普門城　三在衢路見長者正申所求　四長者授與善財所行之事其所行事有四　一善治衆疾二善說對治諸根法門　三善和合諸香供養普見諸佛　四推德昇進隨文釋義者其城雉堞崇峻重堞最高曰雉雉重曰堞城高曰崇難昇曰峻明此善知識住第六行中智慧無盡重重尊高難入故衢路寬平者三空智慧蕩無涯際世及出世智無不周對治諸病者世間四大不和病以湯藥治如煩惱病以五停心觀十波羅蜜治善合諸香者以戒定慧解脫法身智身香隨根普熏自佛出現如上之事皆約事表法有事有法皆含世間出世間二義如十住中第六正心住以海幢比丘入寂滅定身出化雲徧周饒益表第六住中般若寂用無礙門令此十行位中第

六般若善現行中舉純用是寂得成就寂静身語意行如上能療治衆生病者實有是行表法者風病明想念多者以數息對治引令内止方便令所緣心息順無作定顯智用神通利化一切黄病表貪欲多者對以不淨觀痰熱病者表愚癡多者對以十二緣生觀鬼魅病者表取著妙相不離魔業及天報神通對以法空觀蠱毒者表一切有所得心能生一切諸纏害業愛業喻水瞋業喻火如是等病皆能對治如今和諸香者亦實有如是行表法者即明智慧善説教香令熏淨諸惡執業故隨諸惡業爲臭隨智慧行爲香如辛頭波羅香即明阿耨達池西面金牛口中所出大河流入信度國波羅者此云岸也明此香出此河之岸上表此第六善現行三空智慧四辯無礙如彼大池涌出四河潤澤大地復成大海一切戒定慧解脱解脱知見五分法身香皆生其中若有衆生聞而入信皆得度脱超昇彼岸經舉其一餘三河准此知之阿盧那跋底香者此云香赤色鮮明表赤色是南方正色又表离爲虛無爲日爲明爲心以离法心故离猶麗也像此位三空四辯無相智慧光明麗於一切衆生心境皆得智慧解脱香故烏洛迦栴檀香者烏洛迦虵名栴檀者香樹也明此虵最毒常患毒熱以身遶此香樹其毒氣便息表若有衆生聞説心境俱空本無體相無有處所無一法可得之香信而悟入一切煩惱毒熱自然清淨餘香如名可解如是八種智慧香熏諸衆生邪見識種令依八正道行入如來智慧香故善男子我

唯知此令一切衆生普見諸佛歡喜門明如上對治諸法智慧開發諸佛智慧方便皆令衆生入佛智慧皆歡喜故已下明推德昇進此名第六善現行中善知識以般若波羅蜜爲主餘九爲伴若約智門中諸位同治若約位門中治隨行寂用不自在障令隨行成就寂靜身語意行純清淨故△第二推德昇進分中從如諸菩薩已下至辭退而去有九行半經約分四門　一推德昇進　二示善知識所居方所及所居之城名多羅幢　三舉其王名無厭足　四敬禮辭去城名多羅幢者此云明淨約化主立名以第七無著行中以出世間明淨智慧善入世間作慈悲主善知諸根化身同事不妄接生故王名無厭足者利生無厭故因行成名餘如文自具

○第七多羅幢城無厭足王主無著行

△第一正入當位門中從爾時善財童子已下至我唯得此如幻解脫此一段經約分十四門　一正念善知識昇進　二往多羅城　三問衆人其王所在　四衆人答言今在正殿　五善財往詣遙見彼王處那羅延金剛之座　六見王報嚴身殿皆是衆寶　七見王苦具罰惡痛切難當　八善財心生疑惑　九空中天告用善知識言令除疑惑　十善財疑除往詣王所頂禮正申所求　十一其王執善財手將入宮中令觀報境　十二其王舉如幻解脫門化現其身自作惡業受種種苦令實衆生心生惶怖起諸善根發菩提心　十三其王自申所行常於身口意乃至一蚊一蟻不生苦害之心況復人耶

十四推德昇進阿那羅王者此云無厭足也
如十住第七住慈悲位以休捨優婆夷表之
此十行第七慈悲行以無厭足王表之以明
治惡人之行自化作惡自苦治之令實衆生
厭世修德成菩提道第七迴向以觀世音主
之第七遠行地中以夜天名開敷樹華主之
如是皆是隨位成就慈悲之別名自餘如經
具明此是第七無著行善知識以方便波羅
蜜爲主餘九爲伴約智門中諸位通治約位
門中以治處生死中染淨二行不自在令得
住生死中大智大悲得自在故△第二推德
昇進中從諸菩薩已下至辭退而去有八行
半經約分四門　一推德昇進　二示善知
識方處及所居之城名爲妙光　三舉善知
識王名大光　四頂禮辭去經云城名妙光
者此同第八住第八地無功智慧妙用是本
位之中差別智滿王名大光者名根本智自
餘如文自具

○第八妙光城大光王主難得行

△第一正入當位法門中從爾時善財童子
已下至我唯知此菩薩大慈爲首隨順世間
三昧門於此一段經約分爲十五門　一念
善知識教思惟昇進　二漸次遊行人間城
邑　三然後乃至妙光大城　四問人求覓
所居人咸報言今此城是　五善財得聞城
所居住處歡喜踊躍　六明善財入妙光大
城所見依果報境衆寶莊嚴　七明善財見
如上妙境及男女諸六塵境界皆無愛著但
一心思惟究竟之法　八漸次遊行見大光
王所住之處　九見王依正二報身座莊嚴

十善財五體投地頂禮其足　十一正申所求　十二王告善財所行之行名菩薩大慈幢行　十三妙光城隨心所見淨穢不同十四王入大慈爲首隨順世間三昧門時所有報嚴寶地宮殿皆六震動樹林低首泉涌歸王萬姓天人龍神恭敬夜叉羅刹咸起慈心八部諸王無不頂敬皆生歡喜發起善根以此大慈爲首三昧之力法如是故　十五推德令善財昇進隨文釋義者漸次遊行或至人間城邑聚落曠野巖谷然後乃至妙光大城者明周巡觀照治前位中智劣大悲不圓滿習治令智悲均平智悲自在方至第八無功妙用之行城故問衆人言妙光城今在何處者明以觀照之力智悲齊等猶不自識是故須問舊住之人表無功之位智悲難會衆人咸報言妙光城者今此城是是大光王之所住處者明善財契會智悲自在如王之門善財歡喜者入法樂也作如是念已下自念必當更聞勝法菩薩所行作如是十種念已入妙光城明以前第七行中修世間慈悲之行入第八無功智之城名入妙光城爲明達智朗然大慈增廣已下入城所見寶嚴地樹宮閣臺觀池沼等皆明入此行門約智悲報生一一不虛來皆以慈宮智殿悲觀樓種種智閣法性行花七菩提塹八正道水隨菩提行樹防護一切衆生身口意業以爲垣牆一如十迴向初配當埤堄者是垣上傾看之孔也皆以寶嚴此七重以七菩提行之所報成舉七數倣此其城縱廣一十由旬由旬者若約佛本行集經第十二云以七微塵成一

窓牖塵七窓牖塵成一兎毫頭塵七兎毫頭塵成一羊毛頭塵七羊毛頭塵成一牛毛頭塵七牛毛頭塵成一蟣七蟣成一虱七虱成一芥子七芥子成一大麥七大麥成一指節七指節成半尺二半尺成一肘四肘成一弓五弓成一丈二十丈名一息八十息成一俱盧舍八俱盧舍成一由旬計此方丈量三里餘八十步當一俱盧舍八俱盧舍爲一由旬一由旬合有一十七里其城一十由旬者合東西南北一百七十里若准其城內有十億衢道一一道間皆有無量萬億衆生於中止住者即非是此世間小由旬量之所能容即是以根本智爲大城一即十故體用徹也差別智爲衢道十智之中一中有一億同別之用乃至無盡八正道爲八門四八三十二明十波羅蜜七覺分八正道分共爲進修十住十行十廻向和合圓融智悲二行令使自在號根本智曰大光之王隨諸衆生根品上中下見名妙光大城廣狹不同淨穢差別所有衆寶莊嚴城及地樹宫殿總約智悲報生如文自具此城有一樓閣名正法藏大光王常處其中者此是差別智之報境根本智自在王常處其中善財見大光王去所住樓閣不遠於四衢道中坐如意摩尼寶蓮華藏廣大莊嚴師子之座者此明四智四無量四攝法引接衆生爲四衢以南北東西通過大道名爲四衢此一四衢攝多道路乃至百千總以此一四衢收故以隨意接生皆令無垢故以如意離垢寶以爲其座以行無染故號蓮華瑠璃爲座足者明智隨萬行明淨無障金繒

爲帳表智隨慈含育衆生寶網以約妙說教網報生也天衣以爲茵蓐者以智無依爲座體茵蓐者有文綵蓐也以智無依具足四無礙辯之文章引接衆生故其王於上結跏趺坐者智悲二業交徹自在二十八種大人之相者明此十住十行二位智悲已修猶有十廻向未滿以此未具三十二相明以三賢位極方成轉輪王之三十二相故此約智境不動念而和會諸位同異總別之義也必不得作如情延促量也即全虧經意設此經教金輪王即如隨好光明功德品中所說金網轉輪王此轉輪王於百千億那由他佛剎微塵數世界中教化衆生此王放摩尼髻中清淨光明若有衆生遇斯光者皆得菩薩十地位成無量智慧光明得十種清淨眼十種清淨

意八十隨好者以隨好上界梵天王同得是世間好故非同三賢位滿三十二相八十種好如頂生王等是轉輪王以凌帝釋便失神通仍居退墜此是三乘中一四天下小金輪王也亦有三十二相八十種好皆具福相就中不同如此十行中大光王是人王攝化境界周滿十方百千萬億那由他世界悉皆化現普賓接引故如三乘中金輪王但化四天下人不及諸天此十行中第八難得行爲人王攝化十方無邊境界及上界天王人天六道無不徧攝故以得佛智故已下歎王福智二業如文具明經云亦如虛空顯現種種法門星象者明主方神以方隅成法即八卦九宮是也上方乾象其中二十八宿及十二時支干及日月五星諸列宿等皆有法則其世

人王法之以施德令佛以取之用表説法自餘如文自具其王座前種種珍寶周滿衢路者是王所施之物如經廣明其王身如金山者應真色也以淨智内明行慈祐物之所感也端正女人皆具六十四能未詳我淨修善薩大慈幢行者明從十行之初至第六行修行出世智慧之門從第七行至此第八行前修處世慈悲起智之行至此第八行處世無功用智現前常以大慈悲爲首智隨破惑名之爲幢從此已去至於第十行中徧行外道以大慈悲行乃至九十六種外道身我皆爲之接諸邪見是一終行滿故淨名經云彼外道六師所墮汝亦隨墮乃可取食王言我於無量百千佛所問難此法思惟觀察修習莊嚴者意斷善財疑也前十住中第八童真住見毗目多羅仙人亦五體投地於此第八行中見大光王亦五體投地者何也意明此位修悲至智總五位通該以表智悲普徧故以此表之但五位中第八位皆明菩薩行圓從此第八位已去皆修如來十種力用自在以五位中第十位皆是智波羅蜜爲主餘九爲伴故從此已去後位任運自成其大光王入菩薩大慈爲首三昧顯所行慈心業用饒益自在令後學者倣之以明無依之智入等衆生心與之同體無有别性有情無情皆悉同體入此三昧所感業故令一切衆生及以樹林涌泉悉皆歸流悉皆低枝悉皆稽首夜叉羅刹悉皆息惡以明智隨一切衆生皆與同其業用一性無二如世間帝王有慈悲於人龍神順伏鳳集鱗翔何況人焉而不歸仰況

此大光王智徹真源行齊法界慈心爲首神會含靈與衆物而同光爲萬有之根本如摩尼寶與物同色而本色不違如聖智無心以萬物心爲心而物無違也明同體大慈悲心與物同用對現色身而令發明故山原及諸草樹無不迴轉向王禮敬陂池泉井及以河海悉皆騰溢流注王前者以智境大慈法合如此若衆生情識所變之境即衆生不能爲之如蓮華藏世界中境界盡作佛事以是智境非情所爲故聖者以智歸情令有情衆生報得無情草木山泉河海悉皆隨智迴轉以末爲本故如世間有至孝於心氷池涌魚冬竹抽筍尚自如斯況真智從慈者歟此第八行中明智從悲行用故以是列衆之中先標十千龍王以爲衆首者表智恒遊空垂慈雨法以龍遊空興雲注雨表之次如天王自在已下諸衆皆明以大慈爲首三昧業用所招之衆如文具明從頂禮於王已下有四行半經明攝化廣狹及推德善財昇進此是第八難得行善知識以願波羅蜜爲主餘九爲伴約智門中諸位通治約位門中治第八行中智悲不自在障令得自在大慈爲首智爲先導已前以慈修智已後第九第十二位以智行悲前十住中亦如是後十迴向十地亦倣此意明以無功之智用成慈悲等衆生之業用無自功可成如來十力四無畏任運自至

△第二推德昇進中從如諸菩薩已下至辭退而去可有十六行經約分五門　一推德於先令善財昇進　二示善知識方所　三舉善知識所居城名是王所都名安住　四

舉善知識名有優婆夷名爲不動　五致敬
辭退而去隨文釋義者有一王都者明此位
是第九法王子菩薩所居故號王都凡五位
中第九位皆是法王子位得說法自在優婆
夷者是清信士女也年已長大二十已上不
嫁自居修德離俗無染清潔號優婆夷名不
動者明此女人自發心來經閻浮提微塵數
劫所生之中於世五欲及以瞋恨更無所動
名爲不動

○第九安住王都不動優婆夷主善法行

△第一正入當位法門於此段中從爾時已
下至我唯得此求一切法無厭足三昧光明
爲一切衆生說微妙法皆令歡喜於此段中
約分十七門一念善知識教思惟昇進二如
是思惟善知識衆善深恩悲泣流淚三善財
童子如是悲哀思念之時有隨逐覺悟菩薩
如來使天於虛空中便加勸譽令往安住王
都四從彼智光明三昧起漸次遊行至安住
城五周徧推求不動優婆夷六衆人咸告之
言此是童女在其家內父母守護七善財聞
已往詣不動優婆夷所入其宅內見其依報
所居八蒙堂宇光照其身得五百三昧門九
次觀正報身相殊勝十明善財說頌歎德正
申所求十一優婆夷正說自行之法十二善
財所請三昧境界云何十三優婆夷自說自
行本因發起時劫緣起十四正說空中佛爲
說法十五自說發心已來經閻浮提微塵數
劫於爾所劫中修世間出世間一切衆技藝
法未曾廢捨一文一句十六優婆夷問善財
欲得見菩薩求一切法無厭足莊嚴門不善

財答云欲見十七優婆夷入此三昧不可說佛刹微塵數世界六種震動悉皆清淨瑠璃所成至善財言已見已下推德昇進隨文釋義者問曰何故此位念善知識悲泣流淚何意答曰爲明從智修悲滿佛十力故又問此位善知識何故爲女答曰如下文云過去有佛號曰修臂修者長也明引接義表此從無功之智以願波羅蜜行慈接引一切衆生故王名電授者是智也爲明智能破迷見道速疾如電光也唯有一女者慈悲也明第六行至第七行以悲修智自第八行已去以智修慈悲故故以王女表之是童女者第八住第八行已前慈位猶有染習此第九住第九行從智起悲無有染習故故以童女表之在家父母守護者以方便爲父智度爲母以守護慈心爲女無染障故淨習障至十一地方無如十定品中灌頂菩薩猶三求惟覓不見普賢者其樣式是也善男子我得菩薩摧伏智慧藏解脫門者明第九法師行中善摧邪論世無當者已入如是十力智分故如下文云我於彼佛所聞如是法求一切智求佛十力求佛辯才又以法師位中表行素潔清高慈悲和悅謙下無慢以女表之非即女也善財入其宅內見彼堂宇金色光明普皆照耀者明此第九法師位悲室教光所燭故觸善財身即得五百三昧門者意有五門一了相本淨自體光明二達心境無依不居空有性自寂靜三如是三昧能於世間無所染著四以普眼捨得三昧者明智眼無依名之爲捨善知萬有名之爲得五如來藏三昧門者明一

智之內含容萬德舉此五數以明五百都含五位五百法門善財入此三昧如七日胎者同此位中以智入慈柔和適悅也一切衆生見此女人皆無染著心一切煩惱自然消滅者明智相福資仁慈端正無染愛業以受其身所生其身無有婬相天人恭敬見者惑亡善財以一行頌歎此女人修戒忍精進三種行得光明照世間身如經具明以優婆夷入定顯求一切法無厭三昧門令善財見如文具明以不空輪三昧者須學世間出世間皆具足故十力智輪三昧者會佛差別智輪滿故佛種無盡藏三昧門者智無不含化無斷絶故此三三昧是總一萬三昧是別明一多相容自在入因陁羅網教門已下推德昇進於此中是第九善法行中善知識以力波羅蜜爲主餘九爲伴約智門中諸位通治約位門中治說法不自在障令得自在△第二推德昇進中從如諸菩薩已下至辭退而去有十五行半經於中約分四門一推德令善財昇進二示善友方所及舉城名名都薩羅三舉善友之名行爲出家外道名爲徧行四禮敬辭去隨文釋義者城名無量都薩羅都云喜樂薩羅云出生謂此城出生無量喜樂等事表此善知識智度圓滿行同十地已終佛果徧行諸行宜應所見普現其身同彼行門接生利俗皆令歡喜故城名出生無量喜樂等事號出家外道名爲徧行者智齊佛果名爲出家爲化邪流示同邪見名爲外道益衆生行及以三乘盡同其事名爲徧行所行無染名爲出家以菩薩行中化邪不化正名爲

外道處行無染名爲出家乃至九十六種外道我皆爲之南方義如初釋

○第十都薩羅城出家徧行外道主眞實行

△第一正入當位法門中從爾時善財童子已下至我唯知此至一切處菩薩行總分五門一念善知識思惟昇進二漸次遊行推求善友三見在山上平地經行山頂是智平地是法身表不離法身大智同於邪見四往詣致敬正申所求五徧行善友與善財所行之法隨文釋義者言外道名徧行者菩薩化邪不化正名爲外道凡所修進未至究竟一乘法界理智妙行一多同異自在身土交徹十方世界如因陁羅網門皆是外道如是通凡及聖盡以同行方便引之名爲徧行外道即如此孔丘老莊之流亦是其類如名潛相隱隨類而行衆生但受其益總不知誰是誰非如是之行常徧十方無時不現如影隨形如響應聲非往來之質以智通萬有常對現色身如下文云我已成就普觀世間三昧門已成就無依作神通力已成就普門般若波羅蜜我普於世間種種方所種種形貌種種行解饒益衆生乃至普徧一切諸趣雖在世間常行利益時諸人衆不知從何而至亦無疑怪不知不覺是何人流有衆生處一切行徧故此是第十眞實行善知識以智波羅蜜爲主餘九爲伴此位治於生死中行不自在障令得自在餘廣意如文前十住是入佛所住法門之樣此十行是普賢行之樣式十地倣此而成十廻向是以此十住十行中和融慈悲願力起智與悲令使不偏修出世涅槃及

染淨二障使得常居十方一切生死海中依自體法界佛果普賢大行恒常充滿如因陁羅網境界無礙門故以是安立十迴向門和會智悲世及出世咸使融通依本自在故使徧修定業求出世者和融無量想念起大智用無定亂故安立十迴向使權學菩薩不一向妄求他方別有佛淨土故安立十迴向使得常居寂定身恒徧滿一切生死攝化衆生故起十迴向使想念十方等一切衆生數受想思惟憶念流注飄動便成智用起十迴向使微小如芥子許福田令徧滿十方充滿法界起十迴向令使世間諸見及微小神通咸成普賢大用起十迴向令使八住八地智增菩薩憶念大願廣利衆生方便起大神通力徧與大利不住淨智中起十迴向令使初始發心菩薩起如來大願具佛功德起十迴向廣如十迴向品說若無此十迴向門一切發心者總住二乘地無有菩薩得成佛道具普賢行也初地菩薩依此三法以殊勝願力發心一依前三法加行昇進至其功畢道滿如初發心以明智不遷時日歲月不遷還如慈氏返指文殊明果不移因也便見自身入普賢身中明普賢行亦不離因内故慈氏云我當來下閻浮提汝與文殊還來見我明來世與今時不移此乃約智實論不同情識妄想虛變生多劫見一乘之行見道在初發心位之初也加行在初發心見諦之後以此果行相資方成萬用自在三乘道前三賢菩薩有漏發心地上方成見道十一地妙覺如來又云三千大千世界爲佛報境未通法界無限

之境互參無礙門已下推德昇進十廻向位善財童子善知識十廻向位從推德昇進中自如諸菩薩摩訶薩已下至辭退而去皆作五門已下諸位倣此例然一推德令善財昇進二示善知識方處國名廣大三舉善知識名號曰鬻香長者名優鉢羅華四勸善財往問五致敬辭去隨文釋義者歎德中以無礙願住一切劫得如帝網諸無礙行者即是十廻向中願行方便又以善知衆香法門合和香藥以充賣鬻以表廻向和合智悲涅槃染淨想念分別總成一丸戒定慧香解脫知見生死涅槃總別自在如此合香以其衆香合爲一丸互相資益皆無自性不失自德同異自在此將賣鬻香長者青蓮華表十廻向和融理智大悲大願萬行總別自在總爲一丸義無著故南方義如前十住初釋也國土名廣大者廣與大願起行無邊普接一切羣品故此願是萬行之風令行無邊故又願是智風令一切想念成大智神通自在用故願是開敷一切三昧定風引發滯染淨衆生令無所依得無依智寂用自在徧一切衆生故如十住之首以妙峯山而表無相智慧十行之首以三眼國比丘而表明行出纏十廻向之首以合香長者而表廻向和融智悲萬行涅槃生死此是隨位意趣思之可詳其意此五十三善知識皆是昇進修行意趣甚須知之不妄修學此鬻香是表十廻向以大願和融十住十行中理智慈悲入於生死一切無礙法界門名號青蓮華表行不染生死不染涅槃於二不二而中不汙如青蓮華要以淤泥

濁水之中而生不染泥水之性色香第一明菩薩以此大願迴向力故處於生死淤泥之中方始成法界佛果普賢萬行功德果報色香第一餘莫能勝諸華中青蓮華爲色香中殊勝如諸行中以十迴向和融生死涅槃智悲萬行爲一法界教化一切衆生皆令無苦顯大智香此爲殊勝餘别求出世者皆悉不如故以青蓮華合香長者表之令易解故

大方廣佛華嚴經論卷第四十四

音釋

撓女巧切擾也　劑才詣切分藥劑也　彎烏關切曲木也　遽巨御切急也　鬟胡關切屈髮爲髻也　鬻音育賣也